本卷主编简介

- 潘磊，中国社会科学院研究生院文学博士，郑州大学文学院副教授。主持完成国家社科基金项目“新世纪底层文学研究”。专著《新世纪底层文学现象研究》获河南省社会科学优秀成果二等奖，其中对打工文学有深入的论述；发表《百年工业文学中的散文流变考察》《打工诗歌中的中国梦》等论文 50 余篇。

顾　问

（按姓氏笔画排序）

何向阳　张　炯　谈　歌

梁晓声　董学文　蒋子龙

出版说明

一、缘起

为庆祝中华全国总工会成立100周年，中国工人出版社特组织编纂《中国百年工业文学大系》丛书。文学作品是社会现实的形象反映。本丛书的编纂，全面整理百年来工业文学作品及相关资料，精选优秀作品，按体裁分类，编成20卷的丛书，生动、形象地呈现百年来中国工业化的历程，呈现中国工人阶级的命运和奋斗历史，呈现中华全国总工会在中国共产党领导下，与工人运动一同发展壮大的图景，有助于讲好中国工人阶级故事、中国工业故事和中国工会故事，为更好继承弘扬革命传统，创造未来提供历史借鉴。

二、编纂团队

本丛书编纂团队由《20世纪中国工业文学史》和《中国工人文学史》的作者为基础，邀请郑州大学、河北师范大学、河北大学、河南师范大学、河南理工大学、中原工学院等院校为合作单位，以研究中国工业文学的专家、学者共同组成编辑团队，分工合作，在中国工人出版社的指导下共同完成编纂工作。

三、选录作品范围

重点选录反映工业生活、描写工业人物、揭示工业领域社会问题的优秀作品，根据中国具体情况，适度收录有关传统手工业、商业、人力车夫、纤夫等生活的作品。兼顾各历史阶段、各阶级、各阶层、各个地域、各种产业、各种体裁作品；兼顾专业作家、工人作家、业余作者。

四、编纂原则

真：选录的作品，基本以初发或初版为准，个别作品使用与初版接近“最佳”版本，使其成为中国工业文学发展史的可靠文献。其中繁体字须改为规范简化字；标点符号改为规范格式；错别字给予纠正，加注说明。原作署名为非通用笔名的，注明其真名或通用笔名。

专：各卷按文学体裁编列，分别为史论卷、报告文学卷、短篇小说卷、中篇小说卷、长篇小说卷、诗歌卷、散文卷、剧本卷、电影文学卷、电视文学卷、资料卷。各卷均有独立性，组合又具统一性、逻辑性。

精：各卷首的“导读”，长篇作品的“提要”、节选作品的“简介”，各篇所加注释，务求内容准确、文字简明。

鸦片战争后，中国近代工业开始萌芽，至今已近200年；从中国工人阶级队伍略具规模，至今也已百年以上。这期间出现的各类工业题材文学创作，虽然赶不上“乡土文学”等传统题材作品数量之多，但也可称数量巨大。我们的编纂工作肯定存在不少缺陷，切望有关作家、专家、学者，广大读者批评。

2025年4月

《中国百年工业文学大系》在编纂过程中，有幸收录了众多作家描绘工业岁月的珍贵作品，这些文字是中国工业发展的重要记忆载体。由于时间跨度长、信息更迭等客观因素，书稿付梓之时仍有部分作者未能取得联系，对此我们深感歉意与遗憾。恳请尚未联系上的作者或家属看到成书后，及时与我们取得联系，以完善作品收录的后续事宜。

总序

深刻反映时代巨变，描绘时代精神图谱
——新时代呼唤工业文学的繁荣

“文化是民族的精神命脉，文艺是时代的号角。”习近平总书记的这一重要论断，深刻揭示了文艺与时代的紧密联系。文艺作为社会生活的镜像与人类精神的诗性表达，始终与时代同频共振、血脉相连。它不仅是时代变迁的见证者，更是时代精神的塑造者和引领者，在为我们展现历史巨变的同时，也将中华民族伟大复兴的壮阔征程熔铸成一幅可触可感的精神图谱。

100多年前，我国近代工业刚刚产生，就陷入帝国主义列强的围堵和封建专制的压迫之下，在其筚路蓝缕的艰辛跋涉中，20世纪上半叶就有茅盾、夏衍等作家描写民族资产阶级“工业救国”梦的破产，描写工人阶级的悲惨处境和觉醒斗争，创作了《子夜》《包身工》等优秀作品。新中国成立后，在大规模经济建设中，更多作家长期深入工矿生活，创作了许多新作，如草明的《乘风破浪》、雷加的《潜力》三部曲、艾芜的《百炼成钢》、艾明之的《火种》等长篇小说以及李季赞颂玉门石油基地的诗歌等，出现了工业文学的初次繁荣。而工人

作家胡万春、万国儒等的崛起，则开了工人写工人的先河。到了改革开放大潮中，反映工业战线生活的作品更如雨后春笋，蒋子龙的《乔厂长上任记》等系列，张洁荣获茅盾文学奖的《沉重的翅膀》、程树臻的报告文学《励精图治》，以及众多作家反映工人生活的中短篇小说、诗歌和剧本等，势如乘风破浪，冲上改革文学的前沿。伴随着改革深化和经济转型，在“新写实”和“现实主义回归”文学潮中，又涌现出一批沉甸甸的作品，如张宏森、肖克凡、谈歌等作家真实反映国企工人经历的转型期阵痛的佳作。而“打工文学”在珠江三角洲等沿海经济特区异军突起，更成为新时期工人写工业文学的一道新风景。

从党的十八大开始，中国特色社会主义进入新时代，进一步强化了工人阶级是国家的领导阶级和主人翁地位。在《关于繁荣发展社会主义文艺的意见》指引下，文艺界克服价值扭曲、娱乐至上、唯市场化等倾向，用现实主义精神和浪漫主义情怀观照生活，歌颂光明、抒发理想，鞭挞丑恶、抵制低俗，给人民以信心和力量，在工业文学方面产生了一批讴歌大国重器、“中国制造”的响当当的作品。同时以“知青文学”而闻名的梁晓声，创作了长篇小说《人世间》，描写知青回城前后几个工人家庭两代人的生活变迁，以其动人肺腑的笔力而荣获茅盾文学奖。一向书写矿山工人生活的刘庆邦，以现实主义笔触展示了不同类型的煤矿工人的人生。不少剧作家也创作或改编了描写工业和工人生活的剧本，搬上屏幕，受到广大观众的欢迎。

百余年来，中国工业文学由小到大，由弱到强，形象地记录了中国工人阶级的发展历程。从百年前郁达夫笔下的女工陈二妹，到蒋光慈小说中的工人形象，从《百炼成钢》的秦德贵到报告文学中真实的英雄孟泰、王崇伦、王进喜、赵梦桃等等，构成了中国工业领域的英雄人物画廊，构成了工人阶级光辉的斗争史和成长史。感谢中国工人出版社和主编本丛书的贾玉民、樊洛平诸位教授学者，经过多年努力，辛勤劳作，为广大读者编成此套规模宏大、内容丰富的选本，自是一项盛举！

如今，中国工业文学作家面前仍然任重而道远。

首先，和我国工业迅速崛起的势头相比，工业文学的反映还远远不够。工业文化，尤其是21世纪以来，极速变化，迅速飞腾，节奏之快，前所未有。这就要求我们身在工业战线、对这种伟大变化有深切感受的工业作家，肩负起历史使命，拿出更多新的好作品来。

其次，和经典作品相比，相当一部分工业文学作品对现实的剖析和人物心理世界的开掘还不够深刻，还少有触及这方面深层次的观念冲突、心理变化和复杂的矛盾斗争的新作。随着城市化的加速，新工人、新市民成亿增加，对工业文学的期待必将日益强烈。

中国实现工业化、现代化，是多少代人的理想和立国之本。新时代呼唤工业文学的繁荣。这既是挑战，更是机遇。工业文学作家和工业战线的文学业余作者，自应把握这个历史机遇，全身心地投入这场新的工业革命，投入由农业文明向工业文明的深刻变革之中，在实践中观察，体验，对工业基础以及高端装备等建设成果努力深切了解，对这场变革中的各种人物表现有更生动把握，从而掌握扎实的生活素材，奠定工业文学更生动更深厚的基础。我们深信，广大读者都会殷切期待作家、艺术家的进一步努力，充分认识所承担的历史重任，开出灿烂的文艺之花。希望广大工业战线的文艺工作者不辜负时代召唤、不辜负人民期待，描绘出中华文明古国在21世纪工业腾飞的足迹，绘出民族的精神图谱，奏出时代的最强音。

张　炯

2025年春于苏州

导言

一

五四以来，以白话文创作的现代散文逐渐成为一种独立的艺术形式，并且取得了令人瞩目的艺术成就。尽管以散文著称文坛的朱自清曾有自谦之语，说散文在各文类中矮人一截："它不能算作纯艺术品，与诗、小说、戏剧，有高下之别。"[①]但事实上，自五四以来，散文这一文体因其比较自由，相对容易掌握，因而从事散文写作的人也就比较多，知名作家和民间作者都广泛参与，散文也颇受读者的青睐。散文这一文体也见证了近现代中国工业发展的历程，这些反映中国工业发展、关注工人生活境遇的散文亦是认识中国历史和现实的重要途径。无论是早期的共产党人还是有一定知名度的思想家、专业作家，抑或是那些无名的写作者，都留下了今天读来仍让我们感动的文字。本书从 1900—2021 的百年历史长河中选取了百余篇散文，兼顾文学价值和历史价值，期待读者从中既能窥见中国工业百年的发展历程，又能从这些不乏美感的文字中得到文学的熏陶和心灵的陶冶。

作为早期的共产党人，李大钊、陈独秀、恽代英等人都以散文的形式表达着他们对当时工人生活状况的关注及对工人运动的思考。李

① 参见朱自清《背影·序》,《朱自清全集》第一卷，江苏教育出版社，1988 年，第 32 页。

大钊在《庶民的胜利》中提出对未来社会的美好期待，劳工主义战胜资本主义，“须知今后的世界，变成劳工的世界，我们应该用此潮流为使一切人人变成工人的机会，不该用此潮流为使一切人人变成强盗的机会。”1922 年 1 月，组织湖南第一纱厂工人罢工的劳工领袖黄爱、庞人铨被惨杀于长沙浏阳门外。对于两个青年人的壮烈牺牲，李大钊深感悲痛，但他指出：“黄、庞两位先生的死，不是想作英雄而死，亦不是想作烈士而死，乃是为救助他的劳动界的同胞脱离资本阶级的压制而死，为他所信仰的主义而死。因此，我乃对他们的殉死表无限的敬意！”从中可见李大钊作为革命家的远见和胸襟。李大钊的散文偏重理性思考，但陈独秀的文字一方面颇具理论性，一方面又颇具文学性。他的《贫民的哭声》一文选取了几个当时北京贫民对生活的哭诉和怨愤展现了当时贫民生活的艰难，由此发出“这十几万苦恼的人，常常发出他们可怜的哭声，我们七十几万市民都听见没有？”的呐喊，唤醒人们对北京贫民阶层的同情与关注，进而深刻思考社会问题。早期共产党人恽代英的文字展露出革命家的远见卓识，他在《答刘三保工友》中开导工友走出狭隘的思维误区，不能陷入内耗，“失业工友与在业工友，同是受资本家剥削和压迫的阶级，所受的痛苦是一样，根本没有什么利害的冲突”。

郑振铎、叶圣陶、王统照、巴金、沈从文、何其芳、臧克家等知名作家，都感应着时代思潮，关注工业状况，关心工人生活，留下了生动的散文名作，这些文章至今仍然散发着强烈的艺术感染力。如 1925 年五卅运动期间，军阀屠杀工人、学生，激起作家们和民众同仇敌忾，他们纷纷撰文，声讨敌人，呼唤同胞觉醒，奋勇抗争。郑振铎的《街血洗去之后》写出惨案发生后两个截然不同的场景：下午五点，“人人都停立在那里，好像被什么大惊骇吓得痴呆了”；到了晚上，“灯火闪耀的明亮着，语声、笑声、笙歌声，依然的”，一个歌舞升平的世界。两个截然不同的场景的对比写出了民众的健忘与冷漠，亦揭示出他们在殖民统治下深深的无助与无奈。王统照的《血梯》既有文学之美，更有愤慨和质问，“桥下水流活活，仿佛替冤死者的灵魂咽泣；河边临风摇舞的柳条，仿佛惜别这惨淡的黄昏”，作者愤慨地质问：“这奇怪的世界原就是兽道横行，凭空造出什么‘人道’来!?”茅盾《五月三十日的下午》将愤怒的情感化作激昂的文字：“我的心抖了，我开始诅咒这都市，这污秽无耻的都市，这虎狼在上而豕鹿在下的都市！我祈求热血来洗刷这一切的强横暴虐，同时也洗刷这卑贱无耻呀！”这些散文就五卅运动抒发各自感怀，或愤慨或批判，或以优美的文字均饱含着作家对民族自强的强烈期待。

进入20世纪30年代，国民党政权的专制、黑暗和腐败，左翼文化潮流的广泛影响，使更多作家关注工人的状况，写下了不少表现工人生活的名篇。如郑振铎曾经走访山西口泉镇，写下了《口泉镇》。山西口泉是个煤炭重镇，郑振铎在文中通过和工程师的聊天，对口泉镇的晋北矿务公司有着详细的调查：“工人的工资，每天约为一角七分到二角六分。工头则每天为四角，大工头，每天约一元余。有的工人，不辞辛苦，竟有每天做两班的。换一句话，便是，每天要在矿内工作十六小时之多！但此地生活程度极低。山边土窟孔孔，皆工人自挖的住室；小米及莜面，每元可购四十八斤左右。”郑振铎的记述如此详细和准确，颇有社会学家翔实、缜密的田野调查风格，从中也可见出五四时期新文学作家良好的个人素养和强烈的社会责任感。文章的精彩之笔是在最后：“‘九渊之下，更有几渊’，谁知道矛盾的人间是分隔着怎样的若干层的生活的阶级呢。比较起来，我们能不说是罪人吗？”当目睹了煤矿工人艰苦、危险的工作，“我”感到了自己身上的罪责，难道“我”不是一个罪人？这样的发问既包含着作者对煤矿工人境遇的同情，还包含了知识者的社会责任感和对良知的拷问。沈从文在《辰溪的煤》中既有对颇具湘西特色的风景的描摹，又不乏对“地方性”的文学叙述：“半渡之际看到的是山川风物，秀气而不流于纤巧。水清且急，两丈下可见石子如樗蒲在水底滚动。”风景如此秀丽的地方，却有大量煤洞煤井以及“在地狱中讨生活”的人们。沈从文以一个小说家的笔法讲述了这片土地上一个女性被贫困和愚昧扼杀的悲剧，十三岁的女孩被驻防军排长看中，出了两块钱被引诱“破了身”，后来沦落为底层妓女，最终自杀身亡，这个女孩无疑也是其时广大社会底层女性悲苦命运的象征。更让人不能释怀的是，这种悲苦的命运于这样一个家庭仍然延续着，他们无力摆脱，“父亲”在煤井里被煤块砸死，“母亲”又将生活的希望寄托于二女儿，然而我们知道这希望是什么“希望”呢！在文学史上，沈从文给读者留下的印象是他营造距离现实甚远的纯净、美丽的乡村牧歌，但在这篇散文中，我们可以感受到他强烈的现实关怀。

与郑振铎、沈从文沉重、忧患的文字相比，何其芳和巴金的文字则不乏诗意，这与他们文学创作的个人风格相关。何其芳的《伐木》将伐木工人的生活写得庄严而有诗意，“此处彼处都是锯声，树折声，工人们以辛苦的工作为晨间的祷歌，随雾充满山谷，向上升”，这些诗性的描写仍然具有其《画梦录》的风格。巴金的《机械的诗》将目光投向潭江上那些将火车转移到轮船上的工人，作者并没有写船工生活的辛苦，而是写他们劳动的庄严与肃穆，如同“诗”，从散文文体来说，以如此诗意的美学风格书写人类科技的进步和工人生活，发掘他们工作与生活中诗意与庄严的一面，无疑也是对散文这一文体的丰富。必须提到的，还有入选《中国新文学大系》的两篇散文——罗荪的《最后的旗帜——回忆》和司马文森的《磨》，它们都从意象切入，体现出独特的美学风格。《最后的旗帜——回忆》写于1940年，文章追忆1932年日本帝国主义军队占领哈尔滨后，着手接管邮政局，遇到的是邮政局工人同仇敌忾的坚决抵抗。这篇文章的构思精巧，通过“旗帜”这一象征祖国的意象入手，给读者呈现了20世纪30年代东北民众坚强不屈的爱国主义精神。司马文森写于1941年的《磨》构思精巧，以“我”一个知识者的视角目睹为主人拉磨的驴、牛悲惨的结局来象征现实社会中工人的处境。文章中的“我”是一个在文学中常见的处于社会边缘的知识者的形象，如同鲁迅小说中的“我”，这一叙事视角的切入使文章增加了强烈的社会批判力量。

本书选入的《中国的一日》（茅盾主编）的几篇散文各有其风格。包天笑的《参观新生橡皮膏厂》，语言质朴，并无修饰，但为我们留下了其时工业发展的一幕：当时医药用的纱布、药水棉花已经有了国货，但橡皮膏还是用的外国货，所以青年人想开办工厂制造国货，这种民族自强的探索至今读来仍让人感动。《无线电报务员的苦闷》给读者呈现了无线电报务员工作的辛苦，非一般人所能体会：“无线电报务员最憎恨的是夏天，尤其是狂风暴雨的雷电交加的夏天，为因天电的干扰由听筒的薄膜而传入他的耳鼓，比较一个囚犯上刑罚还要来得难受。”这篇散文的风格偏于纪实，将无线电报务员的职业苦闷写得极为生动。《茧市》如一幅素描，生动地叙述了南方小城茧市的一幕，茧的价格一降再降，茧农一年的辛苦得不到应有的补偿。

二

新中国成立后，我国开始大规模的工业建设，在东北、华北、华东、中南等全国各地区建设了许多工业基地，工人的生活也有了极大的改善。因此这一时段涉及工业、工人的散文风格一扫之前的灰暗、苦难的格调，呈现出乐观、明朗的色彩。巴金、孙犁、杨朔、李若冰、草明、李季、冰心等专业作家都曾深入工业的各个领域，描写祖国工业发展的景象，抒发他们的感想，同时国家重视从工人中培养作家，出现了上海的胡万春、天津的阿凤、北京的李学鳌、鞍山的李云德、武汉的李建纲等工人作家。孙犁在新中国成立后居住在天津，他的《小刘庄》写出了新中国成立后工人聚居区天津小刘庄的新变化："黄昏，工人从纺织工厂、硫化厂、骨胶厂下工回来，佩戴着耀眼的奖牌、纪念章，研究讨论着合理化建议的事项。他们是回家去的，从河那边顺便买了一些便宜的菜蔬，并向来自内河的老船工打听着今年乡村小麦的收成和棉花的种植情形。"一派安静祥和的气氛。草明在新中国成立后以工业题材的文学创作而知名，在她的笔下，新中国成立后的工业战线一派欣欣向荣，曾经被日本人所控制的河北龙烟铁矿公司由中央人民政府重工业部直接领导，由于工人国家主人翁精神的确立，工作热情高涨，"无怪敌人在时每天做五十个螺丝母的，现在可以做二百一二十个；过去三天旋一个皮带轱辘的，现在两天旋三个；过去故意往串套里浇水消火以破坏窑底缸砖的焦炭工人，现在是推车的催促出窑的了"。《花间月下游"经纬"》（周尊攘）选材独特，讲述的是新中国成立初期山西榆次经纬厂的绿化设计。位于山西晋中市的经纬纺织机械厂，是20世纪50年代上海动迁晋中的第一大厂，被称为"小上海"。工厂的园艺工程师杨凤章毕业于复旦大学园艺系，由于经纬厂绿化的高标准设计，因此使经纬公园成为当地一道美丽的风景，这篇文章既有文学价值又有历史价值，使我们从中窥见新中国成立初期国家对于大型国有企业的高规格、高标准要求。阮章竞的《矿山医生》选材独特，这篇文笔灵动不乏诗意美的散文并未写矿山建设中的工人，而是将目光投向为工人做医疗保障的一位普通医生。他并非其时文学中常见的高度浓缩的政治符号，而是最为普通的"这一个"，他一开始并不愿意到偏远的矿山，因为在矿山没有医生，为此他必须做一个全科医生，但大学毕业时他的愿望是做一个专科医生。后来在一次次的出诊治疗中，他与当地的工人、牧民建立起了深厚的情感，文章通过医生的多段自述呈现了他的内心世界，将人物复杂的心灵展现出来。读完全文，一个奔波在草原上的年轻稳重、医术高超的医生如在眼前。此外，必须提及的是工人作家阿凤。孙犁曾中肯地评价阿凤的创作：“它们是一个历史阶段的一些方面的真实记录，或者说是一个安分守己的人，对他本身的经历，对他周围的生活的左规右矩的画图。”本书所选入的《我们的段长》《邻居》都从日常生活细节展现出铁路工人的日常生活。阿凤写程段长，不是将他写成一个高大全的符号化人物，而是重在突出其作为普通人的一面，对待普通工人，他亲切随和，将段长办公室改造成“图书馆”，还跟着工人们上机车学会了“添乘”、开车，文章通过这些生动的细节将一个联系群众、热爱学习又有工作魄力的段长展现出来。《邻居》通过一个青年工人的搬家，将当时工人社区互帮互助、温暖融洽的生活气氛表现得极为生动。

这一时期，必须提到的还有李若冰的散文，李若冰对柴达木石油勘探者的描写为其时的散文注入了诗性的格调，在很大程度上提升了散文的诗学品格。他的散文将野外勘探者不畏艰难的性格与西部独特的自然风景融合在一起，散发着诗性之美：“我倾心于大沙漠，因为这里的人，他们的心灵，在和大自然的搏斗中，陶冶得纯净、美丽、热烈而富有感情。在这里，人们摆脱了高楼、花园、假山和逸乐，面对着严酷的荒漠、干渴、风沙和英雄的事业。”在他笔下，西部一扫之前的荒凉、萧瑟和残酷，而是呈现出独特的力量美：“当我从兰州跨过了黄河，穿过了乌鞘岭，步入狭长的河西走廊，走进酒泉盆地的时候，眼前是辽阔的、壮美的，那高峻连绵的祁连山脉，白雪皑皑，雄伟高大，给人以力量感。”他讴歌了野外勘探者的道德和情操、精神和灵魂、牺牲和奉献，但他也并不回避他们的辛苦，在零下三十摄氏度的极寒天气中，他们睡在“单薄的帐篷”里，“即使是最贪睡的人，晚上也被冻醒几次。早上一爬起来，每个人的眉毛上，都结上了一层冰粒”，吃饭也成问题，高寒山区，空气稀薄，火不好生着，“半天，火生着了，冰化了，这才搭笼蒸馍；……就这样，蒸馍还是半生不熟的，用手一拿，黏糊糊的，变成软条了”。李若冰的散文为新中国成立以来的石油工业发展留下了一份生动的记录。

三

“文化大革命”结束以后，20 世纪八九十年代的工业散文呈现出两方面的特征：一是揭示“文化大革命”时期工业领域的“创伤”，对那个时代多有反思和审视；二是展示“文化大革命”结束后百废待兴，我国工业领域各个行业重建发展的新风貌及新出现的问题。

就第一个方面来说，给笔者留下深刻印象的有韦君宜的《“取经”零忆》、雁翼的《金沙江畔攀枝红》、顾工的《吸引》、艾芜的《鞍钢，我回来了！》，这些作者大都是经历过“文化大革命”的老一代作家，他们反思历史创痛，从历史教训中期待国家未来的发展与强大。《“取经”零忆》写于 1984 年，是对“文化大革命”时期自己参观大连红旗造船厂的一段回忆，笔调幽默，甚至有种淡淡的嘲讽和调侃，所谓的轮船“下水”，只是造了一个空的船壳，用千斤顶顶下水，生动的细节揭示了“文化大革命”时期工业发展的荒诞。重要的是作者并未止于此，而是更进一步呈现出其时社会的荒诞景象，正如作者所言，如“一部荒诞派小说”。《金沙江畔攀枝红》这篇文章的作者雁翼是一位诗人，文章构思精巧，以“文化大革命”时期和“文化大革命”结束后自己到工业城市攀枝花的两次到访串联起全文，打破线性叙事，交错叙事，呈现出两个不同时期自己和朋友情感、命运的变化及攀枝花这一工业城市前后两个时期的不同面貌，将大历史中普通人的人生经历与一个工业城市的发展、建设联系在一起，具有极强的艺术感染力。文中那火红的攀枝花，仿佛是民族从创伤走向新生的象征。

就第二个方面来说，这些散文呈现出我国在风力发电、东北林场、海上油田、钢铁厂、油田建设、葛洲坝建设等工业领域的发展。贾平凹写于1996年的《走进塔里木》可以与李若冰的散文形成对话，贾平凹的文字在某种程度上摆脱了某种宏大的话语方式，更凸显个人话语，是个人对塔里木油田气候与地理的体察与感受，文章最后作者将胡杨林与石油人的形象联系在一起，让人从中体会石油人生命的庄严与肃穆。刘登翰的《你记得那第一声汽笛吗？》文字如诗般柔美、轻盈，但其实书写的是一座山城的工业建设，第一批建设者八个人坐着巡道车来到小镇，开始对这里的规划设计，后来更多的建设者来到小镇。作者所选取的意象“第一声汽笛”是指当这八个人的队伍考察完离开小镇，小镇并没有车站，“不知是那位穿着米黄色风衣的长者的暗示，还是一种偶然的巧合，年轻的司机大气量地拉响一声长笛。这专为小镇奏响的第一声汽笛”，这第一声汽笛仿佛是20世纪80年代国家发展的象征，象征着人们对未来的美好憧憬和希望。与这第一声汽笛呼应的是“婴儿的第一声啼哭”，这是一个千里迢迢来探望建设工地的丈夫生下一个小生命的母亲的婴儿的啼哭。这篇散文将诗意美和刚健美糅合在一起，呈现出特别的美学格调。洪洋的《卷起千堆雪》写葛洲坝水利建设的大江合龙现场，文章气势恢宏，体现了1980年积极进取的时代精神。值得一提的还有屈兴歧写小兴安岭林场的散文如《兴安雪》《口碑》等，它们自成风格，将东北特殊地理风貌与林场工人的生活生动地展示出来，堪称美文中的典范。《口碑》中写道“赶羊”（就是流送木材，木材漂流在水中像一群羊一样）、“冰道”（过去林区浇水冻冰筑路，用爬犁把木材运到河边）新中国成立初期东北林区这些极具地域特色的林场工人的工作方式，发掘了林场工作的独特。

《新中国的一日》仿照1936年《中国的一日》的征稿和编辑，其中几篇反映工业领域内存在的种种问题的短文倒是给笔者留下深刻的印象。《厂长的回信》触及了工厂中工人对厂长权力的监督，颇有民主之风。《厂长的家宴》中作为厂长儿子家庭教师的“我”对厂长依靠种种关系为自己谋取私利、为儿子举办出国留学欢送宴会的行为感到不满和愤怒，离开了厂长奢华的家。《为特区青年临时工一呼》颇为前卫，提出了深圳临时工的权益问题，通过了特区《临时工管理暂行规定》，由此可见其时包容、开放的社会氛围。

进入 21 世纪，工业散文的发展呈现出两种态势：一是有固定身份的国企工人或技术人员对自己往昔生活的叙述，如肖克凡对自己青年时代在天津大型工厂工作、生活的回忆，蒋子龙对共和国工业发展及工匠精神的思考和阐发，周梅森对自己曾经从事的短暂矿工生活的叙述，彭若倩对西北核工业城生活的追忆，第广龙、赵钧海等石油行业的作家对石油人生活的叙述，张瑞对沈阳铁西区工厂生活的发掘和追述。这些散文在具有散文美文特质的同时，也从一个角度折射出国企工厂从 20 世纪七八十年代的鼎盛时期至 90 年代重组、改制的历史进程，将个人生活史与国企工厂乃至国家的现代化历史结合在一起，给人以新颖、复杂的阅读感受。

以工业题材小说而享誉当代文坛的肖克凡也写下了不少散文，以轻松略带调侃、幽默的笔墨回忆自己青年时代的工厂生活，这些文字今天看起来颇有历史价值。如《都市村庄》中我们看到早期中国工业与农业、农民的紧密联系。当年“华北机器工业摇篮”天津三条石的工人们，绝大多数来自河北省泊镇附近的庄户人家，这一传统一直延续到新中国成立后。这篇文章笔调生动、幽默，以历史观照现实，发掘中国工业与农村、农业长期的血脉关系，进而对当下农民工身份、生存境况的关怀与体恤，颇富有人文关怀。《人生速成班》讲述了 1976 年唐山大地震时自己的生活和所见，也写出了经历了灾难的普通民众乐观积极的生活态度，强烈的余震后，“邻居李嫂是第一机械工业局先进生产者，毅然撇家舍业去地处陈塘庄工业区的天津漆包线厂上班了。我受到她的感召，第二天骑车赶赴坐落在北仓工业区的工厂。沿途属于南开区和红桥区地界，早点部照常营业吱吱炸着油条”。

蒋子龙在散文中较少单独写自己的工厂生活，而是将自己的工厂生活与工匠精神、工业精神对国家、民族的重要性的思考联系在一起。他在《对得起手艺道》中写到20世纪六七十年代的工厂文化：“那个时候，工人们的信仰，就是手艺，也叫手艺道”，而“现在哪个家长愿意自己的孩子去当工人？当工人就是混饭吃，哪有工匠精神可言？”由此作者感叹“工匠精神是工业产业的灵魂，是工业产业的基础。没有工匠精神，一个国家的民族工业怎么支撑”？“70后”作家唐朝晖曾在湖南冶炼分厂工作过多年，后到北京从事文化出版工作，他的散文集《一个人的工厂》写自己的工厂生活，曾获得冰心散文奖。这部散文集是典型的美文，语言沉静、冷峻、思辨而又不乏文学之美，是一个人的灵魂自白。因为是体制内的工人，生活相对安定而有保障，所以他在工厂生活时耐心观察着、品味着、思考着，如一个思想者，“我”喜欢这样如零件一样的生活，“工厂里的零件，为自己活着。这是在简单中简单地活着，没人来争夺你的位置，没人来嫉妒你，没人关注你”。

与之相对，在那些非公有制企业以“打工者”身份出现在众人视线中的打工作家，他们的散文写作更多地呈现出沉郁、悲凉的色彩。其实，早在20世纪八九十年代就有打工者创作的散文问世，如安子等，但打工者的散文创作成为一种潮流则是在21世纪。在这些打工作家中，郑小琼、王十月、陈年喜、萧相风这几位打工作家的散文写作是比较突出的，他们的散文创作不仅将“打工文学”的艺术水准提升到一个新高度，更是将传统意义上的“工业文学”推向了一个新的发展空间。

郑小琼以诗歌创作而被人所知，但她也写作了诸如《铁·塑料厂》《印刷厂》《电子厂·毛织厂》等散文篇章。这些散文就是工业文明对人的异化的批判和思考，风格冷峻、犀利。如《铁·塑料厂》中她写到对铁的感受，人们一直感觉铁是坚硬的，但其实被任意锻造的铁是脆弱的，打工者也如被任意切割的铁一样孤独、脆弱，她在塑料厂对绿色塑料“植物”的生产感到不解和愤怒，对城市文化中病态的一面——不少商家将绿色塑料盆景作为“风景”发出强烈的质问和批判，“人类不断地在砍伐着真正的绿色植物，却要制造出这样虚假的绿色树木、红色花朵来安慰日益贫乏的心灵”。《电子厂·毛织厂》中她写到流水线严格的时间规定对人的异化，打工者被迫成为郑一秒、王三秒，以及毛织厂细小的飞尘对肺部的伤害。郑小琼的散文对各类工厂打工生活的叙述，在文学之外，还具有社会学的价值和意义，这些打工生活中用血泪、伤害、疾病凝成的文字也在提醒我们中国经济飞速发展的背后存在的一些现实问题需要尽快解决，底层劳动者的工作环境和生活保障需要更进一步改善和提高。

王十月以打工小说创作而知名，但他将自己的打工经历也写成了多篇散文，这些散文既是他个人生活的记录，某种程度上也从一个侧面反映了中国城市发展和工业发展的进程。他把小说写法用于散文，对各色打工者以及打工者之间的诸种情感写得极为生动。《冷暖间》中杂工“虾米小队长”和梦想当雕刻师的调漆师傅给人留下深刻的印象，“虾米小队长”是个老好人，面对“我”和阿标两个刺儿头的不断挑衅，他只是忍耐，并劝我们努力学习技术，为了离开这个工厂能拿到相应的工资，我们故意拿广东话来骂他，他“愣了一会儿之后，没有再叫我们，自己去收布了。收着收着，忽然就趴到印花台上号啕大哭了起来”，叙事性极强的文字将一个朴实善良的底层打工者的形象生动地呈现出来，同时读者又为打工者之间种种的不对等关系感到痛心。在王十月的散文中，除了打工者，南关头、烂尾楼、南庄这些空间亦是主体，他对这些空间有着极富文学性与个人性的呈现与表达。比如佛山的小镇南庄，在王十月笔下，南庄是中国工业化、现代化进程中珠三角一带城镇的缩影，带给打工者并不美好的感受，但因为“我”在南庄遇到了那么多善良的打工者，南庄在“我”的心中变得温暖起来：“我渐渐爱上了南庄。爱上了这个灰尘漫天的小镇。爱上了这里林立的烟囱。”

除了郑小琼、王十月，还有萧相风、安子、周崇贤等打工作家写的散文，但艺术成就上稍弱，其中萧相风的《南方工业词典》较为突出，它以词典的形式围绕打工、电子厂、流水拉、加班、工衣、出粮、打卡、辞工、五金厂等词条展开写作，全方位地展现了珠三角一带的工业生活全貌，打工者如何在工业中劳作和生活，工业深刻地塑造着他们的身体和精神，形式颇为新颖，也为中国南方的工业发展留下了一份生动的史料。

新时代以来的散文创作，有两种走向值得关注。一方面，是国企工人继续书写他们曾经的生活，多角度地呈现了新中国成立以来国企工人的日常生活和我国工业发展的历程。张瑞的散文集《圣地工人村》以朴素的语言加上丰富的老照片将读者带回到20世纪七八十年代沈阳铁西区的鼎盛时期。彭若倩的《风过西西北》对西北核工业城核工业工作者工作和生活的多方位呈现，对戈壁、昌马河、祁连山、乌鞘岭、胡杨林等西北地理景观的描摹，也具有相当的历史价值和文学价值。铁路工程师徐亚娟的散文以生动细腻的文笔呈现了我国铁路从缓慢的绿皮车到高速的动车高铁的发展历程，以文学的形式展示了新时代我国铁路发展的巨大成就。李振娟的《国家工人》聚焦于三线老工业基地青铜峡铝业在时代洪流中的浮浮沉沉，三代产业工人的命运在中国工业改革中的跌宕起伏，引发社会关注。另一方面，是打工者群体所写的散文主题和风格上愈来愈多元化。陈年喜作为矿山爆破工因诗集《炸裂志》而在当代文坛被人所熟知，但他也致力于散文写作，陆续出版了《微尘》《活着就是冲天一喊》等散文集。陈年喜的散文多写他作为爆破工所走过的河南、陕西、贵州、甘肃、内蒙古、新疆、辽宁、山东的崇山峻岭，及这份职业的严酷和危险及其所带来的病痛，风格沉郁、悲凉。2020 年女作家塞壬主动应聘东莞一家电子工厂，并把在一线“卧底”近两个月的经历写成散文集《无尘车间》，在无尘车间，工人们穿着无尘服，看不见每个人的脸，每个人都是一个粗放潦草的轮廓，没有名字，只有工号，没有性格。周齐林的散文《南方工业生活手记》结合自身经历，聚焦南方工业发展，写发生在东莞各个工业区的真实故事，有着生活的粗粝感、在场感。

四

梳理 1900—2020 年工业散文百年的历史，我们能够从中得到如下启示：

第一，从文学史的角度来说，工业题材的小说常常是学界及大众关注的热点，而对于工业领域的散文或者说涉及工业发展、工人生产生活的散文则关注不够。本书对百年工业散文的梳理，使我们感受到这些散文的突破，它们从作家个人心志的抒发走向更为广阔的天地，展现出对近代以来中国工业的发展，以及对国家、民族发展途径的思考与关注。从这些作品中我们可以看到，散文触及了更敏感、更尖锐、更具历史与社会责任感的内容，既关乎个体的心灵，也关乎民族国家。散文如何走向更大的空间和真实大地、增加文体的生命质感与厚重感、触及社会问题和心灵疼痛，或许仍是当代散文应当面对的问题，这也是本书的梳理带给我们的启示。

第二，这些散文呈现出多种美学风格，从写作实践上探索散文这一文体的多种可能。比如围绕某一事件展开的散文写作，五卅运动发生后，很多作家都以散文的形式呈现了对于这一事件的关注与思考，并呈现出不同的风格，有的注重事态，有的注重心灵沉思，有的注重鞭挞和批判；茅盾主编的《中国的一日》围绕某一天展开，许多无名作者参与，反映了那一日不同行业、不同地域的人们的形形色色的生活与情感，如一幅生动、清晰的画卷；山西口泉镇、天津小刘庄、湖南辰溪、山西榆次、青海柴达木、辽宁鞍山、甘肃戈壁滩、佛山南庄、沈阳铁西区，这些散文绘制出了百年中国工业发展的文学地图，这些地理名字不仅见证了中国工业的发展史，同时经由文学的书写它们也带上了个体生命的情感和温度，这些散文对地方的展现和叙述也必将成为地方记忆的一部分；屈兴歧对东北地区的雪景颇为灵动的描写，彭若倩对戈壁的风沙、河西走廊的单调辽远的呈现，李若冰对青海柴达木荒远的西部风情的生动描摹，王十月对珠三角一带极速发展的城镇的观察与速写，全景式地展现了中国不同地域的地理地貌、风土人情，不仅丰富了文学的“地方性”书写，而且以极为生动的方式使读者在阅读中完成着对国家、民族的情感认同；萧相风、郑小琼、王十月的非虚构写作拓宽了散文的边界，在拓展写作题材的同时，也影响着散文的美学风貌，成就了一种厚重感、悲剧感的散文美学形式。

第三，近年来，新工人文学在学界引发关注。其实，从本书选入的篇章可以看出民国时期也有普通工人书写自己生活境调的作品，但其时以知识者视角的书写为主，工人写作尚未形成一定的气候。新中国成立后国家重视工人作家的培养，工人作家以及工农兵写作成为国家大力支持的文化工作，这些工人写作基本延续 20 世纪 50 年代至 70 年代的现实主义文学、工农兵文学的风格。进入 21 世纪以来，无论是肖克凡对自己 70 年代工厂生活的生动回忆，张瑞对沈阳铁西区大型工厂生活的追忆，唐朝晖这样的“70 后”作家对 20 世纪 90 年代国企工厂生活的叙述，还是萧相风、安子、周崇贤、王十月、郑小琼、陈年喜等打工作家对各自打工生活以文学形式的记录和思考，都彰显出 21 世纪工人文学的吸引力和独特魅力，并成就了散文不同的美学风格。用新工人来取代农民工、打工者，“新工人”被赋予一种凸显农民工在城市工作的职业身份和主体意识。20 世纪 90 年代后期互联网在中国兴起，互联网为新工人的写作提供了文学阅读和交流的空间。散文随意抒发、闲谈成趣的文体特征决定了它更容易被广大工人所接受，在国家快速工业化、城市化和现代化的今天，新工人文学为当代文学写作开启了一个新的向度，以文学的名义呈现工人的生活和价值，呈现工业生产和城市空间的另一面，这也是当代中国文化经验的有机组成部分。

在本书的编纂过程中，我的研究生全婉仪、刘芸竹、李晓玉、苏航、何阳五位同学帮忙搜集、整理资料，付出了辛勤的劳动，在此一并致谢！

潘　磊

目录

庶民的胜利

李大钊

我们这几天庆祝战胜，实在是热闹的很。可是战胜的，究竟是那一个？我们庆祝，究竟是为那个庆祝？我老老实实讲一句话，这回战胜的，不是联合国的武力，是世界人类的新精神。不是那一国的军阀或资本家的政府，是全世界的庶民。我们庆祝，不是为那一国或那一国的一部分人庆祝，是为全世界的庶民庆祝。不是为打败德国人庆祝，是为打败世界的军国主义庆祝。

这回大战，有两个结果：一个是政治的，一个是社会的。

政治的结果，是“大……主义”失败，民主主义战胜。我们记得这回战争的起因，全在“大……主义”的冲突。当时我们所听见的，有什么“大日尔曼主义”咧，“大斯拉夫主义”咧，“大塞尔维主义”咧，“大……主义”咧。我们东方，也有“大亚细亚主义”“大日本主义”等等名词出现。我们中国也有“大北方主义”“大西南主义”等等名词出现。“大北方主义”“大西南主义”的范围以内，又都有“大……主义”等等名词出现，这样推演下去，人之欲大，谁不如我？于是两大的中间有了冲突，于是一大与众小的中间有了冲突，所以境内境外战争迭起，连年不休。

“大……主义”就是专制的隐语，就是仗着自己的强力蹂躏他人欺压他人的主义。有了这种主义，人类社会就不安宁了。大家为抵抗这种强暴势力的横行，乃靠着互助的精神，提倡一种平等自由的道理。这等道理，表现在政治上，叫作民主主义，恰恰与“大……主义”相反。欧洲的战争，是“大……主义”与民主主义的战争。我们国内的战争，也是“大……主义”与民主主义的战争。结果都是民主主义战胜，“大……主义”失败。民主主义战胜，就是庶民的胜利。

社会的结果，是资本主义失败，劳工主义战胜。原来这回战争的真因，乃在资本主义的发展。国家的界限以内，不能涵容他的生产力，所以资本家的政府想靠着大战，把国家界限打破，拿自己的国家做中心，建一世界的大帝国，成一个经济组织，为自己国内资本家一阶级谋利益。俄、德等国的劳工社会，首先看破他们的野心，不惜在大战的时候，起了社会革命，防遏这资本家政府的战争。联合国的劳工社会，也都要求平和，渐有和他们的异国的同胞取同一行动的趋势。这亘古未有的大战，就是这样告终。这新纪元的世界改造，就是这样开始。资本主义就是这样失败，劳工主义就是这样战胜。世间资本家占最少数，从事劳工的人占最多数。因为资本家的资产，不是靠着家族制度的继袭，就是靠着资本主义经济组织的垄断，才能据有。这劳工的能力，是人人都有的，劳工的事情，是人人都可以作的，所以劳工主义的战胜，也是庶民的胜利。

民主主义、劳工主义既然占了胜利，今后世界的人人都成了庶民，也就都成了工人。我们对于这等世界的新潮流，应该有几个觉悟：第一，须知一个新命的诞生，必经一番苦痛，必冒许多危险。有了母亲诞孕的劳苦痛楚，才能有儿子的生命。这新纪元的创造，也是一样的艰难。这等艰难，是进化途中所必须经过的，不要恐怕，不要逃避的。第二，须知这种潮流，是只能迎，不可拒的。我们应该准备怎么能适应这个潮流，不可抵抗这个潮流。人类的历史，是共同心理表现的记录。一个人心的变动，是全世界人心变动的征兆。一个事件的发生，是世界风云发生的先兆。一七八九年的法国革命，是十九世纪中各国革命的先声。一九一七年的俄国革命，是二十世纪中世界革命的先声。第三，须知此次平和会议中，断不许持“大……主义”的阴谋政治家在那里发言，断不许有带“大……主义”臭味，或伏“大……主义”根蒂的条件成立。即或有之，那种人的提议和那种条件，断归无效。这场会议，恐怕必须有主张公道破除国界的人士占列席的多数，才开得成。第四，须知今后的世界，变成劳工的世界，我们应该用此潮流为使一切人人变成工人的机会，不该用此潮流为使一切人人变成强盗的机会。凡是不作工吃干饭的人，都是强盗。强盗和强盗夺不正的资产，也是一种的强盗，没有什么差异。我们中国人贪惰性成，不是强盗，便是乞丐，总是希图自己不作工，抢人家的饭吃，讨人家的饭吃。到了世界成一大工厂，有工大家作，有饭大家吃的时候，如何能有我们这样贪惰的民族立足之地呢？照此说来，我们要想在世界上当一个庶民，应该在世界上当一个工人。诸位呀！快去作工呵！

原载《北京大学日刊》1918年12月6日

新纪元

李大钊

新纪元来！新纪元来！

人生最有趣味的事情，就是送旧迎新，因为人类最高的欲求，是在时时创造新生活。

今日是一九一九年的新纪元，现在的时代又是人类生活中的新纪元，所以我们要欢欣庆祝。

我们今日欢祝这新纪元，不是像那小儿女们喜欢过年，喜欢那灯光照旧明，爆竹照旧响，鱼肉照旧吃，春联照旧贴，恭喜的套话照旧说，新衣新裳照旧穿戴。那样陈陈相因的生活，就过了百千万亿年，也是毫无意义，毫无趣味，毫无祝贺的价值。人类的生活，必须时时刻刻拿最大的努力，向最高的理想扩张传衍，流转无穷，把那陈旧的组织、腐滞的机能一一的扫荡摧清，别开一种新局面。这样进行的发轫，才能配称新纪元。这样的新纪元，才有祝贺的价值。一个人的一生，包含无数的新纪元，才算能完成他的崇高的生活。人类全体的历史，联结无数的新纪元，才算能贯达这人类伟大的使命。

一九一四年以来世界大战的血、一九一七年俄国革命的血、一九一八年德奥革命的血，好比作一场大洪水——诺阿以后最大的洪水——洗来洗去，洗出一个新纪元来。这个新纪元带来新生活、新文明、新世界，和一九一四年以前的生活、文明、世界，大不相同，仿佛隔几世纪一样。

看呵，从前讲天演进化的，都说是优胜劣败，弱肉强食，你们应该牺牲弱者的生存幸福，造成你们优胜的地位，你们应该当强者去食人，不要当弱者，当人家的肉。从今以后都晓得这话大错。知道生物的进化，不是靠着竞争，乃是靠着互助。人类若是想求生存，想享幸福，应该互相友爱，不该仗着强力互相残杀。从前研究解决人口问题的，都是说马尔查士说过[①]，人口的增加是几何的，食物的增加是算术的，人口的增加没有限制，地球的面积只有这一定的大小，若不能自节生殖，不是酿成疾疫，就是惹起战争。这也是无可如何的事情。所以强大的国家都要靠着兵力，扩张领土；自尊的民族，也多执着人种的偏见，限制异种的工人入境。种种不公平背人道的事情，都起于这个学说。从今以后，大家都晓得生产制度如能改良，国家界线如能打破，人类都得一个机会同去作工，那些种种的悲情、穷困、疾疫、争夺，自然都可以销灭。人类的衣食，没有少数强盗的侵夺暴掠，自然也可以足用了。从前的战争靠着单纯腕力，所以皇家、贵族、军阀、地主、资本家，可以拿他们的不正势力，驱使几个好身手的武士，作他们的爪牙，造出一个特别阶级，压服那些庶民，庶民也没法子可以制裁他们，只有受他们的蹂躏。从今以后，因为现代的战争要靠着工业知识，所以那些皇家贵族等等，一旦争斗起来，非仰赖劳工阶级不可。从前欺凌他们侮辱他们，现在都来谄媚他们。夺去他们的工具，把武器授与他们。他们有了武器在手，就要掉过头来，拥护劳工的权利，攻击他们的公敌。劳工阶级有了自卫的方法，那些少数掠夺劳工剩余的强盗，都该匿迹销声了。从前在资本主义的生产制度之下，一

① 马尔查士：即马尔萨斯。

国若想扩充他那一国中资本阶级的势力，都仗着战争把国界打破，合全世界作一个经济组织，拿他一国的资本家的政府去支配全世界。从今以后，生产制度起一种绝大的变动，劳工阶级要联合他们全世界的同胞，作一个合理的生产者的结合，去打破国界，打倒全世界资本的阶级。总同盟罢工，就是他们的武器。从前尚有几个皇帝、军阀残存在世界上，偷着作鬼祟的事情。秘密外交是他们作鬼的契约，常备兵是他们作鬼的保障。他们总是戴着一副鬼脸，你猜我忌的阴谋怎么吞并、虐待那些小的民族。虽然也曾组织过什么平和会议，什么仲裁裁判，但在那里边，仍旧去规定些杀人灭国的事情。从今以后，人心渐渐觉醒。欧洲几个先觉，在那里大声疾呼，要求人民的平和，不要皇帝，不要常备兵，不要秘密外交，要民族自决，要欧洲联邦，做世界联邦的基础。美国威总统①，也主张国际大同盟。这都是差强人意的消息。这些消息，都是这新纪元的曙光。在这曙光中，多少个性的屈枉、人生的悲惨、人类的罪恶，都可望像春冰遇着烈日一般，消灭渐净。多少历史上遗留的偶像，如那皇帝、军阀、贵族、资本主义、军国主义，也都像枯叶经了秋风一样，飞落在地。这个新纪元是世界革命的新纪元，是人类觉醒的新纪元。我们在这黑暗的中国，死寂的北京，也仿佛分得那曙光的一线，好比在沉沉深夜中得一个小小的明星，照见新人生的道路。我们应该趁着这一线的光明，努力前去为人类活动，作出一点有益人类工作。这点工作，就是贺新纪元的纪念。

一九一九年元旦

原载《每周评论》1919 年 1 月 5 日第 3 号

① 威总统：指美国第 28 任总统伍德罗·威尔逊。

《黄庞流血记》序

李守常

（一九二二年三月二十三日）

黄、庞两位先生的死，不是想作英雄而死，亦不是想作烈士而死，乃是为救助他的劳动界的同胞脱离资本阶级的压制而死，为他所信仰的主义而死。因此，我乃对他们的殉死表无限的敬意！

以前的历史，几乎全是阶级的争斗史。最后的阶级争战，在世界、在中国均已开始了。黄、庞两先生，便是我们劳动阶级的先驱。先驱遇险，我们后队里的朋友们，仍然要奋勇上前，继续牺牲者愿做而未成的事业。

我们的目的，在废除人类间的阶级，在灭绝人类间的僭擅，但能达到这个目的，流血的事，非所必要，然亦非所敢辞。要知道，牺牲永是成功的代价。

中国社会运动史的首页，已由黄、庞两先生用他们的血为我们大书特书了一个新纪元！以下的空白怎样写法？要看我们的努力了！

原载《晨报副刊》1922 年 3 月 23 日

贫民的哭声

陈独秀

“肚子饿极了，我们两天没得吃了。想问对门借点米熬粥喝，怎奈他们的口粮还没领下来，也在那里愁眉叹气。”

“好冷呀！老天为什么又要下雪？这风雪从窗户吹进来还不打紧，只是从屋顶漏湿了一家人这条破被，怎么好！”

“我的可怜的丈夫，他拉车累得吐血死了，如今我的儿子又在这大风雪中拉车。可怜我那十二岁的孩子，拉一步喘一口气！”

“我七十一岁的爸爸，昨天拉煤回来，不知道怎么一到家倒在地下，就死了。像这样热的六月天气，没有棺材收尸怎么好！”

“我家娘儿俩没饭吃，把我卖到窑子里，天天挨打挨骂受不了，要求巡警老爷做主。”

这是北京城里一片贫民的哭声！

据警察厅最近的调查，北京人口，合共有男女九十三万二千五百四十名。那纯粹没有职业的贫民，占十分之一。东洋车夫有四万多人。排字的工人，差不多有一万。公娼私娼，总也在一万人以外。北京城里九十几万人当中，要算这十几万人最苦恼了。

这十几万苦恼的人，常常发出他们可怜的哭声，我们七十几万市民都听见没有？

这十几万人，何以到了这样苦恼的境遇？懒惰，没有能力，并不是他们人人造成苦恼的唯一原因。有些享福的老爷太太，能力不比他们高，而且比有些贫苦的人还要懒惰十倍。

那么到底是什么缘故呢？

在欧美各国，他们贫富悬隔的原因，乃是有钱的人开设工厂，雇佣许多穷人替他做工，做出来的钱财，大部分进了他的腰包，把一小部分发给工人，叫作工价。工厂越大越多，那少数开工厂的资本家越富，那无数做工的穷人仍旧是穷。所以穷苦的工人时常和开工厂的资本家为难，渐渐造成那无产阶级对于有产阶级的社会革命，这就是现在各国顶紧急顶重大的问题。

我们中国却不是这样。那有钱的人，他的钱还并不是费了些心血开设工厂赚来的，乃是做文武官卖国借款拿回扣搜刮抢劫来的。通国的钱财，都归到这班文武官和他们子孙的手里。弄得中等人家，仅能够穿衣吃饭，穷苦的人连衣食都没有，若是有工厂去做牛马似的苦工来糊口，还算是福气。

北京城里头一个懒惰无能力而且奢侈的，就是溥仪那一家人。他家有多少人口，凭什么一年要用什么皇室经费几百万？只要他省出十分的一二来，办几个贫民工厂，也可以帮北京的满、汉穷人开一条生路，免得他们男的没饭吃去拉车，女的没饭吃去卖淫。

今天这样捐，明天那样税，弄得民穷财尽，钱用到那里去了？替人民办了什么事？呵！呵！我知道了：养了议员去嫖、赌、恭维督军。养了文官去刮地皮，借外债卖路矿得回扣。养了武官去杀人、抢劫、贩卖烟土。养了法官警察官去捉拿那贫苦的烟犯赌犯来罚钱。现在的时代，还无人敢说政府官吏没什么用处，可惜他们的功效，只造成一片贫民的哭声！

这班文武官，用卖路矿借外债拿回扣，搜刮抢劫，贩卖烟土种种手段，将通国的钱财聚在自己手里享用，还留给那懒惰无能力的子孙享用，天天吃燕窝，打扑克，逛花园，跑汽车。那不能卖路矿借外债得回扣，不敢搜刮抢劫贩卖烟土的良民，当然穷得没衣着，没饭吃。

现在人心大变了，马上就要和从前两样。所以欧、美、日本连政府也都在那里赶紧讲究什么贫民生计、保护劳工、劳工组合、劳工教育、分配公平、遗产归公，等等政策，好预防那社会革命。

我们中国的文武官，还正在那里聚精会神兴高采烈地弄那造孽的钱，预备一辈子享用，子孙万代享用。他们那里知道什么社会革命！他们那里听见什么贫民的哭声！就是听了那可怜的哭声，也只笑着说道：这是他们命该如此。

单是北京一处，就有十几万苦恼的人发出他们可怜的哭声，这不是一个小问题。

我想这可怜的哭声，早晚就要叫他们听见，叫他们注意，叫他们头痛，最后还要叫他们发出同样的哭声！

原载《每周评论》1919 年第 19 期

华 工

陈独秀

英国人自夸说：无论太阳走到何处，都照着英国国旗。我们也可以自夸说：无论太阳走到何处，都照着中国人做工。中国劳动者在国内做的工，除了瞎子都可以看得见，这是不待说的；他们并且散布到全地球了，地球上五大部洲，到处都有华工底足迹，至于开辟那新旧金山底功劳，更是历史的伟大。最近一班无耻的军人、政客，各人自夸参战底功，试问除赴法的华工外，什么人对于参战有丝毫功绩？我们可以自夸的只有伟大的劳动力这一项，但偏偏有一班心盲的人硬说："吾辈居今日之中国，欲建立劳动者专政而患无劳动者也。"在外国底华工姑且不论，试问中国国内若无劳动者，我们吃的饭，穿的衣，住的房屋，乘的车船，是从那里来的？我想他只有答道："这些都是资本家做给我们的。"

署名：独秀

原载《新青年》1920 年第 8 卷第 4 期

《黄庞流血记》序（二）

蔡元培

黄、庞两先生从学校毕业后，就到工厂里，助这许多作工的同胞，组织湖南劳工会，这是他们实行的到民间去的格言，不是我们的模范么?

这两位先生，岂不知现在的中国，军阀就是财阀，一面是骄横，一面又是苛刻，劳工的血汗，就是他们所有，劳工的生命，悉凭他们处置；若是有人替劳工设法，与他们抵抗，他们一定要排除他的么！但是两位先生，并不退缩，虽被捕入狱，出狱后，还是进行。黄先生说："我的生命终必为劳动运动死"。这种牺牲的精神，又不是我们最好的模范么！

现在两先生为劳工运动死了。在两先生自然死的无憾。我们后死的人，就有两种最直接的责任：一是完成两先生还没有作成的事业；二是替两先生复仇。

第一责任，是在劳工会里面，大大的尽力，叫每个劳工都有两先生的精神，使他们杀人的知道拔去了一二个眼中钉，反加增了无数，那就不敢尝试了。

第二责任，是要认定“冤有头，债有主”的条件，这一回的事变，直接加害的是赵恒惕，那就应该把赵恒惕来偿命。其余涉嫌疑的人，若是没有实在的凭据，不要多去牵连他。即如流血记中多指曰的政客学究，是否有运动勾通等事实，不是慎重考虑后，不为轻下断语。记中多说的机械会，是工业专门学校校长宾步程与校中的学生组织的，他们也是工会，当然能表同情于劳工会。宾步程是我的老朋友，我知道他的为人是很豪爽，很有游侠的气概，绝不是阴谋派。我不但信任他已往，决不与闻害黄、庞两先生的事，而且将来一定可引为劳工会的同志。

原载《民国日报·觉悟》1922 年 2 月 26 日，第 4 期

一段奇惨极痛的奇闻

邵力子

诸君！你们看见一段奇惨极痛的新闻吗？

> 唐山开滦矿，十四日煤洞着火，矿师反用砖闭塞洞口，致焚毙矿工八百余，内监工四人，现矿局议决每尸给洋六十元。

一场火烧死八百多条人命，在稍重“人道”的国家，一定要全国震惊，看作一件最重大的事，都起来研究这肇祸的原因。现在已明明知道矿师用砖闭塞洞口，这是何等惨无人道的事！八百多条的性命，都应由这矿师和该矿局负责。国民还能一声不响吗？

开滦矿师蔑视工人的性命，一年前已有罗家伦君等揭破，几种注意劳工的刊行物，也曾加以声讨。无奈一般人都漠然视之，不足以警醒此虎狠成性的矿师，竟致更演此八百多人同被关闭烧死的惨剧。国民诸君呀！我们大家都要对这八百多怨鬼负些责任罢！

每尸给洋五六十元，这是开滦矿局的向例。所以该局对于工人，看作比骡马还不如，因为骡马不是五六十元可以买到的。八百多条性命，每条六十元，总算也不过五万元；在这样大的一个矿局，算得一回什么事？但在人道上讲，这个损失还有限量吗？

诸君呀！我们对于这八百多个无名鬼，要比一个督军的自杀看得重些，才对呀！

原载《民国日报·觉悟》1920年第10卷第19期

工厂杂感

新 桂

汽笛呜呜，机声轧轧，不断的男女工人来到工厂中，手不曾停一刻工夫，脚也要东踏西踏，眼睛似犁鸡一样，东瞧西看，这些造福全人类的人们，做这些造福全人类的工作，本来谁也愿干，谁也应当干。我们工人既具了造福全人类的大本能，理应享尽人间的优待，为什么反遭人白眼，被人视为奴隶一样，压迫着动弹不得呢？古时人们过那禽兽一样的生活，是受着了自然界的压迫，到近世纪却不然了，壮丽街市和伟大洋房的建筑，风驰电掣的车辆的制造，幽雅清秀娱事处的设备，这些物质文明化的东西，均是劳动者的血汗所造成的；但工人永没有享受这些东西的机会，而工人所终年享受着都是那些污秽不堪的贫民窟和终日牛马一般奔劳的生活。这是什么缘故呢！简单说：这是人为的压迫，这压迫是否可以去掉呢？那在我们工人阶级的觉悟。

现在厂中最可耻的事情，就是厂主资本家以欺骗的手段，愚弄一班知识浅薄的人，使他们脑筋麻木，神灵昏乱，不知道己身阶级的利害。怎样宣传他们的资本主义呢？厂主技师常说：你们工人听了别人说八小时工作的，你们就信以为好吗？这是大错特错的，外国工人不知道流了多少血，才得了八小时工作的代价，到现在忏悔得了不得；因为做少了工，往往得不到良好生活，现在依然要求做十二小时的工人多得很呢！外国工人接连做三十点钟工作的工人并且还有呢！你们做十二小时的工作，是最适宜最相当的工作，算得什么苦，要减少钟点呢！我要请问他现在工钱价格怎样定标准，大约普通工钱的价格，也不过维持工人己身生活与繁殖子孙为工业将来的后备军。我们工人如果得了八小时工作，也要得些维持生活和繁殖子孙的条件，不是这样现象，工人也不能生活了，子孙也不能繁殖了，工业后备军也没有了，工厂也要闭门了，利润也等于零了，资本家也不成为资本家了。所以我们可以大胆地对工友们说：普通最低工钱价格是限于维持生活和繁殖子孙为条件，八小时和十二小时于工人利害的关系，犹如二五等一十。

况且我们做六七个钟头，足足以偿还他所消费的生产费，余的是白白地送给别人的，我们何必多做几小时。他说外国工人要求做十二小时的工作，纯是一片欺骗知识浅薄工人的心肠，若说还有接连做三十小时工作的外国人，那真是铁炼的机器了。这是我根本怀疑的。

厂主最骇怕的，是怕工人组织了巩固的工会，干涉他在厂中为王的威风，不能任意奴视工人，最忌的还是给他下一个总同盟罢工的大攻击；所以常使亲信的奴隶对工人说：“你们完全是没有知识的人们，只可度那安分守己的生活，过那听天由命的日子，决不要轻举妄动，那些说组织工会的论调，更不可轻信，试问你们这样知识浅薄的人，知道什么组织呢？”

我们工人知识浅薄是不错；但我们几十万工人都被工厂组织得军队一样，在这种极有组织有条理的中间，谋我们工友们一个相当的结合，也用不着什么大理想家大哲学家；我们工人尽可以自己组织起来。广东现有如山如林的工会，工人没有一个没入工会。浦东也有了一个最巩固的工会，迭经两次罢工风潮，精神更加坚固。他们这些工会，都是出自工人自动组成的，难得他们工人有首创之知识，我们工人连仿效都不知道吗？我所以决不疑我们工人知识浅薄，就没有建设工会之可能。

厂中最奇怪的现象，就是稍有知识的男工们，被一班资本家的走狗和奴隶，绝对禁止和女工谈话，不知道是什么用意，偶然男女社交心发动，就要被他们一班走狗的胡骂。“没人格”“不自爱”等等的名词加上来，尤其对女子侮辱得很，手之舞之的对待那些旧式的女子，弄得面红耳赤，使伊羞得无地缝可入。究竟他们那班走狗，对待女工果还保存人格否？明则强迫，暗则利诱，稍不自给的女子，每每受他们的骗。

现在厂中十二三岁的小女孩小男孩多得很呢。都是变成惨白的面色，一点儿生气都没有。厂主资本家，常骂工人没知识，这样的小孩儿，就要强迫他做十二时的工作，劳动者知识从哪里来呢？我常愤恨学问没有求得完全，做这点低能的工作，还做不来，但比较这些十二三岁孩儿，实在好多了，我又不知他存一种什么样的可怜心。

以上这些情形，都是属我直觉的感觉，发于衷而不可已的，不过略将厂中情状说明一点罢了。

六月十四日写于杨树浦贫民窟

原载《民国日报·觉悟》1922年6月16日

天津火柴厂内的童工

程婉珍

昨天在《觉悟》上读了新桂君《怎样防制军阀官僚变相的资本家》一篇后，我想到在天津的一个丹华火柴厂的情形了。

今年春天，我在天津的时候，蒙人介绍，得以参观这个工厂。我当时以为是一件非常荣幸的事：何以呢？因为听说这个厂很不欢迎参观的，非有特别的介绍，“工厂重地”的规例是不能轻易破坏的。现在要把我所记得的几件事写出来，给读者诸君看看。

这个厂开办以来，已有十余年之久，我参观的时候正在添造新屋，想来彼的营业必定是很发达的。

厂内的工作，除有几部分必须年龄较长的人，方能胜任之外，其余工作都用童工。童工共有三百余人，内有几个女童工，年纪很小，只有六七岁的模样。他们做工的时候，都是站立的。

陪我参观的一位先生对我说，“他们不做夜工的。”我一听见这句话，觉得很满意。我即问，“每日分几班？”他说，“只有一班”。我又问，“何时做起何时停工？”这位先生答道，“自清早五点半起，至晚上九点钟停”。我听见这句话，吓得我一跳。我即告诉和我一同去参观的一位欧洲女士。伊道，“这是不可能的吧？你可有误会了他的意思吧？”所以我再问这位先生，但他的答语是和第一次一样，我即知道我是不曾误会了。那位欧洲女士道，“我恨不得把这些可爱的童工，一个一个都带回去做我的螟蛉子”。

我自恨不能把工厂内的情形，一一描摹出来；但我记得的，就是工厂中的空气，非常污浊；牛胶和磷的气味，极其难堪。我们参观了不多时，已经觉着头痛目眩。天将晚了，我们即乘汽车回去了；那女士的爱犬，见了我们，摇头摆尾地欢迎我们，女士置诸膝上，抚而言“那三百余的童工，在那边做自早晨5点半起至晚上9点钟的牛马生活，哪里及得来我爱犬这样的逍遥自在？”

编辑附言：

程婉珍女士是最注意劳工问题的一人，尤其是最注意女工问题和童工问题的人。伊这封信，虽只寥寥数百字，伊还自恨不能将那工厂内的情形一一描摹出来；但有心人读了，总已十分刺人心坎罢！“人不如犬”，是中华民族之耻，也即是全体人类之耻。用什么方法来雪耻，这是眼前最吃紧的问题，单下几滴同情的眼泪是无用的。力子（按：邵力子）

原载上海《民国日报·觉悟》副刊，1922年第7卷第30期

施洋的死

李求实

施洋已被吴佩孚命肖耀南枪毙了的消息，迅雷急风似的传到我的耳朵里来了！我于万分悲痛之余，不禁发出了一种意外的希望。

施洋在五四运动中是中坚分子，在湘鄂自治军驱王时也曾效力军前，在一年来的湖北劳动运动中，老实说，却也很尽了一番心力。他对于为民众争自由去蟊贼的种种运动中，真算得"鞠躬尽瘁"！他一生事业的价值，我此地无暇详述；而且我认定他的死实在比他的生还有更大的价值，所以我舍其生而愁其死。

因为军阀强力的压迫，与先觉热心的指导，一般民众近来都已深切地觉得自己所受的痛苦，且已明白地知道得解放的路径。一年来各地工人罢工运动，学生罢课运动，市民请愿示威运动，都是上述情形的表现。施洋是一位先觉者，他曾不顾生命地为各种民众运动作指导，他现在竟为指导民众争自由，争人权的运动而牺牲了性命，而杀死他的，又是素来压迫民众的军阀吴佩孚与肖耀南！一般民众——包括商人、工人、学生等等——若不是已经死得一人不存，必然会有一种极严重的表示！下面这种酝酿已久的讨伐声，我敢断言，必定会即日从全国民众中风起云涌似的高呼出来！同胞们！万恶的军阀今天愈加猖獗了！他们对于我们民众，已经由横加压迫而进入乱肆屠戮了！他们先后在北京各处杀死了我们学生数十，在汉口、郑州、长辛店等处杀死了我们工人数百，现在且又把我们景仰的指导者施洋杀了！照这种情形下去，恐怕我们各界同胞都会要被他们枪杀，我们千百指导者都会要被他们屠戮；这样，我们还有命么？同胞们！我们决不能坐以待毙！我们唯有全体联合起来，努力打倒军阀，建设我们新的国家，谋我们大家的幸福！同胞们！是时候了！再不能迟了！快快大家联合起来打倒军阀啊！

中国是全国民众的中国，民众既一致抱打倒军阀的决心，怀建设新国家的雄志，则军阀焉得不倒？新国家焉得不成？肖耀南曾说："杀了施洋，湖北可无工潮！"有眼无珠的肖耀南，却哪里知道：杀了施洋，不仅工潮不能平，一切风潮且均将从此而起，彼一己的地位亦将难保啊！

所以我笃定："施洋的死，乃是全国民众合力打倒军阀建设新国家的导火线。"都称死的价值何等伟大啊！

一九二三．二．二二夜四时

原载上海《民国日报》1923 年 2 月 22 日

纪念施伯高兄

恽代英

我不能不纪念施伯高兄，因为我对于施伯高兄，不能不表示我一年来深深留在心上的一种歉忱。

我在京汉大罢工的时候，还远隔在四川，仅仅从报纸中得些东鳞西爪的传闻。我在那时候，曾经听得此谣言，说是某某诸友，都遭了惨杀；经了好久，我才知道这都是谣言；只有工人林祥谦君等与伯高兄的遭惨杀，却竟是不幸的事实了。

我回想我认识伯高兄，是在五四运动以后。在那时候我只知道他是热心奔走的人。我亦曾怀疑他是爱出风头；我亦曾讥笑他是专门开会家；我因为他是一个法政毕业生，而且比较活跃而规模宏大一点，我总觉得他像一个政客；我在初不相信他有什么诚心，我在初不相信他真能为社会上做出什么切实事情。

我在最近两年间，才有些半信半疑地赞美他的为人了。我因为看见他热烈而勇敢的胆气，与那种坚定而不移易的精神，我实在没有法子，用恶意猜度他；但是我那时候，还是这样想：我说，他头脑怕不是很明晰罢！他的气性怕不是很纯正罢！因为我的逻辑，凡外貌似乎是一个政客的，他终少不了有一些政客们的缺点。

然而伯高兄竟因为援助工友，为被剥夺的劳动阶级的利益而奋斗，这样的遭惨杀了。我听见他被杀的确实消息，我不但感觉是一件可惜的事，我的良心还受着很痛苦的责罚呢。

我疑议人家，我不满意人家；但是世界上只有像我这样的人，真做得成什么事么？伯高兄的一死，可以为他证明了一切，可以使一切疑议不满意他的人，再不能说一句话。然而到人家死了才相信人家是一个真诚的有志的人，这样的相信，有什么用处呢？

人对于一切生活性格与他自己不同的人，每每会发生些无根的误解。比如我们说，伯高兄是一个政客，便是一个显明的例证。我亦并不必因为伯高兄是已经死了，因而说他是一个全无缺点的人。他的缺点，正如我的有缺点一样。我们所有的缺点，固然不相同，然而大家都免不了许多缺点，这终是一样的。

到现在想，我们何必希冀去找全无缺点的人呢？我们但能集合各种缺点不同的朋友，以我所长补人之短，亦以人所长互补其短，这亦便很可以做事了。我们若能得真诚热烈如伯高兄的，纵有许多缺点，亦应与他努力提携；为什么我从前只知疑议，不满意他呢？

我们若知道自己是有缺点的人，我们应当欢迎能补正我的缺点的人才是。我们偏于冷静了，正需要活跃的朋友；我们偏于拘谨了，正需要规模宏大的朋友。然而因为我的狭隘而不肖的见解，我偏要说，这样的朋友，怕不免是政客罢，因此我对伯高兄始终不曾十分的信任。

但是现在呢？我应当如何对伯高兄惭怍？我应当如何追悔我以前错误的待朋友的方法？我应当如何的承认，我是狭隘而不省的人啊！

凡不肯离弃一切危险运动的朋友，都许是早些或者迟些要遭惨杀的朋友。我们不要待到人家遭惨杀了，再去崇拜追悼他；却在他的生前，只是疑议或不满意于他啊！

我们所确实认识的热烈真诚的同志，死了的已经死了；我们应当必须待到人家死了，才这样确实认识他，才悔恨从前不曾信任他，不曾与他努力提携么？

我回忆起伯高兄夹着一个皮包，在后花楼汗涔涔地跑过去的时候了！我回忆起伯高兄捶胸顿足地在国民大会演说台上演说的状况了！我亦想象伯高兄在刑场上最后的一分钟！我想伯高兄总还记念着：有许多未曾做完的事情，不知道是哪一些后来的兄弟们要接着办呢！

亦不少后来的兄弟们，准备继续着伯高兄所做的事情了，亦不少后来的兄弟们，准备继续着伯高兄所遭的惨祸了。唯愿后来的兄弟们，大家信任着，大家努力提携着！我们如何善于与活着的朋友相处，比起我们如何崇拜追悼已经死了的伯高兄，还一百倍地重要呢！

原载上海《民国日报》“施洋纪念号”，1924年2月25日

答刘三保工友①

恽代英

（一九二九年五月十五日）

你们那里发生的问题，我觉得应该注意的是：

一、失业工友与在业工友的关系问题：本来失业工友与在业工友，同是受资本家剥削和压迫的阶级，所受的痛苦是一样，根本没有什么利害的冲突。为什么会有不一致行动的事发生呢？这完全是资本家的捣鬼，从中挑拨离间，分散失业工友和在业工友的联合战线，削弱工人阶级的团结力量，以利于他们更加压迫工友们。因此失业工友和在业工友大家应有深切的觉悟，一致联合，不要上资本家的老当。

① 江西景德镇磁窑工人刘三保给《红旗》编辑部写信说：当地有一失业工人组织，每年罢工时站在“我们工友的利益方面，很勇敢地和我们联合向压迫我们的资本家斗争，不过他们是有条件的，一定要我们供给他们的生活，我们当然是答应的。但是倘如资本家加紧压迫，斗争将失败时，同时资本家又拿钱去买动他们，那时候呵，他们马上可以反转来殴打工人，捣乱我们打派头（罢工）的组织。我们真不知怎样对付才好。”恽代英针对这一问题作了答复。

二、在业工友应该知道无产阶级战争的唯一利器，是要有严密的组织，同时在业工友有很好的组织，帮助失业的工友，才能与失业工友有密切的联合，才能使失业工友不致受资本家的欺骗利用。只有在业工友与失业工友彼此互相帮助，在一条战线上与资本家斗争，才能够得到整个的工人阶级的胜利。

三、失业工友痛苦的来源，很明显的是受了资本家的任意开除工友所致，资本家为要使用他对工人阶级的更压迫更剥削的手段，因此他任意的无故或借故开除工人，向工人阶级进攻示威，他巴不得工人阶级驯服得如绵羊一般，一些也不起来反抗，然后他才能得到更多的利益。因此失业工友们，应该大家觉悟，你们唯一的出路是与在业的工友紧紧地联合着，向资本家作复业的斗争，这样才是根本解决的办法。在失业工友没有复业的时候，应当团结起来，向资本家与当地政府进行要求维持生活的斗争，在斗争中是要请在业工友的帮助。失业工友的生活，不是要在业工友去维持，因为在业工友是一样的受压迫。失业工友所应当找的是资本家及当地政府，他们应当负责维持失业工友的生活。

署名：稚宜

原载《红旗》1929年5月15日第21期

一个女工的自述

花 辰

我生长于穷乡僻壤，家道贫寒，父亲是把橹的艄公，种上几垄桑田，勉强支持我们四口的生活。我因为好学，所以母亲以针线的所得，供我在附近小学读了三年书。但自江浙战争后，我们的生活更加窘迫了，这是我进工厂唯一的动机！

民国十五年（也是我的十五岁）的炎夏，我离开了可爱的故乡，慈爱的母亲，友爱的姊妹，跟着父亲乘船来沪。当时母亲苍枯的脸上挂着晶莹的泪珠，一行行落在衣襟上，她断续咽呜着叮嘱我道："花儿，我已拜托你的姨母，你在姨母家要和在家里一样，姨母一定很疼你的，你要顺着她……晚上睡着时，被儿要盖好，受了凉没人……我至迟在年底，终可以来望你……到了上海就写信来告诉我，不要忘记了……去罢，船快开了。"她说完这些话，船真开了。后来船行了好几里，我仿佛还听见母亲叮嘱的声音，但是我的神经好像是失了知觉，同吃了迷药似的，蒙眬睡去了。

那日天气阴霾，忽隐忽现的阳光，照射着两岸的树木和碧绿的湖水相映射；农夫低着头，不息地工作，从拂面的凯风，带来解除劳苦的歌声。船不住地前进，船头的浪花，飞溅如雪卷银涌，不断向后推移。那时我虽沉浸在大自然的怀抱里，但浑身被悲哀与恐惧包围着，没有快乐盘旋的余地，更无心意来欣赏自然的美丽。我整整坐了四十八小时的船，在晨光熹微，各个工厂汽笛齐鸣的当儿，到了目的地。登陆后，新地给我的第一个印象，就是和我差不多大小，或年龄较大的女子，手里都提着吃饭的家具，匆匆忙忙跑进她们做工的厂中去，她们的精神都萎靡得很，脸色憔悴不堪，令人见了很是可怜。“我不久的将来，不是要和她们一样吗？我反复咀嚼着这话。”

“花辰，我已替你找到一个经纱的位置，明天即要去上工，学习时，每天饭资两角，将来一天可得工资一元哩。工作既清洁，又省力，在纺纱厂里算最优的位置，你愿意去吗？”这是我到沪后，第五天的傍晚，姨母工作回来对我说的。“好的，谢谢姨母。”我知道事体既已成就，也就欣然应诺了。当夜一宵无话，次日五时许，正是光明和黑暗剧战的当儿，姨母便引我进厂；此时红绿的路灯，放出似明似暗的光彩，街上除了卖药的小车外，绝少行人，我因为第一天进去，所以特别的早。我们走了一会儿，巍峨的工厂到了；大门上有一行大字：“□□□□纺纱厂”，二门上有：“业精于勤”四字，此时轧轧的机声已听得很清楚，而且闹得人头痛。绕过回廊，即到姨母所说的经纱间，里面走出一个年纪二十左右的下级职员，向我打量一番，便领我到三号车上去学习。他并说，“三号车上的两个人，都是你的同乡，你等一等，她们一会儿就来的”。我没精打采地注视着三号车，那一排一排油绿绿的东西，用手摸摸，又能动，且有细纱连到前面，一根一根的距离得很匀称；另有一个大滚桶，不息地转动着，旁边连着皮带……诸如此类，我都莫名它的构造与作用！

“雪芬姐，侬格车浪来仔生手哉？”一个圆脸的人瞅着我，对面跑到的麻子说：“是呀！刚刚许先生告诉我哉。”

我知道这是教我的人，因着红了脸，低着头，万分窘迫地问道：“雪芬姐姐，你是不是在格布车上做工的？”

“是格，你是许先生带来的，啊是？”

“是格！以后一切烦姐姐指教。”我慢慢地答着，但当我正在问这样问那样的时候，忽听得尖脆的声音道：“啊呀！你早点来！我今朝头回声也没听见。”一个肥胖的矮子操着不纯粹的上海白说：

“今朝横竖是末号，又没得筒子换……”

“格个啥人呀？”

“伊是生手。”

“格位姐姐同你同车是不是？”我问雪芬，并请他介绍。

“唔。”

“请问尊姓？”

“啥格？”她不懂我的话。但我想既是同乡，怎么会不懂话呢？

“请问姓啥，府上是哪里？”我重说一遍道。

“姓周，在□□乡下哩！你叫啥名字？”

“花辰”，我很不愿意地告诉了她。

此后她领我到热水缸里去淘早饭，那水龌龊极了，而且发出刺鼻的臭气！这大概是因为淘的人太多。我一口也吃不下，她们却像没有嗅觉似的狼吞虎咽，一转瞬间，把一碗尘埃满封的冷饭，像狂风扫残雪似的，一卷而完！后来大家放了碗筷，又到原厂去工作。将到十一点钟，她们领我到进来的栊门口去，等家里送饭来。这时候才晓得栊门的作用，是人间地狱的牢门，不能随便出入的！假使家里没有送饭的人，就把带来的冷饭，放在缸中再淘一下吃。这样的不卫生，恐怕铜肠铁胃，也要生病罢？

我们一共做了十二小时的工作，听得汽笛一声，许多人蜂拥出来，顿时柜门挤得水泄不通。柜门还有几个身材魁梧、面目可憎的老妪，拦住柜口，检查行人。我们从头至脚，都被她无理地摸索一遍，我因极其愤恨，就向她质问道：“我是来做工的，又不是来偷东西的，何必要你这样检查呢？”她听了现出那狰狞可怖的面孔，对我说：“厂里的规矩是如此，你要怕检查，明天就不要来，这里有没有下大红帖子请你。”此时，旁边的警察手里拿着黑漆的棍子赶来，他不问青红皂白，举着警棍作欲击状，嘴里喊着：“走走！”真是咄咄逼人。我在这种武力压迫之下，晓得是不可理喻的，只好含垢忍辱地，随着众人走出纱厂门！

被生计所压迫的我，哪能斗气不再进厂做工呢？从此以后，我就屈服在资本家权力之下，做他良善的牛马，活动的机器，俯首帖耳地任他鞭笞，压榨我的血汗，为他生产。但是我既为衣食所迫，我也就毫无怨言。

每当工作到饥肠辘辘时，也顾不得水的清洁与龌龊，饭的冷热与尘封，我同样随她们将饭一扫而光，所以在很短的期间内，我就得了终身的痼疾，不能医治的胃病。在工作回来，本可休息，恢复筋骨的疲劳，或者读读小说，以调和枯槁的心灵；只是无情的姨母，她哪里许可呢？我无论如何疲乏，家事仍不可不做，偶一失检，则责骂随之，或含着讥诮的口气说：“要享福到家里去享罢！在我家当早晚有空时，想要帮帮忙，我恁大年纪，还在起早晚睡呢！你如此年纪就配享福吗？……”我听了这话之后，只好咬紧了牙关，再做牛马奴隶，鞠躬尽瘁，死而后已！寄人篱下固是如此，又有何怨？

有一天，气候炎热，全厂工人，请假停工的很多，执事许先生，叫我到一个不认识的，上海人车上去学。我偶一不慎，将纱碰断了，被她疾言厉色地申诉了一番，骇得我魂不附体，过了许多时候，逐渐恢复知觉，赔了多少小心，认了许多不是，获得她的原谅。此时我恐惧的心，方复了平时的状态，继续战战兢兢地学习，不敢有少许的大意。但是像这类的事情，不知碰了多少次，但赎罪的唯一秘诀只有赔小心，对不住，请原谅。献殷勤，也能得到她们的垂睐，一刻儿替他们打水，一刻儿替她们淘饭，先意承志的，替她们服役，亦可减少许多咎戾，免受了多少的闲气。如此过了三星期，我的技术已心手相应了，即将两角饭资取消，先和熟手三七拆，四六拆终至对拆。

我每逢提着饭具上工或放工的时候，总觉面红耳赤，像火烧一般，说不出一种难受的况味，因为在家时，常听见邻人说：“女工是一种卑贱的职业”，所以我总是低着头，一阵乱跑，到家以后，就像囚犯受着大赦一样的快慰！但使我最奇怪的，就是每逢夜班，姐妹们格外装饰得妖艳，枯黄的脸上，涂了很厚的雪花膏，身上喷上了许多的香水，头发抹了叫人眼花的生发油，尘垢堆积的手臂，也开光了！她们为什么要如此的装饰呢？我真莫名其妙呵！

中秋的晚上，月光如镜，万里长空，布满了璀璨的星斗，我心潮起伏，辗转不能入梦。计算欲买几部闲书，以消良夜作我寂寞的伴侣，但是恐惧的观念，立刻又呈现脑海：姨母的责骂，同事的诅咒，不是还隐现在耳中吗？因此立时又万念成灰了。唉！同砚的轩姐，现在不是已在初中二年级么？金钱的恶魔，我屈服在你权力之下，做你的牺牲者了！想来不觉悲伤，泪落如雨。最后我只好决定现在努力工作，拼命储蓄，几年之后，再去升学，那时经济能力独立，脱了贫困的牢笼，恢复人的生活。想到此时顿时心灵得了少许安慰，竟呼呼地入梦乡了！

不料晴天忽然来了一声霹雳，十六年的腊月，姨母告诉我，说母亲已替我订婚了，我于是不顾北风的凛冽，大雪的纷飞，冒寒归里，将婚事反抗，卒告成功。此后社会的指摘，邻人的批评，时时传入耳鼓。但十七年初，我经宗兄的介绍，在故乡□□纱厂做工了，该厂的待遇，较沪厂优稍，且工余之暇，沉醉在慈母怀里，读书的机会亦多，精神物质较沪上舒服了。

厂中的L先生常称赞我的天资聪明，并勉励我努力求学，自后遇着疑难，就向他请教，他总很恳勤同我解释，循循地诱导我，启迪我，使我的学业增进不少。

当时我还是个小孩子，仗着天真烂漫，认识这位可怜我、鼓励我的师长，自己的快乐真是不可形容了！不料后来以此招同事之嫉，飞短流长，使我精神上大受打击，因此想脱离这人间地狱。今年暑假，得哥哥的帮助。侥幸考取了□□女校，从此便脱离了起解的槛车，逃出了暗无天日的囹圄。向光明大道去求我人生的幸福，恢复我固有的人权。我决定努力向学，期有一技之长，贡献于社会；不但求自立，并希望援手与我同病的姐妹们！我在校中的贫寒，虽被贵族式的同学小姐所鄙夷，但过以往，则精神身体之快慰，已不可同日而语了！

原载《妇女杂志》1920 年第 17 卷第 6 期

五月三十日的下午

茅　盾

这是一个闷热的下午，这是一个暴风雨的先驱的闷热的下午！我看见穿着艳冶夏装的太太们，晃着满意的红喷喷大面孔的绅士们！我看见“太太们的乐园”[①]依旧大开着门欢迎它的主顾，我只看见街角上有不多几个短衣人在那里窃窃议论。

一切都很自然，很满意，很平静，——除了那边窃窃议论的几个短衣人。

谁肯相信半小时前就在这高耸云霄的“太太们的乐园”旁曾演过空前的悲壮热烈的活剧？有万千“争自由”的旗帜飞舞，有万千“打倒帝国主义”的呼声震荡，有多少勇敢的青年洒他们的热血要把这块灰色的土地染红！谁还记得在这里竟曾向密集的群众开放排枪！谁还记得先进的文明人曾卸下了假面具露一露他们的狠毒丑恶的本相！忘了，一切都忘了；可爱的驯良的大量的市民们绅士们体面商人们早把一切都忘了！

---

① 左拉（Zola）以近代大规模的百货商店为描写对象的小说，名曰《太太们的乐园》。

那边路旁不知是什么商铺的门槛旁，斜躺着几块碎玻璃片带着枪伤。我看见一个纤腰长裙金黄头发的妇女踹着那碎玻璃，姗姗地走过，嘴角上还浮出一个浅笑。我又看见一个鬓戴粉红绢花的少女倚在大肚子绅士的臂膊上也踹着那些碎玻璃走过，两人交换一个了解的微笑。

呵！可怜的碎玻璃片呀！可敬的枪弹的牺牲品呀！我向你敬礼！你是今天争自由而死的战士以外唯一的被牺牲者么？争自由的战士呀！你们为了他们而牺牲的，许也只受到他们微微的一笑和这些碎玻璃片一样罢？微笑！恶意的微笑！卑怯的微笑！永不能忘却的微笑！我觉得我是站在荒凉的沙漠里，只有这放大的微笑在我眼前晃：我惘惘然拾取了一片碎玻璃，我吻它，迸出了一句话道："既然一切医院都拒绝我去向受伤的死的战士敬礼，我就对你和死者伤者同命运的你，致敬礼罢！"我捧着这碎片狂吻。

忽地有极漂亮的声音在我耳边响道："他们简直疯了！他们想拼着头颅撞开地狱的铁门么？"我陡地转过身去，我看见一位翘着八字须的先生（许是什么博士罢）正斜着眼睛看我。他，好生面熟；我努力要记起他的姓名来。他又冲着我的面孔说道："我不是说地狱门不应该打开，我是觉得犯不着撞碎头颅去打开——而况即使拼了头颅未必打得开。难道我们没有别的和平的方法么？而况这很有过激化的嫌疑么？我们是爱和平的民族，总该用文明手段呀。实在最好是祈祷上苍，转移人心于冥冥之中。再不然，我们有的是东方精神文明，区区肉体上的屈辱何必计较——哈，你想不起我是谁么？"

实在抱歉，我听了这一番话，更想不起他是谁了，我只有向他鞠躬，便离开了他。

然而他那番话，还在我耳旁作怪地嗡嗡地响；我又恍惚觉得他的身体放大了，很顽强地站在我面前，挡住我的去路；又看见他幻化为数千百，在人丛里乱钻；终于我看见街上熙熙攘攘往来的，都是他的化身了，而张牙舞爪的吃人的怪兽却高踞在他们头上狞笑！突然幻象全消，现出一片真景来：那边站满"华人"的水泥行人道上，跳上一匹马，驮了一个黄发碧眼的武装的人，提着木棍不分皂白乱打。棍子碰着皮肉的回音使我听去好像是："难道我们没有别的和平的方法么？……我们有的是东方精神文明，区区肉体上的屈辱何必计较！"和平方法呀！这未尝不是一个好名词。可惜对于无条件被人打被人杀的人们不配！挨打挨杀的人们嘴里的和平方法有什么意义？人家不来同你和平，你有什么办法呢？和平方法是势力相等的办交涉时的漂亮话，出之于被打被杀者的嘴里是何等卑怯无耻呀！人家何尝把你当作平等的人。爱谈和平方法的先生们呀，你们脸是黄的，发是黑的，鼻梁是平的，人家看来你总是一个劣等民族，只有人家高兴给你和平，没有你开口要求的份儿哩！"以眼还眼，以牙还牙！"信奉这条教义的穆罕默德的子孙们现在终于又挺起身子了！这才有开口向人家讲和平办法的资格呵！像我们现在呢，也只有一个办法："以眼还眼，以牙还牙！"不甘心少，也不要多！

"以眼还眼，以牙还牙！"这两句话不断地在我脑海里回旋；我在人丛里愤怒地推挤，我想找几个人来讨论我的新信仰。忽然疏疏落落地下起雨来了，暮色已经围抱着这都市，街上行人也渐渐稀少了。我转入一条小弄，雨下得更密了。路灯在雨中放着安静的冷光。这还是一个闷热的黄昏，这使我满载着郁怒的心更加烦躁。风挟着细雨吹到我脸上，稍感着些凉快；但是随风送来的一种特别声浪忽地又使我的热血在颞颥部血管里乱跳；这是一阵歌吹声、竹牌声、哗笑声！他们离流血的地点不过百步，距流血的时间不过一小时，竟然歌吹作乐呵！我的心抖了，我开始诅咒这都市，这污秽无耻的都市，这虎狼在上而豕鹿在下的都市！我祈求热血来洗刷这一切的强横暴虐，同时也洗刷这卑贱无耻呀！

雨点更粗更密了，风力也似乎劲了些：这许就是闷热后必然有的暴风雨的先遣队罢？

一九二五年五月三十日夜于上海

原载《文学周报》1925年6月14日第177期，署名：沈雁冰

“暴风雨”

——五月三十一日

茅　盾

昨晚延留到今晨的密雨，趁着晓风，打扑人脸越发有劲。C 和 S 一早起来，已接到“十二点钟出发，齐集 N 马路”的命令。昨日下午的惨剧，昨夜的噩梦，仅仅三小时许的睡眠，都不但不曾萎缩了他们的精神，反而使他们加倍的坚决勇敢。不久，G 和 H 也来了，四人便开始了热烈的谈论。

后来，话也说完了，时候也不早了，他们预备出去。G 说：“我们今天都不带伞，也不穿雨衣；还要少穿衣服，准备着枪弹下热的难受。”

“今天未必再吃枪弹了；倒须预备受自来水的注射，”S 微笑着说，“湿透了的衣服是会发散血管里的热度的，所以还是穿了雨衣去的好。”

S 的提议立刻被多数否决，大家还是不带伞也不穿雨衣，行无所事的出发了；各人脸上有一种好奇的踊跃的喜气，眼光里射出坚决的意志。这是勇敢的战士第一次临阵时所有的一种表情。

他们四个到了N马路时，S百货公司的大钟正指着十二点三十分。N马路两旁的行人道上已经攒聚着一堆一堆的青年学生和短衣的工人。那时雨下得好大，他们都站在雨里直淋。G、H等四人沿马路往东走了百余步，看见二三小队的女学生正散开来到各店铺内演讲；G、H他们也立刻加入这项工作。

他们刚要走进第十三家商铺去讲演的时候，忽然“吉令令……”的铃声在马路中间乱响，四五辆脚踏车从西向东驰去，一路散放小传单，成百的在湿风中飞舞。这是命令！这是聚集的命令！这是出发的命令！立刻攒聚在行人道上的青年们都活动起来；从横街里小弄里出来一队一队的学生和工人都分布在N马路；“援助工人”“援救被捕学生”“收回租界”“取消印刷附律”“打倒帝国主义”……等的揭帖和小传单都开始散发并且黏粘在沿马路商铺的玻璃窗上；每一个街角，每一家大商店前，都有人在那里演讲，都有一群市民攒聚着听；口号的呼声，此起彼应，压倒了隆隆的电车声。长且阔的N马路立刻塞满了演讲者、听众和散传单人。

有好几起的“三道头”和“印捕”拔出手枪擎起木棍来驱逐群众，撕去揭帖；但是刚赶走了面前的一群，身后的空间早又填满了群众，刚撕去了一张揭帖向前走了几步，第二张揭帖早又端端正正地贴在原处，冷酷的武力不能浇灭群众的沸腾的热血！昨日的炮火已把市民的血烧到沸滚！

自来水向密集的群众注射了！但是有什么用？“打倒帝国主义”的呼声像春雷似的从四面起来，盖过了一切的声音。W百货公司屋顶花园的高塔上忽然撒下无数的传单来，趁风力送得很远；鼓掌声和欢呼声陡地起来欢迎。沿马路每家商店楼上的窗洞里都有人头攒动，阳台上也挤满了人，都鼓掌，高喊，和马路中的群众呼应。

这个时候，将近三点钟，沿N马路商店的玻璃窗上早一色贴满了各种的揭帖和传单，讲演亦已停止，满街飞舞的是传单，震荡远近的是“打倒帝国主义”的呼声！C、S等四人此时站在S公司的门前跟着狂呼。在一个呼声过去之后，擎着手枪努目拟人的“三道头”，印捕，华捕，又冲到群众面前示威：马路里暂时沉寂一下子，但是即有一个尖音破空而起，大家忽然看见一位女学生站在马路中间——离刚刚过去的示威队不及一丈——高喊那些口号，两旁的群众立刻齐声应和，那一种慷慨热烈的气概即使是铁汉见了也要心抖。C推着S道：“这是密司蒋，密司蒋！”

脚踏车队又传布命令：“包围总商会！”于是N马路上的学生工人群众都向北而去，让负有“维持治安”责任的巡捕执行他们的“职务”，布起防线来。热烈的空气移到总商会去了！那里有总商会的先生们正在一个小阁内静静地开会。

“持重老成”的先生们全不知道是怎么一回事。只是可恼的探报一道一道地传来：大队的学生像潮水似的涌进来了，总商会被他们占领了！他们在戏台前[①]开会演说了！女学生们把守一重一重的门户，只准进不准出去！他们誓言“不宣布罢市，死也不出去”了！

“老成持重”的先生们侧耳听：好威武的呼噪声呵！好热烈的鼓掌声啊！忽然又寂静无声。这是个可怖的神秘的寂静！这是暗示将有大鼓噪的寂静！果然呼声夹掌声轰然而起，似乎那小阁子也震动得岌岌颤抖。呼声的怒涛里跳出浮出“请总商会会长出来答复！派代表去请！”的白沫来，在小阁子里也隐约可以辨得清。

热烈的空气终于冲进了冷静的高高的小阁子里，F先生像受了“城下之盟”似的对众宣布了“同意罢市”。在万众欢呼“明天罢市！”的呼声里，女学生的防线撤了，群众也渐渐散去了，那已是又一个黄昏。多么可纪念的一个黄昏！

原载《文学周报》第180期，1925年7月5日出版

---

① S埠总商会在天后宫内，里面有一个戏台，历来的市民大会多数是在这里开的。

怎样纪念今年的五一节

茅　盾

中国自一九二一年举行第一次的“五一”纪念以来，年年的“五一”各有其历史的意义，表示全中国的劳动者一天一天向革命的道路前进，表示全国的劳动者的组织是一天一天的扩大和坚固，——劳动者的战斗力一天一天的加强起来。去年“五一”节时，全国有组织的工人约计一百二十万，可是今年此时已突增至二百八十万。这些数字，就表示出今年的劳动节不同于往年。

但是今年“五一”节的特殊意义尚不止此，自去年“五一”至今年“五一”，这一整年中，全国的工人阶级不但是急遽的革命化，不断地试行政治斗争，并且在工商业重要地点如上海汉口的工人阶级已经表现了空前的英雄的成绩。上海的工人三次总罢工，三次暴动，终于打倒了张宗昌、孙传芳，使上海从奉直军阀的铁蹄下解放出来——虽然现今又受新军阀蒋介石的摧残；武汉的工人阶级帮助国民政府赶出了吴佩孚，收回了英租界，最近又帮助国民政府肃清反动派，拥护经济政策和外交政策，使帝国主义者经济封锁武汉及炮舰捣乱的阴谋均不得逞。这些事实，更增加了今年“五一”的意义。

自去年“五一”提出“工农联合”的口号，中国的工人阶级便得了广大的农民群众为同盟者。过去一年，已表示工农联合对于革命的伟大贡献。目前反革命派——自土豪劣绅买办阶级以至新军阀蒋介石——正联合战线向革命势力进攻，革命势力要求存在与继续发展，只有更加团结起来。所以年年的“五一”是工人阶级检阅本身实力的日子，而今年的“五一”则当为工农商学兵联合一致向反革命武装决斗的誓师日！我们今年的“五一”，不仅要高呼“八小时工作”“颁布劳动法”“全世界无产阶级联合起来”，我们更要高呼“工农商学兵联合起来打倒蒋介石”“打倒奉鲁军阀”“镇压反革命”“肃清土豪劣绅贪官污吏”“反对帝国主义武力干涉”！

年年“五一”是工人阶级的示威日子，今年的“五一”更要是革命民众巩固革命基础的示威的日子，是我们检阅全体革命民众的实力，向一切反革命派示威的日子！现在长江下游弥漫白色恐怖，我们须以革命的恐怖来制裁反革命的恐怖！

工农商学兵革命民众联合起来！制裁反革命的恐怖！

署名：雁冰

原载《汉口民国日报》1927年4月30日

我的恸哭

刘大白

强食弱肉，大哉人道；螳臂当车，杀人如草。歼此暴徒，飞丸如雨；伏尸十数，流血百步。呜呼哀哉！呜呼哀哉！！非夫人之写恸而谁为！非夫人之为恸而谁为！！

然而死者长已矣！他们把生命做了代价，留下了无限悲惨的光荣，留下了无限光荣的悲惨；我们对于死者的责任，实在不仅仅在乎几场恸哭而止的。对于死者，既不仅仅在乎几场恸哭而止，我们得留些热泪，来哭一哭那些行尸走肉的未死者。

那些生而为行尸走肉的，有生不如无生，本来不值得一哭。如果革命者为他们挥眼泪，那么，革命者的眼泪，未免太过浪费了。然而有本以革命者自居，而变为行尸走肉的，有变得行尸走肉而仍蒙着革命者的面具的，这便是我们于恸哭悲惨的光荣的死者之后，不能不留些热泪来哭一哭的呵！

人家说：

“人人只晓得时间就是金钱；

到了风刀欲断，
丝喘犹悬，
坐垂堂纵有千金，
都买不转百年如电”。
你看四大何会值一钱？
虽然糟蹋了事业千秋，
到底没有卖也，
你这光荣的贫贱；
你也不要再买也，
这乌兔匆匆几十年！
你除开了看得破的功名，
难道有忘不来的恩怨？
任你享乐怎样凡猥，
神智怎样颓唐，
我知道你一会子吐茧丝缠，
霎时间抽刀水断。
你这吐不出忍不来的痛苦，
都拼拢在你泪涸神枯的两个眼。
你抛弃了将来，
来保护你的从前；
到了今天，
我眼里享自由的仲实，
早已死了，
心里闹革命的仲实，
从此再无更变。
还有那活着便卖了从前的，
比你更可怜！
这是朱执信先生悼黎仲实的诗。看啊！

到底没有卖也，你这光荣的贫贱；
……
你抛弃了将来，
来保护你的从前。
这是朱先生恸哭死者的热泪。
还有那活着便卖了从前的，
比你更可怜。

这是朱先生于恸哭悲惨的光荣的死者之后，留下来恸哭那本以革命者自居而变得行尸走肉，变为行尸走肉而仍蒙革命者的面具者的热泪。这两副热泪，我们于这几天当中，不幸都用得着了。前一副虽然应该略加修正，而后一副却是再适切没有的。咳！死者长已矣！他们的死，是极悲惨的，也是极光荣的。他们死了，他们到底没有卖了从前，更没有卖了现在和将来，而且还买了无限的光荣的悲惨，买了无限的悲惨的光荣。当这时候，得了这样悲惨的光荣的暗示，受了这样光荣的悲惨的刺激，如果真是一个革命者，当然应该做革命者应做的事；至少，也应该说革命者应说的话。然而有些人身居革命者喉舌的地位，所说的话，竟和反革命者一鼻孔出气，甚至比向来公认写反革命者的还不如；还不是活着便卖了从前而可以恸哭的吗？

卖了，便爽爽快快地卖了；卖了，便老老实实地卖了；卖了，便明明白白地宣布着卖了，这倒也不失为磊磊落落呵。然而依然首鼠两端，还要挂着革命者的牌子，苦啊！苦啊！！可怜啊！可怜啊！！这不是比死者更可怜而可以恸哭的吗？哀哉哀哉！哀莫大于心死！行尸走肉的未死者呵！以革命者自居而变为行尸走肉者呵！变为行尸走肉而仍蒙着革命者的面具者呵！呜呼哀哉！呜呼哀哉！！非夫人之写恸而谁为！非夫人之，恸而谁写！

原载《文学周报》1925 年 6 月 14 日第 177 期

怎样洗去去年今日南京路上的血痕?

刘大白

自来水，诚然是好东西啊！去年今日南京路上的血痕，不久就被这好东西冲刷得干干净净，一点不留了。血痕洗去了，一切的一切都跟着去了吧。然而南京路上的血痕洗去了；五卅诸先烈身上创口的血痕，能洗去吗？五卅诸先烈身上创口的血痕，藏在棺中，埋在地下，也许腐了烂了，不存在了，而且即使存在，也瞧不见了；然而咱们中华民国国民心头眼底的血痕，能洗去吗？能腐烂而不存在吗？咱们一年以来，走过南京路浙江路口以西，虽然木头砌成的马路上，早经点血都无，然而咱们的心头眼底，却依然血痕斑斑，一点也不会洗去哩。

并且咱们正不必南京路浙江路口以西，这心头眼底斑斑的血痕，实在是无处不在，实在是跟着中华民国国民足迹所到而同在的。洋大人们的自来水，果然是好东西吗？能洗去中华民国国民心头眼底的斑斑血痕吗?

去年今日南京路上洋大人们的枪声动处，五卅诸先烈身上的血花飞溅了；同时，中华民国国民身上的热血，也跟着在血管里沸腾了。

这沸腾所由来的火，就在洋大人们的枪口上。洋大人们不放下了他们的枪，不放弃了他们历来从枪口上所获得的战利品，我敢断言中华民国国民身上热血的沸腾，是不会终止的，中华民国国民心头眼底的斑斑血痕，是永不会洗去的。洋大人们的自来水，果然是好东西吗？能浇灭中华民国国民身上热血沸腾所由来的火吗？能洗去中华民国国民心头眼底的斑斑血痕吗？

咱们正不必学他们的耶稣“以眼还眼，以牙还牙”的口吻，说什么以血还血，或是以血洗血；然而咱们却不能不准备着，以咱们的热血，浇灭他们枪口上的火，洗去咱们心头眼底的斑斑血痕。咱们中华民国国民身上的热血，诚然不必一定迎着洋大人们的枪口上的火，而化作飞溅的血花；然而不能不在咱们的血管中沸腾着。沸腾着，沸腾着，终有一天会浇灭洋大人们的枪口上的火，终有一天会洗去咱们心头眼底的斑斑血痕的。

怎样洗去去年今日南京路上的血痕？怎样洗去中华民国国民心头眼底的南京路上的斑斑血痕？洋大人们的自来水是无灵的；只有凭着咱们中华民国国民身上自来热水管似的沸腾着的热血！

署名：大白

原载《黎明》1926 年 5 月 30 日第 29 期

街血洗去之后

郑振铎

什么事也没有如“五卅”大残杀事件发生得出我意外，使我惊怖了！那日的下午5时，我坐车至大庆里，到一家书铺里去看看有什么“线装书”好买。车子刚到浙江路南京路口，便觉得道路上的情形与往日绝不同。电车是照样地开行着，汽车、人力车也川流似的驶走着，两旁商店照样地开着门欢迎顾客。行人道上拥挤着人群与往日一切相同。然而总觉得有一种绝不相同的气象在！人人都停立在那里，好像被什么大惊骇吓得痴呆了。由眼睛中读得出有的人是带着大恐怖的情绪，有的人是带着疑问而不意的惊恐。我呢，自然也是疑问而惊恐着。车子走在南京路，看见两旁站着许多气概凛然、态度凶横的英捕与不穿制服而带着枪械的英人，有的横立在路中，好像有什么严重的警备。是火灾，是什么大盗警吧，我这样地想着。市政厅与云南路口一带，戒备得尤严。情形更不对了。有好几家店铺是闭上了铁门。驻足而观的人更多。车子停在大庆里口。平素深夜绝不关闭的里门，现在也闭上一扇。我问车夫，发生什么事了？他说，打杀人，打杀人！我也不能细问，便下车进了里门，到那一家熟悉的书铺里去。我见他们的店伙，都拥在靠近西藏路的里门口看什么东西。我也挤出去一看，什么也没有，只是街上的人绝多，多带着惊恐未定或疑问而惊奇的神色。我明白必有什么空前的大事发生。奔进书铺，去问铺主，我的一个朋友。什么事？什么事？我问道。他道："学生闹事，不得了！不得了！巡捕开排枪，打杀了几十个学生。"这如一个震天动地的大霹雳，使我惊吓得好一会儿不能开口。我如在梦中。这也许是在做梦吧！南京路，开排枪，杀死学生，这几件事怎么会联结在一处的？！我绝不相信，绝不相信！我的朋友接说道："早晨，已有许多学生被捕入巡捕房了。下午1时许，他们在先施公司之前，集合大队讲演。白旗满街飘扬着，车马都不能通行。巡捕捉去了好些学生，路人与其余的学生，都跟了被捕的学生走。有好几万人，好几万人，拥挤在老闸捕房之前。于是巡捕开枪了！"我于是才知道这居然是真实的大事变，不是梦，绝不是梦，我全身似为愤怒的火所烧灼着。我叫道："就是学生讲演，也不至于被杀死呀！！！南京路，南京路，怎么会放起排枪来！"也不顾得我的朋友，只当他是捕头，在严厉地质问着。"我们且出去看看吧。"于是我们走在街上，由西藏路口，走到永安公司。一切情形如我在车上所见的。有一家店铺，正在打扫破玻璃。"这定是被流弹打碎的，"我想着。街道上是依然的灰色，并不见有什么血迹。"血一大堆的，一大堆的，都被冲洗去了。"要不是群众如此的惊骇而拥挤着，我几乎不能相信一点三十分钟之前，在这里正演着一出大残杀的活剧！再走下去，行人渐少，看不出什么紧张的空气，只有几个人靠在店柜上惊奇地偶语着。

夜，我又与一位前辈同到南京路去。灯火闪耀的明亮着，语声、笑声、笙歌声，依然的。店门大张的，顾客陆续进出，依然的。要不是老闸捕房门口戒备森严，要不是巡捕骑在马上，手执着鞭，跑上行人道，在驱打人，我绝不相信下午是有空前大残杀事件发生。转了一个弯，看见宁波同乡会前拥挤着许多人。我们一惊，以为又出了什么大事。怀着戒备心走近一看，原来是南方大学平民学校在那里开游艺会！

原载《文学周报》1925年6月28日第179期

口泉镇

郑振铎

从云冈归来，天已将黑了，忙了半夜，才把那封信整理好寄上。——说整理，因为在云冈的几夜，已经陆续地写了不少。否则，任怎样在半夜里也写不出那封长信来的。

今天仍然起得很早。七时半，同其田、颉刚他们到城内一家较好的浴堂里沐浴。数日的汗垢和带来的一身的千余年的古尘，才为之一清。

下午二时，由车站拨出一部小机车，拖带我们的车，还有几辆别的车，开到口泉站。说是去参观口泉煤矿。我不曾到这种“黑暗地狱”的矿窟去，很想考察那生活是怎样过下去的。

不料昨日下午的半小时的大雨，竟把进口泉站的一座桥冲断了，火车没法过去，只好下了车，步行过桥。桥的那一边，已经停好一列小火车在候着，便换车到了口泉。由站到矿口，还要坐十几分钟的火车。

沿途煤块如山石般堆积在那里，个个工人脸上都是煤屑，罩上了一层黑色。还有好几列车的煤，停在站台边。一座洋房，很宽敞，便是晋北矿务公司。这公司商股不多，官股占四分之三以上。煤质极好，营业很发达。在公司里休息了一会儿，和工程师吕君及胡君谈得很久。他们二人都是天津北洋大学毕业的。胡君说，矿中工人，最多的时候有三千人。每天出煤量，最多时有两千吨。每天分三班工作；每班工作八小时，时间的分配是：一、上午六时到下午二时为一班。二、下午二时到晚十时为一班。三、晚十时到第二天上午六时为一班。

现在共有两个矿场，一个较小的在山中，较大的一场，每日出煤六七百吨；较小的一场。出煤一百吨。因运输不能完全如意的关系。出产量不敢增加，销场因日煤竞争的关系，也稍受打击。现在和平绥路的联络，较前好得多，故煤块的运出，也较好。在这里，每吨价为二元五角；到了平津一带，加上运费等，便非九元六角以上不可。

这公司成立于民国十八年（1929）。工人的工资，每天约为一角七分到二角六分。工头则每天为四角，大工头，每天一元余。有的工人，不辞辛苦，竟有每天做两班的。换一句话，便是，每天要在矿内工作十六小时之多！但此地生活程度极低。山边土窟孔孔，皆工人自挖的住室，小米及莜面，每元可购四十八斤左右。住和食的问题，还比较容易解决。

正在说话，外面哗哗地下了大雨，不到二十分钟，雨便止了。但公司门外，人声忽然鼎沸，同时似闻千军万马奔腾而过的声音。走不到几步路，便是山涧，见涧中浊流汹涌，吼声如雷。历半小时而气势未弱。

在公司大厅中吃了午饭，就要下矿。这时已下午四时左右。他们取出了许多套蓝色的衣服给我们穿在身上，头上各戴一顶藤帽，每人一手执灯，一手执手杖，活像是个工头——工人是穿得破烂多了，但藤帽和灯却是人人都有的。这灯并无灯罩，火焰露在外面。

“有危险么？”我见了这灯，吓得一跳，问道。

“从来不曾出过事。因为这矿是干矿，一点儿煤气都没有。绝无危险。”

我心里还栗栗地在危惧。

“如果在英国，不用保险灯入矿，是要被捉进监狱的。”其田道。

路上遇见一个童工，在那里闲逛，我问他道：

“你今天不做工么？”

“不做工。”

胡君道：“他自己休息一天。”

“每天你有多少工钱呢？”

“一天一毛钱！”

“在矿里做什么工作呢？”

“推煤车，搬东西。”

这时，已走到了升降机边。蒸汽腾腾地由窟口冲出，机上是湿漉漉的。

“站好了，快要开机了。”管理升降的工人道。

呜呜的声响继之而来，升降机斗地一落，伸手不见五指，各人的灯光，如豆似的，照不见面目。黑漆漆的，如入了地狱。降下，降下，降下，仿佛无底洞似的；四壁都是黑的煤块；到处都是黑暗，黑暗，一片的黑暗。到了此地，也不知害怕了，索性任它降到底。只是升降机上面淅淅沥沥地滴了不少水，各人肩上身上都潮了一大片。

升降机降落得很慢，慢，慢，慢，更慢，更慢，然后突然地停止了。机门开启，说道：“到了！”

是到另一个世界里了。

这里是离地面四百英尺的地下。只靠着这升降机和人世间相联络。这机如果一旦出了毛病呢……那是不能想象的了！仿佛没有第二个升降机的设备。

还是一片黑暗，伸手不见五指。手执的灯光，只足供照路之用。路上是纵纵横横的铁索和路轨，还有许许多多的煤车停在那里。远处隆隆地，还有不少辆在推来。遇到狭些的路上，我们都是侧身而过。

因为矿质坚实，洞中通道，大半不用支柱。有的地方，低得非匍匐而进不可。如果猛不防，头颅便要和矿石相撞。我一路来，已撞了三次。如果不戴藤帽，则一定是头破血出了。

“气闷，气闷！”冰心叫道。

的确是气闷，胸中仿佛是窒塞不畅。但工人们在矿中过那八小时，乃至十六小时，天天都是这样过的，他们难道不感气闷吗？

地上是一洼一洼的水，一不小心便会溅得一足的黑水。头上是洒洒落落的水点，不时地像秋雨似的滴下。闷热极了，个个人出汗，我连内衣都湿透了。

“难道是矿里没有通风的设备么？”我问领导的一位技师道。

“原是有的，因为矿中还凉快，所以没有用。您看，这里的工人们都还穿着衣衫呢。山里面的那一矿，因为热，工人们都是一丝不挂。”

一处有电光射出。我们到了那里，如黑夜独行，见到了孤村农屋里的灯光一样的喜悦。这里是电机所在，管理升降机的机关。过此，又没有电灯了。

前面又有熊熊的火光，还有叮叮当当的打铁的声音。

“那是挖掘矿石的器具的临时修理处。”

闷塞在四百英尺的地下穴，在数百千热度的高热的火炉边立着，蒸熏得人不能不焦躁，立刻离开了。走了好远的一段路，才不感到其热。

在黑暗中又走了好久，总有半点多钟，才走到现在工作着的掘煤的地方。刚才所走的都是交通道。

有许多工人在不停地工作着，裸着上体的居多。一锹一锹地向煤壁上斫去，有松软的，立刻便一块块地落下，有坚硬的，便非挖了几个洞，放入火药去炸落它不可。那工作是万分的危险。但每天的工资至多还不到四毛钱！每天至少要在危险的地下四百英尺的穴中八小时！

看来挖煤的工作还不难，我便向一个工人借得一柄鹤嘴锹，也向壁上挖掘了几分钟。双臂还不大吃力，但煤屑飞溅在脸上，有点痛。有一次，溅入口中，有一次则飞入眼皮里去，很不好受。只好放下锹，向他谢谢。

他只有两个眼白是白得发亮，一脸一身都是黑炭的黑。他朝我笑笑，我觉得很难过。

大家实在受不住那闷热，都催着快走回去。路上隆隆的车声在飞驶着，老远地便喊它停住，否则一定会撞在身上的。我们都走在路轨上。

到了升降机边，才轻松地叹了一口气。呜呜呜地，升降机向上升！四壁都是发亮的煤块。渐渐地有些亮光，快到地面了，更是松了心。

当我们走出了升降机时，恍如再履人世。

“假如这矿里过的生活是人的生活，那么，我们过的实在不是人的生活……”仿佛谁在叹道。

“九渊之下，更有几渊”，谁知道矛盾的人间是分隔着怎样的若干层的生活的阶级呢。

比较起来，我们能不说是罪人么？仍旧换了一次火车才回到大同。

7月14日夜

原载郑振铎《西行书简》，商务印书馆，1937年6月初版

血 梯

王统照

中夜的雨声，真如秋蟹爬沙似的，急一阵又缓一阵。漱风时时由窗棂透入，令人骤添寒栗。兀坐在惨白光的灯下，更无一点儿睡意，但有凄清的、幽咽的意念在胸头动撞。回忆日间所见，尤觉怆然！这强力凌弱的世界，这风潇雨晦的时间，这永不能避却争斗的人生……真如古人所说的“忧患与生俱来”。

今天的下午，由城外归来，经过宣武门前的桥头。我正坐在车上低首沉思，忽而填然一声，引起我的回顾：却看几簇白旗的影中，闪出一群白衣短装的青年，他们脱帽当扇，额汗如珠，在这广衢的左右，从渴望而激热的哑喉中对着路人讲演。那是中国的青年！是热血沸腾的男儿！在这样细雨阴云的天气中，在这凄惨无欢的傍晚，来做努力与抗争的宣传。当我从他们的队旁经过时，我便觉得泪痕晕在睫下！是由于外物的激动，还是内心的启发？我不能判别，又何须判别。但桥下水流活活，仿佛替冤死者的灵魂咽泣；河边临风摇舞的柳条，仿佛惜别这惨淡的黄昏。直到我到了宣武门内，我在车子上的哀梦还似乎为泪网封住，尚未清醒。

我们不必再讲正义了，人道了！信如平伯君之言，正义原是有弯影的（记不十分清了姑举其意）。何况这奇怪的世界原就是兽道横行，凭空造出什么“人道”来，正如“藐姑射的仙人可望而不可即”。我们真个理会的世界，只有尖利的铁，与灿烂的血呢，平和之门谁知道建造在哪一层的天上？但究竟是在天上，你能无梯而登么？我们如果要希望着到那门下歇一歇足儿，我们只有先造此高高无上的梯子。用什么材料做成？谁能知道，大概总有血液吧。如果此梯上而无血液，你攀上去时一定会觉得冰冷欲死，不能奋勇上登的。我们第一步既是要来造梯，谁还能够可惜这区区的血液！

人类根性不是恶的，谁也不敢相信！小孩子就好杀害昆虫，看它那欲死不死的状态便可一开他们那天真的笑颜。往往是猴子脾气发作的人类（岂止登山）。何时何地不是如此！“人性本恶，其善者伪也”的话，并非苛论。随便杀死你，随便制服你，这正是人类的恶本能；不过它要向对方看看，然后如何对付。所以同时人类也正是乖巧不过——这也或者是其为万物之灵的地方。假定打你的人是个柔弱的妇女，是个矮小的少年，你便为怒目横眉向他伸手指，若是个雄赳赳的军士，你或者只可以瞪他一眼。呜呼！在网罗中的中国人，几十年来即连瞪眼的怒气敢形诸颜色者有几次？只有向暗里饮泣，只有低头赔个小心，或者还要回嗔作喜，媚眼承欢。耻辱！……耻辱的声音，近几年来早已迸发了，然而横加的耻辱，却日多一日！呜呼！我们不要只是瞪眼便算完事，再进一步吧，至少也须另有点激怒的表现！

总是无价值的……但我们须要挣扎！

总是达不到和平之门的……但我们要造此血梯！

人终是要慷爽，要奋发，要造此奇怪的梯的！

但风雨声中，十字街头，终是只有几个白衣的青年在喊呼，在哭，在挥动白旗吗？

这愁云惨雾布满的中国，将来也许有红光染遍的时期，这灼热的火线已经燃发了！

这强力凌弱的世界，这风潇雨晦的时间，这永不能避却的争斗的人生……然而“生的人”，就只有抗进、激发、勇往的精神，可以指导一切了！这又岂止是对付那些面具剥下兽性发作的白色绅士们如此……无论如何，血梯是要造的！成功与否，只有那常在微笑的上帝知道！

雨声还是一点一滴的未曾停止，不知哪里传过来的柝声，偏在这中夜里警响。我俯着头部听去，那柝声时低时昂，却有自然的节奏，好似在奏着催促“黎明来”的音乐！

六月五日夜十二点

原载《晨报副刊》1925年6月8日

“五卅”纪念

陈望道

这样一个沸血的屈服的纪念日，我想多说话还不如多静默的好。我愿我中华民国的全国国民都在这日站立起来，为去年今日做我们徒乎反抗屈服的代表的诸烈士，静默五分钟十分钟，或则一点二点三点钟。静静地想我们的烈士们如何地受捕又放了，放了又受捕，如何地赶逃，如何地被杀；上海的南京路上有一堆堆多少的我们民族青年的血。有一阵阵多少外人的马、兵、枪、炮，在所有的街所有的巷上。倘因这静默的一想，起了特种的义愤或民族的同感，竟把烈士的血做了自己的血，烈士的肉做了自己的肉，各随其分，沉挚地为我屈服到了极点了的民族做点事，我中华民族的沉沦或者从此就可以有了救！

本月二十四日上海商报的《本埠新闻》上曾载英人的防范，据说南京路老闸捕房已于二十三日把去年今日开枪杀人的前门筑了短墙堵塞，以防不测；所有往来，都从云南路贵州路口后门出入了。我们从五卅以后，就移住租界以外的地方；那墙的筑法，虽然很想去看，还未看到。但我想总该不是神秘的墙，不是能复活去年今日的诸多青年的尸体，也不是能麻醉我们中华民国人民的血的记忆的墙罢。除了有这样神秘的力的墙，对于这样血的大案筑墙到底有何效用？去年今日的惨案，就因二十三日，捕房拈非惹是地捕了和平的学生，开了五卅惨案的头，不料今年的二十三日又有了那样的惨案开头的纪念建筑！

英日等国的外人每说五卅是中国人排外的日子。如日本报曾载中国五卅牌卷烟的照相，标注为“排外的卷烟之发行”；中国报亦曾载英租界几次禁止五卅袜发行所，说必须改“五卅”为“五州”，算是消了排外的痕迹，才允准设立。大同的世界还远，民族真是弱不得的！如其你是弱者，便是流血伏地的大屈服，也竟可说你是暴徒，你是排外！除非我们的全民族站立起来，撤销了一切不平等的条约，和他们平等地讲话做事！

国民呵，我们须要特别地纪念这一点！

署名：平沙

原载《黎明》1926年5月30日第29期

夜　工

陈望道

机器，是一个无生机的东西，要彼什么时候动，彼便可什么时候动；要彼动多少时候，彼便可动多少时候。人呢？则大大不同；因为人是由血肉构造而成的，任何的功能，不能如机器的无限度！

工作的时候固然只可限定八小时，而且工作的时候只可限定白昼或晚间十时前，反是于人生的康健上必发生许多不良的影响！不料一般工厂的资本家，只知谋自己的生产发达，并酷暑天时，也不断地开夜工，——分两班昼夜不停——唉！人道何在呢？

这还不打紧；照理，夜工的工资，总要较日工略优，讵工人们恳求改善夜工工资，呼吁至力竭声嘶，而竟不蒙资本家有相当之体恤，唉！这不是为富不仁吗？西人道："用机器制造产品的工厂是血汗店"，真没有说错哩！

署名：晓风

原载《民国日报》副刊《觉悟》1922 年 8 月 31 日

一个女童工

亚　璋

在一个秋风飒飒，细雨霏霏的傍晚，远远地隔开我窗门有四五丈距离的一根电杆下，有一个形容憔悴头发散乱，十六七岁的小女孩倚杆站着，在那里凄切地哭泣，一种隐约的细微的哭声，从那风雨声中一阵一阵地送入我的耳鼓里来。

这种情景发现在我眼前，自然觉得不安，我就不由得跑过去看她了。

啊呀！她的脸上都一条一条的碎纹，鲜血还在向外流着，鼻孔里的血，更是不住地往下流。

“你怎样弄得这样呢？你能告诉我听么？”我这样地问了她一句。

她那时候已经哽咽得说不出话来，只是向着我哭，后来更加哭得响亮了，连气也转不过来了！

雨渐渐下大了，我就拉她到我家里来歇歇。

我又紧逼着问她，她才渐渐地停止了哭泣，慢慢告诉我说：“我三岁的时候，被父母卖给邻户做小媳妇（即童养媳），现在父母也全死了。我的婆婆凶恶得很，在这十几年里，我的肚子从没有一顿吃饱过；晚上总要到三更以后才能睡觉，清早四点钟就要起来。一天还要挨几顿打，身上早已没有一块好的肉了。”

“我九岁的那一年，婆婆送我到丝厂里去做工，我很快乐，以为可以少看见婆婆凶恶的面孔了。唉，谁知工厂里也有像我婆婆一样凶恶的人在，也有打人的棍子，我心里更加害怕起来。我做事很当心，恐怕做错了要挨打骂。”

“一天吃小小的两碗冷饭，时常觉得没有气力。我想着我是就会死的，我也天天盼望我早点死，死了好到自己的母亲身边去，哪知道不能如愿呢？”

“今天我肚子很痛，在车上靠了一息，管车先生就说我偷懒，马上打我一顿棍子，身上的血都是管车先生打出来的。他还要停我的生意，罚我一块工钱。我现在是不能回去见我婆婆了；倒不如死了的好，活着也不过多受些苦！”

她说完了，又痛哭起来，我的心酸了，禁不住要陪着她流泪。

我给她两块钱，劝她回家去。她谢我，并且说：“要是我活在世上的时候，总要慢慢地来报答你。但是，唉！我终究盼望死了的好！”她慢慢地拭泪而去了。

唉！这样的悲剧，也不知发生过多少了，只是我们没有看见而已。热心于妇女运动的姊妹们！我们对于这样黑暗而悲惨的事实，应当怎样呢？

原载《女伴》1927 年第 3 期

五卅，我们被屠杀的日子

许邦和

曾经在文明人的历史中找出过这样的事实吗？以军舰和大炮逼开了商埠甚至于租界；握着全国金融喉管的银行，巍然地在江岸那样傲立着了；畅销货物的公司和商店已经有着数百万的人民日夕去光顾了；民族的血管海关税卡，全部交给他们的手中了……但这样仍旧不能满足他们的贪欲，资本帝国主义者——现代的骄了，他们要杀人！他们要从悲呼惨号、奔走杂沓间，得到他残忍的欣赏：他们要浮着狡猾的笑在嘴角上、冷冷地看这四万万人盲目的骚动：口号狂喊、游行、示威、通电、宣言……一月、二月……终于渐渐衰落，狂喊者变为沉默者、热血者不识时机地“读书来救国吧”的信徒。这样终于冷静为空气中再没有半张飞扬的传单，死寂的大国里听不见半声热忱的呼号，而资本帝国主义者这才感到满足、喜悦，玩弄一个整个民族游戏成功了；数万万生命要渐渐地、不自觉地来战栗，甚至于献媚于他的傲岸的铁靴边！

然而我们自己呢？

啊啊！不忍说的我们自己呢！四年了，日夜闹着的仍是南京路，血迹上，有金色的高跟鞋载着沉湎于个人享乐的娇小姐走过，有怪样的洋装裹着忘了自己社会的醉青年跑过，有油肉一身的资产者横步，有瘦骨伶仃的失业者踯躅。亡国奴的鞭子天天在劳动者的背上抽打，而嬉笑着来往奔驰的有公子小姐们的漂亮汽车。这些，这些都在血迹上滚过。血迹，是的，永远洗刷不去的血迹。

这大都市大民族的人们呀，你们忘了你们的跳舞场是建筑在枪尖上的，你们忘了你们的销金窟是在侵略他们的手掌之中。你们的生命是随时可以被人宰割的，而且永远没有复仇的日子！

当这四周纪念的屠杀日子，我们感到深一层的悲哀。那就是，死地已经不限于南京路了，也不限于上海租界了，遍中国，遍中国都伺伏着吃人的凶手，露着白牙在等候牺牲者的到来。

换句话说，听帝国主义者指挥的已经不仅是“老闸捕房”们了，还有他们、“他们”呵！

但是，譬如我们要喊：“奋起瘦臂，向敌人进攻！”那么会有两种人出现在你眼前，一种是温和的脸、劝告的态度，对你说，不许喊，喊了不利；一种人则老实不客气，揪住你的嘴，一刀。所以，所以，我们剩了什么了？我们只能闷在小小的屋子里，流些滑稽的涕；我们只能开几个平平和和的追悼会，对死了的烈士说几句骗灵魂的话了！

鸣呼！

原载《交通大学日刊》1929年民廿一级五卅纪念特刊

血、泪

融

南京路上震动着枪声和喧声，帝国主义者的枪弹纷纷向我们同胞射来，我们的阿钦倒了！但是手中还紧握着殷红的旗，眼睛张大了恶视着帝国主义的奴隶，在血泊中挣扎，这印象还遗留在我们脑海中么？

大礼堂中，充满了悲愤的热气，同学都倒着头悲切地饮泣，吴君恒慈声嘶力竭地狂呼着："现在陈君是死了，我们便忍他白白地死了么？……他们戒了严我们不敢去了么？上海不是中国的地方？我们不是中国的国民？……年幼的不可以去，我们年幼的不是一样的国民？国亡了年幼独不是奴隶？……年幼的陈君已死，我们不能让他白白地死了！"这样悲壮热烈的喊声还能在我们耳膜上找得一些痕迹么？

阿钦死了！身上穿了九弹死了！吴君死了，发狂狂死了！阿钦为打倒帝国主义而为帝国主义者直接打死了，吴君为打倒帝国主义而为帝国主义者间接杀死了。阿钦的烈血、吴君的热泪，唤醒了沉醉着的同胞，惊觉了帝国主义者的迷梦，显出了中国人民的民气，他俩死的效果多么伟大！所以，我们纪念五卅、纪念阿钦和吴君，不是纪念他们的肉体，是纪念他们的赤血和热血。

但是当我们追想阿钦和吴君，我们不能不同时看看现在的同学们、现在的国家、现在的英国和小日本，至于一切帝国主义，我们的感想怎样？

我们可以看见：同学们的热血是跟着时代在冷下去了，狂放澎湃的热气再也不能在我们胸中找到了。学生军停办了，连军事训练一课也取消了；每次开纪念会，宁把光阴消磨在影戏院和跳舞场里，或在大操场上玩球、散步，再不然，便横倒床里打中觉……在梦中追寻他的爱人……单调的纪念会，是不愿去开的。这一切都可证明我们的勇气是消灭殆尽了，灰色的死气也很浓厚地罩上了我们！

我们可以看见：新军阀渐由革命军人军阀化了而且很明显地露出他的本性来、新的内战已经重新爆发；对外，济案结卖掉了、关税自主和废约都退步了。民众的言论和集会的自由权渐渐地剥掉，学生运动也开始禁止了。这是我们的国家！

我们可以看见：英帝国主义仍是虎视眈眈地对着我们，南京路的印捕，仍是昂然立着，而且，由越界筑路在扩充他的势力。小日本虽然暂时放弃山东，东三省依旧布满着他的势力计划他怎样进攻。赤俄的羽翼，潜伏在全国，勾结了国内军阀，实行捣乱中国，他可以乘机进来。总之，各个帝国主义、野心家都在进行吞并的计划。他们都看破了我们五分钟热度的心，他们一点也不怕我们，毫无顾忌。他们在我们境内的水兵，可以随随便便杀死我们的同胞，可以随随便便捕捉我们的弟兄，而我们反抗的结果都是等于零，我们的交涉员是只会吃饭！

啊啊！阿钦白白地死了，我们竟让吴君白白地死了！阿钦死后还有吴君喊："我们不能让他白白地死了！"但是吴君自己死了，有谁喊过："我们不能让吴君白白地死了！"啊！我们这些后起者该怎样对我们的阿钦和吴君？

同学们！同胞们！我们的赤血呢？我们的热血呢？我们的阿钦

和吴君告诉我们，我们的赤血和热血是我们和帝国主义者奋斗的工具，是唤醒沉醉的同胞的警钟；同学们！让我们来应用我们的血和热情吧！

原载《交通大学日刊》1929年民廿一级五卅纪念特刊

监房的一夜

殷　夫[1]

我被带进这地上的地狱以来，第八个晚上又忽然降临了。一点儿灰白色的天光一些一些地减薄下去，和摆在热气中的一块冰，和没有油的一盏灯一般地慢慢地消灭了。于是灰色的栅木的前面，本来是紧紧地站着一堵高墙，使人连呼吸都不得不短促的，现在也渐渐（自然是似乎的）地扩大开来，苍霭的暮色，把那惨青着脸的，满着瘢痕的高墙也变成了一面无边的海洋，使人冥想出神起来了……

不过这舒服是很短的，不久一盏十六支光的电灯亮了起来，狭小的存在又突然地露出脸来。

我们这一间，一共住了十二个人，五个是工人，据说是由于参加过以前的工会的缘故，被“工统会”捉来送到这儿，他们都和我同睡在一个通铺上。对面一个是工会运动的青年，三个是乡绅，一个报馆访员，一个是孩子。……人真没有办法，就在牢监里，还是讲阶级，那三位乡绅先生，据说是为了争办鸦片公贩事业而被人诬告为共产党

① 本文发表时署名白莽。

捉进来的，但他们始终不会同任何人合得来，他们俨然是“乡绅”，保着不可侵犯的威严。那工会运动者是一个很好深思而静默的人，常常把眼睛盯着天花板像考究什么问题似的。孩子呢，不很懂事，但这样重大的打击，似乎在他脑中起了教育的作用（我不知他是为什么捉进来的），虽有时会说说笑笑，但常常也会很成人地静思起来。那访员也不大多讲话，只时时自己对自己说些极轻的话。

所以我最觉得合得上的是我同铺的几个工人了。他们也是很不相同的，譬如说：姓王的两兄弟，是完全的忠厚人，性情虽然不十分孤僻，但我从来就没听见他们发表过意见。所差的只有那弟弟是特别会笑一些罢了！至于那最年长的一个姓华的，他是不然了，他那双活泼的眼睛就足以表明他的性格，他是有机谋，有思想的。那个姓吴的，则是一位乐观的人物，他很能随遇而安，没有像姓华的那么有血性，有反抗。另一位姓李的，则又是一个很会怀疑的人。

我们的晚饭是早在三点钟就吃过了，这时本来是可以睡的时候了，不过牢内的生活，实在太缺乏运动，睡眠常是不长的。电灯一亮了，房里是很寂寞，只有外面守兵的京戏的破腔，不断地传来。我仰面躺着，也没有想什么。华坐着。

“老华，”吴忽然叫起来，“快把刚才讲的接下去！”

“咳，”小王说，“老和尚后来那能了呢？”说着笑了。

“唉，不要讲了，这种东西还有什么好听的呢？明天不晓审不审，这样闷住真比死还难过！”

“管他妈的！”吴说：“做人还不是有一日活一日，在工厂里也是一日，在牢监里也是一日，又有什么分别呢？”

“我想判死刑总不会的吧？”李小声地说。

“判死刑也只好让他判死刑，还有什么办法呢？”吴说。

“判死刑？”我抬起身来问。“你们究竟是怎样才捉来的呢？为什么总不肯对我讲？”

“咦，我不是对你讲过了吗？”华睁着眼看我说。

“喏，许先生，”吴说，“你听我讲吗，我们五个人，赛过，是很好的朋友，从前呢，是在一道做工的。刚刚国民军没有到的前半年，我们工人是有工会的，当然，这时还有什么工厂没有工会呢？我们自然也加入的啰！华，他是会写字的，就做个工会书记，其实我们是糊里糊涂，一些也不晓得什么的，后来国民军，砰，打落上海了，又是砰的一声响，杀共产党了！那么……我们的工会改组，是以前重要些的人也捉去杀的杀，关的关了……我们是糊里糊涂的，依旧还是做工，不晓得在一个月之前工统会护工部派来一个人叫我们进去，我们进去了，他们却把我们禁起来，又送到此地，一直到现在还没审过。”

“还没审过？”我说。

“审一审，就好出去了，我们是冤枉的——”华说。

“这样方便？”李反问。

“那么你呢？许先生，”吴问，“我们也没问你过咧。”

“我，”我回答，“我不要紧，我阿哥会来保我出去，而且我也是被冤枉的。”

“是的，现在的人是大不好了，动不动就拿共产来冤枉人。”

他说。

“你哥哥是做什么的？”华这样问我。

“他是在总司令部做事的。”我说。

“嗯，总司令部，总司令部……”吴喃喃地说。

谈话到了一个停滞的所在了，静默又认真起来。

到次日醒来的时候，他们自然早醒了，但似乎有什么事发生过似的，大家都面看着面，不作声响，而我呢，素来是康健而又活动的，再加了一个礼拜的静养之后，精神更加充足起来，随便什么时候都兴奋着，都想说笑。我看看他们这副样子，我想他们一定是刚醒过来，带着一种惺忪怅惘的情绪，所以不说话，再不然，他们是想着家，想着过去和未来而在悲哀着吧！我这样想着，不时用询问的眼光，看看他们……

肚子饿了起来，我又想起前几天的故事了，所以我不好意思地踏着被头走过他们那边去说：

“吴，我去买些烧饼来，你肚饿吗？”

“不，不，不，”吴和华同声地回答。

我不管，我还是走到栅边去招呼了我用四个大洋贿买的那个兵，叫他设法给我四毛小洋烧饼。

烧饼买来了，我们实行起“共餐”来了，我分成十二份，每人各得一份。这已是我们第三回的排演了。

然而别人都用感激的眼光吃了，独独只有华一个人不要，他说：

“我肚子饱，你吃吧！”

“不要客气啰！”

“不，我不客气。”很冷漠的口气。

这也就罢了。时间虽然在囚人的眼光中过得很慢，但他毕竟是走着的。中饭（其实是第一顿），吃了之后，我照例地幻想起来，我常常设想我是被判决死刑了，那时怎么样呢，我想象得和一篇小说差不多，甚至竟联想到杜斯妥也夫斯基的故事来。有时，我又带着确定的意念以为我是会得到释放的。那时，我想，我一定要求我哥哥把这五个人也救了出去。我觉得他们是很好的。

“华，”我突然说，“你们的案子这样宕着，你们可不可以做张禀单请求早审呢？”

“是哟！”吴马上热烈地说。华向他狠视一会儿，说：

“怕没有用吧！”

“做得恳切一些，自然要——我来替你们做好吗？”

“不要！”

“叫许先生做不好吗？”吴问。

“……”他没有回答。

我开始有些奇怪，从前那么好谈的华，怎么今天会那么沉冷起来了呢？怕是有病吧！否则，那他一定是想着他的家，母亲或者妻子了吧！我忽然对他注意起来，像初见面似的常常看他，他的容貌也一些一些地似乎同从前不同了，实在，这因为我对任何人的观察都是马虎而又马虎，除非有了主观的用意，那么无论哪个人在我的印象中，轮廓总是模糊的。

这对华也是这样，我以前就没注意他，到这时我才开始观察他。于是他的棕色的前额，短硬的头发，大大的黑眼，和猪毛一般坚挺的胡子方才印到我心里去。尤其是他的眼，他看你的时候，你是要寒悸的……

这晚上，我本来又想象昨天那样地谈，然而华却说：

"吴，我今天要接续我的故事了，我说到什么地方呀！……哦，那老和尚在山里迷了路，是不是？"

他滔滔地述说着他的故事，很有能干地把五个人甚至连对面铺上人的注意都吸了去。但我除了听着之外，还有一种无端的烦怨闷在心里，觉得这里不是我的居处，我极想出去，而又不得；一种火不觉烧灼起来了。

华的声音，很有抑扬地在沉寂的监房中回响着，但感觉着空漠，不禁回想到以前的几夜，他们都是何等活泼的，这时他们总叫我"穷学生"，说：

"你的钱，不付学费却来付狱费咧！……"

这类的话，自然他们是根据了我的谎话而说的。他们不但很同情我，并且有时竟说了一两句在牢外不能说的话。似乎我是他们的同路人一样。华吧，他以前可以在我请求之下，不说故事，而讲他以前当兵的生活，流浪的生活的。而这种真诚鼓励了我向他谈些真话，这原是人情分内的事情，但为什么他们都变了呢？我是感到无限的孤独，凄寂……默默地看着黄暗暗的电光睡了过去。

从不好的梦中，给臭虫和蚤儿攻击得醒来时，已经是过半夜了，对铺的绅士先生把鼾声提得很高，几乎使人想起家乡的水车房里的车歌咧！外面也静谧着，整个的世界也似乎合着绅士先生的鼾声而呼吸着，任何的不调和，冲突，矛盾，罪恶，反抗，暴力都失去了似的。夜是十二分地熨帖着人的灵魂……

但一种微细的语声，使我注意，那是华和吴在耳语。

华说：

"……你真瞎想……你不晓他哥在做官吗？他一出狱，还不是立刻会把一切忘记，你还真想他来救咧！……你对这种人，似乎不很了解，其实我就碰见了许多，譬如说以前在十六师时，那里一个营长的儿子，是常到我们那边玩的，有时请我们吃东西，帮我们写信……但到后来要开拔了，有一个弟兄说他要逃……不料他竟去报告了他爸爸，这弟兄马上便被枪毙了……我们只当是个穷学生，却不意他真有大来历……他对我们好，那是玩玩，消遣而已，何尝真同情我们呢？……不要接近他好些，否则谁又保得住他不同委员同鼻孔出气呢？"

我听了，眼泪不禁流下颊来，提起勇气来，向下一钻，耳边除了洪洪的声音之外，便什么声音也没有了。

一九二九年五月十四日

原载《萌芽》1930年3月1日，第1卷第3期

炭鬼的世界

臧克家

这样短的假期，本不想离开学校，不过大多数同学归家的骚动，使我感到一走为快。故乡怕去，为了友情，我来到了这炭鬼的世界——博山。

下车在晚上，天是一团黑，脚踏在地上觉到软软的，一种细微的气息刺激着不大习惯的嗅觉。

次日早晨，发现了满身黑土，像磁铁上的细屑。仰头望望天，浮动着一层黑色的雾，像薄薄的轻纱，遮去了太阳的光亮、微笑的面容；低头看看地，黑土地它做成了一条厚软的外衣，一直展到视线以外，人们走在上面，和苍蝇爬在墨盒的绵子上一样。路狭长得几乎成了一条线，擦肩摩踵往来的多半是些臭汗满身的黑脸鬼，他们天天从早晨第一次鸡鸣到西山迎去了太阳，几乎饭都不暇吃，拼命把炭块装上小车，从炭井里运到车站；但他们从没想过这炭给车载到哪儿去。

摩天高的烟筒指给人们，那儿地下有个独立的世界。里面妖洞一般，有些黑鬼在蠕动着，他们的工作，便是和炭块对命，天天可以拿到五六毛钱。有时火从石上灼起，水从地下涌出，不值钱的性命，便断送在这里边。听说他们进这个黑洞之先，还在生死的文书上印着情愿的指印，他们看来并不怕死，在酒醉的当儿常把侣伴的不幸当作谈话，死，在他们眼里是不轻易的，万一碰到这份上，老婆孩子还可以拿几十块恤金，过几天超赢[①]日子。

这个世界里的人，呼吸在黑气里，活在黑暗命运的掌握中，连梦都是黑色。

同时我想到了几日前置身的那个世界，有光亮到滑倒苍蝇的桐油马路，在上面奔驰的有威风凛凛的汽车和油头粉面的花男绿女；有碧绿无垠的大海，宜嗔宜笑的青山，供给情侣们幽会和欣赏；有绿树拂映着的红楼，里面住着革命巨子和普罗作家。

这个世界有温暖的太阳，有幽美的星光，有玫瑰花色的微笑。

这两个世界悬绝地在一个天底下，就是梦神的翅膀也穿不过中间的铁壁；然而他们无形中时时在厮杀。

不过，我想总有一天要来到的，他们——这两个世界的人，会碰在一条窄路上……

1930年

原载《大公报》大津版1931年1月7日

① 超赢：土语，意为“宽裕”。——编者注。

福公司复工之反对声

佚 名

（1）焦作各界民众反福公司大会宣言。

窃英商福公司挟其经济势力，侵入焦作，霸占矿权，吮我之脂，吸我之膏，制我之死命。自前清光绪年间，该公司开始侵略，我民众与之挣扎拼命者，历数十年。自五卅惨案发生，工人痛帝国主义者之掠夺，遂相率罢工，不与合作，该公司因此停工，已达六年。讵意该公司值吾国难紧张之际，死灰意图复燃，百方活动，大肆反噬，期达其开工之目的，以遂其侵略之夙愿。我焦作人士，奔走呼号，竭力反抗，彼竟置若罔闻，我之大好矿山，彼直欲据而有之。夫该公司之窃据矿产也，经我人士之叠次宣言，历诋其不当，早为海内同胞所公悉。兹当再为引申之：福公司向我国人斤斤为言者，即其六十年为期之占有矿权，不知此说早被该公司捣毁无遗矣。当合同之订也，其第四十一条明白规定："本合同所列各款，均有连带关系，如两方有一方对于本合同各款否认其全体或一部分者，本合同即作为无效"云云。查福公司破坏合同第四条之规定，强行采买售罄；破坏第十九条之规定，不许附近居民原价购煤。兹举其牢牢大端言之，则福中公司之视合同如赘疣，不惜自毁其约，彰彰明矣。律以第四十一条之规定，该合同应作无效。福公司无非乘我国难当前之际料我无力顾及，希图侥幸，以达其侵略手段。不知吾焦作人士，受福公司之害自民国以来，实创巨而痛深，忍视其桑梓不救，而坐待其敲骨吸髓乎。于此更郑重宣言：焦作矿权属于中华民国之领土，凡为中华民族者，得享有其特权，任何人不得私据而有之。福公司之不法，吾焦作人士必竭全力反抗之，苟焦作人士一息尚存，则决不让福公司一日复工。如福公司倒行逆施，悍然不顾，则激起焦作人士之反感，酿成绝大之风潮，此责任应由福公司负之。邦人君子，其亦幸鉴于帝国主义者欲亡人国，而必假手于经济阴谋之可惧，奋起直追，作我奥援，则不胜迫切待命之至，谨此宣言。

（2）修博收回福中矿权委员会为福公司事件第三次宣言。

（上略）吾修博人士于此更郑重宣言，修博两县之矿山其完整之主权，悉属于修博人士，任何人不得私据而有之。此种根据法律之主张，不幸虽未见诸实行，其宗旨则积久而弥坚，吾修博人士不避艰辛，竭力反对福公司之运动数十年如一日，吾同人受修博人士委托之重，负保全矿山之绝大使命，海可枯，石可烂，而宗旨决不可移。任福公司之诡谋百出，吾修博人士，决不为其所乘。有如近来福公司以金钱之势力，贿买少数丧心病狂之地痞，擅发宣言，捏白为黑，谓太行山三十二村农工拥护福公司复矿，实则所称为该三十二村之代表者，三十二村之各村长，均皆不知，由此一端，可证明福公司之一切卑劣之手段，无所不为。福公司自知理屈，失其法律之根据，又用种种阴谋，以获矿权，不知吾修博人士，生于斯土长于斯地，苟福公司不放弃其已往获得之不平等条约，吾修博人士必长期抵抗，竭全力与之争。用特披肝沥胆，尚祈海内同胞，党国先进，一致援助，不胜祈祷，谨此宣言。

（3）博爱县煤矿工会通电。

（衔略）均钧：查英商福公司之取得我豫矿权，威迫利诱，本无正当理由。取得之后，对于应尽义务于我方者，百般推诿，不肯履行，甚至破坏合同，压迫工人，苛待地方种种违法之事，不可胜数。及至民国十四年夏，五卅惨案发生，修博居民工人，感于我同胞横遭苛待惨杀，始一致抵抗，不与合作。福公司因此停工，形同倒闭者，已七年之久。按矿业法内载“无不可抗力之故障，二年内不开工，或中途停工一年以上者，其矿业权应即撤销”之规定，故该公司在华之矿权，已早无存在之余地矣。迩来福公司，竟乘我国家多难，外交吃紧之际，上则蒙蔽政府，下则买通汉奸，作一度之复工。闻讯之下，发指眦裂。本会为保存矿产计，为河南三千万民众计，谨率领博爱全体煤矿工人，一致誓死反对福公司复工。并希各界声援，无任感祷，临电不胜迫切待命之至。博爱县煤矿业产业工会效叩。

（4）修博收回福中矿权委员会及焦作各界民众大会并各发通电，反对福公司复工，词略同前。四月三十日。

原载《矿业周报》1932 年第 189 期

失业后的悲哀

燕　奇

失业之神降临到我的头上，天呀！这是多么不幸的一件事情呀！我终朝的马路上彷徨，正犹如一个觉醒了的艺术家。跳出“象牙之塔”，徘徊在“十字街头”！

上海虽然是十足的资本主义化的大都市，虽然每天在各大商店公司游戏场影戏院里量入量出的黄金，是多得不可以计数了。可是我既没有本事做一个强盗或小偷，所以面包问题、不能解决的厄运，正好是命里注定的一样了。

跑到了朋友的家里，想求求他们的帮助，啊！每一个朋友的面孔，都好像是一个铜铸模成的一般。不但是冷森森的，使你有像小鬼见阎罗王之感；而且他们都像有“未卜先知”之术似的，不待你开口借钱，便早已说上一大堆，什么今天家里没有米了，明天又没有钱买小菜的苦话。

天呀！我将往何处去呢？

于是我想到了过去的浪费，想到了也曾受过朋友的瞎吹瞎捧，想到了都市的家园，想到了……现在虽然变成一个使朋友们见了害怕的怪物，然而的确增加我在人生战场上不少的经验。

口袋里是一个铜板也没有了！“万死易当。一饿难挨。”而今我才领略了这两句话的真义。我不得不把身边唯一的一件华达呢的夹袍拿着向典当里送去，虽说是破旧了一点，但新的做起来也要十多块呢！

“当几细？”那位大朝奉先生，一双圆圆的眼睛，看一看衣裳又看一看我，好像要在我身上发现一桩秘密似的。

“四只洋。”我鼓着勇气，回答了句。

“贰只洋。多了不要。”

他把衣裳随手一掷。便坐了下来，那种凛然不可侵犯的神气。使我想到了囚徒们见典狱官的情景？

“先生。三只洋还当不上吗？”肚皮里已经在大闹着饥荒了。不得不忍气吞声地说着。

“就是两块半洋细吧！再要多，你到别家去当吧！”他的言语虽然是和缓了一点，但脸色却愈变得严厉了，像是一个军官对待下级士兵一般。

“虽然只当得两元五角，然而这几天的生活费，总算有着落了。”我心里是这样地想着，拿着了两块五角钱，带着无限的感慨归来。

二十二，十二，二日写于苏州

原载《民智月报》1934 年第 1 期

机器的诗

巴　金

为了去看一个朋友，我做了一次新宁铁路上的旅客。我和三个朋友一路从会城到公益，我们在火车上大约坐了三个钟头。时间长，天气热，但是我并不觉得寂寞。

南国的风物确实有一种迷人的力量。在我的眼里一切都显出一种梦景般的美：那样茂盛的绿树，那样明亮的红土，那一块一块的稻田，那一堆一堆的房屋，还有明镜似的河水，高耸的碉楼。南国的乡村，虽然里面包含了不少的痛苦，但是表面上它们还是很平静，很美丽的！

到了潭江，火车停下来。车轮没有动，外面的景物却开始慢慢地移动了。这不是什么奇迹。这是新宁铁路上的一段最美丽的工程。这里没有桥，火车驶上了轮船，就停留在船上，让轮船载着它慢慢地渡过江去。

我下了车，站在铁板上。船身并不小，甲板上铺着铁轨，火车就躺在铁轨上喘气。左边有卖饮食的货摊，许多人围在那里谈笑。我一面走，一面看。我走过火车头前面，到了右边。

船上有不少的工人。朋友告诉我，在船上做工的人在一百以上。我似乎没有看见这么多。有些工人在抬铁链，有几个工人在管机器。

在每一副机器的旁边至少站得有一个穿香云纱衫裤的工人。他们管理机器，指挥轮船前进。

看见这些站在机器旁边的工人的昂头自如的神情，我从心底生出了感动。

四周是平静的白水，远处有树、有屋。江面很宽。在这样的背景里显出了管理机器的工人的雄姿。机器有规律地响着。火车趴在那里，像一条被人制服了的毒蛇。

我看着这一切，我感到了一种诗情。我仿佛读了一首真正的诗。于是一种喜悦的、差不多使我的心颤抖的感情抓住了我。这机器的诗的动人的力量，比任何诗人的作品都大得多。

诗应该给人以创造的喜悦，诗应该散布生命。我不是诗人，但是我却相信真正的诗人一定认识机器的力量，机器工作的巧妙，机器运动的优雅，机器制造的完备。机器是创造的，生产的，完美的，有力的。

只有机器的诗才能够给人以一种创造的喜悦。

那些工人，那些管理机器、指挥轮船、把千百个人、把许多辆火车载过潭江的工人，当他们站在铁板上面，机器旁边，一面管理机器，一面望着白茫茫的江面，看见轮船慢慢地驶近岸的时候，他们心里的感觉，如果有人能够真实地写下来，一定是一首好诗。

我在上海常常看见一些大楼的修建。打桩的时候，许多人都围在那里看。有力的机器从高处把一根又高又粗的木桩打进土地里面去；一下，一下，声音和动作都是有规律的，很快地就把木桩完全打进地里去了，四周旁观者的脸上都浮出了惊奇的微笑。地是平的，木头完全埋在地底下了。这似乎是不可信的奇迹。机器完成了奇迹，给了每个人以喜悦。这种喜悦的感情，也就是诗的感情。我每次看见工人建筑房屋，就仿佛读一首好诗。

原载《东方杂志》1933 年第 30 卷第 13 期，
题为《机械的诗》，后改为《机器的诗》

忆个旧

巴　金

离开个旧将近两个月，想不到我的心还在那个地方。先前在游船上听见湖畔树丛中送过来的新闻播音，我还有一种在个旧的街上听广播的感觉。我在旅馆庭院中望门前缎子似的西湖水，也好像在金湖宾馆的院子里遥望灿烂发光的金湖。在湖滨散步看见停泊的挖泥船，我就想起个旧的金湖多么需要一只这样的船。听说云锡公司已经向大连厂订购了，却担心不容易运到那里。我在个旧仅仅住了六天，对那个城市我知道的实在有限，可是我却像怀念故乡那样地常常想到它。三个星期前我到上海吴淞区参观张庙一条街，看见那里的工人宿舍就想到个旧工人住的楼房。我访问北京二龙路人民公社的食堂，看见灵活巧妙的切菜机，就想起我在个旧参观红河州农业机械工业展览馆时见到的那些同样巧妙适用的切菜机。这两个月中间我到过好些地方，见过好些新奇事物，握过数不清的温暖的手，我的心一直受着春雨的灌溉和春天阳光的照耀，我过了多少兴奋欢乐的日子！可是我从个旧市带走的温暖和热情至今还在我的身上和心上发光、发热。

我还记得就在那个展览馆里，一位弥勒县年轻的胖姑娘笑着要拿一个白糖做的猫一样大的雄狮送给我，我没法带着这个宝贵的礼物坐飞机回上海，只好心领了。我只听说个旧市是一座锡城，却没有想到整个红河自治州的物产多么丰富。再过几年铁路通了，铁路多了，那个时候老住在一个城市的人也会更深刻地了解我们祖国是多么富裕的国家，那个时候连脚步不出上海的人也知道个旧并不是一个偏僻的小城市，它是中国的一颗发光的宝石。

三十年前我就听见人讲起个旧。我在上海认识的云南朋友似乎全知道它。其中一位年纪比我大的留日学生曾经在那里住过一个短时期，他带着憎恨和愤怒对我描绘那些人间地狱的情况。我把从朋友们那里得来的一点一滴聚在一起，再用自己的想象串联起来，于是在我的脑子里有了一个“死城”的面貌。从前有人把个旧叫作“死城”，因为它是阴风惨惨的人间地狱。在那里有枪的人就高人一等，徒手的人的生命得不到保障。忠厚老实的农民被招工者骗到矿山来，给戴上脚镣，由矿警押着爬进矿洞去挖井，背塃。也有人孤单地走过矿山就被带枪的人抓起来，关进“伙房”当“砂丁”。有一次两个卖鸡蛋的人路过矿山，就被一个姓黄的老板差人抓住，鸡蛋抢走了，两个人都当了“砂丁”。有一个姓滕的老头因为儿子两年没有消息，到矿山来看亲人，遇见那个姓李的老板，就让狗腿子捉住，钉上了脚镣，一干就是半年。这样的故事太多了。生活比我的想象丰富得多。那些有血有肉的人到我的笔下都变得干枯了。我早就应当到那里去看看“砂丁”的生活，可是解放前我一直没有机会。

解放后我亲眼见过春回大地的景象，又看见不少起死回生的奇迹。所以我也做过春满锡城的好梦。个旧的春风轻轻地拂去我脸上的尘土，金湖用发光的笑脸欢迎我的时候，我心里多么高兴。“死城”的确变活了。

我过去的想象好似一场噩梦，什么也不曾留下来。只有老阴山和老阳山还高耸在我的眼前。但是它们也变了。过去两座光秃秃的山现在却装饰了那么多美丽的建筑物。我住在从前的乱坟堆中间。不，现在没有乱坟堆了，这里是一座现代化的洋楼，一所美观、舒适的招待所：金湖宾馆。金湖就在门前，也有人叫它作个旧湖。这个湖本身就是一个奇迹。以前这里并没有湖。矿山上缺水，当“砂丁”的要洗脸就不能喝汤。解放以后工人当家做主，事业的发展的确说得上一日千里，采矿选矿都需要大量的水。人们利用一九五四年的大水造成了这个人工湖，也解决了一部分用水的问题。倘使金湖再得到疏浚，湖水一定更加清澈、明净，城市的面貌也一定更加美丽了。

我就在金湖宾馆住下来。早饭前和中饭后我喜欢在门前院子里散步。有两次中饭后的锣鼓声把我引到门外：一次是二三十个青年男女工人穿上新衣服，笑容满面地捧着决心书，表示要在技术革新运动中做高举红旗的标兵；另一次我却只看见一个行列最后几个人的背影。晚上我也常到京剧院去看戏。戏院里有上千的池座，观众大半是工人和他们的家属，也有抱儿带女来的。谁都想得到，在大闹技术革新的日子里，连好戏和好演员也吸引不了太多的观众。但是土生土长的艺术家们在台上演得很认真，他们的喜怒哀乐抓住了观众们的心。有一夜我和五位工人同志坐在前排为杨八姐责骂昏君的正义言辞和英雄气概接连鼓掌。他们中间有先进工作者，有老工人，也有从小被骗到矿山、戴过脚镣下洞的老“砂丁”。赵坤同志先前还感慨万分地谈起他许多惨痛的故事，现在却出神地欣赏年轻演员的精彩表演，他的脸上现出愉快的笑容。年轻的梁兴福同志捧着瓷杯在喝茶，他也高兴地笑了。他不曾尝过脚镣和鞭子的滋味。但是他在劳动的时候看见了不少从垅渣里挖出来的脚镣，这些脚镣是各式各样的，有的是铁铸的，有的却是用铁丝扭成，有的镣上还带着枯骨。好像每一副脚镣都在传播受难者的沉痛的控诉。梁兴福同志虽然没有赵坤同志几次死里逃生的经验，但是他也懂得“回想起旧社会苦难的过去，就会觉得新社会更加美丽、可爱”。他意气昂扬地表示要“鼓足干劲，来建设幸福、美好的社会主义社会和共产主义社会”。过去的“砂丁”哪里有这样伟大的抱负？他们做梦也想不到会悠闲地坐在戏院里喝着茶看皇帝出丑！

在我一九三二年写的小说里，个旧是一座死气沉沉、一片惨雾的城市。现在我亲眼看见的却是万里晴空，阳光遍地，满街振奋人心的标语和亲切动人的壁画。人们唱着歌在劳动，人们唱着跃进歌曲去上班。过去充满吵闹和吆喝声的赌场没有了，代替它们的是陈列日用百货的大楼和供应精神食粮的新华书店；过去充满叹息和呻吟的“伙房”没有了，代替它们的是一幢一幢三层楼的工人宿舍，矿山上那些过去的“蛇洞”没有了，代替它们的是宽大的坑道和开阔的露天矿场。头上顶清油灯、额边插刮汗片、手上拄一根木棍、肩上前后扛两个塃包、穿一身麻布衣的“砂丁”也没有了；现在有的是昂头挺胸的青年和壮年的工人，他们或则只身掌握水枪朝山上的泥土猛射，或则驾驶电铲车用那巨人手臂似的武器铲平整个山坡，或则用风镐、电钻在竖井里坑道壁上打眼、埋药爆破，或则在坑道里驾驶电动车或指挥缆车和飞兜把矿砂运走……我走遍矿山，只有在公私合营的“建设坑”上，看到一点过去留下的痕迹。但是这仅有的土法采选的遗迹马上也要消灭了。工人们正在干劲冲天地大闹技术革新和技术革命，今天的矿山上不但人们免除了笨重的体力劳动，连马也要得到解放了。我下过一个井，由一位检查安全的工人引我走了不少路。在离地面两百公尺的相当宽的坑道里，马拖着运矿砂的铁轨车缓缓地来来去去。这些马一直在地底下劳动和休息。

我在井里还看到不曾坏的马房。在整个矿山劳动的马一共有三百匹。老厂的厂长告诉我，已经拟好计划在短期内就要把马群全抽出来；不用说今年还要把大批的工人送到别处去，让他们更好地为社会主义服务。厂长是一位朴实的好干部，他讲得很谦虚。其实谁也看得出更美丽、更光辉的远景。人们常说平地起高楼，在这里一座一座新式的工厂接连地修建起来。谁能说几年以后的个旧是什么样子？一九五四年春天访问过这里的一位客人疑心自己找错了地方。他当时参观过这里唯一的小小炼锡厂。可是在他的眼前炼锡厂忽然变成了美丽的湖！

却在另一个地方耸起来一百公尺高的烟囱，一座规模巨大的炼锡厂出现了。锡水在细长的铁管里畅流，那么驯服地听从工人的指挥。这哪里是他梦想得到的！在个旧和在我们祖国的其他地方一样，不仅变化多，变化大，而且年年在变，月月在变，天天在变。数不清的人在为这些大大小小的变化努力！到处都是热浪滚滚的沸腾的生活！

我常常惋惜自己不曾好好地安排时间，要了解像个旧这样的城市，六天的确太短了！然而我即使看得不够，我却想得很多。我离开个旧的前一天，中饭后一个人走到金湖边，在那里站了许久，望着好像有万条金色小鱼游来游去的湖水，我在想象未来的金湖和未来的个旧，五年，十年，二十年……我想着，想着，忍不住独自笑了起来。未来的确太美好了！我们不需要大胆地设想，也可以为这个遍地黄金的锡都安排一个无限光辉的前途！眼前这个小小的金湖有一天也会像西湖那样地美丽，那样地全国知名！

我想得太远了！我正要收回我那跑野马似的思想，一抬起头，忽然看见对面老阴山上现出一个高大的身形。我看不清这个人的面貌，却看得出他那一身矿工的服装。我来个旧以前不知道过去有这么一个人，可是在这里的几天中间不断地听见人谈到他的事情。这就是一九二九年五月在这里被捕、后来在蒙自就义的共产党员李鑫。烈士的名字给灰色的老阴山涂上了光彩，使金湖的水显得更加灿烂。就在这座湖畔高山的马拉格矿里他充当一名矿工，为革命做了不少的工作。他帮助工人成立了秘密工会，他根据民间曲子编写了《走厂调》，描写当时资本家残酷压迫、剥削工人的情况。……我没法讲完他那许许多多英雄事迹，因为我知道的实在不多。有一天傍晚，我在有花有树的文化馆里参观“矿工今昔陈列室”，我了解过去矿工的生活愈多，我愈不能不佩服李鑫的坚强的意志和毅力。这个从北京回省的大学毕业生，当过昆明工业学校的教员，为了要去矿山开展工作，他经常到河边用砂石擦足，一直擦到出血，还脱光衣服在大太阳下面烤晒。他天天这样做，到后来脚上结起了厚茧，全身脱皮发黑，不再像知识分子了，他才换上破衣到马拉格去当矿工。他在矿山上从来不曾露过破绽，也没有人怀疑他不是真正的工人。要不是矿工们的觉悟同活动引起了统治阶级的恐慌，要不是有熟人认出他来，他也不会以共产党员的身份被捕。关于他的被捕，有着不同的说法。有人说，他到当时的锡务公司去背米，公司总经理的佣人看见他，认出他是工业学校的李老师。那个姓陶的总经理做过昆明工业学校的校长，佣人那时也在学校当校工。姓陶的马上把李鑫找来盘问。李鑫虽然早已改名换姓，可是那个坏蛋手边有一张他们过去在昆明穿西装合照的相片，坏蛋拿出一身西装要他穿上，然后再用照片一对，就把他逮捕了。也有人说，特务到处找寻李鑫，后来在这里认出了他，把他传到公司一问，就抓起来了。在蒙自他和另外三位同志一起受审，同赴刑场。他们死得非常勇敢，一路上不断地向群众宣传：“只有共产党才是真正为人民谋利益、谋幸福的党……”

老阴山上并没有烈士的塑像，可是每个工人的心上都有这样的一座纪念碑。连我这个远方来的访问者听到了李鑫的故事，也一直牢牢记在心上。我望见老阴山，就会想到他那个巨大的身形。我后来怀念个旧，也会想到他那个巨大的身形。其实李鑫并不是身长丈二的金刚，然而他的人格放射出万丈光芒！

在那个晚上，就是在我离开个旧的前十个小时，我在金湖宾馆的饭厅里看完了描写“砂丁”的生活与斗争的电影《锡城的故事》。我承认我喜欢这部影片，但是在银幕上没有看到李鑫的形象，我感到遗憾。

一九六〇年五月十一日在杭州记

原载《上海文艺》1960 年第 6 期

一个女工的惨死

韵　霓

是一个阴沉沉的傍晚，夜幕已渐渐地布满大地，戈登路的大自鸣钟已敲过六点，工厂里放工的哨声正呜呜地在空际拖着它疲劳而幽长的呻吟。在这时候，我从学校跑回家去。看见那些拥挤着成群结队的女工，带着劳乏的憔悴的面容，在马路上走着谈着，并且互相争论着。在她们的动作上表示出她们疲劳后的一种兴奋。我由于一种好奇心的驱使，很自然地走近了她们，结果我发现了居住在我们隔壁的阿妹也在这一群之中。

“阿妹！你们在争什么事？”我不禁发问。

“喂！我告诉你，我们厂里昨天机器轧死了一个十六岁的小姑娘，她死得真惨呀：头发通通轧掉了，耳朵也掉了一个，脸上血肉模糊，像剥了皮的兔子。后来厂里用竹箩把她抬到不知道什么地方去了？她的姐姐，当她的头发刚刚轧进机器里去的时候，赶快用手去拉，想救她下来，结果是把她自己的指头轧断了两个，也是鲜血淋漓地昏倒在地。”

“她为什么会被机器轧着呢？”我又插了一句。

“这个机器原来就不好，已经轧死过好几个人，以前就有人要求老板换掉，老板总是不答应！今天轧死了人，大家都说有鬼咧。”

“真的有鬼，不然为什么这部机器又轧死了人咧，总是鬼捉弄人哪！”另外两三个女工都异口同声地在说。她们脸上似乎还挂着一种恐怖的表情。最后，我和阿妹分手的时候，她很凄然地向我说：“听说昨天老板要派我去管那部机器，以后不知道怎样呢！”

我听了这个可怕的谈话，不禁毛骨悚然，全身抖颤着！那些恐怖，愤恨，不平……一齐都从内心奔放出来，在我的面前好像时时刻刻都浮现着一具血淋淋的女尸，这女尸生前我虽不认识，但在我的想象中，也似乎是一个活泼的和隔壁的阿妹一样，我不禁为一种悲愤的情绪所吞没！但一刹那间，我又镇定下来，而想用清醒的头脑，来细想这件事情的前因后果，以期从这悲惨的事实中寻出些教训。

第一，工厂的设备不善，工人的生命毫无保障。原来在这私有制的社会组织之下，一切生产事业，完全是私人的谋利，而不是社会的生产。资本家之开工厂，雇用工人，其目的不用说是在榨取工人血汗，来肥自己。利润愈多愈好，成本愈少愈好，所以一般工厂的设备，是非常之简陋的，锅炉爆炸、倒屋失火的惨剧时有所闻。此外因机器间无安全的设备，或者是机器的损坏，以致工人丧生殒命、断手伤足之事，更是不胜枚举。去年二月二十一日上海正泰橡胶厂因设备不良而发生涂光间走电，以致蒸缸锅炉爆炸，房屋焚毁坍倒，烧死工人八十余，受伤七十余的空前惨剧。同月二十七日，不过隔一星期的工夫，永和橡胶厂又发生同样的惨剧，伤毙工人六十余，以及上述机器轧毙了一个女工，又伤了她姐姐的事件，都证明在现社会之下的工人生命，真是不足轻重，不过像死了一条狗一样的轻微（外国人的狗还不在此列）。

第二，女工缺乏教育，迷信笼罩着她们的意识。在现社会之下，不成问题的，女工在智识水平上是非常之低下的。她们没有受过教育，甚至连最低限度的受教育的机会都没有。她们既不懂科学，对于许多事情当然是不会得到正确的理解的。所以，“迷信”这东西，愈在文化落后的地方，或者在没有知识的人的头脑之中，则愈显示它伟大的神通和力量。中国一般知识低下的女人，当她们一遇到贫困或疾病，以及遭罹一切灾难的时候，她们总不去追究其原因之所在，只怨自己的命运不好。于是吃斋念佛、“今世不好修来世”的风气，是非常普遍的。一般女工大半都是如此，她们生活的痛苦，可以说是无以复加，但以为是受自己的命运支配着，而不去探寻痛苦的根源。明明是一架没有安全设备的机器轧毙了一个十六岁的女工，却都说是那部机器有鬼作祟。（那就是说，谁倒霉，鬼就找谁，谁就该死了）这样一来，她们完全为迷信所蒙蔽，不知道问题症结的所在，一切都拿迷信来解释，则一切却不成问题了。所以迷信这东西确是阻碍女工前进和奋斗的障碍物，同时也可以说是资本家麻醉女工的绝妙工具，我们非铲除它不可。

第三，中国没有劳动立法，工人的死亡得不到抚恤。一个十六岁的姑娘轧死了，结果，资本家说是有鬼，用一个竹箩便把她抬出去了。工人所损失的是唯一的生命，而资本家损失的却只是一个不值钱的竹箩，抚恤是没有的，即或有，也不过是极少数的丧葬费。在现社会的劳动场上，一个工人拼命地为资本家生产，一旦因公毁命，她自己不消说，甚至赖她生活的家人都必然地走向死路。

根据以上的教训，更明显地使我们知道，在目前不完善的工厂设备之下，工人生命之无保障、生活的痛苦、教育权利之被剥夺，完全是社会之所赐予，工人要想解除生活上的痛苦，求得生命的保障以及获得一切人类应享的权利，必须靠自己觉悟过来，改变一切旧思想习惯，团结起来参加一切改革社会的工作。工人们应该以自己的“手”，自己的“力”，来夺回一切应有的权利，创造自己的新生命！

原载《女青年月刊》1934 年，第 13 卷第 5 期

盐乡杂信（节选）

阿　英

一

□□兄：

久已生活在都会紧张空气里的我，突然地跑到这调子完全相反的海滨的盐乡的澉浦岬来，这多少令你有些惊异吧。可是我终究来到这里了。我不是和一般人相似，跑到海滨来换一换生活的调子，我是想因着这一个偶然的机会，来了解生活着在广大的盐乡里的盐民们的生活情形。车子是下午二时从上海出发的，在闵行渡了江，再经过广大的田野，沿着海塘向前飞驰，到五点钟，就完毕了这一二七公里的长途，到达了澉浦的城站。当车子过了黄山海浴场，折了最后的一个山湾，看到载着五千斤重的古钟的钟楼的影像，我们都禁不住很快活地叫道："澉浦到了！"

到澉浦是第二次，走沪杭公路也是第二次了；第一回来的时候；感觉着道路很平坦，可是这一回，真是颠簸得不堪。沿途，经过不少的市镇，而乍浦是最主要的，因为这里有海浴场。不时地，有富儿挟着爱妻娇妾来此洗浴，有达官贵人到此观山玩海，有具上海头脑的外国人到此作郊游。这里，有繁华的市面，有公共电话局，有公共汽车站，有私立的汽车行，有炮台，有浴场。为着商人雅士的方便，不少的必需品是应有尽有。澉浦上的农村女子是没有剪发的，而相隔不到百里的乍浦，却大都是剪了发，而且修理得很整洁：这样的好的影响，也是由那些游客而来。不过，人民究竟是受累的，因为物价由于游客的要求而被抬高，和上海相差不远了。

因为早有预备，对于在澉浦的住食，是没有什么忧虑。下车以后，就通过那靠近车站的丁字街，走进在历史上很有名，而现在已经残败不堪的古城。你要是雅人，走到这里，就会感到风景是秀丽的。立在城门口的石桥（我想在过往，这儿完全是一道吊桥）上，沿着护城河一路看去，有山有水，有树有田，还有那古朴的农民，庞大的耕牛，有君子风的鹅鸭，以及不系的轻舟，很适合地配置在风景里面，令你快活无穷。颇是遗憾，我没有做《笑林广记》中人，不然，看过了这如画的景物，也要对这一带城墙，做一首什么“一齿一齿又一齿，五齿六齿七八齿”的诗。然而，究竟也不能算是遗憾，因为远远望去，在前面就是硖石，那儿躺着我们高贵的诗人徐志摩的遗骸，想他月白风清之夜，登山啸傲，看到这儿的城齿，定然是会再来一首的。“秋坟鬼唱诗”，这是自古已然了，志摩先生岂能独为例外么？呵呵！

八月十三日夜

二

□□兄：

如果你要来澉浦看看盐区，你是必须经过澉浦城的。所以，在说到盐区生活之先，对于澉浦镇是必须有一番交代。就因为这个缘故，在下乡之前，我在城里住宿了一天。在上海，当一·二八之前，有朋友来玩的时候，我总是劝他去吴淞镇或者是宝山，去看看那明代的古屋，去看看那些古侠们如何能飞檐走壁；而今晚只能望法界的十三层楼，跑马厅的二十四层楼而叹气。以后再有朋友来，我却不想这样讲了，如若他们闲适，我想要他们到澉浦来看看，因为这儿有比日本帝国主义在上海炮火毁了的古屋更老的房子，有上海已经看不到的会持杆高跳的人总会跳过来的古城垣，有那典型的古街道，比兆丰公园更古大的钟，有秦始皇、始皇妃、孙权、王阳明、吴麟征和许多仙仙侠侠的遗迹，虽然也不少较近代的建筑，以及“大英牌”“美丽牌”的香烟。

这个海盐县属的市镇，所谓“东方大港”，确是许多特征存在着的，和其他古城共同具有的一些特征。这个城镇面积约一万亩，离海盐一六·八八公里。人口总数是三万四千二百二十一人，男一七七五一，女一六四七〇。生活在城里的，不过六七千人。人民大部分是盐民。出产盐而外，有夏布（只能做帐的粗夏布），梅桃李笋。米，每年可产七万担，茶产一百担。在城里调查的结果，有两点是令我特加惊异的。第一，就是全县有庙宇四十所，完全小学只有一个，中学没有，初级及代用的小学据说有十三所，而机关是十个。比例的看，这地方是有二多的，一是庙宇多，二是机关多。第二就是据调查表，已婚的男七四二六，女七三五五，未婚的男八九一九，女六五一〇，鳏寡男一四〇七，女二六〇五，离婚的根本没有。看了这样数目字，你究竟做如何的感想呢？

特殊地说说教育吧。在城里，学校一共是三所，城南小学、海门小学和澉浦小学。三校学生，一共二百多人，教师共六七人，内女教师一人，女生数十人。这三校，只城南是两级，而设备也只有这里最完备，建筑设备，不亚于上海的公立小学。教育程度，据统计，学龄儿童就学的，男一一五〇，女一一七。学龄儿童失学的男一七五七，女二二四五。十三岁以上不识字的男八八〇七，女一一六九三。初小毕业，在私塾读过五年以上的，男三二七，女九三，中学以上毕业的，男二四，女一。看了这里所列的数目字，教育家们又将作何感想呢？而况这个数目字还不一定确实。

这里的市面不大，大小店铺不过百余家，最大的只有一家洋货铺，每年有一二万元的生意，其他都很小。虽然是在沪杭公路的旁边，一切的情形和交通不便的内地市镇，是多少有些仿佛的。封建势力也和别的地方一样的雄厚，一天的城中生活，最刺激我们的是官吏的轿子在街上横冲直撞。不相识的我们，在晚间，竟和一个什么委的轿夫冲突起来，在澉浦的人民看来，我们的举动，已经是反了天，若不是占了上海人的威势，是非吃生活不可的。然而，我们冲突的，还只是什么委的轿夫。

八月十六日

三

□□兄：

为着特殊的原因，十八日回到上海，二十日又第三次来到澉浦了。事情还没有完全养好，立刻走到盐民间去还不可能。闲着无聊，雅人发兴，我们便结合了几个人去游山了。在这个时候，我也来做雅人，这真如百龄机的广告，有些意想不到。但是，雅人到底是做了，我就报告这一天的雅事给你，来作为通信的一支插曲吧。

这一回的出游，连我一共是五个人。上午十点半钟，从所居的万苍山出发，遇大湖山，山上松树极多。山下有石桥，有溪流，稻已黄，香味扑鼻。沿溪西行，到民初浙督朱瑞的墓地；石人之一的胡子，大有仁丹胡子的风味，由此可见，活人中固然有欢喜联日的，就是死人，也颇有与日为荣的意思，为之感慨不尽。墓后面朱庵，跨涧筑屋，大殿前涧水横流而过，想大雨而后，其势甚雄，惜乎此时仿佛民穷财尽，已是干涸了。涧上有桥，直达大殿，我非佛门弟子，不知所供奉者究竟为谁？坐涧旁吃茶，看覆涧搭成的葡萄架，以至沿屋的茑萝、红花，诗兴有点勃发，但想到离开了七年的在故乡父亲手植的葡萄，达夫先生写旧茑萝行时的悲哀心境，我的诗情，却被打下十八层地狱了。诗，还是让我们高卧的志摩去继续专利吧。

十一点十分，出朱庵，沿涧而上大旗山。因石为级，约四目步，达徐忠愍公墓，涧犹未尽也。闭目凝思，觉大雨之后来此，看山洪澎湃，水花四溅，定是大观，深为诅咒老天昨日为何不来一回倾盆大雨。看神道碑，知道这徐忠愍公（名用仪，字吉甫，号小云，海盐人）在庚子年代，是一个反帝的人，也就因反帝被杀。我想这个墓的建立是比朱墓有意思多了，难怪在他墓前的石人嘴上没有仁丹或电影上常有的翘卷起来的胡子呢。我们肃然起敬，看了很久。以后，经山湾村，翻陆家岭，到岭下的竹林。太阳本已晒得头痛，忽然得到一方竿竹林，走在里面，真是凉适极了，而况有那萧萧的音乐的声音。上去，就是谈仙岭，沿路的石道，据说是谭仙一夜筑成，石头下面，全是金块。梦想发财，本已可笑，知有金而不去掘，只放在口里讲讲，尤为奇突；好在皇天后土，知道我并不想发财，也就不管“他的娘”（用曾诗人诗）了。

沿山又有一道涧水，涧中有一个突起的圆凹。据说，这是谭仙洗澡的地方，即使上下水断，此处终不会竭，并且水可医疮，人能作证。水里有硫黄质可以医疮，这是当然，终年不竭，未免是一奇迹。因此，这一天游事既毕，复约了两位朋友跑去沐浴，这一次的澡，洗得确实比上海的温泉写意。遗憾是，这天然浴缸里的终年不竭的水，经我们三人不到十分钟的努力，已经倾得见底了；两位朋友依旧不甘心，用手巾连余沥也都沾了出去。谭仙有知，我想定然要大呼晦气；仙人遗迹，也有拆穿西洋景的时候，涉想及此，不禁为之一快！可是我的通信，也就不能不在这“一快”的当儿，作中途的结束了。明天再谈吧。

八月二十一日晚

四

□□兄：

在上一封信里，我叙述了半日的游踪，这里再继续写下去吧。所谓谈仙岭，就是南北两木山的夹道，这是交通不便的往昔的到浙江省城的唯一的重要的道路。因此，在岭的最高处，是两面倚山地造了一座石城，驻兵防守。可是现在，是不同了，有火车而且有公路，于是这工程浩大的石城，便成了历史的遗迹，驻兵没有，石城也残败不堪了，以前的交通要道，现在是专作赶牛马上省城之用了。但这儿的风景是颇可观的。在一面的城门上，你可以看南北湖，可以看到盐场，看到海，看到海中有名的古迹长帆以及秦始皇住过的秦注山。在另一面的城门上，你更可以看到九十里外的海宁的海，大尖山，多么浩渺幽远的海啊。在这里看，很犹如就在目前呢！而尤其会令你感叹的，是两面的石城，并不在你登山时就给你露面，假定每边从岭脚到岭巅是五里路，那么你一定要走过四里半，或者更多一点，转了最后的弯，你才能看到为不尽的树木掩护着的城市，远望如一个月亮。再跑上一些，你才能看到城的。这一绝境，在当时，颇有点令我们叫绝。

上山了，上的是南木还是北木，我简直弄不清楚。但沿石城上山，那条路颇令人想到画境。在丛林中一条有石级的山路躺在我们的面前，我们一步一步地上，高远而又高远。假使我们那时都带有浅黄色袈裟，穿着芒鞋，用Camera来它几个镜头，倒真有趣得很。到了山顶，向对面的木山看去，才知道那山顶上和这边一样的有一大村人家，可是除非你走向山顶，你是不会看到，想到的。世外桃源，大概就是这一类的地方吧。在那里，我们颇休息了一些时，我说谁有钱而又有肺病，到这里来休养是很好的。同游者之一回答我说，如果真有肺病，当拾上这样的高山时，他是一定会气绝了的。这句话很有道理，说得我哑口无言。再沿山顶的路前进，右折，穿过丛林，横在面前的，想不到竟是一片茫茫的大海，山势斜削下去，在凹里，嵌了那名字极秀丽的黄沙坞，山坡中间有几棵高大的松树。透过这些树去欣赏海洋，尤觉得是意味无穷。中国海啊！中国海啊！在这里，我们了解你的伟大了，但是，你震荡着人们心魄的怒潮，要到什么时候才来呢？

经过了建筑在临海的山顶上的白云庵旧址，我想过去的那些和尚真个是田园诗人“投胎”，竟会寻到这样壮伟秀丽的所在来休养（恕我不相信是修道），可是现在是只有这遗址，只有这一堆瓦砾了，难道是风雅绝灭，继起无人么？又不禁为和尚高士们一叹。过此下山，到了溆浦最有名的鹰窝顶、云岫寺，这儿背后的山上，就是夏历十月初一可以看到日月并升的地方，此事前人歌咏已多，恕小子不赘。这寺前有很古的银杏树，寺中有具有阶级观的尼姑。何以说尼姑具有阶级观呢？从茶上可以看得出来，就是有钱的来给细茶喝，没钱的来给你粗叶。不知我佛如来，跑到森林中四十九日悟道时，亦曾参透此中微妙否？从此下山，经过九曲崇高的山径，翻四越岭，走詹家湾回家。在万苍山下看表，长短针正指在四点半上；有两位朋友各自驾了一只轻舟，在湖中学习“驾驶”，不断地翻着筋斗了。

八月二十二日晚

五

□□兄：

这两天，我们一直生活在盐田里和盐灶里，我们知道了许多关于制盐的事。从来生活在都会里的我们，一旦走进了这盐区，真仿佛跑入了另外的一个世界，一切都是陌生，一切都是新奇。在这“陌生”与“新奇”之中，我们是逐渐地了解盐地产生的艰难和在这盐之乡里，曾经发生过的不少值得我们注意的事，有人与大自然的争斗，有人与豪绅的肉搏。如终古的海浪一般，这些事，是不断发生着，在过往以及在现在。

按着顺序，我们就先说盐的生产过程吧。盐和米一样，是有着田的，一般地称作“盐田”；所谓“盐田”，实际上，就是滨海生长着的海滩。把这些纯沙泥的海滩，依它的横度区分，就成为一亩一亩的田；所以然以横而不以直的缘故，是因为直度不时地向海中生长，不能有任何的标则。属于每一家或者每一亩的盐田，盐民们常常在分界处植上一行青草，大约这就算是界碑了。这样的盐田，当你驱车过了乍浦的时候，沿着海岸，是一直伸张下去：当你看到茫茫的一片海塘，在塘上有一个一个突起的土堆，远看如坟冢一样，你记着，这就是你每天吃的盐的故乡了。这种田，当海潮来的时候，是全部没在水中的，而这也就是雄伟的海，把盐种植在盐民田里的时候。潮退了，这儿留给盐民的，是一块块的湿漉漉的田，盐民对于这是感到欢喜。但盐并不就这样成功，潮来过了，接着盐民要把他的希望期诸天，他们渴望着强烈的日光的来临。一天一天继续地晒，总要连续晒四五天的光景，盐田才能完全地被晒成白色，这白色就是所谓盐了。然而一定是要继续四五天的晒，如果晒到第三天或者第四天，天上来一阵雨，而这雨大到了屋檐滴水的程度，那这么一回的晒是浪费的，盐民们除了懊丧以外，只有再继续等几天，因为晒到土面的盐，是又被雨打进土里去了。就是晒了四五天，大家已经削了灰，翻了土，如果天上再来一次雨，这翻土削灰的工夫，一样是无代价的。所以，一连要六七个太阳，一回盐是才能收到的，可是，手续并不这样就完。

关于“削灰”，我们还得说详细一点。这其间，一样是有许多过程的。当太阳把盐已经完全晒到土面来了，盐民们便相约地去削。他们和在米田里工作着的人们一样，带着许多削灰的工具和烟茶之类的东西，到盐田里开始工作。他们的第一道手续是“削灰”，所谓“削灰”，是用“削刀”把浮面的一层土刮起来的意思。“削刀”是一个四五尺长的长方的木框，三面是木，下面的一头是约一尺五寸长的切刀。盐民把这套在头上，用两手按住两边，切刀捺入土内，一步一步地，一行一行地，很费力地向后拖，使浮面的土在刀锋下翻过身来，这是含有盐汁最多的泥土。翻起以后，再把这大块的灰捶碎，盐民叫作“摊匀”。以后，给太阳晒一天半天，将灰分条推拢，就进行下一步的“挑灰”的工作。“挑灰”，这个意思是很容易明白的，就是用箩把这削起的泥土向盐池里倒的意思。说到“挑灰”，我却不能不强调的，说一说在盐场里的妇女。在盐场里，一般地说，多的是妇女的工作者，她们很努力，有时比男子的成绩来得更优秀，她们在制盐的过程中，没有一方面的工作不做，“挑灰”也大都由她们动手。她们对于这一方面的工作，和男性一样的娴熟，可以很快地把灰铲到箩内，而且挑到盐池边的时候，不需要一箩一箩的，或者放下担子来倒。她们仍旧是直着身子，把灰担挑在肩上，只是拉着两头的绳子一倾，两箩的灰便全部落入池中。这样的倾倒方式，是我们惯常看见的，但绝不是一件容易的事，所以，我在这里特殊地提起。

这浮面一层的泥土的灰，是倒进了盐池了，但这样手续也还没有完，以下接着的，还有“挑水”“制卤”等的步骤。为着篇幅的关系，在这封信里我不能继续下去，只有留待明天了。不过，就是依据这已涉及的过程看，盐的制成的不简单，艰难，已可以看见了，而况这里所述的，还只是盐的本身的事，只是生产过程的二分之一。古诗写米，说米是“粒粒皆辛苦”，假若你了解盐的制造过程，盐又何尝不是粒粒自血汗得来呢?

八月二十四日

六

□□兄：

所谓“盐池”，是怎样的一种构造呢？在上一封信里，我已经说过，在广大的沙滩上面，有坟冢似的一堆一堆的土，这土堆就是已经漉过了盐汁重复从盐池里掘起的那作为“削灰”的沙泥。这旁边就是“盐池”。盐池的构造，是在地面上掘一块长方形的凹地，七八尺深，用泥土砌起边来，凹地的大小是不一的。但最低限度，总有一丈来长，宽七八尺。这盐池，在深度的中间，密密地砌了一排芦柴，上面覆着草，使水仅仅能流下去。同时，在这侧面，在地下有一个深深地嵌在地里的盛卤的木桶，这桶大小深浅是不一的。我所看到的，就有两丈深，对周一丈的，上面有圆形的或方形的一尺五寸见方的盖。这桶口与漉卤的那池是连接的，使卤能从那池里流出，淌到桶里去。

在把灰挑到池里之前，在池里，是还有许多工作。最初是叫作

“垦漕”，就是把已经漉过盐的旧土掘起。然后，在芦柴上面铺一层“草灰”，然后再挑灰来倒。填满了新土，接着的就是“砌墙”，用土在池的四边，砌一道约五寸高的墙。然后，是“踹平”，就是脚把所倒的灰踏实的意思。接着的工作，就是“挑水”。强健的男女性的工作者，带了担子从盐池一直走到海边，把海水一担担地挑来，向池里的泥土上浇，使这些水带着泥土里的盐汁流到芦柴下，再流入盛卤的大木桶中，这就成了“盐卤”。凝成了卤，流入桶内，这木桶，名字叫作“盐井”。但手续，仍旧不这样就够，再下一步，就是要测这卤汁的厚薄浓淡，看看它的质量。这测量的工具叫作“莲子”。这“莲子”，据说是产生在宁波，可不是吃的那种莲子。用一个普通打油的小油勺子，几个莲子放在钓子里，钓子的口用铁丝网起。用桶打起卤来，把莲子放了进去，看莲子浮起的程度，就知道卤的质量。那盛卤的桶，有时用瓷缸；不过，在盐灶旁的，大都是木制的。卤成功了，如果要烧盐，随时可以挑到盐灶里去，不烧，就可以用“草筋”将桶口封起。

这里，有一说“盐灶”构成的必要了。一般的灶是很大的，总要占三间屋的地位。所谓锅，大抵是六块或者八块大的平铁板拼成，缝隙处不时用泥筋去涂满，以免下漏。这些板上用铁柱吊起，吊在屋顶柱上，以防下坠，下面就因土做灶。灶长约二丈，宽丈余。在灶后有大的卤缸以及盛海水的缸，上面有小的卤桶，接近着盛盐盘的一个桶，以小竹筒直达盘内。在烧时，先将卤倒入卤桶。使它从竹管内流出，经过管口的篾篮（此作漉清之用），流到盘内。就这样开始烧盐。大约要经过一点半钟，一盘盐才可以烧成。在中间，还有手续，就是过干时要掺海水，烧得将干时要用铲翻身，摊匀，使它成为盐时为止。在盐烧开以后，也可以说还没有烧老时取出，那叫作“盐精”，但这只是烧盐的人家留着自己吃，或者漱口用，一般的却要完全烧好，再铲入箩内，挑到仓内藏起，再打包装运出去。

盐就是这样制成的。到这里，我要附带地介绍一些其他的关于制盐的工具的名称和术语了。削灰用的削刀也叫作“掩床”。

把削起的灰再铺平用“灰摊”。把旧泥垦出用“铁爬”。把新灰放进去叫作“收灰”，用“推爬”，“爬头”，“丝担”。然后，是挑灰“落漕”的工作，用“卤桶”和“吊子”。倒水的工作，用“卤桶”。二日后，就是过卤入井，叫作“跳卤”或者“顿卤”。至于烧盐时所用的工具，大抵是“丫铲”，“长火叉”，“盐抄”，“舀卤料”，“打卤吊”，“料桶”，“调灰抄”，“撒灰爬”等。就我所知，大抵如此，不知有遗漏或错误没有？

八月二十六日

七

□□兄：

盐的制造过程，在上两封信里，是已经说过了，现在想接着写下去的，是澉浦的盐区和盐民们的一般生活情形。

这里的盐田一共分作东、西、南三区；东区长十里，西区二里，南区约一二里。盐民的数，东区有七八千，西区有四五千，南区只有几百人。盐灶的数，东区十八座，西区十座，南区三座。盐的出产，据我调查，每年约一万三千引，合三万九千担，每担官盐价二元四角，值洋九十三万六千元。每区设有灶董，东区一人，西南合一人。这灶董的产生，和国民会议时派代表差不多，是由官厅和盐商共同磋商，指派出来的。这种人的资格，大概是有三种，一是和官厅与盐商们向来有来往的，二是家计相当不坏的，三是智识比一般盐民高的。这样的灶董何如，我就不说，大约你是已经知道了。在名义上是盐民的代表，实际上是不代表，而只是听命于官厅与盐商的人，帮他们来派捐派税的人。据说有一个比较的好，相当的可以代表盐民说话，但究竟代到什么程度，我是不知道的。一切的盐民的统率者，就是这样的人物。所以，在这里的盐民，是常常饿得没有饭吃，而税还加重，盐董是不管的。

在澉浦的盐民，实际上也不完全靠收盐过活，他们也同时做其他的事，来辅助自己的生活。如东南二区的人，就兼种田。同时，东区盐民，除收盐种田外也种地，植树，有三百人左右兼营渔业。西区只有少数的盐民有山有田，靠近南北湖的，一部分兼捕鱼。此外，盐民们当然还有许多副业副产品，如养蚕等，但主要的，还是柴麻。不过，在澉浦有一个奇突的现象，必须说及的，就是无论盐民，农民，在夏秋是不种蔬菜的。买不到蔬菜，你真的要吃，你得自己去采野菜。因为这时他们的田地都有别用，只有在冬季，他们照常地种菜。盐民们在实际上，苦的很多，虽然无论在哪一区，我们连一间草屋也看不到，而全是瓦屋。在盐民中占数量最多的为肩挑小贩，他们有时帮人做工，有时卖轻税盐；常常饿肚。盐民们不完全有盐灶，或者有灶股，大抵他们所收得的卤，不是卖给“朝奉”，即所谓“灶董”，就是租灶董的灶自己来烧，可是这，究竟是很少数，大部分是卖卤。有的盐民，在卤未收得之前，实际上是已经把钱从朝奉那里用高利贷借来了，而以很多的卤去偿还。朝奉所有的盐池是很多的，把卤储藏在里面，等仓里的盐卖完了，就用油桶打出再去烧，平时用泥筋封起来。如果你到澉浦来，你就可以看见，在灶区内，遍地都是卤桶，路旁边有的是，路中间也有的是。你走的是路，路下面就是卤桶。真可谓遍地是盐。而且，在这旁边，你有时还会看见，有长方形的镶着一二寸木边的没有盖的盒子盛着盐卤，放在太阳光下，这叫作“晒盐”。盐有时是用“晒”的方法，而不用“烧”的方法。

关于盐民的生活的总的方面，大致是如此。

八月十八日

八

□□兄：

现在可以谈谈盐价和税率了。盐价是要从成本说起的。大概每烧一盘盐，需要六担卤，每担一百六十斤，合价一元左右。这一千斤的卤，可以烧成一百六十斤盐。柴约一元二角。人工要三个，以每日计，工资三元。此外则为油、火、石灰、点心、杂费等开销。烧盐时，要向官厅领牌，每烧一日，缴费两元八角。每天连早带晚，至多可以赶到十六盘，合盘一千五百六十斤。计算成本，每引（即三百斤，合两盘）总要五元二角左右。可是，在每天所烧的盐中，照定例，是必须以四元六角一引的价钱，卖四引（即八包）给“盐公堂”作为官盐的，这就是说，一定要有四引，每引蚀本大洋四角让给“盐公堂”作官盐去卖。烧盐既然蚀本，盐民为什么还要做这一种买卖呢？原因很简单，就是烧盐的人自己还可以留下一引多盐去作私盐卖，在这里捞回损失，并赚一点钱。烧官盐是蚀本的，但附带的，也是公开的，捞一点私盐的利益，这才维持了他们的生计。但盐民的开销，是不止于此的，还有许多必要的漏费。

烧盐的人究竟是些什么人呢？自己有盐灶的人，烧自己的卤，或者除自有的以外，再向一般的盐民买卤烧。没有灶的人，把卤卖给有灶的朝奉，或者出租金给朝奉自己来烧。也有几个盐民合力建立的灶。在烧盐前，先去领照，烧完了，马上要到城里缴销。在烧时，常常有盐警来查照，如果没有照，而是私烧，这座灶是要被封的。每座灶，成本要一千多元，才能建筑成功，私烧的事，因此很少很少。这个照，他们称作“煎牌”，用蓝色印成，约五寸长，四寸宽，写着“牌到开煎，熄火随缴”，“以杜私煎，而凭查核”，以及烧盐人的姓名，开煎时日等。盐烧成了，那作为了官盐的除花了成本以外，还要加上税，成本五元二角，加上税六元四角，方能正式发卖出去。如果你不打算卖到远方，只在二十里路以内卖，那叫作“轻税盐”，每引只要纳一元的税。但是，二十里之内，究竟能销几多盐呢？官盐的价钱，成本已经超过十元一引，售价当然很贵。其间轻税的一种，较为便宜。私盐的价钱不一，平时卖二元左右一担，有时也卖三四元。据我向盐民访问的结果，说是每年官卖的盐约占全产额的三分之二，其余一分，则全作私盐运出。关于贩私盐的“盐枭”，有机会当再说。

盐务机关，在以前有“场公署”；现在是改为了“秤放局”。以前有“卡”，“缉私营”，现在，大约“卡”没有了。据说，以前的缉私营的黑幕最多，他们不时地用种种方法到盐民间去敲诈，或者说他们烧私盐，或者说他们停火太早，或者说他们斤量不符，以及种种其他的理由。在“卡”的一方面，则专与商人船户为难，或说斤两不符，或说包数不符，以遂其敲诈之私。所以，盐的成本虽极其轻微，但加上了税，敲诈，剥削，到了人们的菜蔬里，已经是非常高贵了，其实，盐民是得不着什么的。在盐民间，使你时时听到的，只是他们不断地叫苦。这是民十七以前的情形。

八月三十日

九

□□兄：

在那时以后，盐民们所感受到的痛苦，据我访问的结果，是不比以前为少的。即就盐警这一方面说，盐民们已经是精疲力竭，难以应付。像烧盐的日子，每盘要孝敬他们大洋二角，这固然是一种剥削，但还只能算是细小的。盐警打秋风的事情很多很多。大概除掉固定的以外，在他们需要钱的时候，他可以和我们的达官贵人一样，去替父母、兄弟、子女、妻子，以及本身；想出种种的方法，如做生日之类，来向盐民们弄钱。盐民们就是背高利贷，也是要来应付的。在如此这般的“送礼”而外，还有随时向盐民们借贷的事，如果你拒绝他，马上就会发生问题的，如报告你私烧，和盐枭有关系，在秤上和你捣乱等，总之，盐民们如果得罪了他们，那只有死路一条。盐民们对于盐警，一般地说，受害甚多；而又不得不随时巴结。那懦弱一些的，甚至把自己的女儿给盐警们做义女，想得他们的帮忙。当他们来的时候，杀鸡杀鸭地款待他们，三节送礼，有事送礼，以这样的方式，来骄傲于同侪之中，以为自己是和“盐警老爷”结亲了。而事实所得到的结果，往往相反，就是遇到有事的时候，盐警对于这些“干亲家”剥削得更加厉害。盐民们谈到这些事的时候，他们是非常愤愤的。

譬如我来到这里以后，虽然日子很短，但就碰到一件令我惊异的事。在以前，我已说过，盐有轻税的一种，只许在二十里内贩卖，税是比较的小。可是在完纳了这规定的税以外，缉私队还是在各处阻拦，收第二回的捐，捐额是每担四百文，这是无收据的。盐民们由于经济的关系，生活的压迫，到最近是容忍不住了，大家结合起来，到“秤放局”去交涉。他们请灶董领他们去，但是被拒绝了，然而，他们并不因为灶董的拒绝就不去，仍旧哄到城里。做官的当然是会看情势，这么多的盐民，无收据的捐税，这闹穿了似乎有些麻烦。于是，答复盐民们说，局里没有这种规定，以后如再遇到这件事，可随时到局里来报告。忠实的盐民，对于这答复是很满意的，退了回去。哪知不到一个星期，却依旧是这样地勒索起来。如果不给的时候，他照例地说你挑的不止一担，而拒绝称，这样，你就不能去卖。因此，盐民们又在忍痛地在付与他们这额外的勒索了。不过，冲突的事，在这里仍旧是常常有，据说，激烈的时候，是曾经有把人抛在海里的。

我说“盐警”，其实，其他的官员人等，也不会变为例外的。听说，那些小职员，薪水很低，但打起牌来却很大，输赢很可观。赢了当然多收入，输了也不要他们自己出钱；到没有办法的时候，做一回生日，马上是就会把赌账还清的。我曾经遇到这样的人，他们的那气焰，那横行，使盐民们简直是胆战心惊，可是比较年轻一些的；坚强一些的，对他们却逆目而视。官家的税则，在民十七以后，也比民十七以前，增加了许多。盐民就在这样的情形之下，一天一天地挣扎生活着。就因为这个缘故，将旧的制盐方式的改良；也必然的，至少是在目前无望了。这些被损害的盐民，往后究竟向哪里去呢？盐村是和农村一样的在破产的进程之中啊！

九月六日

十

□□兄：

很快地就要离开溆浦了，虽然还有很多的材料，可是通信我不想继续下去了，就让我再用两封信，把它结束了吧。我在以前的通信里，曾经谈及此地寺院之多，日子住长了，更有出乎我的意料之外的，就是佛婆多不算事，而且有很多很多的十岁以下的小佛婆；溆浦城乡的女人，从老太婆一直到乳臭未干的小女孩，其不相信佛的，真是绝对的少数。每逢初一、十五，你如果跑到街坊上，庙宇里，你就可以看见成群的佛婆；喃喃有词地在那里打坐念佛，她们的手里，执着用稻草束成的记念经次数的“草束”和草结成的“念珠”，做得非常精致美观。而在每一群中，你也总得发现三五个七八岁以至于十一二岁的小女孩，和“大佛婆”一样虔诚地不断地在念着“南无阿弥陀佛”。当我发现了这样的事以后，我的心感到非常痛苦；我觉得反迷信的运动，如果不和其他方面的工作同样地发展下去，我们的前途，真是极可悲的。

其次，我在此地发现的“奇迹”，就是此地城乡的人，夏天过夜，是绝对的不洗澡。初去的时候，正值夏天，在家里洗浴，还感觉不到。到最近，天凉了，家内不能洗了，我便去寻浴堂，找不着。后来问问朋友，才知道此地的人过了夏，绝对的不洗澡，为什么原因，本地人也说不出，只是习惯如此。我于是问，是不是有一部分人家有“暖锅”供给一家人在秋冬打浴，答复是无论有钱无钱，“暖锅”是没有的。我们在历史上，是曾看到北方的某一部分人是不打浴。并且以谁的身上垢多为荣，却没有想到在交通极便，而又靠近文化中枢的地方，也竟然保着这种不卫生的习惯，真是令人奇诧不置。我很希望有改革社会责任心的，特殊是溆浦本地的人，能够努力地把这样习惯改革掉。

又其次，是此地的苍蝇。靠海边盐的区域，苍蝇多是必然的，但是多到想象之外，在我也就不能不认为“奇迹”。未到澉浦之前，就有许多朋友，说这地方的苍蝇怕人，到了之后，虽然感觉到多，也并不怎样令人惊异，反以为朋友们在有意打趣。哪知道十一月里（按即夏历约九月）到青山——俗名苍蝇山——的时候，才证实了朋友们的话。我们这一回是去看“龙口”的潮水的，因为这“龙口”是一个重要的海口。这“龙口”是位置在海之一角，是海的转折处，两边是山，中间有两丈来宽的水道；外面的山是生长在海之中，四周都是海。但尽管只有两丈来宽，尽管只是海之一角，可是来往的船只，是非经过这里不可的，这是航线必经的地方，是没有船只敢取道大海的中心的。这地方的潮水很有趣，在涨的时候，当然因为两个山尖对峙的关系，形成一个很高的“人”字向外流，平的时候，却变成另一个向内流的“人”字。高大雄伟的山崖，也极其壮观。就在这山上，我们遇到了数不尽的苍蝇。我们没有法子统计，简单地说；就是你的全身，会被苍蝇堆满，走路的时候，前碰后挤着你的：尽是苍蝇，真是所谓苍蝇世界，苍蝇真多得吓人！幸而本地的朋友告诉我们一个办法：在上出的时候，每人折下一个松枝，边走边打，即使打得自己的背脊痛，也是宁可以痛，不愿被苍蝇包围的。吃饭的时候，饭碗菜碗里全是苍蝇，我们真有些不敢领教，但在山上住着的人告诉我们，这苍蝇一点不为害，经过专家检验，没有毒。所以，后来我们常常在没有菜吃的时候，调侃着说，捕点苍蝇来炒肉丝吧。在海滩上，有很多的粉红色的小圆石子，筹备处的办事人送了我一块很好看的直径约一尺的土红色的“浮石”。下山的时候，一手捧着石头，一手用松枝赶苍蝇，一面自己感到痛，一面却忍不住地想：到了深秋，苍蝇还是如此之多，在炎炎的夏日，那真有些不堪设想。到家以后，犹不禁相顾失色。

十一月八日

选自阿英《夜航集》，上海良友复兴图书印刷公司，1935 年 3 月

窑　工

碧　野

一个春归的清晨，历牙山的双峰抹上了淡紫的朝曦，五月的晨风轻拂着这南乡的山野、村居。

当你行走在这赤沙弥漫的低坡上，仰望那披着白蒙蒙朝雾的历牙山峡，那你便可隐约地窥见那毗连着的十七堆黄褐色的东西镶嵌在苍翠中，像一条附蜒在巨榕上的蜈蚣，那就是著名的八宝墩烧炭窑。

一个赤了上身，而仅仅穿着被汗水融蚀得灰斑的短裤的矮个子，从左边的山崖拐了出来，一手揉着眼睛，嘴里哼着：

“哎哟哟，

今夜来时开后门！”

“不要脸的臭蛋！”从芦丛中发出来的骂声。

“大头牛，大清早什么风吹开了你的狗醋坛！”矮个子嚷了嚷就飞起了脚步。

“竹鸡，婆娘养的！有本事就慢着跑！”从芦丛中跳出一个公牛般的汉子，向山峡里追去。

山峡里十七座炭窑，住着六十八个年轻力壮的窑工。

除了秋收夏刈外，他们终年在这十七座炭窑干活，每个人都有二百来斤的力气。

每次烧窑，最先要从峻峭的历牙山后砍捆了木柴往山前的峡里送，这样的工作要两天的工夫，然后起了窑火，把一捆捆的木柴塞进六尺高、一丈宽、五丈来长的窑洞里去烧，这样又足足要两天的断守，所以烧一次窑便需三四天的长时间。每次窑有四万二千斤的产量。

窑工最戒心的是进窑洞里去起火，和火起之后继续运木柴进窑洞里去的时候。因为窑洞里的浓烟辛辣地袭击着鼻孔和心肺，被刺得泪水横流的眼睛，没有一丝睁开的余力，就往往在这浓烟窒息中，不幸的窑工便会昏迷而葬身在窑火下。

一提起这件事，每个八宝墩炭窑的窑工都会洒下一把伤心的眼泪：

去年初秋的一个下午，南国的天气仍是热得烫人。勤奋的缺嘴阿禄正进入窑洞里去起火，他的三个伙伴中两个被烈日晒得跳到溪涧里去洗澡，一个走到山边去乘凉。原先窑门是没有关上的，但等到其他的窑工发觉一种阴沉的哀号声时，窑门已经是紧闭着了。

窑工们聚集在吞嚼着被难者的窑洞，窑门虽被启开，但阴沉的哀号声随着从窑门伸出来的火舌的愈加强烈而渐渐消失了。在窑工们悲痛的呼号里，锄头狂乱地挖掘着土窑，发出笨钝的响声。呼呼作响的窑火趁着锄头的起落而怒伸着烈焰。终于在几把锄头下挖出了阿禄的焦黑的尸体，模糊，模糊得像一只蜷缩的穿山甲。每个窑工的心里都悲叹着："完了，阿禄完了！"

这幕悲惨的往事，永远埋藏在八宝墩每个窑工的沉默而哀伤的深心里。

每当烧完一次窑后，窑工们便有一次酒会，他们唯有借这个时候涤涤他们被浓烟熏黑了的心胸，歇歇他们被烈火焚烤得快要起泡的身躯，猜拳的粗野声流荡到山林间。在这兴高意浓的当儿，他们中便会派两三个人披着被单或布袋到附近的村庄里去偷地主家的鸡鸭或荣鹅，回来熬炖，大吃大喝，粗野的笑声一直延续到天亮。

烧成的炭，窑工们把它一筐筐装好。除了大部分挑到山左边的大溪里的小船上，运往城里去出卖之外，余下的都给附近村里的妇人挑米来把它换去。就在这个时候，如果遇着标致的挑米村妇，窑工们便高兴地嚷嚷：

“嫂子，你的米真白，就像你一样！”

但是自从缺嘴阿禄遭难后，虽然一筐筐的炭仍然从溪里运到城里去，虽然时有俊俏挑米村妇的到来，但那顽皮的调戏声再也没有在这八宝墩流荡过了。

的确，在受到极端凌辱与痛苦的众心的沉默，是互感到悲愤的。当已往的乐趣泯灭在现刻的悲苦的劳役中，那悲愤之情愈加高涨无羁。一朝众心的趋一而联系了，这标志就是一颗红的星火的辉闪。为了同一的被凌辱，同一的劳顿于佝偻的境地，因此同一倾向的愤怒的心花将会结成一球冲破桎梏的赤火，万有的火球将一直地焚烧开去，从地角到天边，映起灿烂的光彩，在自由的高峰上竖起翻飞的战旗。

从历牙山峡到城里去赶集的潮水般的农民渐渐稀疏得如同冬涧里的几点水滴，怎么也滴不成串。朝去暮归的吵闹，现在只剩下孤寂的历牙山的鹰鸣。

沉默的众心，在挥动的铁鞭下破裂。

八宝墩炭窑的窑主是一个填胀了肚皮、塞肥了脑袋的大块头，是威名四播的北大村村长。自从他的大儿子在城里捐得大队长后，他的威风愈加凛然，深藏在脸孔横肉里的那双三角眼，也愈加闪出枭恶和险毒的光芒。

窑主的屋舍，也跟窑主一样的比任何村人的肥满，“在他的屋脚能割出百斤油”，这是附近村庄里每个乡人都谙熟的传说。但谁敢去撩动他的一沙一土呢？他当众恶狠狠地说过：“莫说我，就是我的儿子的铁印也够把你们的每个村落打得粉碎！”

为了炭价一天低似一天，而窑工们的血浆早给北大村的大红门吸尽。窑主的生意经翻了一页，从下月起，要在六十八个窑工中裁去三十六个，十七座炭窑将只剩下八座。那所剩下的八座炭窑，还不是十几天只能吐一次欲断未断、将灭未灭的烟缕么?

月夜，历牙山的双峰笼罩在银辉里，远茫茫的草野、山林，反映出淡薄的碧光。轻柔的夜风送来山花香，下垂的枝叶在轻微地摇曳。几声夜莺的悲鸣，刺破了山林间沉寂的夜心。

草野中，黑黝黝的一堆，摇动着，那是窑工，六十八个。

“咿呀呀，可惜我今夜不得去呀！”

矮个子竹鸡在哼着。

“竹鸡，别再放瘦屁！”

恢复了夜的静寂，山花香，夜莺的鸣声，窑工们的气息。

突然，大头牛秦刚对众人庄重地说：

“伙伴，咱们下月就要各走各的了！（他把手指屈了屈）仅仅十一天！”接着是深深地叹了口气。

“谁也不知道谁留谁走，就是被留下的也不过是活受罪！咱们的血给那人熊吸尽了。你看他有高大的红漆门，有宽敞的屋舍，七妻八妾的过日子。这些哪一样不是由咱们的血涂成的？他儿子的捐官买爵，也是踩在咱们的血汗上逞威风！哼，现在他吸完了咱们的血，就要赶咱们走！……”沉默着，众人的心却波动着。

“阿禄哥的死，谁不知道是他使他的家丁胡七趁机闭上窑门去陷害阿禄哥的！因为咱们的活干得太苦了，烧一次窑才领他两块钱，一个月里最多烧四次窑。咱们受苦，他却把一箱箱的银子存到城里的银行去，而且对咱们还要拖欠！阿禄哥见到这种苦头，就教咱们一同去要他增加工资。哪知咱们还没上他家的大红门，阿禄哥就被害死在窑里！……”大头牛秦刚抬头望月亮，晶莹的泪水流溢出他内心的悲痛。

“阿禄哥的老婆和孩子也被活活地冻饿死了！”人们当中的一声悲

愤叹息。

愤激的众脸上发出怒光，每颗灼热的心沸腾了。

“现在……”大头牛秦刚沉着地说。

“不干他是狗子生的！”一个宽胸膛、大臂膀，绰号叫作吼山虎的窑工汪仲跳了起来，“他吸完咱们的血，咱们要抽尽他的筋！”

“抽尽他的筋！”六十八个窑工齐声喊。

“现在，”秦刚继续说，“回到村里也容不了咱们。咱们要复仇！明天各人回各人的家里去取些随身的东西，日落后就到这儿来聚会。汪仲，你那时就带领阿九、银万、刘麻子……到历牙山后放把火烧掉他的树山，我便带伙伴们到北大村去要那吸血的人熊尝尝咱们的辣头！干完了，咱们在三岩亭聚会！”

“行，我要带着我的心肝儿一块儿跑！”竹鸡嚷嚷着。

夜风吹散了众人，月儿西斜，山花香，夜莺的鸣声。

一个春归的早晨，历牙山的双峰笼罩在瘴雾里。黄澄澄的麻绳捆上了那六十八个窑工的每具黝黑的身躯！崎岖的山道上印着踉跄的足痕。

原载《泡沫》1935年12月15日，第1卷第4期

水电之歌

碧 野

当人们肃穆地站立在毛主席纪念堂的大厅里，瞻仰毛主席的汉白玉庄严雕像的时候，就可以望见在毛主席雕像背衬的“祖国大地”巨幅绒织上，长江、黄河沉沉两线穿南北。现在，忽然置身在这黄河远上白云间的西北黄土高原上，似梦境，却又是真实，不能不令人感到万分惊喜！

在祖国这西北黄土高原上，黄河奔流，云的衬托下，高原的千沟万壑、重峦叠嶂、祁连山的雪岭、皋兰山的群峰，更加显得气势雄伟。就在这莽莽大地上，黄河以腾龙奔马之势，冲泻向东，咆哮的涛声震撼万里！

听说古来南海出珍珠，名为“合浦珠”。如今入夜时，黄河上游毫光万丈，黄河也出夜明珠了。

这比“合浦珠”更为晶莹的“黄河珠”，是人造的明彻千里的巨大的明珠——刘家峡水电站、盐锅峡水电站、八盘峡水电站……像成串的珍珠在吐放光芒。当中最巨大、最光辉的刘家峡水电站，位于黄河上游河谷，两岸峥崖峭壁，拦河大坝高耸，泥沙沉淀，河水变清。

这一段黄河，汇入了大夏河和洮河，就是古诗写的：“北斗七星高，哥舒夜带刀”的地方，也就是后来人们形容过的：“红土白山头，黄河向西流”的去处。现在，这一段河谷里，被电炮和火炮炸开的峡谷深万丈，被凿成的河槽石壁高千寻，黄河就在这峡谷河槽之中奔腾叫啸，急流回旋，碧涛抖荡，浪花飞溅，水雾迷蒙。每当日出，浪花飞沫折射阳光，河上出现辉煌的彩虹，七彩毫光闪动，给黄河添上异常绚丽的色彩。

刘家峡水电站位于红柳台下。也是在艰难的环境中建成，放光明于黄土高原上。它是黄河上游梯级水电站最亮的一颗明珠，装机容量为一百二十万千瓦，是目前全国最大的一座水电站。其中有一台三十万千瓦的机组，也是目前水力发电机组中最大的一台。刘家峡、盐锅峡和八盘峡的高压银线在祖国西北角的天空上交织，形成了巨大电网，电力输往青海的风雪高原、甘肃的河西走廊和陕西的八百里秦川。

皋兰山下和青海高原的工厂需要电力转动机器，河西走廊处处绿洲需要电炬照明，祁连山的矿藏需要电炮开发，八百里秦川的辽阔田野需要电力灌溉……摆在刘家峡水电工人面前的战斗任务是多么光荣而艰巨呵！

水电工人勇敢而智慧地挑起了国家交给他们的重担。老工人说得好：“我们深深地知道，我们的国家现在还是一穷二白，工业方面还是比较落后。要彻底改变这种落后面貌，必须像大庆人那样苦干一场。我们水电工人必须冲在前面，打头阵。每天坚持多干一点活，多流一点汗。早起一点，为革命多做一点贡献。”水电工人铁铮铮的性格，铁铮铮的语言，说得到做得到。在机组检修的紧张日子里，电气分场主任老孙十天八天不出厂房。他的眼睛熬红了，嗓子喊哑了，身子累瘦了，但他全然不顾。在发电机定子线棒喷漆时，因用的甲苯毒性大，他第一个拿起喷枪冲进发电机，规定换班的时间到了，他仍不让同志们换，最后晕在现场。医务人员和大家强送他回家，可是几个钟头以后，他又出现在现场，又钻进发电机继续战斗了。

刘家峡水电站的青年工人很多是来自上海的。上海，是世界名城。上海的摩天大楼上接云天，黄浦江万船云集，繁华的南京路车如流水。这些生长在东海之滨大城市的青年们一旦来到这“红山土盖头，黄河水倒流”的西北高原，多么不习惯呵！黄土高原有一种乔木，叫作钻天杨，主干挺直，枝枝相抱，叶叶聚拢，青翠碧绿，钻天而矗立。它不嫌黄土高原的贫瘠，不畏西北风雪的严寒，生命旺盛，团结向上。老工人就经常用这钻天杨来启发教育从大城市来到这西北黄土高原的青年工人。同时，青年工人们也发现每一家老工人的小小庭院里，都栽种有吊钟花、荷叶金花、大丽、鸡冠、牵牛和草茉莉。不是老工人有什么闲情逸致来赏花，而是用他们手栽的鲜花来点缀这黄土高原的家居，来表达他们热爱生活的情意。

年轻的水电工人们受到师傅们的启发教育，干起活来，处处以老工人为榜样。有的青年工人在检修大会战中，就顶着五百度的辐射高温，战斗在焊锡炉旁。他们的手磨破了，脸烫伤了，为了尽快烫开发电机定子线棒五百四十个接头，他们和老师傅一起，七天七夜没出厂房。老师傅看见小伙子们眼睛塌了窝，脸孔被焊锡炉烟火熏黑，怪心疼他们的，总是催他们去休息。青年工人被催不过，没办法，到别处转了一圈，又悄悄地跑回来了。老师傅看见他们说：“你们怎么不睡一觉再来干呢？”背年工人们心里十分感动，有的说：“师傅，你不是也没睡吗？我们睡不着呵，干完了一起睡吧！”有的说：“革命先辈，为着革命事业抛头颅，洒热血，勇往直前。我们多干点活，少睡点觉，这有啥了不起呀！”多可爱的年轻人呵！

电力是“先行”，工业等电，农业盼电，人民需要电！水电管理不能有一点差池。管理好水电，重要的法宝之一，就是领导以身作则，走在水电工人队伍的前头。有一次，向青海西宁送电的开关检修完毕，按计划可以提前两天把电送出去。但是就在这个时候，忽然发现高压输电线路出口的零号铁塔绝缘子已经老化，必须更换。当时，黄河上游陡涨，洪水直扫青海、甘肃两省的千山万谷，激浪滔天。在这艰险的防洪季节，泄水道正在放水，而且起码要放水半个月。青海在等电，怎能拖延？青海的工业要上去，水电工人要促进大西北的工业跟上全国形势的蓬勃发展，可是零号铁塔就在泄水道水花迸溅和水雾弥漫中，更换高压输电线的绝缘子的工作受到严重阻碍，怎么办？水电工人想用户之所想，急用户之所急，为了及早向西宁送电，他们敢于挑重担，敢于冒风险。在这当口，水电站副厂长深入现场，带领着检修工人登上了零号铁塔。

零号铁塔像一个巨人，屹立于山崖上。山崖突兀、高耸，经常缭绕着游云走雾。副厂长年纪一大把了，但他也像一座铁塔，挺立在山崖上。他带领着一群检修工人一爬上零号铁塔，浑身就被浪花水沫湿透。在猛烈的水风中，他咬紧牙关，身子寒冷，心头火热。他边干边指挥更换绝缘子。检修工人们知道副厂长身患严重的关节炎、脊椎增生等病痛，于是说："厂长，你脊椎和手脚关节都有病，你下去，我们保证完成任务！"但是副厂长严肃地说："我是个老'水电'，经电火炼过的，不那么娇嫩！听见吗？青海在向我们喊叫：要电！"副厂长非常严格，高度要求质量。在他的带领下，检修工人们在风寒水冷和浪花飞沫中，加快了检修速度。经过三个多小时的奋战，虽然工作服湿透，嘴唇乌黑，但水电工人的自豪感却像火一般燃烧在每一个人的胸膛——他们终于保质保量地更换了绝缘子，按原计划把巨大的电力输送到青海高原上去了。

领导深入现场，边干边指挥，在水利战线已形成制度。领导干部和工人群众之间亲密团结、打成一片，热气腾腾。

突击队长是个年轻姑娘。她身材小巧，梳着两根短辫子。她笑指水电站党委书记，又兴奋又开心地说：

"喏，他就是我的突击队员呵！"

水电站党委书记是个大汉子，身材魁梧，是个身经百战的老战士。他含笑点头地夸奖姑娘说：

“我的突击队长是个好领导！”

这一支突击队担任水涡轮打磨工作。水涡轮里阴冷潮湿，砂轮机又重，转速又快，照惯例以前没有女同志打磨过水涡轮。可是女突击队长打破常规，带领着一队青年女工打磨水涡轮。水电站党委书记虽是个男子大汉，他像当年在华北家乡干农活时一样，用羊肚毛巾包头，自动报名参加了女突击队。

水涡轮打磨，地方窄，蹲着不行，站又站不起来。十六斤重、每分钟三千多转的风砂轮，拿在手里，上下左右抡动，只要十几分钟，就累得汗流浃背。打顶部圆角时，要用头顶着打；打下部弧面时，又要双膝跪下趴着打。水涡轮里砂轮机吼叫，火星四射；电焊弧光闪闪灼灼，刺目耀眼。多么紧张、多么艰苦的战斗呵！

女突击队，再加上一个男突击队员，经过二十天的日夜奋战，终于提前五天完成了打磨任务。共打汽蚀补焊面积十四点四一平方米，而且质量完全合格。

刘家峡水电站党委，就是这样培养和锻炼一支以大庆铁人王进喜为榜样的水电职工队伍的。他们说：“抓纲治国，四个现代化，建设社会主义有希望，我们一定甩开膀子大干快上！”

刘家峡水电站的拦河大坝高接云天，是全国最高的高坝。西北黄土高原风大，刘家峡人造海波浪滔滔。风吹浪打，拦河大坝顶风击浪。但这座高坝能否稳如泰山地屹立在西北黄土高原的奔腾湍急的黄河中，却关系到下游几十座城市和千千万万人民生命财产的安全。万一刘家峡拦河大坝崩垮，激浪滔天的黄河之水就要横扫西北，兰州、银川势必尽成泽国！因此，为了严密监视拦河大坝的变化，大坝管理采用了精密的仪器，可以测出哪怕仅仅是一毫米的微小的位移。但是水电工人并不满足已有的成绩，他们以强烈的责任心，以对人民生命财产和国家建设的高度负责精神，又研究制作了激光观测装置，把最先进的激光技术运用于拦河大坝观测，把测量精密度又提高了五倍！

对于技术革新，水电工人和技术人员认真钻研。上级有关部门决定在刘家峡水电站全面试用晶体管自动保护装置。这是我国工人阶级赶超世界先进水平的重要项目。它的试用成功将把我国的水电事业推向一个崭新的阶段。水电工人和技术人员坚持革新，他们详细查阅试用记录，认真分析出现的各种问题，大胆地对原理和结构都做了改进。他们不怕失败，反复试验，有的为了弄清一种现象，解决一个问题，几天几夜都不出厂房。有的利用业余时间查资料、画草图，有时半夜里想出一个办法，立即披衣起床把它记下来……

现在，刘家峡的强大电力，盐锅峡和八盘峡的电力，组成了铺天的电网。黄土高原铁塔林立，万根银线穿织蓝天。青海高原机器声日夜隆隆；自古荒漠的千里河西走廊变成了光的海洋，明灯万盏，戈壁流金：八百里秦川肥满水足，大秋丰收，镰刀闪光，农机轧轧。

在抓纲举旗的这个新的跃进时代，黄河上游形成串珠的水电站，在吐放豪华的光彩，给祖国西北高原的夜空挂上巨大的圆辉。这高接星汉的圆辉，是成千上万的水电工人的汗珠和心血凝结成的，是成千上万水电工人身上辐射出来的光和热。

我们的祖国江河纵横，我国的水利资源是世界的“富矿”之一。从祖国大地上星罗棋布的人造海和水电站来看，水利资源的开发，目前也只占百分之几而已。我国水利资源的蕴藏量多么丰富呵！

电的动力，电的照明，黄河流域城市工业多么繁荣呵！电力的排涝和灌溉，电力的打包和脱粒，黄河流域农村多么富饶呵！

“黄水奔流向东方，河流万里长。”这是《黄水谣》的歌声。过去是黄河怨，黄河在咆哮；现在是黄河笑，黄河在欢呼！……

原载《人民文学》1978 年第 4 期

（选入本书时有删节）

秋

丽　尼

冷风飒飒地卷动了落在马路上的枯叶，于是，秋天就慢慢地深了。

细雨没有休止地落着，如同一些散乱的游丝，随着风布满了整个低沉的天空。几日以来，一到傍晚，这样的细雨就没有理由地落起来了。

沿着江岸，我走过了两个码头，但是，并没有看见一只新来的船只，夜工显然是无望的。年久失修的水门汀路上，渍着一团一团的小水荡，我不时把足趾踏到那些小涡里去，试探着它们的深浅。

夜是凄凉的，又加上这样的风雨。路上没有同伴，几乎连过路的人也难得看见。将近海关码头的时候，在一个竖立着蚌壳招牌的汽油站前面，我停止下来，把穿在身上的衣服更紧了一紧。

气候的转变是迅速的。不几天以前，天气还是那样燠热，而现在，江风却已经使人感觉寒冷了。风在江边呼啸。一阵冷风过去之后，一堆一堆的梧桐叶就索索地卷动了起来，发出一阵令人极其难受的声音。

我站在汽油站的廊檐下面，因为这惨淡的景象的重压，而感觉了忧愁。

江岸是寂寞的。在白天，这里曾经喧嚷过许多的生命的叫嚣。人们在阴郁的天气里扛着各种各色的负载，从轮船的起重机旁跑到堆栈的深而且大的肚腹里去，又从那肚腹里带着新的负载，回到轮船上来，叫着，嚷着，呻吟着。手里握着皮鞭的看码头的人，站满在跳板上头，横着眼，把每一个人都当作强盗，然而，扛着负载的人们一走到他们面前，却把叫嚷和呻吟故意似的拖得更长，而且提到更高了。

如今，这一切的声音全都死去，所余下的只有风雨和一个黑暗的夜。

我站在汽油站的廊檐下面，忧郁地看着那些迷糊的路灯，整个的都市，几乎全都隐藏在黑夜的雨丝之中了。黑夜的都市！在那都市里面，人们是在怎样生活呢？夜生活将要开始了，疲倦而疯狂的人们，在雨夜的街市上会更为拥挤，拥过来，又挤过去，一直到天明将近的时候，于是，整个的城市也就死去了。

细雨仍然只是疏疏落落地下着，下得不大，却使人生出了异样的烦恼。不时，有一两滴雨水从檐间滴了下来，打在水门汀的石地上，发出空洞而且寂寞的响声，一下，二下，等不到第三下，就没有了，只好忍耐着再等。然后，经过了许久，才听见水门汀上又是空洞而且寂寞地响了，仍然是一下，二下。

“为什么不下得更大一点呢？”牵了牵被雨丝飘得透湿的衣裳，我怨恨地想了。

汽油站是空洞的，玻璃门锁着，里面没有一个人影。陈列窗里陈列着一些长圆形和长方形的油罐，和一些奇形怪状的零件。对于这些，我不知为了什么，忽然深深地憎恶起来。一辆汽车湿淋淋地驶进站里来，但是，连停也不曾停，看见站里已经没有执事的伙计，就一直又驶出去了。

江上是迷蒙的，只有趸船上面发出几点忽明忽灭的灯光。江水落得很低，现出十多丈的沙滩。当洪水涨满的时候，这里不知漂过多少人的尸首，然而，洪水一落之后，竟有许多的人就在这原来的地方搭出芦席棚子，当作临时的居屋。

那是我十六岁那一年的九月初，我开始在这城市独立生活的第三日，那时，我的身体是很瘦的，而且，对于一切事情都很胆怯的。

我觉得我有一些凄凉。我从来没有像这样沮丧，这样绝望过。生活是愈变愈艰难了。在镇上杂粮店里当过了三年学徒，几乎得了痨病；以后，我就被四叔坚决地带到这都市来了。两年以来，我一直和四叔共着一条扁担。四叔是一个慈爱的人，然而，他对于我总不姑息。他教训着我如同教训他自己的孩子一样。但是，如今，四叔是已经走到不可知的另外的码头去了。

“硬朗一点吧，孩子，”四叔望着我的忧愁的脸，鼓励地说了，“生活不是儿戏的，高高低低，拿出点主见来。我，没法，这地方待不下去，成了别人的眼中钉，只好到别的码头看看吧。”

停了一会儿，四叔又接着说了：

“也是实在没法带你一起去，自己都不晓得怎样——”

“四叔到底到哪里去呢？”我嗫嚅着。

“真不晓得就算了，自己好好儿地做人……”

四叔走了以后，我就把扁担换了一把铁钩。我也挤在人缝里头，依次挨到舱房的门口。人们望望我，又把我推开，但是，我仍然挤着。侥幸有人把一包棉花或者一包白糖搭上我的肩头，受我用钩子钩进包去，将那重负支持着的时候，我却忍不住地感觉到我的全身骨节都要粉碎了。我只有等着人少的时候，选取一些轻松的零件来把生活挨了过去。

我望望那低落的江水。江上只是一团浑浊的黑暗。有时，一堆一堆透明的浪头从黑暗之中抬起头来，但是，一瞬间又被扫了下去。我轻轻地叹息了一声，把挂在腰间的铁钩正了一正，仍然望着那不平静的江流，就出了汽油站，一直向着趸船走去了。

我想起了那年老的何老爹，四叔的朋友。他是住在趸船尾上的。

何老爹一定还抱着他的烧酒瓶吧？那老头子一定还没有睡。老头子，可怜的人！以前，人们不叫他“何拐子”，却管他叫“虎拐子”，喝得，做得，有气力，也有胆量。如今，“虎拐子”变成“老糊涂”了。老虎已经老了，好的年头已经过去了。白天，他拿着扫帚，打扫着趸船上面的仓房和厕所，骂着卖香蕉和卖长生果的小贩；有时，也坐在舱口，将筹子从搬运夫的手里接了过来，一面还拖着那疲倦的，嘶哑的嗓子唱道：

“一个五呀，唵——

一个十呀，啊——

唵啊，一十一个五呀……”

然而，一到夜晚，他就完全衰颓了。他爬进趸船尾上他的小房里去，在那昏蒙的、嵌在舱板上的电灯下面，抱着他的烧酒瓶，摸着那瘦削的，没有胡须的下巴，而沉在回忆和老年的悲哀里了。

我以习惯的熟练走上跳板去。江风凄厉地叫啸着，似乎硬要把人扫到水里去。江水翻腾着，喷着水沫。浪头愤怒地碰到跳板上来，哗啦一阵，又愤怒地退了回去，把水沫一直溅到我的脸上和我的全身。几只小船系在跳板两旁，疯子一般地随着波浪跳跃，颠了上去，又马上跌下来，和水波碰撞着，发出“波波”的不平的响声。

一阵冷风从江心扫了过来，秋天似乎是更深了呢。

绕过了那紧锁着的仓库，转到趸船的尾上，就是何老爹所住的小房。我在那窗口静立了一回，然后踮起脚来，望了进去。那永远黄淡的电灯仍然开着，但是老爹却已经躺到他的吊铺上了。他躺在那里，脸面朝内，时时转动着身体，又很不宁静地把那骨瘦的大腿插着，间或发出一声长长的叹息。可怜的老人，衰颓了，在这样的夜里。

“老爹——”我畏缩地，轻轻地喊了一声。

老爹疲倦地转过了身体，把头稍稍抬起，向窗口望了一望：

“是哪个？”

“是我呢，老爹。”

他从铺上慢慢地爬了下来，把门开了，脸色是那样黄，没有血色，好像得了重病，使人害怕。他瞪着眼望了我好一会儿，然后疲倦地说道：

“老三啊！这时候！从哪里来？”

“到码头看看可有夜工呢。”

“做梦！”老爹一边说着，一边又躺到铺上去了，“往年，上上下下的码头，总是赶到半夜不收工，找人都找不到。这如今，什么都清淡。年头不好啊，灾灾荒荒，你晓得！四叔呢？多天都没来看看我。人老了，不值钱啦！”

望着老爹的怨望的脸，我急忙分辨了：

“四叔前天走了。”

“走了？到哪里去？要走，连跟我都不说的？”

“跟我都没有说呢，只是说这地方待不下去。”

“待不下去？”老爹惊讶地问，但是，不等回答，便又领悟了似的自言自语了：“是的，待不下去，好人都是待不下去。”

老爹咳嗽了，咳得那么苦闷，而且，不断地辗转着，两手捶着骨瘦的大腿。

“你四叔总算有干劲的，”老爹自言自语地继续说着，“不过，也是四十开外的人了，不是？还有十年好干。十年一过，一到五十岁，凡事就要打个折扣了。像我，完了！……我今年五十八，晓得还有几年好活？”

说着，又咳嗽了起来，把身体转了过去。

“老爹还康健呢。”望着那衰老的身体，我无可如何地安慰着。

“我？康健？”老爹兴奋地转了过来，但是立刻又颓丧下去了，“不行啊！完了！年轻时候，什么事没有干过！风里雨里，满不在乎。这如今，算什么？老糊涂啦！从前，上上下下三十六码头，哪个不晓得我何某人？伙计们‘拐子’长‘拐子’短地抬举我。船上，岸上，一有事情，少不得总是我何某人出头，十六年还有我嗐。偏生王桂说我老糊涂！我就不干，让他去干——”

“王桂？”

“是的，就是王桂。王桂干了半年就跑了，晓得跑到哪里去了！”

老爹转过身来，很严重似的抬起了半截身子，把头凑近我的身边，低低地问：

“王桂你不晓得？你自然不晓得。你四叔晓得的。说句良心话，王桂总算好人。不欺心，就是这点！王桂要是黑良心早就发财了。这如今，这般杂种，真是一言难尽！只晓得要钱！姓施的，你晓得啥，家里讨小啊！杂种！”

外面，是呼吼着一般的风声，和波浪打着趸船的震响。老头子喘着气，躺了下去，眼睛就慢慢地合上了，似乎是那愤怒的火在还有燃烧以前马上就熄灭了。每当一阵风哨子一样地响过以后，他就长长地叹息了。

“我不管，我也管不来。我今年五十八，不晓得还活得几年？看不过眼的事，我说一句，可是，有哪个把你当人？”

我沉默着，听着风在外面吼叫，只感觉有不可抵御的力量在向着我的全身压了过来。小房间里，非常窒闷，连呼吸也是艰难的。

“你喝酒么？”老爹忽然想起了什么似的问。

我摇摇头，说道：

“不会喝的，老爹自己喝吧。”

“酒都不喝？好孩子，跟你四叔一样，滴酒不沾。好！不喝酒好！莫学我，我一生就害在酒里。年轻的时候，一醉醉个死，也不在乎。这如今，不行啦！趸船上打两个转身，头就晕，一双脚直抖。晚上，筋骨痛得要死。葆元堂的虎骨酒也喝了几瓶，哪里有用？”

他挣扎着从铺上爬了起来，扶着铺前的一张由一块木板搭成的小桌，手是那么颤抖，全身也同样抖擞着。我忍不住地伸出手来，把他搀扶了。

“不须扶得，不须扶得，”他连忙拒绝着：“坐你的，莫管我！”

外面，雨渐渐地大了起来，滴滴答答地打在薄铁皮的舱顶上，非常焦急似的。风，悲愤地吼着，似乎大自然也有着无数的苦恼，要愤恨地倾泻出来了。不时，有一阵猛烈的波浪对着趸船碰了过来，整个的趸船也随着震动了。

老爹扶着桌子，不作声，好像这风和雨使得他非常难受。他默默地把酒从瓶里倒了出来，又默默地从杯里倒到口里去。

一个可怜的老人呢，我默默地想着。老了，衰颓了，早已被人遗忘，再也无法振作起来了——而且，又是病着……一生，只是辛辛苦苦地过去。以前，也曾经被人当作一只老虎的，然而，当老虎变成了老迈以后，又能够怎样呢？他把苦的酒一杯一杯地往口里倒，慢慢地，脸色变得更为惨黄，而低凹的胸部也急促地起伏着了。

“老爹，少喝一杯罢——”我几乎是恳求地说。

然而，老爹却好像完全没有留意到我的恳求。他抬起头来，把酒瓶一推：

“往年，这点子酒，算什么？几斤几斤一喝。挣点钱，就是喝酒。没有儿，没有女，哪个想发财？孤老，受罪啊！年轻的时候，还不是想弄个女人。可是，有哪个女人看得上你？我屋里二爷巴巴地弄了一个女人，还不是跟人跑掉！活讨罪受！有儿有女，这样的世道，也是淘气啊！”

忽然，他睁大了他那疲倦的眼睛，望了我好一会儿。

“老三，你说，人生在世，有什么味？”他坚决地摇了摇头，接着说了下去：“老三，没有味的！你四叔是个硬汉子，他有他的想法。可是，他只是四十边头的人啦。我，我今年五十八，快六十岁了，我看的事情多呢。”

我能说什么呢？我还刚刚活了十六岁。我能说人活着是有意思或者没有意思呢？我只知道，三年的杂粮店学徒生活，使我差不多得了痨病，而这两年来，我总是跟着四叔在码头上面跑来。如今，四叔走了，留下了我一个人，可是，我还得跑。在码头上，挤在人群中间，扛着重负，真是苦的生活。但是，有什么办法呢？

“有什么办法呢，老爹？只有熬呀，今天熬过了，望明天。”

“不错，我晓得。熬呀！我熬了五十八岁，熬了多少？五十八岁，不容易啊！可是，如今，还有或个明天好熬？往年，和你们一样，大手大脚，怕什么？这如今，人一老，完了！哪一样说得上？比方，吃这一碗茅厕饭；算什么？一条狗！狗还不如！哪个把你放在眼里？”

眼泪不知怎样就漫到他那枯干的眼睛里了。他悲哀，甚至于小孩子一般地抽泣。

“没有儿，没有女，说一声要断气，连鬼也没有一个来看看你的。”

他把头俯了下去，忍不住地，呜呜地放声哭了。那哭声是那样干涩，然而，却是那样不可言说的悲苦。那是一个五十八岁的老人的哭声，也许，是他最末一次的痛哭。一整生的苦恼，一整生的抑郁，幼年的回忆和老年的悲哀，全都堆积在这酒后情不自禁的哭声里了。我抱着他那耸动的瘦削的肩膀，不知道要对他说什么才好。在这样的时候，也许不说话反而更好吧。

“老爹，往开点想吧，”我极力安慰着，“这么大年纪，何必这样？我们河下的人哪个不记着老爹的？”

“记得我？那个把我放在心上？老糊涂啦！”

他哭着，诉着，拍桌子，捶胸。我费了许多气力才把他安置到铺上，而他渐渐地也安静了，并且安静地睡着了。外面，风和雨交作着，我坐在老爹的铺边，不知经过了多少时间。一切的思想在我的心中变得凌乱起来了，如同一团理不出头绪的乱丝。

生活真是一副沉重担子，并且这担子是非担负不可的。从堆栈里到轮船的货舱旁边，那不过是一段很短的路程。你咬紧牙，忍住肩上所受的重压，急忙走着，只想着到了那一边可以得到一个暂时的休息，喘出一口气来，然而，到了那边，岂不正是有着同样的重负在等待着你？无间歇的重负，从今天到明天。明天也许会好一点吧？但是，到了明天，又怎样呢？

我记起了四叔的话："孩子，总有一天，我们这般出力的人……我，四十边上了，也许望不到；可是，总有一天的！"四叔把话说得那么斩截，他也许不会骗人，也不至于像这样来骗自己。四叔真是一个硬汉子呢。现在，四叔到底在哪里呢？在另外的码头？也许在那不可知的另外的码头，四叔正是趁着这秋风和秋雨在赶着夜活吧？

铁板上面的嘀嗒声渐次稀少起来，雨已经下得小了，但是，风仍然在疯狂地吹啸。我看了看那安静地躺在我身旁的老人，他的眼皮是半开半合的，惨黄的脸面正好像骨头上面铺上了一层黄色的油纸。可怜的人，他睡得那么安静。但是，能不能说他已经是气绝了呢？

我把那老人的脸面再看了一眼，然后轻轻地走出了他的小房。清鲜的江风向我猛然扑来，一个大的浪头溅了我满身冷水。我怔了一怔，立在趸船的边上，凝望了好一会儿那趸船外面的愤怒的江涛。

"生活开始了——明天？明天也许是一个晴天吧？"

于是，折转身来，我向着码头走了过去。细雨仍然飞着。浮跳随着波浪升跌。一路之上，我计算着明天将要抵埠的船，而海关钟就零零落落地敲过十二下了——已经是最后一次报时的时候。

一九三五年八月

原载《文学季刊》二卷三期

参观新生橡皮膏厂

包天笑

五月三十一日午后两点钟，去参观新生橡皮膏厂。

先是，吾第三儿可闳，去年在复旦大学以化学科毕业，遂与他的同学曹畸玉、金成珩两君，创办了这个新生化学工艺厂。名为化学工艺厂，其实出品的，只是医药上用的橡皮膏而已。

和他合作的两位同学，却是一男一女，曹君是男性，金君是女性。那位金女士，便是复旦大学秘书长金通尹先生的女公子，现在已与曹君结婚了，是可闳做的媒。据说这一对新夫妇，正和橡皮膏一样有着黏性。

可闳曾几次约我去看他的厂。从前在福履理路的时候，去过两次，后来因为地方不够，迁移到虹桥路以后，却没有去过。那条路又是什么越界筑路的玩意儿。近虹桥那边，说是公共租界，法租界，和华界接壤的地方，公用事业，常常闹不清楚。这条虹桥路，也很有些神秘，因为它是直通到飞机场的，平日间一个警察也找不到，忽然之间，警卫严密，五步一岗，十步一哨，为的什么？原来是飞机场有要人来往了。

到厂时，仅有可闳一人在那里，曹金两人都没有来。房子是简陋得很的，前面一并排四间，后面也是一并排四间，都是平屋。前面的一并排四间，都是隔开的，什么办事室、试验所、储藏间等，都在其内，后面的一并排四间，是个统间，便是他们的工厂了。医药上的辅助物品，像纱布、药水、棉花等物，已经有了国货了，唯有这橡皮膏，还是用的外国货。前年曾有一家，出过国货的橡皮膏，后来不能推广销行，也就关门大吉了。此番他们很想弄好它，有什么地方不及人家处，便极力改良。的确，把最近所出的货和以前所出的比较起来，最近所出的要强得多了。

他们这个厂，小得可怜。初开办的时候，原是试验性质，打样子，定机器，配材料，都是自己动手。经理也是他们，跑街也是他们，工人也是他们，出店也是他们。有时穿了漂亮的西装，奏着梵哑令，出席音乐会。有时穿了工人蓝布衣裤，满身污秽，连头发根里也都是橡皮膏。他们起初是没有工人的，自己便是工人，到了近来，方始训练出来几个工人。

有一位老先生，很帮他们的忙，那就是五洲大药房的董事长高凤池先生。因此新生橡皮膏，由五洲大药房经手推销出去的很不少。高先生说："一样货物，倘然没有国货，或是有国货而远不及外国货，那就没有办法。现在既有国货，是不亚于欧美的货物，而且价钱还比舶来品便宜，为什么一定要用外国货呢？"

橡皮膏还有一种用处，是电线上的包皮，有了这个包皮可以不触电，名为橡皮绝缘带，这种也没有国货。可闳的哥哥可永，叫他做那种电线包皮他说这个可容易。不过近来他很想把医药上用的橡皮膏推销出去。

青年们也有他们的勇气。失败与成功，瞧他们的勇气如何吧。他们的志气倒很大的，在化学的范围里，弄好这一样，还想再弄那一样。他们说：不信东方人的脑筋，就不及西方人咧。看他们卷纱装筒，徘徊了半小时，我也出来了。

因为今天是五月二十一日，我便写出了一点，寄给“中国的一日”那个征文社去。

选自茅盾主编《中国的一日》，
上海，生活书店 1936 年 9 月初版

茧　市

张鹤龄（硖石）

镇上的几家茧厂，今天开秤了。所以冷清了几星期的街头，便顿时热闹了起来。

旧历四月的乡村是个最忙的时节。每一户合家的男女，都把全副精神集中到育蚕的事务上去了，除了有免不来的事故外，谁也没有余暇再来上市，至于使本来萧条的乡镇商业更加的冷清，落寞。据乡镇商业的经验来说，这段的时期叫作“蚕关门”。

今天，这扇因蚕忙而关的乡镇之门，算是第一天开啦。

经纶茧厂的门首，贴上了一张用红纸写的“开秤大吉”的字条，四面环环地挤成了一个人圈。从杂乱的声浪中，带透出一阵阵的热浪来，使初夏试伸的热度，又增高了些。

一篓篓椭圆形的雪白得可爱的茧子，经过了秤手先生的一度称量讲价的交涉后，便向着茧厂的廒间内送。

在这里，穿着污花布短衫裤满头流着汗的，各人背上了一对叠起的空篰，手里拿着一沓红红绿绿厚薄不等的钞票，从人堆中挤出来。各个枯憔的面部，大多是又添了一层忧容，也有少数的还能挂着一丝微笑。

大概因为往年卖茧得到的，都是雪白的现洋的缘故，所以对于自己手里拿着的一沓纸币，总带有几分的不称心和疑惑。

“先生，请你看一看，这几张钞票，好的吧？”一个年约四十光景的乡老，他发现我在注意他们的时候，便将卷拢的几张钞票递过来。

“好的。都是中国银行，二十一块吧？这张是拾元，二张五元，还有一张一元。”我郑重地还给他，并且好意地说明着。

“哦，是的，念一个，辛苦你，先生。”疑团是释了，但是对于用了雪白的茧子换不到雪白大洋钿的不称心，总不能解去：“咳！几张纸头，可以当洋钿的。”说的时候，很有像这几张纸币会给他一个折扣似的懊恼，一面用一张暗黄的旧报纸包好后，便向褡包内塞着。

“今年的春蚕，收成好吧？”我趁机问着。

“唉！哪里好得出呀？这个年头，老天是专同我们乡下人作对的。才收了蚁，天便变了，一天冷，一天热，又是常常下着雨；想尽了方法，看看将要下雨了便赶紧去抢剪桑叶，不过蚕的食量旺了，只要下着一昼夜的雨，便没法可想，采来湿的叶也只好饲喂了。你看这样的情形，哪里能得好的收成呢！”

“那么，府上，哦，你们家中如何呢？”

“咳，不要说起，收了一张半种子的蚁，起初倒还好，叶也吃去了不少，哪知大眠后，不知受了什么冲碰，便死去了不少，上了簇后，又有许多僵了，所以自己的桑叶不算，还化去十多元的本钱。只收到八十多斤鲜茧，今天挑出来换到这念一块钱，还去了借来的本钱，自己已经是没有份了呀！唉！算是白辛苦了一场。”懊恼的情绪中显又增加了一层牢骚。

“是呀，这个年头育蚕原是担风险的！就是育一点，也不过是给人家辛苦。”

“真的。譬如桑叶枯掉，横是人也空着，心不死地育上一点，总算还好，扯个抵值，若是不好，还得赔本。先生！你看育蚕还有什么巴望。”几个有着一副紫酱色面孔的同命运者，你一声我一句地插了进来，对我倾诉着各人的愤怨。

“我想，总也有几家比较好一点吧？”我怀疑地复问。

“那是也有几家的，像我们村上二十几家人家，也有四五家好的。但是像这样低的茧价，纵然多收了一点，也没有多大的好处呀！”

“听说今年的茧价，不是比去年涨起了吗？”我又问。

“啊！去年，去年的茧价，原是着了鬼呀！十二三元的一担茧，原比棉花还要贱呀！今年虽然好像涨起了一半，但是每担仍不过二十五块钱，这已算是涨了吗？”另一个中年的乡人，抢着发泄他的牢骚，接着还往下讲：

“天地良心。我们并不望再有像从前一百多元一担的茧价，和一百多元一百两的丝价，现在只要能够到五十元吧，我们辛苦了一时的，也能得到一点好处，那么大家也心甘情愿了。”

“耐心等着吧！这样的希望总会来的，现在丝茧价格的低落，完全是因为我们的出品太坏，以至于外国不愿向我们买的缘故。只要我们能够把育蚕改良，使出品优良起来，海外能够畅销了，价格也就会跟着好起来的。”在我无法应付的时候，想出了这几句话来安慰他们。但是他们却好像没有听进去，也许是不需要听进去，好像这问题太大了，与他们目前的生活无关。在一阵同样的眼光的交换下，便沉默了下来。

忽然，一阵秃秃的高跟鞋声，打破了这一段间沉寂的空气。两个满身丝织物的摩登女郎，当经过这堆被命运宣判受罪之群的时候，仿佛这里的汗臭俗气，会把她们吞噬了似的，紧皱着眉头，走得更快一点。唉！“遍身绫罗者，不是养蚕人。”我望着两个烫发细腰的半身，暗叹了一口气，废然地离开了这被沉重空气窒息了的场合。

一篓篓雪白的茧子，继续地向各家茧厂的廒间内送。这里换到了一沓钞票的乡人，便乘势向街头推来，于是冷清了多时的乡镇上便新呈了一股生气。谁都知道，今天唯有乡下人的袋中是满着的，所以各家商店的伙计们，抓住了这个目标，便竭力地向他们招揽着。然而没有发生效力，因为他们袋中的钞票，早已派定了用途，纳税还债，只怕嫌少。所以这街头只是一场空热闹。这镇上的商业，却并没有多大起色。

选自茅盾主编《中国的一日》，
上海，生活书店1936年9月初版

直沽码头上

吴　江

雨后新晴的黄昏。

落日射出微弱的光芒，海河的水更显出死人脸般的惨黄；河边停着三五只轮船，太阳旗在高桅上飘荡着。黄浊的浪花轻拍着两岸，无数的帆船水蜢似的在河心行驶着。码头旁站立着十数个警察，三三五五的行人经过他们身旁走向摆渡去。

“你老好，这几天真辛苦啊！日夜都要你们守在这儿，怎么，今天又捞着几个？”一个行人向一位警察打起招呼，问着。

“啊，是……他妈的，这几天来，狗骨头不晓得怎么这样多，每天都有！今天又捞起了十四架……”山东大汉的警察红着脸滔滔地说着。

“这几天，总共捞的究有多少？你老！”

“他妈的，光我们这儿就捞了三百多架，总共，总共就不知有多少了。”

“这许多！你老，这倒是吗缘故？”另一个老年的乡人听得颇感惊异地从旁边插嘴了。

这时，码头上的行人聚集了十多个，都围着警察们听他们讲话，一个个的面部都表现出十分惊异的神色。

“吗缘故！你道吗缘故？起初只发现三五个，都以为是抽白面的，后来越发现越多了，检查，一个个就是二三十岁的小伙儿，哪像抽白面的？”

“那么，一定是遭人暗杀的啊！”一个秃着头的矮子不等那警察说完便抢着说了。

“他妈的，杀了的就好办啦！无奈他们身上怎么也找不出一些儿伤痕！”

“啊，那才怪！”旁边听的人都惊异地同声地叫着。

过渡的行人渐渐集多了，团团地把十几个警察围着，一个矮个儿的警察见着行人越集越多，觉得不大那个，便挥起手中的木棒喝着要他们走开。

“不早了，快过渡吧，不要乱嚷了。”

行人中有几个慢慢地走开了，但大多数还是立着不动。

“你老，到底是吗缘故？”一个行人很性急地又问那开首说话的警察。

那警察望了望他，没有回答。

“他妈的，那真怪哩！遭杀的，也不会有这许多，何况天天都有，这是从来没有的事……”一位赤着臂膊的行人争先地说了。

“谁知道呢！抽白面的也不会有这许多去寻死。”那红着脸的警察不自禁地又说了。

行人们集合的更多了，那矮个儿的警察越发恼怒起来，挥起木棒大声叫了：

“快走开！不然，我就要打。”

行人们好似失掉宝贝般地恋恋不舍地离开了码头，不少的行人还回着头向警察们望着。

片片的轻红慢慢地消逝了，暮色渐渐地笼罩了下来。工厂的烟突狂暴地发出放工的信号，数千百的男女工人，好似浪涛般地从铁门中奔了出来，纷扰中夹着一片杂乱的叫声。这时候码头上的人集了一大堆，都是放了工争着渡河的。

渡口只有一只船，数百的人群都争着往上跳，但每次却超不了四十位，于是，一片杂乱的争吵声飘浮在空中了。捞尸的警察便不得不临时负起维持渡口的责任。

“快捞人啦！快捞人啦！……”忽然，人群中起了狂叫。

滚滚的黄浊的浪涛卷了几具尸体由上面流了下来。

观众们感着十分的惊异，都高声低语地叫着，而警察们却见惯了，不慌不忙地跳上了船头，举起有铁钩的竿子，对准着那漂来的尸体一搭便钩着了。

暮色苍茫下的河岸上，密密地拥挤着一大堆人。地上横陈着三具水淋淋的僵硬的尸体，男人们拥挤着争着看，女人们也争着看；但一发现那尸体是赤条条时，便掩着面跑开了。

那些尸体，看来，大约都是年纪在三十上下的粗黑大汉，身上虽是消瘦，但一看便知是有些蛮力气的；腹部是鼓一般的膨胀着，面部非常粗黑，绝不像个瘪瘦的瘾客。

“身上是不有伤呢？”一位警官冲进人群问了，手中拿着簿子。接着便有几位警察翻来覆去地看那些尸体。结果，没发现一些儿伤痕。

人群中发出纷纷的议论。

“啊，刘八，那个有小胡子的，很有些像王老二呀！”一位穿青布衣的工人向他身旁一位同伴说着，面部现出十分惊异的样子。

“我看，也有些像，不过不敢断定，王老二是一位好人呀！去年冬天他离开我们厂后，便失了业，适逢 ×× 人在这儿招工，他便被招到 ×× 去了。我想，他不会寻死，他又不抽烟，又不赌钱，他还有老婆女儿在永昌做工啊！……噢，忘记了，他老婆刚才还在这儿啊……”

“真的吗？你快找她来认认！我想一定是他了，为的他嘴角上那颗黑痣，我是不会认错的。”

一个三十多岁的女工狼狈地冲进了人群，奔到那尸体前仔细看了一会儿，便如一只临屠的母猪般不顾一切地挣命地号叫起来，人群立时骚动了。

初更的风，应当是清幽的，但海河岸的风却夹杂着浓重的血腥的臭味，死人的臭味！

夜来了，海河的水呜咽地滚滚地流着，在阴惨惨的月色下发着血腥的臭味，大轮船上的旗依旧在高空中骄傲地飘舞着。

选自茅盾主编《中国的一日》，
上海，生活书店 1936 年 9 月初版

无线电报务员的苦闷

韩　枚

委实，在各种职业之中，只有无线电报务员的工作是最苦痛。他必定要运用着手去抄收电报；拍发电报，眼睛看着收报机上的度数（Degree）；看着发报纸上的电码，耳朵听着由听筒里传播出来的信号（Signals），心要细而静，脑神经要灵敏……因为无线电报务员的工作是没有一分钟一秒钟不运用着脑神经，所以在他们每个人的脑海里，对于他们自身的前途，无时无刻不憧憬着一种寂寞的空虚："在年轻的时候多用脑神经于他的寿命是有莫大关系的。"

"当今的国民政府的主席林森不是曾经做过报务员吗？他的寿命不仅没有发生什么影响，而且还能够有今日的成就。"他们在十分痛苦之中往往把林主席的成就来安慰着自己甚而至于安慰着他们的同事。

"我不再干这牛马都不如的报务员了！"每次，我从收报台工作了六小时而回到家中，我老是感觉到一种寂寞的空虚，所以时常对着我的妻发牢骚。

"不干报务员干什么呢？"妻也老是把这句话来反问我，有些时，她又作如下的慰藉："假如我们都能够饿着肚子不吃饭，那么，不干便不干。但是，我们不能饿肚子哟！还是耐心点吧！'行行出状元'。国民政府的林主席也曾干过报务员的，你只要时来运转，说不定也有那么一天咧！"

"行行出状元？"我把这句谚语反复地思想着，"现在的中国早已废除科举的制度了，当然'状元'也无从产生。即使还有，我也不敢妄想。我只希冀着全家的温饱与延长我的寿命。"

为着想求得全家的温饱，以及延长自己的寿命，我只是像牛马似的不断地劳作着。

是五月二十一日的傍晚，我默坐在寓所的南窗下读着五月号的《文学》。

轰隆隆……陡然地，一阵雷声从虚空里传播过来。

"又在打雷了！"妻坐在矮板凳上做着活计，望着窗外，自言自语地说着，"今天又要去上刑罚了。"

妻是知道的，她知道无线电报务员最憎恨的是夏天，尤其是狂风暴雨的雷电交加的夏天，为因天电的干扰由听筒的薄膜而传入他的耳鼓，比较一个囚犯上刑罚还要来得难受。

"妈的 ×！早不打雷，晚不打雷，偏偏在我值晚班的一天打起雷来了。"我叹了一口气，望望窗外的密布在天空里的阴霾，诅咒着"雷"，怨恨着"天"。

但是，晚班的工作并不能因了我的诅咒与怨恨就可以使我不要去做哟！

雷依然在打，接着又发生了电光。

"咳！"我伸了一个懒腰，又长长地舒展出一口郁气。

我听着轰隆隆的雷声，望着闪闪的电光，我的脑海里立刻便浮露出一个倚坐在收报机旁边的，头上戴着耳机的，满脸带着愁痕的，正在工作的报务员的影子来。

"愁些什么？你要怕上刑罚，你就该抛弃你原来的职业。"我又诅咒着我的职业了，“假若你不愿意抛弃你的职业，而你却又畏惧着在工作的时候遇到天电的干扰，那你是活该。”

夜神渐渐地给整个儿的大地笼罩了一层黑纱，使得屋里屋外都变成了黑暗的世界。

“晚饭已经做好了。”妻从厨房里走来，捻亮了电灯。

“好。”我只是很简单地答应着。

于是，我便在十分烦闷之中胡乱地吃了一餐晚饭。

晚餐后，天在下雨了，雨点滴在地上，十足有十铜圆那样大小。我披上雨衣，戴上雨帽，并且还拿了一支电筒，疾步地走向收报台去。到那边，刚巧是十九点钟（即晚上七点钟）。

第一小时是会晤杭州 ××× 的电台。幸运得很。仅仅发了一张二百多字的电报。

休息了二十分钟，二十点钟（八点钟）是要会晤福州 ××× 电台的。收听了一刻钟，好容易才把它的声音听到，结果：Both nil（双方都没有报）。

二十点三十分（八点钟半），又会晤了太原 ××× 电台。结果：也是 Both nil。

我正庆幸着今天的晚班工作很闲适，但是到了二十一点（九点钟），困难的工作便来了。二十一点会晤的是青海 ××× 的电台。会晤之后，对方立刻便告诉我将有三千字数的电报要拍发过来。对方有报要拍发过来，当然得抄收。但是，天电的干扰是这样的厉害，对方的信号又是那样的微弱。我费了很大的劲儿，一小时才抄收了四百字。

“Hr hv hvy Qrn，es yr sigs so Qrj，pse Qsz.”（此间天电干扰颇烈，而贵方信号又如此微弱，请每字或每组拍发两次。）没有办法，我只得请求彼方采用较善的方法。

“No，No，No，Hr hv mny msgs.”（不，不，不，此间积报颇多。）彼方不答应。

“If u Cant Qsz，hr Cant Copi.”（假若贵方不能每字每组拍发两次，则此间实难抄收。）我把此间的情形告诉他：“Because hr hv Strong Qrn es yr sigs too weak.”（因为此间有强烈之天电干扰，而贵方之信号则过分微弱。）

“If u Cant Copi，pse Cl Chief on Key.”（假若你不能抄收，则请呼领班工作。）对方似乎有些不信任我的样子。其实，领班的耳朵还不是和我的一样，难道对方微弱的信号到了领班的耳朵里便能放大吗？天电的干扰便能消去吗？

我放下耳机，回转头去看着领班先生——他穿着一套笔挺的藏青哔叽的西装，也正坐在那里发愁，因为每个电台都感觉到天电干扰的厉害而不易工作，甚至于去报不能拍发，来报不易抄收。

“老金！对方叫你 on key。”我告诉他。

“叫我 on key？我和你还不是一样！”领班先生很不高兴。然而，他无法推却，只得走过来戴上耳机，啰啰唆唆地和对方讲了一阵。结果，对方非要他抄收不可。

金领班在抄报了。一个字问一遍，两个字问一遍，甚而至于一个字问上五六遍。一小时内，好容易抄收了二百七八十个字。

“不容易！”他抄完了一张报，从袋子里掏出一块手帕，擦着额头上的汗，“还是你来吧！能够抄收到 Clear，那固然是很好，假若不能，也是没有办法的，只有和它 Qsk（中止报务，下一次再会晤）了。”说着，他便披上雨衣，戴上雨帽，走出报务室，返回公馆里去了。

午夜，收报台听不到一点儿人声。

领班先生走了，收发先生走了，而其余的两位报务员也都工作完毕而回家去了。在这个报务室里，除了一个年老的工友躺在书橱那边的藤榻上打盹之外就只有我一个人孤独地蜷伏在收报机的旁边在和青海 ××× 电台通报。

我用耳朵听着对方的信号，用手抄写着电码，静着心，运用着脑神经……就这样像上刑罚似的工作着，直到五月二十二日的早晨二点四十分才把对方的电报抄收完毕。

“Znn，gb，73，88 Sk gm.”（此次报务已完毕，再会，亲善，爱吻，早安。）对方于报务完毕之后，觉得很愉悦，所以在互相告别的时候，竟加上许多客气的缩语。

“客气点什么！这样一来竟又减短了我数年的寿命。”我关上机器，自言自语地说着。

我从收报台走出来，雷声没有了，电光消逝了，雨点停止了，只听见池塘里的青蛙在咯咯咯地歌唱着，好像在和我表示着无限的哀怨的同情。

选自茅盾主编《中国的一日》，
上海，生活书店 1936 年 9 月初版

由民生公司谈到中华民国

杜重远

国难发生以来。安乐的故乡，已被疯狂的侵略者强取豪夺去了，流浪的人儿，到处为家，常常度着旅人的生活，因而扬子江的航游，也就成了我的家常便饭了。但是每次的入航，都使我发生无限的感想：乘英国人的船吧，设备虽较完善，而祖国的内河，任人航驶，碧眼高鼻子们，有意无意地还要摆出一副骄人的面孔，令人感觉不快；乘招商局的船吧，航权虽归我有，而腐臭的官僚们，免费乘船，还带着一群群的侍从，装腔作势，令人欲作三日呕；每到一处码头，茶房的索费声、乞儿的哀恳声、乘客的呼喊声，嘈杂拥挤混作一团。中国到处都显露着一种“乱”的状态。近自实行新生活以来，乞儿都驱逐远方了，茶房也比较客气了；然而房舱统舱的肮脏和人对人的纷扰仇视，仍未减却了多少，难道说我们就不能办一个清洁而有秩序的轮船吗？我常常这样地想着。

这次的航行，倒是出乎我的意料之外了，（其实也在意料之中）原来长江的航船，除了招商三北和一些老牌的洋船之外，又有一个短小精干异军突起的民生公司了。这个公司成立不到十年，是好友卢廿孚先生所创办的。卢先生办事的精神，我是一向钦佩的，他的事业我也看见了许多；可是他的轮船我倒是从来没坐过，原因是我常常往来于上海九江，而九江他们没有停船的码头。这次蒙卢先生特别关照，借了九江招商局的码头，请我坐坐他们的船。我所坐的船名叫“民风”，据说还是个旧船。他们的好船，是民本民元民权民联……是最新的设备，就是这只旧船，已经令我满意了。船身很小，体长不过二百尺，载重不过一千吨，预备跑长江上游的。我一上船，就感到整齐清洁，丝毫不亚于中外的各大船，夜间的寝具也很舒适。翌晨，本船经理翁君德壎，导我参观各处，使我最满意的，是他们房舱统舱的整洁，水手茶房都有训练，无论对待哪种客人，都有礼貌，所以他们的生意反比大船好得多。晚饭后，船上的船员、事务员、茶房们，要和我开一个茶话会；在开会以前，他们先唱一个《义勇军进行曲》，表示欢迎我的意思。这些船员事务员，都是些爱国的青年，事前受过军事训练的；船上也有读书会，常常讨论国内和国际的问题。我借着这个机会也给他们一个很沉痛的讲演，彼此非常和谐愉快。他们还有许多的问题准备提出来。我想象这样的情形，非但是长江的轮船中绝无而仅有，就是世界的航业界也不可多见吧。民生公司有四十几只这样的轮船，有三千多个样的同志，他们的事业还在蒸蒸日上的发达中。我说明了这些，并不是看重了卢先生的个人，也不是说有了一个民生公司，我们的国家就有了办法。我的意思是证明了一个问题。这问题是什么呢？就是中国人并不劣于任何国家的人。

一个国家到了衰弱的时期，武备不修不足忧，经济落后不足虑，而最最要不得的是它的国民失掉了民族的自信心。国难发生后，每和友人谈起国事来，总是愁眉苦脸地带着悲观的口调，不是说外国的民族怎样怎样的优秀，就是说中国的民族怎样怎样的衰老。最令人不解的，一般欧美留学的朋友们，谈到这个问题，格外来得起劲；甚至举出实例来，说什么中国人不能管理大的企业。你看海关邮政所以稍著成绩的原因，都是高鼻子们替我们打下的基础。照那些仁兄们的意思说来，中国人只配做洋人的奴才，次殖民地的命运算是注定了。现在我要答复他们，民生公司是不是一个大的企业呢？它非但没有洋股，而且也没有洋人，那位骨瘦如柴的卢先生，不但没逛过洋场，而且还没读过洋书呢。他在这艰苦的环境中所办的事业，已经驾乎洋人之上了，谁说中国的民族不优秀呢？

其实中国的民族不亚于任何民族，全世界的民族都应该是平等的，之所以不平等的原因，是历史的遗毒，是人为的枷锁。我们应该不迟疑、不犹豫，大起胆来坚定信心，踏步赶上前去，世界的进步正等着我们来努力。

原载《生活星期刊》1936 年第 1 卷第 28 期

筑路者

万迪鹤

我将自己关在一个大的房间里，房间是空洞的，看起来有点低暗，正像古庙样，充满了寂寞荒凉的情调。我独自在里面徘徊着，好像一个单身的旅人置身于渺无边际的大沙漠一样。

隔绝了一切，我在这个角落里过了很久很久了，我用一无所有的寂寞与热情，来消灭自己的生命，然后我再来痛惜我的生命浪费了。我感到不平和怨愤。

我应该离开这个地方，应该到别的地方去，这个地方没有什么可留恋，生活是死的。

把门带上了，我走了出去，我们的门前就是一条荒凉的路，路的右边是房屋，左面是田园和菜地。现在这条路正在从事开辟，要筑一条直通南北的马路，那些路旁的小房屋，早已摧毁得东倒西歪，只剩得一些短墙零柱了。那些江北车夫和船户的家，大部分都移到马路界线以外去了，在路界外边，重新又架起房屋来：用木板支撑，用芦席编钉。许多拾垃圾的小孩子，都在这些新旧的房屋之间爬出爬进，大人却在忙于拆房屋，敲烂砖，堆马路的工作。

马路的工程已经达到我的门口，向前面延长开去，那些小车夫的生意，这个时候是兴隆的，他们特别忙碌，从老远的地方将那些破瓦烂砖一车车地推来，一车一车地卸下，这些车夫大都是附近的居民，他们每个人的脸上都是菜色和病容，面上满缀汗珠。其中有一位就住在我的斜对过，大约二十多岁的光景，原是父子两个，我都认识。他们的职业是种田，有一把小车，他们父子俩常常推进推出寻生意，这小车和几把耕种的器具，就是他们全部的产业了。平时种了人家的田地，可是年来农产品低落了，那老头子告诉我，说是曾经卖过七块钱一石的谷，现在只有一半的卖价了，这原因他虽然不知道，可是他也摇头表示生活的不平；他常常在镇上兜揽不着生意的时候，就诅咒天，诅咒生活。

但老头子最近死去了。

三天前的下午，有人跑来说：

“东边死了一个老头子，还没有棺材。”

我知道就是他了。

到第二天，又听见有人这样说。

一些孩子用许多奇奇怪怪的面孔，形容那死者的样子，使我知道他是睡在当门的，而且肚皮也鼓得很大，他的棺材没有办法，他的儿子就到处磕头求熟人，直到第三天，他才在一个小店里买了一口薄木棺材。

今天是第四天，他的儿子独自在这儿筑路。

这个青年汉子的肌肤瘦弱，面有戚容，他的上衣破烂不堪，裤子打了补丁，裤脚筒卷到大腿上面，低下了头，目光落在地上，将那车上的两只破箩篓里的烂瓦片使劲地投在地上，他把车照挂在后面的裤带上，身上全湿透了，可是他仍旧在努力工作。工作得像他这样舍身卖力是少有的。

我往他身边走过，我想给他几毛钱叫他休息一阵，可是当我往他身边走过的时候，他仍旧那么严肃地工作，好像他只有工作，旁边并没有别人、没有一切似的，他倒完一车，就去那大块头手里领了一根筹码。

我为什么要想到周济他呢？这种动机是很好的，他是贫穷的，几毛钱对于我也不算损失，但是他不希冀这种周济似的，这令我非常失望了。

我走过他们身边，踏上那已经铺成的煤屑路，平路机轧轧的声音从身边响过去了。

我往前面走，走尽了那刚铺成的新路。站在桥头停了一会儿，看看河沟中的黑水，那地方臭气熏腾，这是不论什么人走过都得掩鼻子的地方，特别是天气炎热的日子，可是那些船户我一直就看见他们是住在这地方，从来没有移动过。

我再往前面走一些路，已经是车站了。

原载《作家》1936年6月15日，第1卷第5号

童工的生活

强济昌

一个星期日的傍晚，太阳刚刚下山，天空中还剩留着一些隐约的彩霞，我从城里买了一些零星的东西，独自慢吞吞地踱回城外我教书的学校里去。走到西门外，那是一处工厂区域，有纱厂，有丝厂，又有面粉厂；这时，我看见那些工人们从厂门口一窝蜂地挤了出来。他们个个脸上呈现着疲劳的神色，好像很久没有睡觉，没有吃到东西似的。

当我正走到那马路岔口的地方，看见一个年约十一二岁的孩子，他下身穿着一条半新旧的青布裤子，上身披着一件没有纽扣只见老棉絮拖满了的破棉袄。在他的右手里提着一只小饭篮，篮口上横着一双乌油油的竹筷。“小朋友！你是在厂里做工的吗？”我开头便向那孩子直爽地问。

“是的，我就在这西门的纱厂里做工。”当他说话的时候，他勉强地转过了脖子，用那枯涩的眼珠向我打量了一下。我留心地看了看他的脸色，蜡黄得可怕，简直看不出一点儿血气。唉！他是一个营养不足，还要拼命劳动的苦儿啊！

“你在厂里做什么工作？”我问。

他没精打采地回答道：“我是在厂里拾棉花的。”

“那么，你每天要做多少时间的工作呢？”我因为要彻底明白他的生活，像抽丝剥茧似的追问着。

“每天早上六点钟进厂，晚上六点钟出厂；在厂里足足有十二个钟头。这十二个钟头中间，除了中午吃饭时有一刻耽误以外，是丝毫也不许偷懒的。”他一口气告诉了我，似乎现出了很吃力的样子。

“做了整整一天工作，可以得到多少工钱呢？”我还是紧紧地问着。

“我每天只赚一角二分钱。”他说。

“只有这么一点儿吗？”我带了惊奇的口气问。

“像我已经算是中等的了。最少的每天只赚九分钱；最多，每天也不过两角钱。”

“你今年多少年纪？”

“我今年十三岁。”他说，“我们的同伴中，最小的只有八九岁呢。”

这时，我脑里想：“人家八九岁的孩子，正当最快乐的时期，有时读着书，有时做着游戏；谁知工厂里竟有一大批孩子，在过着这样的生活呢！”

“你们在厂里，许多小朋友常会合起来玩吗？”我又问。

“哪里会有这种福气！”他带了一副颓丧的态度，似乎很感触地说，“假使谁的手停了一停，给工头看见了，皮鞭马上要打来的。”

我听了他这番话，心里很是难受。穷人家的孩子难道不是人吗？

“你家里的爸爸做什么事的？”为了要明白他的家庭情形，我便继续地问了。

他停了好久，不说什么话，最后他才发出颤抖的声音道：“我的爸爸在去年死掉了！”接着又停了他的话。在马路上我和他走路的脚步声，听得清清楚楚，好像在打着悲哀的拍子。“我的爸爸死得真惨啊！他是给机器轧去了一只手，立刻送进医院里去医治，起初几天慢慢地好了一点，哪里知道到了第五天，伤势起了变化，医生说他的病很重，怕不会起床了。到了第七天的下午，真的，爸爸竟不顾一切地死去了。那时，妈妈哭得发了几回昏，我当然也跟着妈妈同样的悲伤。”他说到这里，呜呜咽咽地再也说不下去了。

“厂里看到你的爸爸这样死去，他们可有什么表示？”我问。

“厂里付给我妈妈三十块钱，算是作爸爸丧葬的费用的。另外，厂里每月出两块钱恤金，贴补我们的家用，说明三年为限。但是这两块钱一月，哪里够我们母子俩生活呢！妈妈没有办法，就把我送进厂里去做拾棉的工作。”

我俩又走上了半里多路，他说：“先生！像你这样关心我们的人是很难得的，大多数的人瞧不起我们，当我们是贱货，我们已经受够了人家的欺侮。”当他说完的时候，伸出了瘦得可怜的手，很亲热地和我握了握手，就互相分别了。

我一路走到校里，脑里默默地想着：“这些受苦的小工人，难道算不得儿童，不应该享受应享的权利吗？”

唉！一个身体矮小，穿了破旧衣服的孩子，他留下了一个很深刻的印象在我的脑海里，是永远磨灭不掉的了。

原载《小朋友》1936年第739期

不幸的一天

慧 英

天空的微星还隐约地可以看见，东方吐露出来的淡白亮光穿过窗子，透过这睡了五六个人的阁楼。我被这微光惊醒，赶快把三年前做的一件破棉袍子披上，一边扣纽子，一边拿着毛巾走到自来水龙头上湿一湿水，揩揩眼睛，连忙跑出来上厂去。在路上买了一只隔夜的大饼在吃。吃着的时候朝大钟上一看，还不到五点半钟，厂里要等半个钟头才开马达哩！这时候我想：假使我家里只要有一只钟，那我就可以多睡半个钟头了。

大概九十点钟了吧！一个学生意的把我喊到账房间去。这时候我的心马上扑通扑通地跳起来，心里猜想这次去是不会有好处的，说不定又是吃排头或罚工钱吧！果然跑去账房间，一眼就看到那突出着的两只眼睛瞅着我的账房先生，他好像是早预备好的，拿着一只袜子向我的脸上掷过来，并且威风凛凛地说："你看你做出这样拆滥污的生活来，明朝替我不要来了。"这好像晴天的霹雳，打得我身心都要破裂了！我的眼泪也不自主地如黄豆一样地滚下来了。"先生，请你原谅我了一趟吧，这次马马虎虎给我再做下去，下次如果再……"我的喉咙哽住了，什么话也说不出来，他的回答却是很响亮的，“你不会做生活再去学学会。”天啊，我花了十元钱白做了一个多月（学的时候要出十元）难道还要我拿十元钱出来重学吗？

照理是不应开除我的。我们做下来的袜子是经看袜人看过，如有坏的，就拿给我们修换，现在账房间发现还有做坏的袜子，当然应该是看袜人的责任，但是看袜人是同厂里经理有关系的，他有靠山，别人不敢碰他，而我呢，是拿汗血来换十几块一个月的工人，家里还有那失业已久的父亲和母亲、两个弟弟、一个妹妹，还在吃奶，一家六口子的担子都摆在我这个还不到二十岁的女孩肩上。现在我被开除了，一家人的生活怎样过下去呢！“明朝不要来了！……再去学学会”这一句话还不断地在我脑子里反复地述说着。

原载《女青年月刊》1937 年，第 16 卷第 4 期

夜工苦

健 民

黑暗渐渐地笼罩了四围，震耳的车声轰轰地吼着，越吼越起劲。在这时候，生活一向是顶忙的：拿粗纱，摇条子，抄寒暑表……忙来忙去，一直要忙到十一二点钟。

那笨重的粗纱，搬起来是很费力的，摇条子的时候，花屑四面乱飞，毫不客气地直向你身上扑，往你呼吸气管里钻，在那萤火虫似的电灯下面，抄起细小的寒暑表来，非要耐着性子鼓起双眼球，细心地去看是很难看得出的。一天到晚只是在那冷热不均的车间里穿来跑去，在那随时能吞灭我们生命的机器旁边工作。

做日工的时候环境比较好一点，因为人多而明亮。做夜工的时候一个人跑来跑去真觉得孤单，经过那条黑弄时，心里真是有点害怕，假如再下雨，那么那滑滑的石级，很容易摔你一跤，本来一个出费劳力的人的身体是值不了什么的啊。

夜工真有点吃不消了，做到半夜身体就渐渐不能支持了。我曾经几次要晕倒下来，脑子胀痛得发热，体温也随之增高，心房疼痛，但是那笨重的粗纱，虽然搬不动，可是仍旧要搬啊。

社会的残酷，帝国主义的凶横，资本家的剥削，现在我是直接受到了。这也给了我一个更深的认识，使我彻底地了解它们的真面目。

和我过着同样生活的小姊妹还有千千万万，我们都是一天天步向坟墓里去!

可是我们不用悲伤叹息。悲伤叹息医不了我们的创伤，更不能指示我光明的前途，反而增加自己无谓的苦痛，甚至于毁灭了自己。时代的青年是负有历史的使命的，是不允许毁灭自己的。为了自己和大众的前途，我们只有拼命地去跟那恶势力苦斗。

原载《女青年月刊》1937 年，第 16 卷第 4 期

伐 木

何其芳

雾在树林间游行着。乳白的，蠕动的，雾是庞大的神物，是神物的嘘气，替满谷拉起幔子，又游行着，沿着巉岩向上升。

上面地名朝天嘴，六月间旅行人走了一段长途后，坐在这嘴上一棵亭亭如车盖的黄桷树下，一边饮着木桶里的施茶，解衣当风，一边望下山谷，满谷的杉树正直，漂亮如年轻男子，使他赞美叹息。

现在它们正在雾里被锯伐着。山林的主人以两年或三年的期限卖它们给木商，较大的成材的陆续锯伐去，幼弱的照例留下来，十年后又是一片茂林。

树在锯子下响着快乐的语言，木屑散落在地上的白霜上，相间杂。锯工们起来，用绳子系在树身上，然后奔到远处去力曳。树倒下了，发出一声快乐的叫喊，一种牺牲自己的快乐，如梦想的孩子离开家，奔向不可知的运命时嘴里所喊出的。去做谁家的柱头吗，还是去做谁家的地板，在岁月中老去，在人类的脚下呜泣，不可知。

此处彼处都是锯声、树折声，工人们以辛苦的工作为晨间的祷歌，随雾充满山谷，向上升。

不久声音衰歇了，年轻的，出须的，三五成群地坐在断树上，作第一次休息。从怀里摸出短烟管，从悬在腰间的盒子里取出烟叶，火石、火绒。叮，火镰敲在黑色的石上，金花一闪，又叮，火绒点着了；他们仍使用着这古老的取火具，使人想象数千年前第一个人类在旷野上，或是在深林间发现了火，是如何惊奇，随后又如何珍视，崇拜……而他们已淡漠地巴着烟了。

巴着烟，又谈着话。一个年轻的说起他曾在县城里参加过修马路的工程，过不惯，仍然回乡下来了，说起汽车，一天能走几百里路。

“几百里路！”

一个出须的嘴里取出烟管，啪的一声口水，重复着说，分不清是惊奇还是轻蔑。一天走几百里干吗呢，他们和他们的祖先都是一生足迹不出百里，然而对着雾，总使人想象远远的地方，想象那一天走几百里的怪物，也许会从县城奔到乡下，奔到山林，树木都仆下，仆下，让路……

另外一群也在巴着烟谈着话，也许在说一个穷老无归的工人昨夜死在这木厂里，他们商量着替他向厂头讨几块薄木板，钉成匣子，下午散工后送到林外去埋葬。

许许的伐木声又起，树又在对锯齿作一种快乐的抗拒，对坐着的两个工人不言语地拉着送着，做单调的游戏。

白雾消失了，像谁从上面拉去了幔子。

十二月十七日

选自何其芳《画梦录》，文化生活出版社，1936 年 7 月初版

辰溪的煤

沈从文

湘西有名的煤田在辰溪。一个旅行者若由公路坐车走，早上从沅陵动身，必在这个地方吃早饭。公路汽车须由此过河，再沿麻阳河南岸前进。旅行者一瞥的印象，在车站旁所能看到的仅仅是无数煤堆，以及远处煤堆间几个黑色烟筒。过河时看到的是码头上人分子杂，船夫多，矿工多，游闲人也多。半渡之际看到的是山川风物，秀气而不流于纤巧。水清且急，两丈下可见石子如樗蒲在水底滚动。过渡后必想到，地方虽不俗，人好像很呆，地下虽富足，一般人却极穷相。以为古怪，实不古怪。过路人虽关心当地荣枯和居民生活，但一瞥而过，对地方问题照例是无从明白的。

辰河弄船人有两句口号，旅行者无不熟习，那口号是："走尽天下路，难过辰溪渡。"事实上辰溪渡也并不怎样难过，不过弄船人所见不广，用纵横千里一条辰河与七个支流小河作准，说说罢了。

辰溪县的位置恰在两条河流的交汇处，小小石头城临水倚山，建立在河口滩脚崖壁上。河水清而急，深到三丈还透明见底。河面长年来往湘黔边境各种形体美丽的船只。山头是石灰岩，无论晴雨，都可见到烧石灰的窑上飘扬青烟和白烟。房屋多黑瓦白墙，接瓦连椽紧密如精巧图案，对河与小山城成犄角，上游为一个三角形小阜，小阜上有修船造船的宽坪。位置略下，为一个山岨，濒河拔峰，山脚一面接受了沅水激流的冲刷，一面被麻阳河长流淘洗，近水岩石多玲珑透空。山半有个壮丽辉煌的庙宇，庙宇外岩石间且有成千大小不一的石佛。在那个悬岩半空的庙里，可以眺望上行船的白帆，听下行船摇橹人唱歌。小船挹流而渡，艰难处与美丽处实在可以平分。

地方为产煤区，似乎无处无煤，故山前山后都可见到用土法开掘的煤洞煤井。沿河两岸常有百十只运煤船停泊，上下洪江与常德码头间。无时不有若干黑脸黑手脚汉子，把大块黑煤运送到船上，向船舱中抛去。若到一个取煤的斜井边去，就可见到无数同样黑脸黑手脚的人物，全身光裸，腰前围一片破布，头上戴一盏小灯，从那个俨若地狱的黑井爬进爬出。矿坑随时可以塌陷或被水灌入，塌了，淹了，这些到地狱讨生活的人，自然也就完事了。

（引自《湘行散记》）

战事发生后，国内许多地方的煤田都丢送给日人了，东三省热河的早已完事。绥远河北山东安徽的全得不着了。可是辰溪县的煤，直到二十七年二月里，在当地交货，两块钱一吨还无买主。运到距离一百四十里的沅陵去，两毛钱一百斤很少人用它。山上沿河两岸遍山是杂木杂草，乡下人无事可做，无生可谋，挑柴担草上城换油盐的太多，上好栎木炭到年底时也不过卖一分钱一斤，除作坊糟坊和较大庄号用得着煤，人人都因习惯便利用柴草和木炭。这种热力大质量纯的燃料，于是同过去一时当地的青年优秀分子一样，在湘西竟成为一种肮脏累赘毫无用处的废物。地方负责的虽知道这两样东西都极有用，可不知怎样来用它。到末了，年轻人不是听其漂流四方，就是听他腐化堕落。廉价的燃料，只好用本地民船运往五百里外的常德，每吨一块半钱到二块六毛钱。同时却用二百五十块钱左右一吨的价值，运回美孚行的煤油，作为湘西各县城市点灯用油。

富原虽在本地，到处都是穷人，不特下井挖煤的十分穷困，每天只能靠一点点收入，一家人挤塞在一个破烂逼窄又湿又脏的小房子里住，无望无助地混下去。孩子一到十岁左右，就得来参加这种生活竞争。许多开矿的小主人，也因为无知识，捐项多，耗费大，运输不便利，煤又太不值钱，弄得毫无办法，停业破产。

这应当是谁的责任？瞻望河边的风景，以及那一群肮脏瘦弱的负煤人，两相对照，总令人不免想得很远很远。过去的，已成为过去了。来在这地面上，驾驭钢铁，征服自然，使人人精力不完全浪费到这种简陋可怜的生活上，使多数人活得稍像活人一点，这责任应当归谁？是不是到明日就有一群结实精悍的青年，心怀雄心与大愿，来担当这个艰苦伟大的工作？是不是到明日，还不免一切依然如旧？答复这个问题，应在青年本身。

这是一个神圣矿工的家庭故事——

向大成，四十四岁，每天到后坡 ×× 公司第三号井里去工作，坐箩筐下降四十三丈，到工作处。每天做工十二点，收入一毛八分钱。妇人李氏，四十岁，到河码头去给船户补衣裳裤子，每天可得三两百钱。无事做或往相熟处，给人用碎瓷片放放血，用铜钱蘸清油刮刮痧。男女共生养了七个，死去五个，只剩下两个女儿，大的十六岁，十三岁时被驻防军排长看中后，就出了两块钱引诱破了身。父亲知道这事情时，就痛打女孩一顿，又为这两块钱，两夫妇大吵大闹一阵，妇人揪着自已髻发在泥地里滚哭。可是这事情自然同别的事一样，很快地就成为过去了。到十五岁这女孩子已知道从新生活上取乐，且得点小钱花，买甘蔗糍粑吃。于是常常让水手带到空船上去玩耍，不怕丑也不怕别的。可是母亲从熟人处听到她什么时候得了钱，在码头上花了，不拿回来，就用各种野话痛骂泄气。到十六岁父亲却出主张，把她押给一个“老怪物”，押了二十六块钱。这女孩子于是换了崭新印花标布衣裳，把头梳得光油油的，脸上擦了脂粉，很高兴地来到河边一个小房子里接待当地军、警、商、政各界，照当地规矩，五毛钱关门一回。不久就学会了唱小曲子、军歌、党歌、爱国歌、摇船人催橹歌。母亲来时就偷偷地塞十个当一百铜子或一些角子票到母亲手中，不让“老怪物”看见。阅世多，经验多，应酬主顾自然十分周到。且身体给生活蹂躏也给营养，臀部长阔了，奶子也圆大了，生意更好了一点，已成为本地“观音”。船上人无不知道河码头的“观音”。有一次，县衙门一个传达，同船上人吃醋，便用个捶衣木杵把这个活“观音”痛殴一顿，末了，且把小妇人裤子也扒脱抛到河水中去。又气又苦，哭了半天，心里结了个大疙瘩，总想不开，抓起烟匣子向口里倒，咽了三钱烟膏，到第二天便死掉了。父母得到消息，来哭了一阵，拿了点“烧埋钱”走了。死了的人过不久也就装在白木匣子里抬走埋了。小女儿十一岁，每天到河滩上修船处去捡劈柴，带回家烧火煮饭，有一天造船匠故意扬起斧头来恐吓她，她不怕。造船匠于是更当着这孩子撒尿，想用另外一个方法来恐吓她。这女孩子受了辱，就坐在河边堆积的木料上，把一切耳朵中听来的丑话骂那个老造船匠，骂厌后方跑回家里去。回到家里，见母亲却在灶边大哭，原来老的在煤井里被煤块砸死了。……到半夜，那个母亲心想公司有十二块钱安埋费。孩子今年十二岁，再过四年，就可挣钱了。命虽苦，还有一点希望。

这就是我们所称赞的劳工神圣，一个劳工家庭的真实故事。旅行者的好奇心，若需要证实它，在那里实在顶方便不过，正因为这种家庭是很普遍的，故事是随处可以掇拾的。

读书人的同情，专家的调查，对这种人有什么用？若不能在调查和同情以外有一个“办法”，这种人总永远用血和泪在同样情形中打发日子。地狱俨然就是为他们而设的。他们的生活，正说明“生命”在无知与穷困包围中必然的种种。读书人面对这种人生时，不配说“同情”，实应当“自愧”。正因为这些人生命的庄严，读书人是毫不明白的。

大家都知道辰溪县“有煤”，此外还有什么，就毫无所知了。在湘西各县裱画店，常有个署名髯翁米子和的口书字幅，用笔极浓重，引人注意。这个米先生就是辰溪县人。

原载沈从文《湘西》，商务印书馆，1937 年

我初进工厂

——工厂生活的回忆

梅 英

南京失守后，我由皖北到汉口，在抗战教育研究会工作。当时我参加了工人教育。那时需要大批知识分子进厂去教育工人，发动工友到抗日战线上来，我于是愿意进工厂去学做工了。

我是一个小资产阶级出身知识分子。生活一向比较优裕，从来没有受过像做工这样的痛苦。做工是一个漂亮的名词，我现在才知道绝不是一个没有做过工的人们所能体验得到的。我做工虽然只有短短的几个月，但使我进一步地认识了下层生活的痛苦，和资本家对工人种种巧妙地剥削，同时更坚定了提高了我的政治自觉，这一段生活的经过，我会用最大的毅力忍受和克服，还是值得向同志们报告的。

在一个风雨交加的傍晚，大概是四点钟的时候吧？我冒着风雨，到 ×× 工厂门口去等做日工的朋友放工，好带我去上夜工，刚走到厂门口，凶恶的门警大声地呼喝："快滚开！上工时候没有到。"我被吓了一跳，只得远远地站在马路上，给雨打得浑身透湿。

到五点半钟，上工的工友们络绎不绝地向左边进去；右边就潮水一样地涌出。我遇到我的朋友，他把我带进厂去。当我走到工厂里，马达转动的声音震耳欲聋，花衣灰尘，在空中纷纷飞舞，我的嗓子立刻感到发痒，咳嗽不止。我学的是粗纱间的一部粉棉条机，靠近钢丝车的机器，响声格外的大，灰尘也格外多，不一会儿，花絮已落满了我的肩上，头上也好像一个白发老太婆。

当我走进厂时，许多工友以不同的眼光向我身上的每个地方投射，好像要在我身上找出东西似的，我不如他们大方，只好低着头，有点不好意思。我的朋友把我交给一个工头，他便走了。这时我成了一只迷途的羔羊，工头用严厉的目光向我一扫，使我不觉发抖起来。他吩咐我先看别人怎样做，并帮助工友们拿棉花筒。我看见工人一往一返搬弄机器，接棉花头，换棉花筒，机器不断转动，工人一刻也不停地工作，我无从措手，只得呆呆地望着。

天渐渐地由黄昏转入深夜了。我从下午四点钟站起，又没有吃晚饭，到半夜二点钟左右，我的腿已酸得站不住。腰部痛得要命，脚底发热，而且痛得很厉害。我把一只脚提起抚摸，全身的重量放在另一只脚上，可是那只脚格外苦楚，我恨不得随地倒下，可是又怕被人笑话。最后我的腰痛得要断似的，我想到厕所里去总得坐一会儿吧。我于是请人把我带进了臭气冲天的厕所，那里的情景，使我难受到了极点。在那又脏又潮的地上，粪便狼藉的踏板上，都是睡着坐着为着生活所鞭挞的工友们呵！一个人疲倦到没有一点气力时，不管怎样的臭气冲人，蚊子咬人，都会躺下去的。资本家知道厕所是工人偷懒的场所，所以他们特别使它龌龊，窗子少，使臭气不易流散，好让偷懒的人不敢久留，这也是资本家剥削工人的一门妙法呢。

我坐在厕所的地上，逗留了一会儿，有一位工友再三催我快些离开，等一下工头要来调查的。那时我真是不能再动弹了，我不是对于臭而脏的地方有所留恋呵！在无可奈何中，只得一跛一拐地走进工厂里。那时已经半夜三点钟了，我站在机器旁两眼发花，肚里饿得发慌。这时候哪一个还高兴说话，你看工人们个个都是默默无言，眼儿半睁半闭，各人在自己的机器旁机械地动作，马达转动的声音越发清楚，哗啦啦啦好似替我们作无限的悲鸣和怒吼。

我肚里既饿，手腕又酸得不能举起了，突然有一个工友，温和而亲切，一只手拉着我的手，一只手托着一碗冷饭，他含着苦笑对我慰问："喂！你做不动了吧？歇一下，吃点饭，心里好过些。"我登时感激得说不出一句话，只好点点头，我的泪珠已满眶了，呜咽着吃冷饭，眼泪不禁一滴一点地落在碗里。又冷又硬的米粒上还夹着许多棉絮和尘灰，一个人在饥饿的当儿，是什么都可以下咽的。当时我的哭不是软弱的哭，更不是情感的发泄，因为工人阶级的友爱，实在太伟大了！这种真正人类的友爱，是千百万劳动者在挣扎中体验出来的，这是多么真挚而宝贵的慰藉呵！

原载《中国工人月刊》1940 年创刊号

我的童工生活

陈锦云

我在十二岁的时候，因为家境贫困，兄弟姐妹又多，一家十余口，全让父亲一人维持，过的是朝不保夕的生活。因此，我的父亲就托亲戚设法把我送到长沙第一纺织工厂去做工。为了生活不能不和家庭离别，跑到距离家乡有三百里的长沙去。进了工厂，厂长把我派到细纱部去做学徒。刚入厂时，厂里的一切情形和规矩都不晓得，只有一个童工告诉我："任何事都要服从工头的指挥，不能随便离开机车，违反规则就要受惩罚。"

我在机车旁边跟女师傅学接头，做了半天，许多人都去吃饭，没人叫我吃饭，我又不敢问人，也不敢出去，就默默地坐在机车旁边。肚子饿了。实在忍不住，于是就跑出去找饭吃，恰巧碰到了工头，我被他骂了一顿。说我不遵守规则，下次再犯，就要开除，并命令我以后一定要站在机车旁边不许乱动。那天几乎饿了整整一天，几乎昏了过去。

初进厂的三个星期是做日工，此后就把我调到晚班去做工。做到半夜十二点半才能休息。因此非常瞌睡，有时就站在车旁边睡着了。所有童工都同样的疲倦，大家勉强支持工作。未成年的尤其容易疲倦，一睡下去就什么都不知道。打瞌睡被工头看见，不是骂，就是打。打了骂了还要扣工钱。在车旁打瞌睡是一件危险的事，一不小心，不被车子轧伤，就被轧死。那时就有一个九岁的女童工，因为她在车旁睡着了，而被皮带拉上去，连头骨都被机器碾碎了，死得非常凄惨！当时工友们看到这样的惨事，都痛哭流泪。但厂方对于女童工被机器“吃”了，不仅不惋惜，反说：“小孩子喜欢打瞌睡，自己找死路。社会上少了一个吃饭的没有什么关系。”没有天良，残忍竟到这种地步。我初当学徒的时候，就常常被车子轧破手指，有好几次因为打瞌睡，险些被机器“吃”了。受了伤后，不能做工，厂方不但不负担药费，连饭钱也不给。

童工的待遇，每月六元，伙食在内。住在厂里，是二十个人睡在一个小屋子里。名义上一个月休息四天，实际并没有休息，因为加做星期工就津贴二毛。如果不做星期工，反要扣除二毛钱。每天除了十二个钟头的工作外，还要再做三四个小时的工，实际是做十五六点钟的工。童工的手艺学到差不多的时候，可以派到车子上去做替工，原来那个工是六毛钱一天的，但童工去做劳工，就是出货一样多，也只给四毛钱。厂方就经常利用童工来增加剥削。童工要做替工，也不是一件容易的事，必须常常拍工头监工的马屁，常常送些东西给他，这样工头监工才帮助你派替工做。如果不和他接近，不常常送些东西“孝敬”他，那就要动不动受罚，并派许多繁重的事给你做。工头监工欺侮老实的人，长得好看的、伶俐的小女孩，他们如果喜欢了，就是偷懒或做错了事也不罚她。他们不喜欢的人，要去小便一次，就要再三哀求，有时竟连一点小假也不准！当童工的平时没有什么赏赐，只在过节过年时，厂方特别“开恩”，每人赏给二毛钱，童工每月六块钱，吃厂方的包馒就去了四元半，罚工一罚就扣半天工资，所以往往每月所入连饭钱也不够。童工年纪最小的有七岁的，这些小女孩，做些拾棉花、擦油漆、扫地等工作以外，还要给工头监工女师傅当小奴隶。刚离开娘不久的女孩，在厂里被工头监工女师傅随意使唤，动不动打骂，真是可怜极了！满十四岁以上不算童工，所以有些人的手艺做得和老工人一样熟练，但因为还不满十四岁，只能做零工，好给资本家多剥削些。我做了两年的童工，现在想想当时的生活还深深感到痛恨！

原载《中国工人月刊》1940 年创刊号

最后的旗帜

——回忆

罗　荪

九一八以后的一年间，在东北各大城市中，还存着两个属于中国行政系统的机关——邮政局和海关，在它们的楼顶上，骄傲地飘扬着青天白日满地红的旗帜。旗帜在人们的心境上撒着希望，留着安慰。然而，它在敌人的眼中，变成了敌视的刺。

开始是命令悬挂伪旗，但是无效，在暴风中骄傲地飘扬的仍然是鲜艳的旗帜。随着这个抗拒，谣言逐渐多起来，也就使这面旗帜悬挂的机会逐渐少下来，礼拜天和纪念日，它又在晨风中飘扬。

不过，随着谣言而来的事实，终于来临了，敌人准备接收，是的，它要撤下这面刺目的最后的旗帜。

一九三二年夏天，在哈尔滨。

有一天的清晨，滨江关楼尖上的晨曦不见了，而且，飘起了一面代表着人类耻辱的旗子。这是终于来临了的事实，敌人首先派人接收了海关。这面最后的旗帜，只剩下在谣言中渡日子的邮政局了。

果然，七月初间，据说派来接收的人也内定了，伪邮票也印好而且运到了，同时谈判也在开始，浮在人们心境上的是不安。这不安，是因为每一个被隔绝在山海关外的小百姓，都还存在着一个老实的痴望，甚至于他们更喜欢传播着一些神话似的，关于祖国的传言，虽然一·二八的烽火已然在遥远的意念中幻灭了，但是，他们——每一个被隔绝在山海关外的小百姓，存在着无限的期待。

在这面最后的旗帜底下工作着的千百个邮工，也没有例外，他们热望地期待着那些神话似的传言变成事实。但是，首先来临的事实，却是要撤掉这面旗帜，却是要把这千百个邮工安置在奴才总管底下开始他们新的奴役的命运。

这是一个斗争。在许多斗争故事中间，然而，也确然是一个斗争。

在七月下旬的一天，长官公署街的吉黑邮政管理局的门前，布置了便衣和宪警，还有日本的特务队。而在这样的包围中间，却正在进行一个秘密的活动。就是每一个邮工都有权利签署一份选择自己道路的志愿书，并且宣告自即日起，停止业务。每一个人都兴奋地签下了自己的名字，每一个人都是兴奋地估计着自己的新的命运。时间非常迫促，来不及商量以后行动的技术，来不及斟酌一切琐细的问题，甚至预定了的邮务长的临别训话也没有履行。只传递了一句话，就是约定一个时间、地点，作为传递消息的场所。人，悄悄地散了，从便衣网里脱了出来，开始在被敌人捕捉的机会中生活。因为这是一个政治上的罢工。第二天，全市的邮政业务停止了，每个人警惕地躲避着一切可能的捕捉，敌人虽然带来了少数的工作人员，但是无法来处理还有三十万人口的都市的通信交通。弥补的办法就是一面捕捉旧人，一面大量招收新人。自然，这里面仍然不能避免奸细，他们代替了敌人的特务，在搜寻着捕捉着旧人来作为他们的俘虏。

千百个邮工的身上，加重了一份担负，他们一边在准备着自己的新的行程，一边还须逃避捕捉的危险。

因为这是一个斗争，虽然是千百个斗争中最小的一个。

松花江的水泛滥了，哈尔滨市区遭到了空前的奇劫，然而，这只给他们增添一份新的灾难。他们还在继续着一个小集团的斗争。他们必须争取到最后的胜利。

他们之中，为了要离开他们的故乡，要和他们的世世代代同居的家开始告别，要跋涉一个长远的旅程，他们不但同现实斗争，他们还必须和心里的矛盾斗争。是的，他们都会一致而自愿地签署了那张撤退入关服务的志愿书，他们是斗士，他们克服着一切困难，支持着这个最小的斗争。

这斗争胜利了。这一个月的时间，伪邮政当局没有办法召回意志坚定了的千百个邮工，于是新的谈判开始了。

因为他们必须领取护照，才能走出东北，双方交涉的结果是由伪邮政当局与他们作一次最后的个别谈话，如果都愿意走，就照发护照，否则，在那些汉奸的头脑中，以为这些人是可以利诱胁迫的。由邮务长保证，发出了通知书，人们集合在指定的场所，准备作最后一次的斗争了。

这一个“文明”的战绩，敌人仍然是失败的。每一个人的回答是同样的，所有的诱迫是归于失败了。

——你为什么要进关呢！这里有你的财产、家庭、祖坟和事业，况且，我们将以优厚的待遇请你们来工作。

——是的，但是我自愿要走。

千百个同一的声音，击败了敌人。他们，带着最后的旗帜，回到祖国来了。

八个整年了。我怀念着他们，他们散布在中国的每一个角落里，他们遭遇着流亡和灾害，但是，他们坚强地生活着。

八个整年了。我怀念着他们。是的，三年前，两年前，乃至一年前，他们又遭遇了八年前的命运，又遭遇了八年前的厄难。但是，当他们想起了八年前那样的撤退的精神，我相信在肃然的情绪中，也不免有点别的感想吧。撤退的时候是有着同一的声音和意志的，八年来，他们也有着同一的声音和意志，他们愿意把带回祖国来的最后的旗帜，重新插在故乡的土地上！

原载重庆《大公报·战线》1940年9月18日

磨

司马文森

春天刚来过，又悄悄地深了、老了，到了现在快要完全逝去，窗外的果树园也慢慢地从开花结实而到收获季节了。

当我从战地动身到这儿来，正是十二月严冬，现在是冬天过去了，春天也过去了，炎夏来了，但是我仍旧病着，我的健康，是成为更加可忧虑的了。这病，我知道不是什么了不起的大病，它不会给我的生命以残酷的打击，但是它会使我从寂寞中忧郁致死。我对于自己的生命，并不抱过分的悭吝，我不害怕死，要是到了我非那样壮烈去死时，我会毫不犹豫去死的。但是我怕寂寞，我怕忧郁，一个人到了非寂寞非忧郁不可的时候，是可怕的，然而，我现在恰巧又是到了非寂寞非忧郁不可的时候，因此，我觉得我自己是可怕的了。

在这儿，人要比别的后方城市挤得更多，也要生活得比别的地方更阔绰，你没看见那炫耀着醉人色彩的商店招牌吗？你没看见在人堆中穿梭不息的汽车吗？你没看见那女人光赤的大腿和凸起的胸膛？……但是，我寂寞着。

我是一个长久和后方城市隔离着的人，我到这儿来后，是完全孤独的。在这儿，我没有朋友，也找不到一个熟人，他们有的离开，远离着到另一个都市的屋檐下去生活，有的无声无息地在人间消逝了。执政者，天天在喊叫着，告诫市民疏散，说是人口太多，地方又过于狭小，容纳不下，但是在我看来，这个地方实在是过于宽旷了，它并不繁华，它荒旷得像一片沙漠一样。

在寂寞中，我过着，因为事实不允许我不这样过着。但是，我是多么地多么地，不能以此为满足啊！因此，我时常悄悄一个人溜到屋后的果园里去逡巡着。在那儿，有一块大草地，还有一个小小的污浊的池塘，在草地的正中，不久以前被人家架起了一座草棚，在棚子里正安置着一个小石磨。安磨的工人告诉我：这儿现在已成了麻油工场了。这工场，是一个外江人开设的，他现在正做了我的住寓的主人，我虽然和他不熟，但我知道他已是三个这样工场的主人。这工场被架设着，不久就开工，有一个壮健的青年工人，牵着一只小驴子来，他告诉我：他们将叫这只驴子来拖磨。可怜的驴子，要用它来拖这个磨，还未免太小了，但是，人家却用鞭子迫着它，不得不拖，不得不挨着这个磨团团地转着。

现在是磨发着迟钝的声音，日夜不停地响着，已经有了近一个月时间了。它的声音透过这片油绿的大草地，飞进我的窗子，到我的屋里来。这磨的声音，时常使我感到忧郁，使我想起了那些被磨难的孤独者，他们也常常像这只驴子一样拖着一面无形的磨，在人生道上团团地转。因此我便常常要禁不住提起自己的足步，踱到窗口，凭着窗门对外浏览那草棚。在棚中，我看见磨是轻舒地、有节奏地在转着，那灰色的驴子，眼睛被眼罩蒙着，露着悲哀的神气，低声地喘着，流着汗，拖着那磨旋转。要是它转得太疲劳了，想偷闲地歇息一下，就会有一声叱呵，跟着一阵鞭子降到它身上。可怜的驴子，受磨难的驴子，要是你的眼不被蒙着，我想我一定能够看见你这时从眼中流出的眼泪。但是它被蒙着，人家连你悲苦的泪也要蒙着，为的是怕别人会看见，会给你以同情啊！

磨的轮转声停止了，已是到了该休息的时候了，跟着驴子的眼罩便被打开，由那工人从草棚中一直牵了出来。被解放了的驴子，在草地上缓缓地走着，吃着青草，但是它的心情仍旧是寂寞的，因为我时时看见它抬着头，痴呆地对着果树园凝望，竖起耳朵静听那园中发出的鸟鸣声。这种寂寞的心情，只有我才能深深地体会到，因此，每当在这个时候，我就一个人悄悄地下了楼到草地上去，并且利用那个管磨的工人已经不在了，走近那驴子去。这驴子，开始对我这个不速的来客，还有点吃惊，不大放心，它以为我也是属于那个管磨工人同一类人，曾时常拿鞭子去敲它，拿污秽的话去骂它。后来，知道我不是那一类人，我是善良，而且同情着它的，于是，就大大地改变了它吃惊态度，并且常常从远地走来就我，常常拿鼻孔闻我，拿面孔亲我，侧着耳朵听我低低地对它说话。有一次，当我用手掌去抚摸它背脊上受鞭挞的创伤时，甚至于还从眼中簌簌地滴下泪来。

“可怜的驴子，受磨难的驴子啊！”我低低地对它说着，禁不住，自己的眼睛也润湿了……

我已经很久没有到草地上去了，虽然我不时还忍不住要偷空靠在窗前，眺望那草棚内的情形，但是我却不能下去，到草地上去和那受磨难的驴子，度过整个可爱的黄昏；因为正遇到了雨季，雨在下着，不停地下着，已经有快三星期了。

等到雨季过去了，我重新在草地上出现着时，我已看不见那驴子了，代替着它拖磨的，是一头小雄牛。它的皮色是黑的，头上的角还没有完全长成，从这一点，我们可以看见它还是多么年轻啊！说不定还刚离开母体不久哩；可是，它却不得不照样被用眼罩把眼睛蒙着，拖住那磨轮转起来。对于这个突然的调换，我觉得颇为奇怪，因此，就开口去问那个管磨的工人，我以为他会答应我说：为的是给那驴子有充分的时间休息。但是他却不这样答复我，他只冷冷地说了这么一句：“那驴子吗？已经拖死了！”又去忙他的了。

听见了这话后，我当时的心情是悲伤是哀愁，一点儿也说不出，我只觉得自己眼泪已经快要滴下了。小雄牛的身子是很结实的，毛色闪光，面孔也表现出一种年轻的壮气。可是不久，我再去看它时，它的结实的身子已经开始瘦削起来，毛色也变了，至于面部的表情，也开始和那驴子一样，露出了悲伤的颓丧的神气了。这个变化是神速的，可惊的，但是，我知道它的原因，正如知道驴子为什么会死一样。

当我看见那头正一步一步走近悲剧边缘的小雄牛，就使我禁不住要想起驴子的死，心中因之而充满了无限的忧伤，我担心着这个新的被磨难着的命运。这种愁虑，一天跟着一天强烈起来，后来慢慢地就到了完全无法压制的地步了，因此，有一次，当我偶然在磨坊前，遇到那个工场主人的时候，利用了他对我还是那样尊崇客气，就对他提出了这样一个问题：

“你不会觉得这可怜的牛十四个钟头的工作时间，太多了一点吗？”

“不，”那工场主人回答说，“前些时那头驴子还曾做过十六个钟头哩。”

“但是，它却为了过分的劳苦死了。”

“不错，它是死了，所以我才叫减到十四个钟头。”

“这个还是太多了。”

“不，我不是告诉你驴子曾做过十六个……”

“它会受不了，它会像驴子一样地在地上躺直着死去的。”

“也许有那样可能，”工场主人说，“不过，我不愿意担心这个。”

“你应该担心才对，如果它死去了，你就会遭受损失……”

“为什么呢？”

“因为你是用钱把它买来的。”

“难道我不会再把它卖掉。”

“卖死牛？”

他点着头说：“那死驴子还不是这样。”

这话给我的打击太大了，我想不到他会这样回答。

“起码你要找一头像这样熟练的牛来拖磨，要困难得多了，也许竟找不着。”

工场主人大声笑着说：“先生，你实在太老实了，现在拖磨的有的是，要多少就有多少，不会找不到的。”

我们的谈话就在这儿止住了，我好像受了侮辱似的，没有再在那儿等下一分钟，就匆匆地走开。当我到了自己的房中，我开始狂怒起来了，我用足踢开椅子，并且随手撕毁我所能拿到的东西。

我又很久没有到草地上去了，甚至于到窗口去眺望也不愿，为的是什么，我一时也说不出，我只觉得早已提不起那勇气来了。

这样过着，快有一个月的样子。有一天，忽然来了一个工人，他手中捧着一碗东西，敲我的房门，说是工场主人叫他送来的。

“这是什么东西？”我看着他碗内的东西，一时决定不了是什么。

“这是一碗牛肉干。”那工人说，开始把它放在我桌子上，一边准备着即刻就退出去。

“为什么是牛肉干？”

“没有为什么，先生！”那工人说，露着微笑。“主人听说你喜欢吃这东西，所以叫我送来，别的没有什么。”说着，他连碗也不要就退出身去，又回头来把房门轻轻地关上。

这碗牛肉干，这时就正摆在我面前，放在我的桌子上，发着诱人的香味。我看着它，想不起是什么道理来，于是，就开始反背着手，在房中走来走去，苦恼加重了我忧郁的病症，我想起了那驴子，想起了它那悲哀的面孔，想起了它的眼泪，以至于它的死。忽然有一种什么声音低低地附在我的耳朵旁，使我当时吃惊地战栗起来。于是我像受了一种什么力量的支使似的，急急地穿好衣服，也忘记把房门关上，就一直奔下楼去。不久，我到了草地上，并且在草棚外出现了。草棚内石磨边的情形，这时看了使我非常吃惊！那小雄牛已经不在了，这时代替着它推磨的，是一个剃光头、裸着上身的瞎子。他的面孔朝天，睁着两只白眼睛，两手推着磨，缓舒地一步一步循着那小石磨旋转，面上汗珠一滴跟着一滴冒了出来，现着愁闷的寂寞的神气。

我在那儿站着，眼睛似乎已经昏花了，这时在我面前循着那石磨旋转的，就交互出现着那头驴子和小雄牛。有时是它们悲哀的表情，有时是它们流泪的面孔，到最后，是它们都直挺挺地在地上躺着，但那石磨却还在它们身上不断地旋转着。我感到一阵刺心的难过，回转头走了。

我不知道自己是在什么地方走着，过了多少时间，当我回转屋来时，已经是深夜时分了。桌上的那碗牛肉干，照样摆在那儿，发着诱人的香味，从窗子外，也照常地传进了那低沉的迟钝的推磨声，我掩着耳朵，把身体投在床上，心想："不行，再这样寂寞下去，我会闷死的！"

四月二十日

选自司马文森《过客》，文献出版社，1941 年 9 月初版本

第一天进厂

梅　华

正睡得甜蜜，忽听见一个声音在喊：“喂！亭子间小姑娘快点起来，要脱班了！”我连忙从被窝中跳出来，开亮电灯，看了看手表，已经过五点钟了，我急得满头大汗，什么冷，什么风都管不了。穿好衣服赶快洗脸，平时洗脸水总是花钱去泡开水的，今晨只好用自来水。十分钟之内，一切都弄舒齐了，匆匆锁上门，离开了那温暖的卧室。喔唷，楼梯上黑得真怕人，有什么办法呢？硬着头皮一步步地摸索着下楼。这时候，别人家都正在做着香梦哩！不要闹醒他人才是。这样，我在漆黑一团中摸出了客堂。

蔚蓝的星空笼罩着铺满了白霜的大地。寒气逼人，呼呼的冷风迎脸吹来，使人感到要打寒噤，甚至发抖。马路静悄悄地躺着，行人零落，偶然遇到几个也都是上工去的，她们和我一样急匆匆走着，为的怕迟到了，要被关在厂门外面。摆点心摊的，正忙着在寒风中生炉子。另外还有几个查夜的巡捕，把头缩在大衣领内，双肩耸起，两手塞在袖管中，站立着。

连奔带跑到厂，已经五点三刻了，把门票交给门警，跟着人们往食堂跑去，啊！已有许多人在吃了；毛瓷碗毛竹筷籼米粥和生咸菜，很快地吃好早粥，就进工场。已有许多陌生工友在等着上司指派工作，因为这厂过去是长日工，而现在分了日夜班，今天上日工的都是新工人，我当然也不例外。

领班来了，拿麻温派车，工作便开始了，但窗外的天却仍是黑洞洞的。

机器隆隆响，领班各处兜，工人随着机轮的转动而忙着做工，做，做，做，直到中午的时候，“嚯……”叫子一响，吃饭了，于是关上马达，一群群的工人又拥到食堂里去了。饭堂里五十多张长桌子，每桌约可坐20个人，桌上放着和早晨相仿的毛瓷碗、毛竹筷等，蓝边小汤盅里的是一碗青菜，大家狼吞虎咽地吃着，因吃饭时间只有半小时呀。忽然，我看见许多人哄在一起拥成一团，原来是一桶酱油冲开水的所谓汤来了。因为吃的是籼米饭，大家口干得很，所以把这一桶汤当作好味道的鲜汤了，你夺我抢一会儿就喝光了。饭后又照常拼命地工作，闲下来还得揩车扫地，自己梳头，直忙到六点钟拿到工折之后，才算结束了一天的工作。跑出工场，又是夜色沉沉了。

阳光不是为我们照耀的。

原载《生活知识》1946年第19期

我的表哥邓发

凌　高

邓发是我的表哥，为了表示我的哀悼，也为了纪念这个可尊敬工人出身的斗士。让我就一时记忆所及，介绍给一切怀念他的人们吧，

表哥！在儿童时代当我们都还在云浮县城平乡的时候，你的环境是着实困苦的，姨丈（你的爸爸）因为所营生意失败，你们全家都陷在贫苦的深渊里，甚至连简陋的私塾教育，你也只得读三年。然而，在学塾里，你的聪明与好学是屡为塾师所赞许的；每当作文，在我们还执笔凝思的时候，你早已振笔疾书；每当背书，你从来不曾试过背不出的。甚至在辍学之后，你也常常捧着一本书在春望溪边，在田间，在屏风山上，当许多孩子都在大玩特玩时，你总是专心致志地看下去。这种好学不倦的精神，成为你后来能够为革命尽力的一个优良的气质。

在你十七岁那一年，由于乡里实在活不下去，生活的压迫愈来愈凶，我和你，以及你的二哥三个人到香港来谋生。这时你在一家公馆里充当“后生”；生活是艰苦的，工作是繁重的，然而你并没有因此对环境低头，而且更因此而获得不少东西，你用心地观察有钱人的生

活，观察穷人的生活，把他们互相比较。每逢我们有机会见面时，你总向我说："既然大家都是人，为什么彼此的生活相差得这么远呢？"由于学识的关系，你在那时还未得到正确的世界观，当然无从把握它那最本质的原因，但是那愤愤之色却常常令我觉得诧异，甚至如今还不曾忘记。

1925年至1927年的大革命时代到来了，香港海员大罢工时，你不知怎的突然辞了自己的职位，跑到广州去，听说已经参加了中共，组织起青年了。当时我却还依旧留在香港，因而对于你的情况不大了解，只能由别人口探知你的情况，只得常常为你祝福。

可是，在大革命政变后，当我们正在为你的安全担心之际，在一个下弦的晚上，你却突然到来了，头上的西装变作了平顶，眼上架上一副黑眼镜，使我几乎不能认识，你关了门，坐在我的床上，低低地，可是激昂地，对我们言及革命挫折的情形，以及你化装出走的经过。一别不过年余，但你已经有了不少改变，使我们几乎不能相信眼前这位热情的革命者就是自己的表哥——那个一向以温和著称的青年这时，由于革命的挫折过甚，好些出于一时热情的分子，退缩者退缩，动摇者动摇，颓废者颓废，悲观者悲观，但你却说，"革命者是不怕失败的，孙中山先生能够经过十次失败才得到最后一次成功，为什么我们不能学他那种坚忍的性格呢？"于是，你继续不断地暗中活动，企图能够组织成一个劳工团体，继续为革命事业尽力。

可是，这却招引到人们的仇恨，曾经不止一次地派人到我的寓所来检查，而且终于在最后一次把你捕去，但却为你的机智的说话所说服，终于把你放出来。

经过一次被捕之后，你知道南方不能立足了，你决意动身到上海去。在启程之前，你曾经不止一次地叫我跟你一起去，共同为革命事业尽力。但我却因要挂念自己的年老的母亲而不肯启程，你却说："母亲不过是一个人而已，你加入革命阵营却为千万人尽力；有国才能有家，有大众才能有个人；当你为大众争取到幸福时，不也同时为你母亲争取到幸福了吗？去吧！斩断感情的网跟我一起去吧！你看，我不也同是抛下自己的母亲到远地去么？”我虽然承认你的道理，但却始终因为老母之故不克成行，辜负了你对我的热望，实在是一件莫大的遗憾。——更想不到的是，这次分别竟成为永别！

从你到了上海之后，我们未曾得到过你的片纸只字，只有，在姨母死时，曾经给你去了一封电报，你也只回了一封电报，没有一个铜子寄回来。当时许多亲戚都说你实在太不孝，岂有在母亲死时也不汇一笔款项回来的？我很知道，一个献身革命的人，他是和贪官污吏截然不同的，他绝不会有私蓄。这就是革命者之所以为革命者，邓发之所以为邓发，以一个那么公而忘私，关心人家还甚于关心自己的人，真与现在之所谓“大员”有天壤似的差别。

这次你出席巴黎世界劳工大会，我由报上看见你的名字，欣喜若狂地告诉你的二哥：接着又知道你到了重庆，我们立即给你去电，去航空信，并希望你能到香港一行，使我们能够一诉十余年的离衷。我知道，一别十余年，你一定会有无数话对我们说的。又哪会料到却是永别呢？

表哥，你死了，我再也无法看到你那明亮的眼睛，听到你那有力的话语了，这何尝只是我的骨肉之痛，也是中国人民莫大的损失啊！

可是你不必担心，你虽然死去，但是一定有许多后死者踏着你的足迹，继续前进，使你在世界劳工大会里所提的议案终能实现，建立一个民主统一、富强的新中国的！瞑目吧，表哥！瞑目吧，战士！

原载《中国工人》（上海）1946年7月7日，第69期

一个铁路员工的家里

陈学昭

正是最冷的日子——旧历腊月里，冰天雪地，一到露天，鼻孔边和睫毛上都结了冰。

为了等待修理汽车，在营盘停留了四天。我借住在一家姓赵的铁路职工的家里，那是两间（其实只能算一间）典型的东北贫苦人家的房子，草顶矮矮的。外边的一间，推门进去，由于柴火的烟和热气的蒸发，使得你的两眼模糊看不清。里面一间有两个炕，炕的一端摆着一些柜子，两个炕占了房间三分之二的地位，剩下的空地方恰恰足够安置一只小小的菊花炉。除了赵先生到铁路上工的时刻以外，一家七口人，吃饭、睡觉，整天整夜都是在炕上过的。炕是热的，每个炕通到外间用以烧水煮饭的炉灶。起初，我在他们的房间里很不习惯，好像没有一角可以安心坐下的地方——也没有一只凳子，特别是不惯于盘膝坐炕，一上炕，我就只好躺着，兼之炕是暖的，一躺下，就想瞌睡。我觉得东北老百姓的住屋不很卫生，一家老小都在一个炕上，有疾病一定是容易传染。但后来，当我住过了一间南方式的房间，没有热炕，也没有炉子，升一盆炭火，冷得我生起病来，才想到这些草屋，这些热炕，对于一般老百姓，确实是既经济又最合适的了。“入乡随俗”，这真是一句现实不过的真理，你要是太主观，你就只有碰壁。

赵先生夫妇都是三十七岁，长女已十五岁，次子十一岁，幼子约十个多月。他们夫妇都应当说是还年轻的中年人，但看起来，却像一个小老头子和小老婆婆一样，苍老而瘦削的面孔，灰白的脸色；甚至他们的心情，也像被冷酷的严冬所冻坏了的小草，刚刚经过阳春的风一吹，透出一点娇嫩的芽头。每当赵先生从铁路上工作回来，躺在炕上，拿起一本《剑侠传》或《济公活佛》，便孜孜地读起来；夜里，在电灯光下，一直要读到午夜，兴致好的时候，还要朗读给他的儿女听。莫问世事，这一定是十四年来，在敌人统治下，他习惯了的精神消遣：读神经小说。无疑的，敌人长期的统治，在他们的精神上留有束缚的摧残的伤痕，这种束缚的伤痕，只有在他们能够得到新的精神上的粮食和滋养时，才使他们有力量正视自己的创伤，并自己来清算敌人所留给他们的毒害。他们需要正当的文化娱乐，以及使他们能够懂得自己的力量，增加自己的信心，并学习为大众为自己而工作，关心别人一如关心自己，才是人类高尚而正常的生活。他们需要看一些说理的书和描写生活的书，赶快供给他们一些这样的书吧，我想民主政府一定会注意到这件事情的。

赵先生告诉我，他在铁路上任职已经十七年，最初在南满线，调到西满，又调到沈海线。十七年来，他没有被提升过，因为，九一八事变的时候，他已经二十四岁，在敌人看来，他当然是受过中华民国教育的，而敌人是不欢喜受过中华民国教育的青年，还有他不会讲日语，这在日本人看来，也是一个不可饶恕的缺点。这几年来，他拿的一直是一百元的月薪，配给的是高粱米。一家大小吃不饱，穿不暖，凑合着打发日子。在伪满时，铁路上做着同样工作，却有几种不同待遇：日本人，当然，那不用说了，他们是大老爷。汉奸特务，是敌人的爪牙，宠爱的走狗。苦的是为了吃饭，不得不在敌人汉奸之下做着工的职工们，在日本人看来是不可靠的，“良心大大坏的”，是我们有民族良心的广大的铁路职工。

“如果再不光复，那么我又要被调开吉长线了，日本人不愿意把我们放定在一个地方工作，时常要调来调去，每调一次地方，我们就变得更穷一点。最初我在南满线上工作，离家很近，还有自己的二三间草屋，够自己家住。后来愈调愈远，从此只好租房子住，没有半间房子，也没有半寸土地，单靠这点薪水过活，像我这样的职工很多，日本人总要把我们弄得一干二净，使我们不能不依靠他们，服从他们。”赵先生带着愤恨，接着说，“现在我们是做个人了，要是从前，不瞒你陈先生，我们衣没衣，鞋没鞋，真见不得人呢！我这件大衣是八路军来了以后，公家发给我的。孩子们的棉衣都是东北解放后做的。”

民主政府建立以后，交通马上就恢复了，赵先生被提升为这一段铁路的段长，他的薪水增加到一倍以上（以前伪满时的那个汉奸段长早已逃走了），他们的生活，有了显著的改善，吃得饱也穿得暖。

“日本人在我们东北，不论土地、人力、物力，统统都搜刮尽了，‘出荷’‘抓劳工’‘勤劳奉仕’……哪一样没想到呢！小孩子们也可怜呵，如果再不解放，今年他们连我们的头发也来要了，每个老百姓要‘献纳’二寸长的头发。”赵先生说着，又转谈到小孩子身上，“问问他们看，能念上点什么书呢？”

十一岁的男孩插下嘴说：“咱们每个小学生每年要缴几斤猪血；去年，还要每个学生缴三张野兔皮。有一天老师领我们上山去捉兔子，找了好久，才找到一只兔子，咱们大家赶去，赶了好半天也没有赶得上。还有八九岁的小学生，跑到山上就已经跑累了，哪里还有力气赶兔子呢，也只好拼着命地赶……”

女学生也一样要“勤劳奉仕”，一样也要缴纳猪血，去锄草，上山采药……一学期念不上几天书。男女学生必修的功课是日文。赵先生的长女曾经念过伪满的“国民高等”（等于我们旧制高小的程度），她拿出一本日语读本给我看，并说："如果日语不用心念，就不能升级，往往因为考不好日语，被打耳刮子，罚跪……但我们的老师有时也对我们悄悄地说：'孩子们，用心念满语（我们的国语，敌人称为"满语"），满语将来总有用处。'我爸也常说：'我们是中国人，多认几个中国字，现在没有好书念，将来总有一天能念到自己的书。'"

"你们知道关里的抗战么？"

"怎么不知道呢？从那个时候起，我们在铁路上工作，被监督得更严，不许中国人之间讲中国话，不许交头接耳，还时常叫我们集合起来祈祷'圣战'，胜利，还有一星期三次的防空演习……"

赵太太抢着说："到防空演习那一天，男女老幼都要提着水桶的，或拿着镢头的，到指定的场上去排成队，日本子来检阅，缺了谁，谁立得不像样，有被用脚踢的，有被用皮鞭抽的，等到说是飞机来炸了，消防的，救护的，就都要做得若有其事。他们日本子可害怕飞机来轰炸；咱们不怕，咱们想，飞机来多炸死几个日本子，让咱们看看他们也有难受的一天。"赵先生打断他夫人的话，说：

"最近一年来，日本人的威风也没有从前那么大了，我们也看出日本人是渐渐地不行了，八月九日苏联对他们宣战以后，铁路上的日本人惊惶得很，我们偷偷地从十一日报上看见长春被炸。大约隔了四五天，有一天，日本鬼子召集日本人念诏书，不许中国人看。鬼子他们从来都是有什么事不许中国人听，也不许中国人看的。但是有一个懂得日本话的中国人偷偷地去看，看见念诏书的日本军官念一下就哭起来了，呜咽得念不下去。换一个军官上去念，就知道是日本投降了。后来，看见许多火车载着日本男女往东北方去了。但是老百姓还不敢抬起头来，等到八路军进到这里，老百姓这下可高兴了。"

这时候进来一个有五十多岁的老汉，赵先生介绍我说这是他们的邻居，也是个铁路老职工。老汉也来参加叙说他对于东北解放的兴奋和快乐："咱们总算盼到了好日子！多么好的军队，从没有见到过这样好的队伍，不打人、不骂人，一点儿也不惊扰老百姓，他们说毛主席和朱总司令教出来的队伍都是这样好的。这地方很多年轻人都跟上他们去了，我的儿子也吵得不行，一定要去，也去了。大家都看这个部队太好了，年轻人都要跟得去。”

在我动身的前一天晚上，赵太太叮嘱她的大女儿明晨早点起来生炉子，烧点开水，好让我喝了水，洗了脸再走路。女孩子为着这件事情，半夜里惊醒过来，开亮电灯，立在挂钟面前，自言自语地说：“两点钟！”到了早上，她睡得很甜蜜，等她张开眼来看见炉子已经生起，抱怨她母亲为什么没有叫她。

他们是清苦的，但他们的热情和好意使我感动。当我动身的时候，赵先生夫妇送我到门口，带着抱歉的口气说：“我们没有很好招待你，实在穷得见笑，再过营盘，一定来我们这边玩玩！”

我说：“你们招待得太好了！我相信再见你们的时候，你们生活得一定比从前好，现在你们已比从前过得好了，将来还要好。”

他们笑了。他们的女孩和男孩一直送我到汽车边。

一九四六年三月十八日

原载《东北日报》1946年3月27日

龙烟的三月

草　明

没有风，难得的龙烟三月的早晨。温暖的太阳升起来，驱散了春寒，驱散了朝雾；朦胧的龙烟脱去了睡衣，露出了她的壮丽、凝重的身姿。

龙烟区入口处，高耸着十个一排并列的鼓风炉。远远眺望，它们仿佛是一队停泊在海湾的军舰。鼓风炉的对面，是一座兀立着的，直径十二米，深六米的水塔。它好像是龙烟的哨兵，严肃地、沉默地监视着它周围的一切。稍稍往南走，便是一座宏大的两层建筑物——工人们叫它作“大楼”。“大楼”，在日本人统治的时候，它是一个多么可怕的名字啊。人们走过，不敢正眼觑它。在那里，它定下了多少残酷的剥削制度，想出了多少恶毒的刑罚和阴险的怀柔政策；它吮吸过多少中国工人的血，葬送过多少生命——现在啊，现在完全改变了，工人们愿意跑到“大楼”去，他们可以把腰杆挺得直直地通过门岗，不需要九十度的鞠躬便可以与和蔼的工作人员谈论工作和学习，甚至聊天。工属们抱着孩子上那儿找妇联会主任。因为，龙烟铁矿公司的办公室在那儿，区公所、妇联会和他们自己的工会都在那儿。

在鼓风炉和大楼的前面，有一条铁路的支线，它是联络庞家堡和烟筒山交通的。急性的火车头，匆匆地从那群战舰的烟突似的炼铁炉前通过，从立体式建筑的“大楼”前通过。——向来以自己那严肃的长长的躯体自傲的列车，这时候未免觉得相形见绌，脚步也加快了。车头所过之处，冒起了一缕缕白烟，白烟的消和涨与列车的行进有着协调的节拍。列车隐蔽在地平线下的时候，白烟便像弹棉机上的棉花似的一团团地从地平线上跳将起来。

炼铁厂的工人们辛勤地工作着，焦炭工段的工友们因为以碎屑的炭末烧成整块焦炭的成功而提高了生产情绪。修理炼铁炉的赶紧工作着。机器厂里面的马达在飞快地转，机床也在飞快地转，工人正竭力想办法使产品增加。过去敌人统治时，他们想尽办法偷懒，欺骗敌人；现在，他们却高兴把产品增加，竟有增加到几倍以上的。

水道科里三部七十五马力的给水机给全龙烟区运送甜水，电力厂是全区最辛勤的工作者，它是各部分机器动力的源泉。

上工的汽笛响过了以后，分布在方圆七八里地的工人宿舍区显得清静了一些，一幢一幢齐整地排列着的宿舍，从破窗户传出了孩子哭闹声。户外的母鸡，因为春暖的季节到来，下蛋的报讯叫得更频繁。女人们穿过洒满了阳光的道路，上邻居相好的屋里串门去。这时候她们正忙着选举的事。

“过去，敌人在的时候，我们自己的事都不让我们自己来管——工资给克扣啦，高粱面里沙子太多啦，今天冻死十多个，昨天病死二十几啦……过的是鬼的生活。现在，吃的是小米、白面，穿的是布衣服，过的是人过的光景，还要让我们自己来管理国家大事，娘们儿也有份儿……熬了那么些年，到底还能享几天福。”一位老太婆说。

“哼，你享的是民主福，享的是八路福。没有八路来，没有民主政府，我看你去享什么福！你没听说么？重庆工厂打伤几十个工人，用枪打的呢！咱们当家的昨天捐了两百块钱寄到那边去援助那儿的工人。”

“孩子的爹也捐了钱，大伙都捐了，听说还有捐五百元的呢。”

是的，前两天工人里面正掀起了一个募捐的热潮：他们知道了重庆中国毛织厂工友被国民党的警察和特务屠杀之后，大伙十分愤怒，自动地捐钱出来援助他们，还要通电抗议。这里在民主的地区里愉快地生活着、工作着的工人，并没有忘记那遥远的，还在蒋介石统治下的在水深火热中的“大后方”的工友们；他们比以前团结得更紧密，誓死作他们争取民主、争取生存的斗争的后盾。

除了工作，工人们用很高的热情来参加每天一小时的学习，提出许多生动活泼的问题。此外，他们还组织起自己的通讯小组和工人俱乐部。过去敌人统治下，离开了工厂便钻到铺上去的工人们，现在他们有充分的自由去说话和对外报道；有浓厚的兴趣和时间去娱乐与休息。他们还计划筹建一个规模较大的合作社。以清算斗争胜利后拍卖曹老二等的财产的所得充作资本。

工人们辛勤地工作着，“大楼”和各厂部的工作人员繁忙地工作着；他们之间，只有一个信念：以集体的努力使龙烟区内每个高矗的方形的烟囱都冒出黑烟；以集体的努力把龙烟铁矿公司建设成新民主主义政权下的新的企业。

在远远的那边，围绕着龙烟，围绕着宣化市，有还铺缀着白雪的连绵不断的群山。它们在早晨，散发那种种迷人的浅紫、淡蓝和乳色的水蒸气。有了它们，龙烟显得更美丽、可爱。这儿的空气是恬静的、清爽的，它随同民主的气息，让人们喜爱地呼吸着。

太阳渐渐升高，整个龙烟浸润在温暖的三月的阳光里。在早饭后一小时之内，至少有二三十队雁，穿过灰蓝色的天空从南方回来。这灵敏的候鸟，这因畏寒冷而一度离开的候鸟回来了。它们掠过龙烟上空的时候，似乎看见下面那巨大的改变而惊叫起来。它们似乎感染到人们的愉快的生活，因而同情地欢呼起来。

1946 年 3 月 21 日于龙烟炼铁厂

原载草明《解放区散记》，东北书店，1949 年 4 月初版

六月的鞍山

草　明

夏季，跟往年一样使鞍山绿化了。遍野的蔷薇、芍药、野百合花相继地开着，给清晨从四处向工厂上班的工友们飘着露水盈盈的微笑。高大的白杨柳在夏风中摇着她的庄重的身躯，沙沙作响，仿佛在警告职工们，可怕的炎热将降临似的。公园，一到休息时就更热闹了，职工家属准备好了夏天用的东西；高温操作的车间检查并准备妥当了防暑设备……六月，仿佛没有给鞍山的人们带来什么异常的东西；但是，六月十五日中华人民共和国宪法草案一公布，却震动了鞍山，震动了站在祖国社会主义建设战线上的人们的火热的心。

炼钢工人聚拢一块郑重地听关于宪法草案的讲解，他们那双善于掌握炉内钢水变化的眼睛，现在正从宪法草案里看见了自己的生活的巨大变化。一向以“团结好生产均衡”见称的八号平炉的三个班的炉长们仔细地研究他们怎样用实际行动来拥护宪法。李绍奎用炼钢工人所特有的镇静和果断号召大家把社会主义思想更好地贯彻到工作中去！三班团结好，各工序密切配合得像一个整体一样。并争取降低成本，按钢种出钢，更好地贯彻专家建议，保护好炉体。铸钢工人何绍祥那一天清晨刚学习了宪法草案，下午特别热，他在地坑里热得脑袋发晕，便退开去几步，闭上眼睛想喘口气。他的眼睛虽然闭上，但是钢的红光还辉映着他的眼脸，就在这时候，一幅美丽的社会主义社会的图景出现了。他睁开了眼睛，跑到水管跟前去拿凉水洗了洗脸，便又生龙活虎地继续干活了。

王崇伦，这位被全国青年亲切地想念着的著名的青年劳动模范，已好些天没有在鞍山的公共场所露面了。他在干什么呀？原来在炎热的天气里，他正埋头研究改进一种冲模的卡具哩。六月初他们车间接到了一批做鱼尾板用的冲模。为了迎接宪法，王崇伦的热劲儿又来了，想把卡具从一次卡一个改为一次卡五个。真是世上无难事，只怕有心人，在他的苦心研究与技术员、工友的帮助下，很快就改造成功了。这样就把生产效率提高了四倍，质量达到百分之百。他们就拿这个成绩来表示对宪法草案的献礼。像这样的事情，鞍山又何止一件呢？劳动模范金长明在五月份和工友们已研究成功了一台顺锯，一台电刨子，一台轻便锯，工作效率提高一至五倍；但他们哪能满足？看到宪法草案公布以后，又兴高采烈地和皮忠礼工友共同研究成功一台自由截口刨子，提高工作效率五倍，重要的是这个工具能把手工劳动变作机械生产。现在他们俩正准备在中国共产党诞生日的前夕，赶制成一台打眼机呢。

许多普通的工人，看到了宪法草案，也都由衷感动。请看电气安装公司的青年工人李殿福吧，他也和本组的工友创造了一台中心取料刀，每年可为国家节省原铜十吨以上。这不过是许多的喜讯里小小的一件罢了。

啊，是的，我们的国家是以劳动为光荣的，并且是鼓励人民在劳动中的积极性和创造性的。现在宪法把这肯定下来了。怪不得许多劳动模范看了宪法草案都振奋得像获得了宝贝似的对待它。创造了反围盘解决了资产阶级多年来解决不了的技术问题的全国劳动模范张明山看了宪法草案后，感触特别深。他确实意识到创造反围盘的成功，完全是党的支持和人民的鼓励。现在国家又进一步培养他，让他在文化科学技术和知识方面得到全面提高的机会。现在在学习中的两位鞍山市特等模范高炉的李凤恩，电修厂的武玉兰都会用同样的经验来证明祖国是如此地关怀他们和期望他们。

老英雄孟泰在家里擦着汗听女儿念宪法草案时，脸上露出了笑容。他苦心研究了两年的防尘器除尘罩正好在这时试验成功；这样，宪法草案公布时他不是空着两手的。——他是不是为了把祖国建设为社会主义社会的过程中自己又添上了一块小小的奠基石而微笑呢？

活跃在钢铁生产前线的女技工和女技术员们捧读宪法草案时，感激地想起了中国共产党和毛主席。她们刚刚庆祝了自己的翻身，又接二连三地庆祝自己能献身给祖国的建设事业。高玉英，不久以前还是在海边捡海草的姑娘，现在是无缝钢管厂穿孔机操作的能手。这位姑娘眼里的，一望无尽的蓝色的海面，现在是给川流不息的火红的钢管坯代替；过去她的“只求锅里有米，灶里有柴”的可怜的愿望，现在被燃烧着她的“如何加速生产，早日实现祖国的社会主义工业化”的理想所代替了。在大孤山，弓长岭，那些跋山涉水的女测量员，在高炉旁判断铁水质量的女技术员，多么细腻地去体会这部妇女们盼望了几千年的宪法。在讨论会上，她们毫不掩饰地用自身的经历来证明宪法草案的正确性。在工作过程中向苏联专家学习了很多宝贵的经验的女技术员，正和许多技术干部与管理干部一样，特别感到中国与伟大苏维埃社会主义共和国，和各人民民主国家紧密团结的重要。是的，苏联是先进的国家，是我们的榜样。

使自己和祖国一天比一天接近起来的工人家属，也以极大的注意和兴趣来听了宪法草案。在一个家属座谈会上，武玉兰的母亲回忆起旧社会所受的苦痛。这位老太太心里很清楚，她的丈夫做了一辈子工，就在解放前因贫病死了。女儿武玉兰便勇敢地挑起了这个重担，考进了电修厂。在新社会的培养和教育下，武玉兰不仅能凭劳动养活一家子，而且还成了劳动模范。张明山的妻子丁学英自从老张创造反围盘成功以后，更深刻地体会到自己责任的重要，如号召工属们要团结互助，并且要做好家务，保证干活的人身体健康，使他们安心生产，多发明创造。孟泰的老伴一生只养了五个女孩，过去她总为自己没有生个男孩子发愁。新社会的生活使她转变了这种看法。她指着宪法草案对武玉兰母亲说：“新中国男人和女人有同样平等权利，男孩子和女孩子都是国家的宝贝呀。”

铁东区站前街妇女识字班七十多岁的李大娘现在在鞍山是有名气的，原因是她本一字不识，经过两年不间断地学习，现在已认识了两千字，并领得了毕业证书。人家向她道贺时，她骄傲地跷起大拇指说：“这是新社会给我的权利！”

宪法草案同样鼓舞着疗养中的职工们。在鞍山第二疗养院休养的化工总厂的有 29 年工龄的于占海兴致勃勃地说：“人家说我该歇歇了，我可不那么想。宪法草案指出咱们要建设一个社会主义的社会，这是咱们中国人民多少年的理想。我回厂后要更好地参加祖国的建设。”机械总厂的梁守富立志要在出院后加速培养徒工，在国家大规模经济建设中尽一点点力。

在环境优美的安老所里欢度着晚年的老人们，感谢祖国关心老年人。他们是新旧社会最好的见证人，每人都可以用自己痛苦的一生的经历来说明旧社会的丑恶。他们拥护宪法是很自然的了。

保卫鞍钢公司的公安部队的战士们读了宪法草案，更感到自己任务的光荣。保卫人民革命和国家建设的成果，就不能在工作上有丝毫疏忽和麻痹大意。保护厂矿的战士纷纷座谈、出墙报、编节目，热烈得像过节一样。

啊，六月的鞍山，树木绿得更葱翠，街道更干净，百货公司的售货员也比往常殷勤地招呼顾客。但是最奇怪的，是否天气没有去年热？不然，为什么工人们干活特别有劲儿？请看看吧，在这炎热的天气里，从高炉出铁口奔出来的火龙和伴随着火龙溅起来的金花，辉映得炼铁工人们满面红光心花怒放，而平炉车间准备出钢的铜锣敲得也更动人心弦，炼钢工人跑得更敏捷欢腾，像迎接新生命似的去迎接钢水。大型轧钢厂和许多其他工厂的车间的职工们兴奋地工作着。在工地上，毫不畏惧猛烈的阳光和建筑工人们，在高空操作的焊工们的矫健丰姿，都说明了他们内心的兴奋。

这部郑重地交给人民讨论的宪法草案，是那么有力地激动着劳动人民。我们不难看到，这部宪法，已经开始逐渐变为物质的力量了。

一九五四、七、一、于鞍山

原载《东北文学》1954 年 8 月号

小刘庄

孙　犁

小刘庄大街的牌坊，面临着海河的摆渡口。过渡的主要是工人，每到上班下班，小船就忙起来。

宽大的海河两岸，一直排下去全是工厂，天空滚滚的黑烟和激动的混浊的水流上下辉映着，黄砖灰瓦的工房中间，不时点缀着一片片青翠的丘陵。

两岸工厂紧张的机器声，掩盖着波浪细碎的声响，海河显得很平静、宽广，像劳动者的胸怀一样。

小刘庄是工人集中的住区，和市中心的风格比较起来，它只是一部长篇故事的小小插曲，但是一个非常含蕴热烈充实的插曲，无限的前途要在它身上展开的。

在人们的印象里，现在小刘庄不过是像冀中的端村一样的集镇，窄小的胡同老朽的砖房和低矮的灰土小屋，青年人上工去了，老太太们抱着小孩子在小院子里乘凉玩耍。然而这里的生活，显示着一个特点，不论街上的店铺，老年人的心情，都集中在那工厂里工作的青年人们的身上。

黄昏，工人从纺织工厂、硫化厂、骨胶厂下工回来，佩戴着耀眼的奖牌、纪念章，研究讨论着合理化建议的事项。

他们是回家去的，从河那边顺便买了一些便宜的菜蔬，并向来自内河的老船工打听着今年乡村小麦的收成和棉花的种植情形。

无论是街上，小小的庭院里，明净的窗台下面，都因为工人们放工回来热闹起来了。工人们给家属和邻居讲述着学习到的新鲜道理和工厂里的新鲜事情。

因为待遇的实际提高，使小刘庄大街面粉的销路增加起来，无谓的奢侈品减少了，合作社增加了朴素实用的货物。在拐角的地方，还有一个鲜花摊，陈列着盆栽的海莲、月季、十样锦，是卖给在职工宿舍住宿的工人的。

小刘庄正在修整街道和那些残破的房子，在边沿上，在清除那些野葬和浮厝，浚通那些秽水沟。这里的环境卫生还要努力改善。在摆渡口有一个落子馆，几个女孩子站在台上唱，台下有几排板凳，但因为唱的还是旧调，听的人很少。在街中心有一个中年妇女出租小人书，内容新旧参半，只是数量很少。小刘庄应该有一家通俗书店，应该有一个完备的文化馆。工厂的文化娱乐，应该更密切地和工人家属教育结合起来。

1950 年 7 月 9 日

原载《天津日报》副刊 1950 年 7 月 24 日

《阿凤散文集》序

孙　犁

一九四八年冬季，我们的部队正围攻天津，新闻战线的同志们，暂时集中在胜芳，筹备进城后的报纸工作。我们准备了第一期副刊稿，其中有一篇文章是《谈工厂文艺》。

在农村工作了多年，我们对于农村文艺工作和部队文艺工作，积累了一些经验。天津是工业城市，现在想到的是，如何组织起一支工人文艺队伍。

在这方面，我们经验很少，所以在那篇文章里，也只是提出了一般的要求。但是，进城以后，在我们的副刊版面上，很快就出现了一批工人作者的名字，连续发表了很多很好的散文和短篇小说，在全国产生了影响。

这批工人作者中间，就有阿凤同志，他主要是写散文的。他是铁路工人，他的散文，内容细腻而真实，文字准确而流畅。在工人作者中间，他并不是才华横溢的，但在文章组织和文字修养方面，他好像经过正规的训练。他产量也多，一时成为全国闻名的工人作家。

一九五七年以后，与他同时崭露头角的几位工人作者，都因为政治上遭到的坎坷一蹶不振，报刊上再也见不到他们的名字，都到外省外地去经受严重考验。

阿凤并没有遭遇大的不幸。他的作品逐渐减少了，在艺术上也有些停滞。阿凤的为人，是谨小慎微的、与世无争的。文艺界的风浪起伏以及同伴们的跌坠伤残，使他的写作更加严谨小心起来，与他的为人极端相称。他的作品，主要是歌颂，但并不是声嘶力竭地，其中也不包含狂言和诳言。他的作品，几乎没有暴露，即使对现实有所批评，也是轻描淡写的一提而过。他的作品，不着先鞭，不触时忌。他也不去接触特别奇特或特别重大的题材，他所叙述的常常是一个普通工人或是普通的工人家庭，在某一种政治号召下的，合情合理的自然反映。

就是这样工人出身的，兢兢业业的作者，在林彪和“四人帮”当权时，也遭到白眼和歧视。显然，以角、刺、年龄、性别等条件来衡量，作为他们的文艺打手，阿凤是不能入选的。

阿凤所唱的，可以说是我们伟大时代的太平歌词。他的作品，并不是我们这一时代的尖端作品，也不是这一时代的天才作品。但它们是一个历史阶段的一些方面的真实记录，或者说是一个安分守己的人，对他本身的经历，对他周围的生活的左规右矩的图画。他在艺术上是孜孜不倦的，认真努力、持之以恒的。日积月累，才有了今天的收获，进入艺术的殿堂。

我和阿凤，文字之交已经有三十年了。对于他的为人，对于他的作品，我都是很喜欢的。我认为，在我们的队伍行进之时，方向目标一致，脚步的轻重，步伐的大小，是可以有些差异的。这样才能听出时代的真正合奏。而虚伪和矫饰，无论在生活方面还是在艺术方面，都是不足取的，可耻的。读着阿凤的作品，感到朴素自然，他的作文可以说是“思无邪”的。

很长时间，阿凤成为天津老一代工人作者仅存的硕果，鲁殿灵光。每当我看到他的名字或他的作品，就百感交集。他是我们那个副刊的小小版面上，一时群星灿烂后残存的一颗寂寥的星；他是我们当时苦心经营组织起来的，那一支并不很小的作者队伍，兵折将损后，荷戟彷徨的一员“福将”；他是五十年代，在这一苗圃里生根成长起来，未遭砍伐的一棵老树。

很长时间，我不自量力，想总结一下我们办刊物、培养和组织新的作者，成功或失败的，回忆起来愉快或沉重的经验教训。结果，都力不从心地放下了。只是在去年整理的一篇《编辑笔记》中，简单地谈到两个工人作者，其中第一个就是指的阿凤。读者不嫌麻烦，是可以找来参考的。

1973 年 3 月 20 日夜

原载《天津日报》副刊 1979 年 3 月 29 日

戈壁滩上的春天

杨 朔

四月底了。要在北京，这时候正是百花盛开的好季节。但在戈壁滩上，节气还早着呢。一出嘉峪关，你望吧，满眼是无边的沙石，遍地只有一丛一丛的骆驼草，略略透出点绿意。四处有的是旋风，一股一股的，把黄沙卷起多高，像是平地冒起的大烟，打着转在沙漠上飞跑。说声变天，一起风，半空就飘起雪花来。紧靠戈壁滩的西南边是起伏不断的祁连山，三伏天，山头也披着白雪。

可是不管你走得多远，走到多么荒寒的地方，你也会看见我们人民为祖国所创造的奇迹。就在这戈壁滩上，就在这祁连山下，我们来自祖国各地的人民从地下钻出石油，在沙漠上建设起一座出色的“石油城”。这就是玉门油矿。不信，你黑夜站到个高岗上，放眼一望，戈壁滩上远远近近全是电灯，比天上的星星都密。北面天边亮起一片红光，忽闪忽闪的，是炼油厂在炼油了。你心里定会赞叹说：“多好的地方啊！哪像是在沙漠上呢？”

但我们究竟还是在沙漠上。这里的每块砖，每块石头，每滴石油，都沾着我们人民的汗水，都藏着我们人民的生命。我们不能不感谢那些地质勘探队。他们为了继续替祖国寻找石油，骑着骆驼，带着蒙古包和干粮，远远地深入荒凉的大沙漠里去，多少天见不到个人。只有沙漠上的黄羊，山里的野马，有时惊惊惶惶跟他们打个照面。我见过这样一队人，他们多半是男女青年学生，离开学校门还不久。当中有几个女同志，爱说爱笑，都是江南人。姓邓的年轻队长告诉我说，刚离开上海到西北时，女同志有时嫌饭不干净，宁肯饿一顿，也不吃。罡风吹裂了她们的脸，她们的手。这儿地势又高，空气薄，动一动就会闷得透不过气来。一种爱祖国的热情使她们什么都忘了。她们也愁，愁的是工作。哪一天勘探成绩不好，你看吧，从野外回来时，一点儿声音都没有。只要稍微有点成绩，就该拿着成绩到处给人看，笑翻天了。

碰巧有这样的事。勘探队的同志正拿着仪器测量地形，一个骑骆驼路过的蒙古人会跳下来问："你们照出油来没有？"就是在荒漠上，人民对他们的劳动也显得多么关心。他们明白这点，他们情愿把自己的青春献给人民的事业。多好的年轻人啊。

我们更该牢记着那成千成万的石油工人。哪儿发现了石油构造，他们就到哪儿去打井钻探。有一回，我随一个叫王登学的小队长远离开那座"石油城"，走进祁连山。工人们早在荒山里装起机器，架好钻台，正用大钻机日夜不停地打油井。每人都戴着顶闪亮的铝盔，穿着长筒牛皮靴子。样子很英武。

我笑着说："你们这不像战士一样了？"

王登学说："人家志愿军在朝鲜前线卧冰趴雪的，咱这算什么？"

其实工人们对自然界的战斗也是很艰苦的。腊月天，戈壁滩上飘风扬雪的，石头都冻崩了。通宵通夜，工人们也要在露天地里操纵着钻机。天太冷，用手一摸机器，手套都会粘上了。休息一下吧。还休息呢？志愿军在前方打仗，坦克，汽车，哪样不得汽油？再说咱也是建设祖国嘛，谁顾得上休息？

他们就不休息，就像战士作战一样顽强勇敢。钻工当中也真有战士呢。我见到一个青年，叫蔡广庆，脸红红的，眉眼很俊，一问，才知道他参加过解放战争。现在，用他自己的话来说："毛主席叫咱到哪儿，咱就到哪儿。"在生产战线上，这个转业军人十足显出了他的战斗精神。他对我说："咱部队下来的，再困难，也没有战斗困难。什么都不怕，学就行。"一听说我是从朝鲜前线回来参观祖国建设的，蔡广庆一把抓住我的手说："你回去告诉同志们吧，我们要把祁连山打通，戈壁滩打透，叫石油像河一样流，来支援前线，来建设我们的祖国！"

这不只是英雄的豪语，我们的人民正是用这种精神来开发祖国地下的宝藏。这里不但打新井，还修复废井。有多少好油田，叫国民党反动政府给毁坏了。当时敌人只知道要油，乱打井。油忽然会从地里喷出来，一直喷几个星期，油层破坏了，井也废了。都是祖国的财产，谁能丢了不管？老工人刘公之便是修井的能手。修着修着，泥浆从井里喷出来了。喷到手上，脸上，滚烫滚烫的。皮都烧烂了。刘公之这人表面很迟钝，心眼可灵。凭他的经验，他弄明白这是地里淤气顶的泥浆喷，并不是油层。喷就喷吧，喷过去，他带着烫伤照样指挥修井。一口，两口……废井复活了，油像喷泉似的从地下涌出来了。

石油——这要经过我们人民多少劳力，从地底下探出来，炼成不同的油类，才能输送到祖国的各个角落去。一滴油一滴汗，每滴油都是我们祖国所需要的血液啊。我不能忘记一段情景。有一天晚间，我坐着油矿运油的汽车奔跑在西北大道上。一路上，只见运油的大卡车都亮着灯。来来往往，白天黑夜不间断，紧张得很。这情景，倒很像朝鲜战场上黑夜所见的。坐在我旁边的汽车司机是个蛮精干的小伙子。开着车呜呜地飞跑。我望望车外，公路两旁黑茫茫的，显得很荒远。

我不禁大声说："开得好快呀！"

司机大声应道："要奔个目标呢。"

我又问道："是奔张掖么？"

司机摇摇头喊：“不是，还远着呢。”

我忽然记起上车时，司机位子上放着本日记。我曾经拿起那本日记翻了翻，记得第一页上写着这样一句话：“为了建设社会主义社会……”我就俯到司机的耳朵上笑着喊：“你是往社会主义的目标上奔吧？”

司机咧着嘴笑了。我又望望车外，一时觉得大路两旁不再是遥远的边塞，好像满是树，满是花，满是人烟。事实上，春天已经透过骆驼草、芨芨草、红沙柳，悄悄来到戈壁滩上了。但我还看见另一种春天。这不是平常的春天。这是我们人民正在动手创造的灿烂的好光景。

一九五三年

原载《人民日报》1953年5月8日

车间里的春天

唐克新

一年四季，春秋最好。二八月天（指农历二月和八月），不冷不热，我们劳动人民无论谁都喜欢这两季，对冬夏两季，可就难办了。在旧社会里的劳动人民，冬天身上没棉的，家里没烧的，夏天倒不用愁没衣服，但白天黑夜地劳累就够你受的。因此这两季都不是我们的日子。

过去，我们纺织工人又都特别不喜欢夏天。这并不是因为我们是纺纱织布的身上有衣裳穿。不，老古话说："木匠家中无门槛。"在旧社会，我们只不过是官僚资本家的活机器罢了！那时的夏天，是我们纺织工人的灾难啊！

拿纺织厂的布机间来说吧。

那时，布机间的房子像只大盒子，也可以说像口棺材。四面风不通、气不流，一年到头，里面总是一片白茫茫的雾；十冬腊月，车间里的温度常在七八十度。一到夏天，平常总是一百零几度，弥弥漫漫的雾，使你对面看不清人的面孔。里面的空气，像臭河滨里的死水一样，空气里还杂着大量的浆粉和飞花，人整天就呼吸着这样的空气，时常感觉到呼吸困难。窗像豆腐干那么大。可是连这样的窗都不许开。一天十几个钟头的工作，两脚两手像机器一样一刻也不停。一天到晚，汗不止地流，像山上的泉水，永远不会断。人们心里想：到哪天汗才会流尽呢？而资本家是从来不把工人看在眼里的。他们说："机器坏了要钱买，人死了有活的会来！"一天工作下来，回到家里，脑子昏昏沉沉的，不想吃，什么也不想，就躺倒在床上！第二天又拖着千斤重的两腿往厂里去。要是昏倒了，同伴们把她抬出去，头上泼上盆冷水，醒了就算你命根子硬，不醒就拉倒！资本家还怕停工的人多了开不出车，他们用开除来威逼工人：做不动么？那你以后就不要来上工！长期歇着多舒服！人们只得撑着软瘫的身子往厂里跑。一到车间门口，心就蹙起来，但咬紧牙关，只好进去。

那时，我们的老工人都有一句同行语，把布机间叫作"蒸笼"。这话可最恰当不过了，无论是从它的形式和内容上说都对。我们工人就是这个"蒸笼"里的馒头，年年月月，朝朝代代，我们的汗、血被蒸干了，馒头熟了，人死了，官僚资本家更肥了。

解放后，工厂的主人换了。这主人就是我们工人自己！我们已经不再是人家的活机器，我们已经不再为人家住洋楼、吃大菜而劳动，我们要建设祖国，要创造幸福，要给人民以更多更好的衣裳料子，我们必须提高生产。我们不能再在过去那样的"蒸笼"里干活，我们得想办法。

可是，上级比我们还关心，他们日夜惦记着我们的事：决不能再让大家在这样的条件下工作！去年，就规定说：布机间的温度最高不要超过九十六度；细纱间的温度最高不要超过一百度！可是隔了一年，又重新规定：布机间最高不要超过九十二度；细纱间最高不要超过九十八度！

这可不是件简单的事。两三年来，全国用在纺织厂的降温方面的钱有多少，这我不知道，我只知道单去年一年，我们一个厂就用了二十多亿！另外还叫我们厂长作了回难。

去年夏季，上面批下来二十多亿。厂长计划一下，这二十多亿要是装些普通的通风设备，太多了。上面的指示是装冷风设备。但要装冷风设备只能装一套。可是布机间热，细纱间也热，到底先装哪里呢？厂长就像养着两个儿子的母亲，拿这笔钱，要是给这个儿子做了新衣裳，那个儿子就会说："我不也是你的儿子么？为啥给他做不给我做？"后来，厂长详细研究了一下，觉得应该先给细纱间装，因为细纱间比布机间还要热些。但还得让大家讨论一下，把道理说明，不然儿子会说做母亲的偏心。

一讨论，果然，布机间的人说：细纱间热，布机间也热，他们要提高生产，我们也要提高生产，为什么给他们装，不给我们装？有几个在细纱间做过的人就比较说得通些，她们知道细纱间确实比布机间还热些。有个叫三嫂子的，顶说不通，她说："细纱间的人是人，我们布机间的人就不是人？要装都装！"小组长向她解释说："都装钞票不够，我们现在的经济条件还够不上。"车间主任也帮着解释说："我们布机间今天也可以增加一些排气风扇和摇头风扇。"可大家嚷道："风扇我们不要，光风凉生活不好做，我们宁可一样也不要！"三嫂子又抢着说："我们不可以向上级要求多拿些钱下来吗？"小组长问她："你知道装一套冷风设备要多少钱？"她瞪着眼问："你说要多少？""二十亿！""多少？""要二十亿！"她弄不懂："一亿是多少？""一亿是一万个一万元！"她呆住了。最喜欢开她玩笑的小王抢上来说："你以为是给你儿子买糖吃，两百块钱就够了，是不是？"说得大家都笑了起来。

这年，布机间的温度也没有超过九十六度。有几次，一到九十六度，车间主任给厂长打电话，厂长就说："关一会儿车，让车间里热气出一出！"一碰到这种情况，大家就又要想起那个装冷风的事来。三嫂子总要沙哑着喉咙一阵嚷："你看，关半个钟头车要少出多少生活？这不是影响生产啦？"可是她一想起那"二十个一万个一万元"，就不响了。的确，上级也是为难。我们全国有多少国营纺织厂啊，那得要多少钱！要是一个厂装上两套，那还要加上一倍呢！可是我们到几时才有这么一大笔钱呢？有一次她就问人家。又是那个嘴快的小王回答她："开年，开年就能装！"别人怪小王不该自说自话，要是开年不装呢？实在小王只是随口地回答，开年装不装他自己也不知道，可是他却不肯明着认输，便硬着头皮说："我可以保险！"

小王的"保险公司"真没有输。因为他有着两个"靠山"，一个是毛主席和人民政府，还有一个便是用双手劳动的同志们。

今年春天，大家身上还穿着呢子，厂里的大广场上就搭起了临时场子。可是谁也没去注意它是做什么的。一直到广场上摆出一节节的白铁风道时，大家这才明白并注意起来；要装冷风了！小王可沉不住气，忙奔去告诉三嫂子。谁知出乎他意料的，三嫂子竟一点特别的高兴也没有。这也难怪，冷风这玩意儿到底是什么味道，她哪里尝到过。去年，也不过是听人说：有了冷风设备车间里又风凉，生活又好做，所以她才嚷得那样厉害。要是别人不说，她一辈子连做梦也不会想到这个玩意儿。

五月中旬，太阳就像浇上了汽油的火球，越来越旺。温度表上的水银柱天天向上升，升，不几天就升出了九十大关！工人们里都捏着一把汗：难熬的日子又来啦！但是，今年不同往年，今年是建设年，是计划年，每一分钟的时间都是国家的财富，可不能再像去年那样常关车。要是计划不完成，人民会责问：你们这三四千人，这个家是怎么当的？但不要急，装置冷风设备的工人们响亮地提出了保证：要战胜夏天，要跑在它的前面，不让炎热流进车间！

六月初的一个晚上，布机间的冷风装置钉上了最后一只螺丝钉。

这天上午，党委书记、厂长、工会主席，都来到了布机间。不用说，大家就知道今天冷风设备要开始送风了！他们是来做什么的呢？是来道喜的吧？可是他们谁也没有说话，只是对大家笑着，大家也对他们笑着，心里却屏住气，像等着一件什么即将发生的大事。

九点半，鼓风机的马达开始转动了！帮浦隆隆地响着，怪震耳的。

风道的出风口，红绿丝带飘起来了，一根根的又细又长，袅袅地飘着。风从里面冲出来，带着点水腥味，又像有点儿甜丝丝的，第一回冲到人身上，会使人突然打个寒噤。

墙上的排气风扇也转动起来，声音像低飞的飞机。被喷雾器的水分洗滤过的新鲜空气，不断地从风道里送进来，车间里没有飞花，也没有任何杂物，像一流子泉水，清澈明洁。经过人们的肺部，排气机又把它送出去。

小王跑到三嫂子跟前问她："风凉不风凉？"她心里笑得开了花。她是个三十来年的老女工了，在旧社会里，她在好多厂里做过生活：东洋纱厂、英国纱厂、中国纱厂都做过。那时她常迷信地想：不知是前世造下了什么孽，今世要罚在洋纱厂里做生活，这一辈子哪天才能跳出这"蒸笼"？解放以后，她看得一清二楚，工人再不是人家的牛马了，工厂是自己的，做生活也是为了自己，生产不断地提高，福利也在一天天地提高，可是她想：要得布机间不热，除非天变了，变成一年只有三季，没有夏天！可是现在天并没有变，车间里却变了。她感觉到，她好像是游泳在海洋里的鱼。她故意向小王翻了一眼说："还说风凉，冻死人了！"小王可不睬她这一套，说："你是发寒热了？"她忍不住扑哧一声笑了起来。她问他："哎！小王，这风是从哪里来的，怎么这样凉？"小王一本正经地说："嘿，你还不知道？这风是从苏联的西伯利亚来的，是老大哥给我们送来的！"说完做了个鬼脸就跑了。

这一件从来没有过的新事物，给人带来了各种各样的感受，也给每一个人生活和行为带来了各种各样新的变化。在每个人的肩胛上，你再看不见一条湿毛巾；在水龙头旁，你也再看不到女工们挤着抢着绞毛巾；车间里的茶箱，一个个都是端端正正的，再见不到一只倾倒的；送茶的工友，再也没有人来向他吵着嫌茶太热或是太少了；吃过饭的休息时间，你再也看不见在到清花间去的那条弄堂（巷子）口的一大群一大群乘风凉的人了。人都到哪里去了呢！躲到车间里去了！

六月中，全厂的劳动竞赛全面展开了，人们知道：七月一日是党的生日。人们用劳动竞赛来迎接党的生日。

起先，有些人对这个新的东西——冷风——还不能完全信任。有些人说："嘿！天还没到时候呢，到那时，外面一百零几度，你看车间里热不热！"可是，他怎么知道，他说这话的时候，室外的温度已经超过一百〇二度了！真的，如果你一辈子不出车间，你会以为：世界上没有冬天，也没有了夏天，一年四季都只是春天呢！

当柏油马路被太阳晒得软绵绵的时候，当小河被晒得冒烟的时候，工人们在家里摇着扇子说："这时候车间里才是天堂呢！要是一天到晚在车间里不出来多好！"每天，大家总是希望能早些进车间。

是的，春天永远是属于我们的，我们用辛勤的劳动创造春天。

选自唐克新《车间里的春天》，中国青年出版社，1956 年版

我们的段长

阿　凤

程段长调到我们机务段来的时候，我记得是在一个冬天，离现在有三四年了。

一天早晨，我跑车回来，在运转室做完了退勤报告，刚想叫副司机老张和司炉小李伙计俩到浴室痛痛快快洗个澡，回家睡它一觉。可是一出门，看见段上的人，都在运转室前的空场上，或坐或站地听谁在讲话，我悄声问一个同志，是谁呀？他也悄声告诉我："新调来的段长呀，姓程，程咬金的程。"

早就听说本段的方段长调到铁道部去啦，由铁路局重新调来一位段长，想不到这么快，说来就来了。听了听讲话，听出来这新来的段长，第一，是个转到铁路上来工作的老党员干部；第二，说话开门见山，不绕弯子。模样虽看不太清，但看得出年岁不太大，大约三十出头，四十不到。

听完了讲话，我们就洗澡去了。半道上，我们三个不由得说起这位新段长来。副司机老张，对调走的方段长印象不坏，因为方段长技术上有两下子，解放后本段的机车开始作细密检查，方段长曾在一台机车上做过示范表演，那时老张还是那台机车上的司炉。

说起新段长，老张就说："老干部，大外行，讲个猴子变人，那错不了，问他火车头有几个轱辘，恐怕还得现数。"

司炉小李也顺着老张说："没听刚才讲话吗，要当小学生，学徒工哩。"

我可有点不大同意老张的看法，解放以后，和我在一起工作过的老干部，差不多都能很快地熟悉业务，也懂得工人的甘苦。新来的程段长，将是什么样呢？没看出真章来，也不敢下断言，不过觉得也差不了大格。所以便说："话不能说死了，别瞧他现在外行，真要是好好往里钻，还能当多少天的生手？"

老张看我不同意他的说法，便想把这段话揭过去，他说："咱们跑咱们的车，段长当他的段长，反正火车头不开不烧，它动不了。"

我当下没言语，心里却盼望着这新来的段长，很快地把大伙组织起来，把段上的成绩搞得棒棒的。这老张，说话真气人。

过了几天，也听不到新段长有什么动静，只听说常跟主任、领工员这些干部们开会；也有的说新段长当家不主事，段上什么事还是副段长操持。自己又跑车又学习、又开会的，忙得也顾不上这些事了。

有一天傍晚，我们碰见了新来的程段长。那时，日勤的都下班了，所以段里显得清静些，我们伙计三个，提着油壶什么的，到车站煤台去接班，正巧程段长迎面走过来。

越走越近，没等我们张口，程段长却先问了："跑车去？"

我们答应了一声，告诉他我们的车次。我想跑多少次车，可能程段长还不熟悉，不过我们还是按习惯说了出来，程段长听了点点头，关切地问："吃过饭了吗？"

我们三个几乎是一块儿说："吃过了。"司炉小李还添上一句："我是在食堂吃的。"

跟程段长分开，我们有说有笑地往煤台走去，像是特别开心似的。看来，程段长对职工不摆什么架子，随随便便的，很容易接近。

可是过了些天，段上风言风语的，说程段长可不是随随便便的人，把几个干部——主任啦，领工员啦，指导司机啦，整得可真够呛。听说材料主任还在段长室抹了眼泪，哭了一鼻子。还有两个主任当面给段长立了保证——“小广播”闹得满城风雨。其实，我倒没有一下子看出来。不过那个老爱耷拉着眼皮、说话慢条斯理的工厂主任，的确有点变了样子，精神百倍，像是刚从海滨休养所休养归来似的。

这样，往后我路过段长办公的小楼时，总爱抬头多看它两眼，仿佛那上面有什么吸引人心的东西似的。说起这小楼，历史可长了，打老早的老北宁路时候的英国人段长，敌伪时候的日本人段长，国民党劫收以后的中国人段长，一直到现在，它是机务段长的老办公室了。

这小楼，孤零零地站在机务段中央，线路把它像小岛似的夹在当中。站在楼上，全段一条条线路上的机车，可以一览无余。不过现在部门增多，厂房扩建新建的不少，这里，显着离开党、团总支，工会，技术室，运转室这些部门远了些。

没过多少天，听说段长室搬家了，搬到和党、团总支，工会，技术室等接连着的房子里去了。司炉小李直可惜那原来的段长室，觉得小楼上一站，全段都在它眼皮底下。副司机老张却说搬了好，要不段长在小楼上一待，有个什么事多不方便呀。我当时没搭腔，不过心里不同意老张的说法。

段长室搬了家，这小楼上曾空了几天，我也没注意。可是有一天歇班，到段上去学习，路过这小楼，呀！挂起“图书馆”的牌子来了。牌子挂在楼梯口，墙上写着几个很大很漂亮的美术字。

看样子，像刚开放没两天的样子。我大步跨上楼，真热闹，看报的、看杂志的、看小人书的、借书的，显得屋子太小了。两旁的窗户都开着，吹着过堂风，从窗户可以看见机车喷出来的烟和蒸气。我本来不想看书，可是好像有什么吸引住我似的，也随手拿起本杂志，找个地方坐下，看看书，看看这屋里看书借书的职工们在这屋子。

临走的时候，我看到管理图书的老高头。这时没什么人借书了，我低声对他说："老高头，你们发财啦，这屋子，比原来那小间阅览室可大得多了。"

老高头也高兴地低声对我说："不容易呀，好几个部分要占这屋子，事情闹到段长那里，才算定了局。"

这件事，后来我也告诉了老张和小李。

可是，在我们班里，常提到程段长，那还是副司机老张告病假销假以后。

老张，平常干活闷声不响的，有时整天不开口。冬天，不管天多冷，他提着油壶油桶走多远也不嚷冷；夏天多热，他清炉下火钩也不嚷热，身体够棒的。可是不久，他饮食不注意，闹了一场病，在医院里住了好几天。病好以后，他又回到原班来。

平常老在一块儿，也不觉得什么，可是离开几天，乍一见大家可亲热哩。小李竟抱着老张跳起来。

老张也显得话多起来，他对我说："老王，我今天到运转室去销假，碰见程段长，你猜他说什么？他瞅了我几眼，说身体没好利索可别勉强，身体要紧……我说了半天，他才准许我上车。"

他说着，我细心地看出老张的眼睛里泪花直转，我知道平素老张是打掉牙往肚里咽的硬汉子，可是，最近我却发现他眼圈红过两回了。一回是在他请病假前，我们的机车在段上洗检，正赶上一个小学的少年先锋队参观机务段。一个少先队员举手过头，给老张行了个队礼，管他叫了声"工人叔叔"。还有，就是这回了。

老张察觉我在看他，怪不好意思的，拿眼扫着别处，勉强笑了笑说："这些事，说起来没什么，可是，我受不了。"他有意揭过这段去，便低声跟小李谈起别的事来。

其实，我知道，程段长问他两句话，对他身体的关怀，并不是有意要叫老张感动才说的。这只是对一个工人应有的关心罢了。可是，这一点温暖，却感动了老张，他还到处说开了。

这样，不但在本班爱谈到程段长，就是有时在段里遇见，我们也是热乎乎的，觉得不说句话怪不过意似的。

转眼到了夏天，我们在外站的行车公寓，又遇见了程段长。

行车公寓，每间屋子都安上绿纱窗，挂着竹帘子。屋里也打了杀虫药水，睡觉那真是好极了。没睡觉的乘务员，也有的在院里乘凉喝水，看报说闲话的。当然，有些用功的小伙子，在抓紧时间，躺在床上或找个背静地方，看书哩。

那天我刚睡醒一觉，在院里乘凉。看见程段长、刘指导（指导司机）跟杜大车他们一块来啦。我们在院里乘凉的人，都站起来跟他们打招呼，程段长连连说："歇着吧。你们都在这儿哪。"

程段长和刘指导先洗完了脸上食堂去了。杜大车还在洗脸，我凑过去问："程段长跟你们添乘来啦。"

杜大车说："程段长这回是第二趟上车了，头趟也跟我们来着，这趟好点了。头趟，在车上还站不稳呢，一打开炉门直往后欠身子。看了看火层，回头他说眼前一片白，当下什么都看不清楚了，眼又干又黏。"

他说着，好几个人凑过来听，说到这里，有的人哈哈笑起来。

第一次上车，这都是避免不了的事，别人一笑，杜大车又觉出不对味儿来，所以他又说："不过，程段长在车上，也跟着一样喊信号，难得！"

杜大车洗完脸，也上食堂去了。

没多大工夫，程段长、刘指导、杜大车他们几个人一块儿回来了。杜大车那班里的年轻司炉，抱着两个大西瓜，高兴地叫着："来呀，程段长请大伙儿吃西瓜。"

刘指导压低了嗓子，也招呼着："来吧，别客气。安静点，屋里还有睡觉的哪。"程段长说："那给他们留下半个。"

这地方西瓜便宜，而且薄皮沙瓤，味道又甜。大伙围着一吃，三块入肚，暑气大消。

这一忙吃，大伙儿话也多啦。程段长隔着绿纱窗望了望屋里，说："拾掇得够干净，有臭虫蚊子吗？"我们异口同声地说："没有。"

说起这个来，不知是谁说："这样的公寓也不大离了，就是比中长（指前中长路）还差点。"

想不到这句话，却引起我们副司机老张的满腹心事。他哼了声说："要说老话，从前跑车的真像三孙子一样，住的公寓，那简直是狗窝。累巴巴地到了公寓，从看公寓的那儿领来一块灰得快成黑、粗得像麻袋片一样的毯子。挟着到黑洞洞的大屋子里，屋里除去有一座大土炕以外，只有几个砖头儿和稻草，晚上连个灯都没有，大伙儿摸着瞎儿爬到炕上，往稻草上一躺，破毯子一搭，虱子臭虫一齐咬，好容易睡着了，看公寓的提个小油灯，挨着屋子大声喊到点出乘的乘务员，叫得谁也甭想睡。"

几个年轻的乘务员，瞪大了眼睛像听新闻似的。我们几个对这些话却默默不语，像抚摸着身上的伤疤。

程段长也入神地听着，这些话，像在他心里也引起很多波澜。

我们班的司炉小李问程段长："段长，你那时候在这一带打游击吧？那时候你知道铁路上的事吗？"

程段长顿了顿，说："起初我在地方上工作，之后又调到部队里。……说说抗日时候过铁道的事吧。有一次夜里过铁道，那先要过敌人的大封锁沟，在那一马平川的地面上，那么一条大黑沟真让人瞧着惊心，快过沟时，我们要拔几根高粱秆子，下的时候，拉着它往下溜，上的时候，也可以拉下边的同志。走着走着，听见火车轰隆轰隆的声音了，再走，便是高大的路基了。我提着盒子枪，悄悄地爬到路基上听听没什么动静，也没人。便招呼别的同志，弯着腰一块冲过去了。

"我在部队上的时候，有一天夜里，攻打一个车站。这时敌人已经被我们围困在车站里，枪声手榴弹声密一阵稀一阵的。我伏在路基上，看看那高大的水塔的黑影，摸了摸那冰凉梆硬的铁道，便猛然想起，一节钢轨、一根枕木、一块石渣都是劳动人民的血汗呵，可是，它几时才能为劳动人民自己服务呢。后来，我们彻底消灭了敌人，但我们也有伤亡……”

程段长说着语调低沉起来。我想，他准是回忆起那些流血牺牲的伙伴来了吧。我们当时也很肃静，不自觉地为那些跟程段长一起工作过、一起在风雨里行军过、在战场上战斗过的烈士们致敬。

程段长显然不愿意让这场面继续下去，等了等，他又提高了嗓子说：“那次打完了仗，还有个笑话哩。有几个战士争论：铁道是两根还是三根，说两根的多，说三根的少，可是说三根的却说他爬在铁道上亲手摸过哩。……你们猜怎么回事，说起来真笑人，后来仔细一问，原来他俩黑灯瞎火的，摸的是道岔子，也不知怎么数成三根了。”

我们又笑起来，程段长看我们笑起来，便说：“行啦，大家该休息啦。”刘指导在旁边也说：“快睡去吧，要不到车上该打盹啦。”

程段长催着我们睡觉，他自己也往屋里走。院里，除了快到点的一班乘务员外，人们都进屋休息去了。

这时晚风吹来，摆动着院里的大树，愉快地发出沙沙的微响，满天的星星更明亮了。院里显得格外凉爽。这样的夏夜，我觉得时间过得太快了。司炉小李大概也有这样的感觉，说：“程段长闲着给咱们讲讲这些事倒不错。我寻思着：程段长那些战友要是不牺牲，活到现在，让他们看看新中国，那有多好。”老张说：“尽说没用的，没有流血牺牲，你能解放吗？再说段长要干的事多啦，哪能老讲老话。”

那天晚上，我好半天才睡着，那是一个难忘的夏夜啊。

过了一两个月，我们跑短途旅客列车。有一次刚挂好了车，程段长也上了车。他是到分局开会去，顺便到车上熟悉熟悉的。他站在我的座位后边，这地方，是一般添乘指导习惯站着的地方，因为这儿指导操纵和烧火最方便了。我当时还很纳闷，程段长现在要指导作业吗。

等一开车，我才闹明白，程段长原来是来学开车的，他的手，紧紧握着我的手，我开气门，打手把，使闸，他的手便由着我的劲儿，随着我的手动作。这真是一个新鲜的学开车的办法。

当时弄得我有些紧张，不过我极力把这种紧张的情绪压下去，因为在跑车当中，机警沉着是最重要的。后来我跟别的司机一说，才知道程段长跟别的司机，也是这样学的。他们并且说：程段长到分局开会什么的，还是分外爱跟机车。后来，听说程段长开车呀检查呀都能做下来啦。

今年春天，全段下达全年生产财务计划、各小组热烈讨论计划、订保证条件的时候，程段长又来过我们小组一次。

那次，我们小组是在俱乐部讨论的。那时不是俱乐部开放时间，我们便把乒乓球台当桌子，围成一圈儿。

段里的经济计划员老陈，也参加了我们小组。他算是本段技术人员、管理人员临时组成的工作组，分别到各组参加协助的。老陈这一来，我们都非常高兴，因为他对全段的计划掌握得最清楚了。我还记得有一天我到段长室，正碰上他跟程段长围坐在段长室那小圆桌旁，桌上，放着一本本的计划，看样子，他俩谈得细致极了。

老陈原先也是乘务员，解放后才提拔的。小组讨论以前，我们说着闲话。我也把那天在段长室碰见他跟程段长那回事说了。老陈说段长真会追根问底，你说日车公里呀，说临修呀，好，他便一步步追下去，一直追到原始记录。他用心钻，也带着你一块儿，什么都要弄个水落石出。

老陈说到这儿，又带着笑说："我们来以前，也开了会，程段长嘱咐的可到家啦。什么有关的文件准备好，态度要和蔼，作风要谦虚，要善于启发发言，帮助小组算好细账。别嫌工人……"

我笑着说："你没告诉段长说，你也是抡锹把出身的吗？"老陈说："也有人不是的呀。"

说了一会儿，程段长就来了。这一次，我们的会开得很热烈。

当时我心里有这么一个感觉，我们能有这样的段长，是很可自豪的事。后来，每逢我经过程段长住的地方，便不由得往里张望张望，仿佛那里总有些什么力量吸引着我似的。

一九五五年一月

选自阿凤《望鞍钢》，新文艺出版社，1956 年 7 月第 1 版

邻　居

阿　凤

李华是机务段的青年工人，新从学徒工提升成三级机车钳工的。他家就住在我家隔壁，人口很简单：小两口、一个怀抱的孩子。

他原先是住在单身宿舍里。他申请好家属宿舍、接来家眷的时候，我还记得很清楚。头天，宿舍的管理员领着他看好房子，交给他钥匙便走了。他便到我家借了扫帚簸箕什么的，把屋里打扫干净，他干得很高兴，出来进去的都听见他哼着歌儿。第二天，他又用自行车驮来了一些大包小件的，谁一看也知道这都是从单身宿舍搬来的。接着又到管理员那里，办了手续，赊购了两个单人木床，管理员帮助他搭起来。两个单人床，并到一起正好是双人的。床的位置，可让这小伙子费了心思，挪动了好几次也不中意。那天正赶上我也歇班在家，所以抱着孩子，到他屋里帮忙出主意。放在窗根底下，能天天让太阳晒着，暖和。可又怕挨着门口近，风吹着孩子。我们斟酌来考虑去，真比他修理个水泵，或是我检查台机车，还要复杂得多。最后，还是放在离窗户稍远的地方了。

又过了一个星期。有一天，我下班回来，英儿她妈便告诉我说："隔壁那个李同志，接家眷来了，刚到没多大会儿，乐得李同志嘴都合不上了，你不看看去？"

我便抱起英儿，到李华屋里串门去了。

李华很高兴地介绍了一下，他的妻子叫秀菊，看样子比李华还小三两岁。她大大方方地跟我点点头，我也注意地打量了她一眼，她的眉眼长得很秀气，脸色红润润的，看得出身体很结实。她抱着那怀抱的孩子叫"铁"，长得也很精神，她带着初次见面的拘谨，可是我看出来，她的性情一定是明快活泼、爱说爱笑的。

起初，我还以为李华这趟接家眷，一定要带来些过日子的家具呢，等我坐稳了一看，我觉得我这年轻的邻居，接家眷的心未免太急躁了。除了床上新添了几床被褥和屋角那两个衣箱、很少的零星用具之外，手使的和大件的家具什么也没有，看样子，连做饭的东西都怕不全哩。

可是，等我看到李华那么喜笑颜开地逗弄孩子，那么称心地望一望秀菊，我原谅这年轻的钳工为什么这样着急地接家眷了。但是，这究竟嫌做得有点儿冒失呀？我不禁说："李华，心急吃不了秫米饭，你安家应该先计划好了呀？"

李华像埋怨又像夸赞地说："这可不怨我，人家一个劲儿地叫我把钱多给家里留下呢，说什么合作社开春要买水车、添牲口哩。弄得现在手底下钱不多了，'有打油的没打醋的'了。"

秀菊听了，抱着孩子一扭身，白了李华一眼，说："钱，花的不是地方吗？"

李华知道讲道理，人家做的也不是占不住理。于是便岔开说："你别瞧人在这里，心可在地里场里哩，一来就说啦，'麦秋''大秋'，一定要回家哩。"

我想了想便说："农忙的时候，能回家帮帮手，也是好事呀。"

李华也笑着点头说："我不拦她。她这是朝社会主义走哩。"

秀菊笑笑，没有说话。接着，他们小夫妻俩又商量起家务事来，谈着应该先添置点什么。我觉得再坐着便不合适了，便抱起孩子回家了。

我想跟英她妈商量一下，把家里用不着的小炕桌借给李华家使。回到家一看，英她妈扑落着两只面手，正在擀面呢。

我说了。她还有点犹豫，她是怕新搬来的邻居，谁还摸不准谁的脾气，使得不在意，给使坏了，怎么办？再说借时容易，往回拿又怕得罪人了。

我说："别那么小心眼儿，咱们不使，也是闲着。看样子，他们也是过日子的人家。"接着我又说："干脆，晚饭也让他们到咱们这里吃得了，我打二两酒去，算给他们接风。"我怕英她妈嫌麻烦，又说："两口半人，多擀一点儿面也就有了，新成家，油盐酱醋的，哪准备得那么全呀。"

英儿她妈对我一笑，那意思说：这家邻居准是跟你投缘，要不，怎么大方起来啦。我的老脾气，她也摸清啦，段上来了新人，新搬来的邻居，我总不能像年轻人那样态度坦率，见了面不管生熟，很容易就说到一块儿。我常是先站在旁边暗地看一看，品一品，为人做事怎么样，可交不可交，然后再来往建立起友谊来。

她点点头同意了，笑着说："那我先告诉他们一声去，要他们不要忙着做饭了。"她马上怪高兴地邀请我们的新邻居去了。

李华两口子客气了一番，后来看我们是实心实意的，便到我们这屋吃饭来了。我把孩子让李华抱一下，忙着打酒去。笑着说："沾兄弟你的光，要不，不年不节的，她可不让喝哩。"说着我把小酒壶扬了扬。

英她妈在旁说："是我不让吗？你喝得醉醺醺的，能跑车吗？"

李华直拦着，说别那么费事了。英她妈说："叫他去吧。"

秀菊很会说话，跟我还不显，跟英她妈却叽叽喳喳地说个没完没了。手也勤，那天吃完了饭，她帮助刷锅洗碗，拦也拦不住。

饭后，我把小炕桌送到他们屋去了。英她妈直说："水缸先使这屋的，砧板、菜刀、锅、盆……使的话就到这屋来拿，别不好意思。”

秀菊也说：“不用嘱咐啦，麻烦你们的事在后头哪。”

第二天，我下了班，回到家，英她妈告诉我说：“工会家属委员会的主任梁大嫂，昨天到李华家来了一趟。”

原来梁大嫂听说新搬来一家家属，便抽出工夫特意来看看，梁大嫂也是看出屋里要什么没什么了，便说：“呀！李同志办事就是莽张飞，过日子得像个过日子的样子呀？这不是小孩过家家玩哩，当下置办不齐，也可以说话呀。大人可以将就，不能让孩子受委屈呀。”说着她张扬着走了。到几个家属小组长家去，动员这两三排有多余家具的家属，说：“新安家，哪能置办得那么齐全呀，人家职工讲究团结互助，咱们家属也应该团结互助。把咱们多余的桌子、板凳、锅、碗、勺、盆等零用的家具，先暂借给李同志家使用使用。一家人嘛！”家属们都说对，于是搬桌子的，送小水缸的，铁壶、案板、油瓶子都送来了。闹得秀菊也不知说什么好了。

我点点头，心想这家属委员会的工作做得还不错。便说：“多亏梁大嫂了。也是嘛，大家成全一个人还不容易？”

英她妈像说一件新鲜事似的，说个没完。又说：“原来宿舍的电灯不是太高吗？咱们房后头那排一个张同志，找了点电线给接长了，看那张同志拾掇个电灯电线的，可不算一回事哩。”

我问：“哪个张同志，是细高个圆脸的吗？”

她点点头。我不由得笑了，说：“那当然，他是个电力工长，干这个还算点活？”

第二天早晨，我到段上去学习，李华到段上去上班，我俩一块走着。半道上，李华说起这件事。他说：“让我说什么好呢？反正心里有数就得了。昨天，我刚在工会借了一笔互助金，说先买点使用的东西。我们工长听说我接家眷来了，非要把他的储蓄存款借给我点儿。还跟我说：‘你可是成家立业的大人啦，花钱可不要胡花呀。’等我下班一看，好嘛，差不多都齐了。”

我说："有了就省得现买了。"

李华摇摇头："秀菊说啦，能买的还是买来替换下来，咱们可不能依赖大家，过大家的日子。借使的咱们也特别在意点儿。"

现在，我们两家一直走得很亲热，你上供应站买东西，她给照看炉子上的饭锅；她上识字班学习去，你就给照看一下孩子。真所谓互相了解，互相帮助。大家都过得乐呵呵的。

一九五四年五月

选自阿凤《望鞍钢》，新文艺出版社，1956 年 7 月第 1 版

怀念你呵，柴达木

李若冰

黎明的晨曦，呼唤着我。

我爬上披篷卡车，从兰州起程了。我挤在旅客们中间，坐在一个老婆婆的面前。她到哪里去呢？她的堆满皱纹的面庞，每一条纹道里都蕴藏着善良和慈爱；她那银色的发丝，在晨风里飘动，闪着多么可敬的感人的光芒。在她的身旁，这边依偎着一个胖乎乎的男孩，那边依偎着一个翘起两根小辫子的女孩；女孩的身旁又挤着一个戴着红领巾的女孩，她怀里抱着一个白兰瓜，眼睛睁得又圆又亮，带着一股顽皮的神气，瞅着周围的旅客。人们一看见她瞪着圆亮亮眼睛的样子，都不由得笑着，逗着她玩了。在她们的对面，有一对中年夫妇，坐在两大捆行李卷上，男的膝头上还放着文件皮包和一个装得鼓鼓的大包，两腿中间还夹着大皮箱和两三个小袋子。他转过头，对妻子说了句什么，妻子就把头上的花纱巾扯下来，盖住钻在怀里的婴儿的小脸，又轻轻地拍着、摇着。婴儿睡着了。

我的同车旅伴们，有年长的、年少的。两个五十多岁的老人，面对面坐着，刚认识似的，互相询问着什么。五六个男女学生，他们不时地向车外望着，不停地嚷叫着，好像他们身上有一团火燃烧着，最不安宁。两个穿黄军装夏衣的战士，不声不响地坐着，一个递给一个饼子，啃了起来；他们是回家去呢，还是去参加一种新的劳动？一个戴近视眼镜的人，他默默地窝在车厢前头，手里捧着一本书，尽管车子颠簸得厉害，可是书里好像有特别吸人的东西，他把书盖在脸面上，艰苦地读着……

这些旅伴们，他们都是到哪里去呢？年老的是探望儿女去的吧？年少的是参加垦荒队的吧？不，或者他们是到地质勘探队去的，修筑青藏公路去的，到柴达木石油探区去的，到祁连山煤田去的吧？……虽然，我还不认识他们，但是，我们是同车到青海去的，我觉得和他们是亲近的。我问这个戴近视眼镜的工程师模样的人："你到哪里？"他把书本从脸上移开一点儿说："回盆地。"我忙说："柴达木？"他瞟了我一眼，点了点头，仍然把书本盖住了脸面。

呵，我也是到柴达木盆地呵！

迎着高原的晨风，眼望着东方投射出来的第一片朝霞，我心里感到了莫大的欢喜。一九五四年，也是这样清爽的秋天，我曾经从敦煌走入柴达木，和第一批开辟柴达木的勘探者一起，度过了许多艰难的极其珍贵的日子。……那些可爱的勘探者，他们使人多么怀念呵！我不由得站起来，靠在车头上，眺望着高原的黄山，高原的白杨，高原的风尘。呵，黄色的山风，吹吧，卷起沙石吹吧，吹得更猛烈些吧！或者，这正是来自柴达木的风尘，它和柴达木的风尘有多么相像！那高空的雄鹰，欢舞的鸽群，随我一起飞吧，你看，我不是又踏上柴达木的征途了吗？

有着一对顽皮眼睛的小女孩，也站起来了；她把头昂得高高的，一任霞光扫洗着头面，一任黄风吹拂着领巾。她快乐得直喊叫："哎哟，大山，大风，多高的白杨树，头一回看见哩！"

她的喊声，惊动了旅客们。那个头上翘着两根小辫子的女孩，一下子跳了起来。那个胖乎乎的小男孩，也一下子蹦了起来，又特意抓起老婆婆的胳膊，央求地说："婆婆，你也看一看，看一看嘛。"婆婆拗不过孙子，站起来，笑了笑说："看见了。"小男孩也随着坐下来，还傲气地噘起嘴："这有什么稀罕！"

"哼，你知道啥，这就是老师说的，祖国的大好山河！"

"就是。"翘着小辫子的女孩也说。

孩子们的话语，多么动听。

我问戴红领巾的女孩："多大了！"

她瞪起眼睛，说："十岁。"

"你呢？"

"十三。"翘着小辫子的女孩说。

"我给你说吧。"戴红领巾的女孩抢着说，"她是我姐姐，老大，我是老二。"指着胖乎乎的男孩说："他是老三。"又指着老婆婆和对面一对中年夫妇说："我婆婆，我爸爸，我妈妈，怀里是小弟弟，老四，最爱哭啦……"她一连串介绍完了，又向妈妈伸了伸舌头，坐下来了。妈妈佯怒地说："就你话多。"她满不在乎，又悄声对我说："爸爸、妈妈在煤田局工作，调青海了。"

"是吗，那你也来青海了？"

"爸爸说叫我在青海念书。妈妈说青海煤可多啦！"

"你还知道什么？"

"妈妈说啦，青海宝贝多哩，还有石油！"

"石油在哪里？"

"哼，你当我不知道，柴达木，柴达木！"

胖乎乎的老三搭腔了："石油什么样，白的吗？"

老大鼓起嘴说："谁给你说白的？黑的。"

"就你知道。"做妹妹的不满了，"为啥是黑的，为啥不是白的呢？"

车颠了一下，妈妈怀里的婴儿哭了："快别吵了，弟弟都叫你们吵醒啦。"

中午的时候，车子在享堂站憩了一阵。人们说这里有驰名的肯海西瓜和“软儿”——一种吃起来喷香软乎的果子。旅客们下了车，就寻着买去了。我吃到了西瓜，香甜多汁，真解渴。只是没有找到“软儿”。

天热起来了。旅客们上了车，走了一会儿，都闭起眼睛，憩着；有的很快地打起鼾，睡着了。我想憩一下，可是，不知是车子颠得厉害，还是心里不安静，闭起眼睛，又睁开了。当车子驶过一座少见的公路吊桥的时候，我干脆揉了揉眼睛，站起来了。

车子迅速地向前驶行着。

虽然，这已是炎热的夏天，可是，高原的风是清凉的，吹在人身上，觉得爽快，适意。眼前，一座座山峰，好像黄河的波浪，一个推一个，滚滚而去。公路两旁，挺拔的白杨树，一排又一排，好像风尘仆仆的战士，一面飞跑着，一面歌唱着。望上去，高原的天空纯净、碧蓝，飘着白绵绵的云朵。这一切，雄壮、美丽，而又动人。这一切，唤起了我内心一阵激动，把我的思绪引向久已向往的柴达木去了。

呵，这已是第几个夏天，第几个炎热的日子了，我远远地离开了柴达木。柴达木呵柴达木，在四川的圣灯山上，在那些勘探着气田和生产着炭黑的人们中间，我怀念着你。在松花江畔，在那些熙熙攘攘的欢乐的人群中，我怀念着你。在渤海的胸膛上航行，眺望着汹涌澎湃的海浪，我怀念着你。在祖国的首都，沿着中南海的红墙行走，我怀念着你，怀念着你呵！我忘记不了一个酷寒的冬夜，那个刮着刺骨的寒风的冬夜，我怎么从房里走出来，徘徊在大街上，寻找着柴达木的星空。我走着，走着，我的心是怎样急切地探索着通往柴达木的道路呵！正是这个冬夜，我更多地了解了，怀念意味着什么，怀念给人以什么。

今天，我终于迈开了步子，又踏上柴达木的征途了。

那些可尊敬的勘探者，我的朋友们，那来自昆仑山上的风暴，可曾使你们摔跤？那大戈壁滩上的严寒，可曾冻坏了你们的手脚？那沙漠中的骆驼的脚印，是否又失踪了，你们又要迷路了？或者，这时，你们正在险山上，快活地抓起雪粒，塞进嘴里，然后又啃着干馍馍呢？或者，这时候，你们又寻找到了一些矿苗，一块沥青，一块地蜡，一块铬铁，一块煤，在争论，在吵闹不休呢？也许，这时候，你们正迎着漫天的风沙，走入了柴达木的腹地，又开辟了一个新的探区，而一个新的油田又在你们手中举起来了吧？可爱的勘探者，你们给人以多少信赖，以多么珍贵的怀念呵！

披篷卡车，飞吧，载着我飞吧。虽然，我已经在旅途中，可是，我的心早已在柴达木转悠开了。

这时候，我的小旅伴们又吵闹了。

那个做姐姐的拉着妹妹，喊道："不要挤我了，不要挤我了！"

顽皮的妹妹笑着，嚷着："我没有挤呀！"

胖乎乎的小弟弟，特别对妈妈说："妈妈，我没有挤！"接着，他把头靠在婆婆怀里，乖巧地说："婆婆，你往过坐，挤挤我。哟，你瞌睡啦？来，来，枕在我身上。"小孙子伸出小手，扳过婆婆的头，放在自己肩膀上。婆婆枕着孙子的肩膀入睡了。

这些孩子多么天真、可爱。现在，他们跟着婆婆、妈妈、爸爸到青海来了；他们带着自己的微笑、顽皮和纯洁的小心灵到青海来了。不久，他们就要背着小书包，在青海上学；不久，他们就要张开小喉咙，在高原上放歌；舒展起小手脚，在高原上舞之蹈之了。

高原的白杨，一定会扶持他们成才的。

高原的风尘，一定会把他们锻炼成钢的。

我们的披篷车，转过一座山，又一座山；爬过一条沟，又一条沟，地势越来越高了，树木也越来越多了。

这时，我们在一条又深又长的林荫道上行驶着，满眼葱绿葱绿的，上面只露出一线天。在公路两旁，有金色的麦田，有茂盛的果木园；而那条驰名的湟水，好像高原上一匹驯良的马儿，在农庄边上流过，在丛林里穿梭而行。农民们挥起镰刀，割着成熟了的麦子；农妇们洗着衣裳，在湟水岸上唱出了一声柔和而又动人的青海“花儿”，听起来深远、豪放！

车子飞也似的行驶着。高山，湟水，树林，麦田，农人，一切的一切，仿佛电般闪过去了。瞬间，丛林里现出了平屋，冒出了高楼；看那红墙绿瓦的寺院，看那金色的塔尖……

旅客们都站了起来，向车外望着，眼睛里含着欢欣、喜悦。只有那个戴着近视眼镜的工程师，好像已经习惯了这里的一切，不再惊奇，低头整理着行装。老婆婆微笑了。孩子们兴高采烈，在车上乱跳，乱嚷：“爸爸，妈妈，婆婆，快看呀，那么多人，那么多房子！哎呀，树这么多，把人都挡住看不清了！”

确实，这里的树很多，而且多是白杨树，都长得挺拔、强劲、俊美。

我们好像走进了一层层绿色的帷幕里。

绿色的帷幕里，卧伏着西宁。

一九五七年八月五日，西宁

选自李若冰《柴达木手记》，作家出版社，1959年4月第1版

昆仑飞瀑

李若冰

我曾经漫游过不少名山大川，但不知为什么那巍然屹立于祖国西部的昆仑山，总也牵挂在我的心头，使我时常想着要回到它的身边。

我至今弄不明白，到底什么时候萌生了这种思恋之情。啊，人的感觉器官是这样奇特，也许第一眼的印象非常重要，以致影响此后的记忆、观能和感情。我回想二十六年前，当我第一次和野外勘探者，踏入人迹罕至的柴达木，远远看到昆仑山的时候，它整个儿被漂流的云雾萦绕着，带着莫测高深的神秘风韵，只有绵绵蜿蜒而时隐时现的峦峰，在天空勾勒出了一线伟丽磅礴的轮廓。其实，等你靠近了才会发现，它是那么眨巴着乌黑晶亮的眼睛，袒露着宽阔丰润的胸脯，以其坚韧刚健的风姿，挺立在荒古大漠上。尤其在墨黑的夜晚，当你在沙漠里奔跑了一天，困卧在它身边的时候，仿佛觉得有双无形的强大手臂环抱着你，抚慰着你，促使你安稳而甜蜜地睡去。其时，你在朦胧中也会感觉到昆仑山的倩影，像安睡在它温馨的怀抱里。

但是，当我再度看见昆仑山的时候，却感到过去对它了解得很少。这次，我来到这里，正是高原八月，天气凉爽极了。我和旅伴心情兴奋，一出格尔木城，就直往前面走去。沿途，我看到这荒凉无边的大戈壁，虽然仍有十年浩劫的痕迹，但已有新开垦的黑沃沃的农田和将要收割的金黄的小麦。再往前走，那一丛丛自然生成的浓密的柽柳，舒展着颀长嫩绿的枝叶，散发出淡淡的清香。戈壁一见到绿色，就有了生机。各色的鸟儿欢叫着。那乖巧的云雀群，鼓翅在高空上下扑旋，唱着自由快乐的歌，一直陪伴着我们，飞上昆仑山。

等刚走到昆仑脚下，我的旅伴就感慨万端，喘着气说：

“昆仑山呵，是大戈壁生命的渊薮！”

我惊异了，他的诗情竟来得这般快当。

“你看见了么，山上水电站的小屋子？”

我抬头望去，首先进入眼帘的是一条嶙峋层叠的深谷，而山口凛然坐卧着一尊像猛兽似的山头，虎视眈眈地察看着过往的行客。只在穿过它的视线，绕了一大圈，我才看清几根凌空飞架的天线，通往嵌在高峡中间的小屋里。我们一边往上爬，一边耳旁传来隆隆的吼声，这莫不是水电站机轮的运转声吗？此刻，在谷口听起来，显得异常高亢洪亮，有种撼天动地的气势。与此同时，我还隐约分辨出一丝仿佛从昆仑心窝里飞弹出来的音响，其声如行云流水，朗朗悦耳，和机轮的轰鸣声糅合在一起，回荡着一种更摄人魂魄的旋律。

我们越往山上走，越觉得呼吸急促，气不够用。而且风也越来越狂，有时不得不背转身倒走。等爬上深谷里的水电站营地，才算缓了口气。我们先遇见一位姓郝的陕北绥德汉子，长得高大健壮，是水电站负责人。还有一位长得瘦削结实的老王，是专管水务的。他俩脸庞都像久经酷风寒霜洗练过，闪射着褐红透亮的色泽，并肩站在昆仑狂风中，犹如两根铁柱子似的。我开口便说：

“你们这里的风可真够厉害！”

“风季早过啦！”老郝呵呵笑着说，“如果你们赶冬月或春上来，那才真叫飞沙走石，风刮得人连路也看不见，身子也站不定，栽楞爬坡的。这里是昆仑山的风洞嘛！”

我这才察觉到，我们已置身于昆仑山一条罕见的幽深的大峡谷中，抬眼回望，两边石山高高耸立，直插云天。周围悬崖倒挂，绝壁陡峭，既看不透前头的边缘，又摸不清后面的底细，俨然是条深奥狭长的天然风道。我简直难以想象，人们怎样在这陡壁险境里造就了这座水电站？难道他们是倒栽葱式的在空中施工吗？噢，我猜得还有点门道。据说，那些来自青藏高原的汉、回、撒拉族兄弟和支边青年们，正像山鹰般飞身登上悬崖，用绳子把自己吊起，在峭壁上勘察测量，正是在半空中搭起脚手架，一步步攀缘而上，给大坝喷水灌浆。他们就是这样在无比艰险的峡谷里，在不同的窄狭的工作面上，一任狂风飞沙的扑打，一任严寒酷暑的煎熬，开挖着导流、冲刷洞，搬运着笨重的闸门机件，安装着电器仪表……

这一阵儿，我们已走上四十八米高的薄拱坝。忽然，眼前涌现出了一泓碧绿如镜的大湖。呵，应该叫它天湖，因为它竟奇迹般漂流在这远离人间的高峡里。天湖呵天湖，你是这样恬静地轻荡着涟漪，这样温存地拂动着浪花，清澈得照得见天上的飞霞，碧绿得映现着昆仑雪峰的影子，致使不远千里来到你湖畔的行客，依依不舍，流连忘返。

还是老郝提醒了我们："这座水库容量两千四百万立方米，是昆仑山雪水汇集成的。"

"那深山里还有不少条河吧？"

"嗯，上游有清水河、雪水河、干沟河。离这不远四十里，还有个昆仑桥，肚子很大，也在峡谷里，如果能早些开发利用，电容量冒估也达一亿多千瓦！"

"呵呵，你们这儿的前景很乐观哪！"

"我们如今是有多少水，发多少电，满发是九千千瓦。"他矜持地笑了笑，却转过了话题，"你们到这里来还适应吧？"

我说："适应，才上来有些气喘。"

老郝立即快活起来："这儿海拔三千米以上，目前是中国第一座最高的水电站！"

噢，中国最高的第一座水电站！我从他们谈吐里已晓得，这座水电站从设计到投产，时间竟拖沓了二十年之久。站在昆仑水电站身旁，我感到格外激动，也格外惋惜！如果不是“四害”横行，贻误了那十年春华，那十年光阴，这座水电站不是会早些出现在昆仑山上吗？那么，在我国许多富饶的高山峻岭之上，不是还会出现比这座更高更漂亮的第二座、第三座水电站吗？我想，一定会的。就在这昆仑深山中，不是还潜藏着个肚儿挺大的昆仑桥，早在等候着有识之士去开发吗！我和旅伴们不由得欢呼起来。

就在我们沿着水波粼粼的湖边漫步，穿过坝头那间小屋子的时候，有种扣人心扉的声音，一直在我耳边鸣响。这时，我惊疑地掉转身，循声望去，蓦地只见在宽阔的大坝前面，深谷里白云翻卷，水烟升腾，一条飞银吐珠似的瀑布，发出呼呼的喧响，急速地翻卷滚动，直落万丈谷底。飞流荡漾的瀑布，仿佛拨弄着巨大雪白的竖琴，悠然在水云浪花中旋舞，欢奏着喷薄激情的英雄交响乐。起初，我们进山时，远远看不到瀑布，只听见隐约的哗哗声、轻柔的汩汩声，而此刻身在瀑布面前，它的声韵是这般豪迈奔放，这般壮怀激烈，好像昆仑山里埋伏着千军万马，正在浩浩荡荡地疾行，向着广袤的大漠挺进似的。多么宏伟壮观的昆仑飞瀑，多么摄人魂魄的昆仑飞瀑呵！

我们在欢腾的飞瀑声中，转弯下了条大坡，走进靠山的电气运行控制室。瞬间，喧闹的瀑布声隐去，代之以静谧肃穆的气氛。这间大大的控制室是现代装置，在这里工作的同志似乎很轻松，也很悠闲。随即，我也发现，这儿每个人的眼睛却异乎寻常地专注忙碌，手脚也出乎寻常的敏捷麻利。这里管水管电，这里一举一动，牵扯着水电站的生计，关乎着山下格尔木城的命脉，而且维系着戈壁农田、工矿和草原的兴衰。我看见立在操纵台前，掌握水电命运的人，多是支边的姑娘和小伙子们。他们毅然摆脱世俗的羁绊，长年在昆仑高山上生活，在荒寂的峡谷中战斗，使巍巍昆仑焕发出了新的生命、新的血液、新的光华。我想，应该称颂他们是昆仑勇士，是可爱的昆仑山人！

从电气控制室出来，我们迎面又看到了飞飘迷人的昆仑瀑布。也许因为距离太近，又看得见瀑布的底部，使我感到眼前如同矗立着一座晶莹的万仞雪峰，流水和云天相连，喷溅着珠玉翡翠，闪烁着斑斓炫目的光点。我倏忽觉得，仿佛是娇丽的云雀、天鹅和仙鹤群集的长阵，是这样潇洒自如地飞荡着，以气盖山河的流势，凌空呼呼地欢叫，旋即俯冲而下。转眼间，它却宛如莫高窟飞天肩披的长长的飘带，飞落于幽深的谷底之后，霎时拍波击浪，掀起狂涛巨浪，继而在闪闪的霞光里，哼着自由悠扬的歌，跌宕有致地向大漠奔去。我被这飞瀑震慑了，被它瑰丽多姿的景象迷惑了。呵，这飞瀑来自何处？它莫不是从天宇里倾泻人间的金波银流？它莫不是从昆仑胸脯里喷涌的奶汁玉浆？

我翘望着昆仑飞瀑，心如潮涌。这飞瀑，发源于伟丽的昆仑深山里，和无数条大小溪流相融合，于是铸就了一派势不可当的巨流，永无休止地流向戈壁荒漠，流向城乡村镇，流向八十年代的今天，流向斑斓透亮的明天。这飞瀑，始终鸣响着昆仑母亲亲昵的声音，有时像讷讷的甜蜜的呼唤，有时像声震寰宇的呐喊，它无疑是永恒的自然、执着的爱恋、生命的元素，它是这般源远流长、无穷无尽、飞载千古。此时，我从飞腾不息的瀑布声中，倾听到了祖国大地心脏的激跳，也触摸到了中华民族向前奋进的脉搏！

我站在昆仑飞瀑面前，思绪驰骋。我还清醒地意识到，我是这样无限热爱着自然的创造，然而也无比热爱着创造的自然。此时此刻，我怎能不惦念这昆仑山英勇的开拓者和那荒古大漠艰苦的勘探者。我想到，在祖国的名山大川里，飞荡着不少闻名于世的瀑布。但是，没有昆仑瀑布这么吸引我，这么使我留恋的了。这犹如搏击长空的海燕般的昆仑瀑布，正以无与伦比的滚滚洪流，穿过千沟万壑，跨越千难万险，向生活的大海奔去，向历史的未来奔去。

昆仑飞瀑啊，我愿意投身在你的怀抱中，化作你飞流里的一只云雀，随你飞去……

原载《延河》1982 年第 1 期

五 年

佟震宇

你想到过没有？

五年，只有五年的时间哪，地图上又写上了多少城市名，画上了多少铁路、桥梁和公路……

你说，哈尔滨地区扩大了多少？一倍，是的，一倍！

你知道不？在这短短的岁月里，它凝结着多少人的劳动和智慧呀！

记得，五年前的冬天，当我从南岗中山桥直奔香坊和平路时，那里只有一座粉刷着乳白色镶黄边的厂房——近代化的哈尔滨亚麻厂。在它的对面，近代化的制造精密量具刃具的——号称机械制造工业手足的哈尔滨量具刃具厂，才刚刚破土动工。那泥泞的和平路，一遇雨天就跟汽车司机、马车工人为难，车辆陷下一尺多深，拖也拖不出来……再往前看，铁路线的前边，就是蒿草丛生的荒草甸子了。远处的村庄，村外有羊群在啃青，随风飘摆的金黄色的麦浪，还有那绿油油的庄稼、红红的高粱穗……这大自然的美哟，会使你心胸顿然畅朗和宽阔起来……

五年哪，就是在这块荒草甸子上，如今已矗立起上百栋的楼房，已连成了新型的工人村。那已经建成的哈尔滨电机厂、锅炉厂，还有那即将建成的汽轮机厂，已经连成一个电器制造工业的基地。不久，从这里制造出来的水力发电站的全套设备，就要运送到祖国各地。只是在目前试制出来的部分设备，就已经运送到广州、云南、新疆和东北的佳木斯了。

但是，当你看到今天的建筑物时，你想到了没有？建筑厂房、楼房的人们，曾经历了怎样的艰苦劳动啊！

五年前的今天，当测量人员来到这里时，还能捉到野兔和田鼠哩！他（她）们来到这里安“家”，荒草甸子上便出现了随风飘动着的红白色三角旗。这是个什么样的“家”呀！——秫秸加黄泥搭起来的草房，八面透风；遇上雨天，外面大下，屋里小下，外面不下，屋里还滴答水珠。一到冬天，房里的火炉烧得火红，但只是上半身暖和，下半身却布满着厚厚霜花，就像一个人在过着两个季节似的……在这样的生活环境里，你猜他（她）们说些什么呢？听吧！一个刚出学校的女测量员，在给她妈妈的信中写道：

> 妈，我正在受着生活的洗礼和考验！妈，我用女儿的良心告诉你：这儿的生活很苦，除了窜来窜去的野兔、田鼠和晚间的狼嚎声，我们就整天和荒草、草房做伴……你说这生活苦吗？苦，是的，很苦！但是，妈妈，当你看到建筑工人按着我们测量好的地基动工，并且建筑起一栋栋楼房和高大厂房的时候，妈妈你替女儿想想看，这里凝结着女儿的劳动和汗水，还有比这更能安慰女儿心的事物吗？

听，这是多么豪迈的语言啊！

建筑工人们来到现场了。你知道吗？他们从挖地基开始，一直到上房盖，始终是处在露天作业的环境中的。他们为了争取更多的工作日，从春寒尚未消逝的日子起，就进行了紧张的劳动。你看砌砖工人们，他们将地上的红砖，一块块地砌成了大墙，春风吹来了，吹裂了他们的手，像猫咬一样的伤口，殷殷地流出血来；红砖将手指，也磨出了血泡……可是啊，占据他的心房的，不是艰苦的劳动环境，而是要把砌砖进度加快。不是吗，五年前的今天，每个砌砖工人，一天只砌三百来块砖。而后，出现了全国著名的劳动模范——苏长有，他学习苏联先进经验，创造了新的砌砖方法。于是，就将砌砖效率提高了，如今，每天一人可砌两千块砖，快手可砌两千五。原来用一百二十天盖一栋楼房，现今只用三十多天！你看，工人们的劳动智慧，有多么伟大吧！

你知道五年前是怎样地盖厂房吗？那么多的混凝土制作的梁、柱，都是用模型立在工地上，临时浇灌混凝土。现在，混凝土工人采用了苏联经验，盖起了加工的厂房；一切梁、柱，都是在厂房预制好，而后才运进工地去安装。工人们懂得梁、柱是厂房的支架，是重要部分；因此，他们保护梁、柱的质量，就像保护自己的眼珠一样。让我告诉你吧，有的工人为了保护混凝土的质量，掌握准确的搅拌时间，他们把自己的表拿到工地来用；他们看到有油的石块，不是扔掉，而是打掉有油的部分，再放到材料堆里去使用……他们说得好："厂房是社会主义的命根子，盖得不牢固，就对不起党、对不起人民哪！"当一根梁、柱运到工地时，吊装工人就忙了起来，那真是手、眼、脚一齐动啊！数吨重的梁、柱被吊车吊在半空中，下边是挖土、电焊等工人在工作，吊车司机在这时间，考虑的不只是加快工作，更重要的是安全生产。是的，安全生产非常重要。因为这时候，拿工人们的一句术语来说，这就叫施工已进入"上下内外交叉作业"阶段了。你到这样的工地上看看去吧，机械的轰鸣声连成一片，加上那"嗒……"的铆钉枪的声音，还有那高空中一闪闪的电焊的弧光……这一切，给你构成了一幅紧张、动人的劳动画面呢！

你还可以仔细地往高空看看，在那闪闪的蓝弧光下，有些小小的人影从一个房架上爬向另一个房架地蠕动着，那就是金属房架的安装工人。在他们爬的地方，甭说让你上去照量照量，就是让你仰头往上看他们，你的后脊梁骨缝要不麻软软才怪哩！你说他们的工作环境很危险吗！岂止是危险，他们的工作还经常处在人们想象不到的境地呢：他们长年累月地和钢铁打交道。冬天里，钢铁上蒙上了一层雪花，热手往上一接触，就像过了电一样滚滚发烫，稍不小心，就被粘下一层皮肉。在高空中，迎着凛冽的寒风，穿着厚厚的皮袄，心里仍是冰凉凉的，手也冻出了白泡；夏天到了，火热的阳光晒在他们的身上，也晒在钢铁上，工人们干着活真是上下周围到处被热气烤着，汗水啊，像一条条小溪一样流遍全身……你要是说上一句："啊，你们的工作真苦啊！"他们准会朝你笑笑说："苦？对，是苦！不苦，就不叫建筑工人啦！你看，"他们会将手往四处一挥说："将来这块土地，都将用我们两手盖起来成片成片的厂房、楼房、学校、医院、剧场……总之，要什么就盖什么。要是厂房、楼房一切都有，咱就不叫建筑工人啦，对吧？"

是的，他们长年累月地总是这样艰巨地工作着。他们从一块荒原转向另一个荒原，他们用劳动给地图补充了空白点，用劳动推动着社会主义事业前进，美化着我们的生活！

你还想知道吧，和平路不是正在翻修吗？等到东北农、林学院旁的和兴路铺好柏油后，从道里区通往南岗西大桥的二线电车，就开始接轨到和兴路北头了，而后就要逐渐延长到南头，并接连到和平路。那时候，人们的交通就更方便了。还有紧靠哈尔滨电机厂的北头，秋林百货公司大楼，也开始建设，建成后的规模，较现有的秋林百货公司大楼，还要大些，并且在它的前门口，便是正在规划中的环形马路上的街心公园。当夕霞挂在西边天角的时候，周围的职工下班后，再不用乘车到街里买东西了，或是坐在街心公园里，观看这即将变成繁华的街道上的来来往往的行人、车辆，该是多么幸福的生活环境啊！

这一切，不久即将变成现实的生活美景，通过建筑工人们的两手劳动就会实现的！当我们回想过去、看到现在、展望着将来的时候，难道我们不该喊一声：

光荣啊，建筑业的职工们！

祝社会主义的祖国，不断地前进和繁荣！

让劳动，将我们的生活建设得更美好！

原载《北方》1957年10月号

矿山医生

阮章竞

去年，当金红色的橘子，正红满了南方果园的时候，我来到了北方边疆——白云鄂博。巨风吹卷着白雪，像大海里泛起的银色浪花。照季节来说，应该是初冬，可是在这里，已经是零下三十摄氏度的天气了。就在这样的初冬夜晚，在矿山一间窄小的房子里，乌同志介绍我认识了年轻的矿山医生。乌同志曾这样告诉过我：这里从来没有过医生。矿山建设开始了，人都不愿来。他是草原的第一个医生。他过去也有个思想问题，老想进医学研究院。

我见到这位从医学院毕业不久的年轻医生时，他刚从包头坐着运输卡车，经过了五六小时的路程，带着满身尘土回到矿山来。他穿着件肥大的，很不合身的矿山工作服，脚下穿着一双笨大的毛皮鞋，腼腆地坐在火炉旁边。房子外面，夜风像怒涛似的咆哮着。电线杆呜呜地响着又尖又长的啸声。一阵一阵的沙砾，簌簌地撞击着结成玫瑰花纹的玻璃。

“你来矿山好久了么？”

“一年了。”

“光你一个人么？”

“不，还有一个护士。”

“工作怎样？还想进研究院么？”我笑着问他。

年轻的矿山医生笑了笑：“就是应付不过来。我在医学院是学外科的，可是在这里，要求一个医生既要懂外科，还要懂内科。我根本没做这样的准备，可是，我还要做产科大夫的工作。”

“那不是挺有趣么？”

“是很有趣。在这里学会了骑马、骑骆驼。蒙古马，不大好惹。骑骆驼倒挺舒服，可是它知道你没有跟它这一族打过交道，走到半路，突然前腿跪下，吃起草来，把你从背上摔 下地。它会跟你开这种玩笑。生活就这样强迫你什么都要学会。”

矿山医生说完了最后一句话时，淡淡地笑了笑、搓了搓手——好像很高兴，因为生活学校给了他很多东西，但也好像感到是个损失，使他成为专科医生的愿望，在这荒漠的草原上受到了影响。

“我毕业的时候，准备进研究院学习。组织号召青年学生，参加社会主义建设。边疆地区需要大批的医务人员。进研究院还是到边疆呢？思想矛盾开始了。我妹妹在军队里，我去跟她商量。她说国家工业不发达，什么也谈不成。她不完全反对我进研究院，但她更赞成的是服从祖国需要。第二天，我回到学校。学校领导同志找我谈话。说我同班的一个同学，分配到包头钢铁基地，现在不肯去。他静静地看着我，没有说别的话。我了解，这是在等我回答。进研究院，服从祖国需要，这两个问题在脑子里翻来翻去。”我最后说：“再没有人愿去么？”他说不会这样，但还没有找到。我犹豫了一下，说：“祖国需要，我替他去好了。”我的决心，并没有使领导同志露出赞好的笑容，他玩弄着铅笔半天才说：“你能长期安心在那里工作么？”我心跳得很厉害。他看出来了。我是有矛盾的，但我说：“我保证，一定安心工作，直到炼出第一炉铁水。”

“你的勇气很好，计划也很周到。我没有说错吧？”

矿山医生笑了，脸更红了。

“是的。我想：到那时候，顶多是一两年，我还可以进研究院。一四一项工业重点建设中有包钢，这是祖国现代化的三大钢都之一，多叫人兴奋啊！我想：现代化的钢都，医疗设备能不现代化么？冶金基地去了多少人，开始也得有个三百张床位的医院吧？我想：包头，草原上的一颗明珠。早晨拉开窗户，看着太阳，从白色的雾海中升起来，千里绿野，露珠闪光……”

“最美啊！只有我们的国家才有这样的风光。”我笑着说。

“可是我所想的都早了一些。”矿山医生说了这句话，对着火炉沉思起来。他好像划着小舢板，在海洋里寻找宝岛，不知道要在什么时候，才能看到那座迷人的山影。“我来到的时候，看见的是黄沙飞天，地冻天寒，要啥没啥。到基地来的人，都是从各地城市来的，有些人适应不了气候，病号多，医疗条件不足，个别病人摔摔打打，态度很不好。建设真不容易，做医生真难呀！

他停了一下，看见我想说话。

“你想说‘研究院’，是不是？”

我笑着点头。矿山医生不好意思地笑了笑。

“是这样。有一天，我收到一封同学的信，知道有个别同学已经从边疆回到学校。信上说如果我想回去，现在还是时候，等掌握到更高的技术，过个三五年条件好了，再出来，正好用上。”

“我正在反复地看着信，党委书记找我来了。他说矿山有了几百矿工和家属，就是少个医生。有人生病了没有人给看，工人不安心。‘这块滩头阵地，已被我们占领了，现在需要各方面的人去支持。目前最迫切是有个医生。’党委书记说了好几句这样的话：‘矿山是苦的，条件比包头差多了。好的时候是在明天。可是需要有人今天去那里，把明天的条件创造出来。’”

“医务工作者的任务，是保护人的健康。哪里需要就应该到哪里去。可是还要党来征求同意不同意。知识分子太软弱了，我一直摸着裤袋里的那封信。党委书记微笑地看着我，可是眼神是有点忧郁的。我知道，我的同事没人愿意去。我回避着，不敢正面看他。我问我自己：你没有不可见人的事呀，为什么不敢正视党委书记？为什么不敢正视那双带着点忧郁而又亲切刚毅的眼睛呢？我发现了我不敢正视的原因是这两个字——自私。但我不敢碰它，想兜个圈子绕过它。我毫无气力地说：'当然，要说自愿么……'我突然不好意思说下去。我问自己：为什么还要说'当然'呢？'当然'底下应该是'服从需要'。我把裤袋里的信，捏成一团，用对母亲说话那样的声音，对党委书记说：'我虽然不是党员，但我服从党的调配！'"

"有没有困难？"

"我说没有。党委书记说：'那里是新开辟的地区，有很多困难。你鼓足气去是好的，但皮球鼓足气，一碰到阻力就跳回来，这就是知识分子的气度，也是弱点。'党委书记望着我，又补充了一句：'不生我的气吧？'"

"我说：'说得很对。'"

"党委书记又说：'说得很对么？可是你不要一去到就把气门带松了，扁坍坍地只好一天到晚待在医务室里。医生的工作范围，不光是看病。那里周围有兄弟民族，医生的工作范围，也不光在矿山。'"

"我坐着运输卡车，穿过了大青山，走进了像大海似的漠漠草原。我来到矿山的时候，正从外地又调来了好几十个工人。这里的气候更冷，干燥缺水，供应困难，生活十分枯燥。病人多，尤其是小孩们，感冒、咳嗽、百日咳、肺炎都来了。工人家属们，成天嚷着要回原来的地方去。

"我的诊疗室里，天天有六七个基本'病人'。他们不发烧，也不发冷，检查结果：一切正常。可是他们都叉住腰，一致说腰疼；而且都有个统一要求：要我开证明信，到原来的地方医治。不答应就吵开。我对一个天天开闹的何森说：

"'何同志，你的身体很结实。'

“他火了：‘我天天来看病，你还说我很结实？你到底是不是大夫？’

“我说：‘我在医科学校学了六年。’

“‘不管你学了多少年，你看不了我的病！’

“我说：‘你的病是另一种病。’

“‘你不关心病人，不是个大夫！快给我开证明信，我回本溪去治！’

“看！医院他都早选好了。我说：‘何必跑好几千里路。安心上山劳动，马上就会好的。’

“糟了，我这一说，把那些天天来的，同病相怜的‘病人’都惹火了。

“‘我们都要回原来的地方去治，赶快开证明信！’

“就是这样，这几个人天天来，轮流来，吵得药瓶子都要跳起来。

“‘不能开这样的证明信！’我对护士小刘说，‘你别跟我松了气门带。’其实我自己早就松开了气门带。我不好意思碰到阻力就跳回去，我硬着头皮说：‘我们想办法，使他们相信，我们能够战胜自然条件。我们把工作做好，他们会像大多数人一样，坚持下去。他们都是一些能人，别只看今天泡病号。’

“白云鄂博，雄伟地站在我的面前。这是裸露在祖国边疆的宝山。它将要供给祖国以无穷无尽的钢材、钢管，各种合金。我们有本事，照着夜空的繁星那样，用灯光串成一座草原上的城市。但是，在这冻土三米多深的地面上，挖开第一道沟，埋下第一根巨管，引进清泉，是艰苦的。风像刀子，饮水是苦的，看不见树木，听不到音乐。当然，更听不到货郎担子的锣声。妇女们盼望得到一两根彩色绒线，给小孩绣个花围嘴，也要走好几百里路。照着夜空星斗，用灯光串成的城市，到底是明天的事情。

“‘医生的工作范围，不仅是看病。’我反复地想着这句话的意思。我想通了，决定把自己的一部分工作，到诊疗室外头做。我抽出时间，到工棚，到家属中去。有一天，快下班了，我到单身汉的集体宿舍去。没有人，火炉熄了。我把炉子生起火来。一位腰疼的‘病人’，下班回来了。他把风帽扔在床上，笑着说：

“‘谁这样功德无量，替光棍们把炉子生起来了？’

“我直起身来跟他打招呼。他奇怪地上下打量我一番。

“‘哦，大夫。你会生炉子么？’

“‘看，一学就会了。腰疼好些么？’

“他含含混混地说：‘好多了。我自己来生吧。’

“以后，我一有工夫，就上山看他们采矿石，休息时，问问他们身体怎样，跟他们聊天。我发现，他们在干活的时候，是像打仗一样的，人人都是一头汗水。这时，我严格禁止敞开衣服。他们很服从我的干涉，看看我就把扣子扣好了。几个天天要求开证明信的人，拿出烟来要我抽，还问我家在哪里，有几口人。

“去年年底，我送一个病人到包头，回到矿山已经是夜里了。我正低着头在洗脸。忽然门被人推开，一阵冷风流进来，我抬头一看，是矿工何森。他的脸色非常苍白，样子很痛苦，一手抓住我的胳膊，声音颤抖：

“‘大夫，快！’

“我急擦掉脸上的肥皂，‘怎么啦，老何？腰疼得厉害么？’

“‘不，你赶快跟我想办法！’拉着我就往外跑。

“‘你真腰疼就不能这样跑！’我被他拉着踉跄了几下。

“‘不是，我老婆快死了！’我被他拉到外头了。

“‘让我带上药箱。’我急回头叫小刘：‘小刘，快带药箱到何森家去！’

“我像吉普车的斗子一样，被他拖下洼地，翻过小岗，穿过草丛，越过乱石。我一进他家，耳边是一阵叽叽喳喳的女人的声音：

“‘大夫，快送去包头吧，不行啦！’

“我看见炕上的病人，也吃了一惊，完全像死了一样，炕头坐着的两个小男孩，‘妈呀妈呀’地哭喊着。我马上给她检查，脉搏还不怎么，瞳孔没有缩小，也没有散大的现象。

“家属们屏住气息，看着我。这些眼睛呀，都想从我的身上，看到希望和平安。小刘拿着药箱来了，跑得上气不接下气。她把听诊器给我时，悄悄地问：‘怎么？’我用眼色告诉她：‘别说话。’

“我听了她的心脏，检查了呼吸，扳动了她的脖子。我有些放心了。

“一个替何森抱着最小的女孩的家属，走到我身边说：

‘快把她送到包头吧，不要耽搁了！’

“我这时候才看到她们，已经替病人准备好东西了。家属们乱哄哄地发表议论，一致认为只有赶快送到包头。

“这里没有什么医疗设备，没法子做进一步的检查。我问自己：有没有把握？你的判断正确么？还是送走吧？不行，三百多里，路这样难走，又是零下三十几度的冬夜，病人已经没有任何力量，怎么能支持住呢？就是送，也要让病人恢复点力量才能送。这是个重要关头。我把不能送的原因告诉他们。

“‘不会耽误吧？’好几张嘴在我耳边问着。

“我说：‘放心吧，不会的。’

“何森愁眉苦脸地说：‘就这样吧，死在路上，死在这里，反正一样。’他转过脸对替他抱着小女孩的女人说：‘三嫂，要是出个三长两短，孩子先吃你的奶，看看谁要就给谁。这两个大的，我自己带着……’

“他这一说，两个男孩哇哇哭起来了：‘不要给人家！不给人！要妈妈……’

“我说：‘老何，不要说泄气话。不会这样的。’

“总算取得了暂时的信任了。我给病人打了针，就这样等着。外面冷风呼呼地打着窗户。屋里静悄悄的。等着等着，两个男孩子开始打盹，很快就睡着了。病人忽然睁开了一丝眼缝，低低地喊口渴，喊头疼。她这一喊，多难得啊！把屋子里的油灯都喊亮了。

“我回到宿舍，合了一阵眼睛，天亮了。何森走进来。

“‘大夫，累得你一夜没有睡。’他的话多么和气，这跟他要我开证明信的时候，真是成了另一个人。

“我问了病人的情况，就跟他到他家里。在医务所门口，我把小刘喂的一只百灵带上。

“何森的女人，完全清醒了，但还很弱。她流着泪水问我：

“‘大夫，我们在这里挺得住么？这个地方太……’

“我安慰她说：‘这里将来是个好地方啊！我们要把草原变出座城市，怎么挺不住呢？’我拿着小鸟对两个小男孩说：‘我给你们带来只小鸟。这里的百灵多好看！你们会喂它么？’

“‘会。’两个小男孩争着摸我手上的小鸟，轻轻地捋着草绿色的羽毛。

“病人露出了笑容：‘大夫，我不想死，我会不会死了呢？’

“我说：‘我看见你的孩子，就不能让你死呀！’

“小鸟一下挣脱了孩子的手，引得两个孩子追捕起来。小鸟一会儿跳上窗台，一会儿跳在病人的被子上，一会儿跳在玩具小钢琴上，踩得键盘叮叮响起来。

“‘弟弟，抓住啦！’那个按着小鸟的大孩子，大声笑起来。看呀，窗外蓝色的天空，盖着白雪的山，整个草原都是他们的。他可以大胆使用自己的权利，大笑大叫。

“病人笑了，而且笑出了眼泪：‘这里的百灵真好。’

“我回到医务室，告诉小刘，她的小鸟送人了。她努着嘴说：‘要你给我去捉回一只！’其实，她比我还高兴，把病历表给我的时候，呵呵地笑着。

“病人完全好了，何森的‘腰疼’也完全好了。他有天跟我说：‘大夫，你救了我女人，又给我省了好多钱。’

“从这次以后，要求去别处治病的人少了。人们相信：人是能够斗争过自然的。

“我刚才告诉过你，我是学外科的，产科只知道一些，可是没有临床经验。在这里，我第一次遇到的是个头胎难产的工作，器具又不全。这些还不要紧，最成问题的是封建思想。我一去到，妇女们都皱着眉头，睁着不信任也不友好的眼睛：‘哼，连个女大夫都没有。”那个年轻的产妇，死活不肯让我检查，对我很不礼貌地要我出去。那有什么办法，医生听到病人的难听话，是常有的事。我没有走。最后是她男人和两个年纪大些的妇女帮助，我才顺利地完成工作。真好呀，一个九磅多重的男孩子！”

矿山医生讲到这个为迎接社会主义的矿山而诞生的第一个婴儿，很平安地来到白云鄂博时，快乐得眼睛都红润了。我羡慕地说：“你真幸福！”

矿山医生说：“是呀，这里的人，太好了，我有时离开几天，他们就打听我回不回来。我在这里，还看见了一个剽悍而又热情的兄弟民族。”矿山医生接着谈起他怎样和牧民做起朋友来。

“党再三嘱咐，医生的工作范围，不仅在矿山。可是我来了一个月了，还是在矿山。一天中午，医务室里，来了两位牧民，男的叫达木林查布，女的叫斯达琳沁木格。他们抱着一个男孩。孩子的脖子长了个大脓包，肿得分不出腮边了，痛得光叫喊。他们骑马跑了好几百里。我看见窗外雪地上的两匹马，浑身冒着白气。

“孩子睁着痛苦的眼睛，看着我。

“我看了之后说：‘找个地方住，孩子要留下来治。’

“达木林查布用生疏的汉话说，他在这里没有亲戚朋友，找不到地方住。

“难题出来了。我来到矿山之后，曾想过，在医院盖起来之前，先搞几张临时病床。可是困难呀，没有房子。

“‘孩子不能回去，要动手术。’年轻的母亲听见要开刀，眼睛溢满了泪水。我安慰她说：‘开刀，不怎么痛，请放心。十天半月，孩

子就可以骑着马，去追黄羊了。'

"他们商量了半天，认为这个问题，跟登天一样难。我亲自找矿山党总支书记去。问题完满解决了，挤出来一个小房间。

"母子住下来了，新的困难又来了。斯达琳沁木格不会烧煤火，水喝不上，饭吃不上，冻得母子缩成一团。只好由我和护士小刘，轮流担负起这个生炉子、打水、送饭的任务了。

"十天之后，孩子好了。临走的时候，达木林查布找党总支书记道谢。斯达琳沁木格抱着孩子在马背上说：'毛主席，长寿！'

"从此以后，达木林查布介绍我认识了好多牧民朋友，常到国境边的蒙古包里去，接替喇嘛念经治病的工作。

"就是这样，党教育我认识了这个热情的民族。可是，有一次，差一点犯了重大的过失。今年二月间，病人很多，我忙不过来。一个青年牧民扶一位老太太来看病。病人名叫根基德玛，六十多岁了。脸色已经发灰，体温快到四十度，脉搏跳得特别快，但很微弱，听诊器里听到像米饭烧开冒泡的声音，这叫湿啰音。气管变小了，看来是严重肺炎。我告诉青年牧民说：'病人病得很重，你们都留下来。'他说不行，要马上回去。我说最好有她的亲人在这里照顾她。青年牧民说她家只有一个十六岁的姑娘，要照管羊群不能来。

"我问他：'你不是她的儿子么？"

"'不是，我是牧业社的十二组长。'青年牧民这样回答我。

"后来他去找地方政府办事处，想法解决这个问题。当时我忙不过来，给她打了针，给了药，让她先去休息。我从病人们中腾出身来的时候，还不见青年牧民回来，我拿上药箱到政府办事处找他们。办事处的人说，已把病人安置在一家蒙古包里。那里离这里还很远。眼看天就黑了，我想已经安置妥当了，一定有人照料。我也实在太累了，不想去了。我走了几步，想起病人的病很重，那张干瘪的发灰的脸色，我担心起来。党调自己来这里的时候，说我是头一个来的医生。医生的责任是什么呢？天黑、劳累和路远，就可以不管病人么？

我不知道为什么，一下想起‘可耻’两个字。我马上回头走，好像听到病人在叫喊似的。我跑得很快，回到办事处，问清楚方向。

“跑了多久，我记不起来了，但那个破蒙古包我是找到了。我轻轻地推开门一看，里头黑黑的，也听不见声音。我有些害怕，病人在哪里呢？我从药箱里取出手电筒，一照，中间有个火炉，用手一摸，冰凉的。火炉后边，堆着一团羊皮，没有病人。出了什么事？我定睛一看，那团羊皮有点颤动。我轻轻地揭开一看，哎哟，病人缩在羊皮里哆嗦。

“我马上进行检查，脉搏到了一百二十了，比初看时，严重多了。她来的时候走了好几十里，现在环境又不适应，她没有气力和病做斗争了。我立刻找到干牛粪把炉子生起来，给她打了针，就跑出蒙古包去找人。我找到了几个蒙古包，人家都听不懂我的话。幸亏碰到一个复员军人，他会说汉话。我请他去陪着病人，说明不会传染。这个复员军人很干脆，拿起东西就跟我去。我给病人进行了睡眠疗法，她安静地睡着了。时间已经很晚了，我告诉复员军人，不会有什么问题了。我明天一早就来。

“我走出了蒙古包，看见满天星斗。天气虽然很冷，但我放心了，因为今天差一点犯下了错误。草原上，严格说是没有路的，又是在半夜，我只能朝来的方向走着。忽然看见前头的岗子上，有一对像灯笼似的绿光。我怕极了。我一来到矿山，就听说这里狼多，常常成群结队地出现，而且会从人的背后扒着肩头，等你回过头好咬喉咙。太可怕了，但我总算没有遇到过狼。今天冤家路窄，碰上了。往前走吧，它会吃了我。往后跑吧，它会追上我。我身上除了药箱，什么能作自卫的东西也没有。我想起来了，野兽怕光，我不是有手电筒么？我打亮手电筒，朝着那对绿光乱晃。判断正确，效果良好。绿光不见了。我提心吊胆地绕开岗子，朝有几家蒙古包的地方走。我想如果再碰到狼，我可以叫喊了。我绕过一堆乱石，又发现一对灯笼似的光。我怕极了，这可能是狼群。我的手电筒又起了作用，光一下不见了，却听到一阵嗥嗥的吠声。不是狼，是蒙古狗。狗是不会吃人的，可是蒙古狗，咬人也很出色。幸好，出来一位牧民把狗吆喝走了。

“我和护士小刘，天天轮流到那个蒙古包看病人。开头几天是一天去两趟。我说忘了，我第三天去的时候，复员军人告诉我，说老太太的女儿来过。我说这位姑娘太不懂事，怎么不留下。

“复员军人说：‘不是这样，她母女抱着头哭了半天。家里有三百只羊，她要回去照料。你没有看见，走的时候很惨，女儿解下马，又拴住，又走进蒙古包。抱着哭了几次！医生，她母女俩是在诀别呀！’

“我从这次更了解，这里太需要医务工作者了。

“我就是这样，纠正了过错，认识了根基德玛老太太和她的女儿。她们来看过我。”

时间已经很晚了，矿山规定的照明时间到了，电灯一下子灭了。我擦着火柴点着油灯的时候，问矿山医生：“听说她请你吃过饺子，是她么？”

矿山医生说：“不是她，是在塔木家里。那一回，我头一次骑马出了洋相。大概是三月间的夜里，天气很冷，有月亮，还下着春雪。十二点钟左右，突然打门打得很急。从我们的职业来说，半夜有人打门，那是很平常的事。你开门，一定会听到谁家有人病啦，或者是谁的女人要生小孩啦，这些话。我开开门迎接进来的是一位魁梧的骑士。他的皮帽、领口都结满霜花。叽里咕噜半天，我一句都听不懂。他急得满头大汗，拿帽子擦着。半夜三更，到哪里找个翻译呢？真凑巧，在医务室后头的坡上，碰见了警卫部队的排长，他是蒙古人。

“他听了那位骑士的话，告诉我：‘医生，他要你赶快去救命！他家七口人病倒了四口，情况很严重。’

“我来不及问在什么地方，也不知道有多远，赶快返回医务室，收拾好药箱，拿起大衣走出门来。这位来请我的骑士，牵过来两匹马，拉一匹叫我上马。

“‘有多远？’我问排长。

“骑士把马鞭子向东一举。排长告诉我：‘他说一鞭子路。’

“‘一鞭子，有多远？’

“排长问了骑士一句话，笑着说：‘你就当它四五里路吧。’

“我小的时候，可想骑马了，特别听说蒙古马很有名。可是没有骑过。想不到在雪夜出诊中，实现了童年的愿望。我太羡慕那位骑士了，他拿过我的药箱，一下就上了马背。我没有这个本事。排长拉着缰，我左脚一伸进马镫，那匹马使起威风来了，后腿猛地蹦起来。可把我吓坏了。太惭愧了，怎样也骑不上去。那位骑士非常着急，又跳下马来，和排长一起把我托上马背。可是这匹马，根本不理解主人的着急，很不愿我骑着它，老想摆脱排长的手，而且昂着头叫起来。排长就这样替我牵着走出矿区。

“月色很好，小雪片像梨花瓣一样静静地下着。地上的积雪，银光闪烁。马蹄声簌簌地响着，白云鄂博的巨影，耸立在西北边。飘着白点的蓝灰的雾幕中，露出几点红宝石似的灯光。这样美的雪夜，我一点欣赏的心情都没有。那位骑士，更是焦躁不安，我也不比他轻松一点。

“排长吩咐马的主人招呼我，他就回去了。

“那位来请我的骑士，不知道说了句什么，马小跑起来了。我骑的那匹马，开始跟着跑，接着就抢过它的主人，拐着弯子乱跑起来。我怎么也勒不住，身子左晃右摆，上抛下跌。幸亏马的主人飞快地抢到前头挡住，要不我那个翻身落马的姿势，一定不大雅观。

“太耽误时间了。我把大衣交给那位骑士，我下决心跑步去。‘一鞭’才四五里路，我过去也跑过万米，很快就能跑到的。

“我跑了大约有二十分钟，脚被皮鞋磨痛了，换不上气了，可是还不知道目的地到底在哪里。那位骑士老要在前头等我。他很着急，说了句什么，就把我一搂，搂在他的马上，他狠狠地踢着马肚奔跑起来。从洼地跑上岗丘，又从岗丘跑下洼地。马跑累了，浑身是汗。他勒住马，要换马骑。经过这一段路的锻炼，我从他身上学到了点东西。我用手比画了一下，他看出我是问还有多远，仍旧是举起鞭子一指。还是四五里路。我拉过匹马来，自己骑着走了。行了，比刚才强多了。小跑走了好大一会儿，马突然又快跑起来，快到蒙古包的时候，它跑得更快，简直像飞起来一样，我又上抛下跌，左晃右摆起来。一直到了蒙古包旁边才肯停住。蒙古马出色的地方我领教了。

“那位请我到这里的骑士，赞许地笑着过来拉着马。我心想：你这‘一鞭子’的四五里路，真不近啊！

“这个地方，有几个蒙古包。有一位六十多岁的老头儿和一个年轻的姑娘，在门口把我们迎接进一个大蒙古包里。地毡上睡着四个病人。这时进来一位羊倌来当翻译。我了解了，这个家庭的老太太、大女儿和两个小孩病了。去接我来的人是老人的大女婿，是牧业社干部。刚才在门口接我们的是二女儿。我立刻给病人们进行检查，病得最重的是大女儿和她的两个孩子。都是流行性重感冒，因为没有进行隔离，结果一下病倒了四口。

“我给每个病人进行了治疗，打了针，服了药之后，已经是凌晨三点钟了。主人早就把另一个蒙古包生了火，拿了床好被子，请我去休息。我说我要看看病人的变化，在这里休息就行。年老的主人看见我这样坚持，双手拉着我说了几句话，我听出有‘毛主席’二个字。我感到他的手在颤抖。羊倌告诉我，他感谢毛主席派来了好汉医。

“病人都很安静地睡着了。我骑马骑得两腿很酸痛，很疲倦，不知不觉地也睡着了。当我醒来的时候，看见蒙古包顶圆圆的天窗，已透进阳光。我发现主人在我睡着的时候，给我盖上了被子。我正要爬起来时，忽然觉得有点头晕，喉咙沙疼。遭了，病传到我的身上了。我挺着检查了病人。老太太和大的小孩，好得多了。只有大女儿和最小的孩子还不大好。这样我不能一早就离开这里了。

“主人请我到另一个蒙古包去吃饭，我去到的时候，看见二女儿在包饺子。原来主人一早就在忙碌，杀了羊，弄来大葱，为我准备饭。年老主人陪着我吃饭，大女婿和二女儿在一边伺候。我再三请他们一块儿吃，他们不肯。后来老主人叫他们吃，他们才吃起来。大概这是这里的规矩。

“到了下午，大女婿出去工作了。病人都好得多了，看来不会有什么问题，我留下了药，准备回矿山。老主人叫他的二女儿牵马来送我。我听见叫她塔木。老主人送我一段路，拱手跟我道别了。

“塔木是个漂亮的女骑士，她像燕子一样，一闪就上了马背。她看我也上了马，左手一提缰，右手一挥鞭，纵马跑上了山岗。大概她不知道我的骑术是出色蹩脚，要不就是故意跟我开玩笑了。我还是骑着那匹马，它很了解我的弱点，放开蹄子，飞一样追赶它的女主人。她勒住马，看着我在马上的样子，笑得前仰后合。我骑的马绕过她跟前，放纵地跑着，她像飞一样把我的马截住了，给我牵着慢慢走起来。

“塔木用鞭子指着周围叫我看，大概是问我她的家乡好不好。真是美呀！天上浮着牛奶般的朵云，一目千里的雪地上，散放着马群、牛群和羊群。百灵鸟群，像南方水上的浮萍一样，忽高忽低，在天空下流荡着。草原的风光太好了。可是我浑身疼痛，没有充沛的情绪好好地欣赏草原上美丽的风光。

“塔木送我到了白云鄂博，临走的时候，笑着对我说了一句不熟练的汉话：‘好好学骑马。’

“我说：‘学好再跟你比赛。’

“我一进诊疗室，一堆病人又把我包围起来。在这里做医生，你是没有权利生病的。”

矿山医生说完了。时开已经快十二点了。窗外的夜风，呼呼地吹刮着。我在门外和矿山医生道别的时候，他问我：

“这里的风是厉害吧？”

我说：“反正它刮不倒人！”

一年很快过去了。初冬的早雪，按照亘古不变的时刻，准确地降临在白云鄂博。可是矿山发生了巨大变化。火车运送着建筑器材，运送着新的人来到矿山。又运着成千上万吨的矿石出去。许多矿工住进了新建成的房屋。俱乐部很快就可以放电影了。那些来过医务室的小客人们，会敞开衣服让矿山医生轻轻敲响过的胸部上，现在已结着鲜艳的红领巾，在做早操。许多牧民恢复了健康，纵马驰骋在无边的草原上。多少个未来的骑士，经过他的手迎接在朝霞绮丽、露珠闪光的天地里。矿山医生盼望了很久很久的医院，已经在安装楼板。而每个早晨，开山的连珠炮声，震动山野，升起白色的烟云，浮流过狼牙似的山峰。

在这个初冬的日子里，我又遇见了矿山医生。他告诉我，矿山已经有了好几位医生。他可能很快就要离开那里了。

我问他："进研究院学习么？"

年轻的矿山医生笑着说："你记性真好。我可能到北京，或其他医院进修。我还要回来，这里需要人工作。"

一九五七年十一月二十七日

原载《人民文学》1958年第2期

十三陵水库工地散记

冰　心

十三陵水库工地，三个月前我是来过的，但是只走到工地的边缘！

我们那次来，是只做四小时的轻微劳动，从北京出发，怀着极其兴奋的心情。汽车走过明陵的大红门，不久往东一拐，群山环抱之间，远远地有几间草棚，我们的大汽车就在那里停下了。

我们又极其兴奋地跳下车去，工地上有人迎了上来，给我们指点了坡下劳动的地点，就是铲走地面的浮土、石子和草皮，把好的黏土留下，将来好运去筑拦洪大坝。我们分成几队后，锄土的，铲土的，挑土的，抬土的，按着自己的劳动力的大小，就干了起来。休息的时候，我们起立四望，真正的劳动大军，实在还离我们很远很远！豆子大的几点红旗，在一望无际的平野上，一闪一闪地发亮。劳动的人们，像几条黄白相间的花带一般，缠在朝阳下的山腰。在我们工作地点的大路上，停下了好几辆大汽车，从里面走下许多男女外宾，脸上充满了兴奋的神情，一队一队地向着东方跑去，我们这里不过是工地的门口呵！

吃过了干粮，午后休息的时间，我们上了小孤山，看的也还是工地的远景：东山口上万人如蚁，拦洪坝的地基上，有几台压路机，在突突地开行。来回的一路上，推车的，抬筐的，有戴白帽子的回族同胞，有僧侣，有双辫的小姑娘，有赤膊的小伙子，热汗满面，眼光里横溢着无比的热情，我们交肩擦过，相视而笑；也没有说过一句话！

这次来，不走原路，也不进大红门了，只绕了一条大马路，汽车一直开进一座席棚搭的大门，穿过几条整洁的，两旁有帐幕和席棚的“街道”，直到交艺大队的驻地，停下了。

这里很像北京城里的三合院，以一座朝南的席棚为主，两旁是相向的五六顶帐篷，不同的是这里没有门墙，而且院子大至无边！里面住的有常驻的工作人员，有来来往往的文艺大队的队员：画家，作家，作曲家，雕塑家，新闻记者……真是热闹哄哄人来人往，成了工地上很特殊也很热闹的一个角落！

住在这三合院里的人们，就好像一窝闹嗡嗡的、忙忙碌碌的蜜蜂。这时十三陵工地上真是“百花齐放”，盛开着数不尽说不完的美丽挺拔的奇花异卉，把这一群蜜蜂忙坏了也乐坏了！哪里去找这么一个集中的丰富的花园呵！

有的人，一早起戴上人草帽，脖子上搭着一块手巾，带着画具，或是揣着笔记本，匆匆地就出去了，也不知道他们都上哪里，横竖你随便走去，在坝上，山头上，河底，渠边，处处都碰得着！有的人，几天都不出去，在我们的“工作室”里，专候着我们的贵宾和对象工地上的劳模和英雄。

我们的工作室，就是“西厢房”的第二座帐篷，除了狂风大雨的时节，平常总是把四面的围幕掀起来，就像一座凉亭似的，旁边是玉米地，西望是连绵不断的青紫的山，里面摆着几张桌子，十几把椅子，从篷顶上吊下两个很大的电灯泡。这间工作室，设备虽然简单，而来到的客人，却不简单！他们是十八勇士，七姊妹，七战友，九兰组，五虎队，单臂英雄……真是“谈笑有英杰，往来无白旗”！这些贵宾，一在凉亭外面出现，我们这些人立刻喜笑颜开地一拥而上，握手的握手，拉椅子的拉椅子，倒水的倒水……等他们刚一坐下，这些人就把他们围得风雨不透，问的问，记的记，画的画，塑的塑，摄影的摄影……把这些小伙子，大姑娘，甚至于久经战场的老兵，饱经世事的老头儿，也搞得应接不暇，腼腆不安。但是过不一会儿，他们的谈话就流畅了，一提到自己和同伴们战胜困难的事迹，他们就滔滔不绝地、眉飞色舞地说了下去，这时节，乐坏了也急坏了我们这一班人！做笔记的忙得漏掉了一串一串的鲜明生动的言语，画像的摄影的急得错过了一个个神采奕奕的镜头！这一场会见刚刚过去，第二队贵宾又已经来临，我们就是这样地过着“将军不下马，各自奔前程”的一天，这是多么丰富，多么兴奋，多么紧张又多么困窘的一天呵！

清晨，草叶上还附满了露珠，太阳还没有冒花，已经有人悄悄地起身了。他们在凉亭里收拾整理：扫去地上的碎纸和烟头，拂拭去桌椅上的尘土，把它摆成课室一般，大家各据一方，拿起自己的工具，扶头细看凝思，修改整理着自己的作品。大家看来看去的，总觉得自己写得不完全，不够劲……自己画的、塑得太呆板、不活跃……只得停下笔，放下工具，搔搔头，抽抽烟；时间是最无情的，它已经被修建十三陵的英雄们落下好远了，就只好向我们示威！不知不觉之间，太阳已经老高了，田野上浮漾着一层流动的热气。青青的玉米地里的仄径上，不时走过敲锣打鼓的报喜大队，前面有许多面红旗彩旗引导着，喜气盈盈地飞跑过去！离七一献礼只有一两天了，各路的修建大军，纷纷地“红旗报捷”，而我们呢……形势逼人，只有一句话，不，一个字：“干！”

横挡在蟒山和汉包山之间，六百二十七公尺长，二十九公尺高的拦洪大坝，是十三陵水库的主要工程。它必须和六月十五日以后的洪水赛跑，水高一尺，坝高一丈，四十万劳动大军日日夜夜的智慧与血汗，终于在洪水的面前，矗立起这一座铜墙铁壁！从今起那千百年来汹涌奔腾的恶水，将静止回旋在水库之内，驯良地为人民服务了。

前面说过，三个月以前，我根本连大坝的影子也没有看到。这一次，我把行李放在帐篷里，第一件事就是去看大坝。又是穿过几条上坡下坡的整洁的“街道”，两旁是食堂，报馆，展览馆，指挥部……绕过一座山坡，猛然看见这一座从平地涌起的万里长城似的高墙！毛主席写的“十三陵水库”五个潇洒的大字，用白石砌成比人还高的题字，嵌在坝上，朝阳下闪闪发光。坝前坝上东一簇西一簇布满了热火朝天的在骄阳下猛干的人们。坝的两端，还架着两道高高长长的浮桥，通到地上，桥上也上下地走着川流不息的人。在坝上工作的都是解放军部队，在铺石块，在压道……个个汗流如雨，脸上堆着笑，嘴里唱着歌。倚着石栏西望，将来是水库湖身的地方，已经是一片平坦，四望空阔，四边静静的群山，一层一层地，颜色是从淡红到深紫。将来这一带是良田千顷，树木葱郁，亭台掩映，将是京郊最富饶最美丽的地方了。

过了四五天，就是七一的前一天早晨，我再到坝上去，又看到一个奇迹！两座浮桥已经没有了，大坝基的南头，忽然涌出了一座发电站，里面也装好了机器！这站有两层大楼高，上面还有平台。坝上已经碾成平路了，观礼台的大厅已经布置好，还有两只庞大的石狮子，不知何时，也已爬上坝去了，一左一右地，在人坝的南端蹲踞着。向西望去，那座将来湖中小岛的小孤山，也已经消瘦了，堆高了，上面密密地垒上石块，青黄青黄的，好像一顶大草帽似的扣在湖底。这时我望着前前后后上上下下几万个劳动大军头上戴的草帽，忽然想起要写一首诗，回到帐篷，在同志们指点之下，写出：

小孤山该叫草帽山
千百块石头往上垒，
把它垒成个草帽山，
十万顶草帽围着它转，
小孤山一点不孤单！

明年我们再来看，
山又青来水又蓝，
二十万只钢铁手，
开出一片好湖山。

当天的晚上，吃过晚饭，我们六七个人又散步绕过大孤山到坝前去。了不得！眼前是一片仙境，简直是走入童话的世界！坝上灯彩通明，把观礼台、水电站和整个坝身，都用彩灯的线条画出来了。坝下寂无一人，修建的劳动大军，今天下午三点钟起，都完工休息了，只有新安装的几条水管的几十个龙头，在哗哗地流着洗管的水。坝前广场上是几十条彩灯缀成的街道，这彩灯总有几千盏，照耀得灿烂辉煌，举头仰望，这大坝，比五一节和国庆节的天安门，显得更高更阔！人民的集体力量多大，在任何穷乡僻壤，都能建设出比天安门更高更大的天安门来！

万道明光集射之下，万籁无声凉风四起之中，我们在辽阔匀整的沙地上坐下了，相顾之下，不但嘴里不知道说什么好，心里也不知想什么好了！只觉得很激动，眼里却有点发酸，此时此地，真是一生最难逢最难忘最幸福的日子，还是学劳动人民说一句最朴素最有力的话："感谢共产党，感谢毛主席"吧！

第四次上坝，便是七一水库落成典礼的这一天了。天有点阴，不时下几滴小雨，这对坝前和四面山头鹄立的几十万群众，是很好的，免得在热情如沸之中，还受着烈日的蒸晒。这一天，万众欢呼和歌声，震动了四围的山谷。从群众的队伍里，千百朵气球飞上天空，五光十色地拖着长长的标语彩带，顺风徐徐向西飞去。它们也许会落在那十三座帝王陵墓的祭殿上，挂在墓树的梢头。这些封建统治者的幽灵，在过去一百六十个昼夜之中，已经饱听到从他们脚下站起来的人民的热情勇敢的呼声了，现在十三陵周围的千万人民，一心前望着社会主义的幸福美好的远景，早已把他们的苦难忘却，而且把他们从前的可恨的统治者远远地抛在一边了！

因为一下午在坝前笙歌鼎沸万人如海之中，走了几转，觉得有点乏累，月亮上来时，便回到帐篷。从城里来参加落成典礼的文艺大队，也刚从那边回来，都围坐在“院子”里，喝水，候车，赏月。我坐在阴影里，听见不知是谁笑说了一句：“这一轮明月，这帐篷，该唱‘霸王别姬’了！”这使我默默地想起昨天晚上从坝上回来，躺在地铺上，兴奋得许久睡不着觉，明月从帐隙射将进来，照在脸上，我忽然忆起古诗中的：

……落日照大旗，马鸣风萧萧，平沙列万幕，部伍各见招，中天悬明月，令严衣寂寥，悲笳数声动，壮士惨不骄……

这首诗背来背去，其实除了“帐幕”和“明月”之外，今天人们的情绪和胸怀，和古人是毫无相似之处的！我们对于旧诗歌旧文艺是太熟习了，触绪即来，脱口而出，留恋古迹却辱没了今人！今天的明月下，帐幕中，歌唱的、熟睡的是满怀信心、满腔热情、干劲冲天的成千上万的普通劳动者，这种情景和人物，都是史无前例的。新时代的新人新事，必须用新的文字来描写来歌颂，新酒不能装在旧皮袋里。拿黄忠，赵云，陆文龙，穆桂英……来比来形容五老，十八勇士，五小，九兰……等等，都是太委屈他们了，黄忠和穆桂英哪有他们的眼光和气魄？人们拿黄忠和穆桂英来比新的男女英雄，也只是因为旧的小说戏剧中，最为人民大众所熟悉所喜爱的，不过是这些名字，当新的小说戏剧将新人物写进去，又为人民大众所熟悉所喜爱的时候，那些旧的英雄影子，就会渐渐模糊下去了。

但是在这“大跃进”，一天等于二十年的火箭时代里，若不是时时刻刻地创造打破自己纪录的新纪录，时代又会把新人抛在它飞奔前进的路上了。

彭真市长说得不错，十三陵水库工地，不仅是一个建设工地，也是一个很好的进行义务劳动的共产主义学校。我们不过在那里待了几天，也不曾扎实地参加劳动，而在那几天和工农兵相处，通过公共的工地上的紧张生活和访问谈话，我们得到了极其深刻的教育，我们体会了劳动的伟大，劳动人民的可爱，集体的无敌，个人的渺小……从和劳模英雄们的接触中，日子虽浅，却已经建立起友谊关系，尤其是和那些大姑娘们，工地上遥遥望见，就欢笑招呼，路上相逢，也握手不舍。再就是我们似乎，把一片心留在水库上了！回来后，北京有几场大雨，听见滂沱的雨声，就会像当地居民一样地高兴，记得他们曾豪迈地说过："从前就怕下雨，如今水库修成，尽盼下雨了！"我也是这样想，"制服了狂龙，就不怕下雨"，我只盼水库的水由浅而深，由深而满，漾成绿盈盈的一大片。因此，我每天早晚坐在广播机前，仔细听取十三陵水库水位增长的消息……

1958 年 8 月 15 日，北京

原载《收获》1958 年第 5 期

花间林下游“经纬”

周尊攘

通常，人们提起工厂，就会联想到浓烟滚滚的烟囱，喧闹轰响的车间，车马堵塞的道路等，要是谈到树丛林荫，柳暗花明，多数人会认为是公园、疗养院。最近，我参观了榆次经纬纺织机械厂，我觉得他们把大自然的美请到工厂中去，让‘它为机器设备、职工生活服务，成为工厂不可分割的一部分了。经纬厂的成长、风貌、人物、花木，给我留下了一个极其美丽的印象。

经纬厂今天能够绿树成荫，鲜花锦簇，是在党的孕育下成长起来的。远在一九五〇年，工厂还在上海设计的时候，党就在设计图上描绘下今天园林化的规模，一九五一年工厂破土兴工时，专门配备了绿化工作人员，和职工群众一起开始育苗栽树。曾几何时，党的理想已经实现，职工们也都享受到自己劳动的果实了。

领我参观的是工厂园艺工程师杨凤章同志。一九五一年，她从上海复旦大学园艺系毕业后，就随着一批建厂的人们，从上海来到这里，参加绿化工作。八年来，高原的风霜雨露刮得她面目黧黑，但是她却锻炼得更加结实精悍了。

在厂中心，从一个眉目稍露的公园向西北眺望，碧蓝的天空下，可以看到一条绵亘三四千公尺长的翠绿的防护林带，像矗立着的大围屏，把半个工厂都环抱起来。这天正刮着风，水平线似的林梢迎风摇曳，左右翻滚着，酷似天际下碧浪滔滔的大海，磅礴、奔放、辽阔、雄伟。杨凤章同志说，她就住在林带里面的五区宿舍，晚上起风时，她只听见海波拍击崖石似的哗哗声，但是窗户并没有多大飘动。这条林带，大部分宽九十公尺，有的地方宽二十至五十公尺，多数是生长快速的洋槐，林带边沿，镶着几行柳树和榆树。这些树，栽下才五六年，目前一般都高达十二公尺以上。类似这样的林带，工厂的东南面也有，再加上工厂内纵横交错、蜘蛛网似的大小道两旁的夹道树，空场和角落里一片片茂密的丛林，工厂里面自己就形成了一个“小气候”，天气变得凉爽，空气比较湿润，最使人讨厌的风沙，也再不像往日那样猖狂了。

进入南面厂房栉比的工厂区，路旁是一座盖着一行一行锯齿形屋脊的大机工场，面积达两万九千九百平方公尺，里面排列着望不到边的银色光泽的新式机床，其中有苏联出品的龙门铣，有德意志民主共和国出品的立式铣床。有的机床可以安装四十多个刀刃，同时在一个工件上加工，纺纱机上所有的精密零件都要由它们制造。为了保护机器的精密度和寿命，除了工厂里里外外的防护林外，他们还在工场的东面栽植了一片宽八十公尺、长二百多公尺的丛林，防御每年春天特有的大风沙。防护林像人的睫毛保护自己的眼珠一样，保护着祖国这一批珍贵的财富。因为树林里绿树成荫，清爽舒适，木工装箱车间索性在林里作为工场，取了个清雅的名字叫“林间工场”。制造好的机器，一箱箱地从树荫深处抬出，装上火车，运往全国各地的纺织厂。

一迈出工厂区的大门，就是一条南北垂直、宽阔美丽的林荫大道。道路中间，砌着一座带状花坛，培育着修剪整齐的柏树绿篱和紫丁香。道路两旁的人行道上，又分别排列着两行葱绿的加拿大白杨。靠近厂门的前后，还有一小片树林和小游园，盛开着色彩斑斓的石竹子、蝴蝶般的三色堇、亭亭玉立的菖兰等。它们从春天到秋天，从清晨到傍晚，都迎接着在车间劳累了一天出来的人们。杨凤章同志说：“我们要把最好的树、最美的花栽到这里来，使工人们一走出厂房，就能陡然感到新鲜舒适，忘却一天的疲劳。”这确实道出了绿化工作同志的全部心愿。

我还想要说一说串联在东西生活区的另外两条林荫大道。每次从中间走过，它们都给我一种雄伟的感觉。两旁的白杨，虽然只栽下五年或八年，但都是枝粗干壮，葱茏葱郁，一株株挺然而立，像要指破天空。即便在酷夏的中午，走在这里也渗不出汗来。我特别喜欢这儿的早晨和傍晚。早晨，空气新鲜透明，沁凉如水，微微带点潮湿。骑着自行车由西往东，就可以看见嫩绿的树梢泛着一层淡淡的金光，无数的叶子在闪烁，路旁的青草洒着细碎的朝露。这一切，会使你心胸明净，神采焕发，在一天劳动的开始，灌注以无穷的精力。傍晚，夕阳给树梢染上的却是温和、安详的橘红色，树落下出现了三五成群的人们，年轻女工换上了鲜丽的衣裙，妈妈们领着心爱的孩子，有的嬉笑追逐，有的围拢玩耍。这时候，林荫道呈现出来的却是另一幅和平、欢乐的景象。

经纬厂的宿舍区的园林，尤其引人入胜，不忍离去。从高处俯瞰，除楼房的红瓦和烟囱隐约可见外，其余都隐没在一片苍翠葱郁的浓荫中了。一幢幢小楼房面向东南纵横排列着，每两列建筑之间，都有一条绿树成行、枝叶覆盖的小径。小径两旁，又夹着修剪整齐的绿篱。每家屋前，都有一块竹篱或绿篱围着的小庭院，栽植着美丽的花圃。夹道树一行一行又各不相同，或是刚健笔挺的白杨，或是袅娜多姿的垂柳，或是苍翠欲滴的洋槐，或是朴实坚韧的榆树。阳光洒在树上，微风掠过，枝叶摇曳。这时整个庭院、小道，就像荡漾在清澈、透明的秋波中一样，使人心旷神怡。每逢假日工余，小房子的主人们就会荷锄提锨，出来经营他心爱的花圃，孩子们也都欢欣雀跃，跟在爸爸后面，帮忙端水浇花。

大自然有着无穷的幸福和美，但是需要人们辛勤地劳动和顽强地争夺才能得到。经纬厂在只有十七株树的一片黄土上，培育起今天这样花红柳绿的园林，说不清克服了多少艰难困苦。最初两年，成千上万的洋槐树苗过不了冬，工人们就一株一株地弯倒，用土埋住。植树面积大，水源缺乏，只好在下班后机器不用水的夜间通宵达旦地浇水；杂草太多，无法完全铲除，他们就实行密植，以便早日郁闭，将杂草战胜；花木的品种稀少，树苗不足，他们就爬山越岭，四处采集野生植物。说到这里，我不由得想起了他们的园艺老技师张燕亭同志。他今年已半百了，十八九岁起就在南京中山陵、植物园等地方栽花植树，所认识的花木不下一千几百种。凭着他三十多年丰富的经验，到了这个新的工厂后，更不惜劳苦、跋山涉水，足迹遍及榆次、太谷、汾阳、太原等地的山野，春天采花苗，秋后采种子，让那些旷古以来就生长在荒山野壑间的花木，回到我们社会主义的花园里来。现在在经纬厂生长的野树山花，就有三十多种，占全厂三十多万株树木中的四分之一，每年，春回日暖，就络绎不绝地开花了。最先是粉红色的山桃，接着是绣球般的山丁香，往后就是白雪般的梨花、串珠般的珍珠梅、黄白相间的金银花……和原来生长在园子里的牡丹、芍药、郁金香、晚香玉等花争奇斗艳。看来，它们也要积极地为社会主义祖国做贡献，再不愿在荒山野岭中自开自谢了。

我爱经纬厂的美。它美得纯洁，美得刚劲，它的一苗一芽，都是从我们社会主义的土壤中成长起来的，为我们的工人阶级服务。它虽然没有苍苔露冷、古意盎然的山石亭榭，但是清新壮丽，神采焕发，它成长在黄土高原的干旱土地上，而不是在风调雨顺的湖海之滨，所以它的美深刻、幽邃，格外耐人寻味！

原载《山西日报》1959年8月2日

林中夜籁

胡　苏

有许多事物，本身已很美丽，通过我们的想象就更觉得美不可言。譬如森林的秋天，林区里曾有多少人向我讲述、描绘和称赞它的美丽，我虽至今还没有见过，但是在我的想象里却已经织起了一幅“层林尽染”的锦绣，使我多么渴望时光速转，亲自来领略这引人想象的美景。但是，也有许多事物，传闻和臆测往往使它蒙受委屈必须身临其境亲自体味，才能发现它独具一格蕴蓄内涵的美的本色。譬如森林的冷天，人们一谈起它来，离不开色彩单调——黑白绿三色，情景枯燥——秃枝疏林，并且总要和狂风暴雪零下四十度的严寒联系起来，于是它变得不仅不美，而且令人闻之生畏；其实，东北冬天的森林，有它自己独具的优美。

去年冬天，我在小兴安岭林区。有一次出发去一处遥远的伐林场，由于坐的是森林铁道上的平板车，可以极目四顾，沿途景物几乎尽收眼底。冬天的森林，你想不到除了黑白绿三色，竟然还有那么多五彩缤纷的异光新色。当我们的车刚开出白雪覆盖的峡谷，经过一片较为开阔的地带时，我忽然远远地望见前边坐北朝南的阳坡上，绛红一片，在南天太阳的照映下，最先看去，似乎那绛色里蕴蓄着深沉的光，含而不露，色近深紫；随着车向前行，由深紫、绛红，而艳红，于是那蕴蓄在紫、绛深处的光，也突然迸发出来。灿烂耀目，好像满山头燃起了灼热的流火。其实，那是一片柞树林。直到我们的车渐渐开近时，又由那红如石榴、粉似桃李，恢复了它金黄的本色。

自然，即便没有赏心悦目的柞树林，严寒也夺不去我们平板车上这群旅客的豪兴。如果不是严寒，白雪怎能把层峦叠翠装点得那么奇妙？那浑然成群如草原上绵羊似的，是起伏的群山；那亭亭玉立洁如处女，以金色的阳光为颈饰的，是挺秀的奇峰；那纷披珠玉的，是千株万棵常绿的红松林；巫山的云雨，在这里是极目天边茫茫的雪雾……如果不是严寒，汤旺河又怎能冻成晶莹如镜的冰川！冰川蜿蜒，时而在我们铁道近旁，时而没浸入山谷；河面上的厚冰坚硬得可以行人，厚冰下却还酝酿着不屈于严寒的奔流——通过想象里的“听觉”它似乎还在沸腾！

严寒，只是给森林的来访者以冬晨的清新空气，丝毫不给予任何威胁。我们舒畅地吐出了尘俗，我们尽情地汲取了万木的芬芳。

火车进入了山谷，我抬身向前瞭望，看到有一人在这狭长的铁道上徒步行走着，火车尖叫了一声，他赶忙从铁道上跑开，站在道旁边。这还是个年轻的姑娘，个儿不高，身后背着一个绿色背包。火车通过她的身旁，她微笑着向我们招手。我刚刚结识的旅伴——坐在我身旁的杨主任，也亲切地同她打了个招呼。

杨主任告诉我，这是一个女交通员，今年十九岁，是个老伐木工人的女儿，原先在一个伐木场的食堂里当炊事员的副手，后来因为一个交通员出缺，领导上调她出来顶了这个职务。她除了担负着一般的邮递任务，还要传递机关内部的重要文件。因为在这条线路上，还没有专设的旅客列车，旅客们来往只有乘坐我们现在所坐的这种平板车，而为了服从运输木材这一主要任务，可以在木材车后边挂平板车，不过没有固定的时间，她只能在碰巧的时候搭车，经常是徒步行走，百十里地的长途，她一天一个来回，每天总要摸一大段黑路。

“工作已经一年多了，人们从来没有听到她出过一句怨言。”

另一个旅客说：“怨言？她那性格，活脱脱地跟她爹一模一样：累了，她只朝你傻呵呵地笑！”

听到不相识的旅伴们这么谈论，我不由得回头向山道上望去，她那结实粗壮的身影已经逐渐缩小了，我只见她身上斜挎着的那只背包，大过普通背包两三倍，鼓鼓囊囊地在她后腰上微微摆动。我们的车迅速地飞驰着走了，我没能再看到她，就又眺望起周围景色来。

那奇妙的林间雪朝，金色的霞光照映着似乎是透明的琉璃世界，更使人入迷了。

不大会儿，车行至一处三岔路口，速度渐渐降低，我诧异地探头望去，看见道边有一个年约十六七的姑娘，站在道闸前挥舞着红色的信号旗。车停下了，我们这一列空木材车必须在此等候，让快要开来的满载的木材车先过去，才能继续前进。同时又听说，那辆拉满载的机车出了点故障，正在修理。于是，几个久居山林的旅客习惯地跳下平板车，向道边的站屋里走去，我也就随着他们一起进去休息。

站屋很小，也很简陋，只是用木板搭成的里外三间小房子。外屋里，一个站长模样的人在向调度室通电话，报告现在线路上的情况。看见我们这一伙里有他认识的人，他忙得只是恭敬地点了下头。屋子中间，有一座砖砌的长方形煤炉——林区里取暖的燃料，一般都用最易取得的木柈子，这里用的却是煤块，煤火熊熊地燃烧着，在狭窄的小屋里就更觉得温暖。我们这一伙人紧挨着坐在炉边，互不相识的旅伴，一路来已开始认识并很熟悉了。我记得那位女交通员，正想问问他们关于她的更多的事，例如，当她每天摸一大段黑路的时候，开始她是否也像有些女孩那样吓得偷偷地抹眼泪，后来又怎样锻炼坚强了？我刚提出了问题，站屋的门咔嗒开了，进来了刚才打信号旗的那位姑娘。杨主任就指着她回答我说：

“你就问问她吧，她们俩是好朋友。”

这么一句摸不着头脑的话，把那姑娘问怔住了，她睁着一双秀美的大眼睛打量我。于是，杨主任先介绍我和她互相认识，然后郑重地说：

“幼华，你说说吧！武云芳刚当交通员的时候，她怕不怕黑夜走山道？”

本来我是随便地闲谈，经他这样认真地询问，我倒觉得有点冒昧了。我想李幼华听了，一定会感到问得突然，对人不够尊敬，可是她的反应却完全不是这样。我看她脸上现出平静而又兴奋的神色，再看看杨主任，他也在莞尔微笑——在他俩的神情里，似乎有一种自豪感。可是，李幼华她并不回答我，却羞涩地笑了笑，扭动着纤弱的身腰走进里屋去了。

我初识的旅伴杨主任笑着拉了我一把也要带我进去。我正在迟疑，听到从里屋里传来一阵少女们咯咯的笑声，我越发不想迈步了。忽然啪的一声，板门推开了，一个跟李幼华迥然不同的健壮的姑娘，朝我们招手。杨主任就势把我带进了里屋。

里屋是前后两间，后间是她们两个的宿舍。一进屋就能闻到一股芬芳扑鼻的香胰子味，板壁都用新的废报纸裱糊着，上边贴着一幅“林中月夜”的复制画，两块印花的白羊肚手巾端正地挂在屋角的脸盆架子上，炕上整齐地叠着两套花布被褥……同外边那间杂乱的办公室相比，这里就更显得整洁素雅。

屋子中间垒着一堵矮矮的火墙，李幼华正把两手放在火墙上烘贴取暖。据杨主任的介绍，那个大高个儿健壮的姑娘，也跟李幼华一样，都是林业工人的女儿，高小毕业后，在训练班里学习了森林铁道的管理，去年冬天来到这个地方的，最初是见习，现在已经正式提任工作了。大高个儿姑娘很爽朗，笑声最大，她边笑边说：“你甭问武云芳怕不怕黑夜走山道，就问我们俩自己的事吧。她——”她指着李幼华，“她是我们同学里边最胆小的一个啦！”

这一说，激出了李幼华的话来：

“我最胆小？你呢？”

大高个儿自然不让，于是她们俩就互相“揭露”大致相同的害怕黑夜的趣事来。大高个儿口齿伶俐能说会道，自然比李幼华“揭露”得更生动有趣。李幼华“退却”了，只能在被形容得过于夸张的地方作些修正和补充“理由”。

原来是这样的：李幼华生长在林区，她最知道森林中黑夜的恐怖，吃人的“黑瞎子”要在这时候出来，还有更吓人的像狼呀虎豹呀那一类的野兽。她从小没有离开过妈妈，每当天一黑，妈妈就把她拉到炕上搂着她睡觉。高小毕业后，爸要送她进训练班，她听说学成以后要担任的那种工作，在黑夜里也得出去扳道闸打信号灯，身上就起了鸡皮疙瘩，拽住爸的手死活也不肯去受训，直等到爸答应了但凡城市里能找到工作，一定把她叫回来，她这才委委屈屈地进了训练班。训练班里多一半是年轻的姑娘，训练期满的时候，大家都当众表示要坚决走上工作岗位，她也是一个年轻人，不能比别人矮一头，忘记爸爸许下她的话，跟大家一起到森林铁路上来了。开头是见习，每晚出去工作的时候，跟随着老练的男同志，心里尽管虚怯却觉得有托靠。后来男同志调到新辟的线路上去了，她和大高个儿轮值日夜班。想不到在她第一天值夜班的时候，就闹了故事。

那天，夜很黑、很冷，她走出站屋没几步，心里就开始哆嗦起来，只有手中的灯跟她做伴，红绿两面的灯光是她心头唯一的温暖。可是，这一点温暖并不持久。她走着走着，忽听呼啸的北风里，似乎有狼嗥的声音，她的心立刻又是一阵颤动，摆下手里的灯，紧抱着双臂使劲搓了搓手，在雪道上蹬了几下脚步。其实手脚并没有受冻，她只是想使自己心里温暖，让脚步发出壮胆的响声，竭力做到不至于撂下工作跑回去。

北风不再呼啸了，可是黑油油的山谷，立刻又静得实在可怕。只有榛柴棵的疏叶在簌簌地作响，深邃莫测的森林里时有干枝在咯吱咯吱地折裂；离脚下不远的地方，那条冰河里也发出咯咯的冻裂声音……这一切轻微的响动，在阴森森的黑夜山林里听起来，既神秘而又吓人，在李幼华的听觉里都变成了记忆中的恐怖幻象。仿佛在那黑影里趴伏着的山峦中间，正蹲着一只豹子；道岔那里地上的许多伐根中间漆黑一团，又好像是一头黑熊。看，它在那里摇撼伐根；不，它在向这里，向她准备发起进攻！北风又呼啸起来了，“黑瞎子”向这边窜奔过来了，她慌得来不及拿信号灯，也忘记了自己下过保证坚守岗位的决心，拔腿就往回跑。她上气不接下气地跑着，也不敢回头看那黑熊在后边紧追，道旁的树枝剐掉了她头上的遮耳皮帽——黑熊扑到她肩上来了，她两腿一软栽倒在铁轨上……（据大高个儿姑娘说，她这时号啕地大哭大喊起来，只因风大没有让站里的人听见；李幼华自己更正说，她既没哭也没喊，而是昏过去了）

贴耳的铁轨上，忽然响起了铿锵嘎嘎的声音。她定睛一看，迎面开来了一趟运材车，机车前明亮的灯光，照得她晃眼。她一骨碌滚下铁轨，回头一看，绿色的通行信号朝向着车来方向，可是她还没有扳闸。她怎么能让火车发生出轨事故，就在这一瞬间，她忘了森林中黑夜的恐怖，比刚才惊跑时更加狂急地奔过去，扳开了闸。一长列装运着木材的车辆安全地通过去，机车前的灯光照亮了她的周围，没有黑暗，没有豹，没有任何吓人的一切……

说到这里，听到这里，我们大家自然都哄笑了。杨主任对李幼华说：

“再谈谈你现在吧！”

“有啥可谈的？什么事你不是都知道！杨主任”。她不好意思地笑了笑。

“我知道，新来的同志还不知道，细说说吧！”

“现在呀，我一看到这遮天盖地的林子，一听到那风呀、冰河呀、林子里呀……发出来的一切响声，就觉得亲得不行！……”她羞答答地忙把脸贴到大高个儿姑娘的背上。

杨主任满意地笑了，他转脸望望我，好像在问我对这种回答满意不?

这是一句多么纯朴、多么真切的回答！现在我懂得了这位管理处杨主任所以自豪的原因了。还用再往下细说吗？她和她们已经锻炼成为很勇敢的女战士了，她们对大森林里的黑夜，再不会有所恐惧，而且要征服它、建设它！有这样一批朝气蓬勃、成长迅速的年轻人，怎么能不使他自豪呢！他不仅熟悉他领导下的职工，而且深知她们心里的诗！

这时，徒步走来的交通员武云芳推门进来了，她大概是准备到好朋友这里来歇歇脚的。看见屋子里人们笑着，还有我这个陌生人，她在门边犹豫地站住了。杨主任一见，忙向她招呼说：

“来得正好，这位同志想跟你谈谈哩！”

还谈什么呢？她们心里的诗还能不是同样的优美？听到外屋电话上站长说话的声音，李幼华知道车要来了，忙出去执行她的职务。武云芳听完了大高个儿告诉她我们刚才的谈话，就转过身来说：

“幼华得了两次奖状的事，你们说了没有？”

看来她是个性格爽快的人，不等杨主任回答，就又朝着我说：

“今年夏天，幼华她妈来了，说是给她在市里找了个工作，可是她……”

“可是她回绝了。”我插嘴说。

“对。”

这些都无须说了。读了最美的心灵深处的诗，真实的美的意境已足够供我们无穷地想象了。在我们生活中，那些卓越人物所做出来的卓越行动，不都是从他们最美的心灵深处“写”出来的吗？

满载的木材车过去了，我们的车又慢慢地继续往前开动。我坐在杨主任旁边，凝神地望着那个挥舞着绿色信号旗的人，直到再也望不见她的时候……

当天晚上，我睡在我到达的那个伐木场的宿舍里。身腰纤弱爱害羞的李幼华，粗壮结实的武云芳和她那个特大的挎包，口齿伶俐的大高个儿姑娘，平易可亲的杨主任……他们都还在我脑际萦回；耳边，也听见窗外北风在山谷里呼啸，似乎也听见树叶在作响，干枝在断折，冰河在冻裂……所有这一切音籁，在听觉中组成了森林的冬夜。

寒冷的冬天，森天里的黑夜，究竟是可怕还是可亲呢？

难道情绪是有传染性的吗？我听到这林间的夜籁，也和李幼华有了同样亲切的感受。

原载《文艺红旗》1959 年 10 月号

祝福随笔（节选）

李　季

逛“庙会”

早上，我还没有睡醒，大胡子杨地质师就匆匆忙忙把我喊叫了起来，说是早点吃饭，同野外队的同志们一道，结伴去逛“庙会”。

逛“庙会”，这可是个新玩意儿。好几天以前，局里、大队和野外小队党、行政、工会、共青团的同志们，就在为这件事忙碌着。光是为布置、准备“庙会”的电话、会议，我就听到过好多次。听说局党委还为这专门派人到一百多里外的县城里，去商请县上派遣商业、文化部门前来协助。在这个地区进行勘探工作的钻井、器材供应、运输等大大小小单位的职工们，那就不用说了，简直是掰着手指头算日子。我现在所在的这个野外小队的同志们，竟把“庙会”比作同家人团聚一样的重要哩！

我的好同志，你大约还有点儿不解吧？也许你对这种“庙会”还缺少起码的知识吧？你且不要性急，待我慢慢说来。

我们匆匆吃过早饭，全队除去出差在外的人，几乎都挤到两辆大卡车上，挤得像两卡车干鱼一样。知道谁也不愿放过这个难得的好日子，队长和支部书记自动留下看家。炊事员老胡有点不好意思，推让着说不能让他们俩在家喝白开水，啃干馒头，就从车上跳下来。

“去吧，去吧！离了你，我们还饿死不成。伙房有米有鱼，我们会吃一顿比你做的还要好的饭。”从部队转业来的支部书记，连推带扶，又把老胡推到卡车上。

我们的两辆卡车，由工会主席带领着出发了。野外队的年轻人特别多，一路上说呀，唱呀，简直没个完。大胡子地质师今天话也特别多，他变得像个小孩似的拍着我们的肩膀说：“这车子拉的不是一车人，拉的是一车手风琴。你听，这伙年轻人唱得多带劲呵！”

“不是手风琴，是一车新郎哪！咱们的杨地质师，今天也像是年轻了，也想当诗人，作起诗来了，你们听——这车子拉的不是一车人，拉的是一车手风琴。多好的诗呵！”

接着是一阵叫好，一阵掌声，把个大胡子笑得眼泪都淌了出来。

“说一车人都是新郎，这不对，女同志还能当新郎？”谁又提出了新的话题。

“你们都当新郎吧，我们给你们当伴娘。”几个女同志不甘示弱，一下就给顶了回来。

“怕不对吧。新社会不兴这一套，什么伴娘不伴娘，依我看，只要改一个字，把伴字改成新字，不就成了吗？不当新娘，你们今天穿戴这么漂亮，干什么呀？”

只是在这时候，我才注意到，几乎所有的人，都脱下了那满是油渍、补丁、破洞的工作服。在平日，他们穿起这样的工作服，戴上大皮帽子，满脸油泥风霜，你实在难以分出男女老幼来。嘿，今天可都大变样了。瞧吧：小伙子们个个的头，梳得油光明亮，新棉衣、新袜子、新鞋，没有新棉衣的，也在破旧的棉袄上罩上了一件干净的夹克，或罩上一件单衣服。女同志们，更是打扮得在工地上难得见到的鲜艳，各种颜色和花样的毛衣、头巾，都穿戴出来了。几个才到祝福半年多的大学毕业生，还在她们的长辫子上，扎上了精心保藏着的色彩艳丽的丝绸蝴蝶结。就连大家称为“老马夫”的大胡子杨地质师，不知道在什么时候，也把他那满脸满腮的大胡子刮了大半边，只留着下巴底下那一把黑胡子，显得精神了许多。我看着笑着，心里也暗自思量着：这简直是一个节日呀。这些年复一年、日复一日地跑野外，与石头、野兽打交道的“野人”们，居然个个不约而同地换上了“盛装”，像盼着新年佳节的小孩子们那样嬉笑着，他们是一些多么纯真、朴实而又可亲可爱的人们呀！

离“庙会”的场地还有好几里远，就望见了丛林般的红旗和各色彩旗。车子再往前走，就听到了喧闹不息的锣鼓声，大喇叭里放送着的唱片声。人们在车上欢叫起来，谁还狠狠地敲打着驾驶室顶上的钢板，嚷叫着：“快呀，加油，加油！”

来到了“庙会”的场地边上，车子还没有站稳，人们就急不可耐地往下跳。工会主席刚宣布完注意事项，人们就一哄而散了。转眼间，我们这两车人，就像流入汪洋大海中的一股细小溪流似的，连个人影也见不到了。

前些天，只是听人说起“庙会”，我连一次也没有参加过。今天亲眼一看，这场面可真不简单呀，怪不得人们这样焦急地盼望着它哩！

方圆一里多的空场上，四周搭满了一边敞开着的大帐篷，帐篷顶上，插着各色迎风招展的彩旗。帐篷里边，真是三百六十行，行行俱全。从布匹到纽扣、针线，从各种图书到信纸信封、理发、修鞋、修补衣服、饭食、啤酒、汽水、茶水样样都有。空场的东西两边，用好几个“解放牌”汽车，和木板搭了两座临时性的大舞台。一边是唱秦腔大戏，一边是节目繁多的歌舞演出。听说秦腔是专业剧团演的，而歌舞节目，则是各个单位的职工抽空赶排出来的。工地附近的牧民公社，为了表示对石油工人的慰问，也派了二十多个姑娘小伙子组成的业余剧团，来参加演出。除了台上的，场地上还有各单位的化装宣传队，他们敲着锣鼓，穿红戴绿，在拥挤的人群中，穿来穿去，煞是热闹。

说起人来，真得用“人山人海”来形容。平日劳动时，在这方圆上千公里的原野上，人们各处一地，除了本单位的同志外，往往好多天见不到一个人的影子。今天，却一下见到这么多的人，好像一块磁铁，把所有的铁屑，都吸聚到一块儿了。不说别的，单就能看到这么多的人，这对那些终年同黄羊、野马打交道的野外勘探人员来说，不就是一种极大的诱惑和使他们感到极大的满足吗？

我认清了小队卡车的停车场，就也跟他们一道，挤到乱人丛中。人，真够多了。有时候，你简直可以不用脚走路，人流就能把你夹抬起来，“带”着你走好几步远。两座舞台跟前，我压根儿就没有想去。在场地中间，挤出了一身汗，我就跑到空场边上的帐篷跟前，谁知道，这里也不松闲。几个同伴早挤散了，我干脆在一个由职工家属开设的茶水摊的小木凳上坐了下来。一则挤了这半天，有点儿口渴，另则也实在累了，想借机休息一下。

“老李同志，你也来逛‘庙会’了？”一个我在玉门就认识的采油工人，也正坐在这里喝茶。

“这么热闹的‘庙会’，谁能不想来逛逛呢。你们离这儿挺远的，怎么也跑来了？”

“这是人家野外勘探系统的‘庙会’，本来没有我们的份儿，正巧我们矿场派我来协助他们搞固井工程，今天他们全都休息放假，我也就跟他们一同来了。”

“怎么样，他们这‘庙会’，比起你们生产系统的哪家好？”

“当然他们的好啦，他们搞得晚，有了我们的经验，花样比我们多得多。不过，我们明年再搞时，一定要比他们搞得更好些——我们也有了他们的经验啦。明年我们搞‘庙会’时，你可也去逛一逛！”

“一定去，一定去。”我满口答应他。

“走吧，再去看看，那些玩意儿，真有意思。”没等喝完最后一口水，他就拉上我，挤向标明是“文娱活动区”的那排帐篷前。什么文娱活动？我正在纳闷，这位热心的采油工人同志，把一沓盖着大小红色图章的油印纸条塞到我的手里，说道：“我买了好几种票，一样两份，看你的运气怎么样。”

我问他多少钱，想把票钱还给他，他已经挤到不知道什么地方去了。低头看看那些票，我才知道，这是各单位的工会想的点子。票钱倒不多，一张五分钱，但却挺好玩。我就随便抽了一张票，开始“娱乐”起来。

平地上，摆了好几个啤酒瓶子，每一个买了票的人，给你一根筷子，立正站在离瓶子半步远的地方，只许垂头，不准弯腰，手要齐胸平伸，把筷子对准瓶口。筷子落手时，能进瓶子里的，就奖给你一张印着万马奔腾图案的精美的小画片。一张票玩一次，投不中的，票就作废了。

第二张票，叫作“金钩钓鱼”，给买票的人发一根带有小铁丝做的钓鱼竿，站在用线绳围着的栏杆外边，钓那些用短线绳捆好的小书签，糖、水果、发卡、日记本……各种各样的小礼品。我钓了半天，只钓到手里一块糖。

第三场游戏倒简单，这是县上组织来的：气枪打靶。一张票打一枪，打中几等奖，就给什么。我打了空枪，什么也没有捞上。

“这个枪有毛病，瞄准时，稍微靠上边一点，保证你能打中。给票，再来一枪。”我正要走，忽然遇见了大胡子杨地质师，他按着我，没奈何又打了一枪。还好，打中了个二等奖：一小纸袋夹心水果糖。我们两个分着吃了，笑得涎水都流了出来。

“咱们的人，都到哪里去了？”我挽上他的手，往人丛外边走，向他说道。

“我还有一张‘猴子吃蟠桃’的票，搞完再走。”他且不回答我，反倒又把我拉进了另一群人里边。

我还一直没有发现这种玩意儿。人群中间的小空地上，插着一棵一人高的老树，枝干齐全，就是没有了树叶，就像外国人在圣诞节玩的圣诞树一样，在树的枝干上，高高低低挂了许多乱七八糟的小纸包，糖呀、小歌片呀，书签、铅笔、纸烟等，多引诱人呀！买票的人，要用手巾把眼蒙起来，再给你一把剪子，伸直手臂，向树走去，剪到什么，就奖给你什么。我正打量这棵树的名堂，老杨可已经被蒙上了眼睛。他认真地，战战兢兢地向树走去，那姿势真像是脚踩钢丝走路的杂技演员似的。一人登场，多人担心，认识的不认识的，都在场外为这些上场的“演员”们指示着，欢叫着：

“走偏了，靠右手些！”

“手再举高些。”

“剪子朝左边剪，剪那包大的。”

“剪哪，快剪！”

“唉，放着大苹果不吃，剪了一块糖，多可惜！”

就在这七嘴八舌的指挥声里，老杨走到了树跟前，到底是个跑野外的老手，他根本不听从这些义务引路人的叫嚷，胸有成竹地稳步走过去。到了，他手里那把张开的剪子，对准了树枝上那件最大的纸包，用力一剪，人群中，马上爆发了一阵喝彩声；

“好呵，头奖！”

“这个大胡子是哪个单位的？真有一手！”

老杨在喝彩声中，拉下手巾，交还了剪刀，拿上那包奖品，一脚跃出场地，拉上我就往外跑。多少人在羡慕着他呵。

“你这个鬼，真有两下子。”我像是自己得了这份奖一样地高兴着，“打开看看，这是包的什么东西？”

“是一本书。呵，《世界知识辞典》！我买了好几个月，都没有买到。多好呀，《世界知识辞典》！”把书高举在头顶上，出自心底地欢叫着。

“今天没有白过，得了这么一个大胜利，这等于发现了一个储油构造。走吧，找车子去。”他心满意足地拉上我，从人群里往外挤。

“喂，老李，你看！”他忽然回过头来，咬着我的耳朵悄声说。

我顺着他手指的方向望过去，紧靠邮电局的帐篷旁边，是个照相馆。真不知道这是哪个单位想的新花样，就凭一个普普通通的“莱卡”照相机，居然开起了照相“馆”。照相的人还挺多的。

“看见没有？”老杨神秘地眨眨眼睛问我说。

“照相哟，那有什么！噢，看见了，看见了。”我真的看见了，原来是小队的一个女技术员，正挽着不知是哪个队的小伙子的胳膊，在等候照相。

“走，咱们靠远点，碰上咱们，她会不好意思的。”避过了照相的地方，老杨又继续说：“他们已经恋爱了四年多啦，男的搞地震测量，最近才从别处调到祝福来。两个人关系甜极了，不多不少，一个星期，保证通一次信。看今天这样子，我得准备送婚礼啦。”

“你倒挺熟悉。我还当你们这些搞地质的人就知道岩层、石头，不懂得感情哩。”

“亏你还同我们搞石油的人交往了这十来年，竟连这一点也没有摸透。我们这些‘野人’，因为常年难得见个人，见了人分外热情。又因为我们除了同黄羊、野马打交道外，很少有机会同外界接触，所以，我们的感情最专、最深，看似无情却有情。”

“你又作起诗来了。”

这时我们已经来到了停车场上，人们还都没有回来，我们俩就都挤到驾驶室里，抽着烟，继续谈了起来。

“怎么样，我们这‘庙会’挺不错吧！”

“这哪里只是‘庙会’，简直是一个大节日呵！”

“对呵，是个大节日。你知道，我们这些搞石油、跑野外的职工，同别的工业职工不一样。别的工业，大小都靠近一个城市，或者是靠近一个工业区。交通、居住福利条件不用说了，就说衣服鞋袜的修修补补，买本书，照张相片这些小事，都得碰机会才行。至于看电影、看戏等文化娱乐生活，那就更谈不上了。你同咱们石油职工是老关系了，你该知道，我们这些‘野人’们的文化生活，是可怜到什么地步呵。我们小队，今年这十个月里，才只看过两次电影，还是老得都掉了牙的片子。前些天，听说拍了一部好片子——《红色娘子军》，心里真想看一看，可是到哪里去看呢？职工们有时说怪话：‘为什么石油不出在大城市的郊区呢，让咱们到那里打井、采油，下了班也可以进城去逛逛柏油马路，坐坐无轨电车，到戏院、电影院去看一场戏、一场电影，那多好呵！’也真说得对，石油偏偏就出在荒无人烟的戈壁滩上。空荡荡的大原野上，想听一声火车的叫声，也是不容易的。”

“再说学习，订份报纸杂志，往往半月二十天才能送来一次。不知道你注意这件事没有？我们跑野外的人，订得最多的是《新华月报》。为什么？就因为报纸一来一捆，还不如《新华月报》看着方便哩。报纸杂志这样，信也如此。刚才咱们看见的那个女技术员，我不是说她爱人每星期给她写一次情书吗？那些信，也差不多是半月二十天才收到一次。因此，有的调皮鬼就同她开玩笑说：‘你干脆也来个《爱情月报》吧。’”

“想想这些，就能了解我们为什么这么尽情地盼望这一天，利用这一天了。真要感谢局党委的同志们，他们创造了这么好的一个活动形式，又休息了，又娱乐了，又把什么事情都办了。‘庙会’，这个名目也好听，旧形式，新内容，把什么困难问题，都给解决了。你说，不是这个‘庙会’，那些谈情说爱的姑娘小伙子们到哪里去找这个机会呢？”

人们陆续回到停车场来。可以看得出来，每人都得到了满足。人们兴高采烈地谈笑着，互相展示自己买来的书呀、鞋子呀的各种东西。炊事员老胡一个人蹲在车身底下，嘴里啃着一串糖葫芦。你先看他那副自得的神情，就可以猜想到他是过了一个多么快乐的节日了。

可亲可爱的石油工人们呵，你们长年累月地战斗在风沙冰冻的戈壁滩上，为着祖国的社会主义建设事业，你们作出了多么大的贡献！而你们要求于祖国的，却是怎样地少呵！一本书，一串糖葫芦，照一张相片，拿着剪刀从枯树枝上剪下一包水果糖，都会使你们得到极大的满足。

可敬可爱的兄弟们呵，你们都是一些多么纯真的人呀！不论做什么，你们都是这样认真。拿一根筷子投向啤酒瓶里，同你们把几百公斤的钻杆，钻向几千公尺下的地层深处一样认真。我们的党和人民是对的，他们把发展祖国石油工业的重担交付给了你们。只有你们，只有像你们这样的人，才能担当这样的重任。

在回去的路上，夜晚睡在帐篷里的行军床上，我不住地这样想，一遍又一遍地默念着：

亲爱的石油工人兄弟们呵，你们是一些多么可爱的人呵！……

欢乐的除夕

一年中，有许许多多节日。除夕，这是一个有特别意义的节日。谁的记忆里不曾留下过一个又一个欢乐的除夕之夜的难忘印象呢?

儿时的除夕，那总是伴随着苦涩的泪水一道来回忆的。电影《白毛女》已经为我们集中而又形象地绘出了一幅辛酸的除夕图。等到我们年纪稍微长大了些，苦难逼迫着我们，战斗号召着我们参加了革命的行列。在炮火连天的阵地上，在寒冷阴湿的破窑洞里，在冰雪交加的太行山顶，在奔袭敌人据点的夜路上，我们又度过了多少个战斗的除夕。胜利了，在大建设的年代里，在戈壁滩上的帐篷里，在淮河水利建设的工地上，在狂欢歌舞的矿区里，在灯光辉煌的城市里，除夕呵，又增添了新的内容，充满了新的欢乐。我们欢庆过去一年的建设成就，迎接新的一年更为繁重的建设任务。

除夕之夜呵，它跟随着我们社会主义祖国的前进步伐，每一年都添加着新的内容。这个除旧布新的夜，给我们带来了多少力量和信心！

今年的除夕，我是在祝福战区度过的。在我的生活历程中，曾经度过了许多这样或那样的除夕之夜，而这一个除夕，这一个不眠之夜呵，却使我感到异乎寻常的欢快、充实、丰富、奋发和激动。

迎接新年的巨幅标语牌，树立在交通要道的路边。在茫茫白雪的荒原上，这些比人身还要高大的红色的标语，一笔一画，都像闪动着的火焰。在工地上，井场上和人们办公、居住的虽然有些零散，但却多如繁星的居民点里，到处是迎风飘舞的红旗和各色彩旗。夜来临了，坐落在千里荒原上的矿区，简直是黑漆漆的太空里的一片充满生命，充满光和热的繁荣的银河星云区。灯光万点，锣鼓喧天。人们好像把一年的欢乐集中在这一个晚上了。

千百处进行除夕夜班生产的采油、炼油和钻井岗位上的工人们，受到了战区所有人的尊敬和关怀。从总指挥部的局长，一直到各个基层井队的队长、指导员，还有工人家属代表们，川流不息地前来慰问，给他们带来了双倍的年礼——热腾腾的包子、点心和滚烫鲜嫩的水饺。在这些地方，因为怕影响生产的正常秩序，喧闹的锣鼓，豪放的欢笑，被深情的目光、紧握的手掌和被压缩成三言两语的诗一般的简短的祝贺、问候的话语所代替了。

在班、组、井队温暖的宿舍里，办公室里，在明亮的食堂里，人们的那种欢乐的劲头呵，我敢说至少不下于他们在烈日严寒中，创建使人惊叹的英雄业绩时所显示出来的那种劲头的。

跟随指挥部的一个贺节队（这一夜，指挥部组织了数以十计的贺节队），我们乘坐了一辆吉普车，像是在欢乐海洋里游泳的一只欢乐的鱼儿一样，我们分享了他们每一个人的欢乐。拜访了炼油、钻井工人，又在采油工人的俱乐部里（这是战区唯一的“礼堂”），参加了他们豪迈乐观的大合唱。在战区医院的病房中，慰问了那些工伤病员，观看了白衣战士们优美的舞蹈。不到基建工人们那里去贺节，这是不能原谅的过失。在会战中，他们建立了至少不下于任何其他工种的丰功伟绩。当我们走进油田建设、安装工人的宿舍、食堂里时，一下子就被他们那种强烈的传统民族形式的晚会布置和那种节奏鲜明、音响强烈的民族风格的晚会节目所惊叹，所吸引了。我们简直不想离开这里了，但是，不行呵，还有机修单位、运输单位、水电单位等那么多的职工们，不去给他们贺节，这不也是不应该的吗？

午夜已经早过了，现在是凌晨三点半钟。我们辞别了电厂的职工们，驱车前往另一个居住得最远的单位。路上需要行驶二十分钟。在通常的情况下，本来可以利用这点时间，偷空打个盹儿。可是，同车的几个人，谁也没有睡意，我们热烈地谈论着已经过去了这个大半夜所见到的一切。

是的呵，怎么能合上眼睛呢？不论在拥挤的食堂里，还是在小小的工人宿舍土屋里，不论是气势豪迈的演唱中，还是在同单独个人的倾心交谈中，不论是在久经战阵、满面风霜的老钻井工人身上，还是在同新到战区来的年仅二十出头的满身还有不少孩子气的学徒工的身上，我们不都感到一种强烈的生命的力量吗？职工们用大合唱、独唱、快板、数来宝、民歌小调、朗诵以至于震耳欲聋的口号，自豪地回顾在祝福的四年会战的历史，总结会战四年的劳动成就，满怀信心地展望明天，热情而又坚决地请求党在新的一年中，把新的更为重大、艰巨的任务交付给他们。这已经超出了，大大超出了除夕熬年原来的意义了，它成了一个欢庆以往成绩，迎接新的任务的庆祝和动员的节日了，它成了一个社会主义大建设时代的新型的节日了。比之于过去年代那种一家一户，冷冷清清地熬年守岁，这是一个多么巨大而又深刻的变化呵……

车子来到了“秀才之家”。这是战区的“秀才”们集居的地方。这里有誉满国内外的年高德重的石油地质专家，也有刚从学校毕业出来的年轻的石油地质工作者，有男的，也有女的，有在北京、上海等大城市生长、学习的，也有从国外留学回来的。

按照事前约定的地点，我们在食堂门口停了车。出人意料，这座作为俱乐部和食堂并用的食堂里，竟是那样安静，既听不到锣鼓的响声，也听不到高昂的合唱。灯光虽然明亮，但却缺少五颜六色的节日色彩。我们同行的几个人，都有些诧异，难道晚会改变了地方？难道他们在这个除夕的晚上，还在突击工作？

当我们走进食堂，一切都明白了。这里正在举办一个别致而又饶有革命风趣的新型除夕晚会——除夕缝补晚会。多么新鲜呀，亏得谁想出了这么一个好的主意！

看吧！扩音器里播送着中央人民广播电台的除夕晚会的节目，一张张被打扫得干干净净的饭桌上，吊着一盏盏明亮的灯，人们不分男女，围坐在桌子跟前。桌子上，堆满了烂鞋、破袜子、衬衣、棉衣、棉裤和棉被。我们可尊敬的红色“秀才”们，有的戴着眼镜，有的拿着剪刀、针线和钉鞋用的钉锤，正在一边欣赏音乐节目，一边忙碌地缝缝补补。一位老地质师，看来是个修鞋的能手，他不时地嚷叫着：“哪里还有鞋子呀？我可快要失业了！”人们哄笑着，吵嚷着，食堂里弥漫着欢乐的气氛。

原来是他们平日工作忙碌，许多破衣烂鞋经常被附近的职工家属们“抢”去给他们缝补。他们就共同建议，在除夕之夜，来它一个“补旧迎新”，对每个人的破衣烂鞋袜，集中地打它一个歼灭战。于是，负责筹备除夕晚会的同志们，就不再征集各种表演节目，而去登门挨户地搜罗人们的“破烂”来。于是，于是呵，一个破天荒的人们听也没有听说过的缝补晚会，就被“发明创造”出来了。人们哪，革命化了的人们呵，能会想出来多少种主意，来装点来充实自己的革命者的生活呵！

五点半钟了，天色已经发白，我在回来的路上，毫无倦意。我不住地思索着：对一个革命者来说，每一天都应当过得充实而有意义。你看，祝福人把这个古老的节日，安排得多么有生气呀！而我们呢？不是把一些原来就是革命的节日，过得毫无意义，缺少生气吗？

小站喜剧

祝福的新鲜事特别多。生产劳动中的发明创造，战胜困难这些方面，我们已经谈了不少，就连回家探亲、恋爱结婚这些事，也有不少佳话传诵。你到每个工地、井队，都会听到几桩这样的事儿。

这几年，我们在祝福大会战。会战任务紧，生产繁忙。参加会战的职工，不分工种，不计报酬，不论白天黑夜，不管炎热酷寒，个个干劲冲天，战区一片繁荣兴旺。因为是在油田开发阶段，一切为了快速拿下油田，很多生活福利、住宅建筑一时还不能都搞起来。连职工的宿舍，都是一些半临时性的工棚，家属住房当然就谈不上了。很多职工的家属，都不能搬到祝福来。战区的领导上，为了照顾职工们的家庭生活，根据国家规定，每年都分期分批地让职工们请探亲假，回去探家。

这种探亲假，本来是一件好事，但在祝福，却引起了许多麻烦。原因是，很多职工，都把这个一年一度的探亲假自愿地放弃了，决心要为国家生产更多的石油，等到把油田建设好，再回家去探亲、结婚。弄得战区的党委、行政、工会的同志们，不得一次又一次去说服动员，劝告那些应该回去的同志回去探家。有些人被说服了，却也有不少的人，任你说破嘴唇，也说不通。他硬是死咬住一条理：“我自愿放弃这个权利，晚结婚几年，想多干几天。怎么，你还不准我多革几天命？”好大的帽子，谁敢不准人家革命！碰到这样的工人，也就只好作罢。谁能再有什么办法呢？

那些被勉强说服动员回去的工人，十个有九个也都是“早点到站”，提前回到战区的。这些从家里回来的工人，一回到班里、队上，假如他还没有结婚，是打算回去找爱人的话，同志们见了面，头一句话总是问他说：“见到油没有？”（这是借用钻井术语的一种形象说法，意思是找到爱人没有？）回答是各种各样的。

有这么一件事，这是发生在战区一个著名的钻井队的故事。

司钻王兴中，已经三十三岁了。他从一九五四年到现在，一直没有回过家。好几次路过家门口，都因任务紧急，过家门而不入。他已经有了对象，来往写了一年多的信。全队同志都主张他应该回去结婚。他终于被说服动员勉强回去了。

他有了个什么样的对象呢？一个年龄挺大的纱厂的女工，还是个连年获得“红旗手”称号的先进生产者。可是，他们都没有见过一次面。他们的关系，是经过他的姐姐（她是在另一个纱厂工作的女工），从中介绍而通起信来的。两个人经过通信（至少说也有几十封了），相互了解，并且交换了相片。

现在，他要回去结婚了。动身之前，他给这位女工写了信。临上车还拍了一个电报，把车次和时间通知了对方。相约在车站上见见面，预先谈一谈，然后他就回家准备结婚。

在车上，他专门买了一本《行车时刻表》，查清楚这一趟车在他们约会的车站（也就是对方纱厂所在的地方），只停留十五分钟。火车越走越近，他的心也越来越紧张。他不时地看着那张保存在笔记本里的相片。十五分钟，应当怎样谈话，不，首先还是怎样对照着相片，快快找到人……这些问题，反复不停地折磨着这个石油钻井工人。

到站了。这是一个不大不小的车站，上下旅客还挺不少。车一停稳，他是仅次于列车员第一个下车的人。在熙熙攘攘的人流中，他对照着相片，左顾右盼，东瞧西看。三分钟过去了，他几乎走——不，应当说跑，急促地小跑——寻遍了整个站台。上下车的旅客，你拥我挤，他转了一圈，什么结果也没有。五分钟过去了，这时候，站台上的人少了一些，使他能够从容地对那些引起他注意的人观察、研究，甚至还可以不时地从口袋里拿出照片来看一看。可是，他竟还是一无所获。

最后，他总算看到了一个他认为比较有把握的对象。这是一个穿着蓝底白花便装夹袄的妇女，她正站在出口栏栅边上，同一个女服务员说话。看样子，她是为什么急事到车站来的。头发上沾了不少棉花的飞屑，套在两只袖子上的紫色袖套也还没有取下来。就凭着这些，这位钻井工人作了肯定的判断。当他从她的背后十几步远的地方，慌慌张张地绕到正面时，那个车站上的女服务员，突然冲着他问说："同志，你……"就这没有说完的三个字，使得他们三个人都高兴地跳了起来。一切都对，他是王兴中。这位女同志也正是他要寻找的纱厂女工。车站服务员完成了任务，知趣地跑到别处忙着另外的工作。而这时，已经快过去十分钟了。

在这短促紧迫的五分钟里，他们谈了些什么呢？我没在场，不能一字一句如实记录下来。根据王兴中师傅（我们队上都习惯地称司钻为师傅）回到队上向大家"汇报"时说，大体上包括这些内容：

开头他又兴奋（终于找到了人，而且是自己的未婚妻），又紧张（这也难怪，他从来没有谈过恋爱，加之时间如此短促，马上就要开车，他们一生中的一件大事，就要在这短短的时间里解决）。而那位纱厂女工，也还有些不好意思，不无羞怯之情。一个女工，第一次对一个陌生的人谈这些话，多少有些羞答答的，这自然也是可以理解的。等到双方都明确地意识到，他们这次会见，只有几分钟时，谈话方式就开门见山了。王师傅说明了他在祝福大会战，施工正在紧张阶段。同志们"动员"他回来，时间虽有一个月，但他不愿意为这件个人私事耽误这宝贵的三十天，他最多只用一半时间办妥此事，马上回到战区去。纱厂女工呢？见他如此肯定明快，心里暗自佩服，觉得到底人家是石油工人，觉悟就是高。这样，她也就毫不犹豫地把自己原来的打算说了出来。她说，咱们的关系早就在通信里肯定了下来。至于早晚结婚，那只是一种形式、手续问题，早晚都行。她说她们车间里这个月生产计划完成情况不大好。她是"三八红旗手"，正在同车间里的姐妹们加劲突击，争取在这年终前的十来天里赶上去。你的任务紧，我也不松闲，咱们何必忙上加忙，可不可以干脆移到明年什么时候再办呢？二人一经谈出心里的计划，一下就达成了"协议"，共同决定：推迟一年。

还有别的什么话，他没有细说。估计当然还可能说了一些，但时间这个因素，在这里起了决定作用，即使说了几句，也不可能太多。因为，据王师傅说，他们话还没有谈完，车铃就响了起来。

结果呢？王师傅又坐了两站火车，赶到家里，匆匆忙忙“探”了家，就买了回程车票，赶回战区。纱厂女工呢？等到火车一开，招手把他送走之后，也就马不停蹄地赶回纱厂，突击生产去了。

故事到这里算是告了一个段落。有些调皮的工人，硬是要打破砂锅问到底，喋喋不休地争论：这到底算是见到油没有？有人说，这不算见到油，只能算见了气（汽），因为我们给他的“任务”，是回去结婚，而他却空手回来了呀。这个钻井队的队长，是个老队长，技术过硬，经验丰富，年纪也过了四十，平时也挺喜欢说几句笑话。他说：“王司钻虽然没有结成婚，但却找到了一个特级的上等油田！”

此话怎讲？他解释说：一个石油工人，找到了一个觉悟这么高，先公后私，爽快利落的爱人，这不是一件大好的喜事吗？王司钻对这件事，处理得也十分正确，没有丢咱们石油工人的人，提前回战区，应该给他记上一功。大家当然拍手拥护，连王司钻心里也觉得甜丝丝的，是的呀，只是在这时候，他才更准确地了解了那位纱厂女工。他心里想着，不由自主地冒出了一句：“真是一个上等油田！”人们听了，哄传开来，不久，这就成了他们队上的一个“典故”。谁一到他们队上，人们总喜欢对你讲说一通，就像你到他们队上参观，免不了要引你到他们那间“荣誉室”去看一看一样。他们也把这件事，当作他们的骄傲：“我们有个好司钻，也有一个好司钻爱人！”

原文连载于《甘肃文艺》1963年第1、2、3期

鞍钢啊，我回来了

艾 芜

高炉奔流出汹涌的铁水，炼焦炉倾倒出团团的火块，照红了黑夜的天空。万千灯火，到处闪耀，机器雷声似的轰鸣。这不是全国驰名的鞍钢么？这不是对祖国有伟大贡献的鞍钢么？我在从佳木斯到大连的火车上，一看见这座不夜的城市，情不自禁地喊了一声："鞍钢啊，我亲爱的鞍钢，我回来了！离开你多年，我今天晚上回来了！"同时，我心里又在想：我虽然离开你多年，但在祖国各地，又哪一天不看你！你炼出钢铁，做成铁轨钢梁，铺进茫茫的平原，险峻的高山，幽深的峡谷，汹涌的江河上，不是使成千成万的天堑，变作通途么？你炼出钢铁，做成汽车火车轮胎，在繁华的城市，浩渺的江河，以及高山峡谷原野，不是日夜都在奔驰么？你炼出钢铁，做成拖拉机、柴油机，在肥沃的原野，江河的两岸，不是日夜都在耕耘灌溉么？

火车一到站，立刻打断了我这些遐思浮想。这时正是辽东半岛半夜后三点钟的时候，也是一九七八年国庆节前夜，十月一日已经悄悄来到的时候。迎接中国作家学习访问团的人群中，首先看见马加同志和韶华同志，他们是为了迎接我们，特从沈阳赶来的。他们介绍我和鞍山的同志第一个握手的人，是市委李书记。这个中等身材的中年人，身体结实，态度从容，好像有点面熟，但又不能一下确切认识出来。我禁不住想：这是谁呢？刚一走上天桥，李书记笑着问我："你还认得我吗？我叫李绍奎。"啊呀，这不是二十多年前的炼钢工人么？我不是写了一篇文章，称赞他是模范炼钢能手，发表在天津的文艺刊物《新港》上吗？他在钢铁的楼台上面，帽檐上挂着蓝色眼镜，对着一千四百度以上的火海，从容不迫地冶炼沸腾的钢水，那种"指挥若定失萧曹"①的英勇姿势，还鲜明地留在我诗情画意的记忆中啊！我坐在迎接我们的汽车里，望望旁边坐的李书记，又望望车窗的外面：街灯灿然，垂柳袅袅，高楼栉比，马路宽阔，忍不住地想："鞍山啊，你的变化太大了，我简直认不出来了！"先前四十万人的鞍山，今天厂矿成倍地增加，已发展成为百万人的都市。先前鞍山钢铁公司专用的铁路，仅仅五百华里，今天已到一千三百公里了！

一九七八年国庆节这一天，就是我回到鞍山的第一天，鞍山街头和二一九公园，都点缀起无数的彩旗，显示出隆重的节日气氛。我知道我们钢铁工人，还在节日里辛勤地劳动，我便去到我曾经在那里度过一段年华的第一钢铁厂。它先前还是鞍山钢铁公司的独生子，今天却已做了大哥哥了。领我走上炼钢车间的，是炼钢厂的党委第一书记聂文厚同志。我一九五二年在这个厂的时候，他还只是炼钢车间的支部书记。如今还是当年那种本色，一身炼钢工的打扮，水龙布的短衣和裤子，戴着挂有蓝色眼镜的帽子，只是脸又瘦了些，却显得更加精干了。他在"四人帮"横行的时候，强迫戴上"顽固不化的走资派"的袖章，经受百次以上的斗争。像他这样工人出身的干部，已在鞍钢各个厂矿到处出现。这不禁使我想起，先前在鞍钢各厂矿做领导工作的，是在抗日战争、解放战争中身经百战的干部，而现在则是从劳动

① "指挥若定失萧曹"——杜甫《咏怀古迹》中的诗句，称赞诸葛亮用兵时指挥调度从容镇定，使汉高祖刘邦的大臣萧何、曹参都黯然失色。

中锻炼，由在暴风雨中身经百战的工人来接班了。这是后继有人，令人喜悦不止。

我在钢山火海之间，慢慢地走着，寻找以往认识的工人同志，他们大都不在这个厂了。有的到别的钢铁公司，去做总工程师；有的则以炼钢专家的身份，出现在别的被援助的国家。我多么想去跟他们握握手，说说二十多年的经历啊！尽管一时做不到，但我的心里，却充满了说不出的高兴。

我喜悦地走在钢铁的楼台上，也可以说，走在钢铁的山上，面对熊熊燃烧的火海。好多次出现在我梦中的奇境，今朝又一一地展现出来。个个平炉啊，沸腾着红红的钢水，仿佛正在燃烧的好多火山口一样，烧红的砂石随时都可能奔流出来，毁灭村庄，田野和城市。但我们的钢铁工人，善于运用近代的科学技术，拥有降龙伏虎的威力，使它们成为各色各样的钢铁用品，在祖国建设中发挥巨大的力量。这个炼钢车间，连楼上楼下，在这座钢梁铁柱的长方形大建筑中，也只占了三分之一空间。另外还有铸锭车间，是紧挨着这座炼钢楼台的。它的上空运行着百吨大吊车，山里狂风咆哮似的刮了过来，又刮了过去。它们中有的正吊着大铁罐，装进上边平炉倾泻出的钢水，照红了整个车间，成千成百的钢花，四处飞溅。有的大铁罐，装满了百吨的钢水，直向许多钢锭模子，挨排一二地注入。许多注满钢水的钢锭模，还喷着火焰，就由火车拉了出去。有的火车又把卸了钢锭的空模子拉了回来，火车呜呜叫着，此来彼往，喧嚣、热闹，达到了极点。另外，还有三分之一的空间，是属于初轧厂的，设有许多加热炉，在各个地坑里，冒出燃烧的火苗，那又形成另一个火海世界。一个一个烧红了的巨型钢锭，仿佛红色的肥猪，正在几十米长的行程上，奔向轧钢机，钻了进去，发出打雷似的声音。这座长方形的钢铁大建筑，分成长形的三个部分，还和二十多年以前一般，不折不扣地合于四个字："热火朝天"！聂文厚同志告诉我："四人帮"横行时，好多平炉停止生产。打倒了"四人帮"，才有今天这样的干劲。"四人帮"横行前，以及“四人帮”粉碎后，技术和设备方面都有着惊人的改进。我确实吃惊了，先前有的炉子一炉钢水只有一百五十吨的，而现在却装了三百三十吨，平炉的改造，真是惊人。第一炼钢厂今年的产量，已是一九五二年的三倍。一九五二年只能炼二十多种钢，现在能炼三百多种。有些操作，先前需要两三个人的，现在只需一个人按下电钮就行。比如庞大的装料机把矿石或者废铁送进炉内，必须有一个人，站在炉边，举起手来，管卷扬机的一个工人，就得开动卷扬机，把炉门提上去，让炉口露了出来。装完料，又得由站在炉边那个人，把手朝下一按，于是管卷扬机的人，又得开动卷扬机，把炉门放下。如今都取消了，只需有个人坐在工作房里按一下红蓝各色的电钮，就可以了。技术的改革是说不完的。我们中国的工人阶级，把三十年代出现在中国大地的外国炼钢技术不断地改造和创新，达到了惊人的地步。

时间的概念，今昔的对比，新旧的对比，装满我一脑子，我满以为充分认识鞍山的工人阶级了，学习了不少的东西。谁知我在鞍钢继续学习下去，才使我更是吃惊。我大为缺乏的，就是脑子里没有空间的观念，不知世界上还有别的国家的炼钢工业，对它们的进展情形一无所知。而鞍山的钢铁工人阶级，早就胸怀全世界，把各个国家的钢铁工业，看在眼里，摩拳擦掌，要引进先进技术，加以改造，并同他们竞赛。他们积极准备，把三个炼钢厂的平炉，改为大型氧气顶吹转炉炼钢。我在第三炼钢厂看见大型氧气顶吹转炉，三十分钟，就炼出一炉钢，远远超过了平炉炼钢的速度。平炉炼钢现在还是七八小时一炉钢，显然太慢了。尽管炉体的容量增加一倍以上，相对地说，时间是缩短了，可和转炉一比，还是不够快速。因此，现在摆在鞍钢日程上的重大工程，就是要把三十年代炼钢的旧技术，改为现代化的新技术。

鞍钢的工人和技术员工程师都告诉我：“要不是‘四人帮’的破坏，早就把平炉改为转炉了。外国由于用电子计算机来搞转炉炼钢，只需十多分钟就炼成了。我们引进这些东西，会赶上它们，会超过它们的！”这种豪言壮语，我是相信的，非常相信。它们在平炉钢技术方面的改进，不就是一个伟大的证明么？而且大型转炉的炉体使用次数，已到一千多次，赶上了外国转炉炉体使用的水平。这样，空间的概念，即是和世界各国对比的概念，切切实实地具体地进入我的头脑里，不再只有时间对比的单纯想法了。我也明白，在思想方面，我大大落后于鞍山工人阶级的后面。我回到鞍山，自己感到安慰的，是亲自看见了鞍钢工人向四个现代化飞跃前进的雄伟气象。大大激励着我们文艺工作者，要奋发有为，鼓足干劲，迅速、及时、大量地反映工业现代化的进程，鼓励全国人民，更加奋发，向四个现代化进军！鞍钢啊，你不仅改造了我的思想，对我进行了再教育，而且鼓舞了我，使我增加了巨大的力量！

原载《新华月报》（文摘版）1979 年第 3 期

吸　引

顾　工

是什么事物在吸引着年轻人？是一双美丽的眼睛吗？是一部彩色的电影吗？是遥远的异地风光吗？是对亲人的眷恋吗？是对未来世界的神往吗？……是的，我们每一个人，都在被不同的事物吸引着，但吸引随着时间和环境的推移，也会发生日新月异的变化——今天，我们的新一代，和两年前的新一代，他们的情趣，他们的目光，是有着多大的不同呵，多大的不同……

我记述的是我在一处苇湖丛中，遇到的年轻人……

苇湖，过去有着很多很多传奇的故事：英雄的雁翎队怎样在白头巾上，插上一根根洁白的雁翎，在小船上，在风帆下，和鬼子周旋，淹毙敌寇……但今天故事的传奇性，或许更胜当年。在这苇湖中矗立起油井的塔架，大雁越飞越稀，越飞越远了，但许多青年，像一群群新的大雁，在这里盘旋、降落下来……

这里的青年人是各式各样的，我遇到的这群，有他们的特性，也有他们的共性：他们都在小学和中学的交替时期，在从城市到乡村的转换途中，曾几进几出过公安部门——他们都不以这为羞耻，而以这为光荣，他们喜欢拉开衣襟，捋起衣袖比赛，看谁有更多的伤疤，更多的鞭痕。他们都喜欢讲究哥儿们义气，以梁山好汉自居，甚至他们每个人都有这样的一个绰号：及时雨、豹子头、入云龙、一丈青、母大虫……在“四人帮”批《水浒》批得最凶的时候，也正是他们闹腾得最热闹的时候。他们喜欢讲“海海的迷字”一类的黑话，喜欢到小酒馆、小饭店去“仗义疏财”——见有个“露财”的人进来吃饭，他们就热情地帮他找座，团聚一桌。当划拳过后，酒足饭饱，立即几把匕首，悄悄顶在“露财”人的腰眼上：“喂，请你留下买路钱！”如果那“露财”的人，是个普通的“吃货”当然就账目两清，各走各的路，但如果碰上那家伙也是个“腰里硬”，就会立即大打出手，弄得碟飞碗跳，桌仰椅翻……

现在这些年轻的“梁山好汉”都告别了公安局，来到这苇湖中的钻井队，当上了钻井工人。

钻井队的队长，是个很有意思的人物。他进过地质学院，去过石油研究所，但他不是个戴着厚眼镜片的学究，也不是个温良恭俭让的书生，而是个比大老粗还粗壮的彪形大汉。他到过玉门、克拉玛依、大庆和大港……风雨、泥泞和碳氢化合物的可燃气体，重质气态……把他熏陶得、磨炼得面目粗糙、目光炯炯。他不太喜欢说客套话，但谁和他相处一起，便会感到他有股地心般的吸力。

“梁山好汉”们开始都看不上这队长：哼！队长算老几，在一百单八将里，能在哪个星宿挂上号？初来乍到，不含糊，总得比量比量，认识认识！

在工棚里，拽开铺，埋下家伙，安营扎寨后，大家笑嘻嘻地把队长请来了。“及时雨”带头捧上碗白酒：“队长，在家靠父母，出门靠朋友。来，走五湖，闯四海，咱们能照面，也是天生的缘分。来，一块儿干一杯！”说着，拿起锋利的匕首，在手腕子上刺个血口，把浓浓的血滴，滴进酒中，泛开一圈圈红晕晕。随后，“豹子头”“黑旋风”“青面兽”……都一个接一个刺开了血口……

队长接过血酒的酒碗，眼不眨，色不改，凝望血酒片刻，就把酒举到苇湖边上，泼进波平如镜的湖水。他瞪圆眼睛厉声说："会喝酒的不算好汉。自流血的更是蠢货，只有能从这苇湖底下吸出石油的人，才是当代的英雄！"队长说完转身就走。"梁山好汉"愣了愣神，发出一片哗然大笑。

没几天，"梁山好汉"也走上了钻台。在钻机旁是严禁吸烟的，但"好汉"们却"不吝"，照吸不误。见队长来了，还故意当着队长的面，把烧红的烟头，捺灭在自己的手掌心里。有时，他们做着这样的竞赛和"游戏"：哥儿们弟兄把烟头烧着，搁在手背上，谁先把手缩回去，谁就"倒夜壶"（即给大家洗衣洗裤衩，外带端水端饭端尿盆，受奴役，受捉弄）。冒烟的烟头，在手背的皮肉上，冒起焦煳臭的烟，一分钟，两分钟……"好汉们"不带皱一皱眉，咧一咧嘴！

钻井队的队长看着这些表演，怒火烧心：对这些"好汉"们该怎么办？他和指导员合计。谁知指导员比他还鲁，气得连连擂着桌子说："揍，把那带头的拉来揍，不打不成材！"队长不同意这么干，他们召开了钻井队的党团员小组会，叫大家献计献策：怎样使这些"梁山好汉"转化为"四化"好汉？

党团员们对这些"好汉"，早就看不顺眼，一提这帮子人，就炸锅：

"哼，跑来了一群'陈阿大'！"

"'四人帮'产下的狗崽子！"

"两个办法：一是把他们哄出去，二是把他们揍趴下！"

"是不是也可以采取这个对策：团结，利用、限制和改造？……"

队长同意最后一种意见：团结和改造，但不要利用和限制，因为他们既不是敌人，也不是资产者。年轻人，可塑性大，"四人帮"能把他们塑造成阿飞，我们为什么不能把阿飞塑造成铁人。队长叫大家和他们靠拢，谈心，肝胆相见——最重要的是，要把他们旺盛的精力、勇气和兴趣，都转移到石油上来！

党团员对队长的分析，有的信服，有的怀疑，不过都决心去试试，就不信这群“梁山好汉”的屁股摸不得。

工作展开了，在苇丛，在工棚，在钻塔旁，在星期天荡漾的小船上，海阔天空，谈古说今，交心，交朋友……“梁山好汉”炫耀他们掏钱包，劫军帽的本领不亚于《水浒》中的时迁；老石油工人、技术员、工程师，就对他们讲，石油地质学，海相生油说、陆相生油说、震旦纪、侏罗纪、白垩纪……还有王铁人，李四光、克拉克（美国地球化学家），小藤文次郎（日本地质学家），姆拉泽克（罗马尼亚著名地质学家）、戈尔德施米特（挪威结晶化学家）……

开始，这两种人生观、世界观是格格不入、相互矛盾、相互排斥的，但日久天长，渐渐产生了一些统一的因素、吸引的因素。这里记录下一些他们谈话凌乱的片段——

“我们这片苇湖，本来都是高山，和太行山并着肩膀的高山……”

——“哈，敢情你也会吹牛，吹得比我还玄乎！”

“是这样，后来由于陆沉，高山陷下去，埋起来，变成了古汗山……”

——“哟，这可真是今古奇观！”

“我们这里最初钻出的油岩，都是寒武纪的……”

——“这世纪，是不是已经从猿变人？”

“不，还没有动物，只有菌类和蓝藻……”

——“喂，石油是不是动物变的？”

“对，连亿万群藻和菌都能变成一滴滴石油……”

——“石油为什么都升到古汗山顶上？”

“因为石油轻于水，就从地下的岩缝中……”

——“我们这钻，钻到古汗山顶上，能喷多少油？”

“我们边上那片沙洲，日喷一千八百吨……”

——“嚯，那值多少钱？”

“十姑娘看守的那口井，一年上交国家一个亿……”

在这钻井队，“梁山好汉”们谈话、吹嘘的内容，渐渐发生了质的变化。过去，他们爱夸耀这样一些本领：“八仙过海”（传递赃物），“唐僧取经”（窃取财物），“鲤鱼跳龙门”（从劳教所逃窜）……但现在却喜欢探讨、显示这样的一些学问：储油构造，地层圈闭，刻槽取样……使钻井队队长最为暗暗高兴的是，有一天，他的三本书被偷盗了！

偷盗的人，无疑是那“及时雨”——不过，现在他们这些“梁山好汉”也已经渐渐淡忘了他们自己的诨号——那天，“及时雨”在队长住的工棚里听队长谈“地壳均衡说”“地幔对流说”，谈到地壳上部较轻的硅铝层，怎样像浮冰一样浮在较重的硅镁层上；还谈到大陆的冲刷，海洋的沉积，地表重力的重新分配，放射性物质的蜕变，物质的分异，释放出来的重力能……“及时雨”本来是个聪颖、俊秀的青年，两只少女似的大眼睛，像湖水一样澄澈。虽在“四人帮”煽动“打砸抢”时，他也像头火烧尾巴的野牦牛冲杀上阵，过了些称雄称霸、无法无天的日子。在那些日子里，他的眼睛出现过血丝，出现过杀气，但现在终于又像搅浑过后的湖水，渐渐地清澈。不过，他那“各取所需”的旧习，还没有完全改变，总喜欢“顺手牵羊”“手到擒来”“探囊取物”……于是，队长的三本书：《大地构造学》《石油地质学》《大陆漂移说》，都在他向队长告别时，同时告别了……

从偷盗钱夹到盗窃学术书籍，这总是个巨大的转变，巨大的飞跃吧！再说在他们这伙中，还有句“偷书不为贼”的口语——队长对这次书籍失踪，一面窃喜：他看出这伙青年，这群新雁，正在苇湖中、油井旁，闪耀出一种新的奇异的光芒——理想的光芒，希望的光芒！一面皱眉：拿我的，我高兴；如果拿公家的，哪怕是一本小册子，也说明我的工作没做到家。

“及时雨”真的被队长的谈话吸引了，被石油工人的粗犷的生活吸引了，被这几本学术性的书籍吸引了！这位“梁山大哥”的渐变和突变，也带动了、引起了其他“梁山弟兄”的演变——从对社会主义的破坏到投身社会主义的建设。为四个现代化争做贡献这股正气，好似地心的引力，吸引着青年一代向社会主义强国进军……

呵，吸引！世界上有各种各样的吸引，但在我们祖国，还有什么能比四个现代化把自己全部心灵、全部智慧，吸引到崇高的理想、崇高的事业中来，更富有意义、富有光彩？——这位钻井队队长，在向我述说这群青年转变、飞跃的历程时，情绪是非常激动的，粗糙的脸庞涨得绯红。他以对待自己亲弟弟似的满腔热情在扶植那么多歪脖子小树苗壮成材。他说："后来那位'及时雨'及时把书还给了我，我又送还了他。我说：我希望你们都能去偷盗知识，就像神话中的普罗米修斯，到天上去偷盗天火……"

我在这波光和油光交相辉映的苇湖工地上，住的时间并不很久，但我产生了这样一种信心，一种信念：在我们社会主义祖国，被林彪、"四人帮"毒害了的青年，会在向"四化"进军的路上，新长征的路上猛醒、奋发，昂首疾追！失去了的时间呵，会重新获得，加倍获得；那青春的火焰会像油井里喷射出来的滚滚热油，直冲云天，无穷无尽，无边无际……

原载《中国青年报》1979年4月14日

兴安雪

屈兴歧

小兴安岭人，豪爽热情，且多好客。人们很喜欢邀山外、关内的朋友、亲戚来串门。

往往有一个共同的特点，不是请人家在春光明媚的时候来，也不是请人家在五彩缤纷的秋天——“五花山”时节来，而是希望在隆冬之时光临。

冬天是这里木材生产的黄金季节。

大森林中，油锯放歌，机车高唱。人们的豪放、乐观主义和对祖国四化的热情，此时可以充分表现出来。这里的冬天，犹如平原沃野的秋天，是收获的时候。汽车拉着整棵整棵的红松、白桦，巨龙般地在公路上飞驰。贮木场里的楞垛泛着金光，直冲云霄。松脂香在冷空气中弥漫。隆冬时节，可以使客人饱尝丰收的喜悦。依我看，还有一个重要的情由，那就是想让客人领略一下北国的风光，欣赏一下我们小兴安岭的雪。江南的春花是美的，香山的秋叶是美的，同样，小兴安岭的白雪，也有它独到的美呢！

说到小兴安岭大雪之美，人们往往会想到漫山遍野，一片洁白，万里山河，缟然一色。也会使人想到千匹万匹纯白的马，飘鬃摆尾，在山巅上飞奔。清新、壮伟和豪迈的气概，当然令人喜欢。然而，这只不过是雪的花园中的一朵花而已，是雪的艺术中的一个品种而已。

小兴安岭的大雪，变化多姿，仪态万千。

“战罢玉龙三百万，败鳞残甲满天飞”，这是描述降雪情景的著名诗句。它把大雪纷纷扬扬，漫天盖地的境界，一笔就勾画出来了。但是，一年有五个月不离雪的小兴安岭人，在降雪时所领略到的雪的美，比这诗句所概括的要多得多了。

如果，在不知不觉中，天气变得不那么冷了，灰蒙蒙的云，漫散得十分均匀，就像灰色在白纸上慢慢滋润开去一样，没有一丝风，这可就要下雪了。在这种情景下，雪不是一下子就飘洒下来。而是一片两片从天上什么地方悠悠然然地慢慢飘荡、旋转，悄悄地落下来。如果你忘了这是冬季，你会以为这是几只小小的白蝴蝶，微微扇动着小翅膀，在空中追寻花香。

“小蝴蝶”用翅膀撩拨人们的脸。有人也许正在伐木。他在放倒一棵红松之后，感到脸上某处凉丝丝的，很惬意，便伸出大手掌，果然有一片落在手上。这是一朵花儿，活的花儿，飘溢着冷香的花儿。它有六个精巧的花瓣，每瓣还有更为纤细的毛茸茸的东西，那该是与名贵的牡丹花瓣上粉状的东西相类似的吧？

整个儿是那样玲珑，那样晶莹，那样剔透。伐木者敢于拿它去和成千成百的花比美！它也许还是它们之中的佼佼者呢。雪花儿在伐木者的手上，一瞬间就化了，变成了闪亮的小水珠儿。可是它却印在伐木者的心中了。它的美和伐木者内心的美融合了。于是，油锯更高昂地歌唱起来。

这样的“蝴蝶”渐渐多了。它们竞相追逐，匆匆忙忙，扑落在树叶上、山石上、人们的皮帽上……

降雪，也有另一种情形，那就是风把雪花儿送到人间来。这样的雪，不是轻轻飘落，而是疾速扫将下来，似乎扑地有声。在夜间，坐在卡车的驾驶楼里，这种降雪给人以一种十分奇妙的意境。车悄静地行驶，车灯的光束中，每一朵雪花儿，变成了一条银线。千条万条银线在车窗上碰碎。可是它们不断地扑过来，而且速度是那样快，仿佛车不是在地上跑，而是在银线中飞。那银线好像要用自己的身体去阻止车子，然而它们都失败了。这种情景，使人新奇和兴奋，开上二三百里，也不觉疲倦。

在山上伐木一天，睡在暖和的棉帐篷中。梦中隐约听见窗子轻轻的沙沙之声，一阵紧，一阵慢，时断，时续，那一定是下雪了。

你早一点起来，推开门，唐代诗人岑参“忽如一夜春风来，千树万树梨花开”的名句，会自然而然地浮上心头。风停了，雪住了。朝霞的淡红中透着金色的光，在山背后越射越高。常绿的松树上，琼玉满枝，银碧交辉，山岭与溪谷浑然一体。

是谁比你起得还早呢？雪地上有一行脚印，从帐篷走出去，蜿蜒着翻过山岗。这是一幅多么动人的画，是多么壮丽的一件浮雕呵！

雪是善舞的。“雪花飞舞”，是人们常用的一个词。伟大的文学家鲁迅，曾描绘过雪的舞蹈：“在晴天之下，旋风忽来，便蓬勃地奋飞，在日光中灿灿地生光，如包藏火焰的大雾，旋转而且升腾，弥漫太空，使太空旋转而且升腾地闪烁。”你看，雪舞得多么豪放，多么令人感奋！

小兴安岭人是常见雪的优美舞姿的。雪下过三四天，山间公路已被车轧得平滑如镜，这正是雪舞的好场所。傍晚起了风，路灯也亮了。路旁、山坡、树上的雪花儿、雪粒子，便捺不住激情，来到路上起舞了。像舞台上常有的那样，先出场几个人或一小队，雪也如此。一条雪粒的小龙儿，忽左忽右，忽上忽下，时而旋转盘绕，时而摇头摆尾。不一会儿，这样的小龙儿多了，它们跳跃，纠缠，追逐。最后，风大了，小龙们化成了“水”。“水”一个波浪接一个波浪向前涌进。竟至呼啸汹涌，连天接地，动人心魄。

你看，雪的舞蹈，是何等奇妙啊。

小兴安岭人爱雪。爱它的雄伟气魄，爱它的多才多艺，更爱的，是它纯美的素质。

雪是纯洁的，纯洁得像孩子的心。

雪是坦白的，它从不掩饰自己一星一点的污点。

雪是富于自我牺牲精神的。它用身体为山中的树苗、地里的麦苗取暖。到春天，它也用身体化成水，喂养一切生命，催促万物复苏。

古往今来，多少诗人赞美过雪，因为雪是值得赞美的。

我爱雪，更爱小兴安岭的雪。我要对南方的朋友们说："来吧，朋友。暂时告别南国的花香，来欣赏一下我们的雪吧！"

1979 年

原载《北方文学》1979 年第 12 期

口　碑

屈兴歧

平原上的毛头小伙子，第一次走进大森林，什么都新鲜。脚下平展展的土地，顿时换成连绵山岭。庄稼淡馨的气息，忽而成了松脂浓郁的芳香。一片殷红的枫叶飘然落下，会引起一阵惊喜，看人家砍一斧子桦树便可吮吸桦汁止渴，就以为世上又多了一大发明。

然而，那时让我更感新奇的，是森林里的人。密林深处的工棚里，不论谁从几十里以外的小山村带回吃食或酒，就随便往地中间的毛茬儿木板长条桌上一放，吃喝的人，也不问是谁的，抄起瓶子，嘴对嘴咕咚咚一口，吃一口东西，嘴一抹就走。棚子里谁家里有个红白喜事，除了活儿撒不开手的全去，去了都跟办自己的事一般，外人往往弄不清哪位是事主儿。对于每一件事，我都报以惊讶，报以称赞。

“胡编排，让你说我们成了君子国了！”他们不相信自己那么好，我急忙分辩，以至急得流泪。他们哈哈大笑说：“等明儿个你看见‘阿爸基’，才知道好人什么样呢。”我说百家姓上没听说有姓阿的呀，却又引起一阵笑声。后来，常听这些伐木工人讲“阿爸基”的事。那神情就跟我称赞他们时差不多。我打定了主意，好好打听打听这“阿爸基”的事。

那时候，我们的共和国屹立在世界上还不久，小兴安岭林区还用河水流送木材。我随两位师傅“赶羊”[①]。一天，在汤旺河边上打小宿。一块大卧牛石挡住从河上吹来的凉风。篝火的光投到水面上，河里火色金光。水声激越，却被树海松涛深沉的喧啸容纳。面对篝火，倾听流水与松声，谁能不沉浸在遥想之中呢。

“他怎么叫‘阿爸基’呀？”

我这突如其来的问话，使两位师傅一怔。等他们从各自的意境中回到篝火前，便活跃起来。关于“阿爸基”的话，便像身边的河水，滔滔不绝。

原来，“阿爸基”这个词儿是朝鲜族语，含有老大爷的意思。但大家说的这位“阿爸基”却是汉族陕西人。在东北人听来，他的语音生硬，很有点像朝鲜族人说汉话。不仅说话像，穿戴也像，他到这片林区来，本来穿一件旧军大衣，后来竟不知哪儿去了。有人说是一位伐木工人受伤，他把大衣铺在担架上了。有人说一位工人家属从山东来，马爬犁在雪上飞，小孩子冻得脸发青，他拦住爬犁把大衣披在孩子身上了，反正后来就只剩一件很短的棉袄，用绳头一系。他的棉裤肥大，看来很像朝鲜族老头儿。他在冰道[②]上日日夜夜苦干，只浇得冰道平滑如镜，晶莹闪亮。拉着大木头的马爬犁通过，马便痛痛快快抖抖鬃毛，打个响鼻儿，人呢，也松一口长气。一位新从农村来的驭手不认识他，以为他是朝鲜族老头儿，就说：“阿爸基，你的冰道，这份的！”年轻的驭手，把大拇指翘得高高的。驭手打了个响鞭，人马卷着一阵风过去了。他呢，脸上皱纹都舒展开了，又去干他的活儿，水湿了衣服，冻成冰，像个玻璃人似的。从此，在这一片林区里，“阿爸基”就代替了他的真名。

① 赶羊，就是流送木材，木材漂流在水中像一群羊一样。

② 冰道，过去林区浇水冻冰筑路，用爬犁把木材运到河边。

是那件大衣还穿在他身上的时候，或者是另有一件大衣的时候呢？总之是他穿着一件大衣，森林里的风雪，送了他五十里，从山村赶到伐木大棚。森林里的人早睡了，睡得那么香。他一进屋就觉得吊在梁上的煤油保险灯亮度太大。大衣没顾得脱，先把灯光捻小。往炉子里添了几块朽柈子，使炉火更旺，这才找地方睡觉。真可惜，两铺对面炕，人们一个挤一个。原来又新来了十几个人。

他把大衣一脱，铺在地炉旁的柈子上，舒舒服服往上一躺，便呼呼睡去。

黎明时分，人们发现他，便蹑手蹑脚，轻起轻放，把他抬到热炕头，真费了大家的心，他竟然醒了。

大伙围过来："贪这大的黑，来干啥呀，老头儿？"

他从怀里掏出一包东西："老伴捎来的，给你们送来尝尝！"

那原来是一包红辣椒面。那时林区油不缺，面不少，就少蔬菜，辣椒真是高级调味品呢。

这样一位长者，似乎不会骂人发火吧？其实我猜错了。两位师傅说他不光发火，甚至有时自己也气得说不出话来。那是偶然碰到林业上的一个败家子，把还能用的树木劈成烧火柴。"阿爸基"把那斧头抢过来，扔在地上："你怎么一点儿不心痛啊！"从此，他提倡靠山养山，烧枝丫倒木……

"这'阿爸基'，怎么管这么多事呢？"我问道。

"他管得比这还多呢，连两口子感情不和的事他都去评理、调解呢。"

"他到底是什么工种？"

两位师傅笑道："他是东北森工总局的局长啊！"

"哎哟，原来是这么大的干部。"

"下林区来，警卫员的行李比他的大得多，都寻思那警卫员是干部，"阿爸基"是跟着做饭的呢。"

我嘿嘿地笑了，心里甜甜的、畅畅的。

我们那片林区，或风雪冬夜，或细雨春晨，只要人们一闲谈，往往就讲他的逸事。听的、讲的，都感到充实、明快、欢乐。慢慢地，这淳厚可爱的形象便刻在心上。总盼着忽然在森林中见到他。遇到朴实、勤劳的老头儿，我都心动，是不是“阿爸基”呀？真不惬意，却一连几年都没有见到。

由于调做其他工作，离林子远了一些，林业上干部、工人接触得少，“阿爸基”的消息听到的少了，想要见他的念头便渐渐有一点淡漠了。

七八年后，听说他调到林业部去做部长助理。又说他要求到下面来，果然，他兼任了带岭林业实验局的党委书记。一下来，他便扑在人工造林上，他是在想着林区要后继有林呢。

关于他的新的逸事，又像山斑鸟一样，在全林区飞来飞去。这一次，连老婆婆和孩子们都能眉飞色舞地讲述。

三年困难时期，他老伴养了一口猪。她舍得花力气，爬山越岭采猪草，为的是让老头儿和儿女们尝点荤腥，因为全家已经几个月不知肉味了。这猪长成了，老伴看着真欢喜。老头儿趁老伴一个没留神，便把猪赶到职工食堂去，给大家“改善伙食”了。

他每月数百元工资，只支出几十元做生活费，其余存在会计那里。家属不许支，广播站买广播器材，他却在自己存款中核销。

送他去看病，他却跑到人工林里去，因为那林子出了点小毛病。

住到医院里，闲起来，手脚就没处放，活儿总算让他找出来了，组织轻患者搞医院里的卫生……

那时候，要见见这个林区里男女老少都称赞的老头儿的想法，又强烈起来。我费了不少心思找一个机会跑到带岭去，偏偏他又去北京开会。这使我怅然若失，但也只好安慰自己，都在一个林区里，早晚能见到的。

然而，当我真的看到他的时候，非但没有如愿以偿的畅快，而是心中充满悲愤。宁可一辈子见不到他，也不愿在这种场合见到他。但我究竟是见到了——他被揪到这个林业小城最大的舞台上。

一块惨白的大牌子！通过数千双眼睛，压到会场内数千颗心上。那牌子上写着："大叛徒、走资派张子良"，这就是那千万人交口称赞的"阿爸基"呀。

会场顿时寂静起来。多少人感到羞辱，低下头去，多少泪花在灯光下闪烁。有人抽泣，终于，一片唏嘘……

他多年就是中风的人了。不能走路，不能说话，被抬上台，瘫坐在台板上。

泪水模糊，怎么能看得清，只看见他前额硕大、饱满、秃顶，在某些特点上像列宁而已。

一个挺胸凸肚昂首耸肩的批判者，喝问他是不是叛徒。他眼睛喷出愤怒的火，坚决、郑重地摇头。

问他有没有错误，他认真想想，颔首，甚至微微低下头去。哎哟，你为什么承认有错哟！真难理解，你这样的人都有错，全林区还有好人吗？后来，我理解了这位在延安时期就在党中央工作的模范共产党员的心情了：他是连自己身躯、热血、生命全部贡献给党给祖国给人民也还是感到做得不够，还是感到辜负了党的那种同志啊！我含在眼里的泪流下来了。

人心不可侮。像冬天的山泉，汩汩淙淙在冰下流淌，张子良的故事在人们中间越传越广，甚至带上了传奇的色彩呢。

听到他以手指心，离开这世界和他为之终身奋斗的事业而去的时候，讲这些故事，听这些故事的人没有不哽咽的，没有不流泪的。当然，那不是在报纸上，不是在广播中，而是在伐木者的家庭、"五·七"干校宿舍、旅店、车站……

九亿人吃过螃蟹宴后，我无数次坐火车从带岭林区穿过。每次望见那郁郁葱葱、高可攀云的人工林，都要想起他。

最近，我又从那里过。恰巧车厢里很多人都抢着看报纸上登的十二条准则。大家自然要谈到张子良同志。我想，没听说他有惊天动地的事迹，没听说有轰轰烈烈的行为。实在只是按照党员标准去做的普通共产党员。然而人民却把他载入口碑，刻入心碑。我们党不是培育了千千万万这样的好同志吗？他们是党的中坚。他们便是人民，人民就是他们。靠着他们，我们写下半个世纪的光辉史页，靠着他们，我们一定可以实现美好的四化宏图。

火车驶离人工林，但我的目光离不开它，直到它退入云霭之中，我眼前仍然荡漾着一片盎然绿意……

原载《北方文学》1981 年第 4 期

望截流

刘 真

常常有这种时候，我们忽然望见了一种从来没有见过的事物和场景，一下子不懂，不明白它的含义和内容。一月四日的中午，我坐在长江截流上游的轮船上，用望远镜在找、看，远远近近地望，望着。泪水涌上来，我什么也望不见了，不知怎样一转念就想起了以往。

在我刚刚有点记忆的时候，有一次在庙会上，由于人群的拥挤，我和妈妈失散了。我拼命地蹦跳着找、看，尖声哭喊起来："娘——"我太小了，还不认识回家的路途，我像丢掉了小命一样。当我找到了妈妈，她怀抱着一些刚买的小农具，声声埋怨我没有抓紧她的后衣襟，我还在委屈地哭泣。

一九四二年精兵简政以后，我刚刚离开部队，无家可归，童年的我，就遇上了敌人的大"扫荡"。我在路面上寻找，寻找我们部队的下落。黄土层中有没有我们同志的脚印？有没有同志丢掉的一颗军衣扣子？有没有我们的战马跑过？我们的队伍在哪里？被敌人打散了还是消灭了？我又像丢掉了自己的生命，虽然没有哭，却尝到了孤独和寂寞的痛苦。当我找到了自己的同志和组织，他们把我收容，安置下来，我像是一头扎进了妈妈的怀抱，我又有了长大成人的依托。

几十年过去了，风风火火。总觉得“四人帮”燃起的烟雾没有散尽，我睁大了眼睛又在寻找，寻找我们祖国四化的队伍。我们的先头部队在哪里？有没有派出侦察班？是在作战呢，还是在休息？

我抬头再望大江的截流，这宏伟的场面，这凶猛的浪头，双方这拼死搏斗的情景，我忽然明白了自己的泪，它为什么总想往外流。

我身边的同志指着合龙的两个龙头，向我介绍：“看清了吗？左面在最前边指挥倒石头、推石头的，是工程局的党委书记刘书田。他穿着短大衣，没戴帽子，他两天一夜没有休息，没有安静地坐下来吃过一口饭，喝过一口水，他的嗓子喊哑了。右边龙头上的总指挥，是我们的工程局局长老廉，六十岁了，看他奔跑得多欢，眼睛里布满了血丝，累也不知道累了。看，看那一位女同志，是水利部长钱正英，她站在左边的最前面，一分钟也舍不得离去，快六十岁了，还干劲冲天呢。那一位，是副部长……”他向我说出了一大串副部长和科学家们的名字。他们全都直直地站立在前沿上，身边是黄龙似的汽车队和四百一十马力的推土机在冲锋陷阵，他们维持着秩序。左岸龙头后面的工地上，大汽车拉来了午饭，工人们端起碗在喝热汤，一个个大口大口吃着雪白的肉包子。在这里望不见的，各个食堂的炊事员同志们，在日夜做饭、烧汤，都要为截流做出最好的饭菜，那包子当然是最香的，肉馅的。而龙头上那些首长们，望着越变越细的凶猛滚跳的浪涛，都忘记了渴饿。也没有人能够挤上前去，给他们送水、送饭。

我们的老兵和忠诚无比的科学家们，我祝福，祝福自己望见了这宝贵的时刻。

大江的左右两岸，人民群众的行列，不再是往年奔跑在炮火中的担架队，大人孩子数不尽的眼睛，都是一动不动地望着、盯着，盯着这截流的关口。

一个老农，仰面朝天，躺在右岸斜坡的草丛中，反枕着自己的双手，也是那样一动不动地望着截流的龙口。一个小时过去了，望他，他还是那样。又一个小时过去了，再望他，他还是那样。他跑了多远的路？来自三峡山间哪一座村落？他也忘记了时间，忘记了渴饿。他像一幅油画画面上的人物，似乎是永恒地躺着，望着历史上这样一个时刻。他经历了什么样的生活？在怎样地想？

长江古航道中刚刚跑出三峡的流水，就要当头被卡住脖子了，它流更急，浪更高，好像声声说着："我在这里走惯了，我就不拐弯到二江去，就要从这里冲、冲。"哗哗哗！它拼命搏斗的声音，越响越高。大汽车拉来的，三十五吨重的，混凝土预制四面体，那模样像古埃及的金字塔，好威武。但是，当推土机把它推下江去，一个个被浪涛冲跑，抱走了，就别提那些大小石头有多么无足轻重了。围观的千万人都悬着一颗心，那两个龙头——新修的堤堰，不会被浪涛冲垮，卷走吗？龙头上的司机和指挥员们，顾不上想这一切，只有拼死地搏斗。万众一心，紧张的目光，都集中在他们和浪涛的身上。

黄昏尽，夜来了。三峡的高山在向后退着，大江两岸的人群，变成了黑色的森林，站立在原地，静悄悄，等待，盼望，期待着。

当合龙胜利的鞭炮声一响，新堤堰变成了摇篮，两面的水，像新生婴儿的面容，他闹累了，在夜幕和灯光下睁大了恬静的眼睛，自己笑了，而人群却变成了波涛巨浪，推拥、欢呼、奔跑着。像二江每一个泄水孔里的水，哗、哗、哗！又像是这样地说着："从这里走也可以，好、好！"它一泻千里。身后三江的通航，大江二江的发电，好像都和它没有关系了。十年的战斗，像大山中上上下下、弯弯曲曲的路，风雪、泥泞，这里收下了多少人的脚印，收下了多少人的心血和生命，长江水它不关心、不知道。可我，又像回到了幼儿的时刻，紧紧拉住了妈妈的衣襟。又像是敌人"扫荡"过后，我把头脸扎进了同志的怀抱。

我们的战马长大了无数倍，能拖动、推动几十吨甚至上百吨的东西了。自己造的这巨大的闸门，吊桥，电厂的机器，比我们黄烟洞和梁沟兵工厂造出来的手榴弹、八一步枪、六〇小炮可大多了，大多了。这时再过长江，不用那些炮火中的帆船，也不用修桥。这截流，截出了一条实实在在的、直接通向未来的大道。大人孩子，都能从这里走、跑，去劳动、去上学校。

我们的工人，肩负着最沉重的劳动，完成了一环一环重大的任务，我不认识他们，我要认识。那些老兵，老同志们，虽然他们的脸上都爬满了皱纹，我了解，认识他们。在这里，我看到了他们还在梁沟，在黄烟洞那些大山上爬着呢，奔跑着呢。他们的腿脚还算是灵敏，胳膊一指一指地还带劲儿着呢。

三峡呀！望不尽的高山峻岭，你使我们的队伍更新、更大，更有力量了。我们感谢你，永远感谢你，崇高的母亲。

蜀道哇！李白坐在小帆船上，去得更远，更远了。上青天，青天离我们近了。虽然我们还很艰难，但我们有了世界上这最大、最难的截流，就会有更多的截流，工程，桥梁和梯子。我们一支支的先头部队，在冲、爬，上着呢……

原载《人民日报》1981年2月28日

卷起千堆雪

洪　洋

一

寒夜悄悄地来到了江上，我仿佛一点儿也没有察觉。

从这天早晨八点，我便站在葛洲坝大江戗堤的龙口，一刻也不曾离开过。宜昌上游二千二百米宽的江面，被神速伸向江心的戗堤不断进占，今晨只剩下了七十米，此刻，只剩下三米不到的一条小沟了。

一辆辆威武的黄色自卸卡车，装着五万斤重一个的混凝土块和大、小石头，不知疲倦地吼叫着朝龙口驰来，驶到戗堤朝向江心的最前沿，把人们称为四面体的混凝土块和大、小石头，交替抛入江中。被束紧了咽喉的江水，在龙口翻滚腾跳，仿佛在做最猛烈的反抗。

大江，在龙口变成了一挂飞瀑，雪白的浪花溅起在空中，水珠落在我的面颊上。这冰凉的水沫，在我心中，唤起了一种庄严的历史感。

我想起第一个踏上月球的人，美国“太阳神十一号”驾驶长尼尔·A·杭思朗，当他走到登月艇梯子的最下级，伸出他穿着靴子的左脚，就要碰到月球粉状的表壳时，他说：

“对一个人来说，这是一小步；对人类来说，这是跨了一大步！”

一瞬间，一辆大马力推土机，从我身边隆隆驶过，打断了我的遐想。一种强烈的预感，使我兴奋得浑身战栗起来，我侧过头去，目光紧紧地跟踪着那大力士般的推土机，只见它冲向一堆巨石，把块万斤以上的大石头推向前去，不偏不倚，跌落在左右两块四面体的空隙处。——这就是二千二百米的江面，剩下的最大宽度了，以目测之，顶多七十厘米，已经不够一米。——于是，浪花翻卷，聚光灯雪亮的光波，从四面八方倾泻下来，无数的摄影机、录像机、照相机，都集中在一个焦点上。

长江这条千古巨龙，今日被我们缚住了。

在方才这一瞬间，对现场施工的人来说，只不过是抛下了一块普通的石头；对长江来说，则是搬来了一座迫使它断流的大山。在施工记录上，合龙只用了三十六小时二十三分；对历史来说，则跨过了无数个世纪。

该用一行金字，把这一瞬间镌刻在人民的史书上。大江合龙的时间：公元 1981 年 1 月 4 日 19 时 53 分。

二

让我把时间拉回去十二个小时。元月四日早晨八点钟，南津关里的重重峰峦，笼罩在薄雾里；出峡的江水从雾中奔涌而来。

左戗堤和右戗堤，像两柄利剑刺向大江。刚刚填筑起来的堤面上，民工们人挖肩扛，用石头垫底，沙砾盖面，修起了一条平整的道路。

一色黄壳的载重自卸汽车，总共有二百多辆，排成三个纵队，在戗堤上首尾相衔，鱼贯而行；一行来，一行去，一行在途中回车区掉头。这一番忙而不乱，井井有条的情景，已够令人惊叹不止。为了要夺取时间，和激流抗争，负重的汽车还要快跑。这一天，二十吨以上的自卸车最快曾达到平均每分钟抛投三五车的纪录，则更令人瞠目结舌。

堤头上指挥抛投的人员，是最活跃不过的了。他们不断地挥动红绿小旗，吹口哨，有时就在奔驰不停的车辆中跳来跳去。他们的机智、果断和准确，就是现代化战士最动人的风姿！

下午四点钟过后，龙口只剩下十多米宽，戗堤上游的江面水平如镜，龙口的激流却如万马奔腾，下游则出现了一条长达千余米的浪带，一路卷起千堆雪花，仿佛飞檄传告大江即将合龙的喜讯。

此时，龙口的落差已经达到三点二三米，江水流速则已经超过每秒七米。

我站在龙口下游一侧的人群里，看着一辆载重量四十五吨的大卡车，装着一块混凝土四面体，驶到堤头。车斗自动地竖了起来，五万斤重的四面体滚落江中，龙口上空顿时腾起一片水雾。待水雾散尽，我低头一看，那个庞然大物的四面体，早已无影无踪了。

……一个接一个的大混凝土块，全都被力大无比的激浪冲走了。我听见人群中发出一阵阵的叹息声。有人惋惜地低语着：

“唉！太可惜了！这么大的四面体，全给白白地冲走了。”

“水的力量这么大呀……”

进展的速度骤减，龙口出现了一种沉寂和隐含焦灼的气氛。

这时，工程师们和指挥人员聚集在堤头，他们指点江水，经过短短几分钟的商讨，便确定了打破危局的对策。只见他们摇动小旗，灵活地指挥一辆辆卡车，把三个、四个四面体，卸在堤头上，敏捷地把它们用钢丝绳拴在一起。

这是干什么?

“嘀！嘀！”只听得一声哨子响，从戗堤的中部驶来一辆大型推土机，机头上卧槽般的刀片熠熠闪光。我心里有点明白了：原来是为了制服激流，水电站的建设者，要把三个四面体（十五万斤）连接起来，一次投入龙口。在心里有点明白的时候，却又有点担忧：十五万斤啊！推得动吗？

引擎轰轰地响了一阵，推土机加大油门，亮着刀片，直奔堤头。刀片贴紧了立在堤头上的混凝土块，吼叫着、颤动着，混凝土块却一动也不动。

人们都屏住了呼吸，江水咆哮的声音更加令人惊心。

那推土机不断地加大油门，它时而倒车，时而升降刀片。它停在那里，好似估量了一下自己的对手，只过了一二分钟，它朝着左边的一个混凝土块扑了上去；一会儿，那个混凝土块摇晃了起来，它站不稳了，歪倒在龙口的激流中。接着，那和它拴在一根钢绳上的第二个混凝土块，像被人绊了一下，一跤跌进江中。那第三个混凝土块，好像不愿意似的，被半推半就地拉下了水。它半边身子还露在水面上，激流向它猛冲过来却被迅速向两边分开，卷起激扬的浪花。

这时，龙口上、大江两岸，成千上万的人群，发出了一片欢呼声："投得好！""再来一块！再来一块！"

在混凝土块入水的一刹那，我看见推土机的司机，用一个极敏捷的动作，来了个倒车——要知道啊，这是一个十分危险的瞬间，只要司机的动作稍稍迟缓一点，推土机就要连人一起翻进江里。当推土机开着倒车经过我面前时，我瞥见那中年司机黧黑的脸孔上，闪过了一个笑容，这笑容中透露出的自信和快慰，是我从未见过的。这不就是现代化战士最动人的面影吗？

忽然，头顶上传来直升机的声音。这是电影摄影师们在空中抢拍合龙的历史性的场景。

在这一刻，我愿我的心也变成一个镜头，拍摄下这幅充满豪情的、热烈的、现代化的画面！

三

人，往往不自觉地陷入一种难以解脱的矛盾心境中。喜新和恋旧，两种冰炭不能同器的感情，此刻便交织在我胸中。

四日夜里八点过后，当合龙后的戗堤上，鞭炮的硝烟散尽，我随着欢乐的人群，迈着疲乏的脚步，往宜昌市区走去时，忍不住对一位同伴说："这样热情饱满的劳动场面，多少年没有见过了！"

同伴兴奋地说："岂止是热情饱满！你看，几百辆载重汽车，在两条狭窄的戗堤上穿梭往来，没有出一点事故，这一仗打得多漂亮！每个司机都那么熟练，每个指挥员都那么准确！三十六个多小时，抛投了十万立方米的物料入江，硬是把一条大江横锁起来。我到过玉门，也采访过武汉长江大桥工地，今天一天所看见的，却是规模最大、最现代化的劳动场面了！"

我无限感慨地说："是啊！如果我们国家的各条战线，年年月月都像这样干，何愁四个现代化不能实现……"

步上宜昌岸，回首大江，长堤上仍然人流滚滚，有的由南岸涌向北岸，有的由北岸涌向南岸。我拉着同伴的手，凝视着大江，忽然叹了一口气，自言自语地说："唉！长江再也不能一泻万里了，那古来曾令多少豪杰、文人和骚客心醉的长江，从此被拦腰斩断了！"

昨日的长江，留下了多少牵动情怀的记忆！就在三峡的上口，赤甲山和白盐山夹峙的地方，杜甫写下了"不尽长江滚滚来"的雄奇诗句；就在下游坦荡的黄州江面，苏轼发出了"大江东去"的豪放歌声。

从葛洲坝下行数百里，便是三国鏖兵的赤壁；故垒西边，仍可闻惊涛拍岸。

记忆的长河一下子奔驰到眼前：一九四九年的渡江之战，人民解放军的一个战士，在弹孔似蜂窝的小木船上，弓起一块厚钢样的脊背，双手捧起长江水，擦洗着满脸的硝烟。当春季的、带着凉意的江水，从他粗粗的指缝里漏出去时，他忍不住喊了出来："我们回到长江上；长江回到我们手里了！"

旧日的长江令人留恋，明日的长江却更令人向往！

无须四处搜寻，就看看眼前这座银灰色的大坝吧！

合龙的次日，一早醒来，房间的墙上反射出一股凛冽的白光，探首窗外，好一个粉妆玉琢的世界。宜昌昨夜降下了今年的头一场雪。白雪覆盖了鳞次栉比的屋脊和宽阔的街道，同志们早晨一见面，都喜滋滋地说：

“老天也作美！大坝刚刚合龙，来了一场雪，如果这雪早两天下，合龙工程就要艰困得多了……”

我们满怀喜悦，踏雪登上了大坝。昨天戗堤合龙的大江，紧紧地连接着二江和三江。原来宜昌上游的江心里，天然地生长出二座小岛，靠近宜昌岸的一座叫西坝，另一座叫葛洲坝。江水出南津关，到此呈为三江分流的形势。长江葛洲坝水电站工程，便利用了这种天然的形势，把二千二百米的长江划分为大江、二江和三江。今天，当大江戗堤合龙之际，一座雄伟的大坝，早已升起在二江和三江上。

我们乘车驰往二江坝顶，这里已修筑起一条宽阔的柏油马路。我们站在栏杆边，放眼上游，从白雪皑皑的南津关奔涌而来的江水，在两道修长的水泥防淤堤导引下，像一条金色的游龙，驯服地钻进了我们脚下的泄水闸。这二十七孔巨人般的泄水闸，下边是绿色的弧形门，上边是白色的平板门，它们可以宣泄八万多立方米每秒的流量；一座闸门便敌得过一条大河！

我们的眼光向右挪动，在峭壁般的坝墙下边，有一排水泥浇筑的深坑，葛洲坝建设者管它叫“鸡（机）窝”。这就是未来的河床式水电站，现在安装巨型水轮发电机的基础已经做好，就要安装第一台发电机了。不久以后，这长江里的一滴滴水，全部要发出奇光异彩，变成照亮亿万人民生活的一颗颗明珠。葛洲坝水电工程总装机是二七一·五万千瓦，年发电量一三八亿度。这是一股多么巨大的能源啊！举目西望，我忽然想到：“不尽长江滚滚来”，将要变为“不尽明珠滚滚来”了！

我们披着满身雪花，到了三江坝顶。这里又是另一番景色。二号船闸上首的公路、铁路活动桥提升楼，从坝顶耸起约四十米高。来日放晴，定当白云环绕，水鸟翔集。这是长江第一坝的最高点，站在这里，西望三峡层峦，东望宜昌荆门，倍觉祖国江山辽阔壮丽！

从铁路桥上往下看，是新近落成的二号船闸。半年之后，从上海开出的大型客轮和万吨级船队，将按照绚丽的各色信号的指示，通过船闸，直航重庆。

我的眼光停驻在船闸下首的人字门上，这门足有十二层楼高。我想，世上如真有天堂，天堂的门也不会比它更高大、更激起人以瑰丽想象了。

我站在大坝顶上，在心里向昨日长江告别，不再感到怅惘和惋惜了。

原载《长江文艺》1981 年第 3 期

金沙江畔攀枝红

雁 翼

一

也许，头下是木棉枕头的缘故，梦中常见攀枝花，那样红，红得像晚天的火云。但忽然间，那一树又一树的红花集中到一起，变成了烈焰，变成了铁水的激流、钢水的瀑布，映红了金沙江的流水。我知道，我又想念攀枝花了。

攀枝花，又叫英雄树，红得非常奇特。春来了，它还没有来得及抽叶，就开花了。花朵儿是那样大，像一只只火红的号角仰天而鸣，像是呼喊着什么，鼓动着什么。然后，才抽叶，才结果。而那果，不给人甜，不给人香，只给人朴实洁白的丝。

怪哉，攀枝花这种植物，从金沙江水里、从空气里、从石缝间、从泥土里提取出了那么多的红色素，然后，不知道又经过什么样的处理，加工成如雪的木棉，我敬仰这样的植物。

可巧，那里创办了一个文艺刊物，名叫《攀枝花》，我很喜爱这个名字，因为渡口市的建设者们，正像攀枝花那样，在那荒凉、贫瘠的金沙江畔的山野里，以帐篷、茅屋为家，开矿井、建高炉、修平炉、筑公路，经过十五年的努力，终于建起了一座钢铁城市。

那滚腾的炉火，便是他们开的花。

那闪光的钢锭，便是他们结的果。

但是，当接到《攀枝花》编辑部的索稿信时，我迟迟不敢动笔了。因为，在我的想象中，它是那样美，那样丰满，那样火红。而它给我的实际感受，却是那样的令人伤心、悲愤，像一树刚刚欲放的花，被毛虫侵害着，被寒霜摧残着。于是，我计划重去看一看，看一看攀枝花战胜寒霜、赶走毛虫之后，又如何开花挂果，那时候再写。但又总是抽不出时间，稿债欠到何时？

想了想，那过往的感受，虽然苦味多、酸味浓、甜味淡，但它是真实的。凡真实，则可给友。因此，还是先把那过往的感受写下来吧。

二

攀枝花这个名字既是树名又是地名，我是五十年代末期听到的。向我介绍的是一位“一心扑进钢铁事业”的朋友，说那里荒凉得连名字也没有，只有攀枝花，因此在祖国的地图上写下了这个名字。其所以非写下这个名字不可，是因为那瘦弱的山的深处，埋藏着丰富的宝贝——铁矿石和煤炭。它不仅吸引着我朋友的心，也吸引着我的心，常常渴望着追随开矿工人、建厂工人的足迹，走向那火红的地方。后来，知道了鞍山的、上海的、天津的、重庆的医生、理发师、厨师、演员等都搬到那里安家了，就更想去看一看那些新生城市的建设者了。

六十年代中期，成昆铁路工程全面开工，我便到了大渡河畔去生活，但心还是向往着攀枝花的，因为那开山、架桥、铺路的工程，是和攀枝花钢铁城市的建设紧紧连在一起的，每打通一座隧洞，每架起一座桥梁，我便觉得离攀枝花更近了一步。我是想跟随着铁路工人的脚步，走向那火红的所在呵。

说来也巧，就在我这种感觉最浓的时候，那位一心扑进钢铁事业的朋友来了："等了你几年了，还在半路上磨蹭，跟我走吧！"就这样，我被他拉上了汽车，翻过凉山，沿着金沙江奔驰而去。

遗憾的是，第二天夜里到达攀枝花，迎我的竟是一张长途电话记录，要我立即赶回机关报到。什么事呢？我和我的朋友七猜八猜，无非是重要的会议呀，接待外宾呀……其实呢，谁也没有猜准——

这一夜，我没有睡着。并不是为那一纸长途电话记录，而是为着攀枝花。心里觉得有点儿委屈，甚至觉得对不起我那热心的朋友。刚刚来到，还没有看它一眼，明早就得走。于是，我走出了屋门，认错似的望着天上的星和地上的灯。灯，真多真稠呀，这里那里，山上山下，到处都是灯，我知道，那是工人们在夜战。那灯，那漫山遍野的灯，有的放着金色的光，有的放着乳白色的光，还有的放着红、蓝、白相混的光。我知道，那是电石灯的光。那各种各色的灯，映在金沙江里，盖住了那天上的星影，我被这样的夜的景色迷住了，那漫山遍野的灯，不正是怒放的攀枝花吗？我怀恋着这样的景色，第二天早晨驱车而走了。虽然我的朋友说："开完会就回来，我等着你。"但他再也等不回我了，因为，"非常及时、非常必要"的"文化大革命"开始了。我一直担心，攀枝花的情况会怎么样了呢？我那一心扑进钢铁事业的朋友，他……安全吗？也许，像我一样，被手铐铐进了牢房？大约是一九六九年初，在成都文庙西街监狱里，偶然遇见了一位从外地押来的"攀枝花人"，向我悄悄讲了那里的武斗情形，说打死了人，还说有不少人为了躲武斗逃走了，有些工程瘫痪了，他悲愤地哭了。我原想打听一下我朋友的情形的，因他是过路犯人，第二天就被押走了。

我的心，牵挂着攀枝花，也牵挂着我的朋友。

三

一万个没有想到，在我不再做去攀枝花的梦的时候，偏偏去看望攀枝花了。但我不是以中华人民共和国公民的身份去的，而是以“反革命分子”的身份被押着去的。这是一九七〇年初，我从监狱里被放出来，送到弯丘五七干校不久。这个弯丘五七干校，原是一个劳改农场，据说，为了改造原四川省委的干部才把劳改犯人迁走的。我进五七干校和别人不同，是“被审查的反革命”，指导员训话时讲得很清楚：“如果不老实，随时戴上钢手表（手铐）送回监狱。”因此，我的劳动是“叫你干什么就得干什么”的。不幸得很，由于监狱的长期折磨，身体异常虚弱，劳动没有多久，就病了。大约我是“大人物”亲自下令逮捕的政治犯，病死了不好向他们的上面交代吧？竟然决定送我到攀枝花医院检查病。就这样，沿着狂浪拍岸的金沙江来到了渡口市。

说实话，经过了反复地被批、被斗、被污辱，经过了长时间囚室的苦思默想，感情有些麻木了，虽然金沙江的浪仍在自己的身边喧腾，心情是异常平静的，仿佛一切该想的都想过了、想透了似的，平静地对待着自己的病，也平静地看望金沙江上那新建起的拱形铁桥，平静地观看着还没有完工的新华书店、百货大楼，还有那从天津搬来的医院。就是给我检查病的老医生多思的、同情的眼神，也没有引起我的感情的动荡。最后，他看了一眼我身边的“保护者”，开了药方，无言地结束了我病情的检查。但是，当我离开诊断室时，医生眼睛突然闪出了湿漉漉的光芒，低声地说：“你……只是太虚弱……”

这时，我的感情突然动了起来，是同情？是鼓励？从他的眼睛里，我看见了一颗人的心，显然，他从我的病历中猜到了我的经历吧？但也许，他也和我有同样的遭遇。

夜里，我被领到了用土和石块垒成的房子——市的招待所里，虽然挤在七八个人住的房间，我却意外地失去了平静，因为有一双眼睛在盯着我的灵魂。那一双开始是惊愕，后来是陌生的眼睛，正是我挂念着的朋友。他此刻的职务是打扫招待所的房间和厕所，当然，他看见我身边有人，是不敢和我说话的。也许，他身边也有人监视、看守吧？只是用眼睛里变化着的神情向我讲述着什么，而且讲的内容是那样的丰富。我呢？也只能用眼神回答。第二天早晨，趁我的保护者洗脸的时候，他突然装着扫地来到我的身边，用低而重的声音说："唯一的任务，是吃好！睡好！"

也许，这是他思索了一整夜，把全部思想和情感压缩成的一句话。我的心灵震动了，不只是因为他那句话，还有他那句话里所包含的时代对我们的要求。

吃好睡好干什么呢？去戴更重的手铐脚镣！即便是这些吧，那么更重的镣铐后面呢？是明天的……胜利！

是的，苦难的时代，并没有失去希望！

也许，那是整个攀枝花工地，向我说的悄悄话吧？

我怀着感激的心情，离开了招待所，走下山坡，回头看去，他正站在屋角望着我。而我，为了回答他的那句话，脸上故意装出了笑。

也许，那笑比哭还使他难过。

我走了，带的攀枝花那哀伤、悲愤而又怀有希望的眼睛。

四

整整十个年头过去了，欠情似的思念着攀枝花。也许正是为了回答它的期待吧，打倒了那群红皮黑心的妖魔之后，总是为希望奔忙着。但还是很想亲自去看望它，用它新的、火红的歌和笑，抹去我记忆中的哀伤和悲愤。

我的那位把心扑进钢铁事业的朋友，放下了扫厕所的扫帚，回到了他的工作岗位，结束了他的"吃好、睡好"的任务，忙得顾不上吃、顾不上睡了。前不久，偶尔在一个会议上相遇，他哈哈大笑着拉住我的手说："快去看看吧，攀枝花真正地怒放了，炼铁炉、炼钢炉的火，把天都映红了。”

我是应当去看看的，看一看在苦难中斗争过来的攀枝花人，在怎样地培育着钢铁的攀枝花。

一九八〇年十月二十五日于成都

原载《攀枝花》1981 年第 1 期

你记得那第一声汽笛吗?

刘登翰

我在这自由诗一样宽舒的大街上走着。

两旁笔立着年轻的银桦。新绿的树冠被罩进一片朦胧的轻纱。雾从山脚那边涌来，弥漫了整条大街，整座山城。

我仿佛一尾银色的鱼，在这乳白色的雾海里漫游着。

淡淡的云天深处，水彩画般的紫色剪影里，一排排高低错落的建筑，那是鳞次栉比的新楼，充满雕塑美的硫酸塔和耸入云端的高炉。熠熠的炉火烧出一角玫瑰色的早雾，使这睡态蒙眬的山城恍若一艘破雾的艨艟，正升火待发。宽坦的大街上，一串串甜脆的自行车铃声从雾中涌过，像海滨八月的早潮……啊，在这清晨，我在宽舒的、自由诗般的大街上走着。

有一个声音，仿佛来自天上，来自那鳞次栉比的楼宇，来自自行车上那含情脉脉闪光的眼眸，在问我：

——你记得那第一声汽笛吗?

哦，这是我心底的声音，在问我。在经过二十多个春秋之后，在已经成为工业新市的山城大街上，用严峻的声音在问：

——喂，说呀，你记得那第一声汽笛吗？

是的，我怎能忘记！

风雪。隆冬漫漫的风雪，仿佛要给这冷寂的小镇留下一个永生的记忆。

一辆轻便的铁路巡道车从风雪中驰来，在两山夹峙的一片开阔地里停了下来。单节的车厢走出一支小小的队伍，小小的，只有八个人的队伍。

这也许是这条被称为大动脉的铁路，那两根唱歌的银轨穿过小镇的边沿以来，第一次停靠的一节车厢。小镇没有车站，这里暂时一切都还来不及有。浩渺的旷野只有飒飒的风、茫茫的雪，但是，没有的都将会有。或许就在脚下，在这支小小的队伍站立的那块兀石上，将耸立起一座日夜光明的车站，在那片白雪覆没的荒坡上，将有无数纵横交错的岔道，有许多纷扬起落的红色的、黄色的和绿色的小旗。

他们八个人，穿着军绿色的棉大衣和四十二道杠的蓝工装，穿着黑呢子短大衣和米黄色风衣的八个人，此刻，正站在漠漠的风雪中，神往地注视着脚下这条宽阔的大河……

这是一个怎样雄心勃勃的年代啊！

巡道车开走了，他们没有走。这支小小的队伍，由领导、专家和未来建设者代表组成的队伍，在风雪的小镇中度过了难忘的三天三夜。他们找了许多人谈话，察看了许多山坳，用脚步丈量了这片被风雪掩埋的土地。无数的争吵、辩论，最后都化成嘴角的笑纹和眼里的信心。当小镇的村民还躲缩在寒夜的旧梦里，他们知道不知道一个改变他们命运、推动新生活前进的历史性决定，凝结着午夜不眠的灯光，已经出现了，成形了，成熟了！

三天之后，巡道车重又开来。雪还在悄无声息地下着，这支小小的、只有八个人的队伍，登车而去。单节车厢的巡道车驰入风雪里，不知是那位穿着米黄色风衣的长者的暗示，还是一种偶然的巧合，年轻的司机大气量地拉响一声长笛。这专为小镇奏响的第一声汽笛。是向它的昨日告别，还是为它的明天祝福?

是的，笛声会消失。然而，洋溢着蓬勃年代进取精神的历史性时刻，怎能忘怀呢!

小镇喧闹起来了!

四面八方的建设队伍蜂拥而至。来自大西北的建筑兵师，来自华北平原的冶金安装队伍，来自全省各地的支前民工，还有四近山乡挑粮送柴源源不断的后勤大军……小镇那麻石条板铺筑、细碎河卵石镶砌的盲肠式的小街，越发显得壅塞了，像一个正在发育的青年穿了一件过于窄小的旧衣，绷不住的肌肉和热力都往四外喷发。一种创业者豪迈的、有点罗曼蒂克的献身精神充盈在每一座小小的工棚里。

一位浙东少妇，迢迢数百里来探望她新婚不久的丈夫。她给自西北转战而来的丈夫带来了怀里一个躁动不安的新生命。

入夜，火车在江声如潮的旷野上停下来，灯照如昼的旷野，没有丈夫信中描述的车站，也没有来接她的丈夫，却有一片热气腾腾的气氛。她走进迎面那座油毡盖顶、青竹编墙，既像候车室，又像临时堆栈的大工棚，靠在长条凳上，望着棚外那紧张劳动的人群。原来，跟在她脚后，又有一列货车进站，几百人正抢卸那满载的水泥和器材。喇叭声声，人影幢幢，这位在寂寞中等待的少妇忍不住劳动的诱惑，以她曾经在新安江水库工地挑过土、拉过车的肩膀和清亮的女高音，加入场上那一阵高过一阵的号子声……

午夜过后，她那粗心的丈夫卸完货物回来，发觉工棚已经用门板和床单隔出一个单间，里面呻吟地躺着的正是自己的爱妻，才猛然记起那还掖在口袋，被汗水浸透了的来信。

可能是旅途的劳顿，抑或是刚才过于兴奋的劳动，总之，在这位寻亲的少妇刚踏进未来新城的头一夜，一个性急的新生命就提前来报到了。在这座充满男性粗犷的工棚里，这可是谁也没经过的大事。一包包红糖，一个个鸡蛋，一袋袋线面，从一个个床头汇拢来。几个煤油炉也同时吱吱地叫唤起来了。

束手无策的父亲急得在屋里跳脚。阵痛中的妈妈却安详地笑着，仿佛这一切都是应该的：她的到来，她的义务劳动，她的那个不安分的小生命的提前报到。

消息惊动了工地指挥部，两部救护车同时赶到了，进进出出的白大褂，剪刀，洗澡盆……

婴儿的第一声啼哭震动了小镇。在黎明之前，在灯明如昼的夤夜。这是新城诞生的第一个生命，道地的第一个新城人。兴奋的新城建设者不知怎样来表达自己的激动。突然有谁想起工棚外整齐排列着的十二辆卡车。于是：顿时，二十四盏车灯照出如炬的光柱，十二只高音喇叭同时以最昂扬的旋律唱出一曲生命之歌，欢呼这个新生命的到来。

如今，那些和新城一道诞生的小生命，都已经成了新城的第二代建设者。但是，那充满着创业者献身豪情、为他诞生祝福的笛声，能够忘记吗?

我还记得一个黄昏，一个残阳如血的黄昏。

钢厂工地坐落在一片连绵的小山包上。这里是工程的重点。必须把几十万土方铲平，挖下数米深的基础，才能在这上面耸立起钢厂高大的建筑群。推土机、掘土机、翻斗车，几乎所有“机械化部队”都集中在这里，同时配合以成千手挖肩挑的民工。

第一期工程接近尾声，当推土机把最后一个山包履平，民工们挥着洋镐铁锨来收拾残剩时，在临河的山坡一端，挖出了一个乱尸坑。十三具尸体，一具叠着一具。显然年代并不久远。尚未完全腐烂的尸体上，还可辨认出灰蓝的军装、军帽和绑腿。

工地指挥部的一位领导同志赶来了。他在这乱尸横堆的土坑前伫立良久，肃穆地脱下帽来，然后抬起眼，噙着泪花，望着不远河边上一座类似碉堡的斑驳的岗楼。大家知道，那里曾经是一座囚禁我无数革命精英的集中营。这位曾经在这集中营里待过三年，受尽折磨，九死一生才逃脱出来的老同志，还清楚地记得那个黎明的前夜，罪恶的枪声怎样夺去这些同志的生命……

整个工地沉寂下来。一千多人都聚集在这刚开挖出来的平川上。深秋的残阳照在脚下的赤磷土上，每一颗沙砾都像大地深处沁出的血珠。人们排成单列，朝圣似的绕过死难烈士的尸坑，默默寄以深沉的哀悼。

工地党委决定给这些烈士举行最隆重的移葬仪式。新的坟地选在一处可以鸟瞰全城的高岗上——那儿，在未来的新城里将是一座公园，移葬仪式也在一个黄昏举行，如血的残阳照着半竿红旗，当十七辆卡车组成的灵车队把烈士的英灵送往高岗时，在人们的默哀中，停靠在钢厂铁路专用线上刚刚自外省调来参加会战的列车电站，以长达三分钟的汽笛，表达了新城建设者对死难前辈的绵长哀思。

我们的事业是无数先烈的生命作为铺垫和基础，这才是新城真正的第一声汽笛!

如今，我在这自由诗一样宽舒的大街上走着。浓雾渐渐消散，不知是从哪座烟囱下，最先响起一声汽笛，骤然，全城融入一片汽笛宏浑的交响之中。仿佛空气里每一个分子也都激情地颤动起来。多少年了，我们习惯了这片汽笛，仿佛它本来就是生活不可分割的一部分。但在这汽笛嘹亮的合奏中，你能辨析出最初一声悠长的余韵吗?是的，那个草创的年代过去很久了，在逝去的那些岁月里，我们有过疏忽，有过错误，甚至有过不可饶恕的荒唐。但是，对于那么热辣辣的，给我豪情、给我灵感的年代，对于那个年代我们人民奋发、献身的精神，我仍然保留着一种美好的向往。我想，只要这种精神，不被滥用来戳伤人民自己的事业，它仍然是我们民族重新崛起的一个动力。

我怎么能忘记，怎能忘记那第一声汽笛!

原载《福建日报》1981 年 7 月 3 日

轧钢车间印象

刘湛秋

从火红的炉中跃出——粗圆的钢锭，像喷动的红日，展出胜利的、骄傲的光泽。

它诞生了，带着力的呼唤，扩散着高热的冲击波，渴求着新的造型、各种规格的匀称身躯。

它诞生了，是一场雄伟的演出，是火中凤凰再生的欢呼，而不是涅槃的哀鸣。

于是整个车间仿佛旋转起来，所有的角落都亮了。巨大的轧辊，锋利的刀剪，巨流般壮观的传送带，雷鸣似的天车，一起高奏使人喘不上气的力与火的交响曲。

它就这样行进在威武的音响中，毫无顾忌，也没有丝毫怜惜，任那冷落了氧化皮，从身上剥落。

啊，这眼前的非大自然所能塑造的风景——

使人激荡着浑身的血液，升华起哪怕最滞硬的感情，萌生出一种对新的变革勇猛的追求：

哪怕经过火的熔炼，钢的碾轧，也要奋然向前！

原载《人民日报》1982 年 7 月 5 日

她在泥盘上画花

——在陶瓷厂

刘湛秋

她记不清了，在她的指缝间，绽开过多少朵鲜花，在她的手掌上变得粗糙的纹理中，流走了多少个有露水的早晨。

车间的热气蒸腾着，她穿得很单薄。她并不年轻了，但那胳膊和手，充满着力的跃动。一个泥坯的盘子在她手里旋转，像在节日的夜里，那飞落的火花和星星一起闪烁。

她画的花因火的烘烤而固定了，明亮、清爽，花儿也越发出落得好看了，再没有她经常闻到的泥土味和难闻的胶水味；她画的花留在明亮的彩盘上，但是没有人知道作者的名字——这个极普通的女人。

这，她从来都没想过，但她知道，明亮的彩盘会带给人喜悦，给生活涂上花的姿容。

选自刘湛秋《遥远的吉他》，青海人民出版社，1985 年 12 月第 1 版

爱的期待

戴砚田

谁没有自己的期待呢！

期待，是复杂的，有时复杂得千头万绪；期待，也是单纯的，有时单纯得只有一个。有所期待，生活才充实、丰满。

盼长清按时从海上归来，带来打出新油井的喜讯，这是素珍——一个海洋石油工人的妻子的期待。她多少次在信中倾诉这个热烈的期待啊！她是冀东山区的农家姑娘，十五年前与在东海舰队服役后来转业石油战线的长清结婚成家。

接到素珍病了的信，正是星期天。我赶到她家，她已好了。“快去打电话，叫你爸回来。”她一面吩咐女儿玉杰，一面给我沏茶。我问起她的病，她消瘦的脸上立刻兴奋起来。

“在海上钻探采油，可真不容易啊。”素珍放下茶杯，在沙发上坐下，“那天夜里起了风，呜呜地怪叫。我吓醒了，拉开窗帘，烧裂天空的闪电直扑到我的窗前。这又是九月闹台风吧。可坏了！我们老张又赶上大风了！是去山东避风港了，还是在海上浪涛里摇呢？给两个孩子盖好被，我就跑到了海沿，伸手不见五指，哪里看得见老张的船啊，只见灯塔一闪一闪地挡着风。”

就是那天回来，她发起烧。邻居说：“给长清捎个信去吧。”她说：“别，玉杰她爸在海上，不知怎样在拼斗呢，还让他为我担心？”那天下午，她烧得口苦舌焦，长清从海上归来时才有的海风味扑上脸，使她睁开了眼。原来风力过了八级，他们暂停出海。说到这儿，素珍妹笑了。

“长清身体好吗？”我问。

“结实得像块钢。海上伙食好，可怎么吃也不胖，体力消耗太大。听说吸烟有害，我就不让他吸。可是，从夜里十二点值班到凌晨四点，困啊，精神一松，出了事怎么办！就吸几口吧。”素珍说着去淘米，不断从阳台上探头向码头方向张望。

她在阳台上自言自语：“玉杰这孩子上哪儿找她爸去了，怎么还不来，想是电话打不通。”

我说：“知道他这会儿在哪儿？不要催他吧。他忙啊。”

“忙倒不怕，叫人担心的是险。我天天早起都听天津电台广播的气象预报。听到渤海西部海面风力二到三级时，就放心了。你不知道，老张拖的大导管，四层楼那么高，大桌子似的，风一摇，浪一摆，吓死人……我真怕……”

“你想叫他下船啊？”

“有人劝过他：老张，下船吧，陆地上有你干的工作，干啥冒那个风险！你猜他说啥？‘都下船，这船谁来开呢！’他想的是取海里的宝贝——石油！”素珍的凝聚着自豪感的眉头像朵花，她把捞好的白米饭蒸到煤气炉上。

一股海风味从门外透进来，长清推门进来了，站在门里，像是一尊青铜塑像。鼻梁高挺，亮眼含笑，气血饱满的脸闪着光，一派军人的威武，转业时的蓝海军服已经洗得发白了。

十几年没见，长清变得健谈了。从护航保卫建设到驾船开发油田投身建设，谈个没完。

“我国海岸线是世界上最长的未开发的海岸线，石油资源非常丰富。”长清弟一边用热毛巾擦着脸，一边给我介绍。“咱们现在是调动一切力量，中外的人力物力，科学技术，天上有飞机，水上有轮船，陆上有火车汽车……我是一心扑在船上。建设这个家，全是她的功劳。”长清笑眼扫着妻子的背影，那语气，像是说他所期待于妻子的，妻子都完成了。而妻子期待于他的，他还正在努力。“这几年，变化不小，要求高了。”我说。长清弯腰打开酒柜，举起两瓶新鲜啤酒。

“对！要求高了。光会吃苦，只靠勇敢，不够了，要科学知识。没学过天文气象，大难题；不懂英语，更是大难题。一九八五年，还要考试哪！我们正在加紧学习……”

“四十三岁，你正当年富力强，学！”

素珍在厨房里说：“你只顾说，快打开酒啊，饭菜都好了。”

三杯美酒落肚，素珍妹端着菜过来了。坐下就说：“不会总叫人这么担心吧！总该有一天，船，不怕大风大浪，浪多高，船多高。他开到海上去作业，走多远我也放心了！”

多么美好的期待啊，她笑得满脸开花了。我的心却沉重起来，这是多么强烈的呼唤！

原载《人民日报》1984年3月6日

风电之花

韦　野

塞上，是风的世界。草原，是风的舞台。

从童年读过的课本里，我就被“天苍苍，野茫茫，风吹草低见牛羊”的歌谣所感染，以为那里天高地远，那里的风要比我多山的家乡的风跑得快，猛烈得多。后来，这种感觉渐渐地被证实了。有几次到塞外去，偏遇上“大漠风沙里，长城雨雪边”。有一次离家时，正值春意盎然，虽有风，但十分柔和，“可闻不可见，能重复能轻”。可是翌日初到张北，不仅“天似穹庐，笼盖四野”，苍茫的碧波之上还有如刀似箭的风流，吹得你站不住脚。怪不得古人有“未及交锋，望风而溃”之形容。这里风的威力，可以说并不因谁的厚爱或长恨而有所增减，也不因谁的喜怒而改变自己的性格，一年四季，它都是任意飞舞、驰骋、游荡。漫漫长空，成了它为所欲为的疆场，纵情地展示着它的力源。

年前，我趁参加一次会议的机会，越过花城，又一次观赏了塞上风光。“饮马渡秋水，水寒风似刀”，这印象依旧萦绕脑际，天还是那么辽阔，风还是那么雄壮，但使我特别感到新奇的是，在一些被称为“风口浪尖”的地方，却有许多电扇似的塔架如一棵棵矗立的劲松伸向高空，不停地旋转，发着呜——呜的声音。路过锡林郭勒大草原时，我在车上一个劲儿地凝望着这种陌生的景象。古诗不是说“云边雁断胡天月，陇上羊归塞草烟”吗？此时却感到并非“雁断”，而是林立的塔架遮断了远方的霞云，召唤着晚归的羊群。车上没有当地人，我不便询问，只是默默地猜想这塔架内涵。后来，我们回到长城脚下的住处，在八达岭附近，我又看见许多这种高矗在空中的电扇似的塔架。仿佛长城上的电视塔，又像高举着的一架架玩具飞机，昂首长空。一种新奇感驱使你不由得左思右想，这到底是什么呢？为得知究竟，我信步来到西拨子附近，随便向一位工人同志询其情景。

原来，这是我国新建的一座规模最大的风力发电试验场。啊，风力发电，多么新的科学领域！我为它的新兴而高兴，为它的别致、壮阔而羡慕。可是我站在它面前却深深感到自己的知识太少了，竟不知祖国还有如此崭露头角的新能源。于是，带着这个意外的收获，我回到住处向当地的科技人员求教，请他们讲讲风力发电的情形。听着他们的介绍，我像初进课堂，老师的每一句讲解，都感到是那么新颖，有趣。他们说，这个风力发电试验场，有我国自制的各种形式的风力发电设备，也有从美国、加拿大、荷兰引进来的风力发电机。那种电视塔似的东西，是“立轴风力发电机”。它的顶端像一个椭圆形的风轮，其带状圆圈就是它的叶片。不管风的方向来自哪边，它总能转动，而且转动的方向不变，人们称它为万能机体，因为只要有风，就能自动转动发电。那种面向前方的电扇似的东西，是“水平轴风力机”，风轮与风向垂直。它不像前一种不管风向如何总能转动，而要靠发电机随风调整方向。

听着行家的讲解，我产生了许多联想。宋玉在《风赋》中不是说它“回穴冲陵，萧条众芳”吗？它确有致使香草香木凋零、寂寞的一面，可它这无限的力源，又该给万物带来多么大的福分呢！古人说风“不择贵贱高下而加焉”，可是谁承想到这风对于控制、利用它的机器，也毫不躲闪反而慷慨加施呢！不要再指责它是无情的风魔了，童话中留给我的风的凶杀、残忍的形象，此时在我的联想中淡漠了，变形了。风，是幸福的宝藏，可爱的福音，是很值得珍重的。不然，为什么这风力发电试验场选择在这个地方呢！因此，我渐渐觉得我应该改变童年时对塞外风的恐惧感了。莫再被“胡地多飙风”“出亦愁，入亦愁”的伤感诗句所迷惑，这飙风不是祸，而是祖国富饶的资源。美丽的大草原，靠它播种、扩展，高耸的风力发电机，靠它推动、发电，它给广袤万里的塞外增添了多么大的光彩！入夜，熠熠夺目的风电之光如游龙，如串串明珠，给锡林郭勒，给长城脚下点亮了多少家辉灿的灯火。

望着这璀璨的夜色，我的兴趣越来越大了。我随试验场的一位工作人员前去观光，这里没有发电用的通常的燃料，没有必备的厂房、机器房，只见成群的螺旋桨在蜿蜒的长城风口处飞速转动着。每一个塔架就是一台风力发电机，转动的螺旋桨就是发电机的动力。这桨叶有三个的，也有两个的，各种大小不同型号的风力发电机，都由吹来的风速而决定自己的发电功率。主人说，这里有我国自制的第一台 50 千瓦水平轴风力发电机，它同古长城雄踞关外，成为众目翘望的佼佼者。那种微型、小型机组，也各自发挥着简便易用、价值便宜的光和热。但发电量最大的要算这 50 千瓦的风力发电机了，在正常的风速之下，它每年可发电 15 万度到 20 万度。主人说这个数字虽然不大，可不能小看它，在农村和山区它有巨大作用。主人给我算了一笔账，如果按小型柴油发电机的电价每度为二角五分计算，它的年产值就是 37000 元到 50000 元，而且这一种风力机至少运行二十来年，最初几年收回投资成本后，每度电的成本就是几分了。所以有风力资源的农村一旦用上它，就可带动电影机、抽水机、磨面机，以及家用各种电力设备。烧饭、照明、取暖全可使用风力发电机的电源。我感到更为有趣的是，它的电流可以充入蓄电池贮存起来备用，一旦赶上没风或风力过小，收听广播或者看电视不会因为风力机不能发电而停顿，这实在是农村用电史上的万无一失的理想境界。主人还十分有趣地介绍说，这风电可干净、漂亮、卫生极了，它姗姗而来，悄悄而去，没有震耳欲聋的轰鸣，也没有锅炉旁作业的脏和黑，所以它正在我国沿海和风力资源雄厚的地带应运而生，迅速崛起，他说，舟山群岛的嵊泗岛上，十八千瓦的风力发电机已经连续运转几年了，不但经受了多次台风的考验，发出的电还广泛用于海水淡化，为解决海岛群众饮水开辟了一条崭新的途径。

由无知到有所知，越听介绍我越觉得现代科学技术的迅速发展，确为一些人所想象不到。风，这种最常见的流动着的大气，也许很快会像太阳能一样，成为每个家庭取之不竭的动力。客人这样设想，主人也这样设想。因为，我国风力资源较普遍，一般说，年平均有 4 米 / 秒左右风速的地方，就有开发价值，就可以利用风力发电。华北、西北、东南沿海的风速均在 4 米 / 秒左右，均有雄厚的风能。我在锡林郭勒遥见的许多风力机，就改变了那里数千年来使用油灯的传统的照明方式，牧民们能在自己家庭的毡包里看电视了。他们使用的仅仅是五十瓦或一百瓦的小型风机，二级风速即可启动，八级大风仍可正常工作，抗风能力可达十级以上。更令人兴奋的是，那里正试验利用风能取暖。所谓的“北风刺骨寒，风吹石头走”，不过是对风寒的恐惧感的描述，代之而起的却是“风刀竟随牧民意，剪出万家风电花”。

从塞上归来，那里变风害为福利的壮举，却深深印记心里。起初，我并不想写什么，我对这壮举太陌生了。可是接踵而来的一些报道风能利用的消息，不断激起那次的旅途感受。于是，我翻阅起有关资料，渴望多懂一些这方面的知识。其实，对于风能的一般利用问题，许多人是可以回答的，比如风帆船运输、风车提水就是尽人皆知。但世界上最早利用风能的国家是哪个，并非多数人所知。据史籍记载，我国东汉时期就有“随风张幔”之说，这在世界上是居于领先地位的。唐朝元稹的诗句“风车笼野马，八荒安足游”，就是对载人风车的生动描绘。《天工开物》中对风车的描述可谓详细："扬郡以风帆数页，俟风转车，风息则止。"可见用风帆推动车、船，在我国已有二千多年的历史了。南方许多沿海地区，至今不是还继承着我们先辈发明的风力提水机，为盐田提水和为农田灌溉吗？现在，这些古老的风车、风帆随着科学技术的发展已经有了许多改进。我感到引以为荣的，是我们炎黄子孙没有辜负祖先的期望，没有当大自然的毫无进取的奴仆，我们的科学工作者已使我们的风力发电事业跻身于世界之林了。

写到这里，有幸收到朋友送来一份记述我国风力发电科技考察组于 1983 年 1 月到美国、丹麦访问的资料。他们看到"在加利福尼亚州的一些丘陵地区，成批地装置着 25 千瓦至 50 千瓦的风力发电机，但以 50 千瓦为最多，这种机型已成为美国当前比较成熟的典型机组"。他们在去丹麦日特兰岛的访问途中，也"不时看到装在农村、牧场里的 50 千瓦和 25 千瓦级的风力发电机"。丹麦虽有 630 千瓦的风力发电机，但是极少数，在他们的丘陵地带成批装置着的，还是以中型机组为多。由此，我觉得我国的风力发电并不逊色多少。"风之所被，罔不披靡"，我们的风力发电机也长起了巨大的羽翼，正在起飞，不仅飞向所有的风谷云溪，也正飞向世界先进行列。

这使我想起一首流行的歌曲《风》的创作，当祖国的风呼唤着冼星海一夜睡不着时，他索性起来，站在窗前遥望，思念起亲爱的故乡，于是满腔奔腾的激情，使他忽然奋笔疾书，一气呵成——著名的《风》诞生了。他被巴黎音乐学院高等作曲班录取，并授予他崇高的荣誉奖。不知怎的，我觉得这盛开的风电之花，仿佛像《风》，不也在展翅、搏击、翱翔吗？它将飞过高山，飞向天宇……

原载《散文》1984 年第 9 期

“取经”零忆

韦君宜

和几个同志一起散步闲谈，不知怎么偶然提起各人的游踪。有一位同志说他没去过大寨。我说：“我去过！那个年代的那些供‘学习’的红旗单位，我差不多都去过。”

“你去过大庆吗？”

“去过。”

“小靳庄呢？”

“也去过。”

于是引起别人都惋惜自己当年没去，此景已不可再得。这一谈，我倒真想把当年那些“游踪”都写下来，以免自己和别人忘记了。不过，得都再去一趟，看看今天的样子，才好写。想想只有一个地方，是用不着亲眼去看再作对比的，就是大连红旗造船厂。不妨一叙。

这个造船厂也是当年的红旗单位。1976 年春，我奉命前往“学习，取经”。一个文学出版社的编辑，跑到造船厂去取什么经呢？原来，这个造船厂据说刚造出一艘五万吨巨轮，要举行下水典礼。而那时“中央文革”正在大力批判“造船不如买船，买船不如租船”的

“外国买办洋奴思想”，据说造出这艘船就是对这种思想的一个重大打击，因而不管对于什么行业的人都有同样的教育作用。

我们北京每个大出版社都派了人，包括出版局负责干部，组成一个相当不小的代表团前去学习。到了大连，才知道这厂里已经集中了全国各大厂矿来的人，还有交通部的领导干部，还有哲学社会科学部（中国社会科学院前身）的领导干部共约上千名代表，竟是一个全国规模的盛会。大家都挤在造船厂的招待所里，八人一室。虽然到了避暑胜地大连，绝没有一个人提到要去海滨顺便游览一下，大家连街都不逛，一心等着“学习”。

过了一天，由于我们出版社先前曾来人在这个厂里约过稿，于是得到特殊优待，先上那明天就要下水的船上去参观。

我们几个怀着挺庄严的心情，跟着一位厂革委会领导干部，还有那位被约稿的工人作者陪同上了船。一登上甲板，一位同行的老同志就差点绊了一跤。原来那甲板上横七竖八全是铁链、橡皮管、螺母、焊条……简直没有容足之地。船上叮叮当当一片敲打声喧，工人正在忙着干活。怎么明天就下水，今天还这样？是扫尾活没完吗？我们自知不懂工业，也不懂管理经济，对这问题姑且闷声不响。再往里走，到了船主体部分，上面是扶手栏杆，凭栏下望，只见船肚里空空如也，像个大空海碗。我虽没有工业知识，对于这里是应该装机器的地方，还是知道的。现在既然没东西，只能潦草一望，就随众下船。

第二天就是下水典礼，工厂用汽车把代表们都运到海滨。那真是万头攒动，海滩上满满的都是人，那船已经用五彩带和红绸、红花打扮起来。沿海滩还搭起看台。交通部的部长等领导干部有桌椅，坐在前排。我们这一群就站着挤在人堆望望。那位工人作者站在我身边，我小声问：“这船能开下水么？”他答：“用千斤顶顶下水就完了。还没装机，是个空壳，怎么开？”一会儿，厂革委会以及来宾陆续讲演，痛斥“买办洋奴思想”，然后是盛大的剪彩典礼，礼炮轰鸣，船被推下水，群众欢呼。

是否世界上轮船的下水典礼就都是以船壳下水？我孤陋寡闻。但是想也想不通：若是如此，没有机器，焊成十万吨、百万吨的空壳推下水去，不也都可以办到？越想越别扭，已经有些兴趣索然。

我们要向这个厂取的“经”并不止这条船，接着厂里就让我们去学习他们意识形态方面的成就。原来这造船厂办了一个哲学社会科学研究所，还有刊物。（怪不得要把哲学社会科学部的人也叫来！）厂革委会宣传部长申述理由说：“我们厂既然有一个船舶研究所，工人占领上层建筑，为什么不可以同样有个哲学社会科学研究所？！”于是我们去参观了那个“研究所”的展览会，看了他们的“哲学社会科学”刊物。内容无非那个时代那些吓人的空话，有些陈列的原稿确是工人写的，我光看了看那密密层层黑压压的小字，突然发生一种又烦恼又哀怜的情绪。不愿再看内容。

然后还访问过一次市委宣传部长王某。这位部长坐在将近一丈长的大办公桌后面，口气和他的办公桌一样大，说他们市里承揽了《鲁迅全集》的注释任务。动员了一万人参加（据我所知，只是一篇短文的注释，由一家学院分下来给他们的，最多不上十条注）。听了更使人蒙头转向，无法想象。

最后，我还进行了些个别接触，那位有稿约的工人作者找我谈他的创作情况。革委会给他的任务是写一部长篇小说，主题是工人学哲学，要把工人在学“哲学”的路上如何当家做主的过程塑造出来。他已经努力写了几万字，现在怎么也写不下去了。作为编辑，我本该告诉他：“停止你这种无效劳动吧。”但是这是厂革委与我们社先来组稿的一位新领导协商好的，我束手无策，只得含混支应过去。然后还有市里指定的“三八”女子炼钢炉的工人要写小说，一个岛上的小学“开门办学”也要写小说……都来谈计划，都得应付。作品还只字全无。简直使人弄不清这究竟是计划，还是梦话。

最难堪的还是在这里遇见了师田手，一二·九时期才华茂发的青年诗人，延安文协的干部。如今秃着头，赤脚穿双没有鞋带的破球鞋来看我，说他也是市文化馆的“创作员”，来问他该写些什么。唉！可怜的老田，你怎么还要在这里把你的头脑和生命白白送给这些人糟践？我对他却无法像对那些人那么应付了，什么也说不出来，只能问问他的生活，有没有老婆，有地方住没有。

从那条空壳船到那些荒谬的计划，整个就是一篇荒诞派小说，师田手的模样更使我杌陧不安。

我在干什么呢？“取经”实在再也取不下去，也听不下去了。我急于想走，大家都想走。偏偏那个造船厂又不管订回京的票（据说也有订票，曾在食堂里广播过，凡未听见的就都作为自动放弃论）。我们无法，各想出路回家。最后我和两个同伴自己买了硬座火车票，熬了一天两夜，才算在深夜昏头昏脑狼狈跑回了北京。所以，直到现在，谁提起去大连度暑假，我都还是心有余悸，毫无胃口。

那时，我对那条空壳船下水有些不满，对那些哲研所，写小说，万人注鲁迅，则更是讨厌透了。这里的工业经济方面的虚假和他们在意识形态工作上的荒谬，交错着在我脑子里滚来滚去。直到回来之后，才慢慢知道他们攻击“造船不如买船……”的口号，实际就是攻击周总理。这才有了完全上当受骗的感觉。而且触类旁通，领悟了经济基础决定上层建筑这条颠扑不破的马克思主义真理。一切都不是偶然的。如果经济基础搞糟了，意识形态大概就不可能搞太好。反之亦然。

现在，我已经确知那种万人作注释、荒谬的哲学和文学计划，都早已不存在了。由此逆推，那样的造船，那样的下水，那种搞工业、搞经济的做法，也必不再存在了。想到这里，心里释然，先写下这一段。

原载《文汇月刊》1984年第10期

矿山月

韩　青

我见过月朗的海面上，无声的波纹闪耀着乱金碎银一般，呈现出梦幻似的深邃的美；我见过深山夜雾的玉兔，或明或暗，或隐或现，幻映出缥缈朦胧的美；我还见过平原月的邈远，以它那无遮无盖的皎洁，铺陈开的无垠的宁静的美……

但这许多美丽的月亮，过后思之，似乎都觉空泛了一点。就像一篇只注重辞藻华美的文章，经不住推敲、品评，无不给人留下遗憾一样。

但转念一想，又不对了。这全怨自己是一个局外人，与置身其景的主人翁，那心情、那感受，是截然不同的。假如当时赏月的是一名渔夫、山里人、耕者，那眸子中的月华，折射到心灵的荧屏上，就不会是荡荡然，徒有其外表，而不见其内涵实质了。

有一次，我去矿山，夜逢矿山月。它那似要廓清一切的亮色，如同大画家笔下的泼墨画，使我领略它那丽质美的同时，又感受到它内在的蕴藉美，久久萦回于怀。

我觉得，这是因为我在矿山上生活过，对它比较熟悉，所以，这矿山月给我的印象也就深刻、久远。

那是一个仲夏夜。我因赶写一篇矿山的稿子，在矿招待所开夜车至一点，神志渐渐有些倦怠。我便起身在房内踱步，见窗外月光姣好，清辉如水，身心一阵爽适，就乘兴开房门，走出房间，过走廊，转过一圆形喷泉池，过假山，过草坪，沿矿山甬道，到了一座小山上。

小山上，我择一石凳坐下，小憩。在一片融融的月色中，矿山的轮廓亮亮的，像镀一层水银一般，一动不动，凝固了，像都已睡熟。

只有那攀上天轮的一轮月亮，还醒着，似一探照灯，把它的光亮，从高耸的天轮架上倾泻下来；转动的天轮，则发出有节奏的声响，仿佛是因了它的绞动，月亮才渐次升高，才燃放这如许的光华，才这般皎洁、清丽。

静夜中，即使细微的响声，也听得格外清晰。月光下，似有低吟浅唱，循声瞅去，原是一湾清流，闪动着明晃晃的光斑，神秘地流向远处。我知道，这是来自三百米深的矿井下，是被矿工用水泵硬性抽上来的；此时此刻，井下的矿工兄弟，也像这矿水一样，不曾中止自己勇进的脚步。汗水，从他们的脸上、脊背上汇成了急流，亮亮的、闪闪的，只是不是一条，而是十条、百条……

呵，一种肃然的感情涌上我的心头。

此时，已是月挂中天。我觉得是它把自己所有的光都给了大地、给予了人类，人世间才赢得这般辉煌、灿烂！

而它多像一颗燃烧的心，深情地依恋着这不夜的矿山，是那样的神圣、纯洁。

如今，我虽离开矿山多年，但不论在什么时候，什么地方，每每想到矿山月，我的感情就得以升华，便步入一种纯净的境界，给我锲而不舍的勇气和力量。

呵，矿山月，你亮在我的心中。

原载《散文》1986 年第 1 期

父亲的土地

北　原

太阳漫不经心地偎在肩头，烤得人热辣辣的。田畴从脚下伸展开去，无风，欲熟的小麦于阳光下显得无精打采。

我和父亲在麦垄间点种玉米。父亲在前面弓着身子刨坑，我在后面点种。父亲的腰受过伤，他不时直起身子，扶着腰歇息一下，样子很难受。我直直地凝看父亲瘦削的脊背，汗水透过衬衣，渍成一幅抽象派的图案。

今年天旱，小麦染了病，长势不太好。因此，这次回家常听到父亲的叹息。

准确地说，这不是父亲的土地。父亲是一个退休工人，这是分在母亲名下的一小块土地。可父亲却把满腔心血洒在了上面，仿佛这土地里生长着他的全部回忆和希望。

到了垄头，坐在田埂上，父亲卷起一支大炮筒烟，叼在嘴上，慢慢地抽着，仔细地擦拭手中的镢头。父亲已像家乡的老人们一样剃光了头，头顶无遮无拦地拱起，一粒汗珠停在瘦瘦的颊上，一星烟沫颤动在厚厚的唇角。父亲完全是一个农民的形象了。

我们就这么沉默地坐着抽烟。我抽“过滤嘴”，父亲抽他的旱烟叶，抽一口咳嗽一串，仿佛那咳嗽里有无穷惬意。

父子俩总喜欢这么沉默。和过去相比，父亲的话明显减少，似乎和我没了共同的话题。而我分明记得，过去探家归来的父亲，总是滔滔不绝地讲述各地的见闻，评论国家形势，给沉闷的家里带来一股新鲜的风。而今……父亲越来越沉默。

是的，他还有什么可讲的呢？家里没有报纸，没有电视，广播也不怎么爱听。父亲的一颗心，已种在了家乡的土地里，和沉默的土地融为一体。

而沉默的父亲，你在想什么呢？

你在想南国的潇潇细雨，想北国的莽莽雪原吗？你在想当年越南的炮火，想非洲的黑人舞么？父亲是一个铁路工人，几乎跑遍了整个中国，并且去过当时正和美国打仗的越南，去过太阳要往北边看的非洲。

我曾见过父亲漂亮的分头，曾跟在父亲身后，望着父亲整洁的衬衣，雪白的草帽，有力的步伐，在乡亲们面前走过而油然升起一种自豪。

是父亲变得剧烈，还是父亲本来就应该是这种模样？

父亲是位铁路工人，穿过了不知多少大都市、小村庄。我是长子，很小就跟爷爷学会了写信。父亲的地址经常变换，因此我给父亲的信也跟鸟儿似的四处飞翔。记得父亲到非洲的日子，我盼着父亲每月一次的来信，并且也每月写信向他报告家中的情况。夏种秋收，春旱夏雨，小妹的生长，奶奶的去世……我不知给父亲写过多少封信，而几乎每次写信都要告诉他庄稼的长势，当年的收成，这是他每信必问的。

他时刻惦记着家乡的土地。对土地的眷注，我不知是他的落后，还是他的纯朴。但我知道，土地是他的根。

我是母亲一手带大的。贫困的日子和政治动乱的岁月，磨砺了我的童年和少年。我没得到过多少父亲的爱抚，可我却因为有这样一个挣工资，而见多识广的父亲而受到小伙伴们的羡慕。

我不知道父亲是因此而骄傲，还是因此而痛苦。

我没锻炼成一个合格的庄稼汉。高中毕业后，我到家乡学校里去教书，后来又离家去求学，从此我不再是一个农民。我不知道我的根是否还深扎在家乡的土地上，而我知道我没有父亲那样对土地的深情。

如今，我戴着眼镜，蓄着长发，怀里还揣着一个紫红色的记者证，得意地讲述外面世界的形色。而父亲却成了一个默不作声的听众，坐在大伯、大叔们群里，分不出一点差别。

闲下来，父亲便捧着我和弟弟带回来的一些通俗小说，读得津津有味。我记得父亲曾有过不少画着各种点线、图案的技术书籍，这些已离他远去了。

我把两周岁的小女儿放在了家里，父亲最爱逗着小孙女玩。小孙女的一声爷爷，便能叫开父亲所有的皱纹。我们兄妹都不是父亲亲手带大的，父亲仿佛把大半生没有亲手交给子女的爱，都倾注在了小孙女身上。父亲还时常带着小孙女到田里，给小孙女指点小草、野花、小麦、玉米……进行着一个农民的启蒙教育。

如今的父亲，身份不是一个农民，可又是一个确确实实的农民。

父亲的人生轨迹，仿佛转了一个大大的圆，又回到了原来的地方。

这个圆，是圆满的终结，还是没有缺口的封闭？这是父亲的光荣，还是父亲的悲哀？

我看到过许多这样的大大小小的圆圈，像是一个个大大小小的句号。不由得你不去思考人生、民族、家国……

我思考着我自己，将来也是画这样一个圆，还是像一条切线，从父亲们的圆中飞出去？

……夕阳已慵懒地躺进了麦垄。

“回家吧。”父亲低声说。

我的思绪被牵回来，牵回到这一望无际的麦海中。

家乡的土地啊，父亲的土地！

父亲直起身，整理好农具，又望一眼腾着热气的田野，慢慢地转身往回走。

夕辉照在父亲的背影上。父亲比以前瘦多了，衣服上沾着泥土。因这泥土，父亲的身上增添了一种说不清的慈祥，也增添了一种说不清的衰老。

我跟在父亲身后，倾听着父亲低沉的脚步声，心里说：

土地，是父亲的根之所在。

1988年2月

原载《北原散文选》，石油工业出版社，1994年10月第1版

今日的尉凤英

张援军　彭增祜

果然是她！

在沈阳市皇姑区第十一届人民代表大会第二讨论组的门外，我们向室内张望：靠窗的位置上坐着一位50岁开外的女同志，浓眉大眼，短发，依然是在照片和银幕上看到的那些特征，只是面庞稍微胖了点儿，发间夹杂着缕缕银丝。我们的思绪沿着历史的轨迹一直追溯到那个“毛主席的好工人”和尉凤英的名字紧紧连在一起的年代。

30多年来，中华人民共和国的政治舞台上，认真地上演着正剧、闹剧、悲剧、喜剧。由于某种历史的契机，把原本普普通通的工人或农民，推上了党和国家权力结构的最高层；同是因为历史的转折，他们之中有的人私欲恶性膨胀，最终身败名裂；有的人经不住时代的浪潮淘洗，一蹶不振……她呢？久违了的尉凤英同志，她在走着一条怎样的路呢？

此刻，原全国人大代表、党中央委员，现在的辽宁省委候补委员、沈阳市皇姑区人大代表尉凤英，正端坐在基层代表们中间，时而神情专注地倾听同组代表们的发言，好像唯恐漏掉一句一字；时而条清理晰地插话、发言，从城区道路的拓宽规划，到发展教育的实施方案，论说透辟，分析细致，俨然一位精明干练的主妇在侃侃而谈治家之道。

当上午的小组讨论结束时，我们受仰慕和好奇的双重心理驱使，鼓起勇气走上前去，自报家门之后，就和她攀谈起来。她态度真诚而谦和，虽然说不上健谈，但绝无矫揉造作之态。这种一见如故的气氛，一下子扫除了我们开始时的拘谨。在交谈中，我们得知，她还要向大会请假，赶回单位去接待几位外地来学习的同行。

“您真够忙的了……”我们对这场突然袭击式的造访表示了歉意。

她掠了掠厚密的短发，若有所思地说：“趁现在身体还行，我得尽力多做点事啊！我始终是这样想，作为一个共产党员，有一百分的劲儿，就不能使九十九分……”

临分手时，尉凤英从笔记本中抽出两张名片送给我们。名片上写着“航天工业部国营新阳机械厂工会主席尉凤英”。

她急匆匆地走了。望着她的背影，总不免想起那已经逝去的年代。今天，党没有忘记她，人民没有忘记她。她也没有辜负党和人民的期望。我们强烈地感到，作为一个老代表，她胸膛中跳动着的是一颗经受过时代风雨净化同时又在净化着客观世界的赤诚的心。在新的使命面前，这位老代表还在为人民奔波着，操劳着。

原载《新中国的一日》，华夏出版社，1989 年 1 月第 1 版

渤海钻井生活散记

孟曙光

渤海湾从酣甜的睡梦中醒来了——东方漫天的绯色朝霞是她的笑靥；掠过波涛款款吹拂的轻盈海风是她的歌声。

太阳升起来了。海平线如同一位深情的少女，用她那与太阳有着同样光辉的涟漪追吻着太阳。

钻台上。辛苦劳作通宵的钻井工人披着晨光走下钻台，穿过宽阔的甲板，走进住舱，走进溢着奶香和新鲜面包香味的餐厅。

餐厅里四壁洁白，不锈钢餐具在晨光下熠熠闪亮，中外石油工人们在配膳口可以随意选取自己喜爱的食品。牛奶、银耳羹、大米稀饭、面包、煎蛋、馒头、花卷，加上各类荤素小菜应有尽有。

在我对面的餐桌上，坐着中方聘请的美籍钻井工程师、渤海 8 号钻井船总监督毛尔斯先生。这位在美国失业在中国找到工作的钻井工程师，似乎对中国饭菜很感兴趣，他手拿小花卷，就着小豆稀饭和四川榨菜，吃得津津有味，边吃边和身边的中方副监督讨论着工作。这几天，一向使用得很好的钻头总出毛病，给工作带来了许多麻烦。这种钻头是一家美国工厂的产品，毛尔斯先生打算吃过早饭后给那只刚提上来的坏钻头拍张照片，把照片连同意见书一起寄到美国钻头厂家。他说，厂家会重视的。这些厂家之所以能让自己的产品在全世界石油界享有盛誉，最基本的一条就是他们善于听取用户的意见，在这些意见的基础上不断对自己的产品进行改良。

我步出餐厅来到甲板上，湿润清新的海风让人忍不住深深地呼吸。凭栏远眺，大海坦坦荡荡，远方耸立着渤海 4 号船的钻塔，这是我们的姊妹船，在同一个含油地质构造带上作业。由于都担负着对外承包的任务，双方有一种默契——相互协作又相互竞争。协作体现在一方有困难、需要什么材料配件，只要打个高频无线电话，对方马上派值班船把所需物资送过来，以保障正常生产；竞争更有趣，船员们每天一早就要问报务员：“他们打（井）多深了？”双方的平台经理也常常通过旁听与基地领导的生产汇报来获取对方的情报，用对方的生产效率和工程进度来激励自己的钻工们加劲干，赶超对方。

距渤海 8 号船约两海里之外的海面上，矗立着两座橘红色的小钢铁平台，那是我们去年进行丛林式钻井完工后安装的井口平台。小平台上分别有 6 口油井，每口井的日产原油能力在 200 吨至 300 吨。在打那些井时，必须进行放喷求产试验。为了不污染海洋，我们采用一种特别的燃烧器，把从井底涌出的原油喷成雾状燃烧殆尽。油火一俟点燃，那轰轰的燃烧声如雷鸣一般，巨大的火龙在燃烧臂上腾跃翻滚，恰似一条金龙在钻塔下的天海间飞舞，构成一幅壮观神奇的画面。求产结束后，巨型浮吊就会把采油平台运到井口平台上就位，这些油井就能正式投入商业性生产了。

多么好呵，我们的事业！面对着大海和正在兴建的海上油田，我怎能不发出由衷的感慨呢。20 多年了，从人拉肩扛到电子计算机控制；从小渔船运载人员器材到直升机和现代化浮吊、拖轮成为常规工具；从风餐露宿下海捞冰解渴，到宫殿般的住舱、空调海绵床以及海水淡化装置造水应急……我们走过一条多么艰难曲折而又无比光荣的路啊。特别是从 80 年代初起，我公司克服重重困扰，以高屋建瓴的气魄打起对外开放、中外合资的大旗，在短短的几年内分别与法国的珂埃夫石油公司，英国的“BP”公司，美国的雪弗龙、德士古石油公司以及日本的中日石油开发株式会社先后进行了合作。对我国的海域进行了全面调查，除探明了大面积地下构造而外，还在渤海埕北海域建成了我国第一个海上油田，目前这个油田年产原油80万吨。有人做过统计，这些全部出口的原油所赚取的外汇相当于我公司两万余名干部工人每人每月上交国家1000元人民币。

尽管石油危机的狂澜震撼了整个世界，至今余波未平，但渤海油田勘探频传的捷报对国内外的有识之士仍具有非常大的吸引力。国内几个临近海上油田的省市领导同志们说：“一旦海上油田建成，我们将投资大兴石油化工业。”国外，世界银行组织已派人前来考察，结论是：“渤海石油业前途无量。”他们决定贷款3000万美元，用于勘探辽东湾的石油储量和构造范围。海上石油事业方兴未艾，我，作为一名海上石油工人，能不由衷地感到自豪和骄傲吗？

钻井船上的工作是紧张的。钻头在二三公里深的井下把坚硬的岩石削碎钻穿，日复一日，全船十几个岗位工种的工人们都在为着一厘米一厘米地进尺而忙碌着。紧张而有节律，繁忙却有条理，分工明确而又互有联系，劳累辛苦但不枯燥乏味。这是我们船上工作的最好写照。

中午12点是交接班的时间。上班的，经过12小时的充分休息，精神焕发地投入了工作；下班的吃过午饭，洗个痛快澡，便聚集在娱乐室里，下棋打牌，打乒乓球，玩个痛快。有人聚在高级音响组合前欣赏音乐，有人静坐在电视机前看看电视录像；还有些好静的，搬把折叠椅到飞机平台照照日光浴，面对着大海想想心事，看看书报，很有一股浪漫情调。有好聊的便三五成群聚在一起娓娓清谈。

时间一分一秒地过去了，工作使我忘记了它的运行，直到夕阳西下之时，我才发现这一天即将过去了。

抬头望去，钻塔上亮起了璀璨的灯光，那灯光与晚霞和天上刚刚出现的明星交相辉映，为渤海湾的傍晚平添了多少神妙的丰韵呵。

原载《新中国的一日》，华夏出版社，1989年1月第1版

在钻井台上

王勇男

北方荒原上午的太阳个儿特别大，红色的光如一团牛血在燃烧，它壮观，真该发出强烈的呼啸声，可荒原是这般空旷寂静，致使许多声音都像柔和的风一样，悄然而逝。荒原上不见一棵树。唯一高大的“植物”是黑色油炸杆和水泥铸的电线柱，扯出片片电线网，似在注释这片荒原已不再原始，绿色空间也留下了人的痕迹。

我驱车在荒原上奔驰，2小时后，我影影绰绰看到了人，近了，才辨清是一群“人”字形的钻塔。我的学生就在这群钻塔上实习。我原是84—19班班主任，我的学生学的是钻井专业，这就意味着苦与累，荒原和石油等待着他们。他们个个都是淘小子，在我不当他们的班主任不久，19班就被分散了，学生都插入其他钻井班，他们仍然个个是淘小子。

“你的学生个个都是小‘铁人’，勇敢，活儿干得相当漂亮。”我一到井队，实习老师就兴奋地告诉我：“他们干司钻、内钳、外钳、场地工……哪一道岗位都有，他们全可以独立操作，都成了井队的主力了。”

这我相信。报上不也登了许多战士在后方疲疲沓沓，上了前线成了英雄吗？看来，人都有各自显露英雄本色的战场。他们和英雄的战士们可以类比吗？我走向了轰鸣的钻塔。

“王老师来了，王老师，王老师！”钻台上喊声迭起。那是谁呢？戴乳黄色钻工盔，黑脸白牙向我笑的；戴红色钻工盔，向我招手大叫的。沿着颤动的铁梯子我攀上了钻台。

“哎呀，是阿侨、拳头！”我惊喜得将他俩的绰号脱口而出。阿侨姓乔，上学时常穿奇装异服，一派华侨模样，颇具港味，故被戏称“阿侨”。“拳头”是个小矮胖子，打起架来，横扫一片。瞧，不到1年，他俩都长成大小伙子了。脸膛儿微黑，抹了些泥浆——防晒剂，肩宽胸厚，“阿侨”穿了一件已变成了石油色的圆领线衣，两块梯形的胸肌高高凸起，帅劲胜过他穿港衫不知多少倍！“拳头”一身工服，活似一幅钻井工人的油画。钻杆在他俩身后飞转，钻盘上小泥浆珠跳来跳去，内外钳各踞一方待命。“老师，看我俩像男子汉吗？你忘了，你讲的，在油田，钻井工人才像真正的男子汉。”他俩边说边打着粗犷的手势，平添三分英气，我倒拘谨得像个学生。一时，一种博大的东西挤压着我，让我感到身上似乎缺了点钢。“累吗？”我问，声音似只在喉头绕了一圈，他俩没听清，钻机太响了。“累吗？”我放开最大的嗓音喊。“开始累，天天干习惯了。”唇上刚刚萌发胡须的“拳头”说，阿侨站在旁边点头，憨厚可爱地笑。“今天进尺多少？”“300米，钻一半了。”我目量着9米一根的钻杆，竖着的一群，躺着的一片，几天之后，它们都将通过他们的手，走入地下。

“王老师，闪开一下，要喷泥浆了。”“拳头”话音一落，轰鸣和钻杆一齐停了，“拳头”“阿侨”利落地搬搬拧拧，井口“咕嘟”喷出一股白色的泥浆，溅了我一裤腿。他俩躲也不躲，眼都不眨，扑上去，一个挥钩，一个拉锚头绳，又一齐推过一根钻杆，对正，又一个持大鳄鱼般的内钳，一个持外钳，同时叉开双腿，挥动双臂，腰使劲一扭，腿绷绷直，身体平行于钻台，只听咔咔两声，又一拧，停

3 秒，随着“拳头”一声“好”，内外钳一齐打开，推回原处，电闸一合，司钻刹把一握，钻杆又飞转隆隆。果敢娴熟的动作，整个过程仅在 1 分钟之内完成，没有一丝犹豫，也没有一点多余。

“王老师，今天几号？”“阿侨”擦着脖颈的汗问。

“5 月 21 日，星期四。”

“今晚我俩上零点班。”

零点到了，我随“阿侨”“拳头”登上了 35 米高的钻塔顶，钻塔有点晃，给人一种要飞的错觉，又似有无数条黑绳索牵拉它。荒原变成了黑色和红色，篝火送来缕缕烤焦小生命的香味。星星真多，像要互相碰撞，真像一支歌里唱的那样：“青天一顶星星亮，荒原一片篝火红。”

今天月亮真小。“老师，每次上零点，月亮一升起来，我就特别想家……去年中秋节我上零点，看月亮，月饼都吃不下去，不能回家团聚，心里可难受了。”“拳头”侃侃地吐露着内心的孤独。谁说钻工不懂感情，他们也“每逢佳节倍思亲”呢，思得有多深沉！“阿侨”不自在地搓着掌心，“真的，眼泪就在眼圈里转……”

我们下到钻台上，又一根钻杆钻进了地层，说来也巧，这台钻机，正是拍电影《爱，并不遥远》那台，它早该“退修”了，却被学生实习用上了，并又加入了油田的生产行列。祖国的石油工业，后继有人啊！

“老师，你要是写小说，把我也写进去吧。”钻台上，那个最重要岗位上默默干活的司钻突然对我说：“我是 25 班的，叫姜国俊。”

“写你的真名行吗？”

“行！”他坚定地回答。声音汇入了钻塔的轰鸣。

原载《新中国的一日》，华夏出版社，1989 年 1 月第 1 版

情　绪

龙山草

今天马汤 330 千伏线路停电检修。

汽车在大门口登记时，看见工会的办事员李来成（一块工作了八九年的师兄弟）走过来。我亲热地跟他打招呼，他却淡漠地瞅我一眼，脸皮稍一抽搐，一副皮笑肉不笑的架势，只点了半下头，腔都懒得搭。

我觉得很不是味道，就稍带挖苦地说：“哟，瘦猴儿。一当干部，架子倒挺大，啊？”所谓干部，无非“扫地抹桌子，打杂剜烟锅的那种‘万金油’”。

“好好爬你的杆吧！ × 干松哩！”他嘴里竟然不干不净。

“看你个屌样！”我毫不客气地回敬他一句。但他已经走远了。

平白惹了一肚子气，心里堵得慌。线路工被人看不起，大家都明白。不过，李来成“扔下扁担打卖柴的”，实在太可恶。

那年汽车翻车，将全班倒进山沟里。我的伤最重，如果当初和李来成一样赖着不干，不也可以调换工种，干个轻松活儿吗？为什么那时要充硬汉子呢？

小小的摩擦，勾出了多少冷冷的白眼和不屑一顾的面孔。我的心里突然生出许多不平和愤怒。

20年线路工，的确干够了。再说我也有工伤，下定决心，从今天开始，咱也要他一回赖，找一份儿清闲。领导你就看着办吧！

汽车飞一样穿过渭河南岸的大片平原。放眼望去，小麦齐刷刷地结了穗儿，有些带着淡黄，有些抹着浅白，有些仍然墨绿墨绿，油菜已呈鹅黄色，偶尔闪过一片金黄的大麦。望着这即将收获的大地，一股醇酒般醉人的情绪，冲淡了胸中的不快。

到了线路上，人员一字儿排开。看见那呆头呆脑傻站着的铁塔，沉闷和不快又一次蔓延开来。慢腾腾来到塔下，望着47米高的铁塔，心里真别扭。

气喘吁吁地爬上塔顶，已是浑身汗湿，轻风阵阵吹来，顿感轻松舒畅。前后望望，每基铁塔都上了人。有人说我们干活是无锣的猴戏，还真他妈像。稳稳地下了瓷瓶串儿，系好腰绳，开始一下一下擦起瓷瓶来。

330千伏线路的瓷瓶，一基三串，一串19片，每片下面三道槽，三道棱。长年运行，这些槽里积了很厚的灰土，如不及时清扫，一遇恶劣天气，很容易出事故，经济损失以百万元计。

"嘿，你看呀工人胆大的，爬这么高，看着都头昏。"

塔下，几个农民停了手里的活儿，将头仰到脊背上看我，发出钦佩的赞叹声。一缕自豪油然而生。举目远眺，天蓝得可爱，太阳明媚得喜人。映着碧空绿地，一排威武高大的钢铁巨人肩上，站立着一排勇敢的攀登者。

"电的确是个好东西。"塔下农民说。

不错，电是神奇的！我听到了工厂机器的轰鸣，农村马达的欢唱；看到了飞奔驰骋的电气列车，锁住江河的电动闸门；城市里繁星万点的灯火，工厂里飞梭如燕的织机；船坞上亮如极光的焊弧……

身上平添一股巨大的力，两手不由变得轻快。

偶然抬头，发现前后的人都比我快，心里不由得发起急来。第一串儿擦完，粗略估计一下，前面塔上那位最快的，最少要比我快五片瓷瓶的速度。

第二串，我调整动作，两只手扣进瓷瓶的槽儿里，飞快地来回转动。头上的汗水一串串流下来，我顾不得擦，使劲儿摇几下脑袋。将额头上、鼻尖上、下巴上的汗珠一股脑儿甩掉。双手飞快地干，眼睛紧紧盯着别人。第二串干完的时候，我追上了最快的那家伙，和他同时上塔，转移位置。我心里清楚，他也一定盯着我，绝不会轻易让我占先。

“铮、铮、铮。”导线上传来了用扳手敲击铁塔的震动声。这是我们特有的联络信号。他在催促我，向我发出挑战。我抽出扳手，也在铁塔上敲三下，以示回应。摽上劲儿啦！

我不敢耽搁，迅速下瓷瓶串，飞快地擦起来。对方的速度也明显加快了。我和他紧张地拼比着。胳膊和手指酸胀发僵，就像裹上了硬套子，我咬紧牙关，双手仍然飞快地舞动着。

胜利即将在望的急切心情，使我力气倍增，一鼓作气，直到擦完最后一片。迅速作了最后检查，急急爬上塔顶，又以最快的速度下塔。一只脚触到坚实的大地，我看到对方也下到塔的 2/3 处了。

终于第一个干完了活儿。我有说不出的惬意和骄傲。再向两边塔上看，许多人都挂在最后一串瓷瓶上，手慢的连第二串还没干完呢。

擦去脸上的汗水，解掉腰绳，摘下安全帽。看见停在路边汽车，不由得一呆，咳！想换工种的人，绝不应是这种干法呀！

心里又泛起一丝酸楚，淡淡的。

原载《新中国的一日》，华夏出版社，1989 年 1 月第 1 版

瀚海孕育的明珠

彭胜嶂

在新疆南部，浩瀚的塔克拉玛干大沙漠的边缘——喀什地区泽普县西南的一片荒凉的戈壁滩上，一座包括炼油、化肥、液化气和发电的现代化联合企业——泽普石油化工厂，正在崛起，经过6000名施工大军一年的鏖战，现已初具规模。

“苦了我一个，幸福南疆百万人。”这是写在泽普石化厂建设工地的巨幅标语，也是战斗在工地上的6000名建设者的豪情壮志和行动的写照。

在4.5平方公里的建设工地上，一座座塔式起重机，昂首蓝天，轻舒长臂，把施工器材、机器设备轻轻吊起；一座座门式起重机巍然矗立，升降平台频繁地上下起落，运送着建筑材料。一座座厂房、办公楼、住宅楼、教学楼拔地而起。炼油车间蒸馏重整装置、常压催化裂化装置二三十米高的炼塔已有6座傲然而立。全厂的“动脉”“静脉”——密如蛛网的地下管网已安装就绪。地面管网已铺设了一半。厂外供排水工程已竣工，准备投入运行。76公里长的输油输气管线和沿线3个泵站，已完成工程量的48%。全厂炼油、化肥、液化气、供水、排水、公用系统等项单体工程，已开工 308 项。全体建设者冒风沙、顶烈日、挥汗如雨地奋战着。

今天下午 4 时许，建筑工地西北方向的上空，忽然腾起八股灰柱。灰柱继续向高空上蹿，并且向两边扩散。风力也随之加大。风卷着灰尘，向建筑工地铺天盖地呼啸而来。顿时，灰尘遮天蔽日，天色变暗。沙暴来了！还好，这次沙暴持续约 1 个小时就过去了。这里每年 4 月至 6 月是风季。几乎每天都刮风，风力一般 2 至 4 级。沙暴一来风力就加大到 7 级以上。老职工们说，这里一个人“一天要吃二两土，白天不够晚上补”。刮一般的风，施工照常进行。遇上沙暴，除了高空作业的以外，一般工作的人，就地找个角落躲避。等沙暴停了又接着干活。这里雨水极为稀少，空气干燥。幸好这里离叶尔羌河较近，又有一条大型引水渠道从建筑工地北面通过。地下水很丰富，平地下挖四至六米就有很清亮的水。

泽普，是汉朝时所辖西域 36 国之一的古莎东国的一个村庄，维吾尔语曰“波斯喀木”。它和喀什、和田地区和克孜勒苏科尔克孜自治州的其他县的大部分地方一样，是被风沙掠夺、戈壁围困的贫穷土地。虽解放 30 多年了，但由于土地贫瘠，地处边陲，交通闭塞，所以这里的农民依然过着缺衣少食没柴烧的贫困日子。

新疆石油管理局的一支石油勘探队伍，于 1977 年，在距泽普七十余公里的柯克亚发现了油气田。经过八年的详细勘探，获得了证明有开发价值的第一手资料。赵紫阳总理亲自过问和审批了在泽普建设石油化工厂的提案。作为扶贫项目，把泽普石化厂列入国家“七五”计划重点工程，五亿元投资不要地方偿还。这是党中央对边远少数民族地区的关怀。

南疆和田、喀什、克孜勒苏三地（洲）的人民在翘首以待，盼望石化厂早日建成，每年给他们提供油品 10 万吨，尿素 11 万吨，液化气 1．24 万吨，可基本扭转以往“北油北肥南调”的局面。初步计算，仅油品、化肥两项，国家每年可节约调运费近 8000 万元。同时，由于化肥可就地供应，施肥量增加，使粮食、棉花产量增加。按三地（州）现有播种面积计算，每年可施化肥19公斤，约增产粮食30万吨，增产棉花4万吨。农民的收入也将随之增加。

新疆维吾尔自治区的领导，向泽普石化厂提出3年建成，五亿元投资不突破，工程质量创一流水平，一次试车成功的目标。并特别强调，要把这项工程当成一件艺术品，精雕细刻，奉献给南疆人民。泽普石华工厂工程的建设者，正是按着这个目标，跃马挥戈，日夜奋战着。

原载《新中国的一日》，华夏出版社，1989年1月第1版

柴达木一个普通井队的一天

戈　沙

一大早，队长就在活动板房围成的院内，逐个敲着各班司钻的房门，一口河南腔不停地叫喊："喂，我说也该起来了，今天可是拆甩设备的最后一天了，不抓紧点，明天搬迁队可要看我们的笑话了。快起来吃点东西，组织本班人员马上上井场。"不大会儿工夫，钻工们就已陆陆续续走出了板房。有的提着桶去打水，有的急急忙忙去解手，有的则已蹲在门外刷牙、洗脸了。

柴达木夏季的早晨还略带几丝寒意。从我们井队所在的油砂山向南望去：远处巍峨的昆仑山如同一条白色的巨龙，静静地横卧在朵斯库勒油田的南端；朵斯库勒湖犹如一碗清凉的甘泉，摆放在巨龙的右前方。油田上各种油气设施仿佛巨龙身边的爱物，有的还不停地闪烁着迷人的光点。轰鸣的钻机以及近处公路上奔驰的各种汽车的噪声混杂在一起，似乎想吵醒这沉睡的巨龙，打破朵斯库勒湖的宁静。

吃过早饭，钻工们三个一群、五个一伙向井场走去，他们有的在追逐嬉笑；有的还在激烈地争论，发表着各自对昨晚中国足球队对中国香港队的那场扣人心弦比赛的"高见"。说实在的，昨晚中国队

8号唐尧东一记漂亮、坚决的头槌射门，使沉闷了两年之久的中国足坛又有了新的生机，难怪这几位球迷哥们儿今天就跟打了针兴奋剂一样，几天来的疲劳竟荡然无存了。

前面就是井场，昨天还像个高傲的巨人耸立在戈壁沙丘之中的井架，已经被直挺挺地放倒在那里。今天，我们将这巨人大卸八块，拆下所有的辅助设备，准备明天开辟新的井场。大伙各尽其责，紧张而有秩序地工作着。两部日本“KATO”大吊车也在不断地伸缩、旋转着那橘黄色的吊臂，沙滩上已摆满了各种色彩的部件。中午时分，整个戈壁沙滩被太阳烤得烫人，汗水从钻工们白色安全帽下流到黝黑的脸颊，还没等再往下流就已经蒸干了，留在脸上的是一条条白色的汗渍，用舌头一舔，跟吃食盐差不多。身上穿的工衣也早已湿透了，由于衣服被油污泥浆糊满，更是不能透气，人就像待在蒸笼里一样难受。直到炊事员送午饭时大伙才稍事休息。午饭很简单：一份小油菜炒肉，两个馒头，一碗白开水。

午后，灼热的空气使人感到嗓子眼儿直冒火，但三百多米长，一英寸多粗的钢丝绳还得从天车上抽出，队长一声令下：留下一个班搞井场上的杂活，其余人分两队盘大绳。一队负责转动大绳轱辘，另一队将井架拉出来。偏在这时又刮起了五六级大风，刮风对柴达木人简直是家常便饭。春末夏初，每天下午都要刮。三十多人像拔河比赛一样拉着那又粗又重的钢鞭，整整拉了两个小时，才将它缠绕在大绳轱辘上。最后一项艰巨的工作，就是用大榔头将铰接井架的大销子打出来，几名大汉在吊车的配合下，挥动着十几磅的大榔头，使足全身的力气，有节奏地敲击着。风止了，晚霞映红了每一个钻工的脸，全队的人慢慢地向回走着，太疲惫了，有几个简直是在摇摇晃晃。不过，也还有人在开着玩笑，有的约定回去先喝上2两老酒。

远处的昆仑山这时又披上了金黄色的睡衣，朵斯库勒湖也红得像一碗红葡萄酒，摆在它的身边。钻机停止了轰鸣，汽车的噪声也逐渐消逝。我望着这奇特的景色，再回头看我们今天的战利品，竟难以抑制自己的激动：昆仑山啊！我们的巨人，明天将要重新站立在新的井场上了！

原载《新中国的一日》，华夏出版社，1989 年 1 月第 1 版

镜铁山矿一日

马　工

5月21日，我们镜铁山极普通的一日。今天的天气不算太好，也不算太坏，“晴间多云”。9点多钟，太阳在欢蹦乱跳的北大河（直贯矿区唯一的一条河）上闪出了一片金光。矿井坑口附近的工人仨一群，五一伙热热闹闹地向工作岗位进发，离坑口远的工人争先恐后、互不相让地挤上值班车也向作业面开拔。

我们镜铁山矿，地处祁连山中段，这里山峰陡峭，最低作业高度在海拔2760米以上，最高作业高度为海拔3150米，氧气稀薄，刮起大风来天地一色。矿区地处深山，距离最近的嘉峪关市也有79公里，生活用品都由外地运来。就是在这样的环境里，我们镜铁山矿每年都圆满地完成了酒泉钢铁公司下达的铁矿石供应任务，从来也没有因铁矿石供应不足而影响钢铁生产。

在这里，采矿工人的劳动条件还很差。镜铁山矿地处高寒山区，采场无法洒水作业，采矿工人只能在粉尘浓度很高的环境中干活儿。工人下班除了两只眼睛以外，其余部位全和矿石一个颜色。长期在这样的环境中作业，很容易得矿山特有的职业病——矽肺病。

凿岩工人在作业过程中，要用赤手握住每分钟旋转二百四十多转的六棱钎杆定点凿岩。凿岩机喷出来的水，从工人的袖口一直流到脚跟，为了不在作业现场挨冻，只有加油干活儿，靠自身散发热量来取暖。上班一身水，下班一身泥，一年四季都如此，一身工作服常年都是油光放亮。工人受着关节炎的威胁。同时，伤亡事故时有发生，工人在矿山工作仍有某种不安全感。

我们镜铁山的人就是在这样的地方，建起了年产300万吨铁矿石的大型矿山（设计能力为500万吨），并在全国同类型矿山中创六项指标第一。可不可以说我们在祁连山深处，也创造了一个奇迹呢？如果是这样的话，这些奇迹都是在像今天这样极普通的日子里创造的。

你问镜铁山苦不苦，工人们会伸出一双弯曲了的手说："你看苦成啥样子了。"你会吃惊地说："怎么会把手磨成这样？"他们又会给你比画作业时的各种情景，讲得绘声绘色，从他们讲话的神情中看不到苦，反似是他们生活中娱乐的一部分，他们并不会向你发牢骚，也不会提什么要求，他们可能寄希望于未来的发展，也可能是客观地面对着严峻的现实。

多么伟大的镜铁山人。

伟大的人在普通的日子里是普通的，但他们的积累才是伟大的。

原载《新中国的一日》，华夏出版社，1989年1月第1版

核城纪事

秋　石

难得的一场戈壁春雨，把经过29个春秋建设起来的中国最大的原子能联合企业从头到脚洗刷得干干净净。1987年5月21日北京夏令时7时30分，我依例沿各工地跑步巡行。我一路跑，一路向欢快的人们打着招呼，向“核城公园”的制高点“望远亭”奔去。看到那里几位退休的老工人携着孙儿孙女和后处理厂厂长正在谈笑。望着蜿蜒近40里的新建起的绿化水线和新造的西防护林，一位老化工赞许地说：“今年植树抓到点上了，有了新水线，这些树保活了。厂里真是为咱们工人做了桩大好事。”一见我来了，后处理厂厂长慌忙拉住我说：“我的厂长，找了你好几天了，可碰上你了，咱们聊聊。”他若有所思地说。“你抓绿化，创造人工环境，这一着把老工人感动了，但科技队伍仍然不稳啊。大学毕业生们分得很少，分了也不来，在职的科技人员又不安心，后继无人啊！”“你说得对，我们要靠政策和设施来吸引住新老技术骨干力量，要让他们‘少有所为，老有所归’。”“哟！时候不早了。”我们各自向家中跑去。

早饭过后，我按时踏上了踏勘新矿源的越野车。分厂厂长的话仍在我的脑内萦绕。目前，企业正处于重大转折和严峻考验时期。上级决策未定，反映到队伍内部思想差异也很大。有人主张即使上级不给扶持，也要把厂里目前已成负数的更新改造资金甚至大修基金紧缩出来，再拉走几千名职工，到内地去重起炉灶。我觉得这种方案不妥。这样干，势必把技术力量分散，而留下的技术骨干也会人心思走。国家“七五”“八五”已批准立项的几亿元的钛白工程，动力堆元件后处理中试工程等则无法完成了。所以我坚决主张：为解除主要技术骨干的后顾之忧，必须在内地建立“以业扶志，以业带小”的职工离退休生产生活基地。但我厂目前应该立足基地，搞活基地，依据企业财力和上级支持情况再决定内地建点的进度。会上虽然采纳了这个意见，但要真正统一认识也还难呢。

四轮驱动的越野车像一只放蹄奔驰的黄羊在坦荡的公路上飞跑，我盯了一眼车速表，指针已上升到时速140公里了。机灵的小司机调皮地告诉我：“没事，这地广人稀，车辆少，路又平又直，到处是‘高速公路’。”几位到过莫斯科、东京、巴黎、纽约、伦敦的老总和处长们都异口同声地说：“高速公路也没有这个速度！”“新华社5月18日消息你们看过么？《人民日报》记者从国家统计局获悉：去年全国耕地比上年又减少了900多万亩，减少的数相当于青海省全部耕地面积。而我们这里水电充足，地势平坦、大片土地却无人开发！”我不无牢骚地嘟囔起来。“嚯，‘春风不度玉门关’的千古绝唱仍在影响现代人，一些学生受几位教授蛊惑能上大街游行，谈民主、自由、爱国，要是能把他们鼓动到这里来‘爱爱’，那才是真本事呢。”50年代毕业于北大核物理系的环保局长又发了言：“当然，我们多年工作失误，提的口号过‘左’，也有消极影响。譬如提‘扎根戈壁’吧，我看就过了头。人是动物，不是植物，扎什么根？要一个青年技术人员一来就‘扎根’一辈子，这不近情理，‘人才要流动’嘛。尽管我们干了快一辈子，但用这个尺度要求当代青年则很难被接受，倒把他们吓跑了。”全车人都哈哈地笑起来。生技处长说：“厂长，你真把问题点透了。你保我‘老有所归’，我可以再奉陪十年，保你钛白粉工程、后处理中试工程上马。”车由戈壁进入花海村，速度慢了下来。6万亩水浇地平平展展，麦苗青青，比绿地毯要好看得多。而渠旁、畦埂、杨柳成行，牛羊成群，连戈壁的影子也找不到了。环保局长见景生情，滔滔不绝起来：“其实河西走廊作为欧亚大陆桥，有得天独厚的优势。因为，它正处在我国第一台阶青藏高原的北缘，向南一步攀陡坡上祁连，则有高寒缺氧之苦，向北一步则有高纬高寒之虑，所以欧亚大陆之间形成的这条不冷不热的平坦走廊，历来为中外人士所瞩目。几千年来，我国历代政权都靠移民置郡，屯垦开发；修长城以护卫，兴驰道以沟通西域，都是因为它太宝贵，太重要了。你们看，这就是绿洲农业。”他指着外面说：“只要有水，这里气候温和，日光充足，昼夜温差大，很适于植物生长。”“局长大人这套宏论，只向我们宣传有什么用啊！现在是社会思潮难扭哟。人们‘趋之若鹜’都正往东南沿海挤，往大城市里挤，你有啥办法？我看总有一天要把那里的耕地都占完了，把交通也搞瘫痪了，生态环境搞得无法收拾了，才会有人出来谈‘交学费’问题。”副总工程师操着四川话开了腔。这位来自莫斯科的留学生，由于老伴的早逝正余哀未息，已很少插诨打趣了，今天例外地发开了议论“现在是谁赚钱就表扬谁”。科委副主任操东北腔说起了怪话：“说也怪，号称‘鱼米之乡’的内地，占农田搞工业越来越起劲，而瓜果蔬菜甚至连粮食也要靠我们河西走廊供应起来了。”

车在“蘑菇滩”中穿行，突被一片宽阔的水面挡住了去路。这时我们才发现原来这里是一个巨大的天然湖。在湖面上有几十种、上万只度暑的珍禽，或盘旋或游弋。有两名自然保护区的技术人员正在水边值勤。借他们的望远镜，我们透过红柳、梭梭、白刺、芦苇向湖心小岛望去，还可搜寻到孵卵的大小天鹅、白鹭、赤麻鸭以及大雁和鹤群。

我们车绕着湖边，越走越宽阔。突然一片白色“海洋”挡住了去路，目的地到了，巨大的硝田映入我们眼帘。工程师们像孩子一样欢欣雀跃起来，我们第一个转民项目——元明粉生产线“有粮”得救了。这是当地农民新开发的芒硝矿床。隆隆的推土机剥离几米深的地表，下面就是几米厚的晶莹矿石。青年农民们把它们从地下挖出来，白花花地铺满大地。据说，借着高原干燥的空气和充足的阳光进行风化，就可以得到百分之九十五以上的元明粉。

在矿上适逢地区专员和市长，老友相逢格外亲切，在工地简易工棚里，他们以啤酒代茶款待我们并充满希望地向我们讲述了矿区发展远景。在友好的洽谈中听出，我们要取得这两位地方官员的支持，做到“有饭大家吃”尚需做进一步的努力。

为了探寻这未来运矿货车的捷径，归程我们请一位农民做向导，想不到这个巨大的矿床竟离厂区不到百里，以至我们穿过溪水淙淙的河床爬上陡坡，在迎风台上望到巨大的反应堆厂，铀化工厂、后处理厂、核冶金加工厂、电厂、机械厂一字摆开在绿树成荫、彩霞满天的衬景下而出现的异常壮丽的景象时，连我们这些每天生活工作其中的核基地工作者们也被陶醉了。“这是不是‘海市蜃楼’？”机动处长惊讶地叫道。“不，这就是我们祖国的原子能工业。你看它正在河西走廊奋飞。它不但有振国威、振军威和做出卓越贡献的过去，而且会有保军转民为我国核电事业发展做出新贡献的未来！”我坚定地说。“你又诗兴大发了。”谁插了一句，满车又充满了欢声笑语。

原载《新中国的一日》，华夏出版社，1989 年 1 月第 1 版

筑 路

王现松

又是大风，是张家口地区特有的夹沙风。

全队92名应出工的工人算是全部出工了。刚才有4名工人不愿出工，和队长顶起来了。我作为局机关驻队工作组成员，劝开了他们。现在，两个人用直径约15公分的木杠子抬着一个大条筐，另两个人各拿着一把12根齿的铁叉，相跟着踏上了上工的路。他们今天的任务是到两公里外的路基上扒道砟。

回到办公室，一个抱孩子的职工家属已经等在那里了，我仿佛记得她的丈夫就是刚才不愿上工的工人中的一个。“老王，”她刚开口，眼泪就要出来，“我说什么也没有办法回去，叫他们罚吧，反正也就是他那100来块钱。”说到这里，她伏下头去，把涌出来的泪水擦在孩子的衣服上。孩子在认真地吃着手指头。

……

是啊，全队100多名职工，已婚的占84%，不用说，全部分居两地。按上级规定，队级单位只能盖15间临时来队的家属房，多盖不予拨款。也难怪有这样的规定，像这样搞铁路的施工队，一般在一个地方只住一两年，临时房屋随盖随丢，因此，只能尽量少盖房，并且还要低标准。用帐篷价格更贵，租用民房又不可能，此地离最近的村庄 8 华里，而那又是怎样的村庄啊，只有 20 来户人家，可狗却有几十条，谁敢去住？于是，队里只得规定："家属临时来队每年不得超过两个月，违者罚款。"试问，这样的规定符合哪一条国家政策？可在这样的情况下，不这样规定又有什么办法？谁都知道，这么多分居的夫妻，不说感情上，就讲实际困难，又有多少啊！

那个家属走了，流着泪，抱着孩子急急地走了，走回她暂住的那间 9 平方米的低矮的土坯房。她心里清楚，有许多人在盯着这间房子，在希望她按时离去。可回去以后的困难又如何解决呢？

我缓缓地站起来，独自一人向路基走去。不久，我就站在已经做好的大秦铁路的这段路拱上了。这是我国铁路建设史上第一条现代化的双轨全电气化铁路，雄伟的路基仿佛是一条巍峨的万里长城。十多万职工在这条线上已经奋战了 3 年多，明年将有全线通车的礼炮和传遍全球的新闻报道。那时，我们的筑路工早就到了一个新的工地了。也许在百里之外，也许在千里之外。不管在哪里，依然要在这样的自然条件下筑路，也还会有"家属临时来队每年不准超过两个月，违者罚款"这样的规定……

已近正午了，风还不见小。我将两滴热泪留在这新造的路基上，然后抬起头来，急急迎风走去……

原载《新中国的一日》，华夏出版社，1989 年 1 月第 1 版

第九十九天

刘　建

这是中国普通的日子，但对我们却是令人振奋的日子。

接班会上，站长讲话：“同志们，今天是5月21日，也就是我们铁路局实现安全生产第99天，到明天18点，如果全局安全无事故，就实现路局安全生产100天。大家一定要集中精力，齐心协力，决不能在我们这儿出事故，砸了路局的目标。这可是关系到路局的荣誉和30多万职工切身利益的问题。”是啊，两天前就得到可靠消息，路局决定，如果实现安全生产100天，全路局每个职工现今浮动的一级工资就定为档案工资，并再浮动半级。几天来全路局职工劲头很大，这是第99天，正是较劲的时候。说实在的，在这个节骨眼儿上，谁要是给“砸”了，这不仅毁掉了30多万职工昼夜辛勤劳动的成果，而且要招来多少万人的愤怒和唾弃。这真使人振奋，又叫人担心哪！

新上班的小王说：“真没想到，路局实现安全百日，会给咱们这么大的奖励，这实现安全百日就这么难吗？”

“唉，你真是不知道啊！我入路局近30年了，一个铁路局实现安全百日那可不是个容易的事，特别是现在，路局的管辖范围增大了，出事故的概率就高了。”老杨师傅深有感触地说。

“老杨师傅，如果实现了安全百日，我一定请你喝酒，咱们都高兴高兴！”小王说。

“唉，我说小王，可别光顾高兴，你可注意点，别让你给‘砸’了。”小辛子说。

“咳，小辛子，我可不干那缺德事，我真怕30多万职工每人一口唾沫把我给淹死！”

这一天的工作确实繁忙，但人人都很细心，都很兴奋，都很有劲头。标准化作业认真执行，真好像是达标模拟竞赛。接发列车人员都是提前出务；调车作业，站长亲自参加。小王说：“我上班几个月，真是头回见到这种场面，让我心里真紧张！咳，这一级工资涨得可真不容易呀！”孙师傅说：“这可不是涨不涨工资的事，涨工资是对咱们的鼓励。不涨工资咱们也应把工作干好，这是咱们的责任。如果路局各站都像咱今天这样执行标准化作业，我看实现安全百日，并不是一件稀奇的事了。”

“我可真希望是那样，何苦把自己弄得这样紧张。”小王说。

真是天有不测风云。就在我们为实现安全百日干劲十足的时候，下午12时30分，调度转来了一个爆炸性新闻，锦州分局波萝赤——公营子间，列车脱轨18辆，发生大事故。哎哟，真是太爆炸了！一时，车站上下愤怒、谴责、叹惜、沮丧。

站长得知消息，奔向各个工作岗位，向工人们说：“同志们，不要泄气，虽然我们没能实现百日安全，这确实令人惋惜，但我们应该明白，我们是工人，我们不是为安全百日才认真工作的，更不是为涨工资而加劲的。我们应在任何情况下，都不失工人的本色，不忘我们的责任。希望同志们振奋精神，继续加倍努力地工作！”干脆，利落，有分量！

工人们说：“站长你放心，就是天塌下来，我们也要干好工作，这个百日没实现，我们还有下一个百日。”“对！我那级工资就暂时寄存着吧！”小王说。

就这样，全站同志鼓着劲，安全正点地开出一趟大列。

太阳落了。这是普通的一日，但却是使我振奋、惊醒、难以忘却的一日。我听到了真诚的语言，发现了美的心灵，感受到了工人的可爱。

5月21日，你将成为我起步奋进的日子。

原载《新中国的一日》，华夏出版社，1989年1月第1版

放 假

罗石平

今天，有两件事使人高兴：一是放假的地质员、钻工都按时赶到了工地；二是留在工地值班的马占河表现很好。这两件事都很平常，但我却有很深的体会。

放假，本来是件好事，可是前几年总是让人伤脑筋：你不放假吧，有些人的家里确实有困难需要回去解决，况且，山里的生活又格外单调、枯燥，不放假不近情理；放假吧，可总是像放羊一样，十天半月人都收不回来。尽管我们反复讲“缺一个人，钻机就开不起来”的道理，尽管我们采取扣工资、罚款的方法，但是，就有不听道理、不怕罚款的，所以，放五天假，钻机要想开动，最起码要等 15 天。

后来，我们开脆取消了放假制度，规定：谁家有事凭电报或家信请假。这样一来，请病事假的可就多了，矿工家里，常有电报打来，有人的亲属已经“病”过或“死”过好几次了。这样，旷工、迟到的问题仍然得不到解决。

今年，实行了经济承包责任制，问题一下子就解决了，请事假、病假的几乎没有了，都争着上机台，多干活儿。三月初出队，两个多月就干了半年的活儿。考虑大家在外两个多月没回家了，便又决定放五天假，回去料理一下家务。放假前，我们宣布了一条纪律：放假期间，不但不扣工资，野外津贴还照发；但是，如果无故不按时来，除扣去放假期间的工资、津贴外，还要取消全年奖金，并要承担缺员而停钻误工所造成的经济损失。

该讲的道理讲了，该定的制度也定了，结果呢？一个也没迟到，到今天开晚饭前，全都到齐了。

这件事给我这样的启示：我们不仅要给职工讲清道理，教育职工提高思想觉悟，更重要的是要制定和完善合理的规章制度。

工地放假，必须留人值班。两三个月不见妻子儿女的面，哪个不想早日相聚？这次和往年一样。一宣布放假，个个欢欣雀跃；可讲到要留下一人看守工地时，一下又都沉默了。看来，还得领导指派了。队长刚要张口，马占河说话了："如果领导相信我，我愿留下。"他声音不大，但所有的人都听见了。我看到大家都很惊讶：他还有那样的觉悟？紧接着，又流露出一种不信任的目光。

我理解这目光里的含义。

马占河，一个30岁的青年钻工，一个偷鸡摸狗、打架斗殴、酗酒闹事、去年才从劳教农场回来的浪子。今年各承包单位挑选人员时，都不要他，他便写了保证书，找各部门领导说好话，还是没人要，因为，他早已使人失望了。那年，他看工地，酒喝多了便撬开车门，开车去兜风，结果，工地上的汽油、柴油被盗……谁还能信他呢？最后，还是大队领导出面，才把他硬塞给野外分队。现在，他要求留下，帐篷、车辆，一应大小物资都交给他看管，能让人放心吗？

他望着队长，期待着，大家也望着队长，等待着，而队长看着我，那眼神似乎在问："你的意见呢？"

"可以考虑。"我想应该给他一个考验和表现自己的机会。马占河留下值班了。但我不放心，悄悄嘱咐工地附近乡卫生院看门的老汉：暗地里注意马占河。

放假这五天，我的心始终没放下。今天一到工地，我先是向看门的老汉打听。还好，马占河这五天哪儿也没去，晚上一直在工地巡逻，十分经心。

马占河来了，几天不见，小伙子瘦了一圈，眼睛布满了血丝。我赞扬了他几句，他说："领导把看工地的活儿交给我一个人，说明对我很信任，没有理由不好好看。"

听了这话，我倒感到一种深深的内疚和自责，为嘱咐看门老汉的事而羞赧——我原本对他抱有戒心的啊！

这件事使我真正理解了马克思的一句名言："只有用爱来交换爱，只有用信任来交换信任。"

原载《新中国的一日》，华夏出版社，1989年1月第1版

我们的奋斗

李春山

迎着初夏凉爽惬意的晨风，我卷进自行车的潮流中，穿过大街小巷，来到北京旧城区这个我十分熟悉的小胡同。这里，有我工作了多年的工厂——北京汽车起动机厂。从工人到厂长，我在这里经历了每一个生产环节，经历了工厂成长的沟沟坎坎。这个厂是在1958年由8个街道妇女、1口大锅搞煮黑起家的街道小厂，如今已是隶属市汽车工业总公司、生产321型汽车起动机的专业化厂家，有职工近700人，年利润300多万元。

走进办公室，一张用计算机打印的生产日报表已放在办公桌上，只见上面写着：5月20日生产起动机700台，年计划18.5万台，累计生产65891台，完成计划的39.9%。从数字上看，生产形势是好的。

上班时间到了，我处理了一些急需解决的事务后，就召开厂务生产例会。这是个年轻化的班子，车间主任们平均年龄33岁，平均文化程度中专以上，懂业务、懂管理，又有干劲。我们分析了生产形势，研究解决了几个生产中的问题，然后仔细研究了我厂第三步规划的实施方案，忙碌了整整半天的时间。

下午刚一上班，报社的记者来采访了。我们各自介绍后，他就直言快语地发问："李厂长，听说你们厂在同行业中颇有名气，请您谈谈你们这个集体小厂是怎样在改革中崛起，跻身于全国同行先进之列的？"这一阵，经常碰到人家提这类问题，我把它归纳为战略上的"三步走"，战术上的"两个轮子一根轴"。几年前，我们这个奶毛未脱的小厂处于全国几十个同行大厂的包围中，它们多是部属大厂或军工厂，厂房、设备、资金、人员等实力都比我们雄厚得多，但是改革使商品经济的规律性开始发挥作用。开放的市场如同一个大舞台，任你是璀璨的明星，还是不知名的配角，都可以在舞台上亮相，我们发挥自己厂小灵活、扯皮少、决策快、工人干劲大能吃苦，专业化强，地处北京，离主机厂近等优势，制定了企业发展"三步走"的战略规划：第一步是各项经济指标达到历史最高水平；第二步是达到并超过国内同行业水平；第三步是要赶上国际先进水平。我们不气馁、不自卑，瞄着最高水平赶。现在，前两步规划已经实现，正向第三步迈进。

记者那支跳动的笔停了下来："您的'两个轮子一根轴'是指什么？"我笑了："'两个轮子'是指技术和管理，'一根轴'是人才开发和人的积极性。"我特别给他讲了这根"轴"的作用，这几年我在这方面的体会太深了。过去我们厂犹如一碗清汤寡水面——人才缺乏、技术落后、管理很差。为了提高人员素质，我们舍得花本钱，一方面办培训班，请高等院校为我们代培技术人员，鼓励工人参加电大等业余学习；另一方面从社会上招聘人才，终于使厂里的技术力量和工人素质有了明显的改变，这就使我们既能够引进新技术，也能够自己搞技术革新。我们还借助社会力量，和北工大一起搞专机会战，和北航一起搞技术改造和新产品研制。我们与北航共同研制的 QDl22 起动机已小批量投产；QDl23 起动机也已通过鉴定。靠这些，我们才超过了那些同行大厂的。

“你们好像很顺利地赶上来了？”记者似乎觉得我的故事讲得很轻松。是啊，那么多的甘苦，我怎能一下子说得清楚呢？况且，事情一过去了，再说总是轻松得多了。可当时……就说1986年上半年吧，由于市场竞争激化，原材料价格节节上涨，起动机价格不断下跌，资金异常紧张，厂里欠债220万元。危机压得我们吃不下，睡不着，也使全体职工焦急万分。我们是集体厂，工厂的兴衰和职工的利益是紧紧连在一起的啊。我们决定“集资入股，筹款购料”。职工们把手头有的、银行存的、亲朋处借的钱，一沓一沓送来了，区区小厂，短短三天，我们集齐了54万元！这数字里，蕴藏着的是向心力，是凝聚力，是使企业渡过难关、展翅腾飞的动力啊！这以后的半年中，为了保住市场，满足用户，月产量由340台增加到450台。我们在拿不出1分钱奖金的情况下，号召职工们加班加点，全厂上下拧成一股绳，183天没有休息，终于闯过来了。

不知不觉间，已经谈了一个多小时，他建议到车间去看看。我们沿着办公楼西侧，来到几年前落成的总装楼。三楼总装流水线以半分钟一台的速度转动着。过去，这里都是用木榔头零打碎敲，用手传来递去。我告诉他，今年底我们要再建一条流水线，形成日产1000台，年产25万台的生产能力。

来到转子车间，“下线”的3个案子座无虚席，每人手里握着的木槌在不停敲动，这里还是笨重的手工劳动，劳动强度大，动作单调重复，每人每天平均也只能完成25个转子，我告诉他，我们正在试验一种新的工艺，但还没有完成。

走出狭窄拥挤的主厂区，我们驱车来到地处郊区牛王庙附近的新车间，那台高高挺立的300吨冲床，是我们引以为自豪的宝贝，是定子外壳冷挤压新工艺的关键设备。我向记者介绍了它的效能，又带他转了其他地方。

在落日的余晖中，我送走了记者。回到家，在台灯下，我又开始考虑上午讨论的规划：搬出城区，引进技术，兴建一个占地4万平方米，年产60万台、产值6000万元、利润1500万元的多品种、轻型系列车型的起动机生产基地。

原载《新中国的一日》，华夏出版社，1989年1月第1版

赶制新童装

郑　讯

离“六一”还有整整十天，我们这个小小的县城服装加工厂，儿童、家长、教师们已络绎不绝地来光顾了。

这不，今早来上班，刚走到厂门口，就被早已等在这儿的东风小学丁老师拦住了。她开口就问：“厂长，童装生产多少件了？”“先到车间看看吧。”说着，我就带她到样品间观看，设计员小王也早来了，正忙着打样版。看见丁老师来了，赶忙放下手中的活儿，迎接客人。

丁老师看到我们加工的十几个品种儿童服装，赞叹地说：“啊！样式这么多，颜色真鲜！只是警裤过时了，现在谁还穿这老掉牙的衣服呢？”说着，她顺手拿起一件大红的男式背带裤，“现在流行的是这种，红男绿女！”说得我们都笑了起来。

的确，近两年来，服装的设计与造型，往往赶不上人们的需要。由于我们地处边塞，在离苏联仅百公里的山沟里，交通不方便，哪能比得上大城市呢？街上一发现游人新装，马上照样设计加工，已落后好几年。

蒙古小学的老师也来了，让我们5月28日前赶制出百十套儿童蒙古袍，要求样式新颖，美观大方，好让蒙古小朋友穿上参加六一儿童节舞蹈表演。

正说着，几所哈萨克族，维吾尔族小学的师生也来了。并让我们马上量体裁剪，做几套特殊服装，以示民族色彩。

就这样，我们整整一天，除了草草吃点午饭，连午休都牺牲了，共接待县乡师生二百多人次，其他人员三十多人次，服装订货一千四百多件。谈到价格问题，大部分人认为，贵点儿不在乎，关键是衣服的样式要新。往年都是学生让家长做衣服，现在家长认为那样不好，没有一个统一的穿戴，就显示不出新时期儿童的精神面貌。现在工资涨了，收入多了，生活水平提高了，孩子们一年一度的节日，多花几个钱算什么。所以才让学校统一服装。

下班时间早到了，全厂干部职工都没有回家，16 部电动缝纫机，百十部脚踏缝纫机，无线包缝机、锁眼机、锁边机、绣花机等，一齐转动，男的、女的、老的、少的、厂长书记都在缝制，就这样也还怕不能按时完成任务呢。

我的晚饭，晚上九点才进肚，抓紧时间写了两篇新闻稿，一份投县广播站，一份寄《伊犁日报》，题目是《让儿童过好自己的节日》。写好稿子，躺在床上翻来覆去睡不着，回想自己的童年。

60 年代，我还在农村家乡上学，学校离家三华里，加上早自习一天往返六趟。太累了，中午带饭不回家。饭只不过是几块煮熟的红薯，或用红薯面做的馍馍。那时节吃大锅饭，又加上十年动乱初期，小队穷得叮当响，一个工值五分钱，别说穿好衣服，饭也难吃饱。一年一度的儿童节，学校也组织庆祝会，排演些小节目，可谁也不敢想“节日盛装”，不过随身粗布衣，老师安排洗干净一点儿罢了，只有鲜艳的红领巾，象征儿童的向往。

20 年了，我多么想再戴上红领巾，穿上自己加工的服装，和小朋友一起，庆贺自己的节日呀。但是已经晚了，只能为我们的下一代创造良好条件，让儿童们在“六一”节日中，更加幸福、美满。

原载《新中国的一日》，华夏出版社，1989 年 1 月第 1 版

旧貌换新颜

江成岐

叔叔昨天刚到，今天就要我陪他回厂去看看。

他是我们厂的老人儿了，从1958年离开我们厂后，一直在大西北工作。昨晚上，他从皮包里找出一张叠得方方正正的报纸，一折一折地打开，递给我看。原来，上边刊登的是一条关于我们厂的消息："北京人民机器厂生产的J2024型对开双色胶印机，首次在波兰举行的波兹南印刷机械展览会上进行了印刷表演，外商给予好评，一次订货20台，成交额达275.16万元。"我不大在意地笑笑说："这是前些时候的事了，不是新消息。"叔叔却嗔怪我了："你小子好像还不当回事？你不知道我看见这消息时心里有多高兴！我这次来北京，一定要回厂子看看。"

吃过早饭，我就陪着叔叔去厂里。宽阔整洁的三环路上，汽车、自行车像潮水一样向前涌动。叔叔指着两旁林立的楼宇，无限感慨地说："真大变样啰！当年这里可是荒凉得很呢。当初厂子刚合并时，职工不过数百人，百余台被我们称为'八国联军时代的机器'，厂房破旧，地势低洼，一下雨，只能蹚着水干活儿。大伙开玩笑说，人民机器厂的工人，不会游泳就甭来上班。那时候生产的，只是一些简陋的印刷机械和土建、消防机械……”

这些，过去在厂史教育中也听过，可今天，听叔叔这么说，却觉得大不一样。工厂三十多年的发展，祖国三十多年的变化，他是见证人啊！

整个上午，我带着叔叔转了几个车间。我把我的朋友、厂宣传部长滕成才也拉来陪着老爷子，因为他情况了解得多，能应付老爷子没完没了的询问。滕部长介绍了我们厂近年来的变化，当听说全厂已累计生产各类印刷机械7000多台，胶印机产量占到全国总产量的70%，产品已销到十几个国家时，叔叔兴奋地连声说：“真好，真好！”

在带有恒温设备的装配流水线车间里，叔叔站在一台专为出口生产的、即将组装完毕的胶印机前照了一张相，又在厂门口鲜花盛开的花坛前和装饰着假山石、小亭台、回廊、喷泉的荷花池前照了相。

中午，我带叔叔到食堂吃饭，叔叔一看到这个餐厅化的食堂就赞不绝口。食堂有上下两层，可同时用餐，宽敞的大厅里，每张铺有白色台布的大圆餐桌上，还摆有盆景，看上去既整洁，又雅致。

吃过午饭，我又带叔叔去看了看设备齐全的卫生所和三层楼的幼儿园。叔叔看到幼儿园里有彩色电视机，几乎每个班都配有一台洗衣机，园内还设有练舞厅，从外面请来的老师正在给孩子们上英语课，他激动地说：“这些孩子们现在是真享福了。”

临离开厂子时，滕部长又送给叔叔两张彩色的《北京印机报》，这是我们的厂报。他指着上面的彩色照片介绍给叔叔说：“这是中央书记处书记王任重同志来厂视察的情景，这是陈希同市长来厂视察时拍的，这是外商同朱谈林厂长洽谈订购咱厂胶印机的情况……”

叔叔不住地点头，笑眯眯的。看得出来，他这次回厂观光是相当满意了。

原载《新中国的一日》，华夏出版社，1989年1月第1版

走访家庭工厂

赵太常

一座拔地的远峰，几株含烟的翠柳，两只掠水的紫燕，一头步态徐缓的黄牛，背上卧着一个短发赤臂的牧童……

这是一幅飘逸着古典美的《牧牛图》。然而，这幅图没有画在纸上，绣在布上，挂在墙上，却是用薄木切片拼贴在一张“靠边站”桌面上。桌面呈屏幕形，造了玻璃钢面，晶莹闪亮，光可鉴人，恰似24英寸彩电屏幕上映出来的一幅画，招人喜爱，引人情思。

这是半年前，一位朋友送给我的。他说，这桌面是乌马河木材综合加工厂的家庭工厂制作的。这充满诗情画意的《牧牛图》，就是几位“女厂长”的手艺。

我十分珍爱这张“靠边站”桌面，不准家人将碗筷饭菜之类摆于其上，而是让它靠壁而立，便于步入客厅的人一眼就能看到。我打心眼儿里惦记着那些具有美的心、美的魂、美的梦、美的手的“女厂长”，想寻个机会去拜望她们。

正巧，5月21日，编辑部要我到这家工厂采访。

副厂长杨占戈是个爽快人，笑着说：“走，赵编辑，我先领你看看我们的家庭工厂。”

走出工厂大门，向北跨过铁路，是一片整齐的红砖瓦房住宅区。老杨一挥手，说：“我们的117家家庭工厂，全在这一带，可以随便参观哪一家。”

在一家小院门前，我们站住了。关得严实的院门上面，挂块白漆方木牌，分3行写着：“木材综合加工厂（11）家庭工厂。”我们走进院，老杨高声大嗓地说：“秦‘厂长’在家吗？来客人啦。”应声走出一个小巧的女人，她上身穿浅黄色线衣，下身扎着绣花布小围裙，手里捏着一个薄薄的木片。她满脸漾笑地说：“杨厂长真逗乐，咱算哪门子厂长啊？”老杨认真地说：“别客气嘛，家庭工厂，大小也是工厂吗，怎么不是‘厂长’呢？”老杨介绍说：“她叫秦玉香，从1985年兴办家庭工厂时，就开始搞薄木拼花贴面了。”

我们走进屋，见工作案子上正摆着一个屏幕形桌面，8角形的图案已经拼贴完毕，小秦正用桦木薄片封桌面的围边。

小秦说：“我33岁，已经搞了三四年薄木贴面工艺了。”她一边说着，一边操作给我看。她这个家庭工厂专管薄木拼贴这道工序。总厂送来15层胶合板桌面毛坯，由她自行设计图案，选择水曲柳、槐木切片拼贴。然后用熨斗熨平，用细砂纸磨光。这道工序完成后，再由送料人员送到下道工序的家庭工厂，进行玻璃钢贴面。拼贴工序，可以根据薄木切片的木纹拼贴各色各样的图案，比如蝴蝶、蚌目、凤尾等。切片上的枯节朽眼，可以拼贴出山峰的古洞来。她指着屋里的组合柜说：“这上面的图案都是用带根节的薄木拼贴的，多好看！”啊！真美。这个组合柜的样式是现代化的，而构面的构图又独具一种古朴的美。这种现代美与古朴美的完美结合，就具有一种夺人心魂的魅力。

我问她的收入情况，小秦坦诚地说：“实不相瞒，厂里的毛坯供不上，要不然损到家也得挣200元钱。你算算，贴一个桌面是2块1角2分，平均每天贴3个桌面，还都不耽误拾掇家、做饭、喂鸡。”这时，走进一个梳着披肩发的妇女，打扮得不俗气。老杨介绍说：“她叫潘秋英，也是家庭工厂的厂长，专搞玻璃钢贴面的。小秦拼贴完的桌面，到她那里去造玻璃钢面。这样，一张桌面就完成了。”

小潘落落大方地介绍说：“造玻璃钢面一点儿不复杂，如果材料能供上手，一天能造20来个玻璃钢桌面。造一个面5角钱，我最多一个月挣到过270元。平平常常的，每个月也都是120多元，还不耽误家务活。爱人下班，孩子放学，回家有个扑头儿，能吃上热乎饭。”

从小秦家出来，我们来到了李秀芹家。她是专管缝制沙发套、椅罩、床罩和汽车坐垫罩的。走进她家，我发现，这些家庭工厂的格局都是一样的，大约33平方米面积，里屋占一半是卧室；外屋辟出7平方米做厨房；余下9平方米做家庭工厂的车间，还显得怪宽绰的。李秀芹很胖，满脸是笑，十分热情，一边和我谈话，一边剪鞋垫。她说，最近大活儿不多，只好把做大活儿的边角废料利用起来，制作鞋垫、袜底。她觉得家庭工厂最大的好处是自己支配时间，一年四季不误工，更没迟到早退的说道。

从小李家出来，我发现院里有3只大鹅在伸头探脖，嘎嘎地叫着；小园一片葱绿，小白菜、小生菜、小香菜都长得水灵灵。这是多么富有生趣的生活啊！屋里，是家庭工厂；院里，又别有一番田园风味。

杨副厂长说，办这种家庭工厂，是受瑞士制表业家庭作坊和盐城衬衫总厂管理办法的启示，在1975年兴办起来的。最初只有7家，后来发展到117家，其中6户做缝纫活，7户贴玻璃钢面，余为薄木拼贴。家庭工厂十分便于管理，只设13人的附属服务组，负责送料、质检、回收等工作。去年，家庭工厂创产值30多万元，为国家上缴利税2万来元。这些原本是待业的青年妇女，现在都为国家创造了财富。

晚上，杨副厂长把我领到了刘凤兰家，踏进小院，就听见屋里传出吉他声、歌声和笑声。老杨说，家庭工厂也有严格的制度，每周三晚上是小组集中学习日，每周四晚上都搞点文娱活动，唱歌、跳舞、玩扑克。这个家庭工厂的“厂长”刘凤兰是拼贴一组组长，去年被评为区劳动模范标兵。

我们推门进屋，歌声戛然而止。秦玉香也在这里。刘凤兰是个挺瘦弱的青年妇女，显得实在、热情。这个小组共有6个人参加活动，每人跟前都站着一位小男孩或小女孩。我招呼大家：“继续唱吧！”小刘说：“我们弹不好，跳不好，只是玩玩。”

我坐在沙发上，发现对面墙上张贴着3张红纸，上面写着：《小组长岗位责任制》《家庭工厂学习制度》和《家庭工厂思想政治工作制度》，显得十分工整、规范。

为了不妨碍她们的文娱活动，我和老杨告别了。走出不远，屋里传出了清脆悦耳的歌声：

家庭工厂多兴旺，
我们都是女厂长，
巧手美化生活，
产品销向四方……
啊！家庭工厂，我祝福你们越来越兴旺！

原载《新中国的一日》，华夏出版社，1989年1月第1版

厂长的一天

杨琦璋

当我提着包刚走到办公室门口，屋里的电话铃声响了，我急忙打开房门拿起了电话。

“喂，是冷冻厂吗？贵姓？”对方问。

“是冷冻厂，我姓杨。”

“噢，杨厂长，你出差回来啦，就等你哪。”

“您是哪一位？”

“我是厅直幼儿园的陈爽。”

“陈园长，您好！是不是给我们增加入园孩子的指标啊？”

“我正为这个给你去电话，今年咱幼儿园要接楼，指标都批下来了，得 20 万元。去年厂子效益不错，你得带个头，最少拿 5 万元。”好家伙，张口就是 5 万元！我停了一会儿，说：“这事儿我们得商量商量。”

“咳，我告诉你，厂长，谁投资谁受益。好吧，我听你个回音。”

厂长的一天就是这样开始的。他要考虑企业的生产经营，现在和将来；也要考虑职工子女的入托上学、待业安置，老职工的退休安排等等。

上午正听各科室、分厂的汇报，办公室主任来找我，说有急事。我走出会议室。主管电的工程师老赵急忙说：“厂长，咱新投上的变电所运行4天了，市电业局已同意送电，但送电那天没请区供电所，他们来人说咱厂起私自用电。这是罚款单，要咱签字，罚5万元。”又一个5万元！一个企业有几个5万元？我说道：“这个字不能签，签上银行直接划款。”我寻思一会儿，说：“赵工，这样吧，好好解释解释，和市电业局沟通一下，千万别搞僵，你先办办看。”赵工摇着头，一只手敲打着罚款单，很为难地走了。

吃过午饭，赵工又来电话，说区供电所让厂长下午2点务必去一趟，否则强行拉电。作为一名厂长，最明白拉电断水对企业意味着什么。下午的一切安排只好停下来为此让路。

2点整，我同赵工准时来到区供电所，找到了所长室。所长正接待一名要求装电表的妇女，并没有注意我们进来。大约20分钟后，所长才回过身来，互相介绍后，我忙起身同所长握手并抢先说道：“所长，本应早来汇报，因出差今天才来。为了解决省内农民送猪难的问题，上级要求我们新建冷库近期投产，用电手续已向市电业局申报了。”

“电业局你们都找了哪些部门？”所长问道。赵工忙答道：“我们向市局的计划科、用电管理科、仪表所打了报告，手续都是我亲自跑的。”

“说实在的，我们早就听说你们最近通电，我们就看你们找不找我们，这不通了4天啦，上午派人看看，没想到下午厂长就亲自来了，有劳大驾。”那位所长手中的铅笔不停地敲着桌子，听他这番话，真如同骨鲠在喉。

“你们找了3家，但你们落了1家，我们供电所单位小，也是一家人家呀，如果这3家能干还设我们干啥？”这不明明是在挑理吗？你们电业局那么多部门对外。我们能全拜到吗？除了你们电业局。对于企业来说还有财政、税务、工商，铁路各路神仙都要拜到，企业多难哪！

“正是因为这个，我们根据有关规定罚款5万元，厂长请签字吧。”

屋里顿时宁静。我脸上的肌肉开始抖动，我真想拍案而起。怎么干企业的就倒霉了，像受气的小媳妇，谁想数落一顿就数落一顿。但我又清楚地知道，无论如何不能闹僵。所长好像看出我的表情，这个“下马威”也差不多了，又把话拉了回来：“看在咱们是关系单位，我们过年过节的副食都在你们那儿搞，就算你们1万元吧。”

屋里又出现了宁静。我已没力气回答。所长接着说：“这样吧，3天之内，厂长打发个人送张支票来，过了3天那可就对不起了……”看来刚才拉满的弓在松，同时我听得出所长的话是个活话，这就可以找办法解决。我站起身来说：“好吧，所长，我今天算是领教啦，我尽量去办吧。”

我又同赵工急忙赶到市电业局的那3个部门再次拜访。这3个部门的同志说，事先已向区供电所打过招呼，该办的手续已办了，不应当罚款，并答应由他们出面做做工作。跑了小半天最后是这个结果，心里也算有点宽慰。一天中就得用这么多时间在各部门之间进行这种无效的内耗，一年又得多少呢？

回到家已是晚6点多钟。爱人出差，孩子在家饿肚子，打开门见孩子正在做作业，我忙到厨房做起饭来……

晚间新闻已播完，孩子已睡下。躺在床上，我从包里拿出一沓报纸，报纸中夹了封信。信是胜利电梯厂来的。一见这信我就想起年初那件令人头痛的事：厂里的4部新电梯由胜利电梯厂给安装。因急着使用，要提前工期，来厂的安装人员要求除工程款外，还要意思意思。当时可把我憋坏了，向职代会说明了情况，从职工奖金中挤了3500元给了人家，活儿如期干完了。怎么又来信了？我打开信，信中写道：“……经我厂端正党风自查，发现部分同志在年初安装时除工程款外索要奖金3500元实属不正之风，我们决定全额退还，并于近期派员回访贵厂……”读到这，我心中感到一种欣慰，这一下午的烦恼也消逝了。

窗外的丁香花传来了阵阵清香……

原载《新中国的一日》，华夏出版社，1989年1月第1版

厂长的回信

姜国庆

“电话，厂长的。”技术员跑来招呼我。

“小姜吗？”

是厂长，真是！这么快！没想到！

昨天听到的一件事把我肚里的火引燃了，我提笔就写。也不管他正在跟谁研究什么，写完就上楼捅给了他。又终究觉得这是一个遥远的童话，他周围是丛丛鲜花般的笑脸，能理你？你可是满嘴长刺。

我把这事告诉朋友，他们既喜又忧：“你办事太毛糙，别叫人抓了什么话把儿……”

“怕什么，我一个工人还能摔到哪儿去？”我心中充满豪迈。

听筒里传来厂长的声音：“我要去北京，有封信请王干事交你，回来我们找个时间详谈好吗？”

“行！”我应得很响。天地良心，我从没认为我们几千人的厂子的干部个个都比黑龙江那王守信还坏，哎，可不知不觉地，我们之间就像给什么隔开了，谁对谁都不认识了。

我打开信封，看下去。字虽草我还认得：

姜国庆同志：

你的信和文章我都看了两遍，看出你是个有事业心、爱工厂、爱祖国的青年。

我笑笑。可有的人却向我板起一副冷面孔，仿佛我要颠覆无产阶级专政似的。再往下看：

你有怀才不遇之感，这说明我这方面工作做得不够，今后要加强，我们厂是有人才的……

“岂止不够！”我不自主地出了声。靠目前这种办法根本不行！谁能保“伯乐”没有亻亲俩厚？让那些想得到“伯乐”推荐的人怎么办？见了面，我批评得比这更尖锐。

一线也要有大量骨干，特别是要有文化的骨干，一线空了对工厂不利……

这意见对极了，和我想的一样。但问题是一线工人必须受到应有的尊重，这方面做了一些工作，但还不够，比如说，边角旮旯的人都有“交际”的便利，他们的劳动直接作用于人，因此他们的劳动很容易受到尊重。而一线工人的劳动默默地融入了我们的产品。有他们才有我们的有竞争力的产品，而他们在工厂内办点事有时很难。我突然意识到，此时厂长并不在我跟前，笑了笑，往下看：

你的病要注意，如需住院，我可向有关部门打招扶。

祝你全家幸福

同志言颐荪

1987.5.21

我的病死不了人。不过厂长，见面我要向你提的第一条意见就是：写完东西，再忙也要看一遍。什么叫“打招扶”？不通。这要出在横向联合谈判中可掉了我们厂的“底子”。

哪来的抽泣？我歪脖一看，跟着我后边偷看的妻子趴在床上。

“哭什么？”我笑她。其实看第一遍我也挺……

“大慧（我们的儿子）太闹了，气人。”她爬起来，不好意思地转出去。

我却笑了。掩饰什么？这是件很正常的事，说不定以后还会形成一种制度：“国家工作人员对公民的质询必须在 ×× 小时内做出答复，否则，以失职论处。”对了，我得准备个对话提纲，80 年代的工人要有个 80 年代工人的样儿，说话东一榔头西一棒槌的不行。再说厂长也很忙。

我扑向桌子。今晚电视先不看了。

原载《新中国的一日》，华夏出版社，1989 年 1 月第 1 版

厂长家宴

陈　磊

5 月 21 日傍晚，异常燥热。

夜幕像青纱一样笼罩古城上空，鳞次栉比的现代建筑群在夜幕中慢慢隐去……

沿着这条大路向前第一个交叉路口向右拐，便是当地颇有名气的东风新村，东风 20 幢 2 门 2 层 4 号，便是厂长 L 的家。

会客厅里，落地丝绒窗帘已经拉上，蓝色壁灯柔光增添了几分神秘的气氛。一张腊克木制大茶几上，放着一盆硕大的君子兰，猩红地毯，鹅黄色的丝绒沙发，茶几上的进口烟、巧克力……东风厂长 L 品着刚泡好的碧螺春，听着“夏普 777”机子里播出的施特劳斯的《蓝色的多瑙河》圆舞曲，他的脚也不停地抖动着。

电铃声响了，他知道贵客将陆续光临。立即打开吊灯，理了理油光的大背头，整了整从日本考察归来时定做的英国条子呢礼服，微微凸起的腹部，白嫩的手指显出这位主人的从容、华贵、权力……

他不紧不慢地向刚进门的贵客们握手，示意就座、抽烟。

客人们也不客气，东倒西歪地靠在沙发上吞云吐雾，互相寒暄，海阔天空胡聊一气。往日他是不容忍这种目无主人的作为的，但是今天为大公子出国留学光宗耀祖，要依赖这些贵客的帮忙，否则就会功亏一篑。因此尽量克制住自己，一反往常那种严肃、神气之态。

随着L妻子一声清脆的“请”，客人们跟着L缓入餐室。

只见餐室里东芝彩电放着录像《美丽的夏威夷》，优美的吉他声伴着海滩、恋人……异国人情风光使人们陶醉。

锃亮的红木十仙大圆桌上，青花玲珑的景德镇盘碟里盛满珍品佳肴。

L从冰箱里拿出苏格兰威士忌，并向大家亮了亮“ld parr Aged l2 yeovrs”的标记，表示正宗货，然后熟练地打开封口，给客人的杯子里斟得满满的。

来，为诸位光临和顺利，干杯！

请，江南正宗名菜松鼠鳜鱼……

一时间，烟雾萦绕，箸碟交错，吆喝声、电吉他声汇成一片。

L一向以“铁公鸡一毛不拔”闻名于东风厂，何以今朝破天荒大摆筵席，此乃醉翁之意不在酒呵。

L虽只是一个管理5000人的中型厂厂长，但靠钻改革的空子，现在他的权力、油水、派头不亚于什么县长、市长甚至省长。就连那些“水霸”“电霸”“油老虎”也得让他三分。他凭借的是市场上最紧俏的两张王牌：彩电、电冰箱。

他把彩电、电冰箱卡片印成不同颜色，而不同颜色是针对不同人的。一般关系户只能给黄色卡片要零售价，重要关系户给蓝色是优惠价，红色的则只给特别关系户，象征性地收“成本”价。

当然还有什么商品流通中的回扣九、六、三呀。关键问题是对L厂长“关系”到什么程度。“关系”一词可以说是现代最时髦的新产品。

L还有比其他企业家更高的一招儿，委以得力人员在珠深办了一个远东公司，表面上远东公司实行承包制，实质他是总顾问，账目别人不得过问。按照特区价格开发票，内地取彩电，一台就多赚200多元。远东出了事，他一下动用东风厂40万元代罚取保，难怪人们说远东是L厂长的自留地。

酒过三巡，醉意七分。

只见他高高地举起杯子。

“诸位，此次小儿即将漂洋过海，为振兴祖国去攻读，全仗列位呕心沥血，在下置薄酒淡菜略表心意，权请开怀畅饮，举杯，干！”

L大公子这次是公费留学，只等护照到手便大功告成，漂洋过海去镀金或者捞什么八大件。

在座的各位处长、局长确实是“有功之臣”，L今天设宴款待实属花小钱办大事，不愧“战略家”。

作为L十几年前同窗好友，他儿子的启蒙教师的我。今天被请来赴宴，原应受宠若惊，可当了解实情后，我的心却碎了。

望着这些东倒西歪的贵客，我站起身，向主人打了一个招呼，说“头疼得厉害”，便匆匆地跨出了厂长家的宴会室。

原载《新中国的一日》，华夏出版社，1989年1月第1版

竞选演讲

沈　利

1987年5月21日这一天，将是我在人生征途上大拐弯的日子。

我和另外7名大学生曾先后向党委自荐，要当厂团委书记。党委经过反复研究，决定5月21日举行“自荐团委书记竞选演讲”。

早晨8点，我们8个自荐勇士准时进入了会场。八点一刻，待党委书记、厂长和各部门的领导以及全厂100多名基层团干部进入会场后，组织部长首先简要地把自荐团委书记竞选演讲活动的目的，意义做了说明，并对自荐演讲者提出了3条要求。1．每个人限讲15分钟；2．演讲顺序抽签确定；3．在未轮到自己演讲时，要离开会场。接着，我们开始抽签。谁知，我抽的是1号签。我的心情顿时忐忑不安起来，我知道，今天的演讲非同一般，能否中上“状元”，是“一锤定音”了。还没等我多想，只听得组织部长高声宣布：“下面我们请党办秘书，1号自荐者沈利同志上台演讲！”

“啪啪……”全场一片掌声。

“别怕，沉住气，亮出你的综合优势。”坐在我身边的纪委李书记在给我打气。

“沈秘书，看你的哟，请起！”几个团支部书记友善地鼓励我。

我向他们点头致谢。我想，我既然有勇气毛遂自荐，难道还怯场不成？

我壮着胆手，面带笑容，像平时一样，迈着稳健的步子登上了演讲台。待我往台下一望，嗬，一百多双眼睛正注视着我，凭着我的直感，我发现这一百多双眼睛中，有好奇，有怀疑，不过更多的是信任、鼓励和期待。

“好，这仪表分，我肯定没丢。”我今天西装革履，浪花发型，举止自然、潇洒，一上台，场上就响起了掌声。

我开始侃侃而谈。首先我将自己自荐当团委书记的目的、动机作了简略阐述，着重阐明“自荐”与“要官”的本质区别，接着，我以“假如我是团委书记”为题，将工作的指导思想、方针目标、办法措施等进行了陈述，我说：“假若我是团委书记，我一定在任职期间，积极围绕党委中心任务和工厂生产经营的总体目标，把团的工作做好做活。具体目标是：抓好七大实事。”

说到这里，我有意停顿一会儿，看看台下观众有何反应。说也奇怪，同志们的神情是那样专注。有的拿出笔记本准备记录，有的在向我微微点头，连书记、厂长、部长、处长们都露出了满意的表情。

好，就这样讲下去。我暗自鼓励自己。于是，我提高了1/3的频率，说道：“1. 组织编写‘长安厂青年运动史’；2. 编辑出版‘长安厂青年风采录’丛书；3. 团委集资，承包外协加工，为厂里修建一座‘青年公园’；4. 组建长安厂业余团校；5. 成立厂青年工作研究学会；6. 培养一支作风好，技术精，拉得出去，打得响亮的‘五小’（小发明、小革新、小创造、小建议、小窍门）科技骨干队伍；7. 恢复团委‘鹊桥窗’工作，为解决团员青年恋爱婚姻问题，牵线搭桥，并结合青年特点，多组织有益、健康、向上的文体活动，每月组织一次全厂性的青年友谊舞会……”

“哗哗……”一阵暴雨般的掌声。“好，说得好！”台下一部分团干部在称赞。“以上目标，若不能实现，我甘愿接受领导处罚，请将我工资下浮一级！”

又一阵暴雨般的掌声夹杂着“呜啦”的喊声，将我送下了演讲台。

傍晚，在回家的路上，许多领导和同志们向我表示祝贺：“你今天的演讲太成功了，大家都认为你有当选的希望。”

“不，这仅仅是我的一点想法，实干才是竞争与创新的第一要义。”我想，自荐演讲，各有千秋，虽然获得了赞扬与喝彩。但是，只有将开拓创新意识与实干精神融为一体的人，才能成为真正的胜利者！

原载《新中国的一日》，华夏出版社，1989 年 1 月第 1 版

为特区青年临时工一呼

伯　然

今天与劳动局 Y 大姐进行第二次商讨。特区《临时工管理暂行规定》进一步明确下来这样的条款：特区企业雇用临时工，其工资福利劳动保护待遇与固定工、合同制工一视同仁，每月实得工资待遇不得低于 150 元；实行每周 6 个工作日，每日工作 8 小时制；每月加班不得超过 2 天，每天加点不得超过 2 小时；临时工在企业期间的福利和医疗待遇，按本企业固定工、合同制工人同等待遇执行……

最近，为了向市长如实反映青年工人，特别是青年临时工问题，我跑遍了特区内外 6 个工业区。去年以来，青年工人停工、罢工事件平息了，青年们默默地上班打卡，秩序井然，H 工业区那幢去年底被一青年以自杀性行为焚毁的厂房也重新装饰一新，恢复了生产规模……然而，我所面对着的情况依旧使人怅然：1. 一部分青年临时工工资待遇过低问题仍未得到解决。说了怕市长不相信，外资 S 厂工人一般工资是 90 多元。2. 相当一部分临时工生活上的“三难”（吃饭、住宿、洗涤难）问题仍未解决。偌大的 S 工业区，仅仅一个职工食堂，而且还要从膳者伙食费中扣除 40%作为“管理费”。上万名工人上下班时间一致，到食堂吃饭的时间也一致，一到开膳时间，真够你瞧的了！住宿问题也很突出，我去的第一个地方是20人左右住一套房子，那位跟我一样一根接一根地抽烟的小伙子闷着声说："现在天气还不那么热，到了三伏天，满室汗衣服味、臭袜子味，那才真够你受的呢！"另一处是H大酒店临时工住宿的地方，30人双层双层地叠睡在一套三房一厅宿舍里，很难想象这些抹着脂粉、涂红嘴唇红指甲、穿着入时的少女竟然住在这么尴尬的地方！大家住得挤，洗涤也十分困难，有的厂家临时工住的地方不能冲凉，也不建洗澡间，L工业区一些企业，一些女工常常夜里下班到僻静的山沟、水池洗澡、洗衣。S工业区里一群女临时工，自特区开办便来了，至今小的也有24岁吧！我问过他们恋爱、结婚问题，一女青年向我摇头："连起码的生活条件都未改善，哪敢想！"3．在分配、政治权利和人格方面，企方人员对临时工不平等的现象在增加。A公司有一段时间一个临时工所干活件数等于5个正式工件数总和，而其工资却是一个正式工的l/2还不到。

对于青年临时工的这些困难和问题，本来首先应该管的是工会，但这些临时工却因没有户口而不能入工会，深圳的乡镇企业中，有十多万名工人是从内地来的无户口临时工，这些劳工保护制度最不完善——最需要工会组织的地方，却恰恰没有工会组织，团的组织也多数不存在。妇联的D大姐曾告诉我："Y电子厂女工手指都让机器砸断了，老板不仅不让报医疗费，还要扣工资，甚至开除她。我们给工会转去了上诉信，工会有的同志竟说'该企业未成立工会，不受理此事'一推了之。"前不久，我与市总工会的Z同志探讨过这方面问题，这位五十多岁，干了几十年工会工作的同志说，我市有140个工会组织，15万名工会会员，都得到很好的保护……临时工不是正式工人，没有哪一条规定临时工可以加入工会。这样说来，全市就该有60%的工人不能进工会，而没加入工会的工人，其权益受到损害的时候，就得不到工会的正当保护，我认为在我国，工会作为工人自己维护自己利益的唯一团体，是不应该将一部分工人拒之门外的，尤其在改革开放的新环境下，更应该改变工作方式。而不应该只照僵化的过时条条办事，从这事中我感到一种导致团体异化的力量，这种力量并非来自外部，而是来自团体内部。一个团体常常由于其成员缺乏责任感与热忱，只追求形式而淡忘了根本的宗旨，于是便脱离了群众，脱离了现实，而走向自己的反面了。这些情况，已经引起了市委、市政府的重视。前几天，我拟好了党政有关部门联席会议确定的全市青年临时工保护与劳动关系协调的报告。市领导都做了批示。现在，市《临时工管理暂行规定》也起草出来了，不久将推出，这个问题的解决，已经有了希望。

为了能使这个“暂行规定”推出后能够顺利地贯彻，下午，我又针对青年临时工的思想和工作现状，拟出了一个加强对青年临时工的教育和改进、协调各有关机构工作的设想，准备提交给市领导。

原载《新中国的一日》，华夏出版社，1989 年 1 月第 1 版

我终于有工作了

薛　蕾

清晨，我早早地起了床，又早早地走在通往公司的路上。

清爽的、温柔的、有着淡淡槐花香的晨风沁人心脾，我深深地吸了一口，哦！真舒服。一年了，高考落榜整整一年了，我还没有这样舒心地，痛快地呼吸过早晨的空气呢！高考的落榜、就业的艰难、家人的讥讽、自身的残疾像几座大山压得我喘不过气来……

今天，在中国残疾人福利基金会及兰州机械制造公司的关心、照顾下，我们公司像我一样的残疾人终于有了工作。我那漫长痛苦的一年也终于结束了。

到了公司，人事科科长把我安置在工会文化室，文化室包括阅览室、图书室。看着琳琅满目的书籍、杂志，我心里很激动，从今天起我将成为一个给人们带来欢乐、知识，送走烦恼、忧愁的使者。

上午，来了几个上夜班的师傅借书，其中一个师傅知道我是被照顾进来的时，真诚地对我说："你可要珍惜你的工作，我有一个好腿好脚的姑娘，待业一年多了，还没找到工作……"

我也真诚地点点头，我何尝不知道我的工作是怎么来的，我会加倍珍惜，我会尽自己最大的力量做好每一件力所能及的事以报答人民、党、祖国对我的照顾。

下午，是机关干部的学习讨论时间，工会主席破例也让我参加了他们的学习小组，并鼓励我为他们念了《十一届三中全会以来重要文献摘选》。然后我们又一起讨论。

晚上，母亲特意做了几个好菜：木耳、竹笋炒肉、烧鸡、香肠等，还买了两瓶小香槟来庆贺我的工作，父亲拿出了逢年过节来客才用的高脚杯，然后高兴地对弟弟说："为了你姐姐的工作干杯……"四个酒杯举起来了……

今天，我真幸福，真激动，一种不被人歧视、被当人看待、能自立的激情涌出笔头，于是，我提笔在日记本上写下了：

1987年5月21日——我生活中的一个转折点……

原载《新中国的一日》，华夏出版社，1989年1月第1版

乌海印象

丁 茂

去年冬初，我第一次去乌海。对乌海，我应该是不陌生的，因为那里的朋友们常来。朋友们聚在一起，天南海北地聊，每当谈起乌海的时候，他们总是流露出一种自豪和夸耀的神情。但我却不以为然，总认为他们在老王卖瓜，自卖自夸。乌海不就是出煤吗？从煤，我自然就想到矿工，又往往把矿工和煤黑子联系到一起，煤黑子给我的印象是粗野，没文化，甚至喝酒、骂人……可是，当我去了乌海之后，不禁大吃一惊，煤黑子和我想的迥然不同，真是耳闻不如眼见啊！

这是一座很美的中等城市，风和日暖。城市的建筑很整齐，高楼大厦，样式新颖大方，街道宽敞而洁净，路两旁的杨柳松柏格外醒目。在我的想象中，乌海是个风窝子、沙窝子，一片黑乎乎的。这正像内地人来呼和浩特那样，他们总以为呼和浩特是一片荒漠或美丽的草原，他们总以为一下车一上路，就可以看到成群结队的羊群牛群或驼群。可是他们想错了，他们心目中的大草原，离内蒙古的首府还远着呢。前不久，我陪贵州的一位客人在呼市观光，他一路上不住在惊叹："啊呀！呼市这么美，比贵阳强多了。"我去乌海，也有同样的感受和惊叹。

我在乌海小住几日，印象最深的是煤矿工人的文化和文明。他们根本不是我想象中的那种大字不识而又粗野的煤黑子，他们有着高层次的文化与文明。

我们参观访问了两个煤矿，首先去了五虎山煤矿。那天早晨，我还没去吃早点，矿里来接我们的小车就停在宾馆门前了。我们几个不禁为此一震。我虽然很少出门，但也去过一些地方，有时往往为等候车辆着急和发愁，说好的时间，常常不能按时来，让你干着急没办法。而他们却提前半小时就来了，矿区离我们住的宾馆又有几十公里远。这不仅仅是表示了主人对客人的热情和厚爱，更表现了主人的工作作风和精神状态。

我们在五虎山煤矿办公大楼前下车之后，一股新鲜的空气扑面而来。这哪里是我们想象中的煤矿，这分明是一个大都市的街心公园。我们甚至觉得像是置身于颐和园或中山公园似的。那雕梁画栋的长廊，让你赞叹不已。更使你想不到的是，长廊里所有的装饰画完全出自工人之手，而且不是一两个工人所画，是许多工人画的。那一幅幅或山水或花鸟或人物画儿，玲珑剔透，精雕细镂。还有那些假山盆景及喷泉，名堂繁多，简直让你目不暇接。那一尊2.5亿年前的硅化树，是工人们自己挖掘并移置到这儿的，它不仅供人们观赏，而且有着重要的考古价值。矿长孟来发和矿党委书记张海旺同志向人们介绍，这座街心公园，是工人们利用业余时间建造的。建造公园所用的经费，全是工人们自愿筹集的，没花国家一分钱。劳动不仅创造财富，而且创造文化和文明，工人阶级无疑是伟大的。这似乎是常挂在嘴边上的话，但在此时此刻，这话才是我的肺腑之言。

从街心公园，我们又走进矿长的办公室。这是一个好大的办公室。不难猜出，这一定是矿长办公室兼会议室。办公室里布置得十分雅致肃静，盆景里的假山上，长着绿绿的苔藓一类的小草。如果说这些盆景不足为奇，茶几上的那个鱼缸，则显得格外新鲜和别致，那些花色鱼儿悠然自得，十分可爱。我们的话题又扯到墙上的字幅。孟来发同志告诉我们，那些字幅全是工人书写的。他说，矿上原有四大书法家，现在发展成了十大书法家。他还拿出他们的作品让我们看。确实名不虚传，他们的毛笔字写得或刚劲有力，或龙飞凤舞，风采各异，自成一家。矿里给他们十大书法家的冠誉，名副其实。孟来发还说，他们还有自己的作家、诗人、画家、摄影家……有好多人的作品都见过报刊。不难想到矿里的文化生活搞得这么丰富多彩，当然是与领导分不开的。矿长就是十大书法家之一。党委书记张海旺同志是个全面手，他简直算得上一个艺术大师了，街心公园里的所有名堂，全是他设计和命名的。

他们年年超产，被评为市里和自治区先进单位。那些数字我实在记不住，但有些话我一直记忆犹新。矿长说，现在井下设备现代化了，不仅讲卫生，而且基本上控制了事故的发生。这样，矿工的生命和健康就有了保障。这使我特别高兴。看来，煤黑子打断腿已是过去的皇历了。

次日，我们要去公乌素煤矿去。时间很紧，因我们已买了晚上返呼的车票，原打算只去走马观花地看看，中午就返回市里。可是，在路上有人告诉我，矿里在上午安排了一个文艺创作座谈会，要让我在会上讲讲话。无疑，这个座谈会是冲我们组织的。这是我的本职工作，当然义不容辞。不过，我又暗暗嘀咕：矿里会有几个作者和文学爱好者呢？也不过是几个人聊聊罢了。可是，当我们在公乌素矿一下车，他们的矿长肖锋同志早在楼前等候了。他把我们直接领进了会议室。好家伙，偌大的会议室里坐满了人。我简直怀疑他们要开职工大会，可肖锋同志明明告诉我们，今天到会的全是业余作者和文学爱好者。我简直惊得目瞪口呆了。会上，大家都做了自我介绍。有几个同志给我留下了很深的印象。比如有一位年过半百的黄纯民同志。他不仅是一位文学爱好者，还是一位文学活动的热情组织者。今天的这个座谈会，就是他组织的。多少年了，他坚持不懈，对文学创作有着执拗的追求和迷恋。郭广全同志却是一个毛头小伙子，他利用业余时间，开一个书店，成立一个诗社，创办一个油印刊物。书店所赚的钱，主要用于诗社的活动经费、刊物的经费及稿费。这是一种无私的奉献。在我们这条战线上，如果多出几个郭广全，社会主义的文艺事业定会更加兴旺发达。凡搞什么事业，总需有人支持，矿长肖锋同志就是他们的后台老板。肖锋同志说：抓文艺不影响抓生产，文学艺术不仅活跃了工人的生活，也促进了生产。这应该纯属经验之谈。我觉得这是一位很有远见卓识的老矿长。

原载《内蒙古日报》1991 年 6 月 16 日

人在旅途

安　子

1

1984年8月某日，我从梅县扶大乡下跑出来独闯深圳。那年我刚满十七岁。

长途汽车抵达深圳时，恰值薄暮时分。在东门汽车站等了一个多小时，仍不见表姐来接。我惶惶然不知所措：是继续等下去，还是拿出表姐画好的线路图找上门去呢？表姐也真是的，拍电报回来时一再强调叫我下车后不要到处乱跑，以免走失了，现在倒好，左等右等，就是不见她的影子。

天很快便黑下来，我急得直想哭。好在不远处便有3路公共汽车站。我一瞅，有“蔡屋围”三个字。我拎着一件鼓鼓囊囊的行囊（里面大都是妈妈塞进去的鸡腿、叉烧等食物）挤了上去。汽车经深南中路，我探出头去，见那幢幢摩天大楼，恰似把一个天空撑起，令我这个从未出过山乡的客家妹引颈惊呼和敬畏。

只一天的时间，我便仿佛来到另一个世界，几乎一下子要在喧闹的马达声、嘈杂的人流中迷失方向。与家乡无边的田野、村庄以及静静的梅江水不同，这里霓虹灯辉映之下花花绿绿的人群，天南海北的口音，令我好奇，也令我茫然。

“下一站是蔡屋围，有下车的同志请准备。”乘务员用清脆的普通话与广州话报站，打断了我的遐思。

慌忙下了车，站旁正好有个十八岁光景的女孩在等车，我赶紧问她：“请问阿姨，××电子厂怎么走？”

“闭上眼睛朝前走，你会看见那个厂牌的。”那女孩白了我一眼，指着一条黄泥路说。

“多谢！多谢！”我忙不迭地说。

“老土！”一辆中巴开过来，那女孩生气地扔下句话，踏上车。我莫名其妙。在乡下，十几岁的小姑娘，是一律被尊称为“阿姨”的。后来我才晓得，深圳的姑娘是喜欢被人称为“小姐”的。被人叫“阿姨”，那无疑是说她老，她当然很不高兴。

七拐八弯找到那家电子厂，已是晚上七点。正值下班时间，一群群年龄跟我相仿的打工妹，从火柴盒似的厂房里嘻嘻哈哈笑闹着走出来，转眼间，又一个个拎着热水瓶、塑料红水桶、脸盆冲进洗澡房。短短几分钟门口就排了十几个人，有的人则用汤匙敲着搪瓷盆急急匆匆地去食堂排队买饭。

“请问，李萍回来了吗？”我边走边用客家话向她们打探我表姐。不知是她们听不懂还是不想理我，一个个摇摇头不多说一句话，各顾各地干自己的事。我茫然犹如木鸡。

转进旁边的一间铁皮房，里面蒸笼似的，又热又闷，空气中弥漫着一股难闻的异味。房内排满了上下层铁床，约莫有六十多个人住在那里吧。有些人可能也是刚到，还在整理床铺。

我又问其中一个正要出门的女孩。

“李萍？她好像住六楼，就在前面那幢。”她的客家话似乎是刚学的，嗓子尖尖的。

2

我踏上水迹斑斑的楼梯，心想这样的环境与外面的繁华真是相差十万八千里。真怀疑表姐是否住在这里。

表姐 1983 年到深圳一家电子厂做工，上个月回家探亲，提着大包小包，真是风光八面。庄户人家爱凑热闹，大家一边有滋有味地品尝表姐的糖果、饼干，一边围着她听深圳见闻。我好羡慕表姐，并被她所描绘的深圳吸引住了。她临走时，我托她在深圳帮我找一份工，有消息即刻来信告知。这天，一接到她的电报，我便速速赶来了。

“你是李萍的表妹吗？”身后一个女孩提着半桶水，追上来问我，“来，我帮你拿点东西。”

“哦，不用。”我觉得她的纯正客家话好亲切，“你怎么知道——”

“我和你表姐同一天进厂，同吃同住但不在同一条流水线上干。她五点半就请假出去接你去了，没接到，刚回来。”她快言快语，“你叫我丽丽就行了！”

丽丽把半桶水拎到六楼，面不改色心不跳，还扯起嗓子叫：“阿萍，你看谁来啦！”

“哗！我的好表妹，等得我好苦！”表姐一见是我，惊喜异常，边帮我解下行囊，边嚷嚷：“我还以为你给哪个香港老板带走了呢！”

“我差点想去报社登寻人启事了！”我笑着捶打表姐。

环视周围，女工们在过道来往穿梭。这间十二平方米的房子，搭了两溜十二张上下铁床，上面全是塞得满满的被子、小圆镜、相册等什物。天气燥热，有人还在房子里用电饭煲煮饭，弄得房子里啥味道都有。在靠窗口的那张床，丽丽住上铺，表姐住下铺。

“来来来，都来尝一尝我表妹的见面礼！”表姐拿出我背囊里的食品，兴高采烈地叫。一杯茶工夫，七八个打工妹便风卷残云般分掉了那些东西。

“这些食品是带给你的！”我悄声对表姐说。

“在这里大家有缘聚在一块儿，很多东西是不分彼此的。”表姐拍拍我的肩膀，“有福同享，有难同当……”

食品是爸爸做的。家里开了一间餐馆，爸爸是当地出名的大厨师。生意平时就不错，碰上圩日（赶集）更是把我和妈妈忙得团团转。

我是长女，我初中都没读完，就不想再到学校去啃那些正儿八经的课本，有空老是爱翻连环画。奶奶又经常给我讲《红楼梦》《西游记》什么的，我更是觉得去学堂读书一点也没意思。我跟爸妈说：“不要逼我去上学了，在家里做。什么都可以。”无奈，重视读书的爸妈只好把希望寄托在我弟妹身上。离开学校那年，我才十四岁。

在家帮了三年忙，整天油盐酱醋，挺腻人。这回有机会跑出家门，真是太好了，但此刻的情景，又不免使我有点失望。

突然，停电了，宿舍里一片漆黑。女工们又喊又叫起来……

3

第二天，表姐带我去见工。

一个三十多岁模样的香港婆吆喝道：“A 线、B 线、C 线、D 线的线长都来一下。”

“你们哪条线上缺人，请要了她去。”香港婆指着我。我第一次觉得自己是一件商品，在任人取舍。

她们相互推让一番，结果 C 线线长秦娜答应要我。

“OK，你就跟她好好地干吧。”香港婆干脆利索地道。

我被分在插件组干活儿。具体的活儿，是把不同型号的电子零件往线路板上插。

“这活儿看起来简单，干起来可得聚精会神，一点儿也马虎不得。”丽丽在我背后说。她正好与我同组。因她是熟手，线长一走，她便常常来指点我。

这间电子厂经常昏天暗地地加班。中央空调的冷气够劲，又香又冷地在各个角落循环。女工们默默地坐在线位上干活。那手指灵活得像鸡在抢啄米粒。

我努力地辨认那些电子零件，也想快，但手指头老是不听使唤。不是拿错了型号，就是插错了位置。

大概是手指被夹得太重的缘故，第二天，几个手指头竟有黑黑的瘀血。香港婆在线上巡视，见我对着手指头发呆，就呵斥道：“你做工不小心，弄伤了手指头也不想想办法，傻愣在那舒服得很哟！……”

听到香港婆尖酸刻薄的话，我想驳嘴。丽丽赶忙过来圆场：“她很快会熟悉一切的。我们不也这样过来了……”

香港婆鼻子“哼”的一声走开了。

丽丽悄声对我说：“别管那八婆！有些电子元件是有棱角的，不要拈得太重……”

半个月过去，我一下班回到宿舍，发现自己的手指居然会神经质地抖动。一甩手臂，阵阵酸痛直钻出自己的五脏六腑。

厂里没有床位，我只好与表姐同睡一张床铺。深圳9月的天气，仍然酷热异常。那窄小的单人床，两人睡在一块儿翻身也要一齐翻，真是难受极了。再加上宿舍里没电风扇，女工们自己又买不起，只有在热烘烘的感觉中昏然梦见周公。

我和表姐就在这种环境中共挨“艰苦岁月”。

如果晚上不加班，我们便到菜场去买米，买便宜的干菜，往往买一次两人可以吃上一星期。我们用剪刀剪菜，用电炉煮饭。加班回来一切都是匆匆忙忙的，很难吃上一顿香喷喷的饭，睡一次甜甜的觉。

我觉得自己好累，好想回家，好想找一个地方大哭一场！

一个月后出粮（发工资），我第一次领到学徒工的收入：一百〇八元。我机械地数着这一沓零碎的钞票，想着香港婆那趾高气扬的样子，真想把钞票扔在她的鼻子下，骂她剥削工人剥削得太离谱了！

4

流水线——多少打工妹在用青春的舟楫横渡这流水线？！前面没

有岸的呼唤，也没有航标灯的昭示。我像表姐那样，手脚勤快地坐在流水线旁，机器人似的插件，连上洗手间都要跑步。

但是，我写信回家时，谈的都是深圳风光旖旎，自己工作与生活的快活、写意，并汇上三十元自己挣来的钱，给小妹报名读书。

四个月后的某一天，经亲戚介绍，在同伴羡慕的眼光中，我被招进装潢和格调在当时的深圳属中上水平的某宾馆。

我被分在收银台前迎宾。第一次穿着红裙子、白上衣，打着黑色领带，我觉得真是顾盼生辉，心中有种说不出的喜悦。人在旅途，也许换一种职业会增强自己对未来、对人生的信心。

过不久，我被调到中餐部。一天，来了几个北方顾客。我慌忙迎上前去，引他们入座。“请问，你们喝什么茶？”我问。

“红茶。”其中一个答道。

茶送上去了。另一个顾客却嚷嚷道：“小姐，你冲错茶了！”两眼色眯眯地盯着我乱转。

“这不是红茶吗？我没冲错。”我觉得自己有理，便顶了一句。就这么一句，那顾客却乘机捏了一下我的手。我气愤地一甩手，他却低声威胁道：“给我点烟，要不找你经理来，炒掉你。”

“你放尊重一点！”我严正地说。

“经理——”那家伙黑起脸来叫。

餐厅部部长马上过来，见此情势，不分青红皂白便要我向他道歉。我一扭身跑进厨房，委屈地哭起来。部长说了几句打圆场的话。也跑进厨房来，说：“顾客是上帝，他永远没错！”

我哭着把原委说给她听。她叹了一口气，说对付这类顾客既不要惹恼他们，也不要让他们放肆，确实很难做。最好是让顾客自己写茶单，或者他们说冲错茶了，那就耐心地问他们冲什么茶，实在不行，重冲一次就完了。搞服务行业，就得多受一些委屈，多受一些挫折。

我似懂非懂地点点头，这里面还挺有学问的呢。深圳流行一句话，叫“物有所值”，对服务行业至高的评价则是“超值享受”。餐厅部掀起“微笑服务”的运动，部长说这种微笑才对得起“上帝”（顾客）的钱包。

从流水线出来，什么苦我都能吃。从那时起，我便养成了一种敬业意识，无论从事何种职业，我都会用心去做好！

一度，“024号（我的工作牌号码）微笑”竟传为那家宾馆常客、回头客的佳话。有一拨来自上海的顾客，回到上海后还念念不忘我的热情服务，联名写了一封表扬信寄到经理室，这种事在这家宾馆可是前所未有的。

不久，我便被晋升为领班。

不知从何时开始，我发现宾馆的服务员经常私下调班。一问，才知道她们中许多人都是去读夜校的——有读英语的，有读财会的，也有的复习初、高中文化课程。

5

楼面部长英姐，都三十来岁的人了，还在读财会班。我想想自己，初中都没毕业，这样的文化程度将来能干什么？不由得也紧张起来。

在家时，老是讨厌那些正儿八经的课本。事隔多年，我又怀念起那窗明几净的课室来了。也许是环境变了，人的想法也跟着转变。在深圳，你不早日去学点什么东西，便会有种被淘汰的危机。

于是，我便和一个叫芸芸的女孩结伴，从初中课程开始补起。我的态度是如此认真，让爸妈知道了，他们一定会很高兴的。

年终时，我被这家宾馆所属的总公司评上“先进工作者”，很虚荣了一阵子。要知道，在六十多名女临工中，我是唯一被评上的呀。

总公司有人来给我介绍男朋友，动员我嫁给某一个建筑工程兵。“结婚后马上有房子分，你的户口也可以迁来。”介绍人舌底生花，作了许诺。

我依约见了那个工程兵，矮壮敦厚，是挺老实的一个小伙子，给我的表面印象还挺不错的。“我家乡出产皮蛋，这箱皮蛋你就收下吧。”第二次见面，他约人扛来一大箱皮蛋。我想拒绝，又怕伤了他的自尊心。那箱皮蛋我整整吃了三个多月，与他也拍拖了三个多月。

“恋爱是什么滋味啊？”后来有人问我。我便说是皮蛋的滋味。“回味无穷啊！”朋友们都这样笑话我。

我唯有摇头苦笑。终因两人性格不合，我与他好说好散，没有把“拖”再“拍”下去。

那时我留着披肩长发，脸上荡漾着甜甜的笑，忙忙碌碌地往返于整个楼面。

天蓝色的窗幔，橙黄的灯光，细碎而微妙的一阵阵杯碟相碰声，掺和在一片嗡嗡的低声交谈中——我尤其喜欢深圳早茶这种亲切而祥和的氛围。

“哦，又是小安，温馨呢？”经常来饮早茶的陈总见是我，便问以前在他办事处做过事的温馨。

“在厨房，我去叫。”温馨是我老乡，我俩关系很密切。上星期我们去陈总家玩时，陈总爱人说他正在蛇口筹建一家公司。

我把温馨叫出来。

“你们愿不愿意到蛇口去？”陈总问我们。

“愿意！”温馨忙不迭地说。我迟疑着。到蛇口去，与深圳大学挨得挺近呢——或许可以有时间去那里读书。但是，怎么跟经理交代呢？

经过几天的考虑，拗不过温馨的一再劝说，我便答应到蛇口去闯一闯。也许像我这种女孩子，天生就喜欢对新鲜工作试一试的。

当我把辞职书递交给宾馆经理时，他脸上的变化使我非常惭愧。我有愧于他的栽培——我这面“先进工作者”的旗帜是他一手竖起来的，如今要倒下了。

我与温馨结拜成“姐妹”，一同步入蛇口。

但是，蛇口，并非想象中那么充满诗情画意。

6

我与温馨一起在那家公司饱尝了创业的滋味。一切都靠自己去奔波。

公司请了日本师傅来指导装配设备。日本人开口闭口一句："阿哩多格他妈死的（非常感谢）！"把我们逗得直乐。

女孩儿家颠上跑下地给日本人递送各种型号的零件，遇到"重头家伙"，女孩子变成男子汉，吭哧吭哧地抬来抬去。

一天天下来，腰酸背痛不说，那纤纤会说话的手指头也变得粗大起来，难看死了。

三个月过去，分工时，我进了制版部。

"制版是一门高技术工作，学好这门手艺，以后在深圳不愁没有公司高薪聘请你！"北京来的师傅一上任，便热情鼓动我。

但是，我学好制版，也非一朝一夕之事。

"你的小版老套不准色！"那北京师傅是老头子，对工作严厉得很，"你看看，这块红版跟原版差多少？一点误差也要不得！"

"通知晒版部返工。"老师傅沉着脸，"你检查一遍，重晒一张PS版。"

我唯有细心认真地从头学起。

老师傅工作时严厉归严厉，下班后和大家还是有说有笑的。

来蛇口第二年，便听人说表姐回家了——是一个姓陈的男人带走她的，也许不会再回来了。我听了，心里酸酸的。当初我是来投奔她的，如今她却先回去了。我知道再过一两年，自己可能会走她的路，心中不由得涌出许多感慨来。

那时我与温馨都住在四海宿舍。下班后，两人总爱爬到四海的那座小山丘上，互诉衷肠。有时悄悄微笑，有时默默流泪，有时拿出各自的家信来读。直到万家灯火辉煌的时刻，才走下山坡。

晚上我们便经常往培训中心大楼跑，开始补习课程。宿舍里的女工们最爱读的是才子佳人的故事书。琼瑶、亦舒、岑凯伦以及金庸、席慕蓉、三毛等，赚了我们打工妹不少青春的泪水。

很偶然地在书堆中翻到一本被女工们揉得皱巴巴的《女子文学》。我试着偷偷把日记本上的一些分行文字，斗胆寄给《女子文学》。

结果认识了一个叫王青的作家。他三番两次地帮我修改作品，并帮我发表了第一首诗，诗下面写有我公司的通讯地址。也许“深圳”两字太富有吸引力，天南海北的文友照地址给我寄来雪片似的信件。

通过这些信件往来，更加坚定了我走文学这条道路的信心。新疆有个叫晓路的女孩，高中毕业后，不知能否考上大学，要我马上接她来深圳，否则她只有自杀。她的父母经常吵架，每次家庭战争爆发她都成了出气筒。后来她才打听到自己不是现在的父亲亲生的……

我整整写了十几页的长信。劝她重振精神，不向命运低头。也许苍天有眼，她的高考分数下来了，被录取到师范大学，得以远远地离开了那不幸的家庭。

7

我所在的公司经过一段时间的试产，马上要投入正规生产了。北京师傅走了，换来一批香港师傅。

晚上加班，我照样去请假。“请假上课？”香港来的师傅用一双怪怪的眼光打量我，弄得我走也不是，留也不是。

旁边的人跟我说，在他手下干活儿，叫你加班时，没事干也不能走，得自己找事干，如整理一下案头，等等。

“你还想在这干吗？这样的活儿亏你做得出来！”没过几天，香港师傅一脸怒气，一早到车间便拿着原稿，指着一张印好的图对我吼。

噢，我想起来了！昨天客户送来一行小字，要我临时加上去。事情太多，我竟忘了。印了三千张，被师傅发现了！我心里发怵，真是大祸临头了！

在高中补习班同学的介绍下，我又“跳槽”了。我并不知道这样一来一去，会把自己折腾得一无所有。

那是一家装饰公司，正要承揽设计某集团公司的三周年庆典广告画册。我从制版公司出来，年轻气盛，向总经理许诺这一单货我搞定。那时公司的办公室主任被新开张的一家广告公司重薪挖走，总经理如失左右手，公司一下子失去平衡。我从缝隙中冒了出来。

总经理自己是行家。见我设计的构思挺有新意，便几次把我这个新来的公关小姐叫到他的办公室，耳提面命，强调我千万不能辜负公司的厚望。惹得我自己的眼圈也红红的，大有士为知己者死的感慨。不久，我便被封为“总经理助理”。

一群双十挂龄的女孩，成日陪同总经理出入深圳的茶楼、歌舞厅，与港客、“外佬”斟生意。我则大都留守公司，处理日常事务。

阿虹与我同住一间房，我俩慢慢成了好朋友，几乎无话不谈。但后来她常常不回来住。她有个亲戚家在附近，我以为她去了亲戚家。

几个月后，阿虹突然对我说：“楼下有好多酸杨桃，我好想吃。”我便替她买了一些。过不久，阿虹开始心情烦躁。终于有一天，她一回到房就发疯地乱摔东西，并抱着被子大哭。我顿觉事态严重。

“小安，对不起，我一直在瞒着你。我自己不想的！但现在已经晚了！医生说我怀上小孩了！”阿虹说话时一副世界末日的表情。

“怀上小孩了？”我很惊疑，“是谁的？要负责任的啊！”

阿虹悲哀地望着我半响，若断若续地说：“是……总经理的……”

总经理的?！怎么会?！平日他在我面前总是彬彬有礼，一派绅士风度。

记得有一次下班正遇上暴雨。他把小车让给我们几个女孩子坐。本来他可以挤进来的，但他坚持让大家先走。我知道他有个香港太太，每周隔二岔三地来看他。总经理不是这种人吧？

8

第二天，总经理找到我，说：“小安，阿虹有病，你通知她一个月后再来上班，二百四十元的基本工资照发！”他一副慷慨大度的模样。

在这之前阿虹已经把真相向我和盘托出。他叫她去做人流。阿虹不肯。他便塞给阿虹一张“金牛”（一千元港币），打发她走。

叫阿虹一个月后再来上班只是个借口而已！他是不想让手下的人知道这件事！我默默地打量着这个长得英俊潇洒的男人，觉得他很恶心，给人很丑恶的感觉。但到了这地步，又能说些什么呢？

当天下午，我写了封辞职书压在总经理台面上，带着阿虹走了。阿虹和我一样，在深圳苦苦挣扎、拼搏了几年，到头来仍然是一无所有。哦，阿虹不同，她“有”了！但那是怎样惨的一个“有”啊！

我感觉好累好累！从未有过的疲乏，好想认认真真地大哭一场！自己不明白怎么会走到这一步！然而，我又必须坚强，去安慰更加脆弱的阿虹。

第三天，阿虹不告而别，跑回乡下去了。就在我写下此文前两个月，阿虹给我来了一封信，说回家后她嫁给当地一个老实巴交的农民，小儿子已快三岁了。

扎根深圳，对于没有文凭和专长的打工女来说简直是天方夜谭。对于更多的打工女来说，随着青春的流逝，在特区干了三五年之后，便像表姐、阿虹一样自动分批地“撤退”！

阿虹走了，我也差一点背起行囊“打道回府”。起初寄住在以前的工友处，她热情为我的工作奔波。日子一天天过去，她的脸色也一天天冷淡、难看。我不怪她，换上自己也许和她的态度一样吧？

依然每天买报、读报，浏览墙上的招工广告，打电话，穿梭般奔来跑去面试，打仗一样天不亮就起床，一直折腾到晚上……结果常常是一无所获。静夜一人时，我甚至后悔自己一气离开那家很有发展前途的装饰公司。

一段日子下来，我现实了许多，好心的工友最终给我找了一份三洋电子厂流水线的工作。我咬咬牙，知道这是回到四年前的那种工作去了！但没办法，人总得先生存下去呀！在我即将上班的前一天，工友的一位老乡找她玩，提及我的事，他建议道："干你的制版老本行吧！发挥你的专长嘛，我那家公司又招人了！"

"你先回家一趟，办好合同制手续再开始上班！"那家印刷公司人事部的人见我是有技术的工人，果断地说。

我坐了一夜的车回到家。爸、妈也显老了，憔悴了许多。临近中午，也挺少人来打探关于深圳的见闻。一切都变了，村庄里几乎每家每户都有人在深圳工作；邻里见了面至多和你聊上几句，便忙自己的事了。

我有种淡淡的失落感。表姐抱着她两岁的女儿来我家，我也不想和她多聊。办好合同手续，便匆匆赶回深圳。

9

是你选择生活，还是生活选择你？

1988年9月，我开始了在深圳大学的半工半读的生活。在蛇口的那家印刷公司里，我默默地做着拼版工作。人生不也如这版图吗？——要涂上各种各样深浅不一的流行色。

二十一年前，近八十岁的太姥姥（我父亲的奶奶）给我取名为："安丽娇"——一个美丽但又俗又土的名字。1989年，二十一岁刚出头的我给自己取名为"安子"——一个既有诗意又有城市气息的名字。

静夜，姐妹们叽叽喳喳地侃大山、锄大D。我躲在一旁，弄来一块木板，横搭在窗口与床架上，权当书桌，涂抹着一些后来被称为诗歌的文学。

不知是源于诗歌，还是"安子"这名字给我带来好运，教我结识了客人。

1989年春，乍暖还寒的3月，我与客人相会在深圳大学。那时客人的学生宿舍贴着一幅漫画，是他竞选校学生会主席的漫画像，上书："每个人都有做太阳的机会。"

这个要"做太阳"的中文系学生会主席，名噪校园的诗社社长，居室却显得邋遢凌乱，蚊帐和被子揉在一块，像团咸菜干，满地是鞋，满桌是书。

初次相识，客人给我捧出一大堆一个人流落在丝绸之路的旅游照片。

人在旅途，爱在旅途。他经受了一场刻骨铭心的情感裂变的洗礼。我静静地坐在一旁，理解并感悟这傲岸不羁的诗心满盈着温柔的波涛。我像是面对故友，谈起几年来往左跳、往右跳的打工经历。

这是一次心与心的相会。然而，我还是有点惴惴不安：一个大学本科生，会与一个没有户口持暂住证的打工妹"拍拖"吗？

爱情是天赋的权利，但它要靠自我造就才能获得。我热心地参与组织大都是打工仔、打工女组成的"半岛诗社"，并请客人经常与大家座谈。

1990年初，蛇口工会搞职工文艺会演。我与工友们登台朗诵自己写的诗作《蛇口颂》，唱自己作词的厂歌。客人在台下面为我鼓掌。

客人大学一毕业便到市委工作。姐妹们劝我别对他付出太多，说他一出到社会不变心才怪呢？我淡淡一笑，爱与被爱就像一枚果核在果子中那样自然，谁也规范不了谁，谁也勉强不了谁。跟着感觉走吧。

在一个细雨霏霏的晚上，客人约我到市内一家咖啡廊。幽静的灯光和柔曼的音乐，制造出温馨的氛围。

"经历是一种文化。"客人搅拌着咖啡，"你这青春岁月的打工经历、求学路程是一笔财富。"

"一笔财富？"我咀嚼着客人的话，仿佛在咀嚼这多年打工生涯的甜酸苦辣。

那一刻，客人的话开启了我封藏多年的打工感觉。我要写！写一写自己，写一写周围的姐妹们！

10

是谁说过：安子是一个“不安分”的女孩，也是一个可以让人放心的女孩。客人是否对我的第一印象中就产生这种感觉呢？我至今也没问过他。

1989年《深圳特区报》有一篇介绍我的文章《一个“不安分”的打工女》。被采访时，我说自己崇尚希腊诗人蒂斯的诗句：尽你所能把自己镌刻在某个地方，然后再大方地把自己抹掉。

客人深深地懂得我，懂得一个平凡而普通的打工妹的追求。他很少请我去听歌、吃夜宵、饮早茶什么的，但他把我导入了文学的港湾。

一个在成人高考上名落孙山的姐妹，痛哭流涕地烧了全部复习资料，发泄道：“就当他妈的一辈子的打工妹吧！”

我用小小说复制了这个故事。客人读了以后，建议把这个打工妹的遭遇改为她落榜后的一种奋发，让主人公成为生活的强者。

小说一发表，那个落榜的打工妹便找上门来，对我说：“安子，从你的小说中，我找到了一种启示。我想，我不会令你失望的。”

在客人的点拨下，我尝试着写《蛇口打工一族》。写周围普通工友的喜怒哀乐，户口问题，婚恋风波，职业选择……我努力地用稚嫩的文字重现这生活的一切。

1990年1月中旬，客人因公赴港，我的心似乎也被牵到界河那端。爱是一种牵挂，女人大都是为一种爱、一种牵挂而写作的吧。

“……我站在岸上看着你轻轻从我的心港驶出。如帆的日子，是我倚窗眺望蛇口的雨景，眺望遥远而又神秘的香港灯火。哦，许许多多像我这样出门在外的女子在眺望又一村的相思人……”

我为客人写了一小篓的情书。每当翻阅这些信件，心中总是油然生长着一朵柔情之花。

就在我离开蛇口的那一天，客人提前站在《深圳特区报》门口的阅报栏旁，等了足足有一个多小时。一年多了，每逢周末下午六点，客人必定会在那儿等我从蛇口赶来。这是最后一次了，他说想多感受一下等待的滋味……

没有鲜花，没有丰盛的筵宴。在1990年圣诞节的钟声中，我们接受了无数衷心的祝福。似乎，客人应该是格林童话里的王子，我是白雪公主。白胡子的圣诞老人和七个善良的小矮人携着礼物来参加我们的婚礼。

常常，在通心岭某一幢宿舍的某一间房子里，我坐在淡黄色的台灯下，不时抬头望望坐在另一张写字台上写诗的客人，心中便会涌现出许许多多的感慨……

今年2月，客人的诗歌获得了“深圳十年大鹏文艺奖”。第二个十年的“大鹏奖”，能有我的一份吗？我暗暗地勉励自己。

噢，我这个深圳打工妹！

感谢生活，感谢深圳塑造了我，同时感谢客人给了我一个温暖的家！

1991年于深圳

原载安子《青春驿站——深圳打工妹写真》

海天出版社，1992年5月第1版

淬　火

徐　迅

中学毕业后，有段时间我在家里整天无所事事，茫然不知所措。乡亲们见了心里瞧不起，背后就免不了议论纷纷的。父亲听着，心里很是着急，就对我说："皇天饿不死手艺人，你跟我学打铁吧！"

父亲的铁匠铺在家乡的街上。屋很矮，整日的煤烟熏染，使屋子显得异常的黑暗。但这不足二十平方米的铺子，就是父亲为了养家糊口而一辈子拼命劳作的所在。这里终日都充满着力与火的拼搏，浓黑的煤火烟子，呛人肺腑。父亲的脸就让这烟熏得很黑很沉。父亲很少说话，一会儿捶着被烧得通红的铁，一会儿又拉着风箱。繁忙的铁匠生活总是这样没有片刻的闲暇。

进了那间铁匠铺，我就感觉如鸟关进了笼子，成天地围着炉火、风箱、铁砧子转。开始，父亲叫我拉风箱。那活儿就如推磨的驴子，只是在原地不停地走动。父亲叫停就停，叫拉就拉，风箱呼啦啦地叫唤着，扇出熊熊的炉火，看到由于自己弄出来的通红的东西，我就有些兴奋，更发狠地拉着风箱。父亲见了，忽然皱了皱眉头，搭上手，让风箱的节奏慢下来。不断重复着这个动作，不久我就感到头脑发昏，手酸背痛。当然风箱更拉不起劲来。这时，父亲又伸出手，帮我迅疾地拉起来。亦慢亦快地，似乎都在一念之间。我被这单调乏味的活计弄得急躁得不行。父亲说："你悠着点儿，慢慢就有味儿了！"说着，拎起铁锤，只是锤那通红的铁。

除了拉风箱，我另外的事情就是做父亲的下手，挥舞大铁锤锤铁。这营生除了要有一双孔武有力的手臂，还要有很好的判断力。刹那间，能将铁锤锻打到需要锻打的着力点上。起始，驮着那杆沉重的铁锤，我总感觉宛若扛着一座大山。铁锤每每落空，在铁砧上哐当一响，震得自己的虎口发麻。更糟糕的是，往往由于自己没掌握好火候，父亲只得将冷却了的铁放进炉火里重烧了——这叫回炉。回炉是铁匠之大忌，一件铁器因此就无法锻成了。一出现这种情况，我心里总是歉歉的，泪水寒寒地噙在眼眶里，伤心地望着父亲。父亲无暇责怪，只是专注地处理那回炉的铁器。待那铁器锻造成了，他才叹口气，从火炉里又取出一件赤体通红的铁块，唤着我："来，锤吧！用心一点儿，你就会把握住了！"

我奇异的是父亲锻造每一件铁器时，那份锻造工艺品似的虔诚和专注。父亲是一位优秀的手艺人，作为一个天才的铁匠，他对每一块铁，每一铲煤都有一种敏锐的感觉。眼光微微一瞥，他便分辨得出煤的产地，那铁能锻造成什么样的器具。对铁，他简直吝啬到守财奴的程度。那时，最好的铁是一种被锻压成块状的，称作"豆腐铁"，父亲托人买了许多，但他很少用。用的都是从废品收购站廉价买来的废铁，奇形怪状，往往为锻造一种铁器，要费出很大的劲。但父亲却常常乐此不疲。终于，屋角那成堆的废铁，都被他锻成了一件件漂亮的器具。我松了一口气。父亲却默默地，不失时机将一件锻造成功的铁器从容地插进冰冷的水中，进行最后的"淬火"。这才说："你莫小看这些废铁，只要用功，什么东西也能打成！"

"悠着一点儿，慢慢就有味了！"

"用心一点儿，你就会把握住了！"

“只要用功，什么东西也能打成！”

……

后来，由于我天生体弱，也因为我的移情别恋，我终究没有成为父亲这门手艺的继承人。而是告别父亲，去读书和到他乡谋生去了。但身居异乡每每在生活、事业和工作中不顺心的时候，我便想起跟着父亲打铁的那段时光。恍然明白，父亲说的那些朴素而质朴的话，就是在给我的人生进行着一次又一次的“淬火”！

（1996年3月26日，北京东城区和平里）

原载《新疆教育报》1996年4月20日

走进塔里木

贾平凹

八月里走进塔里木，为的是看油田大会战。沿着那条震惊了世界的沙漠公路深入，知道了塔克拉玛干为什么被称作死亡之海，知道了中国人向大漠要油的决心有多大。那日的太阳极好，红得眼睛也难以睁开，喉咙冒烟，嘴唇干裂，浑身的皮也明显地觉得发紧。车上的司机告诉说，地表温度最高时是七十摄氏度，那才叫个烤呀！公路未修的时候，车队载着人和物资从库尔勒出发，沿着塔里木盆地边沿走，经过阿克苏，经过喀什，再到和田，这是多么漫长的道路，然后沙漠车才能进入塔克拉玛干腹地。这么一趟回来，人干巴巴的，完全都失了形！司机的话使我们看重了车上带着的那几瓶矿泉水，并且相互恶作剧，拧对方的肉，问：熟了没？喉咙也就疼得咽不下唾沫，将手巾弄湿捂在口鼻上。在热气里闷蒸了两个小时，突然间却起风了，先是柏油路上沙流如蛇、如烟，再就看见路边有人骑毛驴，人同毛驴全歪成四十度斜角地走，倏忽飘起，像剪纸一般落在远处的沙梁上。天开始黑暗，太阳不知坠到哪里去了，前边一直有四辆装载着木箱的卡车在疾驶，一辆已经在风中掀翻了，另外三辆停在那里用绳索拉扯，仍摇晃如船。我们的小车是不敢停的，停下来就有可能打滚，但开得快又有御风起空的危险。司机说，这毕竟还不是大沙暴，在修这条公路和钻井的时候，大沙暴卷走了许多器械，单是推土机就有十多台没踪影了。我们紧张得脸都煞白了，幸好大的沙暴并没有发生，而沉甸甸的雾和沙尘，使车灯打开也难见路。艰艰难难地赶到塔中，风沙大得车门推不开，迎接我们的工人已都穿着棉大衣，谁都不敢张嘴，张嘴一口沙。

接待我们的是副调度长王兆霖，人称沙漠王，他笑着说：中央领导每次来，天气总是好的，你们一来就坏了。我们也笑了，说这正是老天想让我们好好体验体验这里的生活嘛！

我们走进了大漠腹地，大漠让我们在一天之内看到了它多种面目，我们不是为浪漫而来，也不是为觅寻海市蜃楼和孤烟直长的诗句。塔里木大到一个法国的面积，号称第二个中东，它的石油储量最为丰富，地面自然条件又最为恶劣，地下地质结构又最为复杂，国家石油开发战略转移，二十一世纪中国石油的命运在此所系，那么，这里演绎着的是一场什么样的故事，这里的人如何为着自己的生存和为着壮丽的理想在奋斗呢？我们在塔中始终未逢到好天气，风沙依旧肆虐，所带的衣服全然穿在身上，仍冻得嘴脸乌青。沙漠王是典型的石油人性格，高声快语，又诙谐有趣，领我们去看第一口千吨井，讲这里的过去，讲这里的将来。去英雄的沙漠车队，介绍每一个司机的故事，去看用铁板铺成跑道的飞机场，去亲自坐上沙漠车在沙梁间奔驶，领受颠簸的滋味，去看各处的活动房，去看工人床头上都放的什么书。在过去有关大庆油田的影视中，我们了解了石油人生活的简陋，而眼前的塔里木，自然条件的恶劣更甚于大庆，但生活区的活动房里却也很现代化了，有电视录像看，有空调机和淋浴器，吃的喝的全都从库尔勒运进，竟也节约下水办起了绿色试验园，绿草簇簇，花在风沙弥漫的黄昏里明亮。艰苦奋斗永远是石油人生活的主旋律，但石油人并不是只会做苦行僧，他们在用着干打垒的精神摧毁着干打垒，这里仍是改革的前沿阵地。不论是筑路、钻井、修房和运输，生产体制已经与世界接轨，机械和工艺是世界一流，效益当然也是高效益，新的时代，新的石油人，在荒凉的大漠里，为国家铸造着新的辉煌。

我们在沙漠腹地的日子并不长，嘴里的沙子总是刷不净，忽冷忽热的气候难以适应，我就感冒了，又开始拉肚子，但我们太喜欢那红色的信号服和安全帽，喜欢去井位，在巨风中爬井台，虽然到底弄不明白那里的生产程序和机械名称，却还要喋喋不休地问这问那。新疆是中国最大气的地方，过去的年月里容纳了多少逃难的人、逃婚的人，甚至逃罪的人，而今的塔里木油田上，为了一个共同的目标，五湖四海的人走到一起。塔里木改变了他们的人生观，培养了他们特有的性格和行为方式。他们是那样好客，给你说，给你唱，却极少提到这里的艰苦，也不抱怨这恶劣的气候，说许多趣话，甚至那些带彩的段子，使你感受到生命的蓬勃和饱满。我们采访了那些在石油战线上奋斗了一生的老大学生，更多地采访了那些才从大学毕业分配来的大学生，问他们为什么没有留在大城市，没有去东南沿海地区。他们对这些似乎毫无兴趣，只是互相戏谑：谁谁在这里举行婚礼的那天，竟自己喝醉了酒，沉睡得一夜不起；谁谁去出车，车在半途坏了，爬了两天两夜，又饥又渴昏倒在沙梁上，幸亏派飞机搜索才救回来，去修那辆车时，才发现车座下面还有着一瓶矿泉水的，真是笨得要死，谁谁的媳妇千里迢迢到库尔勒，指挥部派专车将人送到工地，说好明日再送回库尔勒，可活该倒霉，这一夜却起了特大沙暴，甭说亲热一下，连睁大眼睛端详一下媳妇都不可能。这些年轻人给我们留下了极深的印象，从沙漠回来后，当我们在繁华的城市坐着小车，就每每想起了他们。世上有许多东西我们一时一刻离不了，但我们却常常忽略，如太阳如空气，我们每日坐车，就忘了车的行走需要的是石油！现在的小孩子，肚子饥了要馍馍吃，馍馍是哪儿来的，孩子们只知道馍馍是从厨房来的。我们也做过一次小小的调查，问过十三个坐车的人：车没油了怎么办？回答都是：去加油站啊！谁又知道发生在沙漠中的这些极普通又极普遍的故事呢？

接触了不同岗位不同层次的石油人，临走时，我们见到了塔指的三个领导。邱中建，这是石油战线上无人不晓的一个名字，他的一生几乎与中国所有的大油田的历史连在一起，如今已经六十多岁的人，祖国需要他到塔里木来，需要他来指挥这一场新体制新工艺高水平高效益的石油大会战，他就离开了北京和家人，一人长年待在塔里木。钟树德呢，这位塔指的大功臣，为了中国的石油事业，他献出了自己的一只眼睛。他自始至终在塔指，大漠中的每一口井台上都流过他的血汗。当我们见到他的时候，他才从塔中回到库尔勒不久，而那只完全失明的眼睛，因失去了功能，沙子落进去，摩擦得还是血红血红。梁狄刚，更是个传奇人物，他的母亲居住在香港，年纪大了，一直希望他也能定居香港，但他虽是大孝子，可忠孝难两全，当中央电视台的记者采访他时，他没有什么华丽的辞藻，只说了句：我不能丢弃我的专业。与这些领导交谈，你如坐在一张世界地图前，坐在一张中国地图前，他们的襟怀和视角是那么大，绝口不提自己的事，只强调这一生就是要为中国找石油。塔里木油田可能是他们人生最后要找的一个大油田了，党和人民让他们来，这就是他们一生最大的幸福。但他们压力很大，因为中央领导一个接一个来塔里木，历史的重任使他们不敢懈怠，如何尽快地发现大的场面，使他们只有日日夜夜超负荷地工作着。

我们去塔里木，我们是几个普通得不能再普通的人，又行色匆匆，但石油人却是那样的热情！所到之处，工人们让签字。签什么字呀，一个作家浪得虚名，即使写出的书到处有人读，而比起石油人是多么微不足道啊！他们一有机会就让我写毛笔字，我写惯了那些唐诗宋词，我依旧要这么写时，工人们却自己想词，他们想出的词几乎全是豪言壮语。这些豪言壮语在别的地方已经消失了，或者有，只是领导的鼓动词，而这里的工人却已经将这些语言渗进了自己的生活，他们实实在在，没有丁点儿虚伪和矫饰，他们就是这样干的，信仰和力量就来自这里。于是，我遵嘱写下的差不多都是“笑傲沙海”“生命在大漠”“我为祖国献石油”，等等。写毕字，晚上躺下，眼前总还是这些石油人的一张张黑红的面孔，想，这里真是一块别种意义的净土啊，这就是涌动在石油战线上的清正之气，这也是支持一个民族的浩然之气啊！回到库尔勒，我们应邀在那里做报告。我们是作家，却并没有讲什么文学和文学写作的技巧，只是讲几天来我们的感受。是的，如何把恶劣的自然环境转化为生存的欢乐，如何把国家的重托和期望转化为工作的能量，如何把人性的种种欲求转化为特有的性格和语言，使我们进一步了解了石油人。如今社会，有些人在扮演着贪污腐化的角色，有些人在扮演着醉生梦死的角色，有些人在扮演着浮躁轻薄的角色，有些人在扮演着萎靡不振的角色，而石油人在扮演着自己的英雄角色。石油人的今生担当着的是找石油的事，人间的一股英雄气便驰骋纵横！

从沙漠腹地归来，经过了塔克拉玛干边沿的塔里木河，河道的旧址上是一眼望不到头的胡杨林。这些胡杨林证明着历史上海洋的存在，但现在它们全死了，成了之所以被称为死亡之海的依据。这些枯死的胡杨粗大无比，树皮全无，枝条如铁如骨僵硬地撑在黄沙之上。据说，它们是千年不死，死了千年不倒，倒了千年不烂。去沙漠腹地时，我们路过这里，拍摄了无数的照片。胡杨林如一个远古战场的遗迹，悲壮得使我们要哭。返回再经过这里，我们又是停下来去拍摄。那里修公路时所堆起的松沙，扑扑腾腾涌到膝盖，我们大喊大叫。为什么呐喊，为谁呐喊，大家谁也没说，但心里又都明白，塔里木油田过去现在是没有个雕塑馆的，但有这个胡杨林，我们进入大漠腹地看到了当今的石油人，这些树就是石油人的形象，一树一个雕塑，一片林子就是一群英雄！我们狂热地在那里奔跑呐喊之后，就全跪倒在沙梁上，每人将矿泉水喝干，捧着沙子装了进去带走。这些沙子现在存放在我们各自的书房，我们不可能去当石油人，也不可能长时间生活在那里，而那个八月长留在记忆中，将要成为往后人生长途上要永嚼的一份干粮了。

1996年10月

原载《人民日报》1996年12月18日

我是打工仔

周崇贤

多少有点让人惊喜和意外。

这似乎打 15 岁浪迹江湖起，就一直未敢奢望过能在今后的某一天跳出农门混迹城市，更不敢想赤手空拳开天辟地，在富饶的南方立足扎根。然而，当那串叮当作响的新房钥匙摆在面前，我不得不面对这样的现实：我的户籍已经被故乡一笔注销。

从今后我就是广东人就是城市人了？我摸着我仍然干瘪的钱包，脑子里无限空茫。

决定远征广东那时是 1990 年春天。这之前我已经积累了差不多 5 年的流浪经验。我在贵阳干搬运、搞建筑、挖煤炭，我在西昌学木匠、打短工、写小说。这些色彩缤纷的苦难经历，使我不敢对自己的南方之行期望太高。那时候我差不多 20 岁了，正一天比一天接近成熟，对生活以及与之相关的许多事情，我已经有了属于我自己的想法。脚踏实地埋头赶路，基本上可以概括为我的生活观。在这种思想的作用下，我把顺德均安磁性材料厂作为途经南方的第一站，开始了默默无闻的流水线作业。老实说，我很快就喜欢上广东了，她的晴朗的天气让我心情愉快。而记忆之中的故乡仿佛永远阴雨绵绵，出门泥一脚水一腿的。但我仍然把南方作为自己生命历程中的一个逗留的驿站，我料不到自己会于今后的某一天，被她宽厚而温暖地接纳。

认真说，许多时候（包括从前和今后），我都会诅咒南方，这在于我透过南方的欣欣向荣，看到了不少丑陋与黑暗。我的诅咒，在某种意义上，可以理解为一种爱的方式，因为我真的很爱南方，我早已为她容纳百川的气度深深折服。

我当然不会忘记 1994 年，那是我人生中一个十分重要的转折点。供职于《香山报》社的广东大姐林凤群从美丽的中山给我打电话，告诉我中山广播电台办广播电视报招聘记者的信息。我怀着一种癞蛤蟆吃天鹅肉的妄想，在一个晴朗的日子里，骑着单车从顺德均安到中山石岐，整整花了 3 个小时。应聘面试那会儿我疲惫不堪，万念俱灭，因为招聘工作已接近尾声，而比较关键的是，我很老实地说自己只是一名初中生，且连毕业证也丢掉了。台长感到为难，前来应聘的大专生本科生还有一大堆，而原定的招聘人数只剩一个名额了。我知难而退。但想不到的是，没多久，我接到了聘用的通知。这之前我一直写小说和散文，没干过记者。我觉得这广东人真有点魄力。我想起了孙中山先生的一句话——敢为天下先。

不用说，南方给我的馈赠丰厚而迷人。

从此我告别了流水线，开始了另一种人生。

我以我十分有限的水平涉足新闻这个陌生的行业，其工作压力可想而知。特别是，当我的同事无一例外地科班出身，更加重了我的心理负荷。在物竞天择面前我毫无优势，因此我那阵子除了编辑还四处采写，几乎使出了吃奶的力气。

那阵子，广东掀起了一场规模浩大的扫除“黄赌毒”的严打斗争，借助这个契机，一篇篇的特写经我之手抛向社会，各界反响强烈，那张初生的报纸逐渐引起了读者的注意。那时我每天中午都在办公室加班，工作上基本站住了脚。

但那种没有“护身符”的忧虑仍然像一座大山，长年累月地压在我的心上。我时常担心稍不留神就被命运炒了鱿鱼。

后来的跳槽在意料之外和情理之中，曾经给过我帮助的广东大姐林凤群打来电话，说香山报社招记者。《香山报》那时是一份文学味比较浓郁的报纸，对我来说有它不可抗拒的魅力。从我一直爱好小说的角度出发，似乎去那儿更有发展前途。那边的领导和先前单位的领导一样，不计较我的初中学历，聘了我。

这一年，我加入了广东省作家协会，并有小说作品获得广东省第九届新人新作奖。那年我 24 岁，还是个没有广东“绿卡”的四川农民。那时我住在一间用木板间隔开来的破房子里，我对未来充满信心。

在写作的过程中，有意无意地，我开始考虑一些比较实际的问题。比如户口，比如房子。据说户口和房子一样都可以买卖，问题在于我兜里没钱；我苦恼而愧疚地想到：我那远在四川的双亲，已经满头白发了吧？

我在南方的土地上，感受到一抹浅浅淡淡的心痛。

也许是注定了的，我放不下手中这几毛钱一支的笔。当我在采访的过程中遭遇到某些邪恶的力量，一种正义而顽强的感情油然而生。曾有一段时间，关心我的师、友老是担心我某一天遭到打击报复。

果然，有一天，一伙手提大哥大的大汉闯进报社，他们的气势汹汹很快引起同事的警惕，他们厉声叫我的名字问哪个是我那会儿，我正在办公室里赶写一篇稿子，聪明的同事发觉情况不妙，不动声色地欺骗他们：“周崇贤采访去了。”

那是被我揭了短曝了光的个体老板带来的打手。那天他们杀上门来，打算好好收拾我一顿。

实际上这种事早在数年前我就遭遇过了。因为一篇小说让某工厂主对号入座，叫嚣着要找发表小说的杂志社打官司，结果因为心中有鬼，怕惹火烧身，吵吵嚷嚷一阵就没了声息。

我越来越感到记者的正义和良知正在一天天地向自己逼近。我更加感到新闻工作者的一份责任不能愧对。

认真地说我是靠写小说起家的，在流浪的途中，我写短篇写中篇写长篇，从贵阳写到西昌，从四川写到广东，从工厂流水线工人写到报社编辑记者；低至地市文艺报刊，高至《小说选刊》《作品与争鸣》，都曾有我跋涉的足迹。

当我的日子越过越好，当新的工作环境和生活环境让我不再为户口、房子而愁。我曾经想过静下心来，想今后仍写一些纪实文字，为我那还在生活底层挣扎的打工兄弟姐妹呼吁。去年12月，我在《作品》上发了一篇饱含热泪的打工小说:《我要——活——下——去——！》我无法不关注打工族的生存状态和他们苦难的命运。

我有一张普通的名片，在名片上我认真地打上两行黑体字：

铁肩担道义，辣手著文章！

虽然，我只是一个打工仔，一个普普通通的打工仔。

原载《广州文艺》1998年第4期

打工：挣扎或者希望

周崇贤

如果从汉语词汇角度看，打工这个词肯定是新词，她基本上产生于八十年代中期的南方。但这个词到底是谁创造的？无法考证。不过她的前身一定是“做临时工”或“打临时工”之类，可能是为了给捧铁饭碗的“正式工”留点优越感，才这样在二者间稍作区分，后来一减缩，就成了打工。

在一九八六年前后，在改革开放春风中占尽地利的广东，有一种说法相当流行：“种田不如挖塘，挖塘不如办厂。”广东农民首先发觉种田那点收成，不如将田挖成鱼塘养鱼划算；紧跟着又发现养鱼那点收益，根本没法与建厂房开工厂比。于是“筑巢引凤”“招商引资”之类的思路就成了时尚。反正政府支持兴工致富，开厂办公司，这样那样的优惠政策，多得让那些脚都没洗干净的农民伯伯争先恐后地往田埂上爬。放下裤管穿上皮鞋，张二狗王三蛋什么的，摇身一变，从此就换上了总经理董事长之类的脸孔。

不懂经营不要紧，先把香港澳门台湾乃至海外的三亲六戚弄回来逛逛，看看这里的优惠政策和廉价劳动力，再估算一下剩余价值，让他们掏腰包先把厂子搞起来再说。于是毗邻港澳的珠江三角洲上，工厂、公司如雨后春笋，一嘟噜一嘟噜地往外冒。随之而来的就是大量的劳动力缺口。声势浩大的“打工潮”随之兴起。

那个时候我十五六岁的样子，在贵州那个叫贵阳的地方做临时工。听说广东人大举入川招工，许诺月薪在五百元左右，为这个事我曾疑心过好一阵子，因为那会儿我干一个月也就几十块钱，我根本就不相信广东的天上会平白无故掉馅饼。后来又听说只招未婚姑娘不要男的，于是就更加警惕，老是觉得广东人在暗中留了一手，没准其中有诈。以至于我三姐想去报名都遭到我的强烈反对。再后来果然就有传言说那些花姑娘是弄去做“猫儿”（当时的四川方言：妓女），要卖到外国去，吓得一些老农民突然翻脸，死活不让已被录用的自家闺女上火车。

我们生产队算很支持改革开放的那种，在广东人第一次的招工中，就去了四五个养得水灵灵的女孩子，据说是去广东顺德县一个叫均安的小镇，镇上那家百灵鞋厂，一次就从四川版图上我们那个叫合江的县招去了几百人，全都是十七八岁一枝花的姑娘。

事实上那些农村姑娘并没像传言中的那样做“猫儿”，至少当时没有。后来有些改行的，只能算半路出家，而且也只是做“鸡”（广东那地儿不知怎的不叫妓女为“猫儿”，却称作“鸡”）。刚开始她们真的进了工厂当了工人，只是月薪不如招工大员许诺得那样高，更不稳定。因为打临工是为老板卖命，吃不到社会主义的大锅饭，只能拿计件工资，做多做少不一样；又因为当时遍地都是的制衣厂、鞋厂、玩具厂之类，大部分是对外加工性质的“三来一补”企业，三天打鱼两天晒网，吃了上顿没下顿的情况经常发生，所以工人的收入就时多时少。

刚从农村出来那帮小姑娘，还不大会过日子，每每发了工资就上街买花衣服，或一刻不停地吃零食，从没想过要留一手，结果下个月却突然缺货放大假没工资发，这一不留神就唱了空城计。饭票吃不到月底，借又借不到，于是就到处找东西吃，目标多半是广东农民地里的香蕉或大蕉或蔬菜，当然还有甘蔗。

这种情况一直持续到九十年代。那个时候我已别无选择地加入了报章上称的“百万民工潮”，我在那个叫均安的小镇上，经常听说打工妹因为摘芭蕉掰甘蔗被抓住，然后又被调戏或污辱。印象很深的是，有一回，两个打工妹晚上摸出去掰甘蔗吃，结果遭了伏击，拉拉扯扯中跑脱一个，回厂后只知道哭，却是什么也不肯说。另一个第二天早上才回来，披头散发，目光呆滞，谁一问她就哭。不久，就听说她男朋友跟她吹了。

而因为没工干，又没钱花没饭吃，一些打工妹就坐上了当地男人的摩托车，“我拿青春赌明天”去了。我记得很清楚的是有一个我比较有好感的姑娘，还有一个对我比较有好感的女孩子，都长得眉是眉眼是眼的，很有些水灵，最后仍是相继当了人家的情妇或做了“发廊洗头妹”，让我至今想起来还有点心痛。

到广东时是一九九〇年春节，正是万家团圆的日子。为了进厂，我生平第一次为求人开恩，去别人家送礼，不知是那点以“泸州老窖”为主打的家乡特产太土，还是别的什么缘故，总之那个做车间主任的广东农民不怎么买账，到春节后都开工好些天了，对我仍是不理不睬。急得作为介绍人的三姐夫团团转。三姐更急，一个劲儿骂姐夫没用。因为那会儿正是厂里招工的黄金时节，有一个姓李的家伙以每介绍一人进厂收取数百元不等的介绍费，正往里边塞人哩。据说那家伙以及他那名声不怎么好的老婆和车间主任关系特铁，两口子每年都可以凭这点本钱捞上万儿八千。因为急于进厂，我想让姐夫去找他试试，谁知姐夫看不起那种人，坚决不去，最后壮胆去找一个姓何的副总经理，没想到人家挺爽快地就答应了。

当时几百块的介绍费之于一个打工者是很大一个数，我进厂之后，时不时总会听到那些花钱进厂者的咒骂之声，咒那个姓李的混蛋不得好死，骂他老婆娼妇什么的。然而骂归骂，倘有三亲六戚来了没工做，仍要去找人家帮忙，介绍费当然不能少，还要外加满脸笑容和大量求人的好听话。其中一个姓陈的打工仔，因为手头钱不够，脸上笑得起了皱褶，好话说了几箩，最后打欠条终于进了厂，几个月后，不知是没钱还，还是想赖账，总之将姓李的惹火了，找了几个烂仔，几砍刀下去血水乱喷，差点儿将陈姓打工仔送上了西天。

那时我打工的那间厂属集体企业，两千多人，经营状况还比较好，苦干一月，四五百块钱还是能拿到手的。所以成了打工者日夜向往的地方。我有一个远亲，女孩子，跟我一年生的，样子好看身材丰满，用现在的话说，就是长得很惹火。是一九九〇年吧，她家来了两个亲戚，一个是十五六岁的“儿童”，另一个是四五十岁的半拉子老头儿。那阵子男的找工特难，就算你年轻力壮都挺费事儿的，更别说她遇到的这种情况。我们厂因为工作性质，男的也在招工之列，但从没听说过要招儿童和老头子。该女孩为了给亲戚找工作，求到姓李的混蛋面下，谁知姓李的拒不帮手，给钱都不帮。该女孩又气又急，找到我，想通过我认识车间主任（当时我因为写小说已有了些名气，车间主任对我挺客气的），但我没料到会由此改写她一生的命运，不然打死我也不干那丧尽天良的缺德事。我真的把车间主任介绍给她认识了，后来她的那俩亲戚也真的进了我们厂，只是风言风语很快传来，她也从此就和车间主任那老狗不清不楚了。现在回头看那女孩其实挺冤的，水嫩花飞的青春，活活让那广东农民糟蹋了好些年，到头来除了搞臭了名声，却是啥也没捞到。那广东农民手头大约也没几个钱，当时只不过骑了一辆 70C 的嘉陵摩托，黑乎乎的，都破得不像个样子了，而且在我看来那人特小家子气，幽会都舍不得上酒店开房，却一前一后往蕉林里钻，好几回让霉运当顶的人撞到。

只是该女孩并没觉得不值，尽管很多人认为她只顾跟那个广东农民却不去坐台当三陪，纯粹是浪费资源作践自己。但该女孩却很坚贞，一直跟那广东农民到一九九五年人老珠黄了才分手。

其实她为那个广东农民献身之时，小镇上的风气还挺纯洁的，少数打工妹，了不起也就和老板或上司暗中有一腿，真要去酒店干那种色情勾当，还没几个敢。可能是因为那时人民的生活水平都不高，很多工厂缺货或发不出工资，都挺艰难的，所以老板或上司在工作上适当关照一下，就很让她们满足了。

那时，我三姐那个厂的情况就很是不妙：天天缺货月月放假，一年四季连嘴巴要吃饭这档子事儿都摆不平。实在饿得没办法，就有打工妹去偷当地农民的大蕉（这种东西如果卖不掉，当地农民就用来喂猪），熟的先填肚子，生的涩口难咽，就弄回宿舍，偷偷地烧电炉子，以为煮熟了再吃。谁知那喂猪的玩意儿一点儿都不好吃，怎么煮都涩口，打工妹们为此一个个咽得眼泪流。然而这还不能让饭堂那些广东大妈知道，更不能让办公室那些主管、厂长之类的发现，不然，前者给你倒掉，后者罚你的钱（没钱可罚就没收电炉）。有一回我去看三姐，正好碰上她们宿舍有人煮大蕉吃，听到我的脚步声，以为是办公室来人，脸都吓白了，手忙脚乱中把一锅生大蕉打翻在地，东一条西一截，泼了满地的水。我当然明白她们在干什么，我的眼眶一下就湿了。后来我以此为素材写了一个倡导“打工精神”的小说，发在一九九一年六期《佛山文艺》上，再后来被批评界称为“打工文学”的代表作。

虽说已是九十年代的社会主义了，可打工这一帮子人过的却是非人的生活。工伤事故、劳资纠纷每天都在发生，因此扯皮的事多得数不清。可一九九五年之前，没人听说过《劳动法》这档子事儿，处理劳资问题几乎无法可依没章可循。打工者呼天天不应叫地地不灵，万般无奈中，只好以旧社会的手段来对付新中国的问题，用资本主义的办法来解决社会主义的问题，于是罢工游行、杀人放火的事也时有发生。九十年代初，珠海就有一个老板拖欠工人工资不给，工人怎么也拿不到钱，也不知该向哪儿讨公道，最后扯下自己的裤带，把老板的儿子一带子勒死了。或许是这种事越来越多吧，上头这才意识到得弄一个什么法来平衡一下。于是才有一九九五年一月一日颁布的《劳动法》。

在《劳动法》还没影儿的时候，我有一个叫鄢文江的四川老乡，因为当过兵，有点见识，就“异想天开”想弄一个什么法出来保护打工者的权益，他曾在一篇短文中很认真地提出了这个问题，只是可惜人微言轻。但他的行动却让很多权贵头痛，因为这位仁兄动不动就炒老板的鱿鱼，而且经常带头罢工，把偌大的工厂搞到瘫痪。一九九四年我去中山人民广播电台做记者的时候，这个热爱“打工文学”的老乡恰好也在中山一家制衣厂打工，我们很快成了朋友。这哥儿们挺绝，老家的茅草房子让雨淋垮了，老爹老妈和儿子没地儿住，他不急，让他们去他兄弟家搭伙，而他自己硬是凭着一腔热血以笔杆为武器，不顾一切地冲杀出一条血路，最后做了《江门文艺》的编辑。

这之前，打工部落中已有了一个政府行为推出来的榜样，供大伙儿学习。这榜样就是名震大江南北的打工明星安子。她写过一本《青春驿站》，热卖了好些年。安子被传媒炒起来这事已说明社会各界开始关注打工者这个弱势群体。特别是鼓捣“打工文学”那帮人，先后被“招安”，进了报社、杂志社或别的文化部门，这之中当然包括我。因为有了这群弄笔杆的人，又有了不少面向打工群落的、掏打工人腰包的杂志，这个时候，舆论方面对打工群落就更多关注。打工者的社会地位好像有所提高。特别是“珠海罚跪事件”中，作为电子厂老板的韩国婆娘金仙珍有一天发神经，突然喝令一百多号打工者下跪，吓得那群工人争先恐后地纷纷跪倒，只有一个叫孙天帅的河南打工仔拒不下跪，并从此声名大噪，被吹成民族英雄，还因此被特批上了大学。这个时候打工者中出现了较大的分化。

一方面是以抗争为主的“觉醒派”，他们不屈不挠，通过种种努力为打工者争取权益；另一方面是以捞钱为主的“堕落派”，这当中包括二奶、三陪小姐、盲流黑道闲杂人等。

平常我们看报纸杂志上关于三陪小姐的故事，总是见她们一把鼻涕一把泪的，苦大仇深的样子，好像都是被逼良为娼，都是社会的责任。其实现实不完全是那样的，我曾到收容所采访因从事色情职业被收容的打工妹，十个中有八个都觉得工厂流水线太苦，又不来钱，所以才干那种事，而且也没觉得那丢人。问她们今后出去后有何打算，一大半都说除了重操旧业，也不知干什么能来钱。这两年又流行顺口溜：“打工姐妹，擦干眼泪，挺起胸膛，进夜总会，谁说三陪没地位？哎——呸——！那是万恶的旧社会。”说的是打工妹当三陪，嘲讽的是社会。其实社会并没叫谁去当三陪，关键还是看各人愿不愿意，那么多打工妹，真去干三陪那种，多半是想过好生活，挣轻松钱。还有“道上”混的那些盲流，今天敲诈这个明天勒索那个，要不就贩白粉拐卖妇女当“鸡头”，总之偷鸡摸狗啥事坏就干啥事。和三陪小姐一样，这些人也多半是自愿的，他们喜欢那种生存方式。

然而更多的人仍在屈辱中苦苦挣扎。我在中山打工那阵，据官方的不完全统计，中山有外来工六十多万，这其中三陪和烂仔毕竟是极少数，当然“觉醒派”更少。大部分人都是在流水线上老老实实地干活，并且随时担心一不留神触犯了多如牛毛的厂规被罚钱。其实也不单中山，整个珠江三角洲的情形都差不多。广东逾千万人的打工大军，该有多少人挣扎在底层？不难想象。

一九九五年《劳动法》出台之后，很多人都天真地以为从此可以扬眉吐气，不会再被黑心老板盘剥打整了。而事实与想象相去甚远，打工者的各种权益仍然得不到应有的保障，在很多地方，很多时候，《劳动法》如同一纸空文。但因为有了《劳动法》，越来越多的打工者对讨公道有了信心，他们开始学着用法律保护自身的合法权益。后来声名鹊起的“土律师”——广州的廖晓峰和深圳的周立太，就是在打工过程中靠自学法律帮工友打官司起家的。特别是周立太，据说早已靠这个行当发了大财。佛山的正牌律师杨密云，生前因为在《外来工》杂志上开了个讲法专栏，帮打工者打过不少官司，被若干打工者视为正义之神，后来死于意外，消息传出，好多打工者失声痛哭。

我在中山广播电台和中山香山报社加起来总共干了两年多的记者，一直跑劳动政法线，几乎每天接触的都是让人揪心的事情，特别是外来工这一块儿，很多一目了然的案子，不知为何总是拖啊拖，怎么也处理不了处理不好。其间我用业余时间参与创办了一份《打工报》，天真地想为打工的兄弟姐妹（或者说为这个社会）做点什么，谁知报纸出炉后社会反响太大，打工者有事不找劳动部门，却找来报社。还有被揭了短的老板，有一回带了一伙人过来，差点闹出大事。这种情况让有关部门担心失控，就没让报纸继续办下去。

但不管怎么说，九十年代中期的打工一族，较之以前已明显理智了成熟了，特别是自我保护意识明显增强，都知道用法律手段来与遭遇的不公抗争了。这个时期，基本上听不到关于罢工的消息，倒是劳动部门接到的投诉越来越多。我离开中山到佛山这边打工后，曾应邀在《外来工》杂志上开了一年多的“社会传真”纪实专栏，专门采写打工者的人生故事，我惊奇地发现投诉劳动部门不执法或执法不力的情况也多起来了，当时我真不知该高兴还是悲哀。或者“民告官”说明打工者觉悟了，社会进步了，可回头看去，那部《劳动法》真的苍白无力得让人寒心。

实际上我们打工者都非常想做一名守法者，非常希望法律能给人以公正。可很多时候，先别说法律在执行过程中会不会人为地打折扣，就算不打折扣，那一拖数月的官司，也是大多数打工者玩不起的。身在异乡，谁有那么多时间、精力和财力去打官司？于是，很多人不得已放弃了运用法律手段讨公道争权益，并由此对法律失去信心，对执法部门产生误解。在我的记忆中，凡接到的投诉电话，没有一个相信执法部门的，当我让他们去找相关部门时，无一不认为那些执法部门“不作为”。岭南名山——西樵山下，两年前曾发生过一起惨案，一个湖南打工仔因为老板不给工钱，将他一家三口全部砍杀，制造了两死一重伤的血案，当凶手被逮捕后，有人问他收不到工钱为何不向有关部门投诉，得到的答复是他不信有关部门会为一个打工仔主持正义。这当然有些偏激，可形成这种偏激心态的原因却很值得玩味。

在我做记者的采访生涯中，我所了解的劳动部门，其实也做了不少工作，只是那些工作和大堆的问题比起来，实在是算不了什么。打工一族仍然遭遇着种种精神和肉体上的侵犯，他们仍然在生活的最底层苦苦地挣扎着。

说起当初的这些事儿，其实我算挺走运的。到广东后虽说也在流水线上奉献了两三年，但总的说来没遇到什么太惨的事。最伤心的大概要算被女朋友踹了吧，但当时我想，城里生城里长自我感觉还比较好的她，对我一个打工仔的命运肯定没什么兴趣，所以我很快就接受了被蹬掉的事实，并且不打算对她的绝情怀恨在心。我觉得她抛弃我的决定其实是对的。打工仔没钱没权没社会地位甚至没个人的样子，如果要托付终身，轮了谁恐怕都会像她那样果断选择。因为心态比较平和，失恋给我的打击力度就减弱了许多。我更关心的是我们这些外来工的人生际遇和命运，我觉得我们不能永远这样下去，我们得活出尊严，混出个人样来。

但我不知道怎样才能摆脱命运的魔手。我只是因为一种诉说的欲望，以文字的形式把我的所见所闻所思所想记录下来，寄去报刊社。我没料到会因此“混出个人样”。

而且现实很奇妙，可能是因为文学的神力吧，那些非人道的“待遇”都没找到我头上来。直到我做了“打工记者”，才感到自己这种聘用的“编外”，与国家养的那帮“编内”天差地别，活多干钱少拿不说，还随时担心被炒鱿鱼。很多时候我都觉得奇怪，那些充分利用上班时间上网打牌玩游戏的国家公务员，为什么还会有那么高工资呢？四五千块一个月，足够流水线上的外来工干一年了。更让我奇怪的是，国家花高价养这么些“游戏高手”来干什么？为了有朝一日拿奥运金牌？

不过也还是有希望的星光。经过这么些年的打磨，我们这帮被叫作外来工的人中，也有不少人“拔地而起”，出人头地了。年前去深圳，第一次见到多年之前就蹿红了的打工明星安子，只见她皮肤白皙、样子富态，开“本田”搞公司，哪里还有当年那个乡妹的半点影子！而最让人觉得不可思议的是前两年号称“中国第一打工仔”的刘延林，这个从四川广安走出来的村娃，先在砖厂卖苦力，后抓住惠州大开发的机遇，东拼西借两万块钱起家，眨眼间就办起了大公司大集团，由一个穷打工仔一跃而成亿万富豪。所有这些都是鼓舞我们向前进的巨大动力。平常随手翻开报刊，关于打工发了大财成了老板的故事多得像魔术变出来的一般。我发现现在的报刊版面上最多的是婚外恋或二奶三奶之类，然后就是打工起家做了老板什么的。再看仔细点，又会发现那些婚外恋或二奶三奶的血泪情仇史中，女主人公一多半儿是打工妹。作为一个从事文字工作的打工仔，我很多时候都会感到迷糊：难道打工生活的全部就是做了老板的打工仔和当了二奶的打工妹吗？

去年八月，我应邀去东莞开一个什么会，其中有一个内容就是和打工朋友对话。那天天气闷热难当，要不是“公务”在身，我肯定躲在空调房里不出门。可是，在那个工业区，我却看到几千工人你挤我我挤他，汗流浃背黑压压坐了一地，像过节日一样盼着这个晚上的联欢。当时我心里陡然涌起了十二分的难过，因为我深深地理解他们——一年四季埋头在流水线上，经常加班加点，整个人就像是流水线上的机器部件，不停在转啊转，他们的文化生活几乎就是一坡杂草丛生的荒地。而突然有了这么一个晚上可以听听歌看看节目，那种兴奋之情，又岂是这天热就能挡得住的？看到他们那兴奋的样子，我真的不知说什么好。这就是我那质朴的打工兄弟姐妹，他们总是那么的容易满足！在他们充满艰辛的日子里，只要谁给他们哪怕是一丁点儿的关怀，他们就有可能牢记一辈子，感动一生。

只是我在报章上几乎就没见过这方面的报道。

但不管怎么说，在现实生活中，打工起家有所作为的人真如报章中所说的那样越来越多了，这多多少少让更多挣扎在流水线上的打工者看到了希望，让他（她）们的日子有一点儿盼头和奔头。总比因为看不到星光，都去做了三陪二奶要好。

原载《人民文学》2001 年第 2 期

永远是矿工

周梅森

仿佛就在昨天，我提着简单的行李离开徐州韩桥煤矿，登上了驶往南京的火车。

那时根本没想过要在南京安家，窃以为只是一次正常的出差。过不多久总要回来的。不承想，世事难料，此一去竟决定性地改变了我的人生走向，让我彻底告别了自己的矿工生涯，就此踏上了职业写作之路。

在我迄今为止的44岁人生中，有22年是在矿区度过的，恰巧占了全部岁月的二分之一。那里有我童年、少年时代的梦想，有我的师长朋友，更有我勤劳善良的父老兄弟。很小的时候，我就在高高井架和城堡般的洗煤大楼上爬来爬去，给父母和煤矿制造麻烦，自己却浑然不知。大了，上了中学，便从地面玩到了井下，以半工半读的名义早早进入了矿工行列，那时，我刚满14岁，正上初中一年级。我的文学梦也是在那深深的矿井下萌发的。是那片默默无言的煤海和满脸煤灰、汗流浃背的父老兄弟给了我最初的创作冲动。我写那片煤海的沧桑历史；写我的父老兄弟们的奉献和叹息；写我对劳动与创造的深深感动，一发而不可收。

4 年之后，我从半工半读的中学生，变成了一名真正的矿工。我拥有了自己的矿灯，自己的换衣箱和工具箱。我开始承担起我必须承担的那部分社会责任和家庭责任。韩桥矿区也从童年、少年时代的乐园变成了我人生中的第一个舞台。诗意和浪漫全消失了，矿灯和生活都变得沉重起来。一个人生命的分量随着这份沉重自然而然地变得沉重起来。1974 年的一个傍晚，当我独自一人把一只沉重的刨煤机链轮运达井下采煤工作面时，第一次感受到了那种沉重感，也第一次生出了一个劳动者的自豪感。我突然觉得自己是有力量的，只要努力，只要不怕付出汗水和气力，一些看起来无法做的事，实际上都是可以做到的。矿区劳动生涯赐予我的信仰一直维系到今天，它促使我雄心勃勃地向前走，以一个矿工的生命质量去迎接命运的挑战，用劳动去创造世界。对矿区来说，不论我走到哪里，都永远是天轮下的一名矿工。对我来说，不论矿区兴衰成败，那里永远是我温馨的老家。只要有机会，我总要回去，看看它的老模样，听听它的新故事。它在我面前没有秘密，赤诚而坦荡。每到这时候，我也就把在外漂泊、浪迹天涯的时光全忘却了，总觉得自己从没离开过韩桥矿区，仿佛昨日刚下过一班窑，一觉醒来，浑身的疲惫尚未消失，马上又要下第二班窑了。

最近一次回矿区，是一个月前的事。辛劳了一生的父亲去世了，我匆匆从北京赶回矿区处理丧事。父亲一辈子老老实实从事矿井地质测量工作，早年有一段时间曾想让我接他的班，也到矿地质测量单位做一名为井下巷道挂线的测量工。我拒绝了。父亲为此撕毁过我的稿子，怕我乱写，会被打成右派，心里好像也不承认写作是一种劳动。那时，父亲最喜欢的是小我 20 个月的弟弟，弟弟像他老人家一样，老实本分，只知道干活儿，不管是家里的活儿还是单位的活。等到我成名以后，父亲的观念才渐渐改变了，承认了我的劳动价值，经常把我写的书昭示于人，似乎还是引以为自豪的。现在，父亲走了，在徐州韩桥煤矿这片黑土地上走完了他平凡的一生、劳动的一生，也让我深深为他自豪，为他和许多像他这样走完了自己一生的父老自豪，从个体生命来说，他们都没有什么惊天动地的业绩，可他们的肩头曾扛起了共和国一段沉重而辉煌的历史，他们的创造性劳动，点燃过人间一个又一个黎明。

没想到的是，父亲的葬礼竟然也是煤矿的葬礼。治丧期间我才得知，徐州东部矿区，包括韩桥煤矿，因为地下煤炭资源的枯竭正在陆续关闭，数量惊人的矿工下了岗或即将下岗，他们的生活已陷入了极度贫困之中。我那些已人到中年的矿工朋友们纷纷问我：一个个矿井都关闭了，以后让我们到哪里去劳动？

我默然了。我不知道为什么会突然出现这种情况？煤炭储量早已探明的，为什么不能像德国鲁尔工业区一样，早做转产安排？我不知道这些矿工们在计划经济年代创造的剩余价值和财富都哪里去了？现在的市场经济政策对他们是否公平？我不知道目前的社会保障体系能否保证他们重获劳动的权利和维持起码的生存？我只知道我曾是他们中的一员，即便有一天所有的煤矿都关闭了，我仍是他们当中一个永远的矿工。来自矿区的沉重叹息一天不消失，我的灵魂，我的心，就一天不得安宁。

原载《青年博览》2000 年第 8 期

人生速成班

肖克凡

1976年7月27日下午4点钟，我独自去天津商业区的小白楼一家委托店取钱。我把凤凰牌自行车卖了，刨去手续费得到150元。那辆车是1971年春天花158元买的。骑了五年赔了8元钱。那时自行车凭票购买，尤其上海产品在天津更不好买，因此我的这辆凤凰牌自行车保了值。

次日即7月28日凌晨时分，发生了震惊世界的唐山大地震。震波传来，人睡在床上先是被抛起摔下抛起摔下，反复十余次，之后才是剧烈摇晃，幅度仿佛乘坐海轮遇到十二级风浪。

我和祖母住在一起。我大约没用十秒钟便抱着她老人家冲出平房到了院子里。我养的一缸金鱼被倒塌的墙头砸烂，“珍珠”和“红帽子”全死了。

天亮之后我去和平区林西路住所看望父亲，一路听到哭号之声不断。在旧时日租界小街上，我看到一位白发苍苍的老太太手拄拐杖站在二楼，楼梯却已经塌掉了。子女们正在搭救她老人家。我特意绕路经过那家坐落在大沽路上的委托店，看到三层楼房全部倒塌，满眼瓦砾。于是暗暗庆幸，假若我的自行车没有售出肯定砸烂，也不会有150元钱的落袋为安了。

当天上午有一次强烈余震，我们已经在大街上搭起防雨棚子。邻居李嫂是第一机械工业局先进生产者，毅然撇家舍业去地处陈塘庄工业区的天津漆包线厂上班了。我受到她的感召，第二天骑车赶赴坐落在北仓工业区的工厂。沿途属于南开区和红桥区地界，早点部照常营业吱吱炸着油条，天津人热爱世俗生活的精气神儿，令我无话可说。

天津市地震重灾区在和平区贵阳路一带。因为这里为古河道，地耐力不强。地震之后住在这里的一位工厂同事与我相遇，这位老大姐紧紧抓着我胳膊大声说，我可见到咱厂的人啦！那种劫后余生的激动只有经历过巨大恐惧与孤独的人才会理解。

我赶到工厂，见到熟人彼此问候着，我们工厂的人大多家住红桥区和河北区，惊吓不小伤亡不大。我的一个初中同学正值夜班，地震了跑出车间反而被砸死了。生前他正与年长自己五岁的女师傅发生感情纠葛，可惜死了。工厂太大我没见过他的那位女师傅，也不知道她何等悲伤。

家住鞍山道与陕西路交口的小张的父亲遇难了，几个同事合力搬开一根水泥横梁，然后蹬着三轮车将张伯父遗体埋在水上公园后门附近。几天之后官方要求统一火化，小张便将父亲尸体刨出送到火葬场。多年之后我在一部电视剧里听到这样的台词："你只有心硬似铁，才能面对生活。"地震就是这样，它迫使我们心硬似铁不被灾难砸碎。

我将祖母送到天津西郊亲戚家暂住，便报名参加工厂排险队了。如今回忆起来我以为排险队的时光是我的人生速成班，尽管人生是不可以速成的。

排险队的工作就是排除险情，拆除一座座岌岌可危的建筑物。有言道君子不立危墙之下。我却变得勇敢起来，率先爬上高高的热处理窑顶，伸出钢钎撬动开裂的墙体，轰然坍塌暴土扬尘，22岁的我真正体验了摇摇欲坠的人生状态——倘若人在高位，那是不可忘乎所以的。因为有一种高空坠落的物质叫肉饼。

天气热，排险队住在铸造车间附近的篮球场上，草草搭了几座防雨棚，没有墙。入夜我们躺在蚊帐里睡觉。蚊子隔着蚊帐伸嘴咬人，智商极高。有时雷声大作暴雨滂沱。一只无主的大狗围绕着这一群不要命的排险队员走来走去。只有在这种时候你才深切体会到动物是人类的朋友。

然而，正是这个人类的朋友被木型工小池给杀了，炖了一大铁桶狗肉。经历了地震灾害，一个白白净净的小伙子竟然变得如此凶狠——他手持铁锤连续猛击大狗的脑袋，终于致死。

工厂当局给排险队员发放营养餐券，一人一天折合人民币三毛钱。大家为了改善伙食经常去河沟里钓鱼。我天天买午餐肉罐头，不顾财务透支，而且开始吸烟。工人吸烟多为两角二分钱一盒的“永红”，就是后来的“大港”。我则吸食五角钱一盒的“郁金香”，便难免引起同事们惊奇。如今回忆，我的所谓人生放达态度可能与地震有关。当灾难突然将人推到地狱门口，人的生活观念往往发生了变化，高度履行着“有钱不花，死了白搭”的人生哲学。

排险任务完成了，开始加固厂房。车间结构梁足有六层楼房高，只有一尺多宽，我站在上面抡起大锤打眼，腰间系着安全绳。有时我想，万一安全绳断了我肯定“忘乎所以”了，于是不敢将目光投向地面。我与师兄王兆武搭档，轮流扶钎打锤。王师兄是全厂乒乓球单打冠军而且能拉小提琴，我就一边打锤一边向他请教乐理ABC。这样就忘记了高空的恐惧。我还写下这样的顺口溜：“不怕天抖地震动，工人阶级是英雄。红心向着毛主席，恢复生产立新功。”内容挺革命的，基本属于歪诗一首。

几天之后，毛主席他老人家就去世了。我们站在车间屋顶上默哀，都哭了。

完成了排险任务，排险队解散了。望着经过加固重新投入生产的车间厂房，心里不免升起几分荣誉感。“一大二公”的时代，个人的荣誉往往与国家相连，而且这种荣誉感只是个人心理感受而已。

我去郊区接回祖母。生活似乎重返昔日轨道。又过了两个月，我被工厂推荐去上大学了。我不知道这是否与本人在地震排险队的勇敢表现有关。工厂派了一辆吉普车送我和另外两个人去津西古镇杨柳青报到，我摇身一变成了“工人大学生”。

走进这座曾经隶属农机部的学校，我们做的头一件事情便是动手搭建一座座“地震棚”——我们的学生宿舍。有了工厂地震排险队的“人生速成班”经历，我以半个瓦匠的身份出现在学校工地上。我还和樊本源同学一起给全班垒了一座红砖大灶，既可以取暖又可以热饭。夜间，我睡下铺，屠梦雄同学睡上铺。大灶的火苗儿照耀着我们努力学习建设四化的美丽梦想。

有时担心发生余震，就在地震棚里上课。老师站在中央，各个角落里都有听课的学生。那表情严肃的场面不像上课，倒像来了地下党员发动工人暴动。这种别有味道的授课方式，乃是地震的余韵，深深渗入我们的学习生活。套用当今时髦词语，这一群莘莘学子进入了“后地震”时代。

原载《中国作家》（文学版）2008 年第 8 期，
题为《地震：人生速成班》，后改为《人生速成班》

重返故乡满眼新

肖克凡

走进沈阳铁西区的中国工业博物馆，大厅迎面是大型古铜色浮雕，两个炼钢工人挥舞钢钎牵出火龙，钢花飞溅。一个引钩工人指挥起吊钢水包，浇铸出红彤彤的世界。火车头和拖拉机，普通车床和皮带运输机，空压站和油罐，还有遍布工厂血脉的管道……虽然离开工业战线多年，这壮观的场景依然深深地吸引了我。

这座工业博物馆建筑面积6万平方米，已建成铸造馆、汽车馆、铁西馆、冶金机械展区以及露天展区。我做过六年铸造工人和两年铸造技术员，抬头看到“铸造馆”方向标，好像听到当年师傅呼唤，快步走了进去。

这原是沈阳铸造厂的车间，完好地保留着当年样貌。当年的铸造生产设备转身如今铸造展馆的陈列物品，似乎还散发着热度，透露出钢铁的性格。

仰望那台俗称“天车”的桥式起重机，主钩与副钩高悬，似乎等待地面指令起吊砂箱。走到碾砂机前我想起“打芯”使用的油砂、大粒、煤砂，那是我身穿劳动布工作服的岁月。

手动压铸机、壳芯机、震动造型机，还有储砂斗和送风管道……一台台铸造生产设备触手可及，无不凝聚着昔日荣光。

铸造展馆的两座冲天炉，原汁原味保留完好，好似两个钢铁巨人等待投进焦炭和铁锭，然后点火鼓风熔化铁水。我凭仗经验估测化铁容量，果然是两座十吨冲天炉。回记我曾为轧辊车床床身设计铸造工艺，几番计算浇铸所需铁水量，不禁恍惚如昨。

其实昨天已然远去。前几年有影视公司意欲拍摄工业题材电视连续剧，居然难以找到重现计划经济时期的工业场景。我们的工业历史遗存正在消逝。于是，这座工业博物馆便显出它的工业文物价值与工业美学意义，可谓功德无量。

铸造展馆里陈列着几项铁西铸造的“工业之最”：直径最大的2.2米口径铸管；体积最大的115吨立式车床横梁；铝合金铸造最大的超高压断路器壳体，还有厚度最薄只有0.38毫米的铸件……我学的是机械制造铸造专业，当然懂得这几项“工业之最”的分量。

穿过冶金机械展区，走进铁西展馆。工业是铁西的根，工业是铁西的魂。打从1905年现代工业兴起，特别是新中国“一五”“二五”计划的实施，铁西工人阶级发扬主人翁精神，掀起社会主义建设新高潮，他们创造了新中国工业数百项第一，可以说数不胜数：第一个铸造用机械手、第一个自主研发的管模、第一根超高压管的样管、第一台万能式钻床、第一台八轴立式机床、第一台精密丝杠机床、第一台五轴联动机床、第一台水压机……新中国首枚国徽也在这里产生，然后挂到天安门城楼上。

铁西因工业而诞生，铁西为工业而成长。中华人民共和国成立以来铁西援建包建国内企业高达103家，分布在祖国29个省市自治区，包括全国闻名的第一重型机器厂。铁西经过多年自力更生艰苦奋斗，形成以机电工业为主体，以国有大中型企业为骨干的综合性工业基地，为我国建成独立的现代工业体系做出巨大贡献，因此被誉为“共和国工业长子”和“共和国装备部”。

然而，当历史车轮驶进改革开放新时期时，作为计划经济体系下最具代表性的铁西工业区，面对市场经济的严峻挑战，只得放缓脚步直至面临困境。1986年8月3日，沈阳防爆电机厂宣布破产，这是中华人民共和国成立以来首家正式宣布破产的国营企业。破产——这是多么陌生而震惊的字眼。多少年过去了，我还记得读到这则新闻报道时的复杂心情。

企业关停，工人下岗，资金匮乏，人口外流。昔日共和国工业长子的殊荣，光环褪去。如何振兴东北老工业基地，几成难题。我的工业题材长篇小说《原址》，尽管故事背景与人物原型不是来自东北老工业基地，小说主人公面临的生存困境，却与铁西人的艰苦跋涉实无二致。

时过境迁。铁西究竟怎样走出企业生存困境呢？我的记忆还停留在如何振兴东北老工业基地的年代里。

我们来到铁西新区展位前，共同感受共和国工业长子的艰难拼搏历程。几经浴火，走向重生。早在2006年铁西初步完成老工业区调整改造任务，便科学谋划未来发展大目标，重点规划“先进装备制造基地”，制定了“92125”发展战略。即做大做强数控机床、重矿机械、环保装备等九大产业；创建沈阳机床集团、沈阳鼓风机集团等二十个世界级企业；打造一百个世界级产品；发展仪器仪表、模具以及铸锻等二十个基础产业群；建设基础制造、公共研发、金融服务、现代物流、人才培养五个公共服务平台。这个“92125”发展战略，实乃大手笔，令我感到强劲的“东北风”。

制造业是铁西传统强项。因此我特别关注“先进装备制造基地”规划远景，如今北方重工集团已然将蓝图变成现实。一张张高端产品图片呈现面前：大型全断面隧道掘进机，复合式土压平衡盾构机，泥水平衡盾构机……

铁西自行设计制造大型盾构机——我的沉郁情绪被阳光穿透，我的陈旧记忆被瞬间刷新，心情很振奋。20世纪70年代初，天津是国内第二座建造地铁的城市。苦于施工设备落后，全凭人海战术作业。记得地铁沿钱大街被“开膛破肚”完全断交，马路两侧只留人行便道，逼仄拥挤，难免发生市民坠落事故。进入20世纪90年代有了盾构机，可以做到封闭式地下施工。然而谁都知道由于受到技术专利制约，我们只得付出巨资引进国外盾构机。一条条蓬勃发展的中国城市地铁，似乎成了被缚手脚的钢铁巨龙，难以完全自主前行。

从老铁西的传统机械制造业到新铁西的先进装备制造业，沈阳励精图治浴火重生，大步迈向新型工业化道路。

近十年来，沈阳机床集团、沈阳鼓风机集团、沈阳变压器集团……一大批具有国际竞争力的企业在这里崛起；近十年来，核电机组电动辅助给水泵、系列车铣中心、单相自耦变压器……一大批具有自主知识产权的世界级产品在这里诞生。参观铁西新区成就展，仿佛置身鲜活明亮的美丽新世界。

铁西是前世，东软是今生。坐落浑南的东软医疗系统公司，便是沈阳工业今生的典型代表。这家具有自主知识产权的民族企业，早在1997年研发全身CT–C2000并实现产业化，一举打破CT技术被少数发达国家的垄断，促使那些跨国公司的CT产品降价高达30%，售后服务价格下降50%。极大推动了CT项目检查在我国基层医院的普及。我们都有这样的记忆，当年中国普通患者接受CT检查，必须提前多日预约而且收费昂贵。由于购置医疗设备资金不足，不少医院只得引进国外落伍的“二手货”。东软自主研发的新型CT机向充斥中国医疗市场的“二手洋货”发出挑战，推出CT机以旧换新活动，请那些陈旧落后的洋货下岗回家。东软是独立自主的民族企业，就是要让中国医院使用最为先进的医疗设备。这无疑给中国广大患者带来了福音。

东软2007年便获得国家科技进步二等奖，然而企业并未停步。中国第一台螺旋CT研发成功并通过CE认证；中国第一台彩超研制成功；中国第一台16层CT超导磁共振及直线加速器、PET新品发布；中国第一台128层螺旋CT研发成功；全球第一台与医生智慧连接的超高端 CT 发布……尤其 PET/CT 的研发投产，这种正电子发射计算机断层扫描仪对全身肿瘤早期筛查提供宝贵的技术支持。东软医疗连年发展壮大，先后成立美国分公司，中东、越南、秘鲁、俄罗斯子公司，已经成为名副其实的全球性科技制造公司。

参观新松机器人自动化公司，同样令人振奋。这里设有国内唯一机器人国家工程研究中心，堪称中国科技实业崛起的样本。新松曾经荣获第十七届中国自动化及智能化年度“智造示范奖”，从“制造”到“智造”，音同义不同，说明中国制造业的巨变。新松的产品有工业机器人、移动机器人、服务机器人、特种机器人、智能装备、智能物流、智能工厂、智能交通、智慧生活几大类，处于同行业先进水平。

特别是智慧生活类机器人，引发我们很大兴趣。智慧生活类包括智能养老、医疗康复、家庭陪护、智能服务等系列机器人，能够在广阔的领域为人类生活提供帮助，从而深刻改变我们的日常生活。我们在现场轮番提问那个名叫小科的机器人，它眨着大眼睛对答如流，聪明伶俐活泼可爱，一瞬间我觉得这无疑是个人见人爱的孩子。很显然，我们所说的智能时代其实已经到来。我们对机器人的认可，也就是对未来生活的认同。

新松机器人自动化公司的名称，令我想起杜诗“新松恨不高千尺”。他们继承发扬铁西创业创新的精神，势必茁壮成长而其势参天。

铁西的工业文化源远流长，形成独特的历史人文积淀。1905 文化创意园的落成开放，就是要留住铁西工业文化的根，保住铁西工业文化的魂。这座建筑原是沈阳重型机械厂金工车间，完整地保留了原址独特的工业建筑风貌和内部框架结构。我沿着走廊穿行其间，意外发现脚下正是当年起重机行车梁，身旁钢铁装饰正是当年车间通风管道。处处可见铁西工业遗存，时时感受当代文化艺术氛围。小剧场、独立书店、沈阳往事酒吧、原创手工作坊、世界青年艺术展、美术工作室……工业历史文化与现代文化艺术巧妙相合，使 1905 文化创意园成为新铁西文化地标，AAA 级著名工业旅游景区。

走出 1905 文化创意园，回头望见北侧大墙镶嵌“铁西”二字，据说每字重达 3 吨，它是沈重集团用最后一炉铁水浇铸而成。这既保留了铁西老工业的历史记忆，也开启了新铁西的腾飞时代。

我深受感动。此番铁西采风我的工业记忆被唤醒。我不是沈阳铁西人，却有重返故乡的感慨。毕竟工厂有我的根……

原载《芒种》2019 年第 10 期

冷暖间

王十月

我曾在珠三角的一家织造厂当杂工。杂工当然是做杂事的，也有正事——在印花台上铺好净面的布，待印花师傅们印毕再把布揭起来晾到一边，然后再铺上布，再揭，再铺……如此周而复始，一日又一日。杂事包括——帮印花师傅们洗浆桶，给厨房的煤油灶通油嘴（我通过一次，最后是用嘴吸通的，吸了一嘴的煤油），替老板洗车，有时也跟车送货。印花师傅们一个个都很大爷，没把我们这些小杂工放在眼里，坚定不移地保持着他们作为师傅高人一等的姿态。印完了布，扯开嗓子喊“杂工，收布啦”。收工时，又喊一嗓子，“杂工，洗桶啦”。我刚进厂时很不习惯，总觉得他们在喊“杂种”。也是初来乍到，不熟悉厂里的规矩，居然想到了要挑战师傅们的权威。印花师傅们叫我杂工，我就装没听见。实在叫得烦了，没好气把厂牌摘下来，递到他的面前说我不叫杂工，我有名有姓。印花师傅把我的厂牌抓过去，顺手就丢进了浆桶里。厂牌毁了！没有厂牌，在这间厂里简直就是寸步难行，进车间时没有厂牌要罚款，出厂办点儿事，没有厂牌就进不来，保安们都只认厂牌不认人。我曾写过一篇名为《厂牌》的小说，说的就是一个女工不小心丢了厂牌，结果引来了一系列的人生变故。不熟悉珠三角打工生活的人可能觉得我夸大其词，事实上，这样的事情在珠三角是屡见不鲜的。厂牌被毁了，重办一张工本费五元，相当于我八小时的工资，还要看文员小姐的脸色。我愤怒了，却一时找不到恰当的表达愤怒的方式，捏紧拳头，做出要和他拼命的样子。这一下就惹祸了，身边立刻就围上来四五个印花工，他们都来自湖北通城，是一方水土里长大的老乡，人手一把印花刀，大有将我乱刀剁死的意思。我说你……你这是侮辱我的人格。印花工笑了起来，人格是什么东西？你一个杂工还和老子谈人格？脸上挨了一拳，屁股上挨了一脚。好汉不吃眼前亏，何况我不是好汉，只好老实了下来，心里终是不甘，却也无可奈何。相比之下，杂工的活计里，最好玩的是跟车，虽说上货下货累点，其他时候却是自由的，又可以在外面去透透风。我送货最远的去过坪山，中午还管八块钱的盒饭，比厂里强多了。有时司机偷偷带点货出厂，销赃之后，会请跟车的杂工喝一杯可乐或者吃一根雪糕。我跟过两次车，觉得能跟车真是幸福。

我是杂工队里消极怠工的两大刺儿头之一，另一位是来自山东的阿标。阿标后来曾进入过我的散文和小说。他是个很有意思的人物，会学马三立说相声，还会武术，打架是把好手。阿标和我一样，不怎么买那些印花工们的账，我们俩因此走得很近。其他的杂工大多很巴结印花师傅们、他们的理想也很简单，那就是有朝一日能成为印花工。要想成为印花工，首先就要和印花师傅搞好关系，把师傅们侍候得满意了，趁着管理员不在的时候上手印几刀，这样混上三五个月，就可以跳槽到其他厂当师傅，人五人六使唤杂工了。

在我们这个打工群体中，普遍缺少一种群体意识。老板、主管、烂仔、治安……在一切比我们强势的人面前，我们学会了逆来顺受，而在面对比自己更弱的弱者时，我们又都学会了兄弟相煎的把戏。用工友们的话说，这叫大鱼吃小鱼，小鱼吃虾米。我当时的角色，大约是那种特别小的小鱼吧，在被大鱼们吃的时候，偶尔也干干迫害虾米的勾当。

印花车间有个杂工组，杂工组有十多名杂工。杂工小队长的长相可用两个字描写：瘦、黑，我们称之为虾米小队长。虾米小队长来自广西，是个厚道人，小学学历，能当上杂工队长，拿四百元的月薪，在他来说算是相当满意了，何况小队长和拉长是平级干部，吃八个人一桌、三菜一汤的干部餐。普通杂工则要排队打饭，顿顿吃空心菜，汤也是有的，那是真正的清汤寡水，有限的几粒黄豆一点青菜在水中载沉载浮，想要捞到并非易事。我在打汤方面颇有天分，每次总能在最短的时间内打捞到一些黄豆、青菜或者豆腐丁，人送绰号打捞队长。虾米小队长人不错，是个老好人。在工厂，老好人不适合当干部。我有一个文友吴伤，在工厂里当人事主管。发工资时，一些工人不按顺序排队，保安拿脚去踢工人，吴伤劝保安不要这样，说大家都是打工的兄弟姐妹，相互之间要关爱。保安说那你去关爱他们吧。吴伤于是文绉绉地和工人们讲道理，好话说了一筐子，工人挤得更凶了。老板娘因此得出结论，说吴伤这人不行，太老实，不是当行政主管的料。话扯远了，当年我们正是因为看准了小队长是个老好人，也就没把他放在眼里。

小队长喊收布了，我和阿标躲在布堆后面睡觉。自从我和阿标成为哥们儿后，我们的实力大大增强，印花师傅们也不敢扁我了，小队长更加是拿我们没办法。小队长喊了几遍，见我们不理睬，说你们再这样我去告诉写字楼了。所谓的告诉写字楼，就是去人事经理那里告状。阿标冷笑着说你去告状试试？你去呀，我欢迎你去。小队长没敢去告状，招呼着其他几个杂工收布。杂工们说他们两个不收布我们也不收。印花师傅们趁乱起哄，将印花台敲得咚咚乱响，喊收布啦收布啦再不收布就收工了。小队长没办法了，只好答应请那些杂工们喝啤酒，杂工们才满心欢喜地开工了。小队长很为我和阿标而痛心，甚至于有点哀我们不幸怒我们不争的意思了。那天晚上，小队长一本正经找我和阿标谈心，想做好我和阿标的思想工作。小队长说你们俩就这样一直混下去吗？这有什么前途呢？你们为什么就不和师傅们搞好关系，学一门技术呢？这年头，一无文凭，二无技术，就只有当杂工的命了。阿标笑嘻嘻地说他的理想是当杂工队长。小队长把阿标的话当真了，说自己的印花技术差不多了，再练上两个月就去别的厂考印花工。“只要你好好表现，我一走，你就有机会当上杂工队长了。”

小队长走后，我和阿标捧着肚子笑了半天。其时我们正在计划着怎样离开这间厂。我的一个朋友的朋友，在蛇口南油工业区某厂当厂长。问题是我们被押了两个月的工资，按照厂里的规定，自动辞职，押金分文不给，如果被炒鱿鱼，工资分文不少。可是厂里轻易不炒人，想让你走，会安排你做一些最难做的事，弄得你吃不消了自动离职。我和阿标合计怎么样让老板把我们俩给炒掉。最后就合计出了一个招儿——把杂工小队长扁一顿。按厂规，打架斗殴是要被炒掉的，这样我们的目的也就达到了。次日，我和阿标照例是睡在布堆里不干活，小队长来喊我们时，我们就拿广东话来骂他，“丢雷个草海”。在我们的计划中，他肯定要回嘴的，只要他回嘴，我们就扁他一顿。小队长的脸色一下子变了，他愣了一会儿之后，没有再叫我们，自己去收布了。收着收着，忽然就趴到印花台上号啕大哭了起来，这是我们没有料到的事。

多年以后，我还清晰地记得小队长趴在印花台上痛哭的样子。现在，我在南方的出租屋里写下我的忏悔，我要对小队长说一句：兄弟，对不起！

从印花厂出来之后，我们去蛇口找我那朋友的朋友，朋友的朋友在厂门口接见了背着行李的我和阿标，责怪我们不该事先不打招呼就来找他，说厂里不招工，没办法介绍我们进厂。我说做杂工也可以。朋友的朋友说杂工也不招。后来，经过一段时间的找工之后，阿标去了东莞，我们从此失去联系，我进了台信厂。

台信厂的两个老板都是台湾人，当过兵，奉行军事化管理。员工去老板的办公室，要在门外喊报告；厂里厂外，见到老板，要行注目礼。厂里的保安很多，工厂总共才四百多人，保安就有二十来个。一个保安队长，个子不高，很壮实，是广东本地人，凶，工友们都怕他。

厂门口的保安，穿着整齐的保安服，腰间扎宽皮带，挂橡胶棒，脚穿军用皮靴，笔直地站在厂门口，看上去，和我们政府门口的武警差不多。大老板、二老板的车进出，远远地，保安就要敬礼。当时，在我们工业区，台信厂的保安可以说是一道独特的风景。很多人都想进台信厂，认为台信厂是正规的好厂，这可能与台信厂的保安形象有关。台信厂的厂服也漂亮，穿台信厂的厂服，走在工业区里，有一种莫名其妙的优越感。台信厂除了押两个月的工资外，平时是不拖欠工资的，这也是外厂人想进台信厂的原因吧。当时我们台信厂里流传过一句名言："台信厂是个大猪圈，圈外的猪想进去，圈里的猪想出来。"这话不知是哪位读过《围城》的才子想出来的，听起来有些损，也有些自嘲。

车间门口的保安，负责打卡时维持秩序，检查工人有没有顺手牵羊偷厂里的东西，监督看有没有工人代人打卡，还要负责平时不让工人随便离位。宿舍门口的保安，负责监督按时关灯，不让男女员工串宿舍；早晨晨练时，还要在宿舍检查有没有睡懒觉的，有时还配合队长抽查宿舍。食堂门口的保安，负责维持打饭的秩序。

台信厂早晨六点要展练。保安在工厂中间的一块操场上操练，很大声地喊口号：一、二、三、四。打军体拳。工人按不同的车间，分成不同的列队，在操场里立正、稍息、向前看齐、齐步跑。全厂除了大老板和二老板之外，其他人都要参加，主管也不例外。不参加跑步的，抓到一次罚款十元，抓到三次就开除。厂里关于罚款的厂规特别多。在食堂门口有一块黑板，员工们从车间里出来，要做的第一件事往往不是去打饭，而是去黑板上看罚款通告上有没有自己的名字。厂里有好几个女工仅认识自己的名字，在黑板上看见了自己的名字就格外紧张，又不知道是为了什么事，只好红着脸去问别人，当然就少不了要受到一些并不恶意的嘲笑。记得有一次，告示中是对一个女工的奖励，奖励她五十块钱，为了什么事现在记不清了，可是那女工不识字，看见有她的名字在黑板上，红着脸问别人黑板上写的是什么。有工友就告诉她，说她帮别人打卡，罚款五十。那位女工当时就急得哭了起来，说她根本就没有乱跑，饭也不打了，急着去写字楼找人事部的主管问个究竟。她一走，大家就哄地笑了起来。现在回想起来，我们的笑声是多么的刺耳，我们那得意的神态，又是多么的丑陋。后来那位女工问明白了是奖励她五十块钱时，哭得更加厉害了。人事部的主管不耐烦地说，你这人怎么这样，拿奖金了你还哭什么哭？

台信厂生产的是玩具公仔，据说从前厂里经常有工人偷偷把玩具往外带。老板知道后大发雷霆，就买回了一些检测器，车间门口的保安员人手一个，下班打卡时，保安拿检测器在工人的身上照那么一下。当然也不是全照，而是由当班的保安随机抽查。据说，只要身上带了厂里的东西，就会被照出来。我在台信厂做了三个月，从来没有听说过谁被照出来了，也听一些工友们说，这东西其实是老板用来吓唬人的，根本照不出来，不知是真是假。检测器给了一些保安趁机揩女工油水的机会，他们有时专门检查那些漂亮的女工，在她们身上左照右照、上照下照。还有个保安，喜欢检查女工的厂牌，一本正经地说“你叫什么，你的厂牌号是多少”，手去摘厂牌是假，顺手在女工的胸口摸一把是真。有老板宠着，有保安队长罩着，保安们在厂里很猖狂，经常发生保安打人的事，工人们对保安是敢怒而不敢言。

我当时在台信厂当调油师，所谓的调油师，是台信厂的叫法，在其他厂就叫调色工。调油师听起来比调色工要拽，其实工作是一样的，就是用油漆调出彩绘或喷绘玩具要用的各种各样的颜色。调油部的师傅叫赵书成，是湖北随州人，因为这层老乡关系，他对我一直很关照。我的调色水平很差，复杂一点的颜色就调不来，有两次还弄错了颜色，如果不是师傅帮我搪塞过去，我早就被炒了。刚进厂时，我已身无分文，洗澡干搓，洗衣服也不放洗衣粉。师傅看见了，知道我肯定是没钱了，给了我五十块钱，让我先用着，说是不够了再找他。后来他发了工资，又借给了我五十块。也许在许多人眼里，区区一百块钱是件小事，而师傅的恩情，却让我在人情冷漠的异乡感受到了久违的温暖。很多年来，师傅的名字像火把一样，照亮着我内心的幽暗地带。

师傅说油漆里含苯，调油室又不通风，做久了会中毒的。师傅的梦想是当一名雕刻师，他劝我也学学雕刻。当时雕刻师的月薪在二千元左右，调色师才六百元。厂里的雕刻师知道师傅想学雕刻，不准他进出雕刻室，防贼一样防着他。师傅很聪明，又有些美术基础，自己买了雕刻刀和泥，有空就练习雕公仔头。他的自学有了成绩，能雕很多种公仔的头像了，而且雕得颇为传神。师傅还没来得及把手艺练到家，保安们就突然搜查了师傅的宿舍，在他的床底下搜出了雕刻刀和雕刻用的泥，还有一些公仔头。这成为他偷窃工厂财物的证据。师傅说他的泥巴和刀子是自己从商店里买回来的，保安队长问谁可以作证？师傅找不出证人。师傅说他用的泥巴和厂里的泥巴不一样。保安指着那些公仔头说，那这些东西呢？这也是你买的吗？师傅说这些公仔头是调色时用过的废品。废品？保安队长冷笑着说，是不是废品谁知道呢？师傅说不信你可以问李文艳。保安队长说，丢雷老毛个草海，李文艳说了算还是我说了算？

师傅当天晚上就被炒掉了。我帮师傅背着行李，去另外的一间厂里找到了他的老乡，借宿了一晚。师傅离厂时，我还没有做满三个月，没有拿到工资。我对师傅说，对不起，我现在还没有钱还。师傅笑笑，让我别把这点儿事挂在心上，又问我还有钱用没有。我说我还有钱用，反正在厂里管吃住，也花不了什么钱。再说再过半个月我就可以拿工资了。差不多过了二十来天吧，我收到了师傅的信，师傅在信中说他在东风工业区打工，还是做调油。

终于做满了三个月，我拿到了第一个月的工资，晚上下班后，找到了东风工业区，打算把钱还给师傅，可是没有找到他。我一直欠着师傅的一百块钱。师傅出厂之后，厂里一直没有招到像他那样高水平的调色师。遇到调不出来的颜色时，老板就把我们几个调色工骂得狗血淋头，然后就会提到师傅。老板问我们知不知道赵师傅去了哪里，想把他再找回来。我对老板说，别说找不到赵师傅了，就算找到了，他也不会回来了。

故乡的秋天到来的时候，在武汉打工的好兄弟齐得明写信给我，说他在帮中科院的徐工搞公司，希望我回武汉帮徐工管生产。我辞了工，怀揣着打工挣来的八百块钱返回湖北。在广州火车站候车时，几个烂仔拿刀抵着我的腰，用一次打劫为我的第一次南方之行画上了句号。

2005年1月12日于31区出租屋

原载《人民文学》2006年第6期

烂尾楼

王十月

我在东莞长安的街头见过这样一张招工启事。启事上写着：

> 因生产需要，本厂在东莞新建分厂一间，现急需招聘以下工作人员：文员、业务员、仓管、储干多名（需初中以上文凭）。司机两名，熟悉东莞地形。杂工十名，男女不限。普工一百名，熟手优先。为方便见工，本厂在长安设有招工办事处。考试合格，厂方安排专车接往东莞。

一般来说，骗人的招工启事往往会写上诸如“本厂出粮准，加班少”之类充满诱惑的字眼儿，而字却写得东倒西歪。这则启事上的字却写得相当漂亮，一看就是习过帖的。几乎没费什么周折，我很快就找到了招工办事处。走进招工办，办公室里面装修得倒还漂亮，打扫得也干净。一前一后两张桌子，前面坐了位小姐，桌上竖张牌子：报名处。后面坐了位穿着讲究、理着平头的男子，男子戴眼镜，打领带，看上去文质彬彬。小姐冲我微微点头，我也紧张地点头。凭直觉，这是一个正规的招工办事处。

小姐很客气地问我试什么工，我说文员、仓管，或者储干也行。小姐说文员只招女的，储干要求二十岁以内。小姐问我多大了，我说不好意思，我二十四了。小姐说那你应聘仓管吧。仓管工作其实很轻松的，待遇也好。小姐送给我一张表，让我先填表。我伏在桌子上填表。小姐看了我的字，尖叫了起来，说，你的字写得很好呀，你是个人才，进了厂，将来一定很有前途的！小姐的夸奖让我的大脑再一次发晕，于是我得意地说我是学过美术的，还参加过家乡的青年美展。说着从包里往外掏荣誉证书。小姐接过证书瞟了一眼，转身小声对后面的男人说，刘经理，是个人才，招进厂里后要好好培养。刘经理边看表边点头。我想大约我是经过面试的了，长长地吁了一口气。刘经理说，办手续吧。先交一百块的考试费和报名费。

我没想到，小姐解释说他们是正规厂家，不考试怎么知道应聘者有没有能力呢。小姐还说现在骗子可多了。

考试我倒是不怕的，只是我手中没有那么多的钱。我求他们通融一下，我说我只有五十块了。小姐转过身问刘经理，刘经理说五十块不行，明天再来。我回头看看门外面，来报名的人越来越多了，门口聚了有一二十人。我想明天再来怕是黄花菜都凉了。我说我实在是没有钱了，我找了半个月的工了，手上就这五十块，交了这五十块，我喝水都没钱了，你们让我考一下，考上了将来从我的工资里扣。小姐大约看出了我的难处，对刘经理说，我看就收他五十吧。余下的让他打张欠条，我看他一定能考上的。我连忙说就是就是。刘经理盯着我，看了一会儿说，你真的没有钱啦？六十也成。我说只有五十块了。刘经理笑着说，那好吧，看你是个人才，五十就五十。

交完钱之后，我又开始后悔了，觉得这间厂是有问题的。要真是东莞的厂，为什么跑到长安来招工？东莞难道招不到工人吗？再说了，像我这样应聘仓管、文员、储干的要考试还说得过去，为什么应聘杂工的也要考试呢？越想越觉得不对劲。可又一想，万一是真的呢，那不是错过了机会？就在我犹豫不决的时候，小姐喊了声开始考试了，报了名的人都跟着小姐进了隔壁的房间。房间里摆着几排桌子。我们坐好后，过来两个男的站在门口监考，小姐开始发考卷。考卷一发下来，我的脑子就一片空白了。一张印刷的考卷，总共就两题。第一题，英译汉，下面密密麻麻一版英语。第二题，汉译英，也不知从哪里弄来的一篇文字。几乎所有的人在拿到考卷的那一瞬间都呆了，接着就叫了起来，喊上当了受骗了。招一个仓库管理员，要这么高的外语水平干吗呢？我要是有这样的外语水平，还会来应聘一个小小的仓管员吗？我去人才市场应聘翻译得了。大家七嘴八舌。门口站着的两个男人恶狠狠地喊，吵什么吵？谁说我们是骗子？你？大汉指着一个女孩问，女孩低下了头。那就是你！大汉又指着另外一个男孩问，男孩不敢吭声。

这是我找工时遇到的最幽默的陷阱。我们灰溜溜地逃出“考场”时，身后还传来了他们得意的笑声。

那时，我暂居在一幢烂尾楼里。烂尾楼里住了一大群像我这样的找工者。男人、女人，四川人、湖南人……我们白天流向了松岗、沙井、福永、长安，甚至更远处的虎门、黄江。晚上，我们拖着疲惫的双腿，或兴奋，或失落地回到烂尾楼。兴奋自然是因为找到了工作。于是打起了背包，在大家羡慕的眼光中，和老乡们的祝福声中告别了流浪，从此坐在了流水线的卡位上，把自己和流水线的机器融为一体。烂尾楼里不断有人找到工作离去，又不断有新的找工者加入进来。在这里，方言是最有力的武器，四川人、湖南人，大家因为讲同一种方言而结成小的团体。有了老乡，大家抱成一团，也增强了抵抗风险的能力。四川人的团体最大，因此他们占据了最好的房间，而且在里面大声说话，有时还弄一些酒，一起喝酒。四川人喝酒还猜拳：螃海一，爪八个。这么大个脑壳这么大个脚，夹夹夹，往后拖。哥俩好呀，该你喝。五魁手呀，该你喝……四川人的骨子里好像有一种天不怕地不怕的乐观，他们总能把一些淡出鸟来的日子过得有滋有味。他们猜拳时动作夸张，做着螃蟹夹东西和拖东西的动作。一瓶白酒，在每个人的面前转来转去，不一会儿就见了底。然后他们倒头就睡，很响亮地打鼾。

我在烂尾楼里结识了来自湖北咸宁的老乡黎正全。

黎正全本来在一家工艺品厂当调色师傅。厂里很久没有发工资了，而且加班无休无止，黎正全鼓动一些老乡罢工，没有人响应他的号召。于是他就去劳动站投诉，劳动站派人来厂里，厂方很快就发了工资，唯独没有给他发。他去找出纳，出纳说老板不让发。他去找老板闹，结果被扫地出门。出厂后，他很快就找到了这幢烂尾楼，并在烂尾楼里安下身来。

我当时在烂尾楼里已住了有一些时日，每天睡在水泥地板上。多年以后，我的双腿患了风湿，遇上阴雨天就会疼痛难忍。黎正全见我就睡在水泥地上，招呼我和他睡一床凉席。就这样，我们成了兄弟。白天我们一起出发去找工，晚上我们各自回到烂尾楼。在异乡流浪，有了一个老乡，我的内心开始变得强大起来，也不再害怕那些住在烂尾楼里的川仔了。黎正全爱吹笛子，夜深人静的时候，他会站在烂尾楼的窗口吹笛子。他吹的笛子调子总是很欢快。他欢快的笛声，消除了我一天的疲惫与失落，让我觉出了生活还是有滋有味。吹一会儿笛，他会坐在凉席上，和我谈一些诸如理想、未来这些看上去离我们很遥远的问题。或者对我吹嘘他与老板做斗争的光荣史。

然而，他的笛声一天天地忧伤了起来。

有一次，他突然对我说，实在不行了就放一把火烧掉得宝厂。他说的得宝厂，老板是个台湾人，当过兵，也混过黑道。老板平时喜欢拿着一杆猎枪在厂里打老鼠，打了老鼠就让厨子做了下酒。老板有一句口头禅，弄死一个打工仔比弄死一只老鼠还容易。还有一次，黎正全带着我围着得宝厂转了一圈，看好了地形。黎正全指着一处围墙说，这里面放的都是天那水，只要扔一把火进去，不要十分钟，得宝厂就完蛋了。那些天，我的心一直悬着，我害怕他真去做傻事。

我们手中的钱很快就用得差不多了。晚上，他带我去向从前在得宝厂的工友借钱。我们在厂门口等着工人们下班，晚上十点，厂里下班了。黎正全让保安叫出了一个工友，工友见到了黎正全，两人很热情地说了一些话。然后黎正全说，有钱没有，先给我拿五十。老乡为难地说，五十？五块都没有。老乡说他这些天洗衣服都是偷偷用工友的洗衣粉，洗澡就干搓。黎正全说，那你帮我把我师傅叫出来。老乡进厂去了，去了有好半天才出来，说没有找到。黎正全说，真的没有找到？老乡目光闪躲，说真的没有找到。

从得宝厂回烂尾楼，我们两人走得无精打采，一路无话。黎正全不知在想些什么，不时拿脚踢着路两边的树木。我想，在方便面吃完之前，我们一定要进厂。黎正全没有说话。我害怕黎正全去干傻事，真要走到了绝路上，他是什么事都干得出来的。果然，黎正全说，要是再找不到工作，他就去找得宝厂的老板。我说你找他有什么用呢？你可能连厂都进不了。黎正全说到时自然有办法。回到烂尾楼，黎正全坐在窗口吹笛子。吹到很晚了，黎正全给我讲他打工途中的爱情。他说他在沙井一间厂打工时，有一个姑娘很喜欢听他吹笛子。

可惜她后来出厂了，黎正全说，要是不出厂，肯定会和他恋爱。黎正全用尽了赞美的词汇描述着姑娘的美丽。黎正全说着姑娘时，眼睛里闪烁着动人的光辉。他眼里的光辉让我悬着的心放了下来。我知道他不会去干傻事的。黎正全让我也谈谈姑娘。我于是跟他谈远在武汉的女友。谈到很晚了，我们的肚子都饿得咕咕叫。可是我们对那些方便面实在失去了兴趣。黎正全指着楼后面的一片香蕉林说，走，去弄点吃的。我跟着黎正全，他去偷香蕉，我放哨。那一刻，我仿佛又回到了从前，回到了在家乡看完露天电影之后去偷人家瓜果的幸福时光。

香蕉可不像别的果子那么好摘，黎正全把一棵树弄倒了，弄出了很大动静，吓得我做好了随时逃跑的准备。不一会儿，黎正全从香蕉林里钻了出来，扔给我一串香蕉，他手上还一串。我们俩撒开一阵猛跑。跑到了安全地带，两人笑成了一团。然后吃香蕉，撕开了咬一口，又苦又涩，根本无法下口，把香蕉扔了，回到烂尾楼。黎正全说给我十块。我给了他十块。他跑下了楼，不一会儿就回来了，手里提着一串大蕉，一瓶啤酒。黎正全说，死也要做饱死鬼。大蕉是结在芭蕉树上的，模样像香蕉，可是味道比香蕉差远了，但也便宜多了。我们俩吃着大蕉，你一口我一口，很快把一瓶啤酒干掉了。

肚里有粮，心里不慌。加之酒的作用，我们睡得很香。

睡到半夜，被一阵叫喊声惊醒，然后听见有急促的脚步声。有人在喊站住。有人在拼命地跑。我立刻反应了过来，是治安队在抓三无人员。也来不及多想，爬起来就往楼上跑。很多的人跟着一起在跑。后面的手电筒在来回急切地晃动。果然是抓三无人员的，可能是治安队发现了这个烂尾楼里每天晚上睡了很多人，于是来了一次大的清扫行动。我们被包围了。也管不了那么多，只能跟着大家往楼上逃。我的个子高、腿长，跑得快，很快就上了楼。楼顶上有一间小平顶房子，房子边有一架梯子。跑在我前面的很迅速就爬上了梯子。我跟着也爬了上去。我才上去，梯子就被先跑上去的人抽到了小房顶上，然后我们就趴在顶上不动。还有一些没来得及爬上来的，在下面带着哭腔求我们，说老乡，把梯子放下来嘛。可是我们谁也没有说话，谁也没有把梯子放下去。我听见一个女孩子用四川口音不停地喊着老乡，可是我们没有一个伸出援助之手。很快，治安员追到了楼顶，把他们都带走了，包括那个四川口音的女孩。他们没有向治安举报说小房顶上有人。看着他们被带到了楼下，上了一辆车，很快就被拉走了。

我不知道那个四川女孩后来怎么样了。多年以来，我一直忘不了那个四川女孩的声音。我们本来是可以伸出援助之手的，可是我们没有这样做。我觉得我是一个无耻之徒。多年以后我还是不能原谅自己。现在，我被南方的媒体称为打工作家，称为打工者的代言人。面对这些荣誉时，我的心里就会响起那个女孩喊老乡时的声音。

方便面还有半箱，我们实在吃不下了，看见了直恶心。四川人被抓走了一些，余下的散了。烂尾楼的夜，安静得怕人。一些虫子在耳朵里不知疲倦地叫。那天早晨，黎正全说，不去找工作了，反正找也找不到。黎正全不去找工了，我也失去了信心。那个上午，我们就躺在烂尾楼里睡觉。我们没有吃东西，没有喝水，也不再说话。这样睡到下午一点多钟，我想不能再这样睡下去了，我要出去找工作。

黎正全在睡，我独自走出了烂尾楼。南国的阳光，玻璃碴一样刺眼。我觉得两条腿有些软。离烂尾楼不远就是工业区。这个工业区，我已走过了无数遍了。可我还是不死心。走到信丰造漆厂的时候，我的眼前一亮，信丰造漆厂门口贴出了一张招工启事，用记号笔写着招调油师傅一名。黎正全是调油的，我没有做过调油师，但我学过美术，从前在时装厂也调过染料。我进去试工了。没想到，很顺利地试工成功。包吃包住，月薪六百。我几乎是一路小跑回到烂尾楼的。我摇醒了黎正全说，黎正全，我进厂了，信丰造漆厂，当调油工。黎正全说你开玩笑吧。我说我不开玩笑，我回来拿行李的。

黎正全呆了一会儿，站了起来，帮我拎着包，把我送到了信丰厂门口。

希望总在前方，只要你没有放弃，生活会在你最绝望的时候，替你打开另外的一扇门。当天晚上，我在信丰厂吃上了半个月来的第一顿米饭。吃完晚饭，我去烂尾楼找黎正全，他不在。可能出去找工作还没有回来。第二天，我又去找过黎正全，他也不在。大约是过了一个星期吧，黎正全坐着车来厂门口找我。见到我，一脸的笑。他在郁金香工艺品厂当上主管了。大约又过了一个月，黎正全又来看过我一次，说老板说话不算话，说好一个月开一千二的，结果才给他八百。黎正全说他和老板吵了一架，出厂了。从此以后，我再也没有见过他，也没有他的任何消息了。

多年以后，我进了一家杂志社当打工记者。我专门去找了那间我和黎正全容身的烂尾楼。然而那里已面目全非。我找不到那幢楼所在的具体位置。我记得当时那幢楼前的一座小山，我记得楼后的那些河沟水塘，以及水塘边种植着的茂盛的香蕉树。而现在，河沟不在了，小山也不见了。我的青春记忆，失去了证据的凭依。只留下一些依稀的痛，在南国的风中游荡。

2005 年 11 月 29 日于 31 区出租屋

原载《人民文学》2006 年第 4 期

关 卡

王十月

1. 关

南头关是一道无法逾越的障碍，它横亘在城乡之间，把我的世界一分为二。

我对特区的了解始于南头关。早在八十年代末，我和村里的几个同龄人初中毕业了，在家无所适从，感觉乡村生活像一个密不透风的闷铁罐，我们在铁罐里瞎折腾，乱捣蛋，然而我们的力量太渺小了，无法打破那坚固的铁罐，连在铁罐子里的呐喊声也是那么的微弱，于是几个人一商量，决定逃离乡村，去闯深圳。当我们凑齐了路费时才知道，要进入特区必须要过南头关。过南头关的合法途径，是获得一张边境证。

八十年代末期，一个农民要想获得一张边境证，是件很困难的事情。一群乡村叛逆的青年想要获得边境证，更是难上加难。别的地方如何不得而知，总之在我们那儿，你必须要用一系列红色公章来证明你的清白，从村治保主任到村委、从乡政府到镇派出所。一道道怀疑与审视的目光，像刀子样剥下你的骄傲与尊严。特区对怀有梦想进入它的人怀着深深的警戒，所有想进入者先被假定为有罪，你必须拿出充足的证据证明你的无罪与清白。而在当时，我无法证明我的清白，我甚至无法过村治保主任那一关，这使得我的深圳之行推迟了数年，只好退而求其次选择了武汉。当我在武汉打工数年仍一事无成时，我再次想起了特区，于是旧事重演，依旧天真地以为特区可能会是另外的一片天地，在特区，我可能会通过自己的打拼来寻回自己被剥离的尊严。

1995 年，我与南头关相遇。

戒备森严的关口，长长的通关人流和车流，透着凉气的铁丝网，铁丝网外那护城河一样的鸿沟……武警手执大喇叭，驱逐着流连在关口试图蒙混过关的人群。治安员神出鬼没盘查暂住证、清理“三无”人员以缓解关口的压力。我依然没有边境证，除了一张身份证之外，没有什么能证明我是谁，更别说清白。一张从武汉至广州的火车票，成了紧要关头证明我来深不久、还无须办理暂住证的救命稻草。

第一次与南头关的相遇，让我对关内的世界产生了更加浓烈的渴望。而关内的世界，暂时只能存在于想象中，那些想象有关成功，有关金钱，有关自由与尊严。要想获得这一切，首先就是过关。

那时似乎就只有一个发疯的想法：过关，过关。想尽一切办法进入关内。

现在回想起来真是可笑得很，为什么在乡村时，以为只要离开了乡村就能获得想要的一切，而当现实将梦想击碎时，又以为只要到了南方就能实现自己的梦想，真有一天到了南方，又把梦想寄托在进入特区上。我甚至不知道我想要的到底是什么。进关的想法，不过是我为自己找的一个借口，现实太过沉重，沉重得无法面对，我把进关当作了一剂精神鸦片，用来麻醉自己的痛感。画饼充饥，望梅止渴。这就是传说中的希望吧。

黑格尔说：存在的就是合理的。

当然，现在有人认为这句话的翻译是有误的，准确的译文应该是：“凡是合乎理性的东西都是现实的，凡是现实的东西都是合乎理性的。”在这里我无意去追问这两种译文哪一种更为准确。这两种译文，对于南头关和关口曾经发生的一切都不重要了。一句“存在的就是合理的”，就足以回答所有对于设立南头关的质疑。如果这个说法立得住脚，那么南头关口那些办假证者自然也有他存在的合理性，南头关那些带人进关的职业也有了他的合理性。

有需要就有市场。几乎每个试图进关的人，在通过“正常程序”无法进入特区之后，都会想到其他的“非正常程序”。我之所以把“正常程序”和“非正常程序”打上引号，是因为我觉得这个正常的程序本身就是非正常的，历史和时间会证明它是特定时期的一种非正常手段，而“非正常程序”，却是在所谓“正常程序”逼迫下的一种正常选择。

假证是很容易就买到的，只要你在南头关逗留上十分钟，就会有人装着不经意地走到你身边，然后压低了声音问你一句要不要办假证。那情形很容易让人想起电影中地下工作者的接头。而关口的栏杆上、电线杆上，到处都贴着诸如“东南亚证件中心”之类的广告，这些广告宣称能办理你需要的一切证件，这些证件绝对能够以假乱真。广告上留有电话号码。我一直很疑惑，警察是默许这种职业存在的，如果要打击制假证者，只需要假装买主和他们取得联系，不难顺藤摸瓜找到他们。为了能进关，我抄下过制假证者的电话，也和一个制假证的中年妇女谈过。她声称只要半个小时就可以办好证件，而价钱是五十元一张。我并不怀疑她能为我提供假证，我害怕假证无法蒙混过关。用假证蒙混过关，如果被查出来，其后果可想而知。关内的生活给了我无限的诱惑，然而我还没有胆大到敢冒这样的险。

许多的人挤在南头关，南头关外的深沟边，横七竖八地躺着我这样的外来者，小小的沁园公园里，也三五成群地挤着渴望进关的人。晚上就在河边露宿。我们像一群鸭子，有治安来时就一哄而散，治安一走，又陆续地聚回来。每天在关口都上演着这样的闹剧。闹剧是一目了然的，而悲剧，却只有当事人清楚。说不清有多少悲剧在南头这小小的关口上演。有人为了过关被制假证者抢去所有的钱财，结果不得不流落街头，或是被当三无人员收容；女性因此被劫财劫色，这样的报道也时常见诸报端；更有甚者因此而付出了生命的代价。我们就像是一群飞蛾，而关于关内生活的想象，就是那吸引飞蛾的火把。当年也有“有识之士”对我们这种行为进行谴责，认为这是咎由自取。更有甚者，将社会治安不好之类的城市治理中的问题，都归结为我们这些外来者的素质低下。

谁也无权指责我们的这种行为，谁都有过上幸福生活的权利。

所有的谴责，都将被钉在历史的耻辱柱上！

我第一次进入南头关，走的也是“非正常途径”。其时我已在关外松岗的一家织造厂当杂工。每天早晨七点开工，工作到凌晨一点，有时更晚。月薪一百八。生活每餐都是空心菜。就是这样的工作，也不敢轻易放弃。而关内的生活，像梦想世界一样在打工者中流传。

关内管得很正规，严格执行着最低工资标准，加班有时间限定……

对于当时我这样的打工者来说，关内无异于天堂。我的许多工友，都和我一样梦想着进关。有工友托关系办好了边境证，离开工厂时都会接受工友们衷心的祝福和羡慕。就在此时，武汉的一位老师告诉我，他有个同学在蛇口四海工业区的某服装厂当厂长，老师让我去找他同学。这个信息激发了我更加强烈的进关梦。当我再一次在关口徘徊，希望找到进关机会时，机会找到了我。冒险花了五十元钱，躲在一辆私家车的后备厢里，我终于进了关。现在已无法说清当时躲在后备厢里的紧张心情了，本以为从关外到关内，汽车一启动就过去了，然而事情并非如此简单，在交了五十元钱之后，司机把我拉到了离关口很远的偏僻处，把我塞进了后备厢中，又在我身上盖了一张大的海绵。司机交代千万不要动，不要弄出声响。蜷在车后面，感觉着车走一走、停一停，再走一走、停一停……蜗牛一样，经过了足足有半个小时，汽车终于顺畅地跑了起来，我知道，我这是过关了。

终于进关了。关内关外区别是很明显的，街道更宽阔，楼房更高，绿化更好，而我更加茫然、孤独、渺小、无助。转坐了几趟公共汽车，终于找到四海工业区的那间厂，也见到了我老师的同学，然而，老师的同学只说了一句“现在不招人”，就把我打发了出来。梦想实现得快，破灭得更快。在关内坚持了几天之后，我落荒而逃。

现在，进关的手续简单多了，凭身份证就可过关。拆除关口的呼声也越来越高。南头关已完成了它的历史使命。许多打工者悲伤的故事已成了如烟往事，是那么的无足轻重。除了当事人，没有谁会记起在这关口曾经发生过一些什么。每次要去市内办事，经过南头关时，我都会想一些关于南头关的问题。我们为什么要进关？这个问题和鸡为什么要过马路一样难以回答。现在，我终于可以自由进关了，然而我却选择暂居关外，无事也不会进关。我对关内的生活不再抱有任何梦想，进关也不再是我的精神鸦片。这样说准确吗？无意之中，是否我又为自己设立了另一道关卡呢？我的身体跨过了这道关口，我的灵魂呢？我的灵魂依然徘徊在关外。就像我的身体进入了城市，而我的灵魂却无家可归，只有在城市和乡村之间游走、飘荡。

南头关的拆除是迟早的事。我倒有一个想法：南头关作为中国改革开放最有标志性的建筑，应该把它保留下来，将来在这里建一个“打工博物馆”，让它储存一代人的记忆，见证中国近三十年的历史。我把这个想法对一些打过工的朋友们说了，朋友们都很兴奋，很激动，也鼓励我为此而奔走。南头关对于我们这些打工者来说，承载了太多的屈辱与泪水，希望与失望。

这些年来，关于打工，关于底层，渐渐成为一个热门话题。有人说，底层民众是沉默的大多数，他们无法发出自己的声音，于是，形形色色的自告奋勇的底层代言人出现了，他们站在时代的风口浪尖为底层呼喊、代言。可是他们却没有去问过被代言的那沉默的大多数，我们是否需要这样的代言，这样的代言是代言了我们的心声，还是代言者自己的声音。不妨仔细思量一下代言这个词，代言人是一个商业味很浓的词，没有无缘无故的爱，没有无缘无故的恨，也没有无缘无故的代言，某某品牌的代言人，是要从被代言者那里获得利益的。那么，底层的代言人以什么方式获取他们的利益？这个问题，还是留给那些代言人来回答吧。另外有个词也让我心生疑惑，那就是底层。什么是底层？与底层相对应的是什么，上层？高层？还是……那么，在底层与上层或高层之间，是否也有着一道关？假设有这么一道关，将这两个层或是更多的层分成了不同的世界，就像我当初身处关外，对关内的想象一样，那种想象是不真实的，是一厢情愿的。底层对于上层或高层的生活也只能想象，上层或高层者对于底层的生活，更多也是出于想象。没有身处底层，如何真切体会到这种切肤之痛，这种痛后带给人的麻木？有“层”的存在，就有隔膜存在。每个层与层之间，隔着的正是一道道的南头关。有形的南头关并不难拆除，然而无形的南头关，在可以想见的将来，还将横亘在人们的心中。

2. 卡

从来没有想到，我的生活会与各种各样的卡发生如此紧密的关系：银行卡、会员卡、信用卡、贵宾卡……

也从来没有想过，代表了身份与财富的卡会以这样的方式进入我的生活：不是拥有，而是制造。

打工的很长一段时间，我在一家制卡厂上班。老板是武汉人，人倒是很和气，也承诺工厂做大做强了，会给我们每个员工以发展的空间。聪明的老板在我们这些天真的员工眼前挂上了一串胡萝卜，又在我们的后面加上了一根大棒。大棒的挥舞者是一位来自福建的厂长。老板和厂长，在我们这些打工者面前分别唱着红脸与白脸。然而唱红脸的老板没有告诉我们，我们从事的工作，是职业病的高发工作，只说工厂发展了，生产环境就会好起来的。唱白脸的厂长，在听我们说到车间里的味道难闻时，用一句南方流行的省骂加上一句“两条腿的蛤蟆不好找，两条腿的人过把抓”，把我们收拾得服服帖帖。

我是作为美工招进厂的，进厂后却因为会调配油墨的颜色而调去了丝印车间。作为一名丝印操作工，我的工作很简单，调出需要的颜色，在 PVC 片上印刷出各种图案。生产一张卡的工艺是很复杂的，印刷时一种颜色一道工序，印完一道再印下一道，有的卡要印上五六种颜色甚至更多，印好后交到压模车间上磁条、压膜、打凸字号码、烫金、写磁条。一张象征着财富与身份的卡，就这样诞生了。

丝网印刷的工艺就比较简单了，简单到可以不用任何的机械，一张桌子，一块丝网，一把刮刀，如此而已。我们的车间，其实就是一个手工作坊。丝印车间对工具的要求不高，但空气中却不能有灰尘，小小的灰尘沾在丝网或者 PVC 卡片上，都会造成废品，增加卡的成本。为了控制成本、减少废品，丝印车间的门窗被紧闭了起来，只有一台小小的排风扇缓缓地排着空气。稀释油墨、清洗丝网刷，没有一样少得了天那水，手上沾满了油墨，也只能拿天那水来洗，不管怎么小心，衣服上总会沾上油墨，而天那水成了洗衣用的清洁剂。印刷车间里弥漫着刺鼻的天那水气味。苯已深入了我的身体里，融入了血液中，成为我们身体的一部分。无论走到哪里，别人都能从我身体里弥漫出来的刺鼻气味判断出我的职业。甚至在离开工厂一年后，我的身体里还散发着天那水的味道。

每天的工作就是这样重复不变，周而复始。这是我离开农村之后学的第一门技术。在家里，老人总是告诉我们：“学好一技之长，走到哪里都不怕。”事实也正是如此。没想到少年时的画家梦之花，却结出了丝印工之果。

丝印技术伴随了我十年的打工生涯，十年中所有的选择，几乎都没有离开这个行当，总是和天那水、油墨打着交道：调色工、丝印工、晒版工，甚至当生产主管，也还是丝印车间的生产主管……直到有一天，我得知长期和这些含苯极高的化学品接触容易中毒时，才意识到这个职业的危险。强烈的逃离工厂的愿望，迫使我做出学习的努力。我希望能在丝印之外，寻找到另外能养家糊口的技能。这一愿望后来终于实现了，我的生活已不再和天那水有关。

2002年，我在一家打工刊物当记者，做过一期名为《倾听生命凋谢的声音——走近广东职业病患者》的专题。直到那时，我才知道重度苯中毒会直接引起严重再生障碍性贫血。现在写作这篇散文时，我找出了那一期的刊物，读着自己写下的那些文字，心情依然不能平静。那远离了的制卡厂的生活也渐渐清晰了起来。我在那篇专题中写道：

据悉，广东省接触职业类危害因素人数约1000万。1989年至2001年，全省共报告职业病4848例，其中新发尘肺病2486例，尘肺病死亡1160例；急慢性职业中毒1656例，死亡107例。职业病，这一吞噬劳动者生命的无形杀手，正一步步紧逼劳动者……

《人民日报》上有一篇时评《比苯更可怕的是……》，时评说："苯"是一种化工原料，对人体有害，但毕竟可以采取措施避免或减少它对人体的伤害。然而，比"苯"更可怕的是那些要钱不顾人命的个体不良老板和少数官僚的冷漠之心……

我庆幸我离开了苯的威胁。然而，现在我们的生活越来越离不开卡了，这就意味着，有越来越多的打工者，他们的身体处于这种威胁之中。各种各样的卡，方便着我们的生活，可是当你拿着贵宾卡在星级酒店消费的时候，当你拿着高尔夫球会的会员卡去那如茵的碧草上打着优雅的高尔夫时……有谁会想到，这一张张小小的卡片背后，会有着怎样的付出。没有人会想到这些。就像人们吃饭时，不会去想到农民种粮的辛苦，就像当你住进高楼的时候，不会想起那些修建高楼的建筑工人。没有人会想起。

有些卡是我们生产出来供人使用的。而另一些卡，却是工厂为我们设计准备的。相比我们生产的这些卡，后者对我的生活影响更大、更深远、更深入骨髓，也更冰冷无情。

比如在上下班时打卡。你的上班和下班的时间，被打卡机精确到了秒。打卡机的精确，把人变成了流水线上的一台机器，你无处可逃。我听说过有些厂里，让其他工人代为打一下卡，也是无可无不可的。但在我打过工的几家工厂，你最好还是打消这种想法。打卡时都有保安站在旁边盯着，卡一打完后就收了起来。

打卡对于现代化的企业管理来说，虽说显得冰冷了一些，不那么有人情味，但它为企业管理带来了许多的便利。比如说结算工资，特别是加班工资的结算，更加是一目了然。然而事情并非如此，以我在松岗打工的那家厂为例，我们在上下班自己打一张卡，而保安再代打另一张卡。在保安代劳的这张卡上，上下班时间，加班时间，将会控制在《劳动法》允许的范围。这张卡专门用来应付劳动部门的检查。相应的，工资卡也有两份，一份是真实的工资，一份是假的工资。

还有一种离位卡，对工厂生活陌生的人，可能无法想象工厂里还需要这样的卡。离位卡就是一张名片大小的卡片，正面有员工工号、车间、姓名，等等。背面有一张表，有离位时间，归位时间，拉长签名。每月月底，此卡同饭卡、考勤卡一起上缴到财务，结算工资时作为凭证。上班时间，员工离位，比如去上一下卫生间；必须佩戴离位卡，归位时离位卡交由拉长签字。员工每月离位次数是有明确限制的。这种限制因厂而异，有的工厂比较人性化，有的工厂则会比较苛刻。离位卡把每位员工上卫生间的次数也精确到了分钟。你必须学会合理的安排，分配每个月有限的上卫生间的次数和时间。就像你必须学会合理地使用每个月挣来的那一点工资一样。

上下班的时候，我们的胸口会挂着厂牌——又称为工卡。这是你在这间厂里务工的证明，也是你领取工资和去食堂打饭的证明。进入饭堂，拿卡在通道口的红外感应器上刷一下，你才能进入饭堂。拿工资更是少不了它。有的工厂，进入宿舍还会有另外的一张卡。在珠三角的工厂里，这些卡把打工人的生活卡死在一定的程序之内。进入了工厂，你叫什么名字并不重要，能证明你身份的已不再是你的名字，不再是你的那张脸，而是进厂时办理的这张卡。把卡丢掉了，就意味着把你自己丢掉。机器不会分辨你是谁，电脑只认写在磁卡上的信息。而人在冰冷的机器面前，也渐渐变得和机器一样冷漠了起来。有一位工友不小心把工卡和身份证弄丢了，结果，上班时厂门口的保安不让她进厂，保安认卡不认人。结果她因旷工被工厂炒了鱿鱼。我后来以她为原型写过一篇名叫《厂牌》的小说。在我的小说中，她因为失去了可以证明她是谁的卡片，陷入了极度恐慌与迷茫之中，她必须要一张卡片来证明她是谁，于是借了别人的身份证，她变成了另外一个人，后来她自己也不知道自己到底是谁了。

当人的情感与身体剥离，当工厂里需要的是一个个没有思想的人肉机器，当这些机器被一组工卡上的数字代表着，当我是谁要用一张卡来证明时，我们依然选择了习惯、麻木、沉默，我们也渐渐认可了这种生活，习惯了这种情感与身体的剥离。仿佛这一切都是正常的，我们很少有人去想过这种生活背后的不合理。然而依然是有痛的，只是这种痛被隐忍、被压抑。这样想来，我们真的是那沉默的大多数。

我从来没想过拥有我制出来的卡。我对卡有一种天生的麻木。在银行取钱时，我宁愿去银行排队，也不敢用卡去自动取款机取款。而事实上，卡却已走进了我的生活。写到这里时，我拿出了钱包，清点里面的卡，我的包里居然也有七张卡。

第二代身份证、广东省作协会员证、宝安图书馆借书证、三味书屋 VIP 贵宾卡、书生网作者卡、深圳购书中心会员卡、邮政储蓄卡。

我没想到我会有这样多的卡。清点的结果让我感到惶恐不安。空气中又开始弥漫着天那水的味道。

制卡厂的那段经验已很苍白，我的想象因此而失血，我已无法想象我手中的这些卡是在怎样的环境里生产出来的。我无法想象这每一张卡的背后，有着怎样不为人知的故事。

关与卡。我打工生涯中的两个结，像两个寓言与象征。如果说关是打工者内心深处的一道伤口，每一次揭开都会撕心裂肺，那么卡则是一块块弹片，深入我们的肉、我们的骨。天阴下雨的时候，它们就会在体内躁动不安，会隐隐作痛。而这种痛，将终其一生。

原载《天涯》2007 年第 6 期

在西线的列车上

梁晓声

2005 年 11 月，我应邀参加了一次在西部举办的民间文化活动，乘晚上 8 点以后开往西部的列车。

20 世纪 80 年代初，我曾是北京电影制片厂组稿组的一名编辑，陕西、甘肃、新疆都在我的组稿范围，所以在那两三年内，我每年都是要乘坐几次西线的列车的。那时在中国西部的农村，乘坐过火车的人还是很少的，成千上万西部农村人口向中国其他省份流动的现象还没出现。那时的中国，还是一个相对凝固的中国。西部的农民如果要到外省去“讨生活”，大抵靠的还是他们的双脚。尤其是那些西部的“麦客”。

当年一个三十岁左右的青年出现在列车的卧铺车厢里，是会引起一些好奇的目光的，因为当年并不是一切长途列车上都有软卧车厢，硬卧已是某种身份的证明。故当年的我，从没觉得从北京到西部是怎样难耐的旅程。恰恰相反，在好奇的目光的注视之下，常常会感到优越。自然，想到西部的“麦客”们，心里边也往往会颇觉不安，暗问自己凭什么？

两三年后我调到了编剧组，以后竟再没踏上过西线的列车，屈指算来，已然二十余年了。

整个车厢我起得最早，望着车窗外西部铁路沿线的风光从黑暗中渐显，我似乎觉得那是我乘过的最慢的一次列车；似乎觉得从北京到西部的距离比二十几年前远多了。我想真正的原因是我自己变了，我早已由当年那个坐硬卧很有优越感并且心生不安的青年，变成了一个不经常乘坐火车的人了。中国也变了，每一座城市都尽量将机场修建得更气派，更现代，因为它被看作一座城市面向国际敞开的窗口；而每一座城市的火车站，则空前的人群云集了，特殊的月份，往往满目皆是背井离乡的中国农民的身影。在大都市的机场候机厅里，一些人感受到的是一种关于中国的概念；而在某些时候，在某些城市包括大都市的火车站里，另一些人将感受到关于中国的另一些概念……

沿线西部的乡村，它们为什么一处处那么小？黄土抹墙的房舍，灰黑的鱼鳞瓦片，家门前没有栅栏的平地，房舍后为数不多的苹果树或柿树，坎坡上放着几只羊的老人，在一小块一小块地里干着农活的老妪和孩子……一切仍在诉说着西部的贫困，西部的农村更是老人和孩子的农村了。

十一月是萧瑟的季节。西部的景象裸露在萧瑟之中，如同干墨笔触勾勒在生宣纸上的绘画草图。偶见红的瓦和刷了白灰或贴了白瓷砖的墙，竟使我有眼前一亮的感觉。尽管白瓷砖贴在农家房舍的外墙体上是那么的不伦不类，然而一想到有西部的农家肯花那一份钱，还是不禁有些感动。西部农民希望过上好日子的那种世代不泯的追求，像杨白劳给喜儿买的、亲手扎在喜儿辫子上的红头绳——父女俩自是喜悦着。看到那情形的人，倘对人世间的贫富差距还保留着点儿质疑，则难免让人心生悲怆……

从西部返回时，我登上了一次特别的列车。因为中途要乘飞机到广州去，故我得在咸阳下车。

我持的是一张无座号的票，原以为注定要在列车上站五六个小时，却幸运得很，偏巧登上了一节空着几排座位的车厢。刚刚落座，列车已经开动。定睛扫视，发现自己置身于民工中间。手往小桌板上一放，觉得黏。细看，遍布油污，分明很久没被人擦过了。于是顾惜起衣袖来，往起抬胳膊时，衣袖和桌板，也已由于油污的缘故，难舍难分了。于是进而顾惜衣服和裤子，往起站时，衣服和裤子也不那么情愿与座椅分开了，那座椅也显然早该有人擦擦却很久没被人擦过了。我的布袋里有些纸，于是取出来用。我注意到有些目光在打量我，好生地不自在。一个人和某些跟自己不一样的人置身同一环境，他对那环境的敏感，是会令某些人大不以为然的。这一点，我这个写小说的人是心中有数的。我将一堆污黑的纸团用手绢兜着，走过车厢扔入垃圾桶，回来垂着目光又坐下了。原来这一节车厢的绝大部分座位也都有人坐着，只有我坐的那地方空着两三排座位。座位、桌板、窗子、地面、四壁、厕所、洗漱池……那列车的一切都肮脏极了。

我将手绢铺在桌板上，取出一册杂志来看。偶一抬头，见一个站在过道里的中等身材的青年在打量着我。他脸颊瘦削，十一月份了穿得还那么少——一件T恤衫，外加一件摊上买的迷彩服而已。T恤衫的领子和迷彩服的领子，都已被汗渍镶上了黑边。我并没太在意他对我的打量，垂下目光接着看手中的杂志。倏忽我抬起头来，冲那年轻的民工微微一笑，因为我觉得他的目光并不多么冷。我想，我对一个看我时目光并不多么冷的人，理应做出友好的反应，尤其在这一节车厢里。

我笑笑，那年轻的民工也微微一笑。果然，他的眼睛深处，非但不怎么冷，竟还有几分柔情。倘他好好洗个澡，再穿上我的这身衣服，再将他蓬乱的头发剪剪、吹吹，那么，我敢肯定他是一个帅小伙子。尽管我的这身衣服实在是一身普通得很的衣服。

他说："你坐过来吧。"

我回头看，身后无人，断定了他是在跟我说话。犹豫。

"你还是坐过来吧！列车从新疆开入甘肃的时候，有人喝醉了酒，把那几排座位吐得……”

他始终微微地笑着，目光也始终望着我。

我早已嗅到了一股难闻的气味儿，只是不清楚发自于何处罢了。他既给了我个明白，我当然不愿继续在那儿坐下去了。我起身向他走过去。

我本打算像他一样站在过道里，但是他请我坐在他的座位上。他说他一路从新疆坐过来，腿都坐肿了，宁肯多站会儿。

那儿的人们都在打扑克，没谁注意我们。

他又说：“我知道你是谁。我上初中的时候作文挺好的，经常受到老师的称赞。那时候我以为我将来也能……”

我请求地小声说：“那就当你不知道我是谁，好吗？”

他点了点头，又问：“你看的是什么杂志？”

我说：“《读者》。”

我看《读者》历来被不少知识分子耻笑，他们认为真正的知识分子是不该看《读者》这么“低”层次的刊物的；但我以我的眼，在中国知识分子们认为是“高”层次的刊物上，越来越看不到对另一半中国的感受了。那另一半，才是中国的大半！并且，每每因而联想到杜甫《茅屋为秋风所破歌》中的诗句——“茅飞渡江洒江郊，高者挂罥长林梢，下者飘转沉塘坳。”挂罥长林梢，虽高，不也还是茅吗？我倒宁愿入塘坳，毕竟和泥和水在一起，可以早点儿沤烂，做大地的肥料。

年轻的民工听了我的话，点了点头。

于是我们一个坐着，一个站着，聊了起来……

他说这一车次，是“民工车”，也可以说是西部农民工们乘的“专列”，票价极便宜，在高峰运载季节，有时超载百分之一百多。因为它实际上已经等于是民工专列了，不是民工的人们，是不太愿意乘坐这一车次的……

忽然一阵煤灰飘飞过来，我赶紧闭上眼睛低下头去，抬起头时，身上落了一层。年轻的民工身上也落了一层黑白混杂的煤灰，他却懒得抚一下，笑笑说，车上烧水的不是电炉，仍是大煤炉，显然又有乘务员在捅火了……

他说，他心情很不好——他本在新疆打工来着，同村的人给他传了个信儿，有一个省的煤矿急需采煤工，于是他匆匆前往，去晚了怕没有缺额了。他说一个多小时以前，他透过车厢望见了他的家园——西线铁路旁的一个小小的自然村……

他说，他的父亲几年前死于矿难，几年前死一个采煤的农民工，矿主才补偿给一万多元钱。他说他没下车回家去看一看，也是因为怕见了母亲不知该怎么说。他说家里只有母亲、妹妹和爷爷，爷爷已经老得快干不动地里的活儿了，而妹妹患有精神病……

我，竟寻找不到一句适当的话对这个年轻的农民工说，连一句安慰他的话也寻找不到……

“现在，死一个矿工，真的补偿给 20 万吗？农民采煤工和正式的矿工，都能一律平等地补偿给 20 万吗？……”

我从他的话中，听出了他对平等的极强烈的要求，以及对 20 万的极强烈的渴望。

“这……我不是太清楚……也许……是的吧……可是现在，矿难发生的次数太频繁了，你最好还是不要去……非去……没有比当采煤工挣钱更多的活儿了吗？……”

我语无伦次。

“还用问吗？对我们，那是肯定没有的喽！”

不知何时，玩扑克的都不玩了，都在注意听我和那年轻的农民工的谈话了。

“我记得有一份报上登过赔偿的数额……”

“一个农民采煤工的命是赔偿 20 万的，这肯定没错！”

“你怎么能那么肯定？是法律条文了吗？什么时候公布过了？”

“不会 20 万那么高吧？现如今汽车撞死一个农民，法院一般不是才判赔偿几万吗？”

“那是车祸，和采煤不同的。目前正是国家发展需要煤的时候，所以咱们的命也就比以往值钱多了……”

“会不会一个省一个价呢？”

年轻的农民工说，他和他们是一起的，都是要去同一个省的矿区，有的是打工时认识的工友，有的是在这一次列车上认识的。他毫不客气地将别人拽了起来，自己坐在腾出的座位上了。接着又说：“但愿我们去的地方，一条命也值 20 万元……”

被他拽起来的民工说：“有人倒下去，那就得有人补上去，好比冲锋陷阵，得有下定决心、不怕牺牲的精神！”

那样子，那语气，很光荣，还有点悲壮。

我听着，心里不禁又联想到了两句诗——“风萧萧兮易水寒，壮士一去兮不复还！”

我问：“你们要去的是哪个省？”

他们相互望着，交换着耐人寻味的眼色，都不说话了。我看得出，他们不愿让我知道，仿佛那是一个他们共同的福音，也是一个需要他们共同保守的大秘密，一旦被旁人得知，大好的机会就会遭到破坏。

车到咸阳，小伙子一言不发起身跟随我下了车。在站台上，他才期期艾艾地问我，能不能将那一期《读者》留给他。我连说可以，就将《读者》给他了。当我快走到检票口时，忍不住回头一望，见他那单薄的身影还站在站台上，正低头看着我给他的《读者》……

半小时后，我已坐在咸阳机场高悬的巨大穹顶之下了。在机场宏伟的空间里，每一个人都显得那么矮小。我饿了，去自助餐厅吃饭，每位 60 元，相当于我刚刚坐过的那次列车的全程票价的 1/3，那是全国最便宜的长途列车的票价。那列车大约也是这世界上最老旧最肮脏的列车，还是这世界上唯一叫作“民工车”的列车……

我饿，但我什么也吃不下去。

我呆坐在一排落地窗前，想着我离开不久的西线铁路，它离咸阳机场的垂直距离会是多少？ 32元的出租车费，会是多少公里呢？

我对我们国家被撕裂的现状，获得了又一次深刻而鲜明的体验。

我觉得我自己仿佛也在被缓缓撕裂着——从产生情怀的地方，到进行思想的地方。

我欲哭无泪。

原载《读者》2006年第2期

父亲的荣与辱

梁晓声

一

我的父亲是新中国第一代建筑工人。

我上小学前见到他的时候是不多的——他大部分日子不是家里的一口人，而是东北三省各建筑工地上的一名工人。东三省是新中国之重工业基地，建筑工人是“先遣军”。

那时的我便渐渐习惯了有父亲却不常见到父亲的童年。

我上小学二年级那一年，父亲所在的建筑工程公司支援大三线建设去了，父亲报名随往。去与不去是自愿的，父亲愿去。作为新中国第一代建筑工人，他觉得能在国家需要时积极响应号召，是无上之光荣。

父亲远赴外省之前，母亲与他几次发生口角——因为水泥。

当年的哈尔滨，除了道里、道外、南岗三处市中心区，大多数居民社区其实没有什么明显的城市特征可言，多是一片片的泥草房，即黄泥脱坯所建，以稻草为顶的一类房子。长江以北的中国农村，家家户户住的基本是那类房屋。而住在哈尔滨市那类房屋内的，大抵是1949年以前“闯关东”的农民——我的父亲也是。他们没钱在市中心买砖房，城市也没能力解决他们的住房问题。他们只能自己动手解决，并且，也是买不起水泥和砖瓦的。所以，只得在经允许的地段自盖那类泥草房，形成了一片片当年的城中村。

那类房屋，每年都须用黄泥抹一层外墙。因为经过一年的风吹雨打，起先的一层黄泥处处剥落，土坯墙体暴露出裂缝，如不再补一层泥，冬季必然挨冻。俗话说，“针尖大的缝隙斗大的风”啊。

为使黄泥不易剥落，人们想出了多种多样的和泥之法。普遍的经验，是将草绳头，破袋子、草帘子拆开，剪为等长的干草截搅入泥里——那个年代，除了市中心，农村进城的马车几乎随时随地可见，城里人只要留意，草绳、破草袋子、草帘子也几乎处处可以捡到。甚至，这一户城里人家可以向那一户城里人家借到铡刀。足见，某些所谓城里人家“城市化”的历史有多么短。他们转变身份之前，即将某些农具带入城里了，预见必会有用，也将完整的农村生活习惯带入了城里，如养鸡鸭，养猪。少数人家，虽已入城市户籍，却无工作，靠围一块地方养奶牛卖牛奶为生。像在农村时那样，以土坯盖房屋，以泥草维修房屋，对于他们是轻车熟路之事。对于我的父亲也是。

然而成为城里人后，毕竟会学到新的经验以使干后的墙泥结实——将炉灰拌入泥中，便是很城市化的法子。但一户人家烧一冬季的煤，其实煤灰多不到哪儿去，即使挺多也没处堆放，用时还需筛细，挺麻烦。所以，此法往往只在和泥抹内墙、炕面、窗台或锅台时才用。在当年，筛细的炉灰对于寻常百姓人家便如同水泥了。

记得有一年，一座炼铁厂搬迁了，引得许多人家的老人女人和孩子纷纷出动，带着破盆、破筐，推着小车争先恐后地前往。

去干什么呢？

原来铁厂的某处地方，遗留下了厚厚一层铁锈——聪明的人不约而同地想到，将铁锈和到泥里，干后的泥面一定不容易裂，大约也比较能经得住水湿。事实果然如此，并且泥面呈褐色，也算美观。

我家住的虽然是当年的俄国难民遗留的小房屋，已有三十几年历史了，地基下沉，门窗歪斜，早已失去了原貌，比刚住几年的草坯房差多了。父亲早已开始用黄泥维修了。

某年父亲和泥抹房子时，母亲又一边帮他一边唠叨不休："说过几次了，让你从工地上带回来点水泥，怎么就那么难？"

父亲那时每每板起脸训母亲："再说多少次也白说！从工地上带回来点儿？说得好听，那不等于偷吗？水泥是建筑行业的宝贵物资，而我是谁？……"

母亲也每每顶他："说来听听，你是谁？你不就是十七岁闯关东过来的山东农民的儿子梁秉奎吗？"

父亲则又不高兴又蛮自豪地说："不错，那是从前的我，现在的我是中国第一代建筑工人，中国领导阶级的一员！休想要我往家里带公家的东西，你那是怂恿我犯错误，有你这么当老婆的吗？"

"抹抹窗台、锅台、炕沿，那才能用多少水泥？怎么话一到你嘴里，听起来就是歪理了呢？"——母亲光火了。

"我把咱家的窗台、锅台、炕沿用水泥抹得光溜溜的了，别人一眼不就看出来了吗？你当别人都是傻子？如果谁一封信揭发到我们单位去，班长我还当得成吗？"——父亲也光火了。

"那就不当！不当又怎么了？我问你，那么个小破班长，不当又怎么了？"

母亲则将铁锹往泥堆上一插，赌气不帮他了。

为了修房屋时能否有点儿水泥，父母之间不止发生过一次口角。

当年我的立场是站在母亲一边的。我讨厌窗台、锅台、炕沿经常掉泥片儿的情形。依我想来，就是一次带回家一饭盒水泥，几次带回家的水泥，也够将我们的小家很主要的地方抹得美观一点儿了。当年我也挺轻蔑父亲将自己是一名建筑工地上的工人班长太当回事儿的心理。在这点上，我的一辈子与父亲的一辈子完全不同。父亲当他的班长一直当到“文化大革命”开始那一年，以后不再是班长了，似乎是他心口永远的“痛”。而我这一辈子，从没在乎过当什么。不管当过什么，随时都可以平静对被“免去”的结果——只要还允许我写作。而今，连是否“允许”我继续写作都不在乎了。快七十岁的人了，爬格子爬了大半辈子了，一旦不“允许”了，不写就是了。

父亲去往大西南的前一天晚上，母亲又与他闹得很不愉快，还是因为水泥。

母亲一边替他收拾东西一边嘟哝：“说走就走，一走还去往那么老远的省份，把这么个破家丢给我和孩子，叫我们往后怎么办？你看这炕沿、窗台，还有外屋那……”

父亲打断道：“还有外屋那锅台是不是？你就别叨叨了，饶了我行不行？我还是那句话，占公家便宜的事我肯定不干，因为我是领导阶级一员，领导阶级得有领导阶级的样子！”

父母之间的不快，使父亲与我们临别前那一个晚上的家庭气氛沉闷又别扭。

我上初一那一年夏季，父亲自四川归来。他这一次探家历时六日，先要从大山里搭上顺路卡车到乐山，再从乐山乘长途公交至成都，而后乘列车至北京，从北京至哈尔滨。当年直达车每日一次，没赶上的话，只得等到第二天。如果还没买到票，还得再等一日。直达的票极难买到，父亲便索性一段段向北方转乘。因为根本无法确定到哈时间，父亲就没拍电报要家人去接他。

他是很突然地进入家门的，在晚饭后那会儿。当时家中有位邻居大婶与母亲唠嗑，不唯那大婶，母亲和我们几个儿女也讶然不已。他带回了太多东西，肩挎一截粗竹筒，一手拎一只大旅行袋，还背着一只不小的竹编背篓，很沉。我和哥哥帮他放下背篓，见他的蓝工作服背一片白，像是被面粉搞的。

母亲用扫炕笤帚替他扫时，邻居大婶惊诧地说：“哎呀妈呀，你家梁大哥太顾家了，还从四川那么远的地方往家里带东西啊！四川不是出水稻不出麦子的省份吗？”

父亲无言地笑笑，没解释什么。

等邻居大婶走了，父亲才说，背篓里那两个布袋子装的不是面，而是白灰和水泥。

母亲心疼地说：“你中魔了？那是非往家带不可的东西吗？”

父亲说：“是啊，我要了你的心愿，用水泥把咱家窗台、锅台抹得光光溜溜的，再把咱家屋刷得白白的，也让你见识见识中国第一代建筑工人干活的质量标准！”

母亲愣愣地看了父亲片刻，一转身，双手捂面无声而泣。

我们的家在父亲连续几天的劳累之下旧貌换新颜了。粗竹筒里装的是十来份奖状，都是晚报展开那么大幅的。花钱仔细得要命的父亲，居然舍得花钱买了十来个相框。当十来份奖状镶入框中，分两排挂在迎门墙上后，简直可以说很壮观，使我们的家蓬荜生辉了。

片警小龚叔叔来家里看父亲，而父亲去工友家尽自己的探家义务去了。小龚叔叔扫视两排奖状，正了正警帽，庄重地敬了个礼说：“向支援大三线建设的建筑工人致敬！”

母亲将小龚叔叔的敬意告诉了父亲后，父亲红着脸笑了，笑得满脸灿烂辉煌……

二

1978年，我回哈尔滨探家时，父亲已六十二岁了，退休不久。因为家中生活困难，单位照顾他，特批他晚退休两年。退休与没退休，每月差二十元左右呢。在1978年，二十元对任何一户普通城市人家都是一笔关乎生活水平的钱数。

自1966年“文化大革命”发生后，父亲两年没再探过家。1968年我下乡了，从此与父亲南北分离，天各一方。算来，十余年没见过父亲了。

我又见到了父亲，他已是完全秃顶，蓄着半尺长白须的老头儿了。

那年我二十九岁，不太觉得自己与十年前有什么区别，但父亲的变化着实令我暗自神伤，感慨多多。父亲不仅是一个老头儿了，而且，分明还是一个自卑的老头儿了。似乎，不知从何时起，他那种“新中国第一代建筑工人”“领导阶级”之一员的光荣感、自豪感，被某种外力摧毁了，彻底瓦解了。为了使他开朗一点，起码不那么像个哑巴似的，我经常主动找些话题与他聊，然而他总是三言两语地应付我，一次也没聊成。

一日，家里收到一封挂号信，是父亲单位从四川寄来的——一份“政治问题”审查结论书，写的是关于父亲系“日本特务”之嫌疑罪名，实属诬陷，彻底平反。而关于父亲在“文化大革命”中的错误言行，经复查——属实，维持原处分。

我大愕。

问父亲：“日本特务”之嫌是怎么回事？

父亲说，那是因为自己当时说几句日本话跟工友开玩笑惹出的祸。自己是从“伪满时期”过来的人，会说几句日语也没什么值得大惊小怪的啊。

又问：“文化大革命”中的错误言行是怎么回事？

父亲说，“停产闹革命”时，他想不通，确实说过一些话，如——“普通的工人阶级文化程度都很低，‘文化大革命’跟咱们没多大关系。”“工人都不做工了，农民都不种地了，这么闹下去，天下大乱还只是乱了敌人吗？”

再问：“后来号召‘抓革命，促生产’了，那时怎么没为你平反呢？”

父亲吞吞吐吐地承认，自己当年还先动手打了批斗他的人，一拳将对方打得口鼻出血，这当然激怒了对方，围殴他。他也被激怒了，抡起了铁锹，差点儿劈死了一个人……

这太符合父亲的性格了。不问我也想象得到，父亲肯定因而大吃苦头。

我说："爸，你别管了。你的事，我管定了。"

我当即复信，在信中写了几多"你们他妈的""混蛋王八蛋"之类，总之是骂了个淋漓痛快。信末，限对方在我要求的时间内给我以答复，否则我将亲往四川，找他们当面算账。

如今想来，我还是认为，那是我生平写过的最好的信之一。

当年，那也太符合我的性格了！

为了等到回信，我推迟了回北京的日子。在我要求的时间内，家里收到了回信。是一封措辞极为客气、恳切、委婉，承认他们思想认识有局限性的信——结论嘛，自然是按我要求的那样，一概平反，赔礼道歉。

我将那封信读给父亲听时，他一动不动地仰躺床上，眼角不停地流下老泪来。

自那以后，父亲"幽闭"般的沉默寡言终于不再，颇愿与我这唯一上过大学的儿子交谈了。有时，甚而是主动的。

于是，我也就了解了他的某些屈辱经历——不是新中国成立以前的，而是新中国成立以后的；并且，如果我不讲，弟弟妹妹们是不知道的，连母亲也知之不详。

毕竟他是新中国第一代建筑工人，一名获得过许多奖状的优秀建筑工人，故有人暗中保护过他。他被派遣到一座山上独自看仓库，以示惩罚。一年见不到几次人，连猫狗也不许养。倘允许，父亲当年是宁愿与一只小猫或小狗分吃自己那一份口粮的，但绝不允许。父亲也从没有过"半导体"。即或有，在大山里也收听不到什么广播，而且那是更不允许的。也没有任何读物。非说有，便是家信了。家信辗转到他手中，比以往晚一两个月的时间——得由上山拉建材的人带给他，还得那人愿意。

那些年里，父亲自制织针，偷偷下过几次山，向村里的妇女们请教，以极大的耐心学会了织衣物。他寄给我们的线背心、手套、袜子、围巾，便是那几年里的成果。他收集建筑工人们丢弃的破劳保手套，洗净，拆开，于是便有了线。父亲的织技发挥到最高水平，也只不过能织成一件背心。

“文化大革命”结束后，他仍留在山上，反而不愿下山了。到了退休年龄，他还独自留在山上。那时他已有伴了——只被他发现，由小养到大的狍子。

六十二岁他不得不离开那座山之前，将狍子带往深山放跑了。他说，如果自己不那么做，狍子肯定会被上山的工人们弄死吃掉的。

他还说，即使在看仓库的那些年，他也完全对得起国家发给自己的六十二元工资。因为他不只看仓库来着，还在山坡开出了几大片地，用自己的钱到村里去买菜籽种菜。每隔几个月，山下的工地食堂便会派人派车上山拉走，多时一次能拉走两卡车。

“我好后悔。起初我是瓦工，瓦工最高是七级。我到四川之前就是四级瓦工了，可是偏让我当水泥工班长。水泥工最高才六级。退休前终于给我涨了一次工资，也不过是五级水泥工。同级的水泥工与瓦工相比，每级少几元钱呢。熬到五级，少十几元钱呢！……”

这是我从父亲口中听到的唯一的抱怨话。

他一向说：“他们对不起我。”

从不说：“国家对不起我。”

他是新中国第一代建筑工人，工龄三十余年，退休后的工资是四十六元，我记不太清了，总之是四十几元而已。

父亲的身体一向很好，偶尔生病也就是吃几片药“扛过去”罢了。即使患了癌症，也没住过一天院。何况一检查出来便是晚期，住院也是白住。

我服从他的意愿，使他得以“走”在家中。在一个中午，我与他并躺床上，握他一只手，他就那么静静地走了。

三十余年间，他享受公费医疗待遇的钱，加起来不超过三百元。

我曾问他：“爸，你是工人的年代，工人是我们国家的领导阶级，你觉得你真的领导过什么人吗？”

他沉默良久，才以低缓的语气回答："我明白你的话是什么意思。但凡是一个国家，哪一个国家没有几种说法呢？有些事是不必较真的，太较真没意思。"

片刻，又说："我作为新中国第一代建筑工人，对得起发给我的每一份奖状，这就行了，是不是？"

我反而不知再说什么好了。

我觉得父亲也算是幸运的，退休早，避过了后来千千万万工人的"下岗"。

而如今退休工人们普遍一千七八百、两千多元退休金的待遇，父亲却没赶上。这对于他，又不能不说是终生憾事。

如今的退休工人们，比如我的弟弟妹妹们，时常抱怨"那点儿"退休金太少，根本不够较宽松地来花，但比起父亲当年的四十几元退休金，委实是他做梦都不敢想的啊！

联想到新中国第一代、第二代、第三代工人们，不禁生出疼惜不已的敬意……

原载《北京文学》2015年第10期

一个人的工厂（节选）

唐朝晖

1

青色的工作服落满了石灰，挥舞着沾满了石灰的披肩帽重重地往身上打，一下一下，灰尘一次次飘起又散落。几分钟后走开，站的地方落满了一圈的石灰。把手闷、披肩帽挂在休息室的墙上，到其他工地走一走。

我们上班的时间是八个小时，工作的时间只有两个多小时，但，其余的时间是不能够离开工厂的。实际上，到其他工地走也是不允许的，被称为“串岗”。

我喜欢这些高大的厂房。

二分厂是一个冶炼分厂，七台电炉在电量充足的二三季度是全部启动的。现在是初春，只有三台电炉在工作。厂房有八层楼高，大部分是开阔的，一望到顶。许多钢铁搭的架子，左一根往里倾，右几根往厂房的顶上走，从这个角度伸出一根三角形钢铁，与垂落下来的钢条错落成无数个多边形。有时候几根钢铁同时搭到右边的电炉上，四五十米长。交叉搭配是简单错落的，似乎没有规则，几十根上百根钢条在四千多平米的厂房上空交叉、流动，凝固成线条。三角形的侧面、四方形的异变，流动的线条表达着钢铁的硬质。它们时而上，时而斜插过来，在这巨大的生产铁的空间里，硬在这里柔软下来。它们交叉流动、凝固成线。

我喜欢这些线条，仰望它们，几台天车在这些钢线条中穿行，切割着重新组合着线条的图案。

“注意，你的头在手上。”

一个女子粗犷地大声说话。随后，我听到了一大串天车的铃声。叫声和铃声是与我同时进厂的女工发出来的。

她挑衅地提醒我，别把安全帽拿在手上。我晃了晃黄色的安全帽，大叫：“小心你的钩子！”

她开的天车下面有一个巨大无比的铁钩子，重达百十几斤。只要碰上，无论有无安全帽，人必死。天车的钩子，像一个倒置的问号，轻而易举地钩上千把斤是没问题的。天车钩子被她按了一下开关，收了上去。轻悠悠的一个钢铁问号，向五号炉那边开去。

我低头走进三号炉的辖区，围着炉底转一圈。这个硕大的炉底，可能要十五个唐朝晖才能合抱。因高度问题，我不得不时刻提防着头上的钢条。它们没有了厂房左边那么巨大的空间，几米一根钢条被焊接成各种图案，通过拉、顶、交叉，撑住一些或大或小的物件。这些线条触手可摸。

置身于这些钢线条中，很多次地联想到当下一些艺术作品。

美国有位艺术家，他把一根根钢条竖靠在白色背景的展厅里。几十根钢条随意斜靠，白的墙，青灰色钢铁的硬，生发着艺术的氛围。艺术家穿着随意地走过来，把一根钢条推向另一根钢条，一个元素活了起来。随着惯性另一根钢条倒向另几根钢条，钢条落地，声音与工厂里的声音不同。

后来我又看到了湖南画家贺元龙的底层油画，他画的就是钢铁的线条。我看到了、听到了他的钢铁通过密集的色彩发出自己的声音。

2

几乎都是这个时候，下午一点二十分，原料坑的大棚是安静的。水泥和钢筋分割着地下的空间，形成百来个坑，长与宽保持在 7 米 ×7 米之间。坑的墙由水泥和钢筋构成。由于天车的不停敲打，水泥一块块地掉落，露出来的钢筋几经撞击后，也越发扭曲了。某个坑角，几根钢筋弯曲着突在水泥外面，钢性和它的硬度在它的弯曲中更加醒目。水泥的角是粗糙的，一般是被天车的铁爪给碰掉的。除此之外，是没有什么东西可以碰坏这些结实的坑墙的。几十个坑，大小均衡，多少给人一种气势。一大半的坑里堆满了青灰色的石灰石，每块大小控制在两三斤左右。每天几乎有近百吨的石灰石被运到这里，又被石灰窑给吞吃炼成石灰。每一块石灰石在这里待的时间并不长。

下午一点二十分，石灰石在坑里堆成一个个小山，它们与周围的钢筋、机器和工作场地形成了区别：石灰石上没有一点石灰，因为它们都是刚到。石灰石的青灰色鲜活地堆积着，一块块，是那种很有品位的色调。我一次次走出休息室，站在几千吨石灰石的小山上。它们与我的命运差不多，在等待另一种命运。在来此料坑之前，它们在矿山里，被大炮、钢凿、机器碾压，从各条流水线的皮带上被火车运来，被天车抓放在这里，它们在噪声之路上抵达这里。短暂的宁静，我们暂时不会打破，过两小时，它们将被送进烈火中，变成另一种事物。我也一样，在同时刻，将开动机器，成为机器中一个活动的奔跑的零件。

找一块平整的石灰石，坐下。石灰石一块块安静地待在坑里，左边是一条火车道，上面落满了石灰，两条钢轨被车轮磨得光光滑滑地发着亮，或混淆或隐藏在石灰中。许多脚印零乱地留在每条铁轨的两边，深深浅浅的脚印，叠加着。脚落下去，白粉扑上来。许多脚印沿着铁轨伸向料坑的那一边。料坑大棚由几十根一百来米高的水泥柱支撑着，顶棚层顶斜斜地镶着一块块巨大的水泥板。

时间已经是两点半，我只要转身，按下三个开关，这里的原料就马上会被剿杀一半。青灰色的石灰石也就变成石灰了。宁静多少是一种保持，而声音，是一种改变的信号。

3

一堵围墙围着工厂。围墙内，四条井字形马路包围划分着九个分厂，一个格子一个分厂，大小错落地散布。我们兴奋地成为一个格子里的六百粒棋子之一。心甘情愿成为一粒棋子，与王菲的《棋子》无关。我们是快乐的棋子，我们是游走的棋子。八小时之后，可以到其余格子里去任意走动。只要不去拧开关、捡拾东西，没有任何棋子可以吃食你。几乎所有的格子我都去过，感觉格子里的机器、电火花，围墙内的马路、树都是自己的。八小时后，通过井字形的任何一个方向的门，可以到各个生活区的体育场、俱乐部打球、借书、散步，这些也是我的。没有飘的情绪：这些东西都是固定的。没有虚设的感觉：这些设施和东西都可以去坐一坐，可以用手抚摸。没有孤独的滋味：有一些同甘共苦的工人兄弟，一起进厂、一起长大的朋友。井字形的路两旁，巨大的法国梧桐和白玉兰树，绿着、香着。每天从这里经过。白玉兰花开时，偶尔站在自行车上，摘一朵，带到石灰窑的休息室，送给某位女士，她会用心养起来。休息室里石灰的气味没了，白玉兰的香浓中有淡。

4

我从来就没想过会离开铁合金厂。想都没想过。最大限度就是从石灰窑出来，调到分厂做一名宣传干事，最大的愿望是去编辑《湖南铁合金厂报》。他们不会要我去的，这一点我最清楚。我只是偶尔靠幻想来激动自己的情绪，来一次次上演自己到了那里后，可以改观很多事情的幻觉。最后的结果只是改观了我的幻觉。

我始终留在石灰窑，从一名工人到班长，就这样，成为一名永远的石灰窑工人，被人称为“窑工”。我喜欢这种窑工的工作生活，原来就是为了养活自己的肉体，干什么都一样，只要让肉体健康地活着，就行。工作之余，百分百地投入其余任何事情中，与工作毫无关系。有些人工作完八小时之后，工作还如细菌一样感染着业余生活，那肯定让人难受。把工作想得简单点，并且，我的窑工工作，每天有三十分钟的体力活，让自己出身汗，对身体是有好处的。推小板车、铲石灰、搬石灰石、挪动钢铁是我的工作。站着干活，可以避免肩、颈、腰的劳损。在石灰窑里，工作越多，身体越好。工作的时候，我就是一个钉子、一个零件、一块石灰石。只要按部就班就行，只要随程序走，不要太多思虑。这比当老总好，比做记者好。

我没想过离开石灰窑，我喜欢在那两座高耸的石灰窑里工作。

5

它隐藏在任何一个地方，它的随意性很大。很多次，感觉到自己的手摸到了它诡异的笑容。偶尔，它会一声不吭地飘走。有时，轻轻地咬一口，一块肉就在皮肉还来不及疼痛的时候，死了，没有一点声息。那块血呈铁青色淤积在鲜活的肉体中，像玉里的瑕。更多的时候，它用随手拿起的物件切割我的皮肉，血红得发黑地流出来，那块掉下来的肉与我没有任何关系地掉在石灰堆里。这些，只是一种随时的玩笑，一招没有谱的剑术。

它与众不同。在我们农村，说它最怕钢铁和火。火燃起来，它就会逃遁；钢铁的坚硬，会让它逃之不及。而在工厂里，它却完全寄生于冷的钢铁，寄生于让铁成水的高温和冲天的红光中。昨天，它还随铁水一同扑在一个工人的安全帽上，安全帽全熔化了，脑袋的五分之一在半秒钟内熔解。今年上半年，一个人的手就来不及与身体一同逃走，被天车的铁轮与天车的铁轨合谋咬了一口。两米宽的车子经过，手先于身体一步从几十米高的房顶摔下来，它与那人的嘴巴一道大叫了一声。去年，它藏在一个巨大的变压器里，与电一起布阵，来来回回地在工厂四周闲逛，也许是它的衣袍太长，不小心在往回走的路上，衣带被风吹到了来时的路上。火花四起，它火龙般，从二百米外狂奔过来，像个烈妇用头直冲变压器，几千伏安的变压器在它的尖叫声中炸向四面八方。它第一次吓得呆在原处不敢动，就在那么几十秒钟里，火炉、石灰窑的机器一个接一个同时炸响，所有的声音在突然间全部消失。偌大的分厂突然间被它们一刀砍断了噪声的脖子，身首异处。恍惚之间，没有了巨大噪声的工厂我们不再熟悉，像突然身临于另一个地方，另一个世界。突然的静突然淹过来，它也担心自己的走动，会让我们听到。我，一个人看到了它。

在石灰窑，我三次看到它的影子：死神的可笑的模样。

6

我是班长。

我一个人去二楼工作，按动按钮，机器缓慢地一进一出，石灰窑底部有四个洞，里面各有一台机器一抽一送，把石灰拖拉下去。

三个工人在下面工作。

我围着石灰的底部，一个人转悠着。转一圈，就用粉笔在石灰窑的墙壁上写一行字。很多关于工厂的文章草稿就是这样完成的。

从楼梯口，我看到一个工人走了出去，离开了他自己的岗位。我又写了二十行文字。我看到那个没有戴安全帽的女工人也走了去。我又写了十行。我看到留下来的她像个醉汉。像个梦中人，慢悠悠地往地上躺，身体软绵绵的，骨头像石灰被水淋到了一样，一点点地稀释。

我冲下楼梯。煤气穿过我的口罩，恶心。

把她拖出工作场地，她还处在昏迷中。

第一个走出来的工人正从水池里爬出来。他说，本来是头昏，想用水冲冲，没想到失脚掉了进去。

那个没戴安全帽的女工人，也站在了我身边，她说自己是从澡堂里刚冲完水出来。

他们的共同点是目光呆滞，脸上没有了表情，以前奔放的热情，没有了，被一种莫名的气吞噬了。

昏过去的她，马上也醒了过来。

我陪他们三个人，坐在厂房外的草地上。几十分钟后，表情才在他们的身体里死灰复燃。一定有只手在一点点抽掉各种姿势和表情。等全部抽完，并抽走最后一口气时，他们也就与我永别了。

但，他们在水中恢复过来。

人，就是一株草，需要水。

7

八年时间，我们二十几个人没有一个人坐过那辆小车，最大限度也就是到车上面站几分钟。人终究是不相信机器的，担心哪几个小地方会出小差错，小车从近于垂直的几十米高的铁轨上掉下来，砸到一个坑里，人，不死才怪。

我现在想说的就是那个坑。为了给坑打扫卫生，我们又不得不胆战心惊地暂时相信机器，相信小车不会掉下来。在石灰窑，工人们说它的高度是九十一米，实际是九十四点五米，包括落到地面下的那两个坑。我痛恨而又最爱那两个坑。

按正常的工作程序，清扫坑是工作完成的最后一件事情。我们高兴地站在离坑几米外的地方，把铁锹准确地丢下坑，不会有任何失误。坑近于正方形，入口的长与宽是1.6米、1.5米。铁器与水泥、钢铁砸响的声音传达着我们男儿的豪爽气。如果哪个班上的年轻女人在坑下，我们就会笑话班上最年轻的“小男人”，说他不会怜香惜玉。

坑有三点五米高，铁轨一直伸到坑里。小车滑下来，接纳了坑上的石灰石和焦炭，再沿铁轨往上走，把这些原料运到九十一米高的窑顶。在小车接料时，总会有些原材料跳出小车外。清扫这些洒落于坑里的杂碎原料就是我们的工作之一。这需要手法和力气。

站在两点四平方米的小小坑里，使用的铁锹木柄比常用的短了一截，这样才能把铲里的东西抛过头顶，以有点垂直又能够让一粒粒小小的焦炭、石头呈圆状地斜落在地面上。这种技术是教不会的，必须去领会。领会必须经过实践，一次次把焦炭抛上去，又一次次落在自己的头顶。必须有这一经历，才能把东西抛上来。

我们都是熟练工人。一铲下去，满满的一铲小粒焦炭，往上抛两米，带点斜度落在地面，呈堆状，而不散。一铲接一铲。要不了三分钟，就把坑里的卫生打扫得干干净净。把铁锹抛出坑，自有女学徒或女同事来收拾。但意外的事情，一个星期总会发生一到三次，那就让我们在目瞪口呆之后，筋疲力尽。

事故一般发生在实习女生或我们打瞌睡时。

当小车接了原料往上走后，有一块石灰石或一粒焦炭卡在下料斗的门里。小车开走了，门没有关，下料斗的料就在一直下。这样不要两分钟，石灰石或焦炭就会全落在地底下的坑里。

一旦发现，全班七个人围着快被填满的坑发呆。

动手。

我第一个跳下去，其余无辜者轮流跳下去把石灰石或焦炭铲上来，有些女徒弟会在一边急得哭。我们说几句，也就很有气概地说一句：下次一定一定要注意。大伙干完，每个人都是一身汗与灰，一窝蜂冲进自己的澡堂洗澡。这些与文化部门的冷漠与不肯伸出指头来帮个忙是有天壤之别的。

8

我短时间地接触过哈萨克人。

他们住在天池。在那里的几天，有四个小孩子陪着我。

天一亮，我们就往山里走，出门就是山。我们就在山中。

他们喜欢唱歌，不停地唱，他们不太爱说话。

“我爷爷生前是县长，他很少说话的。”那很小的孩子牵着我的手说。

他爷爷我见过，气质纯朴得高贵，我与他坐在雪融成瀑布的山水边。他知道我来自湖南。我们坐了大半天，我看蓝的天、蓝的水，有种声音很静，显得很宽阔，我很激动地听见了蓝色。

他说：“我知道湖南，毛泽东就是湖南人。”

之后，又是宽阔的静的声音。

在石灰窑不是这样，完全不是。

“走。”

我第一个走出石灰窑的休息室，按动两台抽风机。巨型马达的电源在我手指的用力下，突然接通，声音尖叫着，像炸弹的那一声巨响。但它与炸弹完全不同的是，它把突然的尖叫始终保持了下来，瞬间成为永远。巨叫着，十分钟，声音完全浑浊，尖叫声被抹平，只有巨大的尖叫声。

另一组是有节奏的狂躁声。

八十米长的振动机之后是二十米的运输皮带，之后又有二十米的振动机。在五台马达的带动下，铁板与铁板碰擦，形成振动。上面的石灰在振动中向前流动，在振动中流动。

几百片钢板在分合合分之间碰擦，形成十万次的狂奏。

原材料从几十米的高度几百车次地倒下来，砸着窑里的石灰和铁壁。

声音没有任何理由地占领了时间和空间的所有，无所不在。声音从钢铁的冰冷中狂吠而出，平地而起，把几百平方米的石灰窑充塞着。

我们完全置身于一片声音的浪涛中，其余的所有与钢铁无关的声音被完全淹没。

我已经习惯。在这大声音之中，我的声音也能够发出，比以往要自由要自信百倍。

我可以大声地骂，取下口罩，向着几寸厚的灰墙，大声骂。骂一些简单的词，没有具体的人，没有具体的理由：猪 × × 的，啊！啊！啊啊啊啊！！大声叫，只有我听得见，我感觉到了轻松。

在我之外的任何声音被机器彻底地碾碎，也只有在这碾碎中，我才能体会到自己的声音。

几十种巨大的声音，把石灰窑涨满，又流到分厂厂区。还向外流。

我的号叫，与热舞吧里的号叫有点相同，我的号叫自己是听不见的。吞噬我号叫的是我对面的——钢铁，不是人。而在热舞吧，只有电子音响和另一些人的号叫。在石灰窑，号叫的只有我和钢铁。

我要身边的同事做一件事，只能通过手势，伏在耳边的叫喊也是徒劳。在石灰如激流的空间里，不会有人为一句话而取口罩。

所有关于人的交流的声音，在钢铁的碰撞中完全失效。

9

石灰窑。

我必须重复这三个字，我必须严谨地对待这三个字。我所有的发展和转折都在这里发生。

我人生的第一个师傅领着我走进石灰窑的休息室。房间是位于工厂偏东方的一间平房。房子不高，阳光难得照进来，大白天也点着亮晃晃的两百瓦的大灯泡。

三把长条椅摆满了三堵墙，上面横七竖八地躺满了老中青年工人。他们与我父亲一样，一身蓝卡布工作服，穿一双劳动布鞋。墙上、桌上都是安全帽。手套、口罩里面的人豪爽得像东北汉子，是以后难得碰上的豪爽性人种。

与我一起走进这间叫“石灰窑休息室”的还有两个人，他们比我还小一岁，他们两个人成为我进城的童年朋友。以后即使不联系，不说话，不写信，内心还有那份感觉的那种。

我成为一名正式工人。一名端铁饭碗、拿工资的工人。我的兴奋是平静的，是没有知觉的，我当时还处在一种懵懂的年龄。当时的我，正好处于自我将醒的时期。我平静空白地成为一名工人。我走在回到古庄的路上，可以看到许多羡慕的眼光和问候。我是古庄里的同龄人中第一个吃国家粮的工人，我这一生就不再愁吃愁穿。我从村人扑来的眼光里读出了这些。

实质上，石灰窑的工作内容是一望而知的，就在窑里烧石头。窑有两个，从第一层到最高一层有近十层楼房高，具体多少层，我忘了。我真该怀疑我的记忆力了，后来我当副班长时，我可知道每层多高、多厚，由多少块砖组成，而今却只能记个大概。窑有两座，里面是砖，外面是铁。我在窑里待了十年，我是从窑里出来的。

10

十五岁半我离开了常规学校，离开了老师、校园，突然落在社会的一个熔炉中，我所在的单位全名是“湖南铁合金厂”，主要就是靠冶炼为主。一块块矿石运进来，通过电火，把各种混合物的矿石冶炼成钢铁之母——铁合金。

我工作在底层，一名不能再普通的二线工人，把石灰石锻炼成铁合金的原料之一——石灰。上班时间平均每天八小时，工作时间只有两到三小时。其余时间最好坐在那里，我就有了许多剩余的时间。

在工作场的一个角落里，一间偌大的休息室，我舒适地躺着，鼓风机、振动机、上料机、天车、火车、汽车在门外工作着、运转着。但它们的声音搅和在一起，在休息室里形成一种轰鸣，也不那么刺耳、让人厌烦。我们在这里休息，巨大的噪声成为一种习惯。

白天，我们在这种轰鸣声中说话、聊天、打赌、吵闹。一切的计谋相比于官场，那简直是白痴的举动。我们开怀大笑。

工作完之后，打掉一身的灰尘，脱下汗渍衣服，换上休闲服，自我感觉成了“白领”。

我们有一种班，是晚上零点上班，第二天早上八点下班，中间有五个小时的休息时间。起初年少的五年，在这五年时间里，上这种班是没考虑睡觉的，看书写东西可以打发时间，很大一部分世界名著就是在轰鸣的夜晚读完的。有时读得我豁然开朗，有时也更加迷惑，但更多的时间是打牌和与女徒弟逛夜晚的工厂。

晚上的工作是有情调的，铁合金厂下辖十个分厂，连成一大片。周边几公里，一个晚上也走不完。我们走在工厂的小马路上，灯光是明亮的，或者说是惨白的，照着一行行玉兰树，花朵的芬芳在灰尘的味道中清晰无比。

晚上各个分厂的冶炼炉依旧运转，不时传来声声巨响，但这些声音在夜色中犹如一朵朵小玉兰花，只是更加增深了情调。冶炼炉巨大的电弧光，射向天空，巨大的光扇，一闪一闪。

真正的夜工厂，是一种有响动的有光的静。

11

石灰窑。

我又一次写下这三个字。

并不是说，是因为这两座石灰窑不在了，我才如此反复追忆，是因为它在我生命中承受着太多的分量。我必须用文字一次次来搬开它，消解它，我才能更好地走下去，也才能远距离地来看这段生活。

我到石灰窑工作的那年，十五岁，初中还未毕业，就成为湘乡最大一家企业的工人，成为四千多名中的一分子。无论是当时还是今天，我很高兴自己曾经有过那段日子。如果没有那段灰尘搅着汗水的日子，我这三十年时间将会是枯燥的。石灰窑的十年，时间如石灰，飞扬着，落下来，十年时间，铺垫了一层层白而又厚实的石灰。让我感到时间与生命一样厚重和沉稳。

当时的我，尤其是刚进石灰窑工作的前五年，我认为自己已经生活在天堂中。

痛快地劳动，与不识字的工人一起按动电钮，一起推三轮车，一起把石灰石配上焦炭，通过煅烧，再把石灰通过振动机振出来。一切全是半自动化，人不要去拖拉石灰。但必须有人在现场监看，必须做机器的另外三分之一的事情。我们的石灰窑，每天被白色的灰尘包裹着。我们的机器一开动，整个分厂就会看见一团白色的灰尘在加厚。

我在飘飞的石灰中，空闲下来，读数理化，读初中未读完的课本，读高中。一年以后写诗，写自己莫名其妙的冲动，一切在完全莫名其妙中进行。五年后，我有了想法，肮脏的污垢溅湿我的衣物，我的生活被完全打乱。我想象着另一种生活——写诗。我想离开石灰窑，做一个工厂的宣传干事或厂报的一名编辑。但那职位太神圣了，我知道自己做不到，今天也不行。

时间在我的幻想与努力中度过。我的许多诗和梦想都是在石灰窑产生的，感谢石灰窑。虽然它现在已经不再存在于工厂里，石灰窑因为成本太大而废弃，但那高大的庞然大物却真真实实地烙在了我的五脏六腑中。

12

与石灰窑里的石灰相处了十年，我走到哪里，远远地，都能从千百种气味中捕捉到石灰独特的味道。我喜欢这种气味：有点刺，有点辣。它的味道是直接的，没有柔软和杂质。

十年时间，我几乎每天都要在石灰的飘扬中走来走去。这些石灰是我一手弄出来的，在高温的煅烧中，硬冷的石灰石慢慢燃烧成红色。石头的燃烧，是重量的燃烧。重量在燃烧中消失。石头一层层冷却下来，保持着它原来的形状，但颜色已经由青变成了纯净的白，由重变成了轻。

石灰灰尘是时空的化身，我看到了飘扬的石灰灰尘，白茫茫的整个空间里全是。它也粘在了我的身上，但我却无法抓住灰尘的任何把柄。它飘起来，在我的视线之外，它悄无声息地落在地上。日积月累，灰尘在大地上一点点加厚，虽然我们每天清扫，但一到年底，飘落的石灰灰尘已经积淀下来，与土连成一体，用铁锹用力一点点铲出来，我看到了时间的重量。

13

我不缺乏任何东西，够生活的钱和时间这就够了。

当一名石灰窑的工人与电视台中的制片人有差别，后者只是让更多的钱、房子、汽车压制着自己，只是让荣誉、浮躁、名利的细菌蚀食着自己善良与平和的心，让这一切以整齐的方阵彻底地把自己的时间给摧毁。

我作为一名石灰窑工人，一切恰到好处：有空气、阳光和水。

14

我必须全副武装，安全帽、披风帽、口罩、厚厚的手套、蓝色工作衣裤和沉笨的皮鞋一件不能少。只露出眼睛。

石灰在振动机上流动，我们站在两旁。铁与铁在碰撞，近十台马达在发出轰鸣，石灰落在四条流水线上，灰尘完全占满了机器的房间。人也成为白色灰雾中的一台机器，只有手在不停把没有烧透的石灰石拣出来。两个人无论多近，是听不到对方声音的。我们就靠一个个怪异的手势来表达发散着人的情绪。每次工作完，我们就走到外面，互相拍打对方，灰尘飘起一个个人的形状。有那么三四年，我完全沉浸在劳动的快乐中，没有其他任何杂念，感受着汗水的痛快，还经常把盐霜浸染的工作衣自我欣赏一番。那种心满意足的超脱，恢复还原了劳动的内涵。劳动的光环清爽地虚脱了疲劳。我快乐在劳动中。金钱、光荣、幸福凝集着劳动的意义。

劳动是生活的一部分，我是第一次也是最后一次享受着劳动单纯的快乐。我回到休息室，身体放倒在由三根圆铁连着九条皮带组成的并不干净的长椅上。柔韧的斜弯中，还能闻到石灰的气味。

15

石灰窑有两台引风机、六台鼓风机、两台石灰窑、两个水泵，几乎都是双数。为什么？道理很简单，每个时候都有休息的，每个时候也有工作的，保证生产不停。机器如此，人也如此。我们石灰窑有四个班，每天三个班各上八小时，另一个班就休息，两天一换。

机器是工厂里的零件，我也一样，是工厂里的一个零件，一个活动的机械的零件。

石灰窑的工作，每天都是在重复着昨天的事情，这就是工业化时代。我的零件的角色是班长，我与其余机器零件的区别是分工不同。班长零件的用途是接班时看上个班的记录本—开鼓风机—休息一个小时—开振动机（工作半个小时）—停机器—开鼓风机—休息一个小时—开振动机（工作半个小时）—开鼓风机—休息—吃饭—开振动机（工作半个小时）—打扫卫生—下班。我作为零件每天几乎就这样重复着。我没想过要挣脱这零件的命运，到哪里都一样，都会成为一个零件，只是形状、形式、服务、工作不同而已。

在工业化初期的今天，我们，人，无法逃离一个零件的命运。人活着是为自己，许多人充分知道这一点。其实，我们没有做到，我们为别人活着。别人认为我生活舒适，我就生活舒适；别人认为我当了官，有钱有美女，我就有钱有美女。不是这样。今天，我在努力为自己活。当工厂里的一个零件，比在杂志社当编辑好，工厂里的零件只有八小时的时间被占，并且被占的只是表面。我可以在石灰窑读完一本又一本的书，想一些想入非非的事，在灰尘里写下一行又一行的诗，边工作边写。工厂里的零件，为自己活着。这是在简单中简单地活着，没人来争夺你的位置，没人来嫉妒你，没人关注你。想说话时，可以与老中青大哥大骂一通，大吵一架。一分钟后，又在一起说笑话。有一半的时间，我会爬上十层楼的石灰窑窑顶，站在上面，可以看到铁合金厂区的三分之二。钢铁、浓烟、火光、灰尘、噪声，不会伤害我的心。我是一枚健康的零件。

原载唐朝晖《一个人的工厂》，北京燕山出版社，2009 年 5 月第 1 版

荣获“第四届冰心散文奖”

铁·塑料厂

郑小琼

铁

我对铁的认识是从乡村医院开始的。乡村是脆弱的、柔软的，像泥土一样，铁常常以它的坚硬与冷冰切割着乡村，乡村便会疼痛。疾病像尖锐的铁插进了乡村脆弱的躯体，我不止一次目睹乡村在疾病中无声啜泣。每当我经过乡村医院门口时，那扇黝黑的铁门让我心里凉凉的，它沉闷而怪异，沉淀着一种悬浮物，像疾病中的躯体。有风的时候，你便会感觉一个脆弱的乡村在医院的铁门外哭泣。疾病像幽魂一样在乡村的路上、田野、庄稼地里行走，撞着一个人，那个人家里通亮的灯火便逐渐暗淡下去，他们挣扎、熄灭在铁一般的疾病中，如铁一样坚硬的疾病割断了他们的喉咙，他们的生活便沉入了一片无声的疼痛之中。我在乡村医院工作了半年后，无法忍受这种无可奈何的沉闷，便来到了南方。

在南方，进了一家五金厂，每天接触的是铁，铁机台、铁零件、铁钻头、铁架、铁制品。在这里，我看到一块块坚硬的铁在力的作用下变形扭曲，它们被切割，分叉，钻孔，卷边，磨刺头，变成了人们所需要的形状、大小、厚薄的制品。我在五金厂的第一个工种是车床，把一根根圆滑闪亮的铁截成一小段一小段的丝攻粗坯。一根大约十二米长的钢条放进自动车床，车床的钢铁夹头夹住钢条的左右、上下、前后，在数字程序控制下，车床进退移动，钢条被锋利的车刀切断，又被剥出一圈圈细而薄的铁屑。铁屑薄如纸样，闪烁着迷人的光泽，在冷却油的滴漏下，掉下去，丝丝连接着的铁屑断了，变成细碎的铁屑，沉入塑料盆里。

一直以来，我对钢铁的切割声十分敏感，那种“嗞、嗞”的声音让我充满恐惧，它来源我自小对钢铁的坚硬的信任。在氧电弧切割声里，看着闪着的火花和被切割的铁，我才知道强大的铁原来也这样脆弱。面对氧电弧的切割，我感觉那些钢铁的声音像从我的骨头里发出来，笨重的切割机似乎是在一点点一块块地切割着我的肉体、灵魂，那声音有着尖锐的疼痛，像四散的火花般刺人眼目。相当长的一段时间里，我顽固地认为那些嘈杂而凌乱的声音是铁在断裂时的反抗与呐喊。但是在五金厂，在那些凝重的冷却油的湿润下，铁是那样悄无声息地断裂了，分割了，被磨成了尖锥形，没有一点声音。十二米长的圆钢被截成了四五厘米长的丝攻坯，整齐地摆在盒子中。整个过程中，我再也听不到铁被切割、磨损时发出的尖锐的叫喊，看不到四处纷飞的火花。有一次，我的手指不小心让车刀碰了一下，半个指甲便在悄无声息中失去了。疼，只有尖锐的疼，沿着手指头上升，直刺入肉体、骨头。血，和着冷却油流下来。我被工友们送到了医院。在那个镇医院，我才发现，在这个小镇的医院里原来停着这么多伤病的人，大部分都像我一样，是来自外地的打工者，他们有的伤了半截手指，有的是整个的手，有的是腿和头部。他们绷着白色的纱布，纱布上浸着血迹。

我躺在充满消毒水味道的病床上。六人的病室里，我的左边是一个头部受伤的，在塑胶厂上班；右边一个是在模具厂上班，断了三根手指。他们的家人正围在病床前，一脸焦急。右边的那个呻吟着，看来很疼，他的左手三个指头全断了。医生走了过来，吊水，挂针，然后吩咐吃药，面无表情地做完这一切，又出去了。我看着被血浸红又变成淡黄色的纱布，突然想起我天天接触的铁，纱布上正是一片铁锈似的褐黄色。他的疼痛对于他的家庭来说，如此的尖锐而辛酸，像那些在电焊氧切割机下面的铁一样。那些疼痛剧烈、嘈杂，直入骨头与灵魂，他们将在这种疼痛的笼罩中生活。这个人来自河南信阳的农村，我不知道断了三根手指，回到河南乡下，他这一辈子将怎么生活？他还躺在床上呻吟着，他的呻吟让我想起了我四川老家乡村的修理铺里电焊氧切割的声音，那些粗糙的声音弥漫在宁静而开阔的乡村上空，像巫气一样浮荡在人们的头上。在这座镇医院，在这个工业时代的南方小镇，这样的伤又是何其的微不足道。我把头伸出窗外，窗外是宽阔的道路，拥挤的车辆行人，琳琅满目的广告牌，铁门紧闭的工厂，一片歌舞升平，没有人也不会有人会在意有一个甚至一群人的手指让机器吞噬掉。他们疼痛的呻吟没有谁听，也不会有谁去听，他们像我控制的那台自动车床夹住的铁一样，被强大的外力切割，分块，打磨，一切都在无声中。

伤口在我的手指上结痂，指甲盖再也没有原来那样光滑与明亮，与其他九个相比，虬起而斑驳，过程就像一次生硬的焊接。平静的时候，我看着这个在伤痛之上长出来的指甲盖，犹如深渊生长出来的一个异物，如此突兀地耸立在内心深处。我知道，它是那些尖锐的疼痛积聚起来的，在斑驳凹凸的纹路上，还停留着疼痛消失之后的余悸。疼痛在我的感觉上彻底消失了，但是那感觉潜伏在我内心的深处，不会消失，也不会逝去。在无人安慰的静夜，我目睹着我曾经受过伤的手指，慢慢思考着与它有关的细节，仿佛听到乡村那个修理铺师傅的电焊声在我的耳畔响起，“嗞——嗞——”那钢铁的断裂声逶迤而来。我听到的只是声音的一部分，更多的声音已经埋藏在肉体之中，埋藏在结痂的疼痛里，甚至更深处。在那里，已经消失了的，以思想的反光昭示着它们的存在，在我的手指与我的诗歌上凝聚，变得更加坚硬。

我是来南方后写下第一首诗歌的，准确地说，是在那次手指甲受伤的时候开始写诗。因为受伤，我无法工作，只有休息。而手指的伤势还不足以让我像邻床的病友一样在呻吟中度日。窝在医院里，我逐渐变得安静起来，手上裹着的纱布也在两天后习惯了。我开始思考，因为从来没有过这样节奏缓慢的日子，这样宽裕而无所事事的时间。我坐在床头不断假设着自己，如果我像邻床的那位病友一样断了数根手指以后会怎么样？下次我受伤的不仅仅是指甲盖我会怎么样？这种假设性的思考让我充满了恐惧，这种恐惧来源于我们根本不能把握住自己的命运，太多的偶然性会把我们曾经有过的想法与念头撕碎。我不断地追问自己，不断聆听着内心，然后把这一切在纸上叙述下来。在叙述中我的内心有一种微微的颤动，我体内原来有着的某种力量因为指甲受伤的疼痛在渐渐地苏醒过来。它们像一辆在我身体里停靠了很久的火车一样，在疼痛与思考筑成的轨道上开始奔跑了，它拖着它钢铁的身体，不断地移动。

我一直想让自己的诗歌充满着一种铁的味道，它是尖锐的，坚硬的。两年后，我从五金厂的机台调到五金厂的仓库，每天守着这些铁块、细圆钢、铁片、铁屑，各种形状的铁的加工品，周身四处都摆着堆着铁。在我的意识中，铁的气味是散漫的，坚硬的，有着重坠感。我感觉仓库的空气因为铁而增加了不少重量。两年的车间生活，我开过车床、牙床，做过钻孔工，我对铁渐渐有了另一种意识，铁也是柔软的、脆弱的，可以在上面打孔，画槽、刻字，弯曲、卷折——它像泥土一样柔软，它是孤独的、沉默的。我常常长时间注视着一块铁在炉火中的变化，把一大堆待处理的铁块放进热处理器里，那些原本光亮苍白的铁渐渐变红，原本冷彻的亮度变得透明而灼热。我这样注视着，那些灼热变成了红色，透明的红，像眼泪一样透明，看得人直流泪，那些泪滴落在灼热的铁上，很快消失了。直到现在我还顽固地认为，我的那滴眼泪不是高温的炉火蒸化的，而是滴入了灼热的铁中，成为铁的一部分。眼泪是世界上最为坚硬的物质，它有着一种柔软而无坚不摧的力量。炉火越来越红，那股烧灼的铁味越来越浓，铁像一根燃烧的柴，只剩下一道红色的发光体，它们像一朵朵花在炉火中盛开着。在我视野里，它渐渐消失了固体的形体，变成了液体的火，气态的光，有着空阔与虚无，这空阔与虚无吞噬了呈现在我面前的铁，它们不断地闪耀，又不断地穿越征服着另外一些尚未发光的铁。

但是在铁质的火焰中，我觉得我周围的工友们的表情总是那样模糊，一种说不出的力量将我们本来清晰的面孔扭曲了……我们的脸上，呈现的不过是一些碎片的光，只在短暂的时刻被它照亮，更多的剩下灰烬，苍老，迷茫，像堆在露天废物场的铁屑碎料一样，被扔下了。

生活让我渐渐地变得敏感而脆弱，我内心像一块被炉火烧得柔软的铁。而我周身的事物却在一瞬间，都长满了刺，这些刺不断地刺激着我那颗敏感而脆弱的心，让那颗心不停地疼痛。我看到了一个个的工友们，他们来了，走了，最后不知所踪，隐匿于人海之中。他们给我留下的只是一张张不同的表情，热情的，冷漠的，无奈的，愤怒的，焦急的，压抑的，麻木的，沉思的，轻松的，困惑的；这些表情来自湖南、湖北、四川、重庆、安徽、贵州，最后不知去了哪里。他们曾与我有过的交谈、碰面和记忆，这一切都像是铁在外力切割时留下的细碎的火花，很快便归于熄灭。曾经相遇时有过的那种淡而持续的感受渐渐远去，像远过的火车一样，无法再清晰地记起，只有一声声模糊如同汽笛一样的东西不断在脑海中重现。他们来了，走了，对于同样在奔波中的我来说，他们什么也没有带走，什么也没有留下，我的内心在这样一次次相识、相谈、相交中有过的眺望、波动和想象也像一块块即将生锈的铁一样，搁置在露天的旷野。时间正从窄窄的、弯弯曲曲的钟表声响中涌上来，像锈渍一样一点点、一片片地布满了这块铁，最后遮住、覆盖了这一切，剩下一片模糊的红褐色的铁锈，日渐变深，看不见了。

血在手指甲盖上结痂，像生锈的铁一样，一股血的气味在我的口腔里弥漫。我在乡村医院工作时，每天都接触病人、伤口和血，那时我从来没有把血与铁锈联系在一起。在五金厂，我不断地感受到铁锈一样的味道，潮热、微甜、咸。我坐在病床上，看着结痂的指甲盖，有如铁皮厂房那根外露的钢筋，让雨水侵蚀出一种斑痕。打工生活原本是一场酸雨，不断地侵袭着我们的肉体、灵魂、理想、梦幻，但是却侵蚀不了一颗液体的心，它有着比钢铁更为强大的力量。我从热处理器里取出那些灼热的铁放进冷却剂里面，一阵淬火的气味直冲过来，从鼻孔深入肺叶，顽固而矜持。我一直把淬火的铁看作受伤的铁，它淬裂的疼痛在冷却液中结痂，那股弥漫着的气味就是铁的血，黏稠而腥热。

我的一个朋友曾在诗句中写道，南方的打工生活本是一个巨大的熔炉。两年后，当我在写打工生活的时候，写得最多的还是铁。我渐渐没有了刚来南方时那种兴奋与眺望，但也没有别人那种失望与沮丧，我只剩下平静。我不断地试图用文字把对打工生活的真实感受写出来，它的尖锐总是那样的明亮，像烧灼着的铁一样，烧烤着肉体与灵魂。我知道打工生活的真实不仅仅只是像我这样在底处的农民工，同样还有一些在高处的管理层，但是我无法逃脱我置身的现实，这种具体语境确定了我的文字是单一向度的疼痛。

在这样巨大的炉火间，不断会有一种尖锐的疼痛从内心涌起、蠕动，它不断在肉体与灵魂间痉挛，像兽一样奔跑，与打工生活中种种不如意混合着，聚积着。疼痛是巨大的，让人难以摆脱，像一根横亘在喉间的铁。它开始占据着曾经让理想与崇高事物占据的位置，使我内心曾经眺望的那个远方渐渐留下空缺。我站在不知所措的沼泽边沿，光阴像机台上的铁屑一样坠落，剩下一片黑暗在内心深处摇晃。

我不知道在打工的炉火中，我是一块失败之铁还是有着铁的外貌却实际上成为硫一样的焦体。我看到自己青春将逝，活在不断从一个工业区到另一个工业区之间的奔波中，不知下一站在哪里。时间开始在我的额头开挖着一条条沟壑，它们现在一小段一小段，但是渐渐便会成为整齐的排列，不需多久，它们会在我的肉体开掘一条巨大的河道。日子在我的心中是发黑的陈旧的颜色，和远处工业区的厂房相似，灰暗，阴湿，带着忧伤的味道；它不断地讲述着站在楼角生锈的铁，失败的铁，微弱的声音在我内心中颤抖。

疼痛像一块十马力的铁冲撞着打工者的命运，受伤结痂的手指沉淀出一种巨大的能量，它不断让我重新思考自己的命运。一块铁在这个周遭喧嚣的南方工业都市里，它的嚎叫不再像在乡村的嚎叫那样触目惊心，它的叫声被世间的繁华吞没，剩下的是叹息，与钢铁一样平静。伤口不断瘀血肿胀，无声息的病痛不断折磨着我轻若白纸的思想。我试图在现实中学会宽容，对世俗从另外的角度观察与思考，我不止一次转换一个底层打工者的小人物视角，但无论如何，我都无法抹去内心那种固有的伤痛。我远离车间了，远离手指随时让机器吞掉的危险，危险的阴影却经常在睡梦中来临，我不止十次梦见我左手的食指让机器吞掉了。每当从梦中醒来，我便会打开窗户，看夜幕下的星空、树木，一层铁灰的颜色遍布在我的周围。铁终究是铁，它坚硬、锋利，有着夜晚一样的外壳，而我的肉体与灵魂原来是如此脆弱。是的，我无法在我的诗歌中宽容它带给我内心的压抑与恐慌。拇指盖的伤痕像一块铁扎根在我内心深处，它有着强大的穿透力，扩散、充满了我的血液与全身。它在嚎叫，让我在漫长的光阴里感受到一种内心的重力，让我负重前行。

塑料厂

一

塑料厂同样充满了灼热的原始气息，它的柔软构成了巨大的深渊，比起五金厂，表面上它没有钢铁那样的坚硬，但是它却比钢铁更为坚韧。在塑料厂上班，虽然没有在五金厂那样尖锐而强烈的劳动强度，塑料厂上班的时间普遍比钢铁厂更长，它是一种折磨人的绵长，弥漫在肉体深处，让人觉得厌倦。面对那些厚厚的塑料渐渐压成了坚硬的鞋底，塑料板，机器在上下起伏的过程中，钟表嘀嗒嘀嗒的声音在响动着，如果说工厂里上班那些钢铁的碰撞声在肉体里形成的是针一样扎进肉体的疼痛，那么在塑料厂上班呈现出更多就是像塑料一样的绵长的寂寞。寂寞颗粒凝结成了板块，像刚从注塑机里吐出来的塑料制品一样，晶莹透亮。

每天，我看见那些身体健壮的上料工扛着一袋袋六十斤重的聚苯乙烯，它们是颗粒状的，坚硬、光滑，有一次我不小心把半袋聚苯乙烯倒在铁地板上，踩上去就滑了跤。我对这种颗粒状的东西充满了好感，有时把手伸进装满颗粒的袋子里，让那些颗粒在我的皮肤上滑过，蠕动着，痒，一种像黄豆或者米粒滑过皮肤的痒从手指头弥漫开来，这种情节让我想起苏童小说《米》中的男主人公手指插进米中的情节。注塑车间四处散发着一股灼热，上料工背着六十斤重的聚苯乙烯在车间走动，笨重的体力活与车间巨大的闷热使得他们大汗淋漓，整个背部蓝色工衣湿成了一片。一个月后，蓝色工衣被汗液浸泡得褪色，像盐碱地一样白花花。他们的身体充满了一股劳动的味道，酸味，我认为这种酸味是劳动的滋味。我的意识中，劳动是累的，而累是酸的，酸累酸累是我母亲时常在地里干活时说的一句话。这种酸累从上料男工的躯体里扑了过来，在他们周身弥漫着。他们用拖车推着十几袋重六十斤的聚苯乙烯在车间铁板过道上走着，汗水从他们的额头、胸部、背部流出来，在白炽灯下闪着亮光。走在前面的是一个老员工，大约二十七八岁，他敞开着上衣，露出隆起的胸部肌肉，他在半弓着身子，拉着拖车，那紧绷的肌肉颗粒像灌满浆汁，充盈、结实，隆起的肌肉间滚着一颗颗汗粒。在后面推车的是一个年少的搬运工，昨天才来，他还不习惯这种繁重的劳动，他在搬的时候，身体稍稍地颤动了一下，向后退了半步，他的脸部肌肉都拉直，隔了数秒钟才站稳，他缓慢地爬上铁架梯，把聚苯乙烯倒入两米高的料斗里。

坚硬的颗粒放进密闭高温的料斗，被高温熔化，分解，流进模糟里，冷却，成型，从出料口流出了一个个的半成品，方形的盒身，黑色的，上面涂上了银白色的字——TDK……它灼热，发着亮光，淡蓝色的透明的光滑得像水晶一样，我戴着白色手套，在出口捡着它们，热，一股灼热从手套间传了来，我飞快地将它们摆在半成品架子上。

二

注塑车间弥漫着一股湿热的气息，机器不断地碰撞着，“咔嚓咔嚓”的声音在脑海中晃动着，机台制品的出口热气蒸腾，每个捡货工脸都是通红的。这种湿热让人疲惫、慵懒，一股烧烤胶料的气味在车间弥漫着，让人恶心、呕吐，人影在狭窄的过道上晃动，穿梭，它的节奏是紊乱的、嘈杂的，每个人的脸上都是苍白的，疲乏的，像秋天的叶子，萎缩着。她们的动作也是呆板的，机械的，面无表情出出进进。在这个只看见高大钢铁的注塑机垒砌的空间里，我感觉已经找不到足够的空地可以容纳一颗可以安静充满人类幻想的心，劳动已经把所有的想象与多余的念头挤去了。巨大的机器模具哐当哐当有节奏地轰响着，冷却时间是六十秒，每次哐当哐当的节奏也是六十秒，这台与另一台此起彼伏。在那些钢铁缝隙间，我看见一张张脸，冯金娥。刘淑芳。李燕。裴斐。我记下她们周围的事物。废料筐，被剪下来的披风胶片。四轮小车。黑色的抽手架。装盒身的灰色大盆。防止变形的海绵。隔尘塑料膜。黑色塑料的镶套桶。抽手（它们被我摆在货架上，还散发着热气）前面是巨大的机台。原料胶粒。闪亮的指示灯。绿色的开关。白色的开关灯。指示灯的架上挂着文件夹，分别是机台运作记录表，产品品质表，产品数量表，交接班情况记录。绿色机身。黄色的底座。磨得锃亮的铁板过道。白色的天花板。天花板上灰渍图案。白炽灯。白炽灯有几盏不亮。墙。底下一米二是绿色油漆的。上面是白色复合粉。有不少地方油漆脱落。斑驳。墙上圆珠笔画下的图案。图案画得很拙。上面有一行字很小“I love you”，留下了两个工号，P245。P562。底下被湿热腐蚀的斑痕。抽手啤机。盒身啤机。振雄牌。灰暗的铁窗户。被敲打出凹形的门。转过左边是升降机口。门口停着装满半制品的四轮小车。堆得很高。塑料架子。塑料盆。穿插着灰色工衣的仓库工。蓝色工衣的品质员和机修工。黑色衣服的啤工。白色工衣的装配工。红色工衣的车间管理员。向右是出口。一排铁架工衣箱。锁孔。里面是外衣。茶杯。手机。钥匙。皮鞋。向南边是开水房。热水器。里面是厕所。木窗口。我经常在那里看一会儿太阳，每次上厕所时，感受一天自然的光线照在身上。我在这个车间做过半年，拣抽手的啤工。在半年里。我拣过泰国TDK公司的光抽。半光抽。沙抽。横纹抽。半横纹抽。注塑车间在一楼。笨重的机器。模具。穿着油污工衣的啤工。半年后。我去了五楼，装配车间。车间管理员。红色工衣。指导员工装配。把外购零件与自制半成品组装起来。从一楼到五楼。从五楼到一楼。上去。下来。再上去。再下来。因为品质。数量。半成品生产速度。疲惫灌满了我的四肢，爬上我的内心，我常常靠在升降机的铁壁上，蜷伏起来，让自己休息一下。升降机里黑暗一片。有一台上面的灯坏了。进入里面。关上门。黑暗像潮水一样窒息着我。我感觉我所有感觉器官都从皮肤中生长出来，敏感而尖锐感受着黑暗中的升降机的上升或者下降。身体里的沉坠或者飘浮感。黑暗滑过我的皮肤，凉而涩。砰的一声。目的地到达了。升降机的铁门打开了。光亮像巨浪扑了过来。有一台升降机经常出故障。有一次上班。我被卡在升降机里，它停在二楼与三楼之间。停止动。门被紧锁着。我大声地叫喊。用拉四轮车的铁钩子使劲地敲打着笨重的铁门，闷的一声。在只有一平方米左右的狭小空间里，我烦躁不安。我感觉自己像置身于塑料液体中，不能挣扎，汗水从我的额头上流了下来。我听到楼梯口的脚步声。那些脚步声极具有穿透力，穿过铁门传来我的耳中。我来回走动，想找出来的办法。但是这个狭小的空间根本没有来回走动的自由，从这端到那端，还没有两步的距离。我只好跺脚，蹲下来，想让自己安静。工程部的人肯定会来的。我告诉自己。没有一分钟，我又站起来。砰砰—砰，砰砰砰，砰—砰—砰！有人吗？有人吗？砰——砰砰砰！砰，砰，砰，砰砰砰砰砰砰。我用不同的节奏敲打着铁门。沉闷的升降机内没有一点回音，敲打出来的声音都是那样闷闷的。砰砰砰。我听到有人在外面跟我说。他是仓务部的。他以为只是他常遇到的小问题。用铁丝在锁孔里扭动了几下，还是没有动。他在外面边帮我边笑我。我感觉喉间急得冒烟了，就像在一楼那些熔化的塑胶原料一样被熔化成一种糊状，黏滞感充盈着我的全身。他没有能打开，离开了。我努力想自己静下来。升降机外没有声音了。我只好坐下来。看手中的钟表走动：嘀嗒嘀嗒。感觉此刻钟表的声音比在外面时高了许多度。它走动的声音变得缓慢起来。滴——嗒。或者干脆变成了嘀——嗒。越来越慢。慢。再慢了。而烦躁像熔化的塑胶料一样越来越多，越来越稠，我想扭动一下，缓慢地扭动一下，再扭动一下，挣脱这种烦躁不安。但被它粘住，困住了，越来越深，到我脖子。我坐着，一分钟，两分钟，多久了，我看一下手表。再看一下手表。两个小时后，工程部的电工来了。我出来。我全身汗水。走出升降机大门的那一瞬间，我感觉自己像从塑胶泥淖中爬出来的一样。轻松。回车间我跟裴斐说起我在升降机里的感受。她笑，捂着嘴笑。她很兴奋。单调的车间从来没有过这么好笑的事。她是拣大件的啤工。她在笑，她没有戴上手套，便去拣从啤机吐出来的大件。哎哟！她被烫得叫了起来。

注塑车间的机台是不会停下来的，老板需要它不停地运转着，为他生产出利润，厂房，轿车，二奶。我不断地感受到塑料颗粒在熔化，分解，流进模具里，凝结，被机器手臂推送出，让我们捡好，摆在盆，架，桶里，送到五楼，被我们装配，打包，让一辆货柜车运走。一年一年，一件一件。我们也是这样，把自己的青春熔化，分解，流进每个制品之中，让人打包，运走了。

三

真实被阻隔在另一边，时光在塑料上结出颗粒的光芒，剩下寂寞在塑料制品上凝结成一片蓝色的光芒，在深夜轰鸣的机器中，夜晚疲惫得如同一条筋疲力尽的鱼，在窗外，在机台上游动着。正是黑夜，让我有了无边的想象，如果我探过头，望着窗外，此刻天空上挂着明月，城市的天空是被光污染的天空，也许我无法像在乡村里一样清晰地感受到来自月亮的光亮与皎洁。在水泥，钢筋，霓虹，马赛克构成的城市之间，柔软的月亮面对坚硬的城市缝隙中闪现出它的脸。月亮只是一位古典的美女，素洁淡雅，只有在缓慢节奏中生活的乡村人群才有足够的空闲在它的淡妆中发现它迷人的美。城市是高速节奏的，它需要瞬间的惊艳，刺激的性感，它是迅速的，热烈的，暴力的，像歌舞厅里的闪光灯一样，那样浓妆艳抹，像一个摩登女郎一样迅速而暴露地露出她高耸的胸部，高翘的臀部，用紧身衣低腰裤勒出她的股沟或者乳沟，袒露出大片的背部或者平坦的腹部，来吸引众人的注意。月亮此刻在灰蒙蒙的天空只展示出一个模糊的轮廓，它站在遥远的高处俯瞰着城市的人群与妖艳的霓虹。但是它没有意识到，在城市某个塑料厂的注塑车间里，会有一个人正通过车间狭窄的窗户抬头仰望它。

现在注塑机生产的订单，是绿色塑料盆景。我从注塑机台取下绿色的塑料叶子、枝条，植物躯干，红色的塑料花瓣，黄色的塑料花蕊。这是一个人不如物的年代，人不如兽的年代，人们对一只陌生的流浪狗或者流浪猫的同情多过于对一个同类的人。人类不断地在砍伐着真正的绿色植物，却要制造出这样虚假的绿色树木、红色花朵来安慰日益贫乏的心灵。我们可怜的事物正在被我们糟蹋，它在我们的暴力下消逝了，生活挖去了我们内心最为柔弱的部分。人类在诗歌中怀念自然的月亮，却不敢舍弃那些人造的霓虹。我注视着注塑机口出来的叶片、柄、枝、花，一种从未感到的困惑浮了上来。我们为何要制造一些虚假的树木来满足我们那颗残酷的心灵，给它虚无的安慰。在注塑机上方是两盏白炽灯，强烈而冷漠的光线照在这些塑料叶片上，显露出的是一种没有活力的寡绿，这些叶、花、枝没有生命的柔和、质感、圆润，而白炽灯也没有月光的温情、淡雅。

面对一个个色泽鲜艳却没有生命的塑料制品，映衬出人类的世俗与疲惫，人心的寂寞与孤独，这些原本清晰的面孔渐渐模糊下去了，我看到只是破碎的工业制品，它们原本是胶质，聚苯乙烯，化工产品。现在被冷漠的机器制造成叶片、花瓣，这些属于城市的虚假面孔，它们将挤到钢铁与水泥构造成城市高楼的某个地方，被城市吸收，成为它的一部分。这些工业制造出来的绿与红，将慢慢地渗透到城市人的内心，满足他们虚拟的感受。工业流水线中伪造出一个不真实的自然。

我取下一片塑料花瓣，用手抚摸着它，它是冷漠的，没有一点生命的温度，花瓣生硬得只有一个形状，工业流水让它边缘微微卷起一点，像造出一种含苞的样子。塑料花瓣因为缺少阳光，雨露，土壤，微量元素，蝴蝶，蜜蜂，汁液，春风……它们的滋润与爱抚，表面呈现出死绿，枯燥，在白炽灯下，它的影子也没有那样的黯淡，没有一点“红杏枝头春意闹”的感觉，那种来自生命本身的热闹与喧哗。它们投影在钢铁机台上，不像惹人生怜的花影，它们只是一些几何图案，枯燥、单调，化学工业香精刺激着鼻孔，没有了月光缀合的真实花瓣，投影下那种浑然天成的那种含蓄与委婉，没有来自自然芬香的和谐与平衡。穿过公司的荣誉室，会看到有面红色的锦旗写着四个金黄的大字——菩萨心肠，这面锦旗是某个慈善机构赠送给这家公司老板的，他给这个慈善机构捐款若干。每次看到这些，我想到了同事们工伤了，却得不到赔偿，让保安赶出厂门，他们无助的眼神，委琐的身子在厂门抖瑟着。这种巨大的反差让我内心有了一阵疼痛。这种疼痛是冷漠的塑料、钢铁的机台、人造的白炽灯无法理解的。

塑料厂老板不需要我们生命的感受与疼痛，他需要我们像机器一样不停地运转，像那些塑料制品一样能够给他带来利润，钞票，名声。就像大多数城市人一样，他喜欢用虚假的塑料植物，满足他们对自然中绿色植物的虚无的臆想，譬如关心公益，有人道主义，菩萨心肠啊，但是对于在他工厂，在他身边的一个个活生生的员工，他却视而不见，铁石心肠。

原载《人民文学》2007 年第 5 期

印刷厂

郑小琼

我看到印刷厂的门紧锁着，
越来越暗，越来越淡……

——陶天财

三年后，当我读到这句诗时，我的眼泪流出来了。诗人所感受的就在我的感受之中。当我选择印刷厂的时候，它油墨的黑已经为我的生活摆好了底色，越来越暗。生活的形象不断在纸张的黑与工业制造的黑之间隐藏和呈现，它让我，一个印刷厂的工人有了一扇眺望自我的窗口。它是内心，或者命运，比如车间的灼热、窒息，四处弥漫的油墨味；比如剪切间的局促、拥挤，机械式的强度劳作，日益麻木与黯淡的心灵。

印刷厂是冷漠的，多变的。在化学工业油墨的色泽间，它总会让我想到白纸黑字背后的事物，那些隐藏其中的秘密，光亮而尖锐的思想，瑰丽而诱惑的绯闻，清婉而缠绵的爱情……我们的想象、技术、观念沉入工业时代的油墨里，在这里积聚、凝结、固化、结晶、沉淀。在印刷厂里，它们被加工成有色彩的线条、文字、纸张、书本、广告传单。在这里，简单而细碎的屑角纸片在水泥地板上飞扬，还有笨重而尖锐的裁纸刀、自动装订机……白色的楼顶悬挂着冷漠的日光灯，它苍白的目光打量着在车间来回的人、上下左右运动着的机器；它潮水一样的光将整个车间灌满，在光的水域中，我看到自己、工友、六角扳手……泅游着。这么多年来，我一直想沉下去，像一株植物一样朝着大地深处扎根，长满黑色充满营养的根系。泅游在车间冷漠的光里，我常常想起四月，嘉陵江畔，江水初涨，站在江岸会看见从上游漂过来的杂物，漆黑、斑驳、迷茫而疲惫，它们随着波浪缓缓地摆动、浮荡，有的被浪花搁在岸滩上。我的感觉就如同一块腐朽的木板或者一串无色的泡沫，随着波浪在河流上漂浮，没有根系，也没有生命，在苍白而冷漠的光筑成的水域间挣扎、潜进。有时，我会伸手企图抓住什么，让自己安定下来，但是这么多年来，我一直像一只陀螺，被外界一种无形的力量抽动着、旋转着。

我站在车间里，看着我对面的工友，他低着头不安地看着散落在地板上的印刷纸，眼里充满了恐慌。上司站在他前面，用如同白炽灯光一样冷漠的眼神盯着他。工友没有将印刷纸捆好，散落在地上了，他缓慢而小心地弯下腰去整理那些纸张。他的眼神因为上司目光的注视而显得游移不定，他会不时地用余光看一下上司。他的年龄只有十六岁，身体单薄，脸上充满稚气。一直到现在，我还不相信他有十六岁了，在我的眼里，他的实际年龄肯定比十六岁更小。他来自云南的山区。看着惊恐不安的他，我想起前几天，镇劳动局的人来工厂检查，他没有来车间。后来我听人说，那天，他被工厂管人事的叫到了宿舍，在宿舍的厕所里躲了三个小时，一直到劳动部门的人离开。到现在，我离开那个厂好多年了，还清楚地记得他胆怯的眼神，一种来自底层面对繁华现实不知所措的卑微，里面暗藏着对尘世的无奈。山间的贫穷与城市富裕的巨大反差，像一个黑洞不断吞噬着他们的自尊与自信，让他们对一切都变得小心翼翼。这种怯弱后面，是一颗颗敏感而柔软的来自底层的心。这种怯弱一直从内心深处透迤到人的脸部、眼神和每一个动作之中。它们彼此交错，成为从乡间初来城市的人的最为明显的特征。这种特征像从水中浮起的木头，呈现在表面：声音那样的小，像在喉间卡住了一种什么样的东西；动作是那样地迟了半个节拍，像做错了什么事情；眼神是那样的游离不定，生怕别人看出自己是一个来自乡下的人。

多少年来，我一直是这样地在城市间生活，我一直不想让人看出我来自贫寒的乡村。但实际上，我们的动作、表情已经泄露了我们不属这个城市的秘密。这种胆怯连同我们的神态、动作、表情等交织在一起，凝结成了一个烙印，在我们的身体上、心灵上和灵魂间烙上了一个乡下人的印记。它是那样的敏感而沉重，我时时能感受到它的存在，感受到它像一台不停运转的印刷机一样，在我们的脸上不断地印着：乡下人，乡下人。这些年，我无数次目睹他们在火车站里的公用电话亭里被讹诈；他们举起伤残的手指躲在暗处哭泣；他们拖着职业病的躯体回家；他们睡眼惺忪地走过城市的街头；他们讨不到工资而绝望的眼神……我的血液里、声音里已经饱含着他们的声音，他们是我，我的呼吸就是他们的呼吸。多少次，我站在印刷厂的窗口朝着外面工业区的街道上看，他们背着沉重的行李，他们弯着腰，走过。我仿佛从他们的背后看到一根透明的细丝线将他们牵引，从远方到这里，晃晃荡荡的命运，像一台衰老的老式卷筒印刷机一样摇动。

身边的印刷机还在不停地转动，按照正常的速度自动换卷、印刷，在那些木纹纸、水松纸、铜版纸、合成纸、白卡纸上印上字迹、图案、数字、符号，印上各种形式的广告、新闻、逸事。搬运工拖着铲车，担着厚厚的纸板过来了；调校员还在调整料宽、印刷宽度、机器运转速度、额定印刷速度、套印精度；统计员蹲下身子，用左手点着包装箱里的数量；质检员对着光源目测印刷体的耐光性、清晰度、油墨的均匀度——他们像在暗水中游泳的鱼，在水草的秩序间游动。我捡起一张废弃的印刷纸，纸上是写满诗意的文字，平静、恬适，有着一股薄荷似的凉味。从我身边走过的是一个三十四五岁的搬运工，他裸露着健壮的肌肉，汗水从他的躯体上滚了下来，印刷体上的诗意与我们艰劳的现实生活形成强烈的对比。我看见搬运工的拖车车轮正好被卡住了，他正在努力把车轮滚动，挪、移、推、压……他都试过。他把货车上的货物卸下一点点，再移动，汗水沿着额头流了下来，一滴滴的，浸湿了头发，把头发纠结在一起。他像一条搁浅的鱼，不停地摆动，想游入深水的区域。他来自贵州，只上过三年小学，他辨不清印刷体上的那些字迹。那是一本建筑学上的著作，那些曲线、字迹印满了哥特艺术的建筑构件、结构演变、扶拱垛、圆花饰、辐射风格、火焰风格、曲楣、藻井式天花板，以及怪异的教堂、花纹、窗饰……在装卸货物时，在短暂的休息之间，我曾看见他捡起某页印刷效果不好的纸片去看那些图案，那是一张亚眠大教堂的内格画。他拿起纸张，横、竖、侧，但是他没有看懂这个建筑于法国十三世纪的标志性建筑的图画，他将它揉起来，扔进了次品间。他用手擦了擦汗，然后移动着拖车走了。

实际上，枯燥而单调的印刷厂生活也曾有过让我们获得快乐的时候。当你某日从街头走过，在某个报摊突然看到从自己手中印刷出来的书籍、画报时，会有一种老友重逢的快乐，升腾起来的幸福会让你停下来，站在报摊前片刻，注视着那书本。那里曾留下了我们的掌纹、青春、年华，也许在书本的某页里还蛰伏着我们的泪水与汗珠。它们渐渐地嵌入书本的身体，在文字与图案的深处缓慢地反刍着，将一些属于在工厂劳动的酸累从银白色的纸页间呈现出来。它在反射某种光芒，有时翻着那些纸页，我会感觉到自己的影子在油墨间晃动。

印刷厂经常为一些社区医院印制一些广告传单。下班经过工业区的街道时，会看见有人搬着这样一摞摞资料递给路上行人，他们弯腰，递资料；路人接过资料，看都没有看一下，很快又扔在地下，被跟在背后捡垃圾的老人捡起来，扔进垃圾袋。整个过程很短，我觉出一种心疼，仿佛有一根针在蜇着我的肉体。一种黄色的、脆质的、落叶一样的感觉从我的心里浮起，它们掀起一种柔软的余音，在我的体内泛动。在捡垃圾的老人把那本精美的印刷品扔进垃圾袋的瞬间，我感觉是自己被扔了进去，像我们的青春、年华、爱恨，还有肉体灵魂的感受，都没有人在意。

我的身边是一个有着三万多人的工业区的街道，拥挤着一张张疲惫的面孔，他们像许多片叶子，被风刮动着，不知吹向哪里，也无人在意。有一段时间里，我喜欢站在街口，看着来来往往的人群，我开始学着辨认他们的身份：在工厂上班，还是在商铺里上班，或者是酒店的。虽然街道人头簇拥，我还是能从一张张多如树叶一样的面孔去辨认他们的身份。我发现在工厂生活的工人一下子就会被看出来，他们的脸上浮着一层机器式的麻木、惺忪。他们现在走在街头，但是依旧掩饰不了脸上那种因为加班而呈现的倦意，这种疲倦感像印刷厂的油墨印在白纸上印在他们的脸上，使他们在人群间清晰地浮现出来。有时，我闭上眼睛，在一片黑暗之中，这些面孔像尘埃一样飘动着，最终像尘埃一样消逝在辽阔的黑暗之中。他们和街道、厂房、机台、马赛克、玻璃、GDP、钢筋、水泥一样成为时代纯粹的物质的缩影，仿佛一切都像雕塑一样静止了，凝固了。当我睁开眼睛，返回尘世生活，看着行色匆匆的行人，敞开着嘴巴的店铺，在昏暗的路灯下徘徊的艳装女子……他们像一页页从印色车间搬运出来的五彩斑斓的插画。我站在人群中阅读着，我本身又成为这幅插画中的一个标点，一个字符，这种零距离的置身让我感受到来自这种插画本身的凛冽，让我打开浸入自己血肉躯体的通道。我的思维穿行在这种由自我生命构成的回忆间——它们漫长而浩渺，一页页不断地在这个城市的工业区间翻动着。这一本犹若博尔赫斯的沙之书，它有着无限的页码，却又只有一个页码。我看不完它们，它们像笔画中横竖折弯钩隐藏在这本书中，他们又在这本书中有着固定的位置与意义，他们像某一片树叶隐藏在一片森林中。在他们的背后还深藏着属于某个个体的故事，我无法将那些深埋在面孔背后的一切猜测出来，只能用自己的身体去感受这其中的滋味。

机器还在转动，它一直在喧哗，整个工业区都在喧哗，像风吹拂过树叶一样的喧哗，像拥挤的街道、广场一样的喧哗。现在，我凝视着印刷机出纸口和电脑，看着纸张的设定，油墨或者色粉的均匀度，供纸的速度；我凝视着从机台吐出的那一张张印刷好的纸张，我想起那些书籍，那些在我床头的书籍。我想起那些书籍带给我内心相对的安宁，它们让我这漫长而单调的打工生活找到内心的出口，它们带来过去的回忆，时间的悠远，青石板的乡间……它们消解了打工生活的孤单。我坐在窗口，铝合金蓝色玻璃的窗户，窗外是林立的厂房、绿化树，有三四个背着行李的外乡人站在树荫下。我的视线如果再远一些会看到一列列的火车，它们从远方奔赴而来，灌满了像他们一样背着行李的人。是的，如果我视力再好一些，看到我的故乡，一个个曾经繁华的村庄变成了一个个空心的村庄，剩下老人小孩还有被工业污染的村庄，在荒凉的天空下叙述着。更多的时候，我从工业区林立楼群间的狭小视野，看到绿化树偶尔会有一只鸟停着，它嘶哑地叫了几声，就飞走了；看到明晃晃的刺痛人眼睛的太阳底下，两个拖着沉重的行李的人走过，他们侧着身子，左手提着行李箱，右手提着塑料桶，桶中装满了筷、勺、碗……他们慢慢地走着，充满疲惫，脚步缓慢，走不远就会停下歇一会儿，像压抑着某种沉重的东西。每当这时，我便会想起自己，他们是某天后的自己，心里便会泛起一股忧伤。多年以后，我曾在自己的诗句里表达我此时的情绪——“我低声说：他们是我，我是他们/我们的忧伤、疼痛、希望都是缄默而隐忍的/我们的倾诉，内心，爱情都流泪/都有着铁一样的沉默与孤苦，或者疼痛。”

原载《人民文学》2007年第11期

电子厂·毛织厂

郑小琼

电子厂

黑暗中，宿舍像一片海湾，床像一艘艘船，我们在上面漂浮，带着乡愁、梦境、理想、悲伤、恋爱……它不停地摇晃，劣质蚊帐沾满时间的尘埃，铁架床露出斑驳的铁锈，一大片暗红的铁锈将淡蓝色的油漆噬咬，掉在地上、床单上、被子上、木板上……迅速被碾碎。坐在床头，无聊，我会剥落那些铁锈，放在手掌，我的手掌染成了一片暗红的光氲，不由心中涌起无限伤感，那些脱落的油漆块，很薄，淡淡的，一片一片，脆弱，掉在地上便无法再拾起来，像我暗淡的青春，哀伤，易碎，掉落地上。被流水线蚀空、生锈，掉落地上。工厂一天一天咬掉我的时光，我有些不甘心，试图反抗，却无能为力，我感觉自己渐渐在消失，青春、梦想、童年、未来……剩下电子元件，晶片，合格纸，产量，拉速，订单，速度再快一点，我变得呆滞而木讷。人生，只剩下一个不停重复的动作，它像铁锈噬咬着我，吞没着我，我被分割成一小块，一小块，更小的一块，它细碎、孱弱、易逝，从我的生命脱落。刚进电子厂车间，换好白色工衣，拉长便跟我说，这条拉线是工厂最好的拉线，每天产量4万多，其他拉线3万多，工厂计件，员工工资是工厂最高的。早上6：45分，拉线员工集合在车间过道，开早会，白色桶式工衣，64个员工，排成3队，穿蓝色工衣的拉长站在前面点名，不停地说要提高产量，说拉速要更快点。他在计算每天能提高多少产量，我计算着装配一个零件要多少时间。我和工友们计算着拉线各工位的时间，用它来称呼这个员工。插旗仔工序只有一个人，工友们叫谢芳谢一秒，我的工序是装边制，复杂些，要3个人完成，我、李芳、戴庆杰被工友唤作郑三秒、李三秒、戴三秒，左右制工序两个人完成，分别叫刘二秒、史二秒。在流水线上，我们彼此用谢一秒、郑三秒，刘二秒称呼着对方。在唤作郑三秒前，我称作装边制的。在流水线上装配的速度稍慢，便变成郑四秒或者郑五秒，如不能将郑四秒提高到郑三秒，会挨拉组长骂，如你的手再慢点，连续几次由郑三秒变成郑四秒、郑五秒，身边会堆积来不及装配的半成品，拉长跑过来，大声骂起来，全拉线的员工都听得见，有时会留下罚款单。在很长一段时间，我都不适应苍白而冷漠的罚款单，一张薄小的纸片，写着工号：247，工位：装边制，罚款金额：10元或者20元。一张小小的纸片，好像一张无形的血盆大嘴，一口咬掉我们一天或者半天的时光，接到罚款的工友抱怨着白做了一天。车间白炽灯下，陪伴我们的是机器、喧哗、产量、废品、速度……生活变成一条绿色拉线，漂浮着黑色半成品，车间像巨大的旋涡裹挟着我们，机械地运转着，分不清白天与黑夜，我们丧失了所有关于时间的概念。在这里，时间被机器的节奏无情地分割，以一秒、两秒、三秒为单位循环，生活对于你的所有意义与节奏只有一秒、两秒或者三秒，短暂的一秒、两秒、三秒的循环动作，构成了你的全部，所有的生活，每一次都是简单重复，不需要思考不需要想象，没有时间思考没有时间想象。工厂制定了标准动作，每个细微的姿势都必须合乎标准，手指如何弯曲，身体如何坐，先左手还是右手，具体到每一个指头，只有按标准，才不会从郑三秒变成郑四秒、郑五秒，一个小时，重复它，郑三秒，一天重复它，郑三秒，一月重复它，郑三秒，一年重复它，郑三秒。郑三秒，郑三秒，你只能做郑三秒，你必须做郑三秒，你的人生是郑三秒，所有时光与青春都浓缩为郑三秒，自己的工资、未来都安置在不断重复的三秒上。郑三秒，郑三秒，我不喜欢这样的称呼，却没有力量拒绝，我想逃避郑三秒的生活，换工厂成为我唯一的选择。在车间，除了变成郑三秒或者郑四秒、郑二秒，不再有别的位置，在玩具厂，我是郑五秒，为玩具装上左手臂，在家具厂，我是郑十秒，打磨工……生活像一个巨大的旋涡，快速地转动，一点一点将我吞噬，然后被旋涡甩开，离去，被它彻底抛弃。

我来这里时，谢一秒已经在流水线重复了4年，她身材矮小，1.48米，贵州人，瘦、孱弱，明亮的眼睛有种莫名的忧伤。从她的眼里，我看到谢一秒4年的全部生活，谢一秒，一次，一秒钟过去了，谢一秒，60次，一分钟过去了，谢一秒，3600次，一个小时过去了……一天过去了……一年过去了……整整4年，谢一秒都在重复这个动作。4年的重复中，谢一秒学会了闭上眼睛装配旗仔，夜班，我看见前面的谢一秒在半醒半睡中重复着动作。我不想做郑三秒，我不断责问自己，我又能做什么，换工厂，做郑十秒，或者郑五秒，郑一秒。深夜的车间，拉线匀速地转动，绿色的拉带磨掉了一块油漆，拉线两边是流动的面盒与底盒，它们从拉首被第一个工序分开，拉线两边谢一秒、刘二秒、史二秒、李三秒、戴三秒等装配好零件，到拉线的末端合在一起，在自动螺丝机上打好螺丝。我刚进工厂，不习惯夜班，睡意像雨水，浸濡着我的躯体，午夜两点，它开始淅淅沥沥落着，缓缓地渗入我的意识，我的躯体慢慢变得柔软，手指有些不听使唤，我责备着自己，但身体像泥土，在雨水的浸泡下，松软，一点，一点，直至崩塌……意识提醒我，不能崩塌下去，工友李芳递过一小瓶清凉油，我涂在太阳穴，驱逐睡意。谢一秒处于半醒半睡状态，她低着头，桶式工衣的帽子遮住了她的脸，两个手指以每秒一个或快于一个的速度装配着细小的旗仔，我分不清她是睡还是醒。刘二秒在轻轻唱歌，她边唱边装配零件，刘二秒做了一年半。睡意不断折磨着我，折磨着我的眼睛，我的大脑，我身体的每一部分。车间灯火通明，犹若白昼，机器轰鸣着，液压机喘息，高分贝的声音也无法驱逐我的睡意。开始，睡意只是炊烟般，袅袅升起，随着钟点的转动，睡意如黏稠状的泥塘，将我吞没，越挣扎陷得越深，我想站起来走走，我想到午夜的床，我想到此刻的窗外，有星辰照耀，纯粹而干净的天空如此寂静，它们都进入了蓝色的睡眠吧！我渴望不再重复谢一秒或者刘二秒的生活，我感觉到内心对睡眠的渴望和眷恋，我想离开郑三秒的生活，想离开流水线，我不知道能到哪里去。四处都是流水线，都是工厂，都是夜班，都是郑一秒，郑五秒，郑十秒……生活对我来说，它所有的意义只是变成不同的郑三秒，我抬头看了看谢一秒，她的动作那样利索，你无法猜想，4 年的一秒生活，她似乎在这一秒中找到了生活的乐趣，半醒半睡间，她不断重复人生的每一秒，刘二秒、李三秒、戴三秒……她们是流水线上熟练的工人，工作半年以上。是的，我不断告诉自己，现在我是郑三秒了，我必须做一个合格的郑三秒，我不能连郑三秒都做不好。刘二秒还在唱着歌谣，是的，为什么不歌唱，我跟着刘二秒慢慢地哼起来，李三秒加入了我们的歌声，戴三秒，史二秒，半醒半睡的谢一秒听到我们的歌声，她苏醒过来，加入了我们的队伍，在歌声中我们驱逐睡意。歌声越来越亮，拉线管理员走了过来，我们停止了歌唱，短暂的歌声安抚了我的睡意，歌声给我们的身体注入了新的活力，睡意像潮水般退去。我们沉默，低头，手指飞快地装配着零件，拉线管理员站了一会儿，走了，我们笑起来。这些年，面对夜班，面对漆黑的夜，面对不知终点的流水线，疲倦时，我都用歌声驱赶内心的孤独、寂寞、瞌睡、厌倦，我喜欢蔡琴的歌，忧郁、纯净、空灵，它扎根在我的内心深处，让我在工业区的油腻、铁锈、塑料的碎片、城中村的暗处……在慌乱而不知所措的生活中找到一块干净的地方。上班时的歌声，下班后的诗歌，成为我打工生活的安慰剂，让我在黑暗的现实中不再惧怕，让我有勇气面对郑三秒或者郑一秒的生活。我不断哼着那些歌，只是在内心，比如《橄榄树》，我不敢在车间唱出来，我害怕那些机器的轰鸣，那些汗液，那些胶味，那些细小的弹弓，那些晶片，会污染刺伤它里面的纯净，歌声带给我对远方的眺望，诗歌带给我内心的绿荫。

爱情在荒凉的流水线上蓬勃地生长，它带给流水线上的年轻男女们希望。许多年后，我想起异乡工业区的爱情，依然有一种温暖。两个年轻人，来到这个工厂，在冷漠、孤独的机器丛林中，相爱，没有想过房子、车子，没有问过对方来自哪里，家庭如何，只是纯粹的爱情，是的，这些浪漫或者理想的爱情，有的因为生活的漂泊不定，最终消失了，有的在这里顽固地生长。想爱，就跟一个人走吧，无数次，我看到这样的男女，他们来自湖北、河南、广西……一同出厂，一起离开，又一同进工厂，在流水线上生存，开花结果。而我不再有 20 岁的浪漫，生活的潮水不断洗刷着我，在躯体上留下盐味的咸与潮水冲刷过的沧桑，流水线上单纯而美好的爱情成为我回忆流水线最美丽的风景，最温暖的记忆。恋爱的工友，她们的笑容、悲伤、幸福、失望……让我深深地羡慕。在网络上，看到丈母娘推涨了房价，看到各地娶媳妇的成本，想起那些散落在流水线的爱情，干净而纯粹，透明而真实。19 岁的谢一秒不敢谈这个词，她盼望着这个词，这位来自大山的女孩，15 岁跟随老乡出来，她是那样的小，小眼睛，小脸，小手指头，小小的身躯……很多这样矮小的来自贫困内陆乡村的女孩，她们没有读过多少书，骨子里的自卑让她们显得木讷、缓慢，瘦小的谢一秒看上去比自己年纪更小，她压抑着自己的情感，言谈中对爱情、男朋友、恋爱时的拖糖充满了热情，拉线某个女工交了男朋友，她会向女工要拖糖，她是最好的倾听者，倾听着每个细节，分享着恋爱中的女工友们的喜悦与忧伤，在没人注意的时候，她是沉默的，孤独的，自卑的，她觉得爱情离她那样遥远。她老实，吃苦，不像一些漂亮女工，喜欢换工厂，跳槽，她在一个工厂再苦再累也会待很长时间，她耐劳、好管理、手指头灵活，在流水线拉组长眼中，是个十足的好员工。拉线上的热闹与喧哗不属于她，她只是活跃员工的跟随者，是很多如她这样的好员工中的一个，她们来自西南的山区，贵州、云南，她们不像河南、湖北人那样扎堆，也不像安徽人那样喜欢搞小圈子。在同一个工厂，有十几个老乡，她们没有像别的地方老乡那样捆在一起，贫穷的她们有些自卑，黝黑的脸，头发灰黄，普通话不太标准，发音很低，没有河南口音那种强硬，她们十几个人零散地成为别的扎堆人群的跟班者。在女多男少的流水线，她们缺少爱情，男工们似乎忽视了她们。有几次，镇上的劳动局来工厂检查流水线上有没有雇佣童工，管理员觉得谢芳看上去太小，让她躲到厕所，或者休息半天，避开劳动局的检查。64 个或者 65 个人的流水线上，15 个男工，男女比例极度不平衡，没有多少男工关注她，她被忽略着。

坐在谢芳对面的刘忠梅。四川人，漂亮，眼睛大、圆，身材丰腴，她爱笑，笑时眼睛弯成一条线，很美。有个机修技工的男孩在追求她，她还没有答应，男机修常到拉线帮刘忠梅装配零件。机修工湖北人，技校毕业，在工厂做学徒，个子很高、老实，穿着蓝色工衣，他低头走过，小心翼翼。他还没有表白，不敢，怕拒绝，有次加班时，他跟刘忠梅说，出去走走，说完，转过头，看着窗外。刘忠梅没有作声，矮小的谢芳跟在刘忠梅后面，说，他叫你出去走走，说完笑了起来，我们都笑了起来，说，走走，没发糖哪个跟你走。刘忠梅还是没有出声，她拉着谢芳下楼，男孩跟了下去。

李芳说得最多的一句：流水线上，今天不知明天会流向何处。李芳有自己的爱情，李芳是四川人，男朋友是湖北人，戴一副眼镜，瘦，是车间另一条线的线长。李芳跟我同一个宿舍，她身材好，皮肤白皙，我们上下班经常在一块儿，她说，家里反对她谈恋爱，说找个外地人靠不住，她也不想嫁那么远，嫁到异乡，受了欺负，没有人倾诉，她问我的意见，我说，你爱他，或者他爱你就行了。她没有作声，还是有点担心。那个男线长我们经常见面，很老实的人，他每天跟在李芳的后面，他们很甜蜜，李芳说谈谈看吧。李芳有自己的担心，我们那时上白班，工厂两班对开，一个班11个小时，一个白班，一个夜班。夜班的另一个车间有个女孩跟一个男孩恋爱，女孩怀孕了，男孩离开了工厂。女孩第一次出来，胆小，怀孕了也不敢作声。听说女孩把小孩生在厕所。那几天，拉线上都在谈论那个女工与生到厕所的小孩，有人说孩子被扫地阿姨捡了，送给了附近的人，有人说卖给了一个河源人，也有人说是潮州人，有人说小孩长得好，哭声大。那个女工听说被派出所带去问话了，没有再回工厂，有人说被派出所抓了，也有人说没脸待下去，离开了工厂。我刚进厂，常听到打工久的工友说起这类事，真实发生在身边时，我心里依然有一种莫名的伤感，想起瘦弱的女工，想起可怜的孩子，想起宿舍厕所的环境，在那里分娩，我闷着头，对爱情有了惧怕。大家像流水，在流水线上流来流去，永无终点，在命运中流动着。李芳跟我说起那个女孩，她问我，为什么不去做人流呢，她后来又说，谁敢独自去，又爱面子，不跟工友说，她叹了一口气。后来，我遇见很多这样悲伤的爱情，有的女工怀孕去黑诊所做人流，刮宫未尽，剩下部分，只能再次去。半年后，我们拉线一个女工怀孕了，男朋友不是工厂的，在社会上混。后来，女孩自己去东坑医院做了手术，之后，离开了工厂，听说去了酒店。李芳1997年出来，她有丰富的打工经验，跟我是老乡，同一条拉线，同一个宿舍，她告诉我她遇到很多这类事，一定要保护自己。她说去酒店的女孩碰上了专门从流水线拐带漂亮女孩去从事色情行业的男人，很坏，要小心。她不会找外面的，要找在工厂做上一年左右的，这样的可靠。我刚出来，只是点头。

别人悲伤的爱情影响着流水线的工友们。但更多的幸福爱情也激励着大家。刘忠梅跟机修工在一起了，李芳告诉我，她跟男友商量好，过年前一个月，计划辞工，先去湖北，再从湖北坐车去四川，见见双方父母，她脸上露出了幸福的微笑。机修工去商场买了糖，我们拉线上的工友每人得到4颗糖，谢芳接过糖，剥开糖纸，放在嘴里，一边插零件，一边大声说，喜糖比其他糖甜，大家笑了起来，我看见谢芳露出失落的神色，这个小姑娘盼望着爱情，在女多男少的流水线上，像她这样的姑娘，爱情又在哪里。

毛织厂

小镇有它的内在秩序，它联结混浊的记忆与时间，从它的街道、房屋、车站、小巷、工厂、轰鸣的机器、酒店、广告招牌等去辨认它今天的气质、繁华、喧嚣、凌乱，小镇在外表上更换着自己，它渐渐失去了往昔的宁静。我与小镇有一种同病相怜的味道，劳作让我的骨骼偏大，皮肤黝黑而粗糙。我从乡村走向城市，学会使用城市的化妆品和服饰等来遮住乡村的部分，粗大的指节泄露了我的秘密，突出的关节像利器剥去我的伪装。我骑自行车穿过小镇，来不及拆迁的村落、祠堂、带着庄稼印迹的老人等告诉我小镇往昔的光阴，有着温情味的农业小镇在我面前浮现：池塘、荔枝林、溪流、庄稼地……残存着旧日痕迹，我的房东，一位老妇人，不愿意跟儿女去商品楼房居住，她生活在低矮的院落中，她告诉我，她不喜欢楼房，那里不接地气，她在荔枝林深处开了一块地，种丝瓜等。在小镇工业区生活的人，一群有着传统气息的乡村人，说着带浓郁乡音的普通话，工业城市还没完全磨去他们属于乡村的细节，他们租下老人空荡荡的铁皮房。

小镇弥漫在针织的声音中。从竹园路到巷头路。从巷尾至毛织大道。织针的声音从四处散了过来。从狭小的楼梯口，从豁嘴张开的门面房，从宽阔的厂房。织，织，小镇像一个巨大的织机在织着，织着。嗡嗡的声音，从租住的宿舍，狭小的收银柜台，老式民房，油腻的机台，粗大的手指，疲倦的眼神……涌出。它们细小如白色线头，抽丝，再抽丝，细，更细，嗡嗡，当当，哼哼……在织机梭间穿行，13针，8针，16针……它们交织，混合，白色的，蓝色的，红色的，灰色的，绿色的，交错，重叠……它们织成布匹、衣物，覆盖着整个小镇。白色的线转动着。机器转动着。车轮转动着，工人转动着，哧哧，哧哧哧，哧哧哧哧哧，哧哧哧哧哧哧，车轮、机器的齿轮，铝梭子轮，木梭子轮，整个小镇转动着，像一头头喘息的兽，吱——哧，哧——吱，不停地喘息。幽暗的褐黑色木楼，低矮的门扉似睁开的慵倦的眼睛，悬挂的白炽灯管无力地散发着疲倦的光，照亮一张张如落叶的面孔，荡漾的枯涩让转动的机器织进了毛线中，它们瞬间消逝，隐匿在线圈间。在道路上行走，我发现自己是一根毛线，越拉越细，被小镇拉着，被梭子拉着，被时间拉着，被梦想拉着，装在机台上，转动，来回转动，织进布匹，我与一群人，她们来自湖北、湖南、贵州、四川、江西……我和她们，挤着，织着，不安，烦躁，焦急。现实的梭子将我穿进生存狭小的针孔，在生活这台机器上转动，织成人生的布匹。这不是我设想的人生。印象中，我人生的布匹不该这么灰暗啊，但它将要织进小镇的布匹，我觉得自己身体有了纱线的味道，浓烈的化学染剂味，从开包的纱线浸入我的衣服、毛发、皮肤、肉体、骨头……不断积聚。我离开车间，独自沉思，它们沿着身体释放出来，我像一根纱线在机台与宿舍间抽动，曾有过的体温、梦想都被织进这个喧哗的小镇中。

我的机台靠近窗口，明亮与幽暗，现实与梦想，陈旧与新潮，沿沾着纱尘的窗留投影在机台、身体。低矮的小镇布满了织机，转动的声响犹若蜂群在耳畔，嗡嗡，嗡嗡，低低的，如小镇的节奏。转动的轮间，细线不停地穿梭。从黑色木质窗户朝外看的年轻女工，她们明亮的眼神将一扇扇老窗棂照亮。中年的毛织师傅，年轻的查补工，蓝色的工衣将她们裹在隐秘的世界。她们久坐，超负荷劳作，臀部肥大变形，长时间站立，小腿粗壮，散发出劳动者健康野蛮的气息。迷茫、幽暗、动荡、阴郁、躁动、不安。灰尘，呆滞……车间浮动的情绪扑向我。散乱的布匹，在毛绒、棉丝、麻线、呢绒……交错的空气中，弥漫着布匹洗涤液的味道，凝重而忧郁地塞满整个屋子，结成了一种看不见的黏稠物，在车间缓慢地晃荡，遍布各个角落，冲进嘴里、肺腔里、血液里，在体内流动。这幢4层旧楼房，1楼是门面与食堂，2楼、3楼是车间，4、楼是宿舍。外墙裸露出红砖，锈蚀的窗栏和滴水的厕所，一股腥味弥漫在空气中，融入毛线布匹，水泥地，墙壁的涂料间。2楼6台织机，散乱的布匹，红色、蓝色、黑色、灰色的半成品与成品，在地上，在编织袋里。车间混杂着人的味道、浊气的味道、毛织散发出的洗涤液味道，一幅混浊的生存景象图，构成了小镇内部的真相，农业的重浊的遍布汗水味的身体，工业的油腻的浓郁的化学涤剂味的半成品布匹，商业的精致典雅味的成品衣物，混合成小镇的气息。凌乱的车间里，我想起自己凌乱的人生，我拖着行李来到这里。我想象着东莞，整齐的城市，看得见的华丽与热烈，更多时候，城市给我的印象性感而冷艳，没有温度的霓虹灯，马赛克高楼，蓝色的玻璃镜面，来去匆匆，面无表情的行人。乡村是保守温情的，宽阔的田野，随意招展的树木，清澈而柔情的河流，充盈多汁的花朵。舅娘带我进入车间，一种荒凉的感觉靠近着我，冷漠而窒息，残酷而尖锐。我试图设想以后的生活，跟舅娘学缝盘技术，如她一样地坚守布匹中的人生，我有些沮丧。看着前面的女工，坐在机台旁，蜷缩着身子，像蒙眼的驴子围着阴暗的石磨转动，麻木而机械，走进来一个人，头都没有抬，浑然不知周围的一切。她额前的头发有些凌乱，灰黄，沾满了毛线绒，一小块一小块灰色的布匹停靠在头上，衣服上沾满细绒灰，织机陈旧，沾满发亮的污垢。

领班将我带到一个中年女工面前，告诉我，跟她学习缝盘。师傅40多岁，湖北人，姓伍，1997年来这里，8年了。8年里她的生活被分解为一小块小块灰暗的毛线，凌乱的线团里，织机飞快地转动间，每月 1200 多块钱的工资让她成为称职的母亲，妻子，孝顺的女儿，她把生活坚实绵密地织进布匹中，运往遥远的地方，换成一张张或新或旧的纸币，从东莞寄到遥远的湖北乡下。师傅声音很小，走路很轻，生茧的手指沾满毛线绒。她脸色苍白，身体像塞满棉绒、毛绒，迟缓而闭塞，瘦弱而破败，像一块陈旧的老棉絮，沾满了时间溃败的痕迹。她朝我点了点头，坐在机台前教我分线、排针。来东莞前，她是湖北咸宁的一个普通农民，在家里种过多年地，重体力加上长期的劳动使她的手指有些变形，粗大的关节蕴藏的是力量，是健康，在握、抓、提中，在弯曲与伸展间，它们像土地充满丰盈的力量，我的跟她们的一样。工业的手指是纤细的、灵活的、精巧的、精确的，像工业制品一样充满灵性。后来多次，我去面试，要求伸出双手，他们来回检视着我的手指，让我做各种动作，观察我是否适合他们工厂的工位。进入车间，拉线管理员第一件事让我伸手，一遍遍盯着，再安排给我工位，装配细小的弹弓需纤细的手指，装配钢通可稍微大些，手掌大点、手指灵活可以装配较大的零件……我看到自己粗大的指节，好一阵难过。乡村的气息是迟缓的、坚韧的，一点一点在我的手上与骨骼上蚀上印痕，烙到我的内心，在异乡它再次展现出来。面对城市，我充满了自卑。

伍师傅带我来到机台边，我找了个靠窗的位置坐下。空气中浮动着毛线，细小、蓬松，缓慢进入身体，它们是温柔的，置身其中，我感觉自己一点点在车间的毛绒灰尘里湮灭，一点点，如丝、如尘，从我的脚到膝到腹部到嘴鼻，缓慢进入我的喉咙，肺，血管……它们在我的器官里驻扎，脸上通红，发烫，它们在我体内积聚，结合，拧成一根根丝线，捆住我的肺，让我透不过气来。它们越来越紧，我咳嗽、高烧，被看不见的毛绒线捆住。身体塞满了像空气一样无处不在的小尘埃。它们聚集起来，形成蓬松的小团，拧成细的线。我拿碗舀起工厂食堂做的猪血汤，灰暗的汤里有腥的味道，我不喜欢吃猪内脏，不喜欢喝猪血，我对血有着本能敏感，每次吃饭，舅娘与伍师傅总对我说，要多喝点猪血汤，能润肺，能带走肺管的毛绒。说完咕咚喝下一大碗猪血汤，那些膨胀的、暗红的、布满小孔的猪血，犹若一张张嘴，将要吸走我身体积聚的毛绒，它们穿过我的血管、肺部，带走积聚在我身体里的毛绒，还我一个干净的身体，没有被工业污染的身体。我又喝下一碗猪血汤，毛绒会随它一起、经肠道排出吗？

进去的第 5 天，我还是不停地咳，高烧，舅娘与伍师傅说，可能你不适应车间的气味。我病恹恹地坐在窗口，晨光下，那些毛绒尘飞扬、盘旋、跑动、舞蹈，光影中，它们那样活跃，它们长满了腿，朝我扑过来。我被它们包围着，像夏日傍晚在乡村路边走时遇到的细小蚊蚋群，不咬人，却伺机钻进头发，嘴里，我咳嗽，烦闷，伸出手左右扇动，它们越来越多。这些比蚊蚋更小的毛绒尘，柔软而坚韧，它们的侵略让我无处可藏，我举手投降，它们依然不会停止侵袭，它们将我的呼吸湮没，将我的血液变得黏滞，不再流动，再将我一点点吞食掉，将我变成它们的一部分，我一点点溃败，再溃败，溃不成军。

伍师傅在我前面，四周都是织机转动的声音，嗡嗡——嗡——嗡——嗡嗡嗡——是针撞着针孔的声音，嚓吱——嚓——吱——嚓吱，是梭子来回转动的声音、伴随线圈不停抖动的声音。伍师傅见我不停咳嗽，安慰说，慢慢就会习惯，你身体弱，要多几天才会适应，她站在旁边教我一些简单的检查，锁眼不正时漏眼漏针、错漏模行，锁眼错行，走边不正，跳线，松线，混色，锁眼针路不对，等等。我记不住，照搬在学校的方式，用笔记下。伍师傅没读过书，这些专业术语的词不会写，她只不停地跟我说这种是如何造成的不良品，那种又是啥原因的，她不善于表达，我听得稀里糊涂。她依靠经验处理问题，8 年的打工经验，形成了她固有的职业习惯。面对各种不良品，我常常看不出问题，要么忘了检查这，或者忘了检查那。我心里不停抱怨，为什么会这样，为什么不能像学校一样把不良品的样板摆在那，对照学习。伍师傅会将我检查过的织品再检查一次，我心里满是愧疚。伍师傅不断安慰我，我带过十几个了，刚来都这样，需要经验与时间。伍师傅又自言自语，你们年轻人在这样的小作坊做不了多久，就会换厂。每次见到伍师傅，我都有一种复杂的感觉，这种感觉也来自我的舅娘，多年相同的工位在她们身上留下太多印迹，她们柔软却坚韧，习惯了小镇的节奏，上班——加班，上班——加班，属于工业的另一种机器，跟机台的梭子一样来回运转着，像机器一样磨损、老化、报废……新的机器替代。长期加班，缺少睡眠，她显得有些衰老，身体折旧得厉害，脸色干枯，眼神疲惫，暗淡无光。平常老板安排加班两个小时，她选择加班更久。她不像年轻人关心有没有假期，她更关心老板有没有货，每次老板发货，她尽可能领多点，为完成任务，她不停加班，常工作到深夜，节假日，也选择待在工厂加班。这些年，我遇到无数这样的中年女工，出没在我身边，三十五六岁，现在看来年纪不大，但在 2001 年，已经很老了，招工启事上要求的女性年龄 18 至 28 岁，她们已被工业这台榨汁机榨干了汁液，剩下残渣，将被抛弃。她们的字典里，没有累，像永不疲倦的机器，不停运转。习惯了，慢慢你就会习惯，做多了就习惯了，她们如此说。

我终究无法习惯毛织厂的味道，我对气味天然敏感，咳，再咳，高烧，发烫，我请假，走进车间又发作，那些声音那些毛绒似乎在跟我作对，轻易便将我击垮。我无力地坐在机器边，蜷缩起身体，承受疾病带来的挫败。半个月，我生病，请了 3 天假，老板觉得太多，让我收拾行李，走人！

原载《十月》2015 年第 4 期

其余的都是沉默

贾樟柯

我的老家山西汾阳是一个县城，地方不大，农业气息很重。每到夏天，我都要帮村里的同学麦收。一大早到了田间地头儿，就有人会发给你一把镰刀，指着眼前看不到边的一片金黄色说：这一片是你的。

人在这时候显得异常渺小，在麦浪的包围中，远远望去，任何人都只是小小的一个黑点。日落时分，努力直起弯曲太久的腰身，一边抹着汗，一边把目光投向远处。远处逆光中，柴油机厂的烟囱正高傲地冒着白烟。我就明白为什么人们都争着进工厂当工人。

“修理地球”真苦，这是肺腑之言。那时候，工人虽然也是劳动者，但却是和机器打交道，有技术，吃供应，有劳保，还是“领导阶级”。

县里工厂不多，那时候三四百人的柴油机厂，一两百人的机械厂已经算是大厂了。70 年代末，县城里有谁家的孩子能进到工厂里工作，对全家来说都是一件荣耀的事情，因为这意味着每月有稳定的工资，意味着暑期的时候会发茶叶、白糖；冬天的时候会有烤火费。也意味着家里人可以去工厂的浴室洗澡，每个月还发若干双手套和几块肥皂。而我们这些孩子，也可以拿着过期的假票，跟着哥哥姐姐混进职工俱乐部去看《佐罗》。当工人也有上夜班的辛苦，但早上回家时可以顺手扯一些棉纱，放在自行车坐垫下擦自行车用。可以顺手为家里磨几个不锈钢把手，或者打一把菜刀，为自家的电表顺一卷儿保险丝回来。

以厂为家的观念让大家变得公私不分，人们也乐在其中。厂里的福利房，将来铁打不变的退休金，都不只是物质好处，而是一个阶级的内心骄傲。

但，这个世界有什么是铁打不变的呢？

我有几个同学在高二那年，因为县柴油机厂招工，都辍学离开学校，进工厂当了工人。那时候80年代，一个学生能够早日走入社会，挣一份稳定的工资，能够去到围墙里头，在有灯光篮球场的柴油机厂上班，真让无数同学羡慕。但到了90年代中期，我还在北京读书的时候，突然我的这些同学都下岗了。工厂在转制，停工，当时只有二十五六岁的他们拿着一两百块钱的低保流落社会，变成浑身力气但无事可做的人。

有一年冬天回老家，看到我的一个同学和他厂里同班组的几个兄弟，在为一个人家挑煤。那时县城还很少集中供暖，家家户户要烧煤过冬。一卡车几吨煤拉来后倒在街上，这些兄弟帮着把煤从街上挑到储煤的炭房。挑完一车煤，也就能挣十块二十块，还要三四个人分。但不干这些又能做什么呢？有人去卖衣服，有人去当保安，有人在家里面打麻将，然后升级开家庭赌场。也有人犯罪，被通缉，流落异乡，至今不知身在何方。

我自己没有在工厂生活过一天，也没有在体制里讨过饭吃，但这种国营工厂凋敝所带来的影响，工人从一个社会的领导阶级被边缘化到了四处打散工的境地，这种心理的落差我完全能够理解。那个时候，从工厂下岗的同学对我说：我们的境遇还不如农民，农民还有土地，有一年四季的收获，播种时有收获的希望。但危机之中的工人，或许真的就像《国际歌》里面唱到的：我们一无所有。

2000年前后，我特别想拍一部关于国营工厂、关于中国社会从计划经济到市场经济转型、关于转型之中有关工人处境的电影。我写了一个剧本，名字就叫《工厂的大门》。法国卢米埃尔兄弟发明电影以后，他们拍摄的第一部影片就是把摄影机放在雷诺汽车公司的大门口拍那些上下班的工人。我从事的这个行业，最早出现在银幕上的人物是劳动者。这是一个双重的伟大的传统。一方面电影开端于记录美学，另一方面人类第一次用电影摄影机面对我们真实的生存世界，第一次就把焦点对准了工人，对准了普通劳动者。电影史上，有无数这个主题的电影让我激动不已，像《偷自行车的人》。

剧本写完之后，我又犹豫起来。这个剧本写两个年轻人，同一年入厂，在同一个师傅手下干活，同一年成为劳模，也同一年恋爱，几乎前后生子，但也同一年下岗，同一年在宿舍里面无所事事，打麻将、酗酒。渐渐地孩子大了，两个家庭决定一起去做生意。他们在市场里面摆了一个服装摊，一起早出晚归经营这个小小的生意。但随着时间的推移，因为钱的问题两个原本和睦的家庭开始有了猜忌。剧本写完之后，我得意了几天。但是冷静一想，觉得这部电影的主题，除了社会层面问题，诸如工人生活困顿之外，还有什么更多的东西吗？我觉得工人这样的群体，他们在体制里面的生存经验一定会有更多的可能性。这个剧本被我锁在抽屉里，一直没有拿出来。

2006年底，有一天新闻里讲：成都有一家拥有三万工人、十万家属的工厂“成发集团”（又名“420厂”），将土地转让给了“华润置地”，一年之后整座承载了三万职工、十万家属生活记忆的工厂将会像弹烟灰一样，灰飞烟灭，而一座现代化的楼盘将拔地而起。从国营保密工厂到商业楼盘的巨大变迁，呈现出了土地的命运，而无数工人生生死死、起起落落的记忆呢？这些记忆将于何处安放呢？

这条新闻提示了我，新中国五十年的工业记忆需要我们去面对。

曾经为了让国家富强、个人幸福而选择了计划经济体制，但五十年来我们为这个试验而付出的代价是什么？那些最终告别工厂，孑然一身又要重新寻找自我的无数个个体，浮现在这条新闻背后。我一下子感到这是一个巨大的寓言。从土地的变迁，从计划经济到市场经济，从集体主义到个人，这是一个关于体制的故事，是一个关于全体中国人集体记忆的故事。我毫不犹豫地去了成都，徘徊在这家工厂周围，决定一部新电影的拍摄。

去成都之后，从飞机场出来，路上可以看到霓虹灯下闪烁着的广告牌，上面写着：成都，一座你来了就不想离开的城市。有关成都的传说是：这里物价便宜，女人美丽，私生活可以腐朽，生活节奏缓慢。

到了工厂所在地双桥子，在420厂边徘徊的时候，我看不到任何的惊心动魄。在冰冷的水泥铸就的二环路旁边，一边是围墙里面依然需要检查工作证才能出入的厂区，另一边却是一幅世俗的场景。一排排六层居民楼构成的工人宿舍区里人来人往，灰色的六层楼下面都是改建的小商铺：卖熟食的、发廊、麻将室。有拍摄婚礼录像的，也有卖墓地的；有卡拉OK，也有裁缝铺。生老病死都可以在这个院子里完成。到下午三点以后，阳光渐渐变得温和，宿舍区宽阔的街道上人头攒动，四十多岁不算老也不算年轻的人，和那些已经满头白发的老人混杂一起，坐在路边开始打麻将，仿佛周围发生的一切都与他们无关。人生的波澜壮阔都在哗啦啦作响的麻将里面。这些曾经握着螺丝刀的手，这些曾经目不转睛凝视着车床的眼睛，这些曾经出入在图书馆、实验室的身影，如今聚集街头，呼啸牌场。他们会偶尔抬起头望一下我这个过客，然后又把注意力收回到牌桌上。

我在这里面穿行，像穿行在一个静止的世界。不远处市中心灯火辉煌，CUCCI、阿玛尼，各种各样的品牌店拔地而起，成都有全中国最大的LV专卖店。而在宿舍区，这里牌桌上的输赢只是在一块两块之间。当夜幕降临，人们各自回到家里面，我想这个安静的社区里面又埋藏了多少的不平静。

我决定拍一部纪录片，去接近这些师傅的面孔，去了解他们埋藏在内心深处的话语。在《成都商报》的帮助下，我们连登了几天广告，寻找愿意讲述工厂经验的工人。某一个下午我自己去接热线，当约定的时间到来的时候，那几部红色的话机突然铃声四起，我在慌乱中一个个地接起。很多电话刚刚接通，那边没说几句话已经哽咽不止。听筒这边，我分明还能听到对方是在一个寂静的房子里面讲话。我能够想象，或许他的爱人正在外面打麻将，或许他的儿女这时候正在课堂上为高考拼搏。而一个孤独的中年人，他一个人坐在自己的房间里，拿起电话拨某个号码的时候，才愿意讲述他长久以来不能说出的心事。

这些工人师傅和更多的中国人一样，他们离开工厂，但还有一个家庭可以接纳他的生活。每一个人在家庭里面都在尽量地维护家庭的快乐，特别是在年幼的孩子面前，他们从来没有眉头紧锁，他们从来没有把自己的焦虑跟夜不能寐的那些压力变成一种家庭气氛。每一个家庭还都有餐桌边的欢声笑语，人们在议论昨晚电视剧情节中度过一个又一个平静的日子。而在无人的时刻，他们有了眼泪，他们有了无法说下去的故事。我迅速地登记好了这些想要讲述的工人师傅的名字和他们的联系方式，然后开始了采访。

进入工人师傅的家庭，仿佛回到了 70 年代末和 80 年代初，几乎所有家庭的装修都是一致的。黝黑的水泥地、黄色的双人床、衣柜、立柜、沙发、墙上交叉挂着的羽毛球拍和钉子上挂着的洁白的羽毛球。所有的物品都停留在了 80 年代。唯一能够提示当代气氛的是孩子们的相片。那些穿着耐克、染着黄头发，工人师傅的下一代。他们在照片中冲着我们微笑，无忧无虑。

当摄影机面对这些工人师傅的时候，往往他们激情澎湃的讲述都是关于别人的。我不停地追问：您自己那个时候在做什么？几乎所有的工人师傅都在说，你不要问我的故事，我很平淡，没有故事。五十多年的集体生活对一个人的改变，并不是那么容易就能够更改。在过去，每个工人都认为自己处在集体里面，是这个集体的一部分，是机器上的一颗螺丝钉。而今天，当他们再也不用与其他几千、几万工友穿着同一款工装，同一个时间涌进工厂大门的时候，当他们坐在各自的客厅里，去讲述自己的生活的时候，这是一些活生生的个人。但是把话题带入个人的讲述，是一个很艰难的事情，它让我知道，过去的体制生活是多么深刻地影响了一代又一代的中国人。

每一次访谈将要结束的时候，都伴随着很长时间的沉默。在这本书里，白纸黑字，句句都是过往的真实生活。但是我一直在想：在这些工人师傅讲述之余，在他们停下来不说话的时候，又有多少惊心动魄的记忆隐没在了沉默之中，可能那些沉默才是最重要的。

我相信大家看这本书，也能看到那一片沉默。

2009年2月12日

贾樟柯《中国工人访谈录：二十四城记》序言，
山东画报出版社，2009年4月第1版

老　木

第广龙

老木是个凄惶人。夜路走多了，自己吓着自己一回也难免，但老木遭的是大灾遇的是大难，而且一件接一件，似乎便有命定的因素了。

老木矮个子，小眼睛，话不多，不幸连连砸到头上，更不愿动舌头了，一张嘴像是描到脸上的多余线条。心事太重，就在老木的腔子里长着，像是长着石头长着铁。老木常常一个人窝在野营房里，不串门子，也不到镇子上走一走。野外队的人都担心老木得神经病，真到了这一步，就把他两个娃害了。

那是一年前，老木一个人看守井场。轻松，不费力气，端个茶杯喝着，捏一把葵花籽嗑着，看日头生铁疙瘩般挪到东边的山峁峁上，又软柿子般瘫到西边的山峁峁上，一个白天就过去了。天黑了，睡灵醒点，小动静咳嗽两声，大动静起来拿手电乱照几下，一个晚上就过去了。这个井场的地上积了几摊原油，附近的农民提着铁皮桶，找老木，看能不能让铲了去。按说点个头，不算个啥。野外队回收吧，麻烦，价值不大，做个人情，脸上都好看。农民弄走，于野外队，清洁了井场，于自己，烧火做饭呼呼地，胜过干硬柴。平时别人看井场，都是这么办的。但老木端得正正的，还有点讲原则，农民就围一圈下话，说好听的，纸烟也戳到嘴里了，还给点上。这一下闯了大祸。井场上的空气里聚满了油井里散发出来的易燃气体，轰的一声就铺张成了火海。有几个没跑得及，头发、衣裳着成了灰，肉身子缩成了黑焦蛋蛋。井架烧软了，一部东方红牌的通井机变了形。老木手脚利索，只把一撮眉毛让火焰舔了去，别的地方还都安全。但这是大事故，公检法上手了，老木被治了罪，身上背了监外执行三年刑期，但好歹把公职保留下了。

我分配到野外队的时候，老木也天天上班，却只能领三十多块钱的生活费。每顿吃饭，老木都是最后一个去，只买两个馒头，关了门就着家里捎来的咸韭菜下咽。老木是要从牙缝里省几个，农村的老婆带着一对龙凤胎，过活得艰难啊。老天连叹气的工夫都没给老木留够，一场秋天的连阴雨又把老家的窑洞泡塌了，老婆护住了娃，自己却闭上了双眼。一儿一女只有四岁，接过来，老木经管。大伙儿看着难受，一把米一把盐地帮衬帮衬。井场上去不成了，野外队照顾他，在院子里干些杂务。才三十出头，老木的头发白了一半，面相跟榆树皮一样。娃娃不知道雨点子大，逗弄野外队的花狗，揪棵草、拣个螺丝耍得高兴。老木看着眼前的天真烂漫，也额头舒展，流露出酸楚的幸福。

山里头空荡荡的，早早天就黑了，先从山脊背黑，再黑到杜梨树杈的喜鹊窝，再黑到野外队食堂的那一根烟囱，最后黑到了老木的脸上，山里头就全黑实了。老木睡不着，乏得骨头都散了，就是没瞌睡。他有时一个人在院子里慢腾腾走，我后半夜起来上厕所，就碰见两回，想着老木的处境，心里酸酸的，又没有合适的安慰，只能悄悄走开。

也不想想老木过的啥日子，竟然有人上门提亲来了！

来人是附近的一个场面人，抛头露脸，牵连关系，少不了这类人，男婚女嫁，也吹风放气，但当地人一般不叫媒人，叫说和事的。说和事的靠的也是嘴皮子。见老木，直截了当：不是为你，是为娃！娃得有个软身子体贴，吃一嘴热乎饭，手和脚一天洗两回。千难万难大人能克服，娃过不去，娃的路长着呢，有人疼有人爱，娃才能长好，一辈子不就为了娃吗？娃是命根根啊。一席话说得老木眼泪汪汪的，心里头腾开了地方，就有些愿意了。说和事的这才提起女方的情况，虽然够不上十全十美，但人家是个大姑娘，才一十八岁，模样也百里挑一，就是家里人口多，粮食老接济不上，想早早打发了少个端碗的，你老木二茬儿庄稼了，也不计较，图个人老实，又吃着公家的饭，也是个稳当的靠山。看看，多在理！又是几趟来回，抖掉差的，抹严漏的，火候拿捏得让饺子扑打起锅盖，就该见面了。

老木定亲的枝枝节节我没见上，事情定下了，老木里外得不下轻闲，虽说辛苦，可心里受活。这天早上，要娶亲去了，野外队一大帮人拥挤在大卡车的车槽子里，土路颠簸着，尘土飞扬着，心里头都欢欢喜喜，着急着要看新媳妇。路倒是不远，往大山的更深处走了一个多小时，在路边停下了，老木和说和事的及我们的队长顺土坎登踏上去，进了一户向阳开挖了窑洞的庄院。老木的双手里，托抱着一个用一块素色大手帕包扎的四方形。那是六千块钱，都是十块一张的，临走前，老木搓热手指头，连着数了三遍，都数清楚了，一张不多，一张不少。这在当地叫彩礼，是说和事的人私底下这头那头走动，反复沟通了双方才定下的，要交给新媳妇家里的掌柜的，也就是新媳妇她爸。我曾听到一句话，勾描了当地人的生活：穿衣靠皮子，出门靠驴子，吃饭靠糜子，花钱靠女子。这最后一条，挑明了养个女子是要卖钱的。女子迟早是别人的，贫苦的山里都是土里刨食吃，女子顶不了劳力，还要梳头打扮，多一份花销，虽然亲骨头亲肉，嫁人了，一次性把成本和利润算上，已成了被普遍认可的传统。老木出得要多出一截，那也没办法，谁叫你是拿工资的呢。我知道这六千块老木凑得费力，反悔的念头都流露了，多亏野外队的几个老乡主动给借，又做了半天的思想工作，老木才不再动摇，一只脚在地上使劲一踩，下了最后的决心。

老木出来的时候，手里的四方形不见了，身后多了一个人，头微微低着，穿了件大红的上衣。这就是老木的新媳妇。说和事的没露面，可能已功成身退了。我们原本没有下车，都探着头瞅，直到女的、老木、队长挤进了驾驶楼，大卡车又风风火火开到乡政府，我们在车槽子里瞅着他们出驾驶楼，进到一间老旧的青砖房里领结婚证。工夫不大，出来了。卡车突突着，又往回赶路，我印象里好像一口气就跑回到了野外队。我们纷纷跳下车，拍打身上的尘土，整整衣裳，都到老木的新房看看。新房实际上还是野营房，是个大间，里头有两张铁架子床拼起来的新床；有一个新脸盆架；有两只搁在老木的那只大木头箱子上的新皮箱；地中间是一个铁板做面、铁管做腿，焊到一起的桌子，桌子上放了一盘瓜子糖，几包纸烟。其他就没有啥了。新媳妇倒大方，不怯生，招呼我们吃纸烟、吃糖。我留神看了看，脸上黑一点，但鼻眼清秀、端正，个子高出老木许多。

中午野外队会餐，等于给老木办喜宴。大家吃饱了，喝好了，还有几个喝醉了，也难得热闹了一场。老木脸上一直挂着笑，虽然隐约着一丝苦涩，笑容能来到脸上，能笑得这么长久，我是头一回见。队上有使坏地嚷嚷，老木的新房门口要贴对子，一边贴扶稳钻杆，一边贴多打进尺！这对子用的都是野外队的术语，意思都明白，就起哄，就开心地笑。大伙儿是用粗陋的方式，真心地替老木高兴。老木咽了太多的苦水，也该甜一甜了，这甜就在眼前，实实在在，这甜才开了个头。

新媳妇的名字都没记下，三天后出了门，以为是回娘家了，原来不是，在野外队门口挡了个便车，不知到哪里逛去了。老木的脸阴阴的，问不出个话，一对儿女还是那么欢实，吵吵闹闹追着耍。我从老木的老乡那里听说，这女的嫁给老木，本身就不情愿，但自己又不能做主，勉强过了门，心里一直别扭。这三天里，老木把女的碰都没碰过。是女的不让碰，被子包得严严的，睡在铁床的另一头。老木试探了几下，得不了手，也不是个强硬人，就灰了心。只想着对娃娃好，汤汤水水准备着，把家里收拾着也行。可没料到才新婚三天，女的不言不吭，跑得人影都不见，老木绝望了。我也事后诸葛亮，简单分析了一下，觉得老木的这次娶亲行为，的确有点仓促，有点欠考虑。一是和女的接触时间短，相互不了解，没有建立任何感情基础；二是年龄差距较大，沟通困难，缺乏共同语言；三是没有吸引女方的优势，比如财产（欠着债）、环境（大山里）、个人相貌（个子矮）。综上所述，老木的这场婚姻是维持不下去的，即使凑合着过，也不会幸福美满。

大概一个月后，女的又回来了。看见她在老木的房子里出进，我一再希望我判断失误，希望女的和老木好好过日子。但看老木的神情，似乎并不是那么回事，还因为只见女的洗了一回衣服，没见做过饭，每顿饭都是老木到野外队的食堂买。野外队通常成了家的，都是点个煤油炉子做饭。这个女的回来后，除了和队长说过几句话以外，吊着脸，和我们谁都没搭过腔。开始大家不介意，还当她是老木的媳妇，还给她一个笑脸，看女的是这么个样子，也就没人再理会了，有时还拿恨眼看她。就这样又过了半年，女的中间又外出了几回，每回都在十天半个月，回来一次，问老木要些钱，又出去了。老木娶的哪是媳妇，连个摆设都比不上，摆设还能看，还不乱跑。我看不出女的有和老木长期生活的迹象，估计她是有意这样表现以求得解脱。老木不会骂人不会打人，自己生气自己，受不了自己折磨，也替女的难受，思谋再三，主动提出离婚。

那天还是个大清早，正是初冬天气，野外队的房子顶上，飘散着生火炉子冒出来的青烟。山里头的冬天，把石头都能冻裂，这天气没有人出门，再皮实的人也扛不住这冷。再冷怕也冷不过老木的心口，老木又一次受到了惨重的打击。真不知道老木还能不能挺住，真盼着头顶的老天能照顾老木一回。办离婚手续，野外队没有跟着去人，还是那台大卡车，还是那条土路，还是那个乡政府，老木和女的在结婚不到一年后又走了一回。回来的时候，是老木一个人……一个人。老木娶媳妇欠的债，还得慢慢还，也不知道啥时才能还清。

选自第广龙《记住这些人》，太白文艺出版社，2009年8月第1版
荣获“第四届中华铁人文学奖”

石油信仰

第广龙

提起铁人，指称是唯一的，说的就是王进喜，这已成为常识。王进喜就是铁人，铁人就是王进喜，几乎不用解释。既然叫铁人，那一定超越了凡人，一定与众不同。的确，王进喜这个名字，铁人这个名字，代表着一个时代，代表着一种精神，即使在如今，也是响亮的，有力量的。

我每次到大庆，都要去铁人纪念馆，已经去了五次了。在介绍铁人事迹的图片前，我总是克制不住要流泪。有一段视频，是铁人跳进泥浆池用身体搅拌泥浆的场景，我看一会儿，眼睛赶紧转到别处，我不忍再看，再看下去，我的难过，会从胸口顶出来。作为一个过来人，我的感动，不是由于脆弱，也不光是我也有一个石油人的身份。

我眼前的铁人，也有一个知道疼的肉身，对于冷热，其实和我的感知是一样的。在生理上，王进喜不是特殊材料合成的，受了凉，他一样会感冒，遇到重物的击打，他一样会骨折。当铁人跳进泥浆池，用身体搅拌泥浆，铁人的骨头一定也钻心般疼，他腿疾未愈，混合了水泥的液体怎么能不刺激皮肤，怎么能不产生烧灼感呢。东北的夜晚，人在户外，穿得再厚实，那也得不住跺脚，劳动的间隙，铁人把光板羊皮袄垫在钻杆上，躺下去就能稍稍歇息一下，铁人的脊背不冷吗？一定冷。铁人穿过的这件羊皮袄还在，就像刚从冰天雪地归来，上面有星斗的擦痕，有来自两千米、三千米地下深处那乌黑的印记。铁人戴过的钢盔、骑过的摩托车、用过的笔记本，都是老物件，也都留下来了。

铁人的形象，在我的心目中变得清晰，变得血肉分明，是在我把自己投入大野，在储蓄了石油的大山日夜颠簸之后。是的，就在二十世纪八十年代初，我年轻懵懂，前途茫然，竟然就做了一个决定，穿上油工衣，成为在风雨里奔走的一员。我原来认识的铁人，在纪念邮票上，手握刹把，站在钻塔下，是高大的，威风的，但并不具体，只是一个轮廓，甚至，是一个符号。和我之间，隔着一层，我更多是通过想象，勾勒出铁人的精神面貌。当我来到一口油井跟前，就有了细节，有了我的体验。这是不一样的，包含的，不光是职业相同而产生的心理共鸣。石油从地底喷涌而出，由于压力作用，发出体积放大而释放出来的吼声，我的耳膜也像鼓风机一样响应着。一天下来，我满身油污和尘土，身子骨疲惫如一个旧包袱，我必须承认，从一开始，我对我的身份，并不感到自豪，更不可能充满热爱。对我来说，这只是一个无奈的选择，走到这一步了，硬着头皮走下去，总归是一个饭碗，能养活自己。起先，我的思想动态就如此。说来惭愧，我一点也不先进，我的觉悟不高。

面对艰难，一个态度叫认命，一个态度是拥抱，视之为必然而激发出强大的意志。我把铁疙瘩搬起来，又扔地上，一次次重复，我的力气用光了，睡一夜，力气又回来了。我有过抱怨，甚至绝望。可是，我高考落榜，当兵又没走成。曾有过短暂的打工经历，因为拉架子车拉不动，被辞退了，我对自己的生存能力是怀疑的。当我在石油的山水间安顿下来，一天天的，我饭量增大，胳膊上也膨胀出了瓷实的肌肉，我能抡着大管钳上紧油管的丝扣，也可以走一早上山路，走到井场不歇息，一会儿就把柴油机发动着。我证明了自己，获得了自信，对于石油的情感，也发生了微妙的变化。

其实，人在一个环境里，香气熏着，还是冷风刮着，都有相互试探和接纳这么一个过程。开始舒服了，身子骨容易软。多吃苦，又何尝不是成长的需要。当时看，命运对我过于严格，一路过来，再看，我庆幸这份赐予，也感谢自己没有退缩，没有沉沦。世上的路，有的能走通顺，有的遇见的磕绊多些，走过去了，会觉得更值得。我在我的青年时代，看似有太多的亏欠，而我的得到，却一直在，一直随身。钱能花光，脱离实际的欲望，常常把人性杀伤。在筋骨受累、肠肚鸣响的跌宕中，人有了自知，有了自重，到啥时候，都成全着人，让人学会承受，有向前走的耐力。

在中国地图上，不论东西两端，还是南北纵贯，抑或中心腹地，如果把一个个油田标注出来，就是一幅石油版图。这些名字，是炽热的，黏稠的，是黑色的。打出中国陆上第一口油井的延长，抽油机还在转动；哪里有石油，哪里就有玉门人，黑油山、鸭儿峡，耕作石油的脚印，还轮廓分明；克拉玛依因为一首歌而朗朗上口；大港在天津，海风拂过高高的井架；大庆，一面旗、一团火，无上荣光和骄傲的象征，王进喜就在大庆，大庆和王进喜是一体的，合体的。我加入石油的行列里，开始深入地了解他，亲近他，在我的心中，他是我的父辈，石油如同血液，贯通了我们……王进喜，就是从玉门来到大庆，而成为铁人的。玉门走出去了多少好汉啊！我来到长庆，就知道，这个油田的骨架，这个油田的魂魄，主要的构成，就来自玉门。大庆，更是广为人知，这个大油田，这个奇迹，就是以铁人为代表的石油人，在茫茫雪原上，用双手托举起来的。大庆和长庆，一个在东北的黑土地，一个在西北的黄土地，相隔遥远，因为石油，又血脉相连。当长庆蹒跚着脚步，艰难地打开大山里的石油之门，铁人已经长眠于地下，已经远去了。但是，铁人不死，铁人的精神不死。石油有枯竭的那一天，或者，出现替代能源，再也不用打油井了，铁人还会继续活着，被一代一代人记忆，不是传说，是史实，有过这么一个人，一个了不起的人，提起他，敬佩是由衷的。

铁人说："宁可少活二十年，拼命也要拿下大油田。"豪迈的话语里，有一股子狠劲，一股子倔强劲。那个时代，祖国大地上的建设者，认准一个目标，打仗一样，冲锋在前，愿意付出，不怕牺牲，非要见到结果才罢休。我能背诵铁人的诗："石油工人一声吼，地球也要抖三抖，"直接、坚定，底气之足，勇气之大，是一种彻底的袒露和呈现。我在黄土高原上，上山钻沟，从一个棋盘一样的井场到又一个棋盘一样的井场，油工衣穿烂了，再换一身，翻毛皮鞋磨透了底，能凑合穿接着穿。上夜班给我留下的记忆最深，流星如雨，天幕深蓝，钻井平台上的马达，跳起来又被按住，我的身子里，也奔突着一匹马。我能驾驭这奔波的人生吗？工休间隙，我躺在土坡上，嘴里嚼着青草，我有我的忧愁，我不知道能不能找到对象，也不知道过年能不能请上探亲假回家，可我知道，我不能输，我是一个掘进者，石油的那胸大肌一般的隆起，涟漪一般的构造，被我攥紧，被我介入，我也在开发自己，向着我的梦想和失望，向着我的体力劳动。我的能量，不是一次性的，能释放也能聚集，我的强大，就是我的沉默。

在大庆，铁人无处不在。铁人属于一个民族，大庆更以诞生了铁人而与众不同。钻井队有铁人队，学校叫铁人小学，人里头树立的标杆是新铁人。走在大庆，走过铁人桥，走在铁人广场，走进铁人小区，走向铁人纪念馆，这些用铁人命名的，这顺理成章，理所当然。如果说这些只是表面，在内里，铁人已经成为大庆，成为大庆人的文化基因。这是昭示的结果，也在不知不觉中，影响到人的行为。我和大庆人说话，我的西北口音，交流没有障碍，大庆的西北人多，公园里，腰上挂收音机晨练的老汉，听的就是秦腔。王进喜就是西北人，来到大庆，乡音不改。老一辈人，工作条件差，吃的喝的，都紧张。脚跟站稳了，基础打下了，日子在向好，感念的，是老一辈人，以自我的牺牲，给后人铺开了腾挪的场面。大庆的黑土地，抓一把都抓出油，草甸子铺展天际，石油早就埋在地下面，种一块石头，也开得出花。和其他油田一样，哪里有石油，就调集人马到哪里去，大庆人来自西北，来自全国各地，后来，晚辈长大了，就说东北话，说普通话。不过，骨子里，都属于干一件事情，非要干到底，有打算，不实现不罢休，不是给别人看，是给自己看，工作的标准和要求，一定是最高的，这是所有石油人共同的特征。

我曾经迷惑，石油所在的地域，为什么都偏僻荒凉？天安门广场多平坦，下面没有石油，即便有，那也不会允许立起井架的。大庆在发现石油之前，就没有大庆，发现了石油，才有了一个正式的名字。我在西部的长庆，油田的名字也是随着石油的挖掘才给起下的。在这里，在山里走一天，也不见人烟。啥都没有，通向井场的道路，是专门修筑的。那些年，有兵马，就得备粮草，物资供应无法和外部连通，当地贫瘠的出产，也满足不了十几万人的需求，于是，挖石油的，也从事了各种生产活动。大庆就有被服厂、农场。我到长庆，是八十年代初，石油工人，不再住地坑子、住干打垒了，也不再用铁揪炒菜了，生活条件的改善，更多地依靠自身的努力。依然有放羊的工种，也有压面条的铺子，里头上班的是随丈夫到油田的家属。那些年的油田，就是一个社会，一直延续到九十年代后期。油田举办工贸展览会，轻工业产品，农产品，应有尽有。甚至有汽车保险带，有包装用的编织袋，甚至有喝的果醋，穿的皮鞋。这些，都是油田自己生产的。据说，有的油田，还有酒厂、卷烟厂，由于质量保证，不光自己用，在社会上也是知名品牌。

时间往前走，石油行业也不再是原来的样子了。许多地方，因为有油田，而发展出一个城市，石油人也有了安定的生活。可是，我自打来到油田，就用感官体验了一个词——野外作业。的确，时代在变，人的面貌在变，这看得见。不过，环境的荒凉，没有变，许多力气活儿，还得靠人力完成。最考验人的，就是孤独了。那些守单井的，一天又一天，连个说话的人都没有，就对着镜子，自己和自己说话，不然，倒休的时候，出了山，舌头都是僵硬的。野外队逐油而迁，每到一个油田新区，都是从头再来，就连简易厕所，也得重新挖。行业的特性，注定了这群人的生活，有残缺，有长夜的煎熬。

其中一定有传承，我的女儿在油田长大，参加工作，也成了一个石油人。那个地方叫白豹，高高的土山，路是土路，下雨吸足水，太阳暴晒，变得蓬松，塘土一尺厚，人走上去，没过腿肚子。山顶上一个采油站，叫白一转，全站只有六个人。女儿上一晚上夜班，一次次爬到大罐上量油，早上换班，还要给站上的人做饭。小时候倒没有娇惯，整天做作业做不完，家务活没怎么承担，厨房帮手，最多也就是洗碗，没炒过菜啊，结果煮鸡蛋加水少了，把锅都烧漏了。如今的年轻人，选择多元，不太愿意吃石油饭。和女儿一起招工的，有两个到白豹看了一下，转身就放弃了，还有一个，哭了一礼拜，也卷上铺盖走人了。女儿坚持住了，在白豹过了冬天，又过了夏天。谁不心疼儿女，女儿不在家，她的房子空着，父母的心，也是悬空的，又包含着期望。人的成长，都会有一个个关口，天有阴晴，人有离合，挫折、苦累、委屈，经历了，能转化，会受益一生。女儿没有让我失望，在油田，在白一转，迎着能吹跑石头的风，没被吹倒，她的收获，我给不了，广阔而粗糙的油田，让她有了自己的天地。

“这困难那困难，国家缺油是最大的困难；这矛盾那矛盾，国家没油是最大的矛盾。”这是铁人说的。国家有需要，铁人掏出的是滚烫的肝胆。铁人知行如一，言行合一，恨不得把浑身的干劲，都释放在钻井平台上。铁人得到了什么？是一个石油人的荣耀，在铁人看来，这比什么都宝贵。人心都是肉长的，铁人也有家人，也有欲求，一份自觉担负起来的责任，让他有舍弃，把一个人字，大写在黑土地上。铁人离开几十年了，他的名字，更加深切地被后来者怀念和记取。当我再度来到大庆，走在凌晨的让胡路，阳光倾洒，楼房，树木，都有感官，明亮的身形，温热起来了。我在铁人纪念馆，又一次看着铁人的记账本，又一次感叹唏嘘。看一个人，既要看大的方面，而透过一些细小处，在一些私密化的方面，才看得更真实，更能看清人格和人性。铁人重病在床，探视他的人，有的带了钱。铁人一笔一笔，记录了三笔，一百元的，三百元的，人不行了，反复叮嘱家人，一定归还。铁人在末尾写了四个字，我不困难。铁人文化程度不高，才活了四十七岁，铁人又超越了自我，他以加速度燃烧生命，抵达了大境界。一个只知道无私付出，而羞于索取的人，一个有大爱，也在细微处对自我有要求的人，更高大了。这是人的高大，这是风云岁月里，石油人的高大。

原载《文艺报》2018 年 6 月 29 日

词典：南方工业生活（节选）

萧相风

电子厂

荧光灯挂在低矮的流水线上，在夕照或月夜之时，远望那些荧光灯，它们是新的夕阳或明月，悬在那工业的屋檐下嘤嘤地叫着、哼着。一排排手和呼吸，她们在白莹莹的灯管下低着头，穿着统一的静电服，长发裹在工帽里，露出一小段青丝，眼睛紧紧地盯着双手，一手捉着电子元器件，一手捏住烙铁。产品在焊锡中不时冒出一缕青烟，沿着排风机零零散散地飘走。是焊锡，将产品和汗水焊接在一起，电容、二极管，悲欢和青春共同装配在印刷线路板上，这是一般电子厂常见的情景。

电子厂的种类是最复杂的，生产电容、电阻、二极管、三极管、接插件、线圈、音圈、PCB、SMT、IC 卡、LED 和各类家电的都叫电子厂。人们都说，二十一世纪是数字化时代。所谓的数字化时代就是由电子厂缔造而成，由流水拉上无数双女工的手缔造而成。

从深圳沿梅观高速转莞深高速在黄江出口转出，共约三十八公里，从东莞黄江公常路东转北岸路进去三百米左右，有一家极其普通的电子厂。二〇〇〇年我曾经在那里工作过一年，该厂属于台资，一栋三层楼的厂房，两栋八层高的宿舍，围成了一个北京四合院样式。这是珠三角一带比较典型的电子厂，宿舍面积五倍于厂房，间接表明了它是一个劳动密集型的工厂。厂房上嵌着一块工厂钢字招牌：QB（隐名），QB 厂主要生产接插件，规模小，两三百人左右，组织架构也相对简单。总经理是台湾人。副理是贵州人，一个初中毕业的女士，管人颇为严厉。该厂的主要客户就是台商，其中就有富士康的业务往来。二〇〇八年金融风暴时我路过黄江，特意去看了这家往昔的工厂。工厂还在，生疼的阳光依旧照着泛旧的厂房以及泛旧的招牌，唯一的变化是，员工都换了，我一个也不认识。周围曾经的空地上起了更多的厂房，迁来了五金厂、塑胶厂、鞋材厂和别的电子厂，同时对面原有的两家工厂不在了，换成了别的工厂。中午下了班，QB 厂涌出来一波下班潮，员工们身上的工衣没有变，还是当初那个黄色 T 恤衫。我问一个不认识的工友：最近厂里生产忙吗？她答道：一年不如一年，说不定要搬厂。我一愣，这个厂最初是在深圳建厂，为了降低人工成本，两年后搬到了东莞，难道还要搬？我问：要搬到哪里去啊？她不耐烦地说：谁知道！

在密集型劳动中，手工操作仍然占了很大的比例。烙铁就是电子厂最常见的工具。我记得在一个电子厂做储干时，必须在生产线每个工位上学习几天，股长首先将我安排在焊锡工位上拿烙铁。坐在工位上，拿着锡线，在高温的烙铁下，一个女工教我如何焊，如何识别虚焊假焊。锡线在烙铁头上熔成一滴滴的，我将漆包线的线芯接在零件上，让锡滴冷却，银白色的锡液像一滴泪珠，不听话，在手指间慌乱滚动，此时需要用指甲挡住那滴锡点，女工让我蘸一点黄色助焊膏，将烙铁头用砂纸打磨光滑。至今我还记得工位上的她们，大拇指的指甲盖被熔化的锡点灼得黄黄的，每个人都是留着长长的指甲盖。现在有波峰焊，自动化程度再高，焊锡这道工序总是离不开人工。拿烙铁的工位，因为接触有害气体，又稍有些技术含量，这个工种通常有一些岗位津贴，每月会多发几十块钱。有些女孩子在焊锡中皮肤过敏，脸上长痘痘。休息两天，痘痘就自然消失。焊锡产生的烟雾，毒性不小，比较正规的工厂，通常在旁边设一个吸烟的排气管。二〇〇二年欧盟颁布了RoHS指令，对于锡的铅含量有一些强制性规定。RoHS指令是贸易保护主义的产物，同样也是环境保护主义的产物，它对电子消费品生产过程提出了有害物质控制的要求。

在电子厂，除了焊锡，还有一个常用词汇，就是SMT，汉译是电子表面贴片技术。它可以是名词，也可以是动词；可以是技术，也可以是生产流程。作为SMT，一个电子零部件，上面可能有成百上千的零件。通过流水拉上一双双女工的手，最终变成一个半成品。在SMT这道工序或这个车间里，流水拉的概念显得更为贴切和流畅。流水拉上，零件一件件聚在一起，然后经过FQC终检，入仓，又通过一辆辆货柜送到客户的工厂，半成品又在客户的流水拉上转一圈，这条产业链或物流链，经过货柜和流水拉、公路或码头，你会蓦然发觉，整个经济社会都是一条流水拉，我们都在流水拉的旁边忙忙碌碌。

电子厂除了SMT之外，手工还是占了主导地位。这是一个典型的劳动密集型的场所。而在这个场所，又存在一个有趣的现象。《西游记》里有个女儿国，电子厂也是一个“女儿国”。流水拉上所有的作业员，都是女工。操作工是女孩，QC员是女孩，物料员是女孩，技术员、助拉、拉长都是女孩。可以说，电子厂是女孩子的代名词。在这样的女儿国里，青春变成了一道纯粹的风景。在流水拉下埋头做事时，工作服里那裹不住的青春，仿佛工业齿轮缝隙里的花瓣。

流水拉

流水拉是工业史上最伟大的发明之一。纪录片《大国崛起》说："如果说，牛顿为工业革命创造了一把科学的钥匙，瓦特拿着这把钥匙开启了工业革命的大门，那么，亚当·斯密则是挥动一只看不见的手，为工业革命的推进缔造了一个新的经济秩序。"亚当·斯密在《国富论》中第一次提出了分工的理论，费雷德里克·泰勒提出科学管理，将标准化纳入生产中。一九一三年八月一个炎热的早晨，福特的汽车流水线作业成功应用，流水拉逐渐改变了过去手工作坊模式。成为庞大而复杂的工业消化系统中的主要肠道。

如今在大洋彼岸的中国，流水拉像一条条龙舟在珠三角流域竞帆争流。二○○四年我在福永一个电子厂里拆过流水拉，又装过流水拉。那时老板决定改变一下车间布局，于是，拆掉——再重装。流水拉再简单不过了，就是一条铁架子，上面循环滚动着橡胶皮带。拉上装一些灯管和辅助作业的工装，两边排上凳子，坐上女工，就是一条流水拉。每次更换产品——我们叫作"换拉"，流水拉依然是那条流水拉，只是换掉了物料，重新调配一次人员。停拉开拉仅在于流水拉上的一个开关，按开它，流水拉带着吱吱呀呀的杂音，重新向前跑动，根据每道工序的作业快慢和生产进度，可以灵活地旋转一个速度旋钮，随时调节流水拉的快慢。从第一个工位到最后一个工位，根据作业节拍，对瓶颈工序适当增加人员。随着生产的进步，流水拉的样式也日益增多，配合机械手和工装，可以分流为双层的流水拉。

二○○○年第一次在黄江的电子厂看到流水拉。每一条不足五十米的流水拉聚集了四十多名工人，拉上密密麻麻坐满了姑娘，她们在灯管下埋头绕线、插接端子、包扎余线。几乎每天在同一张凳子同一个位置，操作着同样的产品，手指使劲，将端子一根根插入胶壳针座里，有的端子偏大而胶壳偏小，必须用力抵入，五根手指在长时间的作业中，沿着意外的方向翘曲，并拢时各自叉开。第一天下来，手指就胀疼了，第二天手指磨出血泡，以后就慢慢长出了一层硬茧，速度也大大提升，可以熟练地插入端子，每天的产量也可以轻松完成。劳动给我们带来的最大报酬是坚强。日复一日，我们适应了这个位置，习惯了这条流水拉。

作为流水拉，自然就衍生出带拉的一个头儿——拉长。有的拉长工作繁忙，又配备一名助拉，或再配备一名物料员。拉长、助拉就像是船长和大副一样，带领着员工们，驾着这条“船”在流水中航行。每天开完早会，物料员将材料放在流水拉的前端，将开关一开，这条“船”就开始航行了。数不尽的龙舟朝前竞跑着，世界的工业链也开动起来，汗水、人的青春、料的动态都沿着流水拉皮带向前奔驰。在流水拉上作业是枯燥的，每天面对同一种产品或不同的产品，姑娘们对未来的梦想就在上面流走了。同时，劳动是每个人的必需品，不仅仅是物质的，也是精神的。

苇岸在《大地上的事情》中说：“从存在角度讲，一个孤立的水滴意味着什么呢？死亡！故每个水滴都与生俱来地拥有一个终极愿望或梦想：天下所有水滴全部汇聚在一起。在这个伟大梦想的驱动下，河流最终消失了，诞生了海洋。”在工厂无数的流水拉这里，每个人恰好就是一颗水滴，他们将梦想、青春、情感汇聚在一起，一条流水拉就是这么一条河流，它向前奔驰，在某个地点与另一条流水拉交汇，并注入另一条河流，它们在不断地分支或合流，这是工业时代星罗棋布的“水乡”。

妻在南山某工业区的一家电子厂上班，每天回来将流水拉上的故事絮絮地向我讲述。她们车间里的拉长，她们的姐妹，她们的酸甜苦辣，她们天天围绕着的流水拉，每天也在我大脑里运转。那是一家外资厂，从金融危机中复苏时订单也越来越多，每个车间的四条流水拉满负荷转动着。在这家电子厂，有的人已经做了十年，大部分才刚刚进厂，招进来的新员工短暂停靠后又选择自离。尽管工厂待遇合法，福利不错，但是小小的车间人来人往，旧人走了新人来了，员工们像流水一样离开一条流水拉，又流向另一个工厂另一条流水拉。最近她的一个同事离开这家干了多年的工厂，要回老家谋生，临行时发来了短信："祝福我吧！我就要离开深圳了。你们好好干！说不定若干年后，我还会来找你们的。我会想念流水拉上的姐妹们。"

在流水拉作业中，流动人员之间如同水面相连的浮萍，流水拉串联又分割着这种纯粹的人性相依。为了提高流水拉本身的效率，在订单紧急时，我们工厂的老总叫工程部的同事每天观察和监测流水拉的速度。这是一条自动回流线。同事用秒表测着一个循环来回的时间，经过调试，将流水线的速度提到了最大限度。十一秒，十秒，九秒，在流水拉上的分分秒秒，就像吊瓶里的点滴，一步步踩着钟表里的时间，每分每秒都从众人的身边流过，带走人们最快的动作。

流水拉在不同的工厂以不同的形式存在着，更多的工厂不再是单纯地搭起一条流水拉，而是利用大型机器，利用辊筒和传输带，利用自动化机械将整条生产线连成一体，此时流水拉已经变成了流水线。在流水线上没有转折号、顿号和逗号，流水线就是一篇没有标点符号的文言文，一气呵成而没有停顿。每次站在不同的流水拉旁边，我都在想，流水拉啊流水拉，这个工业时代最重要的食道，一切都会老去，唯时间永向前，面对千篇一律的劳动或经常更换的新产品，我们在重复的流动中是否适应了麻木？在这个时间容器里我们被慢慢消化，历史不会改变，谁也不会停下步伐。

最后我摘抄一首自己的诗歌送给流水拉：

没错，流水拉如同繁忙的高速
没错，我们都是流水拉的组成部分
没错，有人喜欢有人痛恨

没错，不少家伙靠在拉上做梦
没错，流水拉上响起了《纤夫的爱》
没错，那只是他娘的幻觉
没错，流水拉并不是一个错误
没错，一条河流也会犯错
没错，生活就是无数条流水拉流向我们的结果
没错，流水拉也在喧嚣中波光粼粼地闪烁
没错，流水拉既是噪音也是一曲春天的交响乐

加 班

二〇〇〇年，东莞黄江某电子厂。“阿秀，今晚加班！”

“又要加班！今天是星期天啊！”“没办法，要急着赶货。”

“这三个月，每个礼拜天晚上都没得休息。”

阿秀在机台上噘起了小嘴。阿秀是江西人，未婚，做事手脚麻利，连续加了三个月班。当时我在厂里做机修，正在她的机台上帮忙。车间主管说要加班，阿秀满脸乌云在机台上使脾气。主管也来气了：“又不是你一个人加班，大家都要加！我也想休息呢。”那段时间工厂正是旺季，在两班倒的情况下白班依然会加到晚上九点半。加班费按照基本工资的1∶1.1计算，因此大家对加班并不情愿。有的“黑厂”甚至按照1∶1来计算加班费，或者干脆没有。最近订单更紧，连日来加班加到晚上十一点半，大家都变成了大熊猫。

二〇〇七年，深圳某塑胶厂。

“阿光，今晚加班！”

“组长，我呢？我要不要加？”

“你？你就不用了。晚上阿光一个就够了。”

“怎么老是让阿光加班，没我的份儿呢？”

“争什么？大家轮流来。下周就安排你。你也知道公司在严格控制加班。”

没有轮上加班的阿荣很是气恼，拿着模仁在模架上狠敲了一下。我路过注塑车间对阿荣笑：“不加班可以出去潇洒，这还不好？”阿荣捻着数钱的手势苦笑：“这还好？每个月发下来这点工资就潇洒不起来了。”这家工厂还算正规，按照《中华人民共和国劳动法》来计算加班工资，平时加班 1∶1.5，周六周日加班 1∶2，节假日是 1∶3。由于底薪一般，加班费高，大家主要是靠加班费生活。但是公司为了控制成本，严格管制员工的加班时间，谁加班谁不加班，需要经过管理者的层层批准，此时多加班就成了员工向往的福利了。车间主任对谁好，就让谁多加班，看谁不顺眼，就不让加班。有一名男工不服从他的管理，用车间主任的话说：“这家伙牛，比牛魔王还牛！看我怎么治他！我天天不安排他加班。看他服帖不服帖。”

二〇〇九年，深圳某电子厂。

“阿勇，今晚加班！”

“主管，我今晚有点事，能不能不加？”

“生产忙得很，昨天的一个单还没生产完。你说你有什么事？”

“天天加班，这一个礼拜都没得休息。简直与世隔绝了。”

“出来不就为了加班赚钱？少啰唆。加班费丝毫也不会少你的。”

阿勇瞪了一眼主管，转过身嘟哝了一句：“赚钱不要命了？谁稀罕！”主管在背后盯着阿勇，也低声骂道：“现在的年轻人身在福中不知福，有加班费也不加，想当年老子加班都没有加班费。”这是二〇〇九年我在一个车间看到的情形。工厂在金融危机中订单反而有所增加，生产紧张，招了不少员工。大部分是八〇后员工，针对八〇后员工，公司还办过有针对性的管理课程。尽管按《劳动法》计加班费，但是加班对于年轻人来说，已失去了往昔的光环。

以欧美国家为主的国际劳工组织为了限制中国的劳动力优势，提出了 SA8000，其中规定工人一周工作最多不能超四十八小时，加班不能超过十二小时。我国的《劳动法》第四十一条也有了相关规定："用人单位由于生产经营需要，经与工会和劳动者协商后可以延长工作时间，一般每天不得超过一小时；因特殊原因需要延长工作时间的，在保障劳动者身体健康的条件下延长工作时间每日不得超过三个小时，但是每月不得超过三十六小时。"这对保障和改善劳工们的工作条件具有不可磨灭的积极意义。当我们的工人还在温饱与小康之间挣扎时，适当限制加班是必要的，而过分的加班限制反而显得不人道，而保证加班工资按照法定方式计算，倒显得迫在眉睫。只要保证了合法的加班费，企业主也自然会主动限制工人加班。

一九九五年三月二十五日国务院发布了《国务院关于修改〈国务院关于职工工作时间的规定〉的决定》〔国务院令第 174 号〕。该决定规定自一九九五年五月一日起，在全国职工中实行每日工作八小时、每周工作四十小时的新工时制度，八小时之外计为加班。然而从二十世纪九十年代到二十一世纪初的这些年，许多工厂规定正班为九小时或十小时，或者干脆不计加班。二〇〇〇年我在生产一线工作时，所有的加班都是按照正班计薪。在那个工厂的对面有一家大型的纺织品厂，隔着一条污水河，每个夜晚我们在宿舍的阳台上隔岸观火，那些灯光似乎从来不曾熄灭过，那些机器也从未停止过振动。制衣厂通常采取计件方式计酬，加班也是按照计件来计算。这家制衣厂因高负荷加班，据说倒下了十多个人。

在那个春天，昭紧随着我的脚步，也跟着老乡来到了广东，在东莞横沥某帽厂做车工，这个帽厂夹在众多工厂的缝隙里。约四月的一天，昭来电线厂找我，工厂保安自然拒之门外，后来我从老乡那里得知他找过我。我进入黄江一家电子厂后，在国庆节放假那天，特意跑到横沥去找他。经过多次转车和问路，在午后的大太阳底下终于找到了那个帽厂，隔着栏杆我请一个工友到宿舍里找昭出来。在外面等了很久，终于出来一个女工友，老远就喊：昭走了，就在前天走的。后来回到家乡我见到了昭，问起他的那段打工生活。他说，天天加班，加到半夜一点，在车位上两眼怎么也睁不开了，只有电车一直在响，双手脱离了大脑指挥还在操作，车出来的线也不管它是弯是直了，反正是车，拼命车！好几次针头扎进工友们的手指里。生活伙食差，营养跟不上，睡觉也睡不好，集体宿舍里有臭虫，每个夜晚爬出来咬人，手捉是捉不住的，臭虫倏地一钻就躲进了床板缝隙里。同时车间里有几个河南籍的工友老是刁难和恐吓他，有一次忍无可忍，跟人打了一架。为了防止报复，他当晚简单收拾了行李，将行李包从宿舍窗户扔下楼，工资也不要，一个人就这样悄悄走了。我看着昭瘦削的轮廓，想起他曾经圆润的脸庞。我问他一个月下来，工资能有多少？昭说，每天加班，上满一个月也就是三四百元之间。

在珠三角计件型的工厂，无所谓加班与正班的区别。这些年来的经济繁荣，是无数打工者的红眼球熬出来的。

一九九二年深圳市石岩镇办了一份墙报，名字起得很有创意——《加班报》。《加班报》成了打工文学的一个历史符号。《加班报》创刊的口号是："我们刚刚结束给老板加班，现在我们开始为自己的命运加班。"口号叫得响亮、激昂和有力，仿佛我们的人生由自己去创造。在工作中我们为老板加工，在工作之外我们为自己的命运加班。我们对工作要加班，对生活也要加班。黑夜为白天加班，路灯为公路加班，萤火虫为乡下的夜晚加班，秋蝉为最后的一缕暑热加班。"加班"这个词语似乎洗净了身上的血汗，如一曲磅礴的交响乐在粗糙的现实中奏响。流过汗水之后，这个词语的脸庞竟然露出劳动之后的红晕。

每个夜晚工友们相互打电话给朋友，第一句话就是："今晚，你加班吗？"

工 衣

在我简陋的布衣柜里挂着两件工衣，白色的衬衫，长期闲置着，背心部位已经泛黄了，几颗黑色的星点分布在上面。这是我在上一个公司所穿的工衣。旧工衣旁挨着另外两件新的工衣，夏装，一蓝一白，胸口上嵌着 logo，现在我在新公司工作了一年多。工衣在工厂里叫厂服，也叫工作服。按照级别和工种，工作服和王朝宫殿里的官服一样，分为各式各样的类型。工衣是农民转化为工人的一个标志，穿上工衣也就彻底融入了工厂。为了统一定做工衣，号码通常只有 S、M、L、XL、XXL。个别的时候也会有 XXXL。要是遇上“姚明”或“潘长江”，也是没办法配置合适的工衣。

我所穿过的工衣，有灰蓝色的短袖和长袖衬衫，那是在电线厂做搬运工所穿的工衣，这就是蓝领工人的标准蓝色。蓝色象征着天空或大海，是最广阔的底色。在每天的汗渍浸蚀和双手搓洗下，慢慢褪成浅蓝色。工衣后领上有一串数字编号，为了防止同事间混用。我辞工出厂的那天，门卫打开我的密码箱，还特意检查我的工衣编号，那时有个组长的工衣被偷了。二〇〇二年我穿过鲜红色的工衣，那时我在电池厂做 IPQC 员。红是火焰，是血，在中国传统文化里是喜庆、忠烈和庄重。红色在安全标志里表示警告、禁止。在工厂里，穿着红色也表明了重点关注，代表了一种权力和激烈。在判定 NG 产品时，我们的 NG（No-go）印章就是红色的。物件器具被贴上了红色，昭示着它血的不祥。在生产线上的最初七天里，我依然穿着自己的便衣，我的便衣格外扎眼，无法融入车间的工衣海洋，仿佛我是不被环境溶解的一个异端分子。主管有一天在车间里巡视，忽然注视着我的上衣说：“咦，你怎么还没有穿上工衣？”“哦？不知道谁发工衣？”主管说："自己赶紧去仓库领。"我去仓库领了两件QC工衣。换上一件，回到车间，工友盯着我说："哎呀，换工衣啦，不错呀。"我微笑着说："大红大紫，像女人穿的。男人穿在身上怪不自然的。"工友哈哈地笑："红色好，红色是喜气，新娘的大盖头就是红红的。"生产部的工友穿着深紫色工衣，深紫色耐脏，凝重而刻板的颜色像极了他们繁重而刻板的工作。我喜欢夏装QC工衣，是绛紫色，在太阳底下激情而不轻佻。半年后，QC员新的冬装发下来了，又全变成了绿色。

二○○四年我在凤凰一家电子厂做QE和技术员时，穿的是白色衬衫，这是公司所有人员统一的颜色，要求将衬衫下摆整齐扎进裤腰，上至总经理下到员工全部是纯白色的工衣。清洁阿姨也是穿着白色。白色是一种单纯的复色，象征着高贵、端庄和干干净净。这在别的公司都是办公室白领的颜色。大家都认为，白色是颜色中的贵族。但是白色也是有缺陷的颜色。工程部的电工、锣工和机修，在复杂的线路和管道里钻进钻出，与铁屑飞溅沾满机油的加工机床打交道，每天下来，机油朵朵绽放在洁白的工衣上，很快渗透到白色里，晕洇开来化作了宣纸上的墨迹。电工和机修每次作业时用围兜袖筒上上下下裹着工衣。后来，污点越来越多，干脆什么也不裹了。白色过于理想主义了，无法适应这个肮脏埋汰的世界。而冬装工衣是一件黑色牛仔式外套，质硬，简明而扼要，它与白色夏装搭配在一起，黑白分明。冬装工衣每人只发了一套，一周下来就只有周六晚上有空脱下来洗，晾一天，下周一就要接着穿上去。要是下周一工衣还没干透，也只有带着润渍沁凉的感觉套上了身，借着自己的体温将它焙干。虽然不发放工裤，但这个工厂还有一个特殊规定，无论寒暑，要求所有人的裤子统一为深蓝色牛仔裤，自己到服装市场去买。炎夏时，这裤子就像一副厚重的铠甲，锁住两条大腿，勒出一股股汗水，使得下体老是保持潮湿，潮湿得可以长出蘑菇。男工们每天下了班就在床头抓着下身的瘙痒，因此得了皮炎、湿疹。但是老板一直认为牛仔裤是最佳的工作服。

再往前想想，二〇〇〇年在黄江的电子厂穿的工衣是什么颜色和款式呢？频繁的色彩和飘荡的岁月让我彩色的记忆褪色泛黄了。那是一个台资厂，夏装是淡黄的T恤，布料里含着粗糙的纤维，我穿的是一件旧工衣，工衣是免费发放、循环使用的。每次放长假离厂时都要上缴工衣，供下一轮新员工使用。冬装工衣大约是天蓝色的夹克衫，开着一个“V”形领口，透露出女性的韵味，

员工、主管、机修和QC人员一律都是这个颜色和款式。QC员唯一的区别就是在左上臂套上红色袖章，上面印着“FQC”字样。因为冬装工衣每人只发一件，为了换洗，公司里规定周日加班可以穿个人的便装。每到这一天，车间里忽然充满了娇艳春色，女孩子特立独行穿出她们平日里最好看的衣服。我拿着扳手行走在车间里惊呆了，灰色的世界变为一座花园或者一个繁华的服装市场，往日统一的工衣，那宽大的衣摆和生硬的线条完全覆盖了个人曲线。此时，换上放肆的衣裙，花苞大放。

二〇〇五年在塑胶厂上班。我第一天到门卫室报到，保安在一一检查每个人的着装是否合规，没穿工衣不允许上班。在办公室我穿上了浅青色的工衣，免费发放的，一套新衣一套旧衣。牛仔衣式样的下摆，束口箍腰。而公司里每个部门都穿着不一样的颜色和款式。生产部穿着深蓝偏紫的工衣，普工下摆开口，技术员和干部下摆束口；装配部主要是女工，女工们穿着浅蓝色的圆领角工衣；工程部穿着蓝紫色的工衣；品质部同事的工衣清一色全是青绿色，纯正的绿，靛青的绿，象征着绿油油的生机，在安全标志里起到告知、指示的作用，在交通规则里是通行通过的意思。这也与品质部最大的愿望相似——希望品质达到免检的完美、产品全部通过，Pass！

在我现在的公司里，品质部工衣是黄色衬衫。黄色是龙袍的颜色，雍容华贵，在安全标志中是注意、醒目的意思。QC员穿着黄色，似乎也暗示着权力和注意。生产部的工衣是灰色的，灰尘、落叶、荒漠、风沙、弥天大雾、贫穷和失望都是灰色的，是那么不起眼，灰色

是大地上最普遍也最普通的颜色。在生产线上，为了区分新员工，工厂给新员工佩戴一枚绿色的臂章，绿色是新鲜，是未成熟，毕竟是新员工嘛，这是重点管理和帮扶对象。所有新进的员工都在右臂别着一枚臂章，也时刻暗示着员工本人：加把劲吧，你还是新人。最近招进不少新员工，工衣不够发放，许多新员工穿着便装上班。有一次我去车间，发现一个新来的工友，因为没有本公司工衣，穿了一件从别的工厂带来的旧工衣，起初我以为是哪家客户或供应商前来参观。工衣与工衣在这里交锋，犹如战场上两军混战，产生了奇趣。脱下一套，再换上一套，一个人一生究竟要穿多少套工衣呢？

通常工作服是免费发放的，按照劳动法是属于劳保用品范围，企业不得获取服装费。而过去的黑中介就是借工作服骗取求职人员高昂的费用。还有一些工厂，也会在工衣上额外地赚一笔钱，本来是一件成本十元左右的工衣，工厂却报价二十五元；一百元的服装，工厂却说成五百元，费用从工资里扣。尤其是黑厂，专以昂贵的工作服骗钱。守法的工厂则免费发放，辞职后回收工衣。

还有什么颜色我没有穿过呢？我将目光从衣橱里的工衣移到窗外马路对面的工厂宿舍，那一排排走廊上晾满了各式各样的工衣。黄红蓝绿黑白，不同的颜色在风中摇晃。我想，哪一种颜色属于我或我属于哪一种颜色呢？天空下着雨，灰蒙蒙的，像银灰色油漆淋湿了全身，我害怕这个色彩，而我就是灰色。

出 粮

本厂诚聘大量车工和普工，男女不限，熟手优手，工资待遇优厚，包吃包住，出粮准时。有意者请联系。

××制衣厂

×年×月×日

像上面这类招工广告，在珠三角的大街小巷里经常出现。熟悉打工生活的人都知道——常在招工广告里出现的“出粮”这个词。“出粮”富有浓郁的广东话特色，将“发工资”叫作“出粮”，形象地反映了农耕时代人们将温饱当作了生活的最大目标。这个词需要大家像品工夫茶一样地细细品味。可以品出最深层的滋味。

第一，它反映了过去农业社会的特征。在过去，粮食的丰收是最大的喜悦，这个用词挪到工业社会，工人们不再是田间劳作，而是在车间里劳作，镰刀和锄头被机床、烙铁、扳手、钳子所代替。最终的愿望，也是获得丰厚的劳动报酬。

第二，反映了民以食为天的思想。出粮领下来的工资，就是为了养家糊口。“温饱”是工人们最基本的需要。对于许多“月光族”而言，房租、水电费、管理费、交通卡、手机费、信用卡、煤气费、上网费、请客、送礼、吃饭、喝水、打球、唱歌统统需要花钱。快到月底时，“粮仓”就告急。某些年轻的消费群体，工资有多少，消费就达到多少。因此，白领一族也就真成了“白领”，每月工资都是白领。

第三，“出粮”也体现了一种潜在的分配格局。为工厂打工，为老板打工，等的就是“出粮”，尽管付出了生产要素中最重要的劳动力，但分配的权力掌握在每个老板手里。员工要想获得这个“粮食”，只有依靠老板的“二次分配”。

无论如何，出粮了，是值得高兴的。有些效益较好的企业在年终还会实行双薪或三薪，出双份粮，对于员工长期留在企业有一定的吸引力。

最大的麻烦在于出粮不及时甚或不出粮。每个公司的做法不一样。一般工厂扣压工资，当月工资，次月发放。外资企业相对及时，当月工资，次月十日或十五日发放。无论何时发放，固定发放周期都是工人可以容忍的现象。拖工资，是建筑行业中常有的事儿。作为制造行业，尤其是二○○八年金融风暴之后，也出现了部分公司拖欠工资的现象。这些公司为了周转有限的资金，便在员工的工资上做文章。新闻时常报道拖薪讨薪事件。为了讨薪，马路和高楼成了工人经常利用的险地。二〇〇五年，我曾打工的福永的一家电池厂，工厂因故倒闭，老板卷款潜逃，留下了六百多名员工近三个月的工资未予支付，村委会当即查封了厂里所有的固定资产。为了讨薪，员工们集合起来，拦截在宝安大道上，最终从村委会那里领完了三个月的基本工资，但是办公室的管理员就只领了一个月工资。这些管理员不服，再去马路上闹，也无济于事。

那时我已在另一家公司上班，接到工友的电话时，虽然在意料之中，但仍有些吃惊。记得当初我离开那个电池厂时，其境况已经难以为继了。那老板为人还是朴实的，行为、言语都很低调。我在这个工厂做 IPQC 和车间主管时，偶尔在车间里碰到她巡厂，都是默默无言。有人说，不认识的人在外面碰到她，没准就以为是普通的打工妹，真没想到，她最后丢下六百号人不管了。

为了保证工人拿到工资，如今各地政府部门也出台了相关保障措施。譬如有的地方政府设有五道防线，保证工人能按时按量拿到工资。所谓五道防线是指：工人若拿不到工资，政府首先追究老板的责任；如果老板逃匿，就追究厂房业主的责任；业主没足够的钱垫付工人工资，就追究当地村（居）民小组的责任；村（居）民小组一时筹不够钱垫付工人工资，就责成当地村（居）委会掏腰包；村（居）委会也筹不够钱，最终由镇政府垫付工人工资。有关人士和各级政府都有责任保证工人工资的支付，无论工厂发生任何事情，首先要解决工人的辛苦工钱。

各地政府下辖有劳动服务站，配了专职人员，化解基层劳动纠纷。近年来，因工厂拖欠工资而到镇政府上访的事件有所减少。二〇〇五年，深圳恶意欠薪案件频发，引发的集体上访达二百七十五批、八千四百四十三人次，占全市集体上访总次数的三分之一（《深圳特区报》二〇一〇年一月十二日 A 十三版）。二〇〇六年政府出台了利用刑拘等手段打击恶意欠薪的政策。二〇〇六年一月十二日上午十点，“深圳打击恶意逃薪公开处理大会”，现场座无虚席，公安部门公开宣布，八名恶意逃薪的深圳企业老板，涉嫌经济犯罪被刑事拘留。刑拘恶意欠薪老板，深圳开了全国之先河。

倒 班

倒班是工业生产里的一首回文诗，是马达里循环旋转的皮带。工人在焚膏继晷的制造车间里被分成了两班或多班，交替连接了日日夜夜的生产。

在塑胶厂、五金厂、化工厂里，那些大型生产设备，一旦停下来，不但带来能源和材料的损耗，而且大大降低了生产效率。开动这样的设备有一个较长的启动时间或预热阶段，所以必须倒班。还有的工厂为了充分利用生产资源或者赶急货，也会实行两班制。

上晚班是辛苦的，给人体正常的新陈代谢带来了不可扭转的干扰，天天见不到太阳，你的白天就是我的黑夜，你的黑夜是我的白天。根据国家法定，晚班应给适当补贴。但是在我们的夜班里，只有满脸的痘痘和疲劳，看不到津贴。

二〇〇年我在电线厂上班时，倒班的那天通常也没有休息，半天交换，就将班次调换过来。不同的工厂倒班的频次也不一样，有的半个月倒一次班，有的一个月倒一次班。对于特殊的工种和岗位，还会安排上常夜班。我在电子厂做机修时，曾连续上了三个月的夜班。在漫长的夜班里，看着月亮圆了三次，期盼着天空出现刺眼的太阳。这个期盼有如月经推迟的姑娘对月经的渴盼。

对于两班制，通常白班从早上八点到晚上八点，夜班从晚上八点到早上八点。这里就有一个时间界定问题，譬如在五月十日晚八点上班，会处于五月十日和五月十一日之间，那么该天夜班是算作五月十日的班次，还是算作五月十一日的班次呢？这是因厂而异，有的公司夜班先行，有的公司是白班先行。

白班和夜班由于作息时间的互换对调，在休息上也会产生冲突。譬如白班的中午下班回宿舍，此时夜班的人员正在睡觉，有些不自觉的工友就在旁边打牌或大声说话，自然就会吵到夜班人员休息。我在一个电子厂时，两班的同事为此骂娘打架。夜班的同事为了报复，在午夜中途休息时，也回到宿舍大吵大闹，弄得白班的人无法休息。公司为了避免冲突，将白夜班人员分在了不同的宿舍。

夜班时，工厂的主要领导都已经下班，夜班人员也就没了“紧箍咒”的管束，生产纪律也随之松懈。为了加强夜班的纪律，“巡夜”就成了公司的管理手段。每周由各部高层经理轮流来工厂巡夜，检查纪律状况。这颇似军队里的“查岗”或“巡岗”。凌晨一至两点是最容易打瞌睡的时间，领导往往就选在这个时候来查夜。

我曾在一个工厂，不是各部负责人来查夜，而是老总亲自来巡查，老总只相信自己。他几乎每周来一两次，无论晴雨，也不分寒暑，每晚从被窝里爬起来，驾着小车从家里开往工厂，在工厂里转一圈，经常发现员工躲在天台上或藏在空调房里睡觉，后来甚至发现保安离岗睡觉。于是现场拍照，给以警告、罚款。这样一来，上夜班的工友相互之间便形成了一个警报网，一旦发现老总的小车出现在厂门口，保安就会在对讲机里小心地报告：各位注意，各位注意，老总来了。收到警报后，各车间的工友奔走相告，整理仪容，各就各位认真地干活儿。查了几个晚上，老总均没发现异常。但是据私底下的亲信反映，晚班的纪律比以前更差了。有些工人经常串岗，还吸烟（工厂是禁止烟火的），后半夜经常睡觉。某个夏夜，为了更真实地了解情况，老总决定偷偷潜伏进去。他将车子远远地停在厂外，徒步走到工厂后面的幽静处，四周瞧了瞧，不顾肥胖之躯，四肢并用，翻墙爬了进去。老总先从后面的车间开始查，来了一个快速的大扫荡。这次突袭收获颇丰，发现了两名员工在水房里洗澡洗衣服，将工衣晾在空压机的管道上；发现了三名员工伏在工位上打瞌睡，口水流了尺把长，老总拍了好几张全方位照片，他们还在熟睡，旁观的员工忍不住呵呵暗笑；发现了一名保安在岗位亭里睡觉，三名仓管员全在成品仓的角落里打呼噜，吹起了统一的小洋号；发现了一名生产部组长在天台上四仰八叉地睡觉；一名QC员在小房间里一边抽烟一边看武侠小说；最离谱的是发现了三名工程部技术员躲在锅炉房里斗地主。

这次老总气歪了嘴，铁青着脸狠狠地屌了大家一顿。用挨屌的同事的话说："被屌得飞了起来。"

工厂真不好管哪！关键是工人不好管哪！老总有一次这样跟我发了句牢骚。我闻后无语。人毕竟是人，不是机器。而工厂毕竟是工厂，不是大炕。生产管理就是要求稳定，减小变差，包括人性上的变差，无论员工的人性如何参差不齐。奇怪的是，老总一直查得很严，夜班的纪律也一直没有显著改善。人们似乎喜欢了这种"反扫荡"，查得越严，那种反巡查的刺激感就越强烈。

轮 休

轮休是工业生产中的一个逗号，不，是一个顿号。在工厂里，轮休就是在不中断生产的情况下安排工人们轮流休息。员工们的休息依次会被排到周一至周日的任意一天。今天你休，明天我休，后天他休，这样就可以调换其他岗位的人员顶岗，不至于造成生产岗位的大面积缺人。

连续生产的大型联动设备和轮休的工人，构成了大型工业生产中自然的组合。在高速高效的产业链里，人们是接力赛中飞奔的运动员，只有接力棒一直在跑。但是设备也是有生命的，在每个月度或季度，给设备安排"休息"、进行检修也是刻不容缓的。

机器如此，更何况乎人。因此在人事编制中，有一种岗位定员法，它不得不充分考虑轮休的问题，并确定一个轮休系数。下面就是这样一个定员的公式。

$$M=[E\times\sum(n\times m\times s)]\div K$$

式中：M——岗位定员人数

m——岗位定员标准

s——班次

n——同类岗位数

E——轮休系数

K——出勤率

在这样的换算中，轮休系数根据每周工作天数定为7/5。工厂管理者利用数学公式，将工人们算成一个个数据，工人以分子的角色（在收入分配时相反，是以分母的角色）进入公式里进行换算，然后确定最佳的人机组合。科学管理在这里会尽可能挤干人性的水分，同时社会的需求又依赖并推动着这样的生产。

工人们不理会什么轮休系数，反正能安排休息就不错了。至于在哪一天休息，好像也无关紧要。相反，周末出门人山人海，大街上拥挤不堪，平时休息更加悠闲。此时周末不再是休息的代名词，“星期天”或“周末”的概念在轮休的工人当中消失。在分开的轮休里，工友们难得聚在一块，唯有单独出行和游玩。但平时工作繁忙，休息日爬山、游玩也实在太累。那就睡觉吧，将闹钟取消了，好好睡个懒觉，成为工友们的最佳选择。睡到早上八点，眼睛就睁开了，再睡却睡不进去。手机里的闹钟可以取消，但是生物钟里的闹钟无法取消，闹钟已经定在了身体里。恋在床上失去了意义，起来吧。

在家做饭的同事就忙着出门买菜，到菜市场或超市里买足一周的食物和生活用品。提着一袋满当当的东西回来，叮叮当当开始做饭炒菜。吃和睡，是轮休的两大主题。我问一个在深圳干了六年的同事：“去过世界之窗吗？”他摇了摇头。“游过大梅沙吗？”他摇了摇头。“爬过梧桐山吗？”他说：“太累了，谁还再去找累受。”我笑了笑：“那么你说说，你去过哪里？”同事抓着后脑勺想了一会儿：“除了工厂，好像……没去什么地方。”“明天星期五你轮休，要干吗去？”

同事笑道："还能干吗！"

打 卡

二〇〇〇年在电线厂时，第一次不懂打卡，问芯线组的组长，组长是湖南郴州人，是我眼里的好人。那时，我是最底层的搬运工，进入陌生的工厂。头天搬行李进宿舍时，清杂物，铺床位，不小心将他的一对小音箱的电源线给拉断了。这可如何是好？初来乍到就坏了事。组长下班后，我小心地向他道歉。他笑着说，没关系，一对旧音箱，我早打算不要了。不知道他是不是真的不要了，总之我向他请教了一些工厂的问题，知道了上班一定要记住打卡。他耐心地教我如何打卡：将个人的出勤卡正面朝向自己，然后伸到卡钟底部，卡钟自动就会打上。半个月就要换一面打卡，每面只有十五天左右的打卡空位。

哦，我知道了。我上的是夜班，上班前我在考勤卡架找我的卡，几个铁制的考勤卡架并列挂在车间门口的外墙上，分别标示了不同部门，每个卡槽里都插上了纸卡，一个人对应一张卡。我借着卡架上的纸卡数量估算着这个车间的人数，数了数，我这个部门有五十多人。纸卡上手写着不同的名字，有的卡上沾着手印和油渍，我一个名字一个名字逐一查找，摸着每张卡，似乎握住了每一位工友的手，终于找到了我的名字，这就是我的卡，一张空白全新的考勤卡，上面空着日历等着我用每天的时间去填满。我将纸卡伸入卡钟，伸到底部，电子卡钟咚的一震，打卡机咔嗒一声，就将时间印在出勤卡上。工资就是靠出勤卡上的时间计算。我迅速抽出纸卡，迎着灯光仔细查看，蓝色的墨水显示：19：21。这个时间就成了第一天打工的开端。

五年后，我在另一家塑胶厂，办理好入厂手续，上班打卡时，已经知道我打的卡是感应刷卡机，也叫电子考勤机。用IC卡厂牌在打卡机感应区上一放，绿光闪烁一下，同时嘀一声，姓名、工号、打卡时间均在液晶显示器上显现，这表示我打卡成功。感应区也就是读写器表面，一般只要在十毫米以内接触，就可以通过无线电波完成打卡数据的传输，因此这也叫刷卡。

为了规范刷卡，公司出台了不少管理制度。规定打卡最多只能提前三十分钟，每次只能刷一次，必须由本人刷卡，一经发现有人代刷，双方均计旷工一天，等等。

又四年，我进了一家制品厂，最初公司采用前面所说的感应卡，没过多久公司就换了一种更先进的指纹卡。将每个人的指纹事先输入打卡机的处理器预存，每人保存左右两只手指的三个不同侧面的指纹，每天上下班由员工在指纹卡上按手指，按左手或右手，与电脑预存的三个指纹匹对，打卡成功了，指纹卡会亮绿灯说：谢谢。打卡失败了，指纹卡会亮红灯说：请重按手指。指纹是一个人独一无二的标志。这样谁也代不了谁。当然指纹机也有个缺点，就是在感应器上按手指时，并不是每次都能成功匹配，有时需要按下多次才能成功。有个同事每次在感应器按的指纹都是清清楚楚，指纹卡却总是无法识别。我们就笑她是外星人，叫她最好改用脚趾。总有一些人会被笑成外星人。

因此指纹卡容易耽误时间，造成打卡的人排队。生产部人多，每次打卡排长龙，工厂在车间门口又增设了一个打卡机。大概是有些员工对这家伙反感：打卡费时费力，还有被监控到身体的意思。暗中有人搞过几次恶作剧，将指纹卡的感应器揭掉了一层保护膜，在上面撒了一层胶粉，或抹上一些水珠。公司高层生气了：损坏打卡机就照价分摊到该部门的所有员工身上。如今市面上还出现了一种人脸识别考勤机，通过你的脸部特征识别，它是认脸不认人或者翻脸不认人。

据说煤矿上个别工人不识字，就在出勤记录和工资单上画圈圈或按手印，与打卡的性质也是一样的。时间已经被我们的钟表分成了精密的刻度，卡钟要求我们必须踩准刻度，要是哪一天打卡迟到或忘记打卡，就会得到相应的处罚。这时我们就会拿着纸卡找经理签卡，经理问：为什么没打卡，是不是迟到啦？下属笑嘻嘻地说：没有迟到，就是忘了，所以麻烦你补签一下。经理眨着眼睛说：下次注意啦！下属于是侥幸地领着补签的纸卡回来。假若刷的是IC卡，就要写一个补签卡申请，由经理签完字再递到人事部去。

上班打卡，下班打卡，卡吧！曾有人将上班的“上”和下班的“下”合在一起，就是“卡”。对于上班族来说，“卡”是他们的命运。打卡是一个边界，将工作和生活分开。过去我们的祖辈在田间劳作，是根据鸡叫、太阳和月亮而定，闻鸡起床，日落而息，或者看着月出东山，在田间插秧，月挂中天时则荷锄而归。在工厂里，打卡机代替了鸡鸣或太阳，我们根据卡钟定好闹钟，将闹钟搁在枕头边，清晨闹钟准时鸣叫，电子数码的叫声尖厉短促，实在没有乡下的鸡叫声好听。也有的闹钟会模拟公鸡报晓，“格嘞——”拉长的声音仿佛真是村野里的鸡鸣。在清醒而剧痛的头脑里，我们知道懒觉不能睡了，这一天的忙碌将要开始了。为了多休息片刻，我们尽可能延迟起床时间，而将中途赶路的时间算得很死，我们必须匆匆地走。我在楼上临窗俯视下面的公路，下面的一切都开始骚动。在我上班的路上，每天有浩浩荡荡的上班队伍，穿着不同工衣的工人表明他们不是同一个工厂，但是大家都有同样的目的地，就是打卡机。路上会经过早餐摊点，有的人匆匆绕过早餐摊拼命地奔跑起来，他快要迟到了。有的人蹲在路边快速地嚼着早餐——葱饼、油条或肉包。还有一支下夜班的队伍，逆流而行，他们刚刚从夜晚来到白天，温和的晨光贴在他们的倦容上，将干涩的皮肤抹上光滑的金粉。车辆也在公路上横冲直撞，呜呜地抖着身子，撒开四排巨轮向前狂飙。为了赶时间，工人瞅准空隙惊险地穿过马路。路上的喇叭嘀嘀叫着不停。每个上班的人脸上都是紧绷绷的，两条腿上紧了发条，跑到工厂，进了大门，门卫正在检查。在打卡的地方，工友们排起了长长的队伍，每个人依次通过卡钟，在指纹卡上按下自己的指纹，将个人的时间印在卡钟的存储器里。亮了绿灯，指纹卡说：谢谢！机器是如此礼貌，不忘向每个人都说声谢谢。那是一个温和的女声。她为什么要谢谢我们呢？谢谢我们什么呢？这些没有人去理会了。总之，这说明打卡成功。人们只关心是否赶上了时间。车间里的工友正在鸣叫的机器中忙碌，写字楼里有的职员已经提前来了，用口杯打上一杯开水，整理桌面，还有的同事在桌上吃着早餐——后来老板规定不允许携带早餐进办公室。在指纹卡上我急忙按食指，看了一下显示器，还好，时间是 7：51。我泄了一口长气。迟到是要扣钱的，因此准时是必需的。在打卡的日子里，我写下来这样一首诗：

准时

上班准时出门，
碰见准时的同事。

大家准时“嗨——”
指纹卡会说“谢谢”！

八点准时开会，
迟到罚款二十。

大家准时低头，
问题准时汇报。

出错货，上班睡觉，
不良率像房价一样居高。

批评准时结束，

有时也会延长。

晚上准时回家，
新闻准时联播。

世界准时在爆炸，
就像我定的闹钟。

哥本哈根发出了邀请，
首脑们将准时出席。

准时上床睡觉，
情人在梦里等我。

她紧紧地抱着我撒娇：
记得下次绝不可迟到。

集体宿舍

有的小工厂，集体宿舍是租来的居民楼，楼道狭窄，只容两人转身。为了节约空间，集体宿舍里排好上下两层的铁架床。在电镀厂上班时，我还见过上中下三层铁床，是那种薄薄的角铁焊成的，每层只能容得伸直的脑袋张望，那的的确确是一个鸽子笼般大小的空间。技术难度最大的是中间那层，每次起身下床只能缩着脖子，两只手撑在床上，慢慢地滚出来，一只脚探在外面的床梯上，

用力试一试，稳了，才小心地爬下来。至于最上层的床位，已经贴着天花板，铁床一晃，感觉在荡秋千，全身绷紧了肌肉，惊悚地

盯着下面。每天睡觉，在梦中仿佛变成了杨利伟环游太空。在这种逼仄的床上睡觉，再不老实的人也老实了。几乎天天有人自离，同时有新人住进去，感觉真像一间小旅馆，周围的床铺走马灯般接纳着不同的过客。在人来人往的床板上，凉风也进出着宿舍，有的人什么也没有留下，有的人终于留下了一点纪念，譬如臭虫。在一家电子厂工作时，宿舍里臭虫横行，据保安说是当初一位女孩从别的厂带来的，这个几近灭绝的物种在南方的床板下复活和流行。

集体宿舍还有一种就是超大。有的工厂集体宿舍是大通间，里面可住上百号人。两百多名工人同处一个大通间，其中又分白夜两班，交叉住在一起。磨牙的磨牙，打鼾的打鼾，梦呓的梦呓，诸声交响，雷霆万钧、万马齐奔也。平时起居，一百多名工人同时穿衣，同时打哈欠，同时洗漱，同时脱衣，场面也颇为壮观。每天晚上哨子一吹，保安在楼下叫：“关灯！睡觉！”每天早上广播响彻云霄，大家纷纷起床，宿舍里积满了厚重的浊气，令人头脑昏沉沉的。大家抓紧时间洗脸、刷牙，用梳子匆匆刮一刮凌乱的头发。然后下到操场做早操，“第七套广播体操预备起——”后来是第八套。虽然是台资厂，做的也是大陆的广播体操，而且总是落后学校一拍。学校做第七套时，工厂里在做第六套，等到工厂里做第七套时，学校已在做第八套。天色蒙蒙亮，做完操，有些人还会回去睡个回笼觉，大部分则去食堂解决早餐问题，不是吃而是解决，匆匆地喝两口稀饭或豆浆，扒拉两口隔夜的炒米粉，就踩准时间上班去了。白夜两班在这样的匆忙中交接完毕。在这样的宿舍，个人就是一个细胞，新陈代谢均在集体里完成。

如今有些好的企业的住宿条件逐步改善，集体宿舍四人一间，并装有空调、电视和热水器。

谈到集体宿舍，大家想得最多的还是夫妻的房事问题，这几乎成了某些打工作家的惯用题材。有的公司管理人性化，在宿舍里专门设了夫妻房或家属房，但是绝大多数夫妻或情人各在一厂，厂与厂之间围墙相隔、门卫相守。即使同在一个工厂，也被分配在不同的集体宿舍，每天相见不能亲密，干看着。怎么办呢？有钱的就在外面租个出租房，或者找个钟点房，没钱的就只有在投影厅或荔枝林里完成。于是小说家们就衍生出荔枝林的故事，正在男女主角激情点燃时分，忽然跳出来两位……

跳出来的这两位，可能是劫匪，也可能是治安员。不管跳出来的是谁，都是一件煞风景的事。我在电线厂时，一个哥们晚上带着他刚泡上的女朋友，在荔枝林下亲热时，跳出来的是两个劫匪，没搜出多少钱，最后搜走了一根皮带。

二〇〇三年在福永某电子厂，同事老贾的老婆从东莞来了。夜深了，老贾老婆就不回去了，坐在老贾的床沿上。我们宿舍一行八人，盯着老贾。老贾的眼睛像骰子骨碌碌转了一圈，上下看看自己的床铺，老贾睡下铺，前后左右均拉上了窗帘和被单，布条将他的床封得严严实实，密封性很好。

老贾瞧了瞧大家，右手一挥，豪迈地说，兄弟们，请多包涵。你们睡你们的，我们睡我们的，没事。说着将帘子一掀，就抱着他的老婆钻上了床，帘子随手一落，里面独成一个世界，不一会儿老贾的床就开始地动山摇了。有人说，开车了。火车在发动，“喔喔喔”，一阵阵汽笛和蒸汽震响，大伙听到那节奏一声响过一声，煞是羡慕。难怪一向吝啬的老贾，前日竟买回来好几条床单，在自己的床铺上前后左右张罗，原来是在提前构筑爱巢。

老贾老婆每次来都是这样。老贾总是将手一挥：兄弟们，没事！日子久了，老贾旁若无人，大伙也习惯了旁若无人。有一次老贾正和老婆温存，公司查房的宿管员打着电筒掀开了他的床帘……后来老贾辞工了——这是什么鬼厂？老贾愤懑地说。老贾在外面租了一个铁皮房，晚上出来和老婆沿街摆起了小摊，卖炒米粉。某个夏夜，我在路口遇到他满头大汗地在忙活。我说，老贾好啊，两口子日子过得蛮神仙啊。

老贾提起小钢铲，瞅了他老婆一眼对我说：“你还别说，我倒是怀念住集体宿舍的那个氛围。还是集体宿舍好。”

我回来后细想，这个老贾真的是集体惯了，大概喜欢在集体宿舍里吹牛海侃，可以和众工友窝成一圈斗地主，顺便可以和老婆开火车。至今我觉得他那手势很潇洒：“各位兄弟，没事！将就了。”

辞　工

辞工按照工厂人事流程应该放在本词典的最后，在流动的工厂里除了老板，没有人会避开这个最终的词语。每个人在心底都琢磨和想象着离开工厂时的短暂轻松和失落。选择辞工有主动和被动两类，包括自离、辞职、辞退。自离就是自动离职，也意味着自动放弃了员工在工厂的一切权利，包括工资和福利。辞职就是炒老板鱿鱼，而辞退是一个被动句式——被老板炒鱿鱼。在“被”字流行的今天，这是一个真正的被动。

选择自离方式的人，多半是迫不得已。在某些工厂或黑厂里，所谓进来容易出去难，往往只有选择自离。一般的工厂扣押着工人的工资，在二〇〇〇年以前还会扣留证件，以各类理由拒绝员工辞工。现在仍然存在辞工难的现象。对于员工来说，只有两种选择：辞退或自离。

我第一次在工厂里就是被辞退的。在那个台资电线厂里，工人只是一个工具，搬运工也只是一个会活动的搬运工具。一个工厂最悲哀的地方不在于老板的利欲熏心，而在于打工阶层内部也构成畸形的等级差异——并非底层就是纯粹的善良，压迫和凌辱也来自同类的丛林法则。经过四个月的工作，我厌倦并厌恶这里的环境，选择离开——向制造课长提交辞工单。制造课长抬起眼睛说：“为什么辞工？”

“身体不行了，受不了这个环境。”事实上他也知道我与副课长闹了矛盾。

“小伙子身体棒棒的，哪里不行了？你不是过了试用期了吗？”为了个人的绝对领导，这位湖北人也需要下面的员工与副课长闹点矛盾。

“但是……”

“回去好好干吧。再说在这里没有人能够辞工。”

我折回自己的岗位。有些同事围过来问，情况如何啊？我摇了摇头。旁边有一个河南籍老搬运工就出主意：“在这个公司我还没有看到有人辞过工。你要走，只有自离，损失一个月的工资。”

两周后的一天上午，打卷机飞速地旋转着转盘，就像高速路上的车轮，我正全力忙着打卷、剪线、打包。速度太快，将打卷机停了一下，导致后面堆了电线。副课长跑来对我骂了一句。我瞥了他一眼。这个蔑视的眼神将副课长刺激成了一只唠叨的乌鸦。“我操！”我一声吼叫不再忍受他无休止的辱骂。他怔呆了一会儿，又举起拳头朝我捶来，我一时气极抄起机台上的大扳手向他砸去——我已经全然进入了战争状态。周围的同事纷纷抱住我们，将我们扯开。这一幕正好让正在参观的日本客户观赏到，不错的中国格斗嘛。台湾经理事后也亲自来过问我打架的情况。

在那次打架中副课长虽然没有受伤，但一周后他就找了一个借口将我辞退：记小过两次，罚款两百元，扣掉一百元生产奖。这就是我第一次被辞退的经历。走的时候，河南的搬运工说，老弟，你终于可以走啦，在这里你是第一个拿了工资走人的。我疲惫地说，这是“被辞退”，已扣了我大半个月的工资。

这是我记忆里唯一一次与上司用行为艺术交谈。这不是一个好聚好散的故事。后来我翻看《劳动法》知道，辞退员工就不能同时处以罚款。当然在二〇〇〇年的某个工厂，对于一个员工来说，这些法律只是存在于纸张上，离实际生活还非常遥远。

辞工不是句号，只是另一个漂泊的开端。短暂的停顿或许平衡着急速流动的惯性，但是更大的流动的可能性打开了向深邃滑行的入口。多年前的一个星夜我坐在电子厂楼顶上和同事刘大红（化名）聊到了多年以后，严重泄漏的月光像隔壁的电镀厂正在我们头顶上作业，月色和厂房混合为一体，俯视自己的肉身和道路——我为自己的挣扎感到悲哀。第二天我就要拖着皮箱离开此地，啤酒瓶吐出它积蓄已久的泡沫，任由我们痛饮。有些话我埋在多年前，现在已到了“多年后”，我站在站台上张望下一个“多年后”驶来。

五金厂

“五金”是一个漂亮的词，一个极有质地感的词。而“五金厂”让人沉重、战栗，如同一块压胸的巨石使人窒息于黑暗的沉默里。五金是对多种金属的泛称，然而在五金厂里最常见的是铁。铁是工业和城市的骨骼。对铁的制造加工，通常有冶炼、铸造、锻打、冲压、切割、焊接和组装。作为工业最重要的元素，铁在工厂间和产业链上普遍流通和循环，谁也无法避开。

在五金厂，最常见的加工就是冲压。在几吨到几百吨位的冲压机里，这是上模与下模、铁与铁的相互冲撞。在冲压车间每天都是铁在咣当咣当地吟唱。冲压、攻牙、溜披锋、打窝钉、碰焊，铁制品在流水线上不断地流动着，经过一双双沾油的手，最终包装，进入下一个工厂。在这一过程中，工伤也频繁地伴随着工人的劳作。勤劳的机器和邪恶的机器是铁的两个性格向度。无论哪一道工序，割伤事件是最普遍的。在工作台上任何不小心都会构成伤害。每次摸着铁，仿佛摸着一道伤口，感觉那赭红色的锈斑就是凝固的血块。工厂里的铁，与乡村铁匠铺里的铁是完全不同的铁。铁匠铺里的铁是柔软的、温暖的，和汗水混合在一起闪着露珠的光芒，是一个健硕的乡下小伙子。而工厂里的铁是尖锐的、冰冷的，总是和血液混合在一起，像一位嗜血成性的暴君。

在五金厂里行走，原料是铁，设备是铁，模具是铁，货架是铁，生产指令和纪律也是铁的。流水拉旁站着的工人，机械地重复着动作，也是铁的机器人。走在铁的世界，冲压车间里的噪声像满空乱飞的绿头苍蝇，整个车间笼罩于巨大的冲压声里。我们仿佛行走于狂波怒涛之下，听着头顶的浪头一个接一个砸响，人们说话必须要扯着嗓子："喂！喂！"而听者就摘下耳朵里的海绵耳塞，瞪着双眼侧着头说："大声点，大声点。"车间里噪声超过八十五分贝，按照《工业企业噪声卫生标准》，工作者必须要佩戴耳塞。而耳塞的声衰减量必须要符合 GB5893.1。题外话：噪声，是一个专业术语。传统叫法是"噪音"，多有诗意的名字。一九八八年由国家物理学名词审定委员会统一名称为噪声。"噪音"变成"噪声"，这是多么准确的转换——有兴趣的朋友可以翻阅相关资料，就会发现"噪声"是一个毫无诗意的名词。

除了噪声，冲压是更大的伤害。传统的冲床，没有安装先进的光电眼等安全装置，即便是两个开关同时控制，在突发事件中仍产生了大量的工伤。铁在巨力下暴露出了凶猛的本性，一头饥饿凶残的猛兽，噬断手指或者手掌。在冲床下作业的工人们，夜班的疲劳成了他们主要的危险源。在午夜瞌睡阵阵袭来时，有些工人在睡梦中将手指交给了冲床——这个时候，他或许梦到了自己的双手也是产品的一部分。还有一类伤害是来自模具，在模具搬运或腾挪时，徒手去搬动，结果模具稍一滑动，压在地上，手指就断了。发生得很快，断得悄无声息，连断的声音还没有发出就断了。我曾在二〇〇七年连续两天里见到了两位工友就这样将手指丢了。

铁啊，它的面目太冷，但是我们又不得不依靠着它。一座高楼耸入云霄，一道天桥飞越于头顶，我们从甲地旅行到乙地，我们每天做饭切菜，都是铁给了我们支撑。铁是没有原罪的，我们诅咒它或歌颂它都与铁无关。铁不仅进入我们衣食住行的各个方面，它也早已进入了我们的血液和骨骼。

我要感谢这些铁。庞大的机器赋予它声音，而我们劳动的双手赋予它生命，用汗水去喂它，用鲜血去喂它。当受伤时，我们体内的铁与它融为一体。是的，我们是遥远的近亲，我们是传说中的人剑合一。

技术员或扳手

扳手＝技术员。这个等式可以在隐喻的世界成立。在工厂基层的维修工作里，你也会体会到这个等式的含义。我曾在一家电子厂做过一年的机修，我的厂牌写着：工程部生技组。换一个词就是生产技术员。

我知道，扳手是一件多么诗意的工具，在诗歌中我多次使用到它，我用它拆掉那些陈旧的比喻和繁冗的句式。当我自悲自弃，不想理会这个世界时，我就用扳手紧一紧那颗松动的螺丝。手里握住扳手，在面对铁器和世界的时候心中有数了，心里是如此踏实。我是实实在在地频繁使用它，在工友中间，在女工们的催促下，快点！快点！她们为了产量不停地催促我动作再快些。在对付机器时，我的扳手表现出了扳手的样子——飞快地旋动，如一把风扇。但是为了在工具盒里寻找到那把口径合适的扳手，我不停地翻拣，对，一把合适的扳手能解决适合它的故障。大大小小的，从 M1.5 号到 M8 号，从内六角扳手到外六角扳手、五角扳手、四角扳手、梅花扳手。在开口扳手里又有死头扳手和活动扳手。我用油腻的手、油乎乎的目光抚摸这些形形色色的扳手，这是我的伙伴，我的哥们儿。

在工具的世界里，快速、有效就是最高的道德。用手摸摸它们，它们有序地装在工具套上或零乱地躺在工具盒里。扳手就是农业劳作中用以收割庄稼的镰刀。尤其是握住大号的叉扳（有个老师傅喜欢这样称呼外六角扳手），在拧动螺帽时，我想到了乡下欢快而艰辛的收割。然而扳手也像农具一样，需要打磨和保养。最后扳手的齿牙慢慢磨圆了、磨坏了，该是它养老或送终的时候啦。一把新的扳手，拿在手上，感觉有些生，喂，伙计！我会快速地在螺丝孔里旋转，我们会很快磨合在一起，一只手旋动内六角扳手，从中指到小指定住扳手，拇指和食指旋转了扳手的横把手。

一台设备坏了，我们侧耳细听它咣咣的声音，或者摸一摸它颤抖的身躯，或拍一拍它的腹腔，到底是哪儿出了毛病呢？有些常见的毛病，比如咳嗽、发烧，比如感冒、皮炎，我们望一眼就知道了。但是有些问题需要一步步摸索和排查。面对庞大或复杂的机器时，手里有一把最好的利器——扳手。将设备解剖吧，将它拆卸成一块块、一点点，摘除其中的损坏的零件，安装新的器官。

在这样的机械维修生活里，我又摸索出一个等式：设备＝螺丝＋弹簧。

螺丝是机器里最卑微也最关键的零件。奇形怪状的机器，连为一个整体的机器，都被螺丝完成了。复杂的机器，拆，拆吧。装，装吧。任何修理无非是拆掉螺丝再装上它。在与设备打交道的日子里，螺丝成了我日夜见面的老朋友。《摩登时代》里的卓别林也患上了这种螺丝幻想症。但是我并没有幻想任何圆点都是螺丝。螺丝只是机器里无处不在的助词，不，是连词。也不，是标点符号。螺丝构成大工业，构成世界的存在。因此，每当我路过一家螺丝厂时，我似乎看到了那车间里闪闪发光的星星。认识螺丝，从很久的革命歌曲里就开始了。只有仔细地进入机械里想想，才知道这个最简单的东西带给了我们多么不简单的图景。

在解剖设备的过程中，除了螺丝，还有一个重要角色——对，就是弹簧。这又是一件卑微而不可或缺的零件，为了在运动中复位，确保机械的重复和生产的连续，弹簧就被安进了机器的活动部位。每天不断地弹动，受压，再弹回，弹簧被赋予了最坚韧的品质。

它蜷曲着身子睡在机床里，随着工人们作息而作息，在两班倒的工厂里，每天都在劳动。并不是无休止地弹跳，终有一天，弹簧是会断的，就像我们的脊椎，我们的关节，有一天它们都会老损，终被废弃。

作为设备工程的技术员，沉浸在机械的强硬世界里，机油是一个温柔的元素。它磨合和消解着人机摩擦和机与机的摩擦。对于机油的想象，我交给读者你们吧。

生产计划

在市场经济体制下的工厂里，生产计划或生产计划员成为生产系统的神经中枢。生产计划在省略句中与生产计划员是完全等同的词汇。生产计划员在台资或日资厂里又叫生管，它曾有一个时髦的英文名：PMC。PMC是生产和物料控制的简称。事实上，生产计划员就是在从事生产与物料控制，将订单转化为出货单，最终转化为收款单。在这个过程中，被客户跟催，再去跟催生产部门，跟催与被跟催成了生产计划的全部。

二〇〇二年我在一家大型五金塑胶厂做生产计划，负责跟催五金配件和纸箱。每天上班就进入MRP系统（一个落后的物料管理系统，如今变成了ERP），在电脑里确定库存，根据生产需求排好物料计划。在这家港资厂里，有一个有趣的工作：对单。一三五对出口货，二四六对内销单。部门与部门对单，部门内部也要相互对单，对得让人以为这是打麻将里的对对碰，对得还让人以为——这是古诗恪守的对仗。在大多数工厂，生产计划在与时间赛跑中承受着最核心的压力，用工业的眼光来看，生产计划员就是一只优质的压力泵，每天的电话丁零零丁零零叫个不休，每天的电子邮件铺天盖地塞满邮箱，每天车间里各类大大小小的异常干扰着刚刚稍息的神经，没有健壮黄牛的心脏就无法承受背上的辎重。“每天催催催，催命了！”生产车间向生产计划发牢骚。生产计划向业务部发牢骚。业务部人员则追到办公室大声催促：“没有讨价的余地！送货快是我们的优势，现在却成了我们的劣势。天天有问题，这点按期交货也满足不了，干脆别生产啦。要是耽误了进程，就只有寄飞机。寄飞机，你明白吗？我还没坐过飞机，这货物倒天天坐上了飞机！”

寄飞机自然要增加不少额外运费。但是车间里急单如此多，每台机器都在赶货，安排哪个机台生产呢？生产计划捧着头抱怨：“临时加单，中途插单太多了，能不能缓一缓？”业务部说：“缓一缓？黄花菜也凉了。这个单我好不容易从客户那里拉来，单价也不错。必须优先生产，明天早上八点前交货。”生产计划恨恨地说：“明天早上交货？我是神仙？明天晚上八点还差不多。”业务部激动地咬牙：“不行！绝对不行！就中午十二点。”在这样的拉锯战下，交期一点点稳定在双方胶着相守的战线上。

“我有时在梦里，梦到自己跑到车间向同事拼命追货，梦到自己和货物飞在半空中，哎呀，终于坐上飞机了，心也悬在空中。”生产计划这样对我说。

生产计划的神经直接连接着车间机器的皮带，连接着货柜轰隆滚动的车轮，它是工厂轴承上互咬的齿轮，紧紧地咬着铁的节奏带动轴承和转轮运动。

塑　料

塑料是铁的兄弟、继承人，也是铁的伴侣或情敌。一百年前美籍比利时人列奥·亨德里克·贝克兰发明酚醛塑料，在一九四〇年五月二十日被《时代》周刊称为“塑料之父”。塑料的出现，是现代工业一次最重要的革命。强大的可塑性和可改造的理化性能使得塑料在不同产业中畅通无阻。塑料让现代社会长满肌肉，丰腴起来，是塑料彻底颠覆了材料领域的传统结构，是塑料继承了铁成为工业中新的霸主，“塑造”“注塑”“成型”等词语也跟着产生。“su”的发音短促有力，似乎将整个世界的生成全推上了舌头，经过舌头急遽地伸卷，最终落在了一个稳当的音节上——“liao”。

在塑料生产加工中，注塑成型是最普遍的一种生产方式。在珠三角的大地，塑胶厂是最常见的工厂。几乎每走十步就能看见一家塑胶厂。从八十年代初，当港台塑胶厂大量进入以及内资塑胶厂兴起，也就逐渐脱离了大炼钢铁的时代。对，就是塑料，那如同大米颗粒状的胶粒，它向工业生产供给了主要粮食。塑料已成为我们生活的某块不可或缺的肌腱，我们无法想象，假若没有塑料，生活会是怎样呢?

强硬的赛钢料是铁在硬度上的继承人，赛钢料又称夺钢，多有气魄的名字！它像刀刃一般尖锐和刚强，在高温的模具里如一股铁熔水，可以迅速生成不同的形状。透明的亚克力料或PVC料是铁的情敌。亚克力，它晶莹，它透明；而PVC料，它柔，它软，它们可以化作珍珠或泪滴挂在你的胸前，在灯光下折射出令人惊叹的光，俘虏消费者的芳心。耐磨的尼龙料，综合性能优良的ABS料，防弹的PC料，弹性十足的EVA料扮演了塑料大家庭性格各异的角色。塑料又是铁的兄弟，铁来源于地下矿产，塑料来源于石油——那种深埋于地下亿万年的物质。它们相互模仿，共同完成某一产品，因而在大片工业区里塑料和五金是紧密联姻的——许多工厂也因此叫作五金塑胶厂。

二〇〇五年我在一家五金塑胶厂上班，深刻地认识了塑料。车间里耸立着一排排大型的注塑机。通过干燥机和吸料机，塑料在料斗里雨点般敲响，飞进螺杆里融合为整体。搬运工、操作工和技术员围绕着塑料和塑胶成品在忙碌。胶粒被抓在我们的手心里与手茧摩挲着，碰擦出流水或谷粒落地的细音。一千五百吨的大型注塑机在反复地开模合模，如一张不断咀嚼的铁嘴，一翕一张地吃着食物。机械手在头顶上刷的一声飞过来又飞过去，上升下降，通过吸盘吸附着一只只产品。产品被机械手放在工作台，操作工准备了三样工具：抹布、刀片和气枪。她们先用抹布蘸上酒精或清洗剂（过去是用白电油，一种有毒的化学剂），将产品出模时所粘的油污擦净，再挥舞一把闪烁着锋芒的刀片，将产品上的凹槽、边缘和四周的披锋批掉，通称为批锋。最后用气枪将胶丝和杂质吹净。装箱，贴上标签，等待检查。

车间里充满了机器的嗡嗡鸣叫，热气沿着炮筒向四周扩散。此时的车间蒸发着每个工人背脊上流淌的汗水。吱吱啦啦的大风扇和落地扇只能搅来一团团热气。反复的批锋作业让一茬儿一茬儿的女工手上分布着线状伤痕。有时我经过车间，看到她们在工作台上笑骂和作业，我想，这就是生活现场。闷热、牢骚和一切表情保持了相似的工艺参数，被输入生产中。我想象着，塑料这个词，它的周围盘旋着无数支撑的词汇，在搬运工的叉车、操作工的刀片、QC员的游标卡尺之间传递，最后像一件邮包快递到终端消费者手里。当然，消费者永远看不到那曾经印在塑胶零件上的手的污渍和那把锋利的刀具。塑料最终成型，转化为一件件合格的产品，也被转化为生产日报表上的一个个数字，计数着一天的劳动效率。是的，我是打工者，当我经过高温车间时，我也像塑料一样会不断被高温加压，塑成不同的形状。有一次，我的同事拆卸炮筒，又安装炮筒，经过持续升温仍无法装上螺杆，于是鬼使神差地徒手抓住螺杆的尾端，一股烤焦的肉腐味飘来，他的整个手掌被烫得皮开肉绽。高温是塑料的温床，模具是塑料的孵化器，在机器的运作中，塑料这一高分子材料，它们的分子链重新搭建和排列，相互熔为一体。工伤是其中的插曲或插页，划伤、烫伤、砸断手指和脚趾、被机械手击中，等等，这些是生产中多发的事故。在这里我不是单纯地呈现工伤，也不是单纯地憎恶，而是寻找一种有血压的真实记忆。这种记忆让自己的双脚真实地站在生产场地，与大地和设备保持血管的连通。

在塑胶厂的后段工序中潜存着许多其他的机会——喷油、丝印或电镀等，仿佛一条美容美发产业，由此而繁衍出大大小小各式各样的工厂。成本的低廉和产品的灵活性，让塑胶厂在东莞、深圳等地遍地开花。在“中国制造”的华章中，塑料，充当了最厚实的名词。

最后，我愿意并怀着复杂的心情说，我喜欢塑胶厂，在更大的范围里，我是一粒塑料。

QC

我曾经做过多年的QC员，面对这个词竟无从说起。QC是一个丰富的词，它的背后就是一部工业词典。QC的出现为传统工业和现代工业划出了一条明晰的界线。QC是“quality control”的英文缩写，叫作品质控制或品质管理。作为一门专业的学科领域，它缩写了工业在蒸汽机诞生后所有相关的历史。在制造工序里，QC分为IQC、IPQC（有的地方叫作PQC）、FQC、OQC或QA，随着分工细化和管理提升，又产生了一个QE的职位。

围绕质量（台资和日资企业习惯称为品质）而展开一系列的检查和管制，QC是工厂赖以自我防卫的淋巴系统和安全过滤网。我在二〇〇三年进入一家电池厂在装配车间做IPQC，我随身带着一把游标卡尺穿梭于每个工位间。每天摸着赭红色的负极片，这种亲密接触也是向有毒的重金属致敬。每天拿着光身电池在天平上测试加液量，双手被强碱咬烂，每只电池的额定加入量就像定制的口粮。每天在封口机上巡查着电池的各类外观，在转盘上观察每个封口。我叙述的电池厂已经离我远去，我叙述的工厂是一座梦工厂，在不同的梦中出现。在IPQC的生活中，我觉察出人生的裂缝，看到人性在缺陷中的特采。Pass是生活的最大目标，因此，我需要品质管理上的“特采”而不是“降级”。Pass！每次生产完成一个段落，我就将红印戳盖在被设定的人生边上。

特采是品质管理上的一个术语，它是硬性标准中的一种妥协，是对一般缺陷的一种将就。在品质管理学上还有一个重要的术语，叫作变差。在近两年的 QC 生涯中，变差让我意识到规律的重要性，意识到一个人不是一味屈服于肚皮，让世界倾斜在普遍的正态分布曲线中，让颤抖的手握住了坚稳的目光。这种变差，在我的内心和我的大脑被分别划分为不同的变差：共同的，特殊的；阴暗的，光亮的；矛盾的，混沌的；艺术的与科学的。后来我又进入另一家电子厂从事 IQC 工作。从 IQC 到最终的 QA、QE，我奔跑过赛场上的每个位置。

ISO

在每次新员工培训时我都会向他们提问："ISO 是什么？"尽管 ISO 是一个南方工厂最流行的词语，却很少有人真正明确它的含义。我们把它读成"爱馊"。ISO 是一个国际组织的英文简称，叫作"国际标准化组织"，对，"爱馊"就是国际标准化组织。ISO 在希腊语中也是"相等、相同"的意思。在经济全球化的背景下，ISO 是一种中和液体，将全世界不同的地区中和在同一个 pH 值范围内，也是一种世界语，将不同的语言转换为同一种符号。ISO 颁发的相关证书遍布了有人居住的地方。ISO 证书是工厂的毕业证，没有 ISO 认证的工厂，如同未毕业的学生得不到社会认可。在二十世纪九十年代之后，它也成了一张滥发的毕业证。

第一次来到广东发现个个工厂都"爱馊"了，当太阳照耀着每座工厂顶部炫示的"通过 ISO9001 认证"的招牌时，阳光通打在 ISO 字母上照射出国际性的光泽，那一串数字似乎给工厂印上了条形码。那时我到书店查看 ISO 究竟是个什么，书架上排了一列 ISO 书籍，如同一列长长的火车，挤满了乘客，让我有些心惊胆战。在那个时代，ISO 是脱离具体生产的哲学，是深奥而神秘的形而上学。工厂通过“爱馊 9000”插上了西方企业文化的翅膀。二〇〇四年我专门从事工厂内部的 ISO 工作，开始认真地钻研它。那个时候，我又接触到一个词：“RoHS”。RoHS 是一个著名指令的缩写，它出自欧盟，在二〇〇七年正式实施后也越来越流行，在我们的工作中人人都避不开这个词。我根据音译把它叫成“肉丝”，RoHS 就是肉丝。二〇〇五年十月 ISO 和 IEC 根据 RoHS 指令联合颁布 QC080000 体系。“肉丝”和“爱馊”一结合，体系认证又有了新的业务，QC080000 就是“爱馊的肉丝”。

ISO 体系在这些年的经济起飞和着陆中是一条重要的航道，随着时代的进步和品质要求的提高，ISO9000 体系也不断地变异和进化，就像一部不断翻拍的电视剧或一套不断升级的杀毒软件，从一九八七、一九九四、二〇〇〇版一直升级到目前的二〇〇八版。同时 ISO9000 体系如同一只不断分裂繁殖的细胞，由此衍生出众多的其他体系。

从某种程度上讲，ISO 工作是管理的延伸，允许外来客户将所有的管理式样强加给它的供应商。它是一台清晰的复印机，大量地复制着每个组织运营的模式。我摸着那些笔直的框架、坚硬的术语，从事这项工作似乎将自己内心蓬勃萌蘖的枝枝蔓蔓也全部修剪整齐。对于我来说，这是一件多么偏离艺术的事情。有时我也重视这种纯粹的精确，它将我从野性的原野扯回到工厂的模具里，贴上现代或后现代的 Logo。对于 ISO 来说，任何问题可以归结于一个系统的过程，归结于它的八项基本原则，或者归结于 PDCA 循环模式。ISO 是三个有趣的字母，笔直的 I，弯曲的 S 以及圆形的 O 为与之相关的标准标下三个注脚。我们可以将 I 看作是矛，将 O 看作是盾，S 站在矛盾之间从两个方向抵御着风险。直线与圆和太极中的 S 象征着中国古老的阴阳之道。自然无为，ISO 此时可以音译为“爱瘦”，管理的目的是减少管理，删减繁冗的环节，追求大道至简的真实。人们开始从对 ISO 体系的尊崇中觉醒过来，厌倦它的标准条文。

天下大势分久必合，合久必分。在追求同一的世界大道上，针对性、本地性和个性的思维重新回到重心。此时我把ISO叫作“爱搜”，它是一个通配符，一个函数里的自变量——ISO是饭碗，ISO是我的身体，同样，说它是一副可爱的镣铐又何尝不可。

仲春的夜晚，我又站在台上打开幻灯片向在座的新同事提问：“ISO是什么呢？”虽然不喜欢反复提到同样的问题，但我的口气丝毫也没有夹杂着厌倦。

业务员

二○○一年我在深圳一家公司找到了一个业务员的工作。在我的想象里，业务员是公司的开路先锋，开辟着它的荆棘小路。在这家直销公司里，业务员的确是“先疯”精英。每天早上七点在并不宽敞的会议厅集合，大声唱歌、做游戏、模拟推销、传授直销的葵花宝典，这些内容使得早晨过得很快、很疯狂。歇斯底里的人最容易吃得开，会很快得到令自己飘飘然的满足。

那时我也是“先疯”的一分子，每天背着一包沉甸甸的产品跟着同事出发。在大街小巷里，在每一个路口或超市旁，学着同事的模样向陌生的路人推销产品。什么产品呢？就是一盒盒工具。灰色塑料工具盒包装，打开，里面排着一列螺丝刀、镊子、钳子和内六角扳手等等。假若你二○○一年在深圳的话，没准儿你还能记得我或我们。那时我有点瘦，有点黑，对，被太阳晒得像鬼。你也许买过一盒，二十到五十元不等，拿回去用不到几天，你就会发现螺丝刀和镊子叭的一声折断了。如此冷门的产品每天还能卖出几套。另一个组的同事卖电子计算器，业绩反而一般。

直销员是最基层的业务员。后来我又干了几项业务工作，不知是产品问题还是个人问题，总之，我发现自己不是这块料。悲观的人不适合干业务员，心思纤细的人不适合，内心藏有怀疑冲突的人也不适合。当然业务经理会举出大量的例子来反驳我这句话，我也认识到，适合与不适合仅在于背后生存的压力是否足够沉重。二〇〇八年我又进入离开多年的销售公司，这回是电话营销培训项目。五月份，我从一家工厂辞职，找了一周工作，尚无着落。此时一位多年前的同事打电话给我：“我老弟在这里新开了一个公司，专门做企业内部培训的，需要销售精英。你以前讲过课，我觉得你蛮合适的，你有空过来看看吧。”承蒙他看得上，我去了福田车公庙找到那家公司，这是一家麻雀般大小的公司，在深圳，这样的公司可以抓出一火车。当然关键看前途。我与公司老总，即同事的老弟谈了一会儿，三天后就去上班。很显然，这里培训和激励业务员的方式与我七年前所在的那家公司大致相同，不过是口号、仪式改换了一下，每天高喊着口号，大声朗诵《羊皮卷》，最核心的方式仍然没变：“先疯”。采用了不同的手段激励大家情绪高亢，精神饱满，使大家树立信心，要相信世界就是一块软面包，你可以随意撕下来一块啃一啃，要相信明天必定是美好的，金色阳光会打在你前进的大道上。这一切前提就是，先让自己疯狂起来！从事压力巨大的业务工作，不可否认，必须要给自己不断锻打、不断鼓劲，即便陷入偏执狂也在所不惜。但是这支强心剂对我来说已产生了抗药性。因为，我早年就认识了它的面目。

这里的工作就是电话营销，电话营销是一项既简便又十分艰难的营销方式，按照不同渠道所得的电话清单，每天拼命地拨打上百个电话，从早到晚按着电话数字键：“您好。你是 × 总吗？我是 BG 培训顾问公司的 ××，打扰一下，和你说一件好事，为了庆祝改革开放三十周年和公司十周年庆典，在深圳行业协会的组织下，我们公司正在举办一百场中小公司培训大酬宾……”失败，再打，失败，再打，屡败屡打，疯狂地拨打，电波像乱箭一般射向这座城市任何一个潜在的目标客户。生活似乎就是这样，枯燥，重复，没有自尊，不得不骚扰他人。同事之间为了缓和这种干闷、紧张的气氛保持着互相鼓励、互相帮助的融洽。在各种吃饭场合，大家都保持 AA 制的消费模式，这是业务员另一个优良的传统。

深圳的早晨是美丽的，晨曦在单薄的雾霭中搅拌着牛奶加咖啡。从高楼上扫视一圈周围的高楼，那些建筑物向天空堆出了童话里的积木。一幢幢，一排排，现代高楼笔直地升空，与纵横交错的道路和绿色林荫搭配成一座朝气勃勃的深圳。业务员恰是年轻城市的形象代表，每天挎着公文包，赶着匆匆的早班车，挤进人潮里又从人潮里挤出，迎着金光大道奔赴自己的前程。这形象，这早晨，似乎就是为雄心万丈的业务员而准备的。

追风赶梦的人太多了，怀揣着炽热之心的人太多了。成功，成功！这是一个多么炫目的词语。为了它，可以拼出一切。激励机构和销售公司借此大势，为成功的欲望推波助澜。这是一场全民大赛跑，没有一个人敢慢下半拍脚步，绝没有，尤其是业务员，他们更像一群在火焰中跳舞的孩子——亢奋、狂躁，发出刺耳的尖叫，自以为找到了最好的出路而盲目喜悦。太阳为谁而升起呢？是我！我的太阳！但太阳并不为某个人升起，太阳只是为它自己升起，这让我想起了夸父追日。这位神话中的巨人将他的力量挥霍于一路的追赶，在太阳落山的地方，夸父渴极了，他伏在地上倒饮着黄河和渭河，所有的黄河之水也无法浇熄他内心的火焰，夸父最终躺在了大地上。他一生不会明白，同向运动的两者是无法相遇的，太阳不需被追赶，因为太阳一直在追赶着我们。我们只需要选择好自己的位置，面朝东方在原地等候，甚至我们还可以反向而迎。错误的方向注定了夸父的悲剧。

紧接着，我在另一个朋友的介绍下进了南山一家贸易公司，从事宽带和 IP 电话等电信业务。十月份，我在公司新的政策鼓励下跑到关外搞起了一个自负盈亏的分公司。我匆匆披挂上阵，挂帅组队在福永租房准备大干一场。从人才市场招兵买马，拉了一支业务员队伍。在正式上马的第一天，我在出租房中也向业务员们推行了一套激励仪式。昔日我所经历的激励模式，现在又运用到大家身上。我成了一个不自觉的造梦复制者。那天早上，我们喊口号，模拟训练，分配任务，分享心得。最后大家围成一圈，手掌叠着手掌，一起颠着手喊："加油！加油！加油！ YEAH！"然后分头出发，到各工业区销售电信服务业务。

在早会上，我又将昔日所学的"葵花宝典"传授给大家。每个行业的业务员都会摸出一套话术，针对顾客不同的抗拒点，事前编好相应的话术来解除抗拒点。因此成熟的业务员思维是一个环形，将所有的借口统统绕进环环相扣的推销陷阱里。在销售工作里，大家使尽了伎俩和计谋：借题逆转、单刀直入、鸡同鸭讲、推销和反推销，等等。后来我曾接到不少这样的电话，一个保险公司的业务员也用这些套路在我身上使，这使我们双方形成了相互追逐和解套的关系。但是需求才是硬道理，面对客户的三次抗拒，表明客户的确没有需求，一般的情况最好是放弃。

每天早会大家都激情高喊，热烘烘地出发。声响如雷以至于震得房东以为是传销，第二天上门来调查。我为这种激情场面高兴，幻想每天下来的业绩肯定也会有所斩获。但是两个多月下来，大家的成绩就像死鱼的肚皮一样一直翻不了身。太阳也将大家晒黑了，晒瘦了，走的人越来越多，一边招人一边有人流失，人员来来去去最后只剩下三四个骨干，最后这支队伍终于解散。

黯然收场之后，我进入一家工厂再次当起了上班族。在这个工厂的营业部有一批业务员，个个都是驾着小车出入。我瞪大了眼睛问："这些业务员真是不错啊！"同事说："在厂里，他们的收入相当于老总的收入，有的甚至比老总还要高。"我这时又感慨那句话：女怕嫁错郎，男怕入错行。选择比努力重要。在制造行业里，营业部或业务部依附公司的最高管理者，成为对外的一个服务窗口，业务员更像一名跟单员，他只是在现行的轨道上按计划行驶即可。

无论如何，对于业务员，对于实利主义路上的牺牲者和成功路上的开拓者，我都向他们握手和问好。人类社会需要实利性的世俗存在，业务员走在客户和消费者之间，将生产和消费、供与需画上等号。因此，我向业务员致敬。只有无数“有用”的土壤最终才能培育出稀有的“无用”之奇葩。因此，我向可遇而不可求的“无用”顶礼膜拜。

保安或防损员

保安这个词令人——只是令我——想起了“胸大肌”，想起帽檐下拧紧的眉头。保安是旧时大户家丁的一个后现代版本，这是一个特殊的社会角色，它承载着善与恶、私欲与制度、管理与被管理等错综复杂的关系。在私有范围内执行厂纪厂规，让他产生了执法的神圣错觉。在他的职业生涯中，以对讲机与远处另一个阴影对话，在贫富之间荡起千姿百态的秋千。

我第一次是在东莞黄江看到 YY 工业区人事部招募保安，几本印着“退伍证”字样的小册子在人事小姐手里被翻开，证件上写着兵种，写着“上士”“中士”或“下士”，几名面试的小伙子排成一排演练擒拿拳。“一！二！三！四！”大家曜曜地喊着节拍，一拳一脚地施展新旧两套擒拿拳。套路打完一遍，陆续被刷下来不少人。我激动地看着他们卖力的拳路，虽不及武侠电视剧里的花招好看，但是真功夫，谁的拳风硬朗谁就能留下来。

退伍证和擒拿拳是应试保安的两个基本条件。那时我有一个老乡在 YY 工业区里做保安。我寄居于他的宿舍，每天外出找工，傍晚回来在围墙的栏杆外看工业区的保安在操场上训练。老乡的身手不错，在队伍前带头给大家示范擒拿拳。我看着他的刚劲拳风想到了禁军教头林冲。禁军和大内侍卫是最高级别的保安，但是工厂的保安大部分就是看门的，工资给得很低，每天在岗亭或工厂大门站岗，一人坐在保卫室里，一人在外面站岗，每两小时两人轮换。无聊、枯燥，老乡因此值夜班时爱上了看书，令我刮目的是，他竟然啃上了列夫·托尔斯泰的大部头，《战争与和平》《复活》和《安娜·卡列尼娜》，他一部部翻阅。YY工业区是有名的台资工业区，待遇不错，而保安仍是基层待遇。工业区大门由门卫把守，没有厂牌不允许入内。因为认识他们，我每次都能登记出入。有几次在工业区里发现一些擅自进去找工作的人，或者游荡的社会烂仔，无论皂白，保安抓了人关在洗手间里拷打。打完后，直接用水冲洗他们身边的血迹。每次谈到打人，保安们都露出自豪的神情，把这个当作了散心的手段。"路上看谁不顺眼，捉进洗手间里就是一阵暴打。"每次听到他们神采飞扬地讲述，我心里就冒出一个大大的问号：大家都是出来打工的，为什么总是受苦人欺压受苦人呢？

保安除了守住工厂大门，把住车辆和行人进出，还有一个更重要的职责就是防盗。工厂的财产安全，放在了保安职责的第一位，至于人的安全放在了第几位，没人知道。在工厂门口，特别是珠宝首饰厂，保安每天手持金属探测器检查每位员工的身体。

二〇〇九年在我们集团某公司发生了一起盗窃事件，一名成品仓的仓管精心谋划，准备勾结保安偷运公司的货物。仓管找到一名平时与他关系不错的保安，推杯换盏之后，达成了合谋。在一个夜晚，正当这名保安值班，仓管叉上两板货物，装上车，经过岗亭，通过这名保安放行将车开出了工厂。刚出工厂没多久，就被一群保安和警察包围了。这个包围圈显然是事前设计好的。原来那名保安假意答应仓管之后，又暗中将事情越级报告给集团保安总部，一方面总部让保安表面上继续与仓管合作，另一方面不动声色设下了埋伏，来了一个请君入瓮和瓮中捉鳖。集团给了这名保安嘉奖和通报表扬，而仓管受到法办，已成了阶下之囚。从人性的角度分析这件事，有许多值得讨论的地方：其一，保安的确是负责，但从道德的角度顺势设计将他人推向深渊，于心何安？仓管锒铛入狱，被判了二十年，此生算是毁了。其二，作为工厂，为了抓到证据，暗中设套将犯罪欲望发展为犯罪事实，是不是无异于亲自导演了一出欲擒故纵的悲剧？

保安吃的也是一份韶华易逝的青春饭，保安处在社会的刀锋边缘流血或生锈。他们每天行走在工厂围墙边，听着对讲机里的杂音，太阳将他的影子拓在墙上，他对墙上的影子也保持着警惕。此时他只相信自己的拳脚，这是对付世界最真实的武器。然而肉身又是世界上最脆弱的事物，尽管它一时矫健、坚强。

二〇〇五年我住在白芒村，村口有一个南山区保安培训基地，一个简陋的院落，一堆推着平头的后生，有的脸蛋现出几颗南方特有的红痘，他们每天排成数排在嗬嗬地训练：在口哨和口令下，打拳、走正步、做俯卧撑，汗珠在黑色的肌肉上滚滑着。操场上脚步铿锵，他们正在为下一步迈进工厂准备着，复杂而单调的保安生涯即将拉开序幕，无数条道路在等着他们——

他们将顶着大盖帽站成工业区的一塑雕像……

他们向拦截的车辆致以有力的军礼……

他们吼叫着，在早晨和傍晚的操场上演练……

他们在自己黑暗的瞌睡里值班……

他们搜出员工身上的赃物……

他们指挥着下班的人群依次排队……

他们对着高楼上的灯光骂着“他妈的”……

他们或者履职或者屈服于诱惑……

他们铤而走险踏上了另一条危途：监守自盗、入室盗窃、上街抢劫……

他们为了正义，路见不平而见义勇为……

他们表情冷冷地望着海面颠倒的星空……

原载《人民文学》2010年第10期

选入本书时有删节

荣获“2010年度人民文学奖非虚构作品奖”

黑色温暖

蒋子龙

有些东西之所以叫“纪念品”，是因为它记录了人生的脚步。

我有一个很大的扁柜，占据了家中最大最完整的一面墙，里面存放的每一件纪念品，都记录了我的一段经历，都有一个故事。其中摆在显著位置、看上去极普通却让人觉得很特别的“藏品”，竟是一块煤，一块实实在在闪着光泽的煤，放在一个精美的托架上。它是我在平朔煤矿的地下掌子面亲手捧回来的。压在煤块下面的卡片上写着：“9 号煤，平均发热量 5948KCAL/KG，干基灰分 21.6%，干基硫分 1.38%，干基挥发 31.1%”。每当我独自端详它或向朋友讲解它来历的时候，伴随着回忆心里会泛起一股温暖，一种向往和敬意，还有警策和思虑。

我对煤矿并不陌生，曾多次下井，有些还是全国著名的大矿。下井时无一例外都从上到下地穿戴好矿工装备，头上顶着矿灯，或爬进去或乘升降梯到地心，然后再坐轱辘马进入采掘现场。来到平朔煤矿井工一矿，才真正见识了什么叫“全国第一”，我们是乘大型吉普车下井并直达采掘面。其实既不“采”也不“掘”，更不是“挖”，而是“割”。我跟着“割煤机”向前走，竟产生一种坐在联合收割机上在丰收的田野上向前挺进的错觉。不只是我们，矿工们每天下井出井也都乘坐卡车，像地面上的人乘坐公司的班车上下班一样。平朔煤矿的地下，像一个浓缩的地面上的高速公路网。地下数百米深处蛛网般的巷道，就是一条条相互连接的公路，其灯光、路标、信号以及各种指示牌，周密而规范。它缺少的只是路边的广告，多的是安全警示语。

任何一个矿工只要想出一句有利于安全的话，就制成一个牌子，配上灯光和他的照片，镶嵌在巷道壁上，光芒闪烁，格外醒目。每隔200米有一个“救生仓”，可供30人生活四天。每隔50米，道边有一个自救站，备有淡水和氧气……他们的理念是：生命至尊，安全为天！

我当时感觉，即便爆发一场战争，也未必能摧毁平朔的“地下王国”！

因此之所以在平朔获得的第一感觉是“温暖”。就因为这里的生产条件和生活环境，与他们的生产规模和所创造的价值大体是相称的。他们仅去年一年就为国家上缴税费81亿元，创造利润79亿元，实现产值310亿元……这是多少钱哪！国家赖以自豪的所谓“占世界第二”的经济总量，大头是靠许多像平朔煤矿这样的企业给撑起来的。要知道煤是不可再生的资源，虽然属于国家，可埋在他们祖辈生存的地方，平朔人给共和国提供的是“乌金”，是热能，是动力，这里面也有他们的精神。正像《平朔之歌》里唱的：“共和国的炉膛里燃烧着矿工的赤诚。”那么共和国呢？是不是更应该感谢、尊重、爱护这种赤诚，乃至以同样的赤诚温暖矿工？

平朔地处“天下九塞之首”的雁门关外，统称塞北。至今还保有古战场的遗韵，内外长城及高高低低的烽火台举目可见，“草带烽烟色，蝉为朔吹声”。当我们乘着一阵风沙登上世界一流的平朔安太堡露天煤矿的大岸时，似依稀听到了角声连连，重鼓震天，浓烈的烟尘遮住金戈铁马，却挡不住诗人李贺的吟唱：“黑云压城城欲摧，甲光向日金鳞开……”

奇怪，这塞外的风沙来得猛，走得也急，尘暴一退，一个令人震惊的巨大煤坑呈现在眼前。采煤工作面是几十平方公里，全部机械化，其程序就是“铲”和“运”。一铲下去就是一个60立方米的大煤堆被端起来了，转头倒进一次可装载292吨的运煤车里，然后沿着螺旋形的车道攀缘而上，一辆接一辆，势如游龙般夹雷携电地驶向选煤厂。即便没有去过平朔的人也可以想象一下，那巨大的铲车若一下一下铲下去，似能把地球给挖穿，一辆辆运煤车则如一座座小的煤山在移动，一个轱辘的直径就是3.7米，上千台这样的设备同时作业，该是怎样的一种气势？

这就是世界上最大的现代化露天煤矿。

目前中国是全球最大的产煤国，仅平朔煤矿就年产1亿吨，全国还有13个年产亿吨的煤炭基地。世界上约35%的煤矿产量出自中国。我们不仅是煤炭出口大国，也是世界上最大的煤炭消耗国，中国在经济上所感觉到的“温暖”，有很大一部分来自对“乌金”的开采和燃烧。所以，我将其称为“黑色温暖”。

原载《中国文化报》2011年8月1日

对得起手艺道

蒋子龙

过去，工匠精神是一个车间的命脉，一个车间的信仰。我中专学的专业是热处理，曾在车间里当锻工。锻工就是铁匠，劳动 8 年下来，我的技术已经很不错了，能独自打一个 82 公斤重的零件。

那个时候，工人们的信仰，就是手艺，也叫手艺道。手艺道是一种精神。在我们车间里最受尊重的人，不是党支部书记，不是车间主任，而是一个姓王的八级工，他原来开铁匠铺子出身，手艺很好，没有打不出来的东西，车间主任技术员有问题都得去找他。

所以，工匠精神是工业产业的灵魂，是工业产业的基础。没有工匠精神，一个国家的民族工业怎么支撑？现在媒体上经常发表文章，谈什么是工匠精神，但很少真格地落实到人身上。谁有工匠精神？工人有工匠精神，而现在哪个家长愿意自己的孩子去当工人？当工人就是混饭吃，哪有工匠精神可言？

过去我上学的时候，天津市有很多技校，技校毕业后就是二级工。我所在的班有 30 多人，只有 1 个人毕业后愿意当见习技术员，其他都愿意去当工人。因为当工人可以成为大工匠，成为大工匠是很牛的事，甚至相当于现在的明星。而今天，谁又会把一个有技术的工人当明星看待啊？

德国大众汽车公司有一个学徒工奖，专门奖励优秀的学徒工，每年一次，由公司的总裁发奖。人家不提工匠精神，但这就是工匠精神。

有一年我去美国，因为牙疼去医院看病，正好看见一个电工在换电灯。他先在墙上打个眼，钻头上套了一个塑料袋，粉尘正好落在里面。他一只手托着钻头，另一只手拿着一个小簸箕，把零星的灰尘兜住。打完眼后把灯装上，再把四周收拾干净，转眼就走了，不留任何痕迹。其实，工匠精神不仅是技术好，更是态度好。我干这个活儿，我觉得自己很快乐，我精益求精，对得起手艺道。

现在我们连马桶圈也要去日本买，我们才想起来工匠精神。这其实是我们的文化制度出了问题，到处是粗制滥造的东西，如果不从根子上改变，不把精变纠正过来，喊再多的口号也是没有用的。守住自己，就是把住自己的脉搏、自己的心跳、自己的感觉。

原载《当代工人》2017 年第 2 期

永远的第一

赵钧海

1955年，二十二岁的陆铭宝看上去很帅气。帅气的陆铭宝彰显更多的是憨厚与朴实。多年来，我一直把憨厚朴实与英俊帅气对立起来，认为这是两个属性截然不同的词汇。但是，我的经验失算了，在陆铭宝身上帅气完全可以与憨厚朴实画等号。

那时候，马骥祥是陆铭宝的领导。他目睹了整个黑油山一号井选址和钻探的全过程。马骥祥人高马大，很有一股军人打仗的遗风。他看上去更像一头壮实的公牛。他那时最焦灼的事还是黑油山一号井开钻的事。因为黑油山一号井将有可能成为新中国石油工业的起点。后来，马骥祥转战到了胜利、江汉、华北、大港等油田，为石油立下过赫赫功勋，但因“渤海二号”事件受到了处分。马骥祥在1986年说：当时大家都感觉陆铭宝不错，人憨厚朴实，又有文化，还能团结职工。于是就相中了他。选陆铭宝是好中选优。

青年陆铭宝就这样被选为钻探准噶尔盆地西北缘黑油山一号井的1219青年钻井队队长（技师）。早先在没有见过戈壁荒滩之前，陆铭宝对戈壁滩还是很发怵的。他觉得那是瘆人又寸草不生的死亡之地。

但当他在六月中旬的一天乘坐着苏式嘎斯卡车向黑油山进发时，却意外发现戈壁滩原来也是很美丽的，那一丛丛红柳绿中透着嫣红，那一片片梭梭更是充满着盎然生机，不时有黄羊、沙狐和野兔在林中穿过，好一派迷人的景象。陆铭宝的心于是就舒坦了许多。

当然，英俊帅气的陆铭宝来到亘古荒原上黑油山的时候，那炙烫的阳光还是让他感觉到了什么叫赤日毒热。这一天才仅仅是六月中旬。陆铭宝有一种即将打一场恶仗与苦战的心理预感。但，看着由前期安装队安装的庞大井架兀立在荒原上，他脑海里还是倏地升起了一股神圣而庄严的使命感。这种庄严的使命感与打恶仗苦战的心理预感交织在一起，让他觉得肩上似有沉甸甸的千钧重量。他于是又憋足劲挺起了胸脯。

1992 年 6 月，我在一次会议上看到了已经两鬓斑白的新疆石油局副总工程师陆铭宝，我问陆总：1955 年是不是特别艰苦的一年？！已经不再英俊帅气的陆铭宝依然带着浓郁的上海口音，淡然地说：条件是差一些，可现在不觉得怎样了。那时候我们一心要打新中国第一口油井，始终处于高度亢奋状态，有使不完的劲。我们有一个口号叫：安下心、扎下根、不出油、不死心。是不是很好笑？后来就出油了，扎根了，安心了。

我翻开记载有青年钻井队打第一口油井的资料：……太阳酷热，蚊蝇横行，干渴缺水。一日大风袭来，肆虐狂暴，把帐篷吹跑了，我们只好裹着棉衣趴在地面上，狂风过后，大家都找不到棉被和脸盆了，但我们能看到一双双闪动的眼睛和荒原上站立的井架……

就是这个黑油山一号井，让钻井队队长陆铭宝得到了标志着克拉玛依几个第一的荣耀。这几个第一，就像一块块煌煌荧荧的美玉闪烁着光彩。

任克拉玛依第一个钻井队队长；

打克拉玛依第一口油井；

建克拉玛依第一个家庭；

生克拉玛依第一个孩子。

陆铭宝的妻子杨立人是来克拉玛依的第一个女人。那时当然还没有克拉玛依这个地名。那时叫黑油山。

水灵灵的女人杨立人是当年黑油山的一道亮丽又珠辉玉映的风景。曾任中国海洋石油勘探局局长的马骥祥因“渤海二号”事故被免职后，写过一篇回忆文章，他这样评价当时亭亭玉立的杨立人。马骥祥说：杨立人当时被大家美称为——黑油山上一枝花。

黑油山其实是一座无法生长美丽花朵的油沙山。那时候在黑油山上一花独放的女人杨立人，既是采集员，又是泥浆化验工，还抽空给众多男人洗衣服。于是，杨立人就显得格外显眼也格外诱人。她的显眼与诱人让同伴们在许多年之后仍然心存温馨。我在1994年偶然遇到了当年1219青年钻井队的副队长艾山。他古铜色脸膛上依然悬挂着当年风吹雨打的印痕。他用不十分熟练的汉语说：杨立人那时候很漂亮，红石榴一样，还是我建议陆队长把“洋缸子”（爱人）接到井队来的。为了接这个红石榴，我们大家用工余时间，给他们挖了一个大地坑，用油毡纸和梭梭柴盖上，就成了他们两个人亲亲密密的新家。知道么？那是一个非常美丽的新家。

我就见过艾山这一面。我的印象极为深刻。1995年夏天，我被组织上安排做一件很有意义的事。就是将那些当年在一号井打井的1219青年钻井队队员们召集在一起并背向一号井井碑，照一张合影照片。这事虽然曲折迤逦又头绪纷繁，但我还是办成了。那张合影照片现在就储存于克拉玛依矿史陈列馆五十年代展厅。一晃又十一年过去了，我不知道照片上当年健康的功臣们是否还安康，但那一年相聚时只召集到十七人。

杨立人的个人经历的确与副队长艾山叙述的相差无几。她于1955年8月来到黑油山。她别无选择地住进了那个同事们挖好的大地坑。那地坑其实仅有七八平方米。如果让今天迅速崛起的房地产老板们收购或竞拍一下那个地坑，我不知道有没有现实意义，可我总想在某个雨后又曦霞初露的清晨尾随着七十多岁的杨立人老太太，去寻觅一下那个曾经充满温馨又充满谐趣的地坑之家。

在这个朴素而简陋的又几近原始的地坑之家里，陆铭宝与杨立人有过一段甜美甜润的爱情生活，也有过为后来新中国石油工业值得抒写一笔的美好记忆。这个美好记忆只有陆铭宝与杨立人最清楚。他们引以为自豪的就是他们在地坑之家里做的一切都是为了第一个油田的诞生。

从 1955 年 7 月 6 日开钻，到 10 月 29 日黑油山一号井喷出工业性油流，1219 青年钻井队共打了一百一十五天。陆铭宝清晰地记得，这一百一十五天是何等的难挨又何等的令人兴奋。他说，打到三百多米深时，突然发生了井喷，那狂吼的水柱呼啸而出，卷着泥沙拍打得井架叭叭直响，也急促地颤抖。当时把我也吓坏了。那气流把在场的所有人都吓蒙了。我作为技师队长，意识到我必须冲锋在前……于是，在陆铭宝的带领下，1219 青年钻井队组成了突击队。他们硬是把钻杆下到井里，然后用脸盆、铁桶或碗缸回收散流的泥浆，压井……当井喷被制服的时候，陆铭宝才感觉浑身如散了架一般。

后来，我问了陆铭宝第二个问题，我说，陆总，一号井是新中国石油工业的第一个里程碑，它的位置很重要，您觉得是不是宣传不够呢？

陆铭宝说，一号井对我来说，那只是过去，只是一段难忘的经历。一个油田的发现，有一个很长的地质勘探与开发过程，我们只是一个小小的水滴，倒是二号井让我们终生震撼。

1955 年 12 月，陆铭宝井队又接受了打二号井的任务。零下三十多度，北风夹着雪粒嗥叫，冰魔笼盖了整个世界。就在那样的天气里陆铭宝们严格按安全防冻措施生产，即便是手冻伤了、冻裂了，皮被铁粘掉了，他们都没有停钻，也没有让水管线冻裂。

然而可怕的井喷还是发生了。那次井喷让所有人都领略了一次冰冻三尺的洗礼。井里喷出的水柱迅猛地冲上了天车，冲出了井架，在短短的一天多时间内，三十多米高的井架就被冰柱封冻住了，完全变成了一座巨型冰塔。

陆铭宝说，那次井喷抢险中他被硫化氢气体熏倒在了井场上。很多同志也都倒在了井台上。经过整整三天的抢险，我们才控制住了可怕的井喷。当冬日的斜阳散射在我们每个人如同冰铠冰甲一样的身体上，我们才发现这个庞大的二号井架，早已变成了一座壮观的冰山。年轻的摄影记者高锐还招呼我们大家一起照了合影照片……

陆铭宝平静地叙说着二号井的往事，似乎说得很随意，但我还是感受到了那随意中隐藏的激动。现在的冬季仅仅零下几度，我们就开始冬眠了，我们会躲进暖气设备良好的大屋子里，穿上羊毛绒鸭绒防寒服，一边悠然自得地看电视一边煞有介事地听音乐或者干脆觉得寂寞就无病呻吟地去慢摇吧听更加刺激的所谓摇滚。即便这样我们还觉得烦，我们还会抱怨世道不公，抱怨贪官太贪，抱怨女人太娇艳，抱怨孩子太没有教养。陆铭宝所说的那张集体合影照片，就是后来成就了那位摄影记者高锐的著名照片《冰塔冰人》。高锐因《冰塔冰人》成为一位名人，也因《冰塔冰人》成为克拉玛依摄影家协会主席。

我与高锐的私交还算不错，那缘于他是我的领导。他曾经是克拉玛依矿史陈列馆的副馆长，我是专写文字大纲和解说词的文字编辑。高锐后来拍摄过一些现在看来有些故弄玄虚又思想偏“左”的照片，不过当时也许是最艺术化的照片了，我甚至崇拜得五体投地。但老实说，我还是觉得他的名望多半因为他酷爱喝酒，不然他不会那么让人刻骨铭记。他的办公室与我的办公室，总会在某个角落藏匿着他喜爱的奎屯佳酿白酒。他会在开会的中途突然停住叽叽喳喳的嘴，跑到我办公室或他办公室的某个角落找到酒瓶，喝两口酒，然后再接着回来讲他的话。高锐后来的形象是酒痴摄影家。他一边喝酒还一边作旧体诗。他的名言还有：浓茶、烈酒、莫合烟。后来，他真的戒酒了，但没过多久他就去世了。他留下了代表作《冰塔冰人》。

《冰塔冰人》现存于克拉玛依矿史陈列馆五十年代展厅。那是一张让许多人看过都会眼眶湿润的老照片。那照片上有当年参加抢险的马骥祥、王炳诚、陆铭宝以及那一群威武的铠甲勇士们，还有那座巍峨的冰塔。

二号井让陆铭宝钢铁般铭记，我觉得可能还与他和妻子杨立人居住那间地坑之家有关。在那个凛冽的冬季，冰冻的钻塔与温馨的地坑形成了一个奇妙的组合，那组合如优美而飘逸的琴声，弹奏出了一曲奇妙而和谐的音乐。我从陆铭宝那深邃的瞳仁里，悟出了那种温柔与温暖。我不知道当年那个地坑之家在近半年的漫长冬季里，有过他们多少温暖与温馨的回忆，但那个地坑之家却真真切切地孕育了克拉玛依第一个孩子。我相信这个孩子在精子与卵子的成形过程中凝结着二号井的狂暴也凝结着简易地坑的柔曼。其实，许多带有浪漫色彩的爱情故事，多半并不是用豪华背景做支撑的，甚至古往今来众多的伟大人物也都诞生在一个贫困交加的简陋房间。在这里我丝毫没有贬低或抬高陆铭宝与杨立人爱情故事的意思，我只是知道，生活本身就是如此。

陆铭宝与杨立人用爱情结晶孕育出了克拉玛依第一个小公民。她是个欢快的女婴。她就是 1956 年 12 月 21 日发出第一声啼哭的美丽花朵——陆克一。

1997 年，陆克一成为我的中青班同学。我们一起度过了三个月的寒窗时光，并且一同考察了上海宝山钢铁公司和苏州的名景寒山寺，在那里我们还装模作样地吟诵了唐代诗人张继脍炙人口的名诗《枫桥夜泊》。我说，月落乌啼霜满天，江枫渔火对愁眠。克一说，姑苏城外寒山寺，夜半钟声到客船。

陆克一是一位长着一对美丽的大眼睛，又长着一头乌黑秀发的精悍女士。她身材匀称，个头高挑，似蕴含着无穷的女性韵味。她的个头看上去要比她父亲陆铭宝高出一大截。这倒印证了一代更比一代强的老话。

原载《文艺报》2013 年 10 月 30 日

我的师傅

——我写《大雪地》的人物原型

杨利民

我写东西也许老旧了，因为看不见、摸不着、想不明白，在我心里不写就惴惴不安的人和事，我是不会去动笔的。我写《大雪地》的原型，就是我的工人师傅。我喜欢这样的作品，生活是个自然的流程，但它却有突然吓你一跳的东西。\

我有许多年没见到师傅了，还是前些日子去南区，路过采油五厂的一个叫作三不管的地方偶然见到了他。我坐在车里看见他在杂乱的小市场上摆地摊，便让车停下来，司机问我为什么，我没回答。我远远地站着，看着这个四十多年前曾给我当过师傅的工人。他那么清瘦，在风中伏下腰来，凭那双粗糙的手给路人修理自行车，也许是为了赚几个钱来维持生计吧。

四十多年前的秋天，我到了油田，在教导队受训三个月，九个人一天盖一栋干打垒，大小伙子累得蒙着被子直哭。

到了冬天我就去了一个叫杨树林的采油队，在那里我认识了这个我叫师傅的人。他带我上油井，教会了我油田是怎么一回事儿。

师傅很少说话。在那个狂风暴雪企图把我们连同帐篷一起卷走的冷冬里，他每晚都帮我烤棉鞋，还把省下来的细粮票留给我这个缺少营养的年轻人，当时我才十七岁。后来师傅当了队里的材料员，每天夜里都把捡回来的弯钉子敲直，把损坏的旧闸门修好。他管着一屋子劳保用品，自己却穿开口的大头鞋。有些事叫人一辈子都不会忘，有一次我把仪表上的小螺丝掉到防火沙堆上，怎么也找不到，急得直哭，那时严格得几乎到了残酷，不是赔的问题，而是要上升到阶级斗争的高度来认识。是师傅用筛子把那堆防火沙筛了一遍，硬是从那些颗粒里找到了仪表上的小螺丝。

还有一回，在三排48井作业，拖拉机把井口油管压裂引起大火，眼看油井就要报废了，是师傅冲进火里抢关了总闸门。这可能是师傅一生中最悲壮的一次，要是现在奖励十万元不算多。

师傅有许多机会，诸如提干、出去进修，等等，但他都把机会让给了别人。后来他干的工作很杂，养过猪，喂过马，还烧过锅炉。那时强调人是螺丝钉，是一块砖，要往哪儿搬就往哪儿搬，盖座高楼不骄傲，盖个厕所不悲观。

师傅像油田上的磕头机，匍匐在大地上，不知疲倦地朝拜着苍天与平原；他用心灵洗涤蓝天，用身体丈量大地。他用诚实的劳动创造财富和应该得到的报酬，按说一辈子都花不完用不了。可是在那个年月，大家几乎挣不到钱，也没有人在钱上过多地打算盘。师傅每月五六十元工资，一直拿了二十多年。

再后来市政和石油管理局政企分家，不知怎么阴差阳错他就到了市政企业，在评职称的时候说他干得太杂，没法定，于是他就成了闲散人员，接着就下了岗。他儿子骂他是老废物，还说跟他一起参加工作的人，只要不是用脚后跟思考问题的都当官了。可师傅说，都当官活儿谁干！

在人的生与死两个极端，我想大体都是相同的，出生时都伴着阵痛、流血、啼哭和尿床；而死亡就更加公平，无论是肥胖的国王还是饿瘦的诗人，上帝都不会厚此薄彼地把这份礼物分给每个人。而有所不同的是在生与死的这段过程中，我们体验着不同的生活遭际。比如我和师傅，他怎么就站在马路边修车，而我成了坐车的人。我不能说师傅不幸和不努力，至少他运气不好。假如，当初提干时或到大学进修的机会他不让给别人，那又会是什么情景呢？当然，一次性的生活没有任何涂改的机会，师傅就是师傅，他不是别人。

其实，我跟师傅相处的时间很短，就调到毛泽东思想文艺宣传队，在那里排节目，演《大海航行靠舵手》《抬头望见北斗星》，激动得把像章别在胸脯的肉上。就因为我能写点小节目，于是就被推荐到中央的一座艺术大学，成了有名有姓的编剧。

有时我感到很荒唐，一个人把握不了自己的生活，而被命运捉弄着，就像一群奔跑的野牛，不知为什么跑，也不知朝什么方向跑，更不知是哪位命运之神在挥动着鞭子。

三十多年过去了，师傅只找过我一次，那是在他没了工作以后。他敲门，我去开了，但他却迟迟不进来，他把脚在门口的垫子上蹭了又蹭，双手紧攥着那顶帽子，光线从他的背后斜射进来，透过他那弯曲的脊梁我一下就认出了他。

师傅是个有自尊的人，他轻易不给别人添麻烦。我把他让到沙发椅上，倒了茶，竟一时不知该说些什么，我看他的脸从脖子根儿一直红到耳朵尖儿。

我说，师傅，你有什么事要我帮忙吗？他说……没有。我说，您别客气，是孩子的事还是房子的事？我一定尽力！他有点生气，说我就一定是为这个才找你吗？你是读过大书的人，你给我说说，这到底是怎么回事，机器报废了可以扔掉，可人报废了还得活着！你们不是说过很多吗？说我们是主人，真正的主人，这里的一切都是我们的，那么我的那份儿哪去了？我老了……没了事做……可我总得干点什么……我人还活着呀，当然，我可以去死，省得给别人添乱，可别人会怎么想？那不是给社会主义抹黑吗？

我无法面对他，因为他是这个世界上仅存的最后一批虔诚者。任何时髦的理论对他都不合适，他没有错，我也没有错，是因为我们在错误里生活得太久了。也许，历史的任何一点点进步，都是以伤害一部分人为代价的。我对师傅说，要是你相信牺牲自己，能让更多的人过得好一点，这是一种崇高，那么你就继续做出牺牲吧。我的话刚出口，就觉得心里没底，为什么总是让他们做出牺牲，而我却不行。或许我总是在伤害最质朴最亲近的人。

这天晚上我和师傅喝了很多酒，扯了许多往事，我看见他的眼里充满泪水。我对他说，我第一次到油井上顶岗，你就给我讲了石油的性格：你说石油这东西，不管把它放到哪里它都会燃烧。哪怕经过高温、裂解、分流、炼制到最后，剩下一把残骸，还能当铺路的材料（沥青），让别人踏着它的脊梁走过。

师傅笑了。但泪水却流下来，他说你小子记性真好！其实他只比我大几岁。他走的时候，我坚持要找车送他，怕他路上出事，但被他拒绝了。他说，我能行，我已经死过一次了……

这就是《大雪地》这部戏里黄子牛的原型。

原载《剧本》2019 年第 6 期

秘密奉调

彭若倩

父亲一袭军衣，数步下楼，抬腿跨入前来送行的军用摩托斗座，在我扯开嗓门儿拼力且持续号啕中疾驰而去。

第二天，我红肿如烂桃般的眼泡儿在温温润润中强撑开一条缝儿，是保姆用棉球蘸水反复擦拭的结果。

父亲离去时的决然，棉球擦眼时的温润，从此烙印般留痕儿时记忆——在山西太原市一幢楼房里，在1960年6月的某一天，在我将满6岁傻傻分不清离别是个什么情感的时候。

那顿号啕后来成为母亲嘴边儿的说笑：5个孩子，别人没怎么着，独一个你，号得邪乎，谁知道那是怎么啦。

许多年后，我知道了当时的国家“怎么啦”。在《当代中国的核工业》里，有文字这样提示当年：

1955年1月15日，毛泽东在中南海主持召开了中共中央书记处扩大会议，会议研究了我国发展原子能事业的问题。会后，毛泽东和到会的人一起吃饭。他举杯向大家祝酒说，为我国原子能事业的发展干杯！

中共中央做出发展核工业的决定后，周恩来亲自组织实施。

由于我国原子能事业的迅速发展，急需抽调大批科技人员、工人和管理干部参加这一工作。中央有关部门从多方面采取了有效的措施。

为了加强对核科研和核工业建设的领导，由中共中央发出专门通知，从各地方、部门、军队抽调有较强组织能力和管理水平的领导骨干到核事业的各条战线上工作。

文件通知是“抽调”，各地执行是“抽调”，时任太原市某区兵役局副政委的父亲是“奉调”。无论“抽调”，还是“奉调”，范围在全国上下，强调须秘密进行。

疾驰而去的父亲去了哪里，做什么去了，我们太小，不懂得问。母亲问了，回答是别问了。从空军转业地方在组织部门工作的母亲懂得“别问了”的言下之意，不问了。

其实，父亲又能知道多少呢，除了一纸调令，目的地兰州市，还有一条严令：上不告父母，下不告妻儿。

褪去戎装，跻身核事业，开步开拓之时，先被神秘神奇了一下。抵达兰州后，父亲赶去报到。接待的人说，这儿不是终点站，还得走。

还走？往哪儿？

往西。

兰州报到中转西行的故事，老一辈核城人几乎人均一个，且相似度极高，除年份月份不同，情景对话，几无差异，跟父亲一个版本。也有一两个生些枝节，弄错了报到地址门牌，只身一人转遍全城，三天下来没找到组织，辗转到了接待站，一听还要往西，恍然，怪不得被问的人都说，兰州城没这么个单位！

西，地图上的目的地，只有方位，不见标示。

西，车票上的停靠点，三等小站，闻所未闻。

整装再登车，还得走。

往西。

火车出兰州，前方乌鞘岭。

这道岭，是条界山，阶梯地形在此分一二级，内外区域在此分季风非季风，三大高原在此交会，三大气候在此相交，商旅要津，军事要冲，交通要道，屏障、门户、咽喉，古往今来，定位词语不曾变过。

乘火车翻越乌鞘岭，不止一次，每次体验差不多，往大里说，叫惊心动魄，往小里说，叫提心吊胆。岭峰海拔3000多米、2000多米，铁路天堑盘绕，弯多坡陡，险象触目。火车先盘行而上，车厢十几节，车头两个，一个前面拉，一个后面推，喷吐大团大团白气，呼哧半天爬不了多远，直担心一个马力不济，它退刹不住。盘行而下时，风驰车驰，山呼岭啸，车厢内放声喊，邻座也得凑个耳朵上来，火车撒了野，真怕它拢不住。有次傍晚，车停岭间一站，静等会车。一会儿，隐约听到隆隆声迫近，往外一看，有列客车，头低尾高，一往无前俯冲近来，风夹气浪，嘶啸驶过。会车过后，座下车体微晃，周围空气颤动，余悸数十秒，不消。

现在，火车过岭不再盘山翻越，改洞穿了。20.5公里的乌鞘岭铁路特长隧道，20多分钟隆隆声啸，耳鼓饱胀，听得惊心，穿洞而出的刹那间，如重见天日。

1960年6月，父亲与许多继续西进的人们一样，首次翻越乌鞘岭，定是受了冻的。离开兰州时，不会有人告诉他们，往西路上有个乌鞘岭，一年十二个月，冬季长达七个月，“岭不甚峻，惟其地气甚寒”，八月飞雪数点，“拥裘御酒，体犹寒悚”，六月盛夏风起，“飞雪弥漫，寒气砭骨”。赶着报到的人们，没工夫翻翻地理志记怎么记，历史传说怎么说，古时商队使节怎么交验文书通关，大汉张骞怎么出使西域，大唐玄奘怎么西天取经，反正九九八十一难中，乌鞘岭挨冻算一个。

过了乌鞘岭，驶上河西一走廊。

河，黄河；西，黄河以西；南，祁连和阿尔金；北，马鬃和龙首。黄河以西，南北两山，夹峙一条狭带，狭宽数十或数百公里，带长千公里——河西走廊，著名在它的宽度和长度，宽度窄，长度长。

闷进绿皮车厢，感知河西走廊，宽度更窄，窄到窗外景状，左同右，前同后，数小时定格一幅。长度更长，长到身眼俱疲，前路无望。金张掖，银武威，山丹骠骑，酒泉良畴，长城古风，雄关今貌，全部隐没在戈壁滩的面积之中。敬着畏着它的无边无际无遮拦无尽头，西去乘客大多一路卧铺，昏睡前行，眯一觉在走廊，眯一觉还在走廊，昨晚合眼前在走廊，今晨睁眼后还在走廊，醒着如何熬得住。

七几年，一次乘车过走廊，邻座一五岁男孩儿，精神头儿超强，满过道蹦跳奔跑，又叫又唱，俩仨小时高调门儿不衰，昏睡客多有微词。男孩儿母亲先劝后唬，招数用尽，没用，忽贴近他的耳朵，指指窗外，喃喃几句，男孩儿竟一屁股坐上座位，眼盯窗外，一动不动，像被施了法。看我疑惑，她笑出诡异：我跟他打了个赌，一小时内，发现外面有动物，马呀羊呀狗哇都行，就给买个玩具枪。

男孩儿注定是输家，第一次走河西走廊，就让不毛之地降得消消停停，等不到灵动之物入眼，先乏了，后睡了，一觉醒来，玩具枪泡汤了。

50 年代末，60 年代初，成千上万人，离了内地的城乡，离了留学的异国，或只身前往，或举家同行，或团队进发，由此路赶往目的地。过乌岭的寒，穿走廊的闷，没人多说几句，包括父亲。也许，与后来的生存磨砺相比，这些，全不值一提。

值得提一句的是，兰州中转继续西行的人还是在兰州市点了个卯——户籍挂在兰州市某城区，居民住在河西走廊大戈壁，人户分离近 900 公里，从报到的当年至今。

真实的目的地到了——一个大型原子能联合基地，一座远离人群的隐秘小城。

许多人深夜抵达，天光大亮时，戈壁大白于眼前，草不生，鸟不飞，兔子不拉屎，鬼都不生蛋，只有两样东西，戈壁滩和天。有条线，在天尽头，叫地平线，有条线，在地尽头，叫天际线，地平线天际线重合一线，分割了天和地。奉调而来的数万大军，将在天地之间筑一个城，奔事业，奔生活。

采访核城老书记王侯山时，他一开口，先说了件秘密奉调的巧事：

当年，我任辽宁省机械厅厅长，有一天，正在省委开会，组织部的人突然把我叫出会场，说调我去北京，先到东北局组织部谈。到了东北局组织部，说是到绝密单位，干什么他们也不知道。我回家对爱人说了，爱人问是干什么？我说不知道，只知道是到二机部报到，必须马上走。离开东北时，省委的人说，你可别多问啊，叫你干什么就干什么。有人开玩笑说，到了那儿，进去可就出不来啦。我寻思着，这是个什么单位呀？这么神秘。

到北京后，刘杰部长跟我谈话，才知道二机部是搞原子弹的。到戈壁滩基地报到后，有一天，我看到一个人的身影很熟悉，那不是我们的副厅长吗？原来也在省机械厅，调他的时候，我还问过省委，他去哪儿？省委领导说，你别问，是中央调的。所以，他调哪儿了，我们都不知道，想不到在戈壁滩见面了。我拉住他的手说，原来你也调到这儿来了呀！

还有巧的，巧到离奇，离奇到令人生疑，是则从媒体听来的故事：

在通往罗布泊的路上，有一棵树。有一对夫妻接到命令后，互相隐瞒着出发了。当来到这棵树下等车时，才发现彼此的目标是一致的，意外和惊喜不言而喻。张爱萍将军听到故事后，说，就叫它夫妻树吧。

秘密集结的人们给父母妻儿报平安，用的是统一“暗语”：兰州市 508 信箱。我对这个通讯地址熟悉到敏感和偏爱，以至看到“508”组合，眼神会条件反射亮一下。太多年月里，它给年少的我永远是期待、惊喜和想象。父亲给母亲的来信，落款是它；母亲给父亲的回信，抬头是它；我给父母的去信，抬头是它；父母给我的回信，落款是它。父亲字小，蓝黑钢笔水浓，力透纸背；母亲字大，纯蓝圆珠笔油墨不畅，笔画粗粗细细，像自然天成的大家书法。我写信封时，习惯把“兰州”写得大而瘦，把“508”写得小而胖，偶有同伴看到，必问，508 是个什么地方？不知道时心虚，支支吾吾：保密厂。知道了后胆壮，宣言般直告：保——密！

有人被“信箱”蒙过。携儿带女到兰州站下了车，探望在兰州工作的丈夫，拿出一信封打听，508 信箱在哪儿，自然无果。丈夫收到电报后，速速赶到兰州，接上家人，走吧，还得往西。60 年代中，随母亲第一次去“508信箱”看望父亲，近50个小时的火车硬板凳，坐到腿脚发飘，小脸儿发绿，一会儿一句，怎么还不到哇，一会儿一句，爸在哪儿啊。兜里揣着父亲详细行路指南的母亲，成竹在胸，不焦不躁；我哪知道在哪儿啊，快了吧？

不知道去哪儿，不明白干啥，不允许多问，只一纸调令，便全身奔赴，那年月人们的激情和责任，奠基个核城，绰绰有余。

给书定名时，想带点儿“还得走，往西”的方位色彩和当年初闻“508”时的神神秘秘。虚虚实实想了个遍，实的有某某矿山机械厂，某某矿区，某某基地，某某特大型联合企业，某某公司，某某有限公司；虚的有西北东南，西北以西，西北偏西，都没入眼，简单问题纠结个死。

忽一日，西——西北，一闪，叫绝。

就“西西北”吧，跟“508”似的，不知道在哪儿。

原载彭若倩《风过西西北》，作家出版社，2015年7月第1版

班　组

李振娟

低矮。简陋。坚固。发黑的石灰墙，锈迹斑斑的玻璃窗，脱落了油漆的铁门。轰鸣的机器永远是大件的摆设，墙角始终堆放着几样废旧的零件，屋顶总是横跨着一台经年的天车。我第一次踏进来，它就是陈旧的。多年了，它仍是初见时的模样，不曾焕新也没有更旧，似乎被遗忘在时光的角落里。.

跨出校门，尚没有清楚地看看外面的世界，我就循着父亲的足迹进工厂当了一名运行工。那时，我并不知道，班组，就是我以后的安身立命之所。

起初，话也不敢多说，路也不敢多走，只是小心翼翼地跟在师傅后面，转着，看着。机器轰鸣声里，几个正值壮年的师傅拿着抹布、螺丝刀、扳子，围着机器点检、擦灰、调节阀门，起蹲回转间，动作敏捷，出手有力，臂膀凸鼓的肌肉在劳动布工作服里若隐若现。他们劳动时一丝不苟，很少言语，偶尔的一两句对话，没有任何客套和修饰，简洁、坚定，一如部队的号令："排气阀关了么？""关了。""1#机润滑油加满了么？""满了。""风压稳定么？""稳定。"面对一台台高速运转的机器，他们目光笃定，操作娴熟，犹如久经沙场的统帅。

年轻的工友腿脚闲不住，斜戴着工作帽，一会儿到工具室拿扳子，一会儿进值班室喝水，一会儿在机房转悠，出出进进，总是兔子一样跳脱着。若是恰巧碰到师傅眼皮底下，他们立刻就老实了，慌忙拉正工作帽，垂下头，干起活来，但一双亮眼睛仍滴溜转着，等师傅一走开，很快就现了原形，该干吗干吗了。

成为一名工人后，再看工厂，一根电线杆都有了暖意。以往和我不相干的管道、高压线都变得亲切起来。闲来无事，我常常站在班组前方的戈壁山坳上瞭望工厂。茫茫苍穹下，氤氲在烟雾中的工厂呈现出一片黛青色，一柱柱高耸的烟囱坚定地矗立在鳞次栉比的厂房前，浓烈的烟气成团成团地抛散在天空中，时远时近的机器轰鸣声飘荡在荒原上。沉雄壮阔的工厂犹如一幅铺陈在西北戈壁的现代工业画卷。那些班组，那一个个鲜活的细胞，星星点点地密布在工厂肌体里，朔野长风中，我仿佛听到那里涌动着的劳动的歌子，澎湃有力，生生不息。

我尤其喜欢上三班，路上人少，清静，也不用起个大早赶时间。一路上，骑着自行车游游浪浪，东瞅瞅，西望望，电解厂房上空的红旗猎猎翻卷，变幻着不同的形状。铝锭库的铁丝围墙里传出铿锵不息的狗叫声，那一定是几条凶猛的狼狗吧，好在拴在高墙内。沥青路两边的榆树轻轻摇曳着，友好地招着手。九月午后的清风徐来，阵阵凉爽，白班的辛劳和夜班的困倦一扫而空，耳边回荡着“老三届”一毕业就招工进厂的父亲常说的话：“当个国家工人多好呀，就此捧上铁饭碗啦，多少人眼红哩。”我思慕着以后的好前程，心里暗自美着，时不时地撒个把，哼几句歌子，悠悠前行着，再上几个缓坡，拐几个慢弯，就依稀听见厂东部山麓传来的黄河涛声，班组就到了。

踏进班组的门，我零散的心情很快端正了。穿戴好工作服，拿上螺丝刀，随师傅进机房做接班准备。师傅关切地看仪表指针位置，探摸缸体温度，倾听活塞往复声响，掐指计算注油器滴数，一台台运转的机器犹如师傅亲手饲养的毛驴，他伺弄得满眼都是怜惜。此时，机房里人来人往，上三班和下白班的两拨人忙着交接，脚步的杂沓声、互相交代工作的叮咛声、铁门的吱呀开合声混在一起，在这热络的一刻，机器都轰鸣着要张口说话了。

静静地走过，又忍不住含情回眸的是两个彼此中意的年轻人，张春生和秦丽。他俩一个接另一个的班。于是一个上班盼下班，一个下班盼上班。十分钟的交接班时刻，即将下班的张春生忙着收拢工具、做记录，心魂却早已牵系在刚上班的秦丽身上。于是一双手自顾自地忙活，而他已全然忘了手中在忙什么，唯有那一双炯炯的眼睛追光灯一样追随着秦丽的身影。

我和秦丽跟着师傅一前一后进了机房。我已晓得了她的秘密，就故意磨蹭在后面偷看她的痴模样。看到张春生迎面走来，她的脸颊果然腾地红了，羞赧地低下了头。我知道她还会回望张春生的背影，就定定地瞧着她，等她一回头，就接住她的目光坏坏地笑起来，惹得她恼羞成怒扑上来就挠我痒痒。我连忙喊师傅求救，师傅过来劈头盖脸就是一顿训斥：“机房重地是你们闹着玩的？瞧你们有个当工人的模样么？还不赶紧收拾接班！”我和秦丽连忙检查起机器来，头都不敢再抬。过了一会儿，师傅走了，我用余光扫了秦丽一眼，她又侧过脸追寻张春生的身影，我不禁哑然笑了。此时，机房里洋溢着浓浓的青春气息，陈年的房顶都亮堂了。

稳定。安逸。自得。20世纪90年代初，国营企业工人内心都是优越的，商品粮，福利房，逢年过节就发细米白面，生老病死厂里全包了，没有谁会为生计发愁。上班也一样，工资月月按时发，年底还有年终奖，谁也不会担心饭碗的事。班组里，有的人爱操心，那就让操心，大伙儿就省心了。有的人爱钻技术，那就钻技术，大伙儿就不轻易打扰他，还帮他打个饭倒个水。有的人爱跑腿，那就跑腿，大伙儿有个事儿都找他，事情办成了，敬个烟递个茶，他就心满意足了，下次跑得更欢。有的人爱讲笑话，一枚开心果，大伙儿干脆把他的活儿都争抢着干了，腾出时间专听他讲笑话：厂长的逸事、厂花的绯闻、流行的段子，每每逗得大伙儿笑得前俯后仰，心头再多的云雾也散了。

交接班过后，机器运行平稳了，班组就消停了。张建华师傅坐在值班室长条椅上，点支过滤嘴“红梅”悠悠地抽起来。他抱着胳膊凝望着高速运转的电动机，缭绕的烟雾中，往事潮水一样漫上来：刚招工进厂那会儿，就在眼前这张大铁桌上，与一块儿进厂的赵志刚他们几个比试掰手腕，每回双方咬着牙瞪着眼对峙的手臂青筋都要胀裂了，最后他们还是一个个败下阵来，一边告饶一边朝他竖大拇指。一晃二十年，这一拨老哥儿们昔日铁疙瘩一样的臂膀已松弛绵塌，再也不能像当年那样玩命掰手腕了。张建华师傅掐灭烟头，叹了口气，看了看大伙儿，欲言又止——都念叨多少遍了，早已咀嚼得没有丁点味道了。

做梦都想中大奖的严庆华师傅，此时又坐在值班室墙角开始琢磨体育彩票号码了。他用青筋凸鼓的黧色手臂把小笔记本妥帖地圈在怀里，捏着钢笔在上面时疾时徐划拉着 32 个阿拉伯数字。他锁着眉头苦苦探索彩票邻号的奥秘，瘦削的面容刀刻般深邃。每隔几分钟，他会回过神来，警觉地看看电气盘面的仪表指针，复又一头扎进彩票号码中。

我和秦丽嗑着瓜子谈天。我故意把话题往张春生身上引：“人都夸张春生长得英俊又肯钻技术，安装阀门、换活塞环样样都能拿得下！”秦丽一听，脸顿时红了，警觉地环视了一眼师傅和工友们，向我挤了挤眼睛，悄声说：“嘘，小声点，保密哦，我还没给家人说呢。”我心照不宣地点了点头，她就和我说起了悄悄话，那笑容甜得要流蜜。

滑向西边的太阳，透过挂着锈渍的玻璃窗照进机房，洒在机器上，仿佛一盏裹了玻璃罩子的霓虹灯，给机器披上一层蒙眬的金红色面纱，机器轰鸣声也低缓了许多。一群麻雀迎着夕阳从班组前面的电线上飞过来，落在窗外的槐树枝上，晃着脑袋冲着我们叽叽喳喳叫，似乎提醒大伙儿该吃晚饭了。

去食堂打饭？用电炉子做饭？派个人到生活区小餐馆买饭？大伙儿正踌躇着，周建强拎着包包袋袋，哼着歌子回来了。晓得他带好吃的回来了，我和秦丽欢呼着上去卸下他手里的吃食，嗬！正冒着热气的土豆、红薯、玉米、毛豆，还有大白馒头和新鲜的辣椒酱。周建强这是遇到刚收庄稼的老乡了？他一脸神气，笑而不语。原来他先前去兄弟单位送还工具时，恰巧赶上那边一个家住厂区附近乡村的工友，上班时捎来一蛇皮袋子刚收获的土产和媳妇现做的辣椒酱，还有刚出锅的馒头。一看有好吃的了，兄弟单位的工友们就把周建强留下，一边闲谝，一边用大锅煮上土产，谝够了，土产也煮熟了，就给我们带回来了。大家都夸周建强活络，会走动，以后多走动才好。说话间，我和秦丽已煮好一锅大米粥，一碗一碗地端上来，浓浓的米香飘散在班组里，家的味道出来了。这样的时候，谁都顾不上客气了，拿起土豆红薯玉米馒头，捧着香喷喷的大米粥就着辣椒酱，大口吃起来。

一晃，十年过去了。工厂已改叫公司，简朴的办公楼换成了气派的写字楼。厂长唤作了董事长，他那与工人并肩骑行的老式自行车，换作一骑绝尘的高级轿车，工资变成年薪，金额神秘如同传说。

而班组仍旧是班组，过去这么叫，现在还是这么叫。只是，它更陈旧了，墙体斑驳已辨不清最初的颜色。机器轰鸣声闷钝、低缓，仿佛老人喘着粗气儿。机房角落堆放的废旧零件散发着陈年的铁锈味儿。新鲜的阳光透过锈迹斑斑的玻璃窗照进来，转眼间已旧了。

工人也仍旧是工人。班组建成最初上岗的一茬儿师傅已渐渐老去，他们行动迟缓，少言寡语，弓着身子在那里干活半天都不见挪动，慢慢地化作一架架机器也浑然不觉。腰背弯曲变形的他们，有着与机器同样质感的轮廓，身上泛旧的劳动布与濡染了岁月沧桑的班组很搭调，只是机器轰鸣着，他们沉默着。

岁月的年轮碾过了一圈又一圈。时光暗淡了往昔的繁华，漂走了一茬儿又一茬儿青春和容颜。到2006年，这艘国有大型铝业“巨艇”已持续航行四十余年。它一面担负着产品供应、公益、就业、税收的社会责任，一面又如同一个小社会，背着职工医院、子弟学校、幼儿园、食堂、图书馆……长期负重，压得它疲惫、衰弱、体力不支。此时，又恰逢市场竞争加剧，产能过剩，它陷入了困境。那一柱柱饱经沧桑的大烟囱时常不解地望着天空，迟疑地喷吐着烟雾。班组里，机房怅惘，机器叹息。

张建华师傅五十出头，已隐隐有了白发，侍弄完机器，他仍旧喜欢坐在值班室长条椅上抽着烟凝望着机器出神，只是手中的过滤嘴“红梅”已换成了廉价“龙泉”。严庆华师傅忙完机房里的活儿，仍然蹲在值班室墙角在泛黄的小笔记本上划拉着32个阿拉伯数字，尽管从来没有中过大奖。年复一年的深度思考，他那紧锁的眉头已皱成两道深壕。嘴勤又会走动的周建强还是喜欢到班组周围的厂房东游西浪。每天逛一趟回来，总会带回来一把瓜子、一串消息，而说来道去，无非铝价又降了，工资更低了；物价涨了，一个子儿掰两半也不够花了；福利分房取消了，又买不起商品房，往后住房也成了问题；子弟学校划归地方了，书本费涨了，供孩子上学也吃力了……说着说着，大伙儿都沉默了，低头不再言语，不时发出的几声沉重而悠长的叹息仿佛来自幽深的地下。这样的时候，窗外的麻雀也噤了声。唯有陈旧的机器隆隆轰鸣着，诉说着班组的流年光阴。

我和秦丽话也少了。忙完机房里的活儿，就各自趴在磨得锃亮的大铁桌子上为一家人的吃穿算计。大白菜一公斤都涨破一块钱了，只盼着哪天跌价了多买些储存在菜窖慢慢吃；母亲的类风湿光贴膏药不行，还得烤电才管用；婆婆骨质疏松，要吃钙片，营养品也不能断；孩子马上“小升初”了，资料费、补课费样样省不了，隔三岔五还得买只鸡炖上给孩子补营养；丈夫上班的厂房离家远，才买了三年的自行车就破旧得不成样子，买新的又得花掉半个月工资；眼看着孩子一天天长大，早前厂里福利分配的一居室已住不下了，想买商品房可每月工资精打细算还是存不下一分钱，只能在屋里拉个帘子买张小床给孩子隔出个小窝来；过些时候要参加表妹的婚礼，可翻箱倒柜找不出一件像样的衣服，细算来几年都没舍得买穿戴了……皱着眉头盘算半天，心里还是没谱儿。秦丽喃喃地说："家里老的老，小的小，再难，日子还得熬下去。"我点了点头，心里堆积着难言的惆怅。再看秦丽，才三十多岁，头发已是黑的黑，白的白……

走出班组，站在山坳上向西望去，初冬的夕阳犹如一颗稀释的蛋黄，有气无力地向西坠去。天色一点一点暗了，冷风从戈壁上阵阵漫过来。夜色中，一柱柱大烟囱隐身了，团团烟气升离排烟口后就迷失了方向，四处弥散，不知所踪。

遍布厂区的班组，一扇扇小窗流泻着如豆的灯火，萤火虫一样洒下遍地微光，驱散了工厂的黑暗。

我久久地凝视着若明若暗的小小灯火，心有所动，下山坳回到班组。此刻，在一片微黄的灯光下，机器泛着静谧的柔光，工友们坐在一起亲密地说着话儿，映在墙上的身影晃动着，靠近、比画、倾听，画面温馨安宁。我看得出神，一股如家的暖意再一次将我包裹。

原载《安徽文学》2017 年第 9 期

铁路示意图里的远方

徐亚娟

很多年前，因为工作在铁路系统的技术部门，每天早晨我都在一个火车站的指挥中心做数据分析，指挥中心挂着一张非常精准的全国铁路客运车站示意图和一张哈尔滨铁路局管辖范围内营业车站示意图，工作闲暇之际我经常站在这两张挂图面前，面对那张全国的铁路示意图发呆。那时候我觉得这真是两张神奇的挂图，黑色的铁道线路蜿蜒曲折纵横交错，红色的小圆点是一个又一个的车站，其间没有任何其他的地理概念的标注，就是这样的挂图让我对中国的土地产生了比中国地图更加直观的概念，贫穷限制人的想象力，同样地，职业也会限制人的想象力。在很多人对世界有着无尽的想象力的青春时光里，我那即使是插上了翅膀的想象力也仅仅就是在这些铁道线路中间驰骋，偶尔在一个个陌生的车站稍作停留。

我的老家地处省会城市的远郊县城，自从我离开那里去到一所铁路院校上学开始，困扰我的问题一直就是我的老家不通火车，所以，在这两张标注着密密麻麻车站名字的挂图上，找不到我家乡的名字，这样的感觉使我最初的目光总有几分找不到支点般的涣散和游离。其实，老家每年有大批的孩子从那里走出来，他们分散在全国各地，甚至是世界各地，这里从来没有因为不通火车阻滞了他们跨越万水千山的脚步，相反，倒是有很多的脚步走得更稳走得更远。在他们看来通不通火车似乎没有那么重要，可是，对于每天都能站在铁路示意图面前的我来说，这似乎是一件特别重要的事。这绵延纵横千里的铁路线路里，我的家乡是被遗忘的角落般的存在，这件事令我无奈而又沮丧，甚至平添了几分自卑。二十年过去了，一条高铁线路历时三年的建设即将竣工，一条高速铁路从我的家乡穿行而过，我家乡县城变成了一个高铁车站的名字，即将出现在全国铁路示意图上。对于很多人来说，即使是对于工作在铁路系统的同事来说，这也不过是一件平常的事，而对于我来说，是一件值得奔走相告的大事，很多和我熟悉的人都从我这里知道了这件大事，那就是我的家乡要通火车了，而且是高速铁路，他们以后可以坐火车去我的家乡了，尽管他们中间的很多人可能一辈子也不会有机会去到那里，但是很多人都被我郑重的外交声明一样的介绍和幸福得不得了的口气吓到了，以至于不得不做出一定会去的郑重承诺。

三棵树火车站是我毕业报到时候的单位，来到这个车站两个月后的国庆节，三棵树火车站更名为哈尔滨东站。这个名字的更改有着不得了的效果，三棵树火车站从一个莫名其妙的荒郊野外的车站变成了城市的一个重要方位大门的标识，战略意义可见一斑。而对于我，似乎就是因为这个车站的名字，从此我不需要过多的解释，别人都知道我是这个省会城市的一员了。虽然在这个城市还没有扩建得如此庞大的20世纪90年代，那个车站在很多人的眼里都略为偏远，但是，在那张全国铁路示意图上，我每每追寻一条路线的起点一定是这里，我经常计算哈尔滨到北京会有多少种换乘方式，哈尔滨到昆明的铁路距离，甚至沿途要经过的车站，昆明是我眼里诗意的远方，那里四季如春鲜花盛开，那里还有我的很多同学。我也会计算从哈尔滨到莫斯科，哈尔滨到荷兰，到欧洲很多国家的铁路距离，我甚至想象如果有一天坐着火车从这里出发，在时速50公里的国际列车上，慢慢地穿越俄罗斯的远东地区，从车窗里瞭望贝加尔湖的景色，然后到达莫斯科，从莫斯科可以坐火车到达很多欧洲国家。在旅游还不是很生活化的年代里，这个大胆的想法让我幸福了很久，那时候还没有度娘、没有知乎，心里的疑问会在你心中持续发酵很久，那种兴奋和幸福感也会久久地挥之不去，以至于多年后想起来也会为当初到处去查阅相关资料的行为会心一笑，这样的旅行虽然没有付诸行动，其实在我的心里已经去过了，并且由此带来的精神上的舒适和幸福感远远胜于今天背起行囊远渡重洋。也是在这个查阅资料的过程中，我了解了很多这座中国北方边城在当年的中东铁路时期在欧亚大陆的交通路线中所担负的重要使命和重大意义，在当年共产国际的革命道路上这条铁路线路曾经是革命火种的生命通道。这样的资料印刷在教科书上，在我的眼前也许不经意地就飘过了，但是在我自己查阅发现的过程中，这样的故事，这样的历史，瞬间就冲击了我的情感，原来这里真的就是一片神奇的土地，原来这些冰冷的铁路线路让全世界血脉相连，一瞬间让我对我的城市、对我的车站肃然起敬。那时候站在那张铁路运行图的挂图前，我也会经常想起这条修建于1901年的铁道线路，100多年过去了，这个城市因为这条铁路通达世界，积淀了这个城市不一样的风格和文化背景。侵略和战争的罪恶终将随着时间的流逝成为历史，只有这条铁道线路一直伴随着人们繁衍生息，那些散落在历史角落里的发生在这条铁路线路上的故事将一代一代地传讲下去。

站在那张全国铁路示意图前，我经常寻找的车站还有包头东站。20世纪80年代的包头东站距离哈尔滨站铁路里程2131公里，铁路线路跨越京哈线路、京包线路，途经大大小小的火车站近30个，当然，这样的数据在今天已经没有任何的参考性。今天的哈尔滨到北京实现了一站直达，北京到包头的高铁线路也很快就要通车了。包头东站是我少年时期跨越万水千山走到的天涯海角。9月开学季的包头东站，火车站台瓜果飘香，在东北人眼里贫瘠的西北一隅居然有那么甘甜的水果，这在当年是无论地理书上怎么描述都无法切实感受到的现实。我的母校偏居那座城市的一隅，那些坐着火车来来往往于这座城市寒来暑往的青春时光，瞬间都浓缩在那个蜿蜒曲折的铁路线路上的一个需要仔细辨别才能看清楚的车站名称，这样的地方是我曾经去过的远方，也是我心里回不去的从前，是承载最美好岁月的载体，是无数故事的平台。忙忙碌碌中这样的地方从来不是日常谈资的话题，却是我心中一处温暖的家乡，是我众里寻他时无处安放的最后一处落点，是我不经意间回头时捕捉不到的一声叹息。

在这张铁路示意图上，我经常寻找同学朋友工作的地方，在心里计算我和他们之间的距离。我大学里的专业就是铁道运输专业，我的同学都工作在全国大大小小的火车站，我们曾经重要的专业课就是每天画不同的铁路示意图，甚至很多同学至今还在从事规划铁路列车运行示意图的技术工作。如今看起来，我们就像散落在这张挂图上的无数星星，一座座车站都变成了我们彼此的代表。这张苍白的图纸上，在这片广袤的大地上，在这片蜿蜒曲折的线路中间温暖地闪烁，原本陌生遥远的地方因为他们而令我变得心生向往：从北京到青海格尔木，从山东济南到内蒙古乌海，在铁路线路延伸的远方，都有我的同学工作奋斗的车站，也许这样的很多城市是我一直陌生的，是我一生都没有理由到达走近的地方，但是看到那里就会想起炊烟袅袅车水马龙的城市中我想念和关注的他们。有时候，我也会想，我如此热爱我的城市，我如此关注从这里出发到达的每一列火车，努力地熟悉这个城市火车站的地理位置和交通线路，甚至会经常研习美食美景，在途经火车站面对熙熙攘攘擦肩而过的人群时总是放眼追寻，我只是希望有一天他们真的一路奔波舟车劳顿来到我的面前，我不会那么惊慌失措，那么措手不及，我希望自己能够一直优雅从容地等在那里，只为了有那么一天我们在这城市里的重逢能够不辜负心底里多年不变的期待。我知道，他们从来不说，其实我又何尝不是他们向往和思念的远方呢?

几经辗转，离开那些每天研读铁路示意图的工作已经很久了，因为想念游走在远方的朋友，依然会不自觉地关注她所在的城市和火车站，依然在心里不自觉地用铁路里程丈量我和这世界很多地方的距离，越来越多的高速铁路通车了，很多新的车站名称出现了，在抬头的瞬间我还是能够精准地找出我的同学朋友所在的城市。这样的车站，也许标注在铁路示意图上，更主要的是一直标注在我的心里。

铁路线路绵延万里纵横交错，但是你目光关注的永远只有那么几个点，很重要，很幸福，也很惆怅。

原载《中国铁路文艺》2018 年第 8 期

复兴号，让我看到了梦想实现的样子

徐亚娟

2017 年 6 月，当复兴号列车通车的时候，我收到了一位亲历这一历史时刻的大学同学发来的信息，他说："一瞬间好像在铁道线路上飞驰的就是当年实验室里的那个火车模型，我看到了梦想实现的样子。"这条信息几乎令我潸然泪下，时光跨越近三十年，我似乎听到姚老师用一口浓重的江浙方言那么认真地说："总有一天，你会看到梦想实现的样子。"

二十多年前的 1989 年，我们从全国各地走进了那所西北一隅的铁路院校，大学生活是从心底里挥之不去的因高考失利流落大西北的遗憾开始的，对于当时铁路院校清晨出早操晚上强制晚自习的半军事化管理，对于学校开设的满满的高中一样紧张的课程充满了抵触。作为铁道车辆专业的学生，我们在第二学期就开设了"铁道车辆工程"这门课程，那时，我对于这样的工科专业，对于这样的专业课程厌烦至极。直到戴着一副用胶布缠着镜架的眼镜、瘦弱清爽的姚老师走进教室，翻开那本厚厚的教材，我才惊异地发现，这位看起来弱不禁风的姚老师原来是这本全国铁道车辆专业大学教材的编撰者。

姚老师双手拿起这本教材，告诉大家说："这本书，你们要一直学到毕业，这门课程中间有四个小设计和一个大的毕业设计，这门课程要教会你们以后吃饭的本领。"姚老师像对待幼儿园的孩子一样让同学们拿出来一张纸，画出来自己心目中的火车车辆的样子，大家哄的一声都笑了起来，"火车啊，那还用画吗？就是那个火柴盒的样子啊！"姚老师用一口江浙方言声音不高咬字很重地说："要有想象力啊，真的要有想象力的。"还是有男同学大大咧咧地说："老师，我们将来都是要拎着小锤子修火车的，要什么想象力啊？"全班 24 名同学画出火车车辆的差不多有 10 人，除了几个中规中矩的火柴盒一样的造型，也有我和另外几位男同学画出来的动画片里日本新干线里的子弹火车。那时候，即便我发挥自己天马行空的想象力，也会觉得这样的火车离我们的距离似乎就像距离太空一样的遥远。

姚老师在讲台上举起我那张完全按照漫画风格画出来的图纸，几乎用了一节课的时间，给我们描述一辆通往未来的火车，他讲得那么投入，那么认真，让我那些对未来的期待就是拎着小锤子修火车的同学们几乎鸦雀无声，在遥远的 1987 年，在我们灰暗贫瘠、缺乏想象力的少年时期，在我们关于未来没有职业设想没有前途愿景的专业第一课，姚老师让我们看到的是一辆辆充满了奇思妙想、充满了不可思议的科技含量的未来的火车，让我们看到的是正在运行的德国磁悬浮列车、日本子弹火车。姚老师就在那些枯燥的车辆轮对和轴距等冰冷的专业术语之间打开了我们这些铁道车辆专业的学生们看世界的窗口，作为一位师者，他成功地把我们引导到了学术的轨道上，他慢悠悠地说："在这条专业的道路上你们一定要坚持下去，一定要看到梦想实现的样子，三十年或者五十年甚至一百年都不重要，重要的是你的图纸你的小锤子一定会让火车变得越来越快。"

真正开始课程学习的时候，才会知道这样枯燥的专业有多难，这样一位几乎像一本铁路大百科全书一样的老师有多么认真和严厉，这样一位把梦想当作使命的学者有多么执着的追求。每堂课，教材可能翻过去的只有一页，我们的笔记却有十几页，几乎每个同学的手里都握着尺子、橡皮和铅笔，随时都会把一张已经完成的图纸擦掉重画。就是在这样沉重的课业负担中，我们迎来了第一次为期一周的车辆工程设计周，全班24名同学分为4个小组，每组同学共同完成一份设计图纸。这样的课程安排就像工作20多年后的今天迎来了国庆小长假般令我兴奋不已，我把这样的设计完全托付给了一位学霸，给自己安排了一次出游。在小组作业讲评的课堂上，姚老师把我们组的设计方案评为优秀，把我的成绩记为0分。我哭着去找姚老师，我一遍遍和姚老师描述我的努力和认真，我希望姚老师能原谅我这么一点点的小任性。我甚至搬来班主任老师和班长一起去找姚老师，姚老师丝毫不为所动，我0分的成绩就那么清晰地被记录了下来。就是这个0分，让我和班里所有的同学不敢再有丝毫的懈怠，我必须全力以赴拿到好成绩才能保证最后的平均成绩，我的同学们因为我领教了传说中姚老师的严厉。这个专业这个班级的同学几乎成了学校里最刻苦的一群学生，除了上课，我们的业余时间几乎都待在车辆工程专业的沙盘实验室里。

多年之后，我们重新回忆起大学生活，这个实验室承载了我们那么多美好的记忆。留学归来姚老师把自己的才华和梦想都投入了教学车辆专业的教学中来，他亲手建立起来的几乎是全国铁路院校第一座、最有艺术气息的模拟铁道运输沙盘实验室，在那座大型的沙盘里，有途经沙漠高原、寒地冻土各种地形地貌的铁道线路，那些运行在铁道线路上的火车模型有各种可以变形的、可以随意组装编组数量和载重的车体，甚至车站的站舍和绿化都是精心设计的。这个实验室经常会有其他专业的同学来测试一些数据，准确地说，这个沙盘实验室就是一条成熟运行的京哈线。作为车辆专业的学生，我们就是在这个实验室里体会到了车务、机务、工务、电务、车辆五大体系协同作战，才会有铁路大动脉的畅通无阻。

就是在这样的紧张忙碌中，班级里24名同学都以优秀的成绩完成了两年半的大学专科车辆工程专业的学习，我们告别了令我们无比敬重、无比惧怕的姚老师，告别了大西北的母校，奔赴了各自的工作岗位。

真正走上工作岗位的时候，才知道姚老师最初告诫我们“坚持专业”的道路有多苦。我的同学们有的走进了车辆厂组装车辆的流水线，有的走进了满手油污拎着小锤子的检修工人的行列，设计和梦想遥远得无从提起。

10 年后的同学聚会，我的那些散落在千里铁道线上的同学几乎都成了车辆专业技术骨干人才，无论是在工厂还是行车部门，同学们扎实的技术功底几乎赢得了所有同行业的口碑，在专业领域的坚持和执着，让他们的事业道路踏实有序。回到学校的我们和白发苍苍精神矍铄的姚老师一起在沙盘实验室合影留念，古稀之年的姚老师使劲握着我们的手，说出来的话依然是要坚持和努力。

20 年后的同学聚会，我的那些在专业领域坚持下来的同学们和我们的铁路、我们国家一起经历了中国高铁从无到有，经历了车辆技术的引进改装到自主研发，那个曾经认定了自己要拎着锤子修一辈子火车的同学，他带领着他的团队全程参与了第一条动车组的运行测试。聚会时他带着一辆自己亲手制作的、镌刻了我们全班同学名字的动车组模型送给了母校，送给了以姚老师名字命名的实验室，在那个沙盘实验室里我们这些人到中年的学生鞠躬落泪，我们多想告诉姚老师，我们依然坚持在这条专业的道路上，辛苦却又充满希望，无助却又充满力量，仰望星空，我们不敢有丝毫的懈怠。实现老人家当初描绘的梦想，我们的国家仅仅用了 10 年的时间，我们幸运地承载了几代人的梦想，奔跑在这条充满希望的路上。

2018 年，我的同学带着儿子乘坐复兴号，从济南西站上车，一路向西，直到西北边陲我的母校，作为铁路人的后代，父子俩成为跨越 29 年时光的校友。我的同学一遍遍和儿子讲述我们大学里的第一课，讲述我的 0 分作业，讲述姚老师的沙盘实验室。

我和我的同学们都期待，有一天，我们乘坐复兴号回到母校，回到姚老师的实验室，我们要告诉姚老师，我们在努力奔跑的路上，幸运地看到了梦想实现的样子。

原载《中国铁路文艺》2019 年第 3 期

我那些年的矿山生活

陈年喜

一

我清楚地记得，第一次去矿山，是2000年的冬天。当时，漫天大雪，春节在即，过年的费用已是眉头大事，孩子一岁半，还在每天靠奶粉过日子。矿山地点是河南灵宝秦岭金矿的朱阳镇王峪，后来知道那是整个西秦岭金矿中一个不值一说的平常矿坑。当时由家乡到朱阳尚不通班车，我们十三个人乘坐包工头的一辆平时用来拉生活用品和生产器材的吉普车，挤得外面用脚使劲踹才勉强关上车门。由晨至昏，经洛河，过潼关，一路扬尘颠簸，天黑时分到达矿点，下车时，大部分人脚腿肿胀到不能行走，大家互相搀扶着去到工棚。

这是一个接近山顶的矿坑，峪口至此，两沿渣石花白高耸，不知道有多少矿坑在终年日夜奋战。北风如刀，山高月小，远近刀劈斧削的裸崖泛着白光。先期到来的工人已经开工半月。它的名字叫“企业委十三坑”，原来是朱阳镇企业委矿口的一个，历经十几年开采，已经报废，由原本在这个矿口干小包头的人承包过来。他是我的同学，他后来成为打遍天下的矿业主，沉浮胜败，兴亡荣辱，有无数后话。

我的工作是拉车，就是用两轮的架子车一趟趟把爆破下来的矿石或废石拉出洞口倒在渣坡上。矿洞内部四通八达，结构诡谲复杂，天井，下采，空采，矿仓星罗棋布如同迷宫。为了省电，巷道上不使用灯泡，我们在负重行走时脖子上挂着手电筒。那时间似乎还没有蓄电的矿灯，我们每两天会领到两节电池，只有在不得不使用时，才会打开手电。当时大约有五六个工作面，有两个在巷道掘进，一个采矿，其余的在翻挑已经废弃的采场的矿渣，里面有一些遗落的矿石，品位不错。有经验的工人可以借助蜡烛的弱光偶尔发现矿石上的纯金颗粒，大如麦粒，小如针尖。这些矿块带到洞外的某些小店铺，可以换取一双袜子或一瓶高粱大曲。黑暗处常有领班的小组长监督劳动，发现并想私吞含金矿块的人得异常小心。

路途远近常常不定，我有时每天拉十趟，有时更多或少几次。巷道高低不一，有些段可以伸直腰，某一段只能半趴俯着前行。如果在低矮处需要歇息一会儿，只好仰卧在车子上让背部神经得到一点舒缓。架子车上的矿石或废石接近一吨重量，拉车的人需要足够掌控它的力量和技巧。那时候总是非常饿，下班吃饭成为最急迫的愿望。我可以每顿饭吃四个拳头大的馒头加一碗稀粥，有的工人则更多。好在，并不限制食量，工头有一个看法是能吃就能干，饭量小的反不受待见。拉车最大的麻烦事是中途爆胎，巷道狭窄，车子行人出进不绝，卡在路中是要影响整个矿洞一天的进度的，爆胎者急头赤脸去外边背回备胎，但以一人之力要替换下损坏的车胎谈何容易。实在一人之力无法替换时，如果距洞口不是太远时，我会拉着爆了的车子死命往外奔，这样的结果是，待到了洞口，人和车子完全瘫痪外，还要招来修车师傅一顿臭训。

工棚由竹竿和木棍搭架，外面蒙一层彩条塑布，四圈压着石头，在背风处用菜刀拉一条口子就是门了。棚里地上放几块床板，铺上被子就是床，别无他物。夜长风烈，半夜时刻彩条布常被从某一面揭起来，冷风夹着雪花扑头盖脸而来，大家就用被子蒙着头，颤颤巍巍挨到天亮，早晨露出脑袋，一床的雪花和枯草败叶。那时间，每到天黑下班，大家久久不愿出洞，工棚里，那个冷，无法描述。

2000年春节前一天回到家，我挣到了五百二十元钱，那是我此前挣到的最大一笔钱。在交给爱人时，我数了又数，厚厚一沓十元二十元的面票，一会儿多出一张，再数又少了一张，清数到最后结果是一张不多一张不少。儿子已学会了走路，他用长出四颗牙的小嘴喊爸爸。他的爸爸将在一天后的除夕之夜迎来他人生的第三十个生日。

凭着此次的积蓄，凭着一副好体格，凭着矿洞经验，我可以跑单帮了。接下来的2001年春天开始，我几乎跑遍了西秦岭大部分沟沟壑壑，并在多家矿坑找到了如意和不如意的活儿。不过直到此年冬天之前，我一直干着拉车的活儿，因为只会干这个。经我拉出的废石如果堆积一处，可以成为一座山丘，我拉出的矿石，球磨冶炼之后，可以使一个人穿金戴银、吃香喝辣一生。

二

我前后有过十六年的矿山生活，十六年，说长不长，说短不短，正好是我此时生命的四分之一长度。现在回望它们，竟有些恍惚，仿佛那是一场没有尽头的虚虚忽忽的梦境。从东到西，从南到北，从炸药到炸裂，从青发到白头，这个过程颇为庞然。删繁就简，去芜存精，下面，我从距离今天稍近，因地理与生活因素记忆深长的新疆岁月说起。

就在一月前，在家里翻拣一口纸箱时，我翻出了一个巴掌大的红色塑皮小本，这是一本爆破资格证书，里面用汉维双文写着我的名字和注意事项。一张半身头像已显黄渍。短发，青春，双目明亮，紧抿的双唇露一丝孤苦和坚毅。日期是2006年4月，那时候，我拿到由新疆自治区公安厅印发的这个册子时，已是第二次入疆。至今，我共有六次入疆行历，三次北疆，三次南疆。奇妙的是，两疆所处时间几乎相近，结果也几乎相似：都没有完成心中愿望的收成。证书最后一项是：持证人在离开工作单位时，须将证件交回注销。在这一堪称严重的事项上我是违规的。那个早晨，大野茫茫，喀喇昆仑山顶一轮弦月白亮若羊脂。我带着三位工友，急急如漏网之鱼，实在不知道该把如此重要的证件交给谁。

我至今不知道那一次矿山打工的地名叫什么，只知道它的位置距一个叫库斯拉甫的维吾尔族小镇十五公里，一条叫叶尔羌的闪闪发光的大河从镇边不舍日夜流过，据说它的源头在阿富汗的某处。那是我们整整半年矿山生活里唯一能见到人的去处。我和我的工友们在这个镇上用每分钟付费二元的卫星电话和家里通话，报告欣喜和愁苦；去饭店吃十元一份可以随便加面的拌面和一元一只的馕饼；去看黑纱蒙面两脚尘土的顾脸不顾脚的维吾尔族姑娘，而街后满树清甜的杏由青至黄的节序让我们知道了今夕是何年。

到这一年，我已做了四年爆破工，技术已非常精熟。我因为工队帮助招到了五十名青壮工人而获得一个小组长的头衔，实惠是每月可以获得三百元的领工辛苦费。那时候，火车还没有提速，我们乘坐西安至库尔勒的绿皮火车，七十二小时到达冷风萧萧的库尔勒火车站，出站找旅馆休息时看见又高又远的天空蓝得虚无，十几位哈萨克姑娘喊我们擦皮鞋，她们远远地喊我们羊冈子，她们不知道这群老羊冈子身体内汹涌的瞌睡，远远凶猛于皮鞋上的灰尘。

又经过了一天一夜的火车加汽车，经过了阿克苏、喀什、专产削铁如泥刀具的英吉莎，到达阿克陶库斯拉甫乡时，正是2006年农历正月十九的黄昏。那是一个风尘漫漫含着苦涩味道的下午，它成为其后五十多人南疆矿山之行生活的某种隐喻。

三

这是一座寸草不生的荒凉的山脉，它的陡峭可以用举头掉帽来形容。我们到达矿坑的时候，远远望见山下去往叶尔羌河拉生活用水的汽车小如一只甲壳虫。开车的司机是我的邻居，他十七岁。他是一位戈壁上驰骋飞扬的车手。他早我一年来到这里。我后来几可乱真的维语口语，是从他口中学得的。

这是一座铅锌矿山，共有三个矿口，一个掘进到一百多米，一个四五十米，靠山顶的那口，十米不到。因为陡峭，洞口没有一星石渣，所有的渣子都下了沟底。三个洞口，三台柴动小型空气压缩机，都是每立方米 2.5 帕斯卡那种。上面的说明文字，是俄文，风钻也是俄文说明，它们都是俄国货。矿工程部看门的老头说，一个月前，是俄国人在这里干活。矿山，是他们承包的，他们不会干矿山，只会吃肉，赔了好多钱，你们来了，这下好了。我也说，看我们的。我被分在二号口，分配到十五名车工，二名爆破工，一名做饭的师傅。师傅叫老申，2014 年他死在了一个叫马鬃山的矿区，尸骨留在了那座只有西部地图可以查到的地方。

索道，在西南地区因山高沟深而被广泛应用，从坑口到山下长达八百米的索道就是重庆人的成绩。它是一条生命线，承担着所有生活生产资料的运输，甚至承担了语言的传递。2006 年 3 月的某个傍晚，那时我正在阿图什爆破资格培训，关于资格培训要说的是，爆破证不是驾驶证和教师证，它只能一坑一用，在此之前，我已取得和作废了许多个资格证件。

因为开采规模的扩大，原来的索道已不适应小打小闹的生产，它需要重新架设一条规格更大的新线。承担施工任务的是重庆人，具体说是城口县黄其乡人，我后来到了城口，看见深沟大谷，男女行走如履平地。他们祖辈都长于干这种命悬一线的活儿。

矿山上三个洞口五六十口工人日夜都需要物资，所以现有的小型索道不能废掉和停用，而新索道的架设又没有更合适的位置，它们只能双轨并设，两条钢索相拢最近的地方只有二米。它们距最深的谷底高度有一千米，一吨的矿斗在滑翔时，像一只麻雀。事故就发生在距地面最高的地方。那是人束手无策的高处。

索道由一条主索和一条游索构成，主索负责承重，游索带动重物上下滑行。那一天，也并不是什么要紧的日子，唯一的要紧是三个月不知肉味的工人们将有一顿有肉的晚饭。维吾尔族老乡不知怎么死了一头驴，他们是不吃死物的，就把驴拉到了矿工程部，于是工人们命该有一顿肉食。当半头驴肉输运到索道的半程时，欢快的游索不知怎么一下绕在了新架未启用的另一条主索上，任热水在锅里叫唤，用尽了一切办法也分解不开，这是从来没有发生过的情况。所有的人抓乱了头皮。这时间，有一个人出现了，她有一米七的身高，一双含银藏雪的双眸。她叫红梅子，姓什么，她没有说过，也就没有人知道。后来有人在一只暗红的包里见到了她的身份证，知道姓项，城口县黄其乡人，二十四岁。但早已没有了意义，它被长久地扔在一间石头屋子，再没有谁开一次这间石屋的门。

当红梅子乘坐一只备用的矿斗到达纠缠不开的游索缠绕点时，山上山下的人都捏紧了拳头。落向喀喇昆仑某山口的落日发出强烈的反光，耀得她的红色上衣更加鲜艳无比。

但两索之间的距离有点远了，她伸出的手怎么也够不着，这时候，人们看见她打开了腰上的保险带，她伸出上半身双手终于够到了游索。两条索绳在突然分开的一刹那，人们看见一个东西从空中掉落下来，一件红色的上衣挂在矿斗边突出的插锁钢筋上，因风的鼓荡而艳美绝伦。

那个下午，我坐在阿图什公安局某礼堂考场抓耳挠腮，有一道题卡住了去路：略论中国过去一年在世界困境下的经济突围。

四

在这里，我一直干到六月麦熟，从架设电线机械安装到巷道掘进再到采区工程，后来因为无法得到工资不得不离开。那些工友们有一些干到了年底，有一些一直干到了三年之后矿山倒闭老板血本无归。直到如今，我也没有见到这整整半年的工资，它们是我众多次被欠薪中的一部分，因为半年的绝收，我不得不冒险去到了另一个地方，干另一份工作。金属的色泽和质地相去无几，但每一次追寻它们的过程都各有不同。

当我和工友刘建明翻过高高铁尺梁，到达甘肃迭部县洛大乡时，已是 2006 年 10 月末的又一个黄昏，就像命运的特意安排，我们总是从一个个清晨出发，在一个个黄昏抵达。

这是一个藏乡，我俩跑遍了半条街，也没有找到一家汉人饭店。最后在一家店铺买了几桶方便面匆匆填饥。这又是一个汉化之地，人们讲汉语，姓杨姓牛姓马等。

和老板电话联系，他在街后的山顶，盘若线球的公路直达白云缭绕处，他的铅矿就在那里。他有事不能来，派一个叫马彪的人开三轮车接我们。

白龙江在山脚发着吼声向前奔腾，赶着与另一条大水接头。我俩都十分疲惫，但为了早一分钟赶到矿上，我们沿着绕山的公路往上顶走，这样来接的车子可以少一些车程。沿途苹果已熟，红艳若火，但味道很糟，涩不能咽。我们从一棵梨树上摘了梨，边啃边走。那梨大而甜，饱含的汁液充盈口腔，因吞咽不及而呛咳不止。在一块稍稍平缓些的地方，有两三户藏民居，木构青瓦，场里是一堆一堆架起的荞麦秸，正在依靠渐凉的天气风干，上面的籽粒饱满而密集。这时候，我们闻到了烤肉香，我看见在不远的一个丘堆上，一群人像烤红薯一样在烧一具尸体。这是这个高山民族三葬中的一葬。

来接我们的三轮车终于到了，马彪是一位魁梧的汉子，一口汉语要比小街上的人纯正许多。车上有两只袋子。一个女人坐在车厢子的纸壳上，两片高原红艳若桃花，他说这是他的妻子。道路随山形越来越陡，弯道更加急迫。更高的山头上，白云漫漫，有牦牛吃草，仿佛天上来物。天色渐渐转暗，三轮车风驰电掣。远远地看到了矿区了，那里已经灯火初上。我们听见了大机器隆隆之声，这是我无限熟悉的声音，以至到了今天，它在我的身体里仍未消逝。

下车时，我提起了那两个口袋，我一下子感觉到了那是什么。

两个月后，这里把建民留了下来。

原载《天涯》2018 年第 1 期

生命的号子

吴宝三

龙年新春，喜庆的锣鼓尚不绝于耳，白雪皑皑的小兴安岭，突然响起一片令人撕心裂肺的哀乐声和哭喊声。一向自称身上“零件”没毛病的林业老英雄马永顺，因患突发性心肌梗塞，匆匆忙忙地走了。他走得太快了，快得令人意外！正月初五上午，他感到身体不适，刚强的老人家，连儿女们也没惊动，步行到医院就诊。谁知，壮士一去不复还，仅仅一天的时间。

初六晚上，竟与世长辞。

这位 87 岁的林业工人的楷模，犹如小兴安岭之巅一根参天红松轰然倒下，震撼着绵延起伏的山峦。

我们采访宣传他多年，早就成了朋友。听到消息，平静的心一下子被搅乱了，泪水止不住地流了下来。他走了，不！他没有离去——大山的褶皱里藏着老人家半个世纪爱林、育林、护林的故事，他那生命的“号子”，在大森林上空永远回荡，声声不息。

一

当新中国刚刚露出第一缕曙光，这个旧社会被称为“山狗子”的伐木人，喜笑颜开地走进黑龙江省铁力林业局的密林深处。身材魁梧、膀大腰圆的马永顺，当了主人，身上有使不完的劲头。1948年冬，他挥动一把弯把子锯，威震兴安岭。在采伐的林班小号里，他冒着零下40℃的严寒，不时地响起“顺山倒”“下山倒”的喊山声。他头上脸上的热汗淌了下来，流在脚上，不一会儿就结成亮晶晶的薄冰。汗没消，他又蹲在一棵大树下，锯声“哧哧哧”，大树“嘎嘎嘎”又“叫喳”了……一冬天过去，他一个人完成了六个人的工作量，采伐木材1200多立方米，创造了全国手工伐木产量最高纪录。接着，又创造了《安全伐木法》《四季锉锯法》，为建设社会主义新林区做出了不可磨灭的历史性贡献。

1959年秋天，在首都北京参加完全国群英会，马永顺像有什么心事似的，由爱说爱笑变得沉默寡言了。他被称为“酒仙”，酒不喝了；他被称为“大肚汉”，可饭量也小了。躺在炕上，他一遍遍回想周恩来总理在全国群英会上对他说的一段话：“你们林业工人不但要多生产木材，支援国家建设，还要多栽树，实现青山常在，永续利用！”

他见林场盲目推广外地经验，搞大面积皆伐，绿树葱茏的青山被剃了“光头”，心想，这样搞下去，不要说永续利用，就是当地也快没树可采了。因此，他一次又一次地向场里、局里呼吁：要多植树造林，做到采伐育林相结合。

马永顺说了就干。他每天老早就上山，一有空儿就爬上这座山，登上了那道岭，像寻找什么东西似的，星期天也不休息。

很快，马永顺同职工在一起，按照合理采伐的要求，从林场的实际情况出发，采育结合的采伐方式试验成功了。大批幼树被保存下来，有的采伐小号基本上不用造林，只补“天窗”。

然而，一个新的采伐方式的出现，人们不是一下子就能接受的。

个别青年工人对保护幼树不在意，做起来就马马虎虎。一个青年拖拉机手在集材时，碰倒一棵红松幼树，马永顺急忙走过去，整个身子俯下，轻轻地将小红松扶起来，在根部培上了土，用脚踩了又踩。他心疼地说："红松是小兴安岭的珍贵树种，生长很慢，这棵小红松起码五岁了。"那声调，那神态，仿佛碰的不是小树，而是他的孩子。

那青年拖拉机手嘻嘻哈哈地笑着，满不在乎地说："林子里的大树有的是，你不要费那么大的劲扶它了。"

马永顺的脸刷地变了，嘴唇颤抖着，好一会儿才说出一句硬邦邦的话："小伙子，可不能吃祖宗的饭，造子孙的孽啊！现在碰倒的是一棵小树，将来就是一棵栋梁。"说到这儿，解下身上背的水壶，打开盖，往小树的根上浇水。

那拖拉机手急忙走过来，拉住马永顺的手说："在山上找水有困难，倒不得啊！"

"怎么倒不得？"马永顺倒完了水，在裤子上蹭了蹭手说，"小红松受伤了，就得抢救，比人更需要水啊！"

那拖拉机手脸红了，心服了，也急忙把自己带的一壶水"哗哗"地倒在小树的根上。

过了几天，晚上收工时，马永顺绕道来到这里，来看这棵小红松。他高兴地招呼大家："你们快来看啊，那棵受伤的小红松被救活了！"

二

作为一名老伐木工人，马永顺用过多少斧子、多少锯，已经记不清了。可是，他却计算出手工伐木期间，在小兴岭上砍伐了36000多棵大树。他看到这些木材源源不断地运出大森林，常常高兴得笑出声来。

可是，当他看到一些地方过量砍伐生态恶化、出现荒山秃岭时，心里又感到无比的沉重。马永顺找到林场场长动情地说："我常常琢磨，小兴安岭伐的多，造的少，生态失衡，我也有责任。因为我过去砍的树比谁都多啊！”

场长意味深长地瞧着马永顺，摇摇头说：“你过去响应号召，多伐木材为了国家建设。林区生态失衡，是多方面原因造成的，哪能让伐木工人负责呢？”

马永顺望着一片伐光了的远山，感慨地说：“虽然不能叫伐木人负责，可我得对子孙负责呀！我要上山栽树，再栽36000棵。我以前在山上砍过多少大树，就栽上多少树苗。”从此，造林队伍里，常常看到马永顺那高大的身影。

岁月悠悠。1982年，马永顺退休了，这位半个世纪的劳模没有回家安度晚年。他算来算去，还差8000多棵树没有补栽上。春季造林一开始，他坐森林小火车来到林场，拎起苗木罐上山了。年年春天，他都率先上山造林。

一次，他去鹿鸣林场造林，过横在小河上的一根倒木时掉进河里，衣服湿透了，可一捆树苗却紧紧抱在怀里。他拧干湿衣服，快步走进小号，把带去的树苗全部栽上。

受了风寒，他感冒发高烧，老伴儿王继荣心疼地说：“可别再逞能了，你一定要把树补栽齐，让子女们帮你一把吧！”听了老伴儿的话，马永顺心潮起伏，他想起与自己常在一起开会的王进喜、孟泰、马恒昌等老劳模一个个都不在世了，自己的蜡头也不高了，让子女帮助补栽树，不仅可以实现自己的心愿，还可以促进全家人为实现青山永续利用常做贡献。他瞧着老伴儿点点头说：“你给我出个好主意。兴安岭的山雷打不碎，我造林的劲头儿九条老牛也拉不回。好，明年领全家人上山植树！”

1991年，78岁的马永顺掐指一算，还有近千棵树没栽上。5月1日，他把儿子、儿媳、女儿、女婿以及孩子们全找来，除了两个不懂事的孩子由老伴儿在家照看，16口人全跟他上山。这一天，全家人在荒山上栽落叶松树苗1500多棵。

马永顺的心愿实现了。这个被人们称为义务造林的“马家军”，在老英雄的率领下，从1992年至1999年，又在荒山植树16000多棵。

三

退休后的马永顺，率全家人坚持上山植树，人们称之北方“山神”，在林区树起一面鲜艳的旗帜。植树造林的浪潮汹涌澎湃，青年林、劳模林、公仆林纷纷涌现。铁力林业局制定了义务造林规划：两年内，局领导每人植树10000棵，科级干部每人植树6000棵，党团员和积极分子每人植树5000棵。1999年，局长杨国栋、党委书记曹立卓率领科室干部上山义务造林，全局造林数量比1998年翻了一番。

“马家军”造林队伍不断壮大，总有一些“外姓人”不声不响地跟上来。他们来自四面八方，既有本地的，也有外地的。尽管年龄、性别、职业不同，目标都是一致的：向老英雄学习，为绿化荒山做奉献。这里让我们认识“马家军”中的两位外姓人吧。

他中等身材，黑红的脸膛，一会儿扬镐刨穴，一会儿拎起苗木罐栽苗，一直头不抬地忙碌着。他叫邹本栋，今年56岁，是铁力市文化局的工作人员。

1995年，邹本栋到各地找知情人，调查了解铁力地区抗日斗争史，结识了马永顺，并很快交上了朋友。他被老英雄那种为子孙造福的无私奉献精神深深感动了。他紧紧地拉住马永顺的手说：“在上山下乡那个年代，我在神树镇的知青点，砍了不少好木头当烧火柴，我要偿还！明年春天您上山造林，请通知我一声，我也去。”

马永顺高兴地说：“你这么做就对了，我支持！”他第二年春天率全家人去造林，亲自去向阳街住宅区，通知邹本栋。

邹本栋肩扛镐头，怀揣干粮，高高兴兴地加入了“马家军”。他虽已年近花甲，但刨穴、栽树却干得很在行。老英雄向他伸出了大拇指说：“好样的！”

从这以后，邹本栋年年都跟老英雄上山造林。他见“马永顺林”

纪念碑前有块空地，便从铁力市政府大院的花圃里，弄来一些花树栽种在四周。

今年春节前夕，他去看望马永顺说：“我家园子里的四周栽了几圈杨树，不知是什么品种，生长得特别快。我想送给您，栽在‘马永顺林’里！”

马永顺手舞足蹈地说：“太好啦！今年造林前，我找营林工程师鉴定一下，看是什么品种，栽在我那片林子里，搞个试验。如有发展前途，就大力推广！”

另一位“外姓人”浓眉大眼，脸上总挂着笑容，手里不停栽树苗，嘴里不时地唱着歌儿。他叫金宝智，47岁，是桃山林业局福利公司的工人。

金宝智近两年利用工余时间写了一本书《人生寄语》。书中在“人生与树”这一章，写到了老英雄马永顺。

他把书稿拿给马永顺看，请他提提意见。不想一见面，他就被老英雄那高尚的情操、博大的胸怀吸引住了。他激动地说：“我不仅写英雄，更要学英雄。我要加入你们的队伍，也上山造林，绿化荒山！”

金宝智得知马永顺上山造林的消息，急忙领妻子赶来。可是，马永顺已和家里人坐车走了。

他随即花40元钱雇了一辆出租车，赶到离城30多公里的造林地。

马永顺高兴得哈哈地笑着说：“宝智，你造林的心真诚啊，领媳妇来，还雇了车。我代表全家人，欢迎你加入我们的‘马家军’！”

金宝智夫妻，一个刨穴，一个栽苗，不停手地干。马永顺走过来，要他俩歇一歇。金宝智头一摇说：“我们来晚了，要撵上你们！”

马永顺“生命不息，造林不止”的精神，受到了党和国家领导人的高度赞扬。江泽民总书记称赞“马永顺很了不起”，李鹏总理当年视察黑龙江时接见了马永顺，1998年洪水过后，朱镕基总理在松花江畔对马永顺说："你这一辈子干了两件好事，过去你是砍树模范，如今是造林英雄，我们都要向你学习。"1998年6月，马永顺荣获联合国环保奖，出席了在莫斯科召开的全球五百佳颁奖大会。

四

马永顺这面旗帜，受到全国人民的瞩目。新千年前夕，从首都北京传来消息，2月下旬，首都将举行"马永顺事迹报告会"，要马永顺登台讲话。铁力林业局派熟悉马永顺事迹的老同志曹锋帮助他整理讲话稿。

老曹说明了来意，马永顺连摇头带摆手道："我干的那点事大伙儿都知道，没啥可讲的，说几句表达一下心情就行了。去年'五一'，我登上首都大舞台，喊唱的抬木头号子，大伙都很爱听。在这次会上，我想喊唱一首植树造林'号子'。"

老曹奇怪地问："造林是个人单独劳动，没有劳动号子，你喊唱什么？"

马永顺嘿嘿一笑说："这好办！我编几句宣传造林的顺口溜，用抬木头的调门喊唱。"

于是，马永顺眯起眼睛，便琢磨起造林顺口溜。他说一句，老曹记一句。稍加改动，便成了这样四句："行动起来呀，植树造林啊。绿化祖国呀，造福子孙啊！"他用抬木头号子的调门一喊唱，很有气势，也很动听。

为了记在心里，马永顺常常站在地当中，放开喉咙喊唱这四句造林"号子"。有时他还把儿子、孙子和老伴儿找在一起，他领唱一句，家里的人"嘿哟"地呼应一声。

一天晚上，马永顺在睡梦中，忽然喊出一句："造福子孙啊！"一下子把睡在身边的老伴儿吵醒了。她推了马永顺一把，说："你睡觉也想着造林，我看你今后和树苗睡在一起吧！"

马永顺不好意思地说："我刚才做了个梦，梦见咱们在山上栽的那些树苗长高了，也长粗了。一高兴我就喊了起来。”

龙年的大年初一，儿孙们都回家过年，看望老人。马永顺在家宴上笑呵呵地说：“我想利用这次机会，和大家说件事。咱们一家人上山，栽的大多是落叶松。今年开春，我想既搞红松育苗，又想在山上栽红松。红松是国松，材质好，由于大量砍伐，红松的故乡红松不多了。我想多培育一些红松，让小兴安岭大树长青！你们说行不？”一家人全都赞成。

马永顺满脸乐开了花，放开大嗓门说：“好啊！今天过春节，咱们乐呵乐呵。我准备去人民大会堂喊唱的造林‘号子’，先喊唱给你们听听！”接着，他边喊边跳，儿孙们纷纷跟着呼应，一家人喜笑颜开。

人们万万没有料到，仅仅过了三天，老英雄病危。病榻上，他对家人说：“开春咱们上山栽红松。我还有一个打算，带着儿孙回河北老家造一片林子。”弥留之际，在呼吸非常困难的情况下，他还吃力地小声喊唱他那首造林“号子”，可只喊唱两句，便没有气力了。

马永顺与世长辞那天，帮他整理造林“号子”的老曹来为老英雄送行。大女儿马春华哭着介绍了父亲临终前没喊完造林“号子”的事。

老曹伏在马永顺身上痛哭起来，哭了一会儿，悲痛地说：“老英雄啊，你在心脏停止跳动的瞬间，还挂念造林！”这时，老曹想起马永顺生前嘱托的一件事，便流着眼泪向马永顺家人讲了起来。

五年前，老曹陪同省里的记者去铁力林业局卫星经营所采访植树造林事迹。

中午，从食堂吃完饭出来，马永顺见门前有一根三米长的大青杨木，中间因腐朽有个大空洞。他走过去，前后左右看了一会儿，便爬进空洞里去。

从空洞里出来，他对在场的人说：“这根空筒子杨树劈成烧柴可惜了，给我留着吧！活着造林，死了看山。我离开人世的时候，把我往树筒子里一放，埋在山上，永远当‘护林员’。”

在场的经营所所长连连摆手：“那可不行！您老人家是功臣，到那一天，即使不火葬，领导也不会同意树葬。”

马永顺沉思一会儿，动情地说：“我心里想的，你们还不理解。我不是不同意火葬，我一生爱山爱树，一直没离开林区，死后放进树筒子里，和大山树木融合在一起，不是在小兴安岭上永远扎根了吗！”接着，他对老曹说：“咱们是朋友，到我走的那天，请帮助我实现这一心愿。”

王继荣听完老曹的讲述，流着泪说：“老马把他的想法早就和我说过，今天我已和林业局领导讲了。领导们经过研究，感到树葬不合适，遗体火化后，春暖花开时将骨灰葬在‘马永顺林’里，让他和大山永远同在。”

正月初九的早晨，2000多人胸戴白花，为马永顺送行。有来自北京、省城和市里的领导，还有当地群众。大山垂首，松涛哀鸣，昨夜，大路两旁的小树上落了一层雪花，微风吹来，纷纷扬扬飘洒一地，好似树孩子们挥泪为老人最后送行。

从声声哀乐和人们的一片哭声中，我们仿佛听到老英雄临终前没有喊唱完的那首催人奋进的“号子”。这是生命的“号子”，响彻林海，响彻雪原，响彻绵绵万里青山。

原载《光明日报》2000年2月21日、22日

工人村，我的家园

张 瑞

在工人村建成的第二年，我来到这个世界。我就像一棵小树一样，从儿童到青年，我和工人村相互见证着成长。

至今，我离开工人村有二十年了。当有人问我：“你的家在哪里？”我还常说：“在工人村！”即使到了外地，有人问我是哪里人，按理说，只回答辽宁或沈阳就够了，可我还是习惯说是沈阳工人村。我心里也明白，人家无须知道工人村，可是于我却不然，工人村如同我的标签，刻在我的骨子里，我觉得我仍然是工人村的子民，有工人村的血统。

工人村是我的骄傲和我的优越感。

一

翻看档案馆的资料，对工人村是这样描述的：

> 工人村，是闻名沈阳的工人住宅区，是新中国最早的工人住宅楼群。

一九五一年以前是一片菜地，只有三条马车道往来运菜。后来，根据毛主席“在提高生产的基础上改善工人的生活”的指示精神，沈阳市人民政府投资一千二百万元，开始了工人村住宅建设，市政府将其命名为“工人村”。

一九五二年九月二十五日出版的《沈阳日报》有如下报道：

工人村举行全面施工典礼

全市职工非常关心的工人村工程，已经在本月二十三日正式举行了开工典礼。

二十三日下午三点，建筑工人村的全体工人、技术人员和干部共七千多人，都聚集在工地的临时会场里，大家冒着小雨来参加开工典礼大会。

大会首先是沈阳市人民政府焦若愚副市长讲话，他说：“三年多来，在共产党和人民政府的领导之下，全市职工生活福利，虽然得到了很大的改善，但是由于生产发展得特别快，职工人数不断增加，职工的住房问题就必须解决……今天这一个规模宏大、新型职工住宅区工人村，已经全面开始施工了。这是全市工人阶级的一件大喜事。”

两个月之后，《沈阳日报》又刊发报道：《荒野上出现了七十九栋大楼，工人村第一期工程基本完成》。

一九五二年十二月二十日的《东北日报》，报道了工人搬入工人村新居时的情况：

设备安排的是那样齐全、周到、实用、方便。卧室的墙壁上有衣柜，窗台下有暖气片。厨房面积不大，但是足够用，特别使主妇们感到满意的是有碗柜、米箱和瓦斯炉子、自来水，以及抽水的厕所。

新居的主人们来自四面八方，新生活给他们带来了无限的欢悦。他们都沉浸在这种喜悦的气氛里……

到了一九五七年，荒野上先后建起一百四十三幢三层红砖红瓦楼房，形成五个建筑群，后来，陆续又有一些企业在工人村附近建职工宿舍，成为全国建设最早也是最大的工人居住区。

当时的铁西区有五百二十多家国有企业，其中大型国企有五十八家，而这当中就有四十四家在工人村建有家属宿舍。比如，曾经耳熟能详的那些国家队企业：沈阳重型机器厂、沈阳冶炼厂、沈阳电缆厂、沈阳铸造厂、沈阳鼓风机厂、沈阳第一机床厂、沈阳第三机床厂、沈阳变压器厂、沈阳化工厂、沈阳桥梁厂、沈阳自行车厂、沈阳高压开关厂、沈阳拖拉机制造厂、东北制药厂等，囿于篇幅，只罗列了上面这些企业。

当年，工人村可不是什么人想住就能住的，起初只有工厂领导、工程师、劳动模范才有资格居住，我家许多邻居都是工厂的干部。曾任全国政协副主席的叶选平，1959 年至 1962 年，就住在我家旁边的楼里，那时他是沈阳第一机床厂副厂长兼总工程师。

工人村不仅享有“全国第一村”的盛名，在当时国际社会都有着影响，许多国家领导人都慕名而来，工人村是中国展示工业进步与工人阶级社会地位的一张时代名片。

我家就是外国来宾接待户。这样的接待户，全楼只有四家，能够有这份让街坊邻居羡慕的荣耀，要归功于我奶奶，用现在的话说，奶奶是工人村的“对外宣传发言人”。

奶奶是一个旧社会过来的小脚女人。别看她脚小，干起活来却干净利落，街道人员到我家查卫生时，无论在哪个角落，即使是镜框后面，即便戴着白手套去摸，也是一尘不染。为此，我家被评为沈阳市卫生之家。我家搬到工人村以后，奶奶逢人便说是进了天堂，总是说新中国好社会主义好，感谢毛主席，感谢共产党。

当外宾来时，外面围观的人们常常朝着我家指指点点，像是在说，瞧，他们家就是接待外宾的。有的人还专门走进咱家，看看我家是啥样。

来过我家的人会发现，其实我家真的很一般，屋里所有的家具都是搬来时配套发下来的。说到外宾到家里来时的变化，那就是奶奶将爸爸工厂发给劳动模范的花床单铺在床上，等外宾一走，再把床单叠好收起来。

外宾来的时候，学校会组织夹道欢迎。女生要穿花裙子，头上扎着花一样的头绫子；男生要穿白上衣、蓝裤子，脚上穿白鞋。

一次，我们重工二校的学生欢迎斯里兰卡总统班达拉奈克夫人，我班有好几个男同学没有白鞋，老师便给了两支白粉笔，让他们蹭在脚上穿得灰不溜丢的黄胶鞋上，可那白粉笔灰一会儿就掉下来，需要不断地用粉笔去涂。老师怕他们的鞋露馅儿，只好让这几位同学站到了后排。

这种接待外宾的情形，从二十世纪六十年代中期一直延续到七十年代末。就在我当知青从农村回城上班的一九七八年末，我家还接待了来自美国、澳大利亚、瑞士、挪威、日本等许多国家的来访团。

有时，我会骄傲地拿着街道办事处（那时已改名为工人村公社）发的接待外宾通知单，找到工厂车间领导请假，因为是外事任务，车间领导也是大开绿灯。

一次在接待日本访问团时，当把客人送到大客车上后，我回到家里一看，床上有一台照相机，显然这是日本来宾遗落下的。我马上拿着相机追了出去，可是大客车已经没影了。我把相机交给了办事处，几天后传来消息，相机已物归原主。此事得到了市外事办的表扬。有人说，这是日本人故意落下的，想通过此事看看中国老百姓的素质。至于他们是有意还是无意、出于什么动机，我没细想过，反正我觉得我为中国人争得了荣誉。

一次接待澳大利亚来宾，他们一个女团员看见我戴的上海牌手表，便伸出手腕让我看她的手表，我看到上面没有表针，只是闪着数字，不知道是什么，出于礼貌，我伸出了大拇指。结果，她摘下来递到我手上，让翻译告诉我，是送给我的礼物。我一下子紧张起来，连连摆手拒绝。这么贵重的东西我怎么能接受，那样会有损中国人的形象。几年后我才知道，那就是一块普通的电子表，我的邻居到南方上货时，运回了好几麻袋。

居住在工人村的人，不仅享受的服务设施齐全，还受到整个社会的尊重。

我舅舅和姨家的孩子都愿意来我家，他们都住在市中心的南站、太原街附近，但他们家的厕所都在外面，夏天很臭，冬天冻屁股，晚上要小便，得撒在屋里的一个桶里。压力水井也在外面，用水时还要用一根木头棍子去压。做饭是在屋的中间点地炉子，屋里烟熏火燎的，睡一觉醒来，鼻孔里面都是黑的，有时被煤烟呛得头疼。

我家则不是这样了，家里厕所在屋里，上下自来水，做饭时用的是煤气，既没臭味也没有煤气味。冬天有暖气，更用不着烧什么土炕。再有，就是我家买东西非常方便，工人村大商店就在我家楼的对面，旁边就是粮店、邮局、饭店和照相馆。后来又建了工人村少年之家和工人村电影院。

每年总会有老家人坐着绿皮火车从乡下过来，在咱家住上几天，他们如同刘姥姥进了大观园，以一种新奇的目光感受着工人村人的高级生活。每当这时，我就会充当导游的角色，领他们到工人文化宫看看电影，陪他们到劳动公园逛逛，为他们提供更多的向村里人炫耀的资本。

二

我家居住的六十四栋，在工人村被称为大长楼，五个单元有五十八户人家，我全都认识。那时，厨房和厕所都是两家合用的，两户人家在一个厨房做饭、洗漱，用一个煤气表。一栋楼统一用一个电表、水表，到了月底，收水电费的人把表上的数字抄给楼里的人，各家各户轮流收水电费。水费是按人头平摊，电费是按每家灯泡度数大小计算。各家都以诚相待，没有少报或瞒报的。

夜不闭户路不拾遗，说的是那时的事。谁家晾晒在户外的衣服赶上刮风下雨或晚上忘收了，根本不用担心，准会有人替你收回来。那时在工人村很少有人丢失东西，至于小偷小摸的人几乎没有。一旦让左邻右舍知道了谁家出了个手脚不干净的人，这家人在楼里就抬不起头了。

二十世纪七十年代后期和八十年代初，工人村迎来了第二代人结婚的高峰，继而，工人村的第三代诞生了。三四代人居住在不到二十平方米的房子里，很多家都搭上了吊铺，还是转不开身。于是，一些老辈人开始考虑为儿孙们腾房了。

一九八六年，我退休的父母无奈地离开了居住了三十多年的工人村，在远离市区的城郊一间小平房住了下来，又回到烧煤做饭到室外上旱厕的日子。

到九十年代初时，楼前的人一下子多了起来，大家整天吵吵闹闹的，凑在一起侃大山，原来是下岗大潮来了。

以前那些无忧无虑的上班一族，两手空空地回到了家。人们见面时很难再看到以往的笑容，不是满腹牢骚就是怨天怨地，老婆哭孩子叫的声音不时从窗户里飞出来。

楼前的墙根下，七扭八歪的带车子、倒骑驴取代了自行车。许多一楼住户的窗户改成了门，成了卖雪糕、修电器的一些杂货铺。

住在对门的金老三，每天推着带车子上早市卖菜，二楼的大林当上了出租车司机，四楼门的王超每天到夜市去卖打包西服，三楼门的刘嫂每天把缝纫机推到市场缝裤脚、换拉锁。我将家里所有的积蓄凑在一起，买了一张台球案子，摆在了马路边上。

那时，我没有下岗，可工厂的工资没指望，这个月有，下个月可能就没有。我下班回到家，便请人帮忙把台球案子抬到路灯下。我计算着，如果按打一局收一元钱，每天晚上至少能收个二三十元的，一个月下来收几百元钱应该不是问题。结果，来打台球的人全是楼上楼下的邻居，都是和我从小撒尿和泥长大的，我就是穷疯了，也不能伸手收他们的钱。就这样，我的台球案子成了社区的公共体育设施，我不仅要每天硬着头皮陪他们玩到半夜，还得搭上一盒烟。那些日子搞得我身心疲惫。

仿佛在一夜之间，以往的骄傲突然被打得七零八落，与他人面对面时看到的都是迷茫的目光，如同一下从天堂跌落到谷底。两家合用一个厨房的邻居开始计较一些公摊的费用，邻里关系渐渐疏远了。在院子里晾晒的衣服也开始有丢的了，丢自行车也成了寻常事。

经济与生活的仓促变化让人措手不及，工人村开始进入落寞时代，就连以往欢歌笑语的劳动公园也成了小商小贩摆摊的市场。

出租车司机一听打车的说到工人村，直接就拒载，一是怕返回时空载，更怕有的打车人下车不给钱。全国最大的工人村，一下子成了全国最大的下岗工人“度假村”，与以往的骄傲和自豪越走越远了。

当支撑生活的骄傲突然被磨灭，工人村一下子失去了声响。昔日的家属大院、和睦的邻里关系、深厚的工友之情，仿佛一下子消逝了。

那个曾经激励一代人豪迈前行的地标性建筑群，曾经孕育希望的热土，只能定格在回忆里了。

到了二十世纪末，萧条的工人村已是满目苍凉。那一年，大街小巷到处流传着这样一首歌：“再也不能这样活……”当艰难的生活一次又一次将我推到尴尬的墙角，当下岗的妻子每天早出晚归到“板行”给人卖家具的时候，一个做丈夫的脸面被深深地刺痛了。一种与命运抗争的念头在不断滋生，我再也不能这样甘于现状了，于是我决定下海。我破天荒地借了一笔钱，在三经街报社附近租了一间房子，开了一家广告公司，就这样，我离开了工人村。

三

对于工人村的第三代人，也就是出生在一九八〇年前后的人，只是从父母那听说过工人村的地位，但是在他们生长的年代，工人村已经建立三四十年了，与其他居住区相比，它已没有任何优势了。因此，他们对工人村的沉寂不会有切身的感知，对这个曾经激励一代人前行的地标性建筑群，曾经的辉煌与时下难以掩藏的落寞，他们的认知往往只停留在历史读本里的抽象概念中。

然而，对于我们这些工人村辉煌时期的亲历者，那些难以忘怀的生活细节，那些浓郁的场景，那些峥嵘的岁月，时不时地就会在我们的脑海中呈现。

在辉煌之后的年岁中，下岗潮汐下的灰色记忆，在我们这一代人的心底留下了不愿回望的伤痕。可是，坚韧不拔的工人村人最终还是挺过来了，他们以高姿态跟往事告别，伴随新时代的浪潮汇入崭新的生活。

二〇〇三年，工人村开始了改造工程，启动经济适用住房建设。在工人村改造工程中，保存了三十二幢楼，其中七幢楼被改造成工人村生活馆，于二〇〇七年开馆。二〇一四年，工人村成为沈阳市文物保护单位，并成为工业遗产保护与利用的典范。

许多东西都已经随着时光远去，但时代变迁后，工人村人心里那些未曾磨灭的东西，那些面对苦难不畏惧的面孔，或许正代表着永不会被遗忘的时代精神。

对比当下周围鳞次栉比的新建筑群，原来那只有三层楼的工人村建筑则显得太渺小了，在仅剩的两组老建筑群中，除了只能扮演“历史博物馆”的角色之外，工人村的原住民们曾经引以为自豪的环境早已全部被改变。在外人眼中，或许这都该是令人惋惜而落寞的，然而事实并非如此，工人村虽然见证了没落，但它曾上演过辉煌。

我不会忘记，在分别为父母出殡的那清冷的早晨，工人村第二代和第三代人，刻意让送葬车穿过工人村，让他们最后再回望一次他们的家园，以工人村不朽的历史，告慰那不舍的魂灵。

老一代的艰难守望，新一代的毅然逃离，都标志着时代的发展变化，诠释着社会的进步。老工人村已经被收藏进历史博物馆，它留住的将是几代人的记忆。

我幸运，我曾在工人村居住过；而今，我更幸运，无论走到哪里，工人村都一直陪伴着我。

风雨七十年，工人村留给沈阳的，也远不应该只是一个背影。我们需要做的，也许正是还原历史，用故事讲述早已超出一个文化符号的工人村。

在历史的长河中，走过半个多世纪的工人村只是一朵激越的浪花，无论是它的精神还是物质，都终将汇入时代的大潮，而我只是其中微不足道的一滴水，但就是这滴水，它承载了大潮的记忆，记录了它的方向；我也曾伴随着滚滚奔涌的浪潮，或浪花飞溅，或跌宕起伏。我为人生中有过这段波澜起伏的经历而骄傲。在工人村这个家园中，我同父兄们一样，虽然都是平凡的人，但都绽放着生命的光华。

原载张瑞《圣地工人村》，沈阳出版社，2021 年 9 月第 1 版

高高的脚手架

张　瑞

走在街上，不时可见攀升的脚手架。偶尔我会想起我的父亲。可他不在脚手架上，他已化作脚手架上空的一朵白云，俯瞰着这个世界，也看着行走的我。

那年，辽宁工业展览馆举行竣工庆典仪式，在为立功受奖者佩戴大红花时，我的父亲却已经躺在了病床上。他在拆脚手架时被一块跳板砸伤了。

那天，站在脚手架上的父亲，看到头顶上一块跳板从上面掉下来，他本是能躲开的，可是他看见徒弟小马就在下面，他一旦躲过去了，那跳板会正好砸在小马的身上。父亲又不能用手去挡，否则沉重的跳板就会把父亲砸下脚手架。来不及犹豫，面对急速下落的跳板，父亲紧紧抓住脚手架的杆子，猛然撅起了屁股，挡了一下跳板，那跳板重重地砸在了父亲的腰上，继而顺势改变了降落的方向，小马没伤着一根毫毛。

当父亲咬牙从床上坐起来，奶奶和母亲给他伤口换药时，幼小的我总觉得父亲那后腰下面有一张嘴，在往外吐血水。父亲从家里去医院的时候，有邻居讲："张大个子这一走就再不能回工人村了。"谁知，半年后，父亲给医院留下一根肋骨后，竟然坐着一辆人力三轮车，怀里抱着我，像从前线凯旋的英雄那样回来了。楼里的人说，这张大个子命真大，竟从死人堆里爬回来了，真是命大福大造化大。

刚出院的父亲还不能上班，需在家恢复一段日子，这下成全了我，我总是坐在父亲的膝盖上，听他讲故事，讲他和工友们用汗水盖的那些高楼。家里不知从哪里冒出两本民间文学，这两本书便成了父亲的教材，他用那仅上了二年夜校扫文盲的文化，当了我的启蒙老师。我再长大一些，父亲就买了两盒看图识字卡片。那种卡片每盒一百张，两盒有三四百字，没用多长时间就被我记得滚瓜烂熟，每逢家里来客人，父亲总是让他们考我，受到表扬的我也总是给家人长脸。我不但认识卡片上的字，就连家里墙上挂的镜子上和一些奖状上的字我都能倒背如流，比如"解放思想，处处争先，巩固成绩，继续前进！奖给张凤祥同志。一九五九年"。原来，在还没有我的时候，父亲已是厂和公司连续多年的劳动模范了。

父亲上班了，厂里为了照顾他，让他当安全员，本来是安排他负责生产安全，他却差点儿弄丢了自己的命。

一天晚上，家里到了吃晚饭的时候，父亲没有回来，却等来了小马和另一个工友。他们紧绷着脸，同母亲嘀嘀咕咕一阵子之后，母亲便和他们慌慌张张地走了。

原来，父亲他们的吊车在经过有轨电车道时，吊臂刮到了有轨电车的电线上。当时，正是工人下班的通行高峰，身为安全员的父亲看到正在驶近的有轨电车，一着急用手去扯那电线，强大的电流将父亲从五六米高的吊车上击倒落地，当场人事不省。这次事故的代价是父亲的一只眼睛扔给了医院。

父亲又得在家养病了。不能上班，五十多块钱的工资只能拿到一半，五个儿女，还有奶奶，全家一共八口人，仅靠父亲和母亲那点工资显然捉襟见肘。那时，家里很少来客人，但有一个收房费的张叔每月都赴约似的来一次。他一来，父亲和母亲又是点烟，又是倒水，为的是将一块多钱的房租从这个月推到下个月。当新学期到来时，哥哥姐姐拿着从父亲厂里开的困难证明，三块五的学杂费就可以免交了。

学费是免了，可免不了穿衣服。于是，老大衣服穿小了传给老二、老三，老四传给老五。缝缝补补中，父亲学会了翻制衣服，一件破旧的衣服经过他比量来比量去，用那台总掉皮带轮的老缝纫机一缝，基本和新的一样。

邻居老金二大爷是开成衣铺的，父亲曾向他讨教，老金二大爷说："你们都会做衣服了，我还不得喝西北风去！"父亲就找来一些报纸，用糨糊粘成大张纸，用套大样的方法，摸索着学裁剪衣服。

一到过年的时候，我们总能高高兴兴地穿上父亲翻改的新衣服。就连家里的亲戚、楼上的邻居也来找父亲做衣服，家里成了不收费的成衣铺。老金二大娘挖苦地说："张大个子可真行，除了不会生孩子啥都会干，一只眼睛的人比两只眼睛的人都能耐。"

做衣服惹得老金二大爷不大高兴，平常也不愿同父亲说话，当父亲在屋外修理自行车时，老金二大爷还是推着车凑过来，问这怎么修那怎么修。父亲就说："你放在这儿吧，一会我顺手给你修出来。"

父亲又上班了，每天带着饭盒早早地走出家门，晚上到点儿回来，脸上一副满足的样子。

后来，父亲又拿回来"技术革新能手"奖状，因为经过他的改造，他们班组的生产效率一下子提高了三倍。

父亲又获得了公司的表彰，受到鼓舞的他搞技术改造更来劲了。可是有一天，父亲下班时却闷着头回家了。原来，他搞技术改造出了问题，负责生产的厂长严厉地训斥了他，说他是名利思想作怪，破坏了生产，让他写一份检讨，深刻地检讨一下自己的思想问题。那阵子，本来内向的父亲，嘴巴闭得更严了，一天到晚很难听到他说几句话。

一天夜里，我们在睡梦中被惊醒，是父亲肚子疼，豆大的汗珠顺着脸往下淌。母亲说："上医院吧"！父亲说："大半夜的折腾啥，别惊动孩子，天亮再说吧。"就这样一直挨到天亮。到了医院大夫一看，埋怨母亲说："你们可真够呛，胃穿孔都这样了，胃里的东西都流到腹腔里了，这个人也真能挺，再晚一会儿要死人的。"

原来，头天晚饭父亲吃的是煎饼，由于胃长期没有营养，胃黏膜溃疡已经薄了，穿了个五分钱硬币大的孔。

为了使父亲的胃不再穿孔，家里每人每月供应的二斤细粮，尽量可着父亲吃。父亲吃饭时，我总是看着他碗里的大米饭。一碗饭，父亲只吃到一半便推给我，"我吃饱了，你吃吧。"长大了我才知道，哪一个父亲受得了儿子那像饿狼似的贪婪的目光呢？

那时，肉食品和鸡蛋都凭票供应，平日里很难吃到。许多家都养起了鸡，为了使父亲每天能喝上一碗鸡蛋汤，我家也养了九只鸡。可没料到楼里闹起了鸡瘟，眼看着一只只鸡耷拉着膀子。总不能眼瞧着这些鸡瘟死，趁着还有点活气儿，家里把九只鸡全杀了。大热天的，不赶紧吃就臭了。这下可把我乐坏了，平常只在过年时吃一回鸡肉，这回我连续吃了好几天。结果我一下子吃伤了，后来闻着鸡肉味就恶心，直到现在，凡是带翅膀的我一概不吃。

就这样过了三年。父亲当年急于抢救性治疗的胃穿孔又犯了，需切掉四分之三的胃。手术后，厂里考虑到父亲干不了劳动强度大的体力活，便安排他到工厂铁路专用线工作。

随着"上山下乡"的哥哥姐姐从农村回到城里，他们也到了谈婚论嫁的年龄。女儿出嫁还容易操办，做两床被褥也就算完事了，可儿子娶媳妇怎么也得有个住处。

老少三代七八口人挤在一间仅有十六平方米的屋子里，进了屋就是床。可房子哪是能轻易要来的。“就你这么老实的老工人，别说厂里没房，有房轮到你也得猴年马月。”于是，从不给厂里添麻烦的父亲，在母亲的数落下开始向厂里提出要房子了。父亲求厂领导特批，买回来一些预制板，在一位亲戚家那不大的院子里挖地基，大兴土木，硬是给二哥盖了一个算是四面有墙的栖身之所。

父亲，至今我的眼前还时常浮现出你肩顶着撬杠，抬那几百斤重的预制板的情景。瘦弱的肩膀扛着山一样的岁月。

房子有了，屋里也不能啥也没有。父亲又在厂里求爷爷告奶奶地弄了几张劈柴票，买回来一些木柴的边角余料，开始同二哥一起打起了大立柜、小圆桌、木箱子。家的窗外成了家具作坊，又是拉锯，又是刨板，又是凿铆，好一派热火朝天的景象。当一个个油光锃亮的家具立起来的时候，邻居们好生羡慕：“这张大个子是真能耐，没有他不能做的。”

可是谁又能知道，这是一个少了一根肋骨、胃切除四分之三、仅有一只眼睛的人呢。况且这个人要连续上一天一夜的班，回家后非但不休息，还要从事如此繁重的体力活。

都说棍棒底下出孝子，尤其是在那个动荡的年代。我的记忆里，父亲从未打骂过儿女。我上学时有时在外面偷着抽烟，他也只是冷冷地说：“瞧你这烟抽的，一身的烟味，手都熏黄了。”话语很轻，但那种威慑力量却让我跑到屋外，在水泥台上硬是把手磨得脱了皮。

父亲有一个工友，我叫他杨大爷，他和父亲交替上班，每人一天一夜轮换一次。杨大爷热心肠，特别是当厂里发工资而又赶上父亲不当班的时候，杨大爷总是在他当班的下午将父亲的工资送到家里，比骑马来得还快，好像这工资今天不送来，明早父亲到班时就会变成纸了似的。父亲见到杨大爷来，满是热情招待，买酒买肉，平时不大喝酒的他也陪杨大爷喝上几口，谈天说地，恰似酒逢知己。杨大爷做好事来得快，喝起酒来却比牛吃草还慢。一次老哥俩正喝在兴头上，母亲下班回来了，脸上露出了难色。杨大爷感到有点尴尬，便给自己下个台阶就走了。事后，杨大爷总拿这件事揶揄父亲，说他是“妻管严”，弄得父亲像欠了杨大爷天大的人情似的。其时，杨大爷心如明镜，他每做一次好事，父亲少说拿出四五块多则七八块钱来招待他，那可是父亲工资的大约十分之一呢，够咱们一家老小用好几天的。

一九八六年，父亲的厂里盖了两栋简易楼。经过母亲和父亲与厂领导的“十四年抗战”，工作了大半辈子的父亲，终于享有了一间工厂分给的蜗居，父母搬到了那间仅有十几平方米的小屋。

一天夜里，母亲慌慌张张地跑到我这边来，大半夜的，公交车已经入库，不知母亲是怎么从那么远的路过来的。原来是父亲得了心梗，正在医院抢救，当时工厂都下班了，那时没有电话，也没有120，母亲在工厂里满院子找，才求到一个拉货的翻斗车司机把父亲送到医院。她在医院安置妥当，才跑到我这边来报信的。父亲又得病了，可老天爷没收，经过抢救，父亲大难不死，又躲过一劫。

二十世纪八十年代末，辛劳了大半辈子的父亲退休了。虽然刚过六十岁，但多年的积劳成疾却让他多病缠身。为让父亲能有个清静一点的环境养病，母亲同在外地的叔叔商量，将奶奶送到他那里暂住一阵子。不料，来年的正月十五，一份报丧的电报送到我的手上，奶奶来不及见我们最后一面就仓促地走了。

我揣着电报来到父亲面前时，不知怎么开口。父亲患有心梗，就怕刺激。我让母亲给父亲吃了一片镇静药后才告诉了他，父亲长长地叹了口气。随后，我同两位兄长和父母连夜乘火车赶赴叔家，料理奶奶的后事。

丧事办完后，在回程的火车上，父亲一直沉默不语。同父亲聊才知道，原来在见到婶时，她对父亲给奶奶寄钱一事有些怀疑，由此产生不满。父亲当时没同婶分辩，私下问到叔时才知道，父亲每月寄给叔的钱，都让叔送到麻将桌上了。叔有所不知，父亲连盒烟都不舍得买，每天上班前在家卷上十支烟带上，结果老母亲至死一分钱都没花着父亲寄的钱。

平淡使人沉静，清贫容易使人满足。我们五个兄弟姐妹自给自足的家庭生活，让父母开始安度晚年。

一个春天的星期日，我一家三口和父母去北陵公园，从方城内出来后，我们坐在树荫下拿出自带的午餐，父亲一边喝着啤酒，一边观赏着红墙绿瓦、湖光山色，脸上泛出满足的笑容。

那两年，临近过年的时候，父亲总会买一个大猪头回来，精心处理干净，放入大料、花椒、料酒等调味品，慢火烀至烂熟，用纱布包好，在上面压上一块大石头，放入小下屋冷冻。我们去时，父亲会将猪头肉切成片，装入盘中端上桌，我们蘸上蒜酱有滋有味地吃着。父亲看着围坐在小屋里的满堂儿孙们，一种天伦之乐的满足感绽开了他眼角的皱纹。

谁知好景不长，父亲又得病了，吃不下饭。跑了几家医院检查，诊断是胆结石。在大哥大嫂托人帮忙下，父亲住进了一家大医院开刀动手术。那天，手术室门外一家人忐忑不安焦虑地等待着，当主刀医生将从父亲的胆内取出的碎石拿给我们看时，我们看到了希望。然而，三天后，父亲全身泛黄。医生提出，再开一次刀才能确诊。父亲知道后，躺在担架车上哀叹一声，他再也没有能力像三天前做手术时那样，自己走进手术室了。

诊断结果出来了，医生背着父亲对我们说，想吃点啥就吃点啥吧，是晚期胰头癌，最多还有半年时间，已没有治疗的必要了。

出院那天，二姐从厂里借了一辆轿车接父亲回家，父亲勉强地一笑说：“想不到我这辈子还能坐上轿车。”这是父亲唯一一次坐轿车。

回家后，我那坚强了一辈子的父亲躺在床上就没再起来。我问父亲想吃点什么，他想了一阵说："我想吃炒鱿鱼。"我一下就想起来了，还是上小学的时候，我从外面捡到一本菜谱，父亲翻看到炒鱿鱼时对我说："炒鱿鱼可好吃呢。"说这话时，好像他吃过似的。

我赶紧骑车跑到一家饭店，点了盘炒鱿鱼递到父亲床前，他吃了一口便摇摇头推给了我，如同我小时候他吃大米饭时推给我那样，说："没有想得那么好吃，你吃了吧。"这次他是真的没有了胃口，我却也吃不下去了。

父亲弥留之际，我们五个儿女轮流守护着他。也许是父亲太宠爱我了，他走的日子，偏偏选择了我在他的身边。

那天早上，我和母亲喂他药时，他的嘴紧闭着，拒绝吃人世间的任何东西了，油尽灯枯的父亲要走了。在母亲的呼叫声中，我没有慌张，坦然地最后一次给他穿上衣服和鞋，然后抬着他上救护车到医院。既然父亲走的时辰已到，那就让他走吧。在这个世上他受的苦太多了，就让他的苦难到此为止吧。这天是一九九三年感恩节后的第三天，恩重如山的父亲享年六十四岁。

送父亲走的那天，下起了入冬的第一场雪，天地间白茫茫的，举目一片肃穆，仿佛苍天也为父亲的离去而感伤。天很冷，心更冷，跪在父亲的遗像前，我没有流泪，忍辱负重的父亲是看不得他儿子流泪的。灵车启动的那一刻，我心里暗暗地说："爸，到了天堂你可别回来啦，来世也别回来，我会去找你的。"

灵车经过工人村六十四栋楼前时，一些老邻居得知是张大个子辞世了，不约而同地走出家门，站在大雪纷飞的马路边，为我的父亲送行。我坐在父亲的灵车里，向马路上撒着纸钱，望着马路边上一个个熟悉或不熟悉的面孔，他们有的在抹眼角的泪水，我的心潮更加起伏。当缓缓的车队一起鸣响的时候，我对躺在灵车里的父亲说："爸，咱们回工人村了，你看呢，工人村的老邻居们来送你了。"

就在这时，马路边上一阵骚动，我在车里扭头一看，是已近七十岁的杨大爷和小马叔叔跪在路边的雪地上。我忙下车走了过去，杨大爷老泪横流诉说着：“老张呀，你这工人村的酒我可是没少喝呀，你这一走，工人村的酒我也就喝到头了。来吧老张，咱老哥俩再喝最后一次酒吧！”杨大爷打开手中的两瓶老龙口，一扬脖猛喝了一大口，然后把两瓶酒一碰，倒在了雪地上。我忙把杨大爷搀扶上了车。

父亲只是万千工人村人中的一个普通人，在他人生的最后一刻，却得到了如此高的礼遇，这是人们在以自己的方式，向工人村第一代人致敬。

爸，你一路走好！

爸，我跟您说一下，您走后的二十多年里，沈阳建了很多高楼大厦，许多老房子都拆了。不过，辽宁工业展览馆还没拆，只是不再像以前那么伟岸高大了。

原载张瑞《圣地工人村》，沈阳出版社，2021 年 9 月第 1 版